Elizabeth Buchan

Das Museum der unerfüllten Versprechen

ELIZABETH
BUCHAN

DAS MUSEUM *der unerfüllten* VERSPRECHEN

ROMAN

Aus dem Englischen von
Alexandra Baisch

PENDO

Mehr über unsere Autoren und Bücher:
www.pendo.de

Wenn Ihnen dieser Roman gefallen hat, schreiben Sie uns unter Nennung des Titels »Das Museum der unerfüllten Versprechen« an *empfehlungen@piper.de*, und wir empfehlen Ihnen gerne vergleichbare Bücher.

Das Zitat auf Seite 7 von Ivan Klima stammt aus:
Ivan Klíma, Moje šílené století
Academia, Prag 2009
Übersetzung: Alexandra Baisch

MIX
Papier aus verantwortungsvollen Quellen
FSC® C014496

ISBN 978-3-86612-469-1

Titel der Originalausgabe: TheMuseum of Broken Promises
»The Museum of Broken Promises«, Corvus,
an imprint of Atlantic Books Ltd., London 2019

Redaktion: Kerstin Kubitz
Satz: Uhl + Massopust, Aalen
Gesetzt aus der Dante
Druck und Bindung: GGP Media GmbH, Pößneck
Printed in Germany

Für Annie und Duncan

»Mit der Zeit wurde mir bewusst, dass es zweierlei Arten von Freiheit gab, die innere und die äußere.«

Ivan Klíma, *Moje šílené století*

Österreich, 1986

Ein zwanzigjähriges Mädchen mit einer verbundenen Hand wartet auf dem Bahnsteig, neben sich einen Koffer, in den es einen Rucksack gestopft hat, der ansonsten jedoch leer ist, denn er dient nur dem Schein.

Der Bahnsteig ist grau und so schlecht instand gehalten, dass Pflanzen durch den rissigen Asphalt drängen. Dasselbe gilt für die Schienen, wo das Unkraut fröhlich zwischen den Schwellen hervorsprießt.

Der Blick des Mädchens wandert von rechts nach links, sucht nach einem Informanten. Einem dieser schmuddeligen, manchmal aber so verzweifelten Menschen, die sich damit über Wasser halten, andere anzuschwärzen. Langsam wird sie eine Expertin darin, sie zu erkennen.

Angestrengt sieht sie in die Ferne. Der Bahnhof ist klein und abgeschieden, umgeben von Wald. Eschen, Kiefern und wunderschöne Weißbirken. Durch eine Lücke zwischen den Bäumen entdeckt sie die Ansammlung von roten Dächern des Zentrums, aus der sich die barocke Kirche mit dem Zwiebelturm erhebt. So typisch für Mitteleuropa, denkt sie, und ihr stockt der Atem. Für das freie Europa.

Ein Paar kommt auf den Bahnsteig. Die Frau hat eine Reisetasche bei sich, er einen größeren Koffer, den er abstellt. Die Frau ist schlank, eingehüllt in einen cremefarbenen Mantel. Er ist gedrungener und trägt einen Tirolerhut mit einer Feder im Hutband. Sie sind wohlhabend und selbstgefällig, und das Mädchen hasst sie auf den ersten Blick. *Sie* können ihre Hintern im Zug platzieren und in aller Ruhe bis Wien sitzen bleiben.

Das Mädchen dreht sich in die Richtung, aus der der Zug auftauchen wird, von der Grenze zwischen der kommunistischen Tschechoslowakei und Österreich, wo das Mädchen gerade wartet. Obwohl die Bahnstrecke zur Blütezeit der Habsburger errichtet und gut geplant wurde, würde es keine einfache Reise sein – aber das war es wohl noch nie.

Sollte der Fahrplan wie vorgesehen eingehalten werden – worauf man in der Tschechoslowakei besser nicht zählte –, dann müsste die tankartige, rußgeschwärzte Lokomotive des Sowjetblocks mit dem roten Stern jetzt in den Grenzbahnhof zwischen der Tschechoslowakei und Österreich einfahren, wo die Lokomotiven gewechselt werden. Da sie eine Woche zuvor die gleiche Reise zwischen Prag und Wien absolvierte, weiß sie, dass es einen Extrabahnsteig gibt, abgetrennt durch eine Mauer und Stacheldraht, auf dem die Beamten der Ausweis- und Zollkontrolle warten.

Sie ist keine Tschechoslowakin. Ihre Reisefreiheit war nicht infrage gestellt worden. Dennoch hatte sie bei der Zugreise bemerkt, dass sie mit dem Erreger der Unterdrückung infiziert war. Schweißnasse Handflächen. Beständiger Harndrang. Kontrollzwang, Überprüfen ihrer Mitreisenden. Paranoia ist verworren. Ihr ist es egal, von welcher Philosophie sie sich nährt.

In České Velenice an der Grenze waren die tschechoslowakischen Grenzrüpel durch die Waggons gestapft, wie sie das wohl auch in diesem Moment tun würden. Mucksmäuschenstill hatten sie und die anderen Reisenden dagesessen. Polizisten mit Hunden waren auf dem Bahnsteig am Fahrwerk des Zuges entlanggelaufen und hatten überprüft, ob es irgendwelche blinden Passagiere gab, die sich unten am Zug festhielten.

Als das Entwarnungssignal ertönt war, hatte sich die tschechoslowakische Lokomotive abgekoppelt, dann ein kurzes Rumpeln, als sie durch die glänzende westliche Lok ersetzt wurde.

Sie weiß noch, wie sie ihren britischen Pass mit der verletzten Hand umklammert und versucht hatte, nicht an die blinden Passagiere zu denken. Wie sie sich stattdessen auf ihn konzentriert hatte – darauf, wie sie sich kennengelernt hatten und wie es zu dem wurde, was es jetzt war.

Dann, genau wie jetzt auch, hatte sie über die Liebe nachgedacht und darüber, von welch außergewöhnlichem, aufrührerischem Wesen sie doch war und wie diese Liebe sie aufzehrte. Darüber, wie sich ihr Leben verändert hatte.

Wenn sie die Augen schließt, kann sie ihn heraufbeschwören. Seine Berührung, seinen Geruch, seinen Körper.

Die einzige Bank auf dem Bahnsteig beim Warteraum ist frei, und sie setzt sich. Das Holz ist knorrig und splittert, ein absoluter Garant für Laufmaschen in Strumpfhosen.

Sie zündet sich eine Zigarette an.

Milos würde den Plan unzählige Male mit Tomas durchgegangen sein. *Die Details, darauf kommt es an.* Sie erinnert sich, wie Milos ihr von den Fluchtplänen erzählt hatte. *Lerne sie auswendig.* Der richtige Sitzplatz, der richtige Bahnhof, die richtige Kleidung … *Du musst sie davon überzeugen, dass deine Reise normal ist und du die Erlaubnis hast, sie zu unternehmen.*

Bestimmt war eine Kiste Champagner zum Wachturm geschickt worden.

Das funktioniert fast immer, hatte Milos gesagt. Mach sie betrunken.

Schritt für Schritt. Das genaue Ausarbeiten und Konzipieren eines Fluchtplans war schrecklich riskant, weil er in Teilen auf Vertrauen basierte.

Ihr Herzschlag beschleunigt sich. Nicht über einen Fehlschlag nachdenken.

Es wäre Wahnsinn, würde man am Grenzpunkt in Gmünd einen Fluchtversuch starten. Selbstmörderisch. Jeder weiß das. Da wählte man besser diesen unauffälligen Bahnhof auf der anderen Seite der Grenze, deshalb ist sie hier.

On arrive, versprach er ihr in schrecklichem Französisch. »Ich komme.«

Der Herbstwind peitscht die Baumwipfel. Ihre Zigarette flammt auf und erlischt. Sie tritt den Stummel mit dem Stiefel aus und erzittert.

Die Informanten. Wer sind sie? Die Antwort: jeder, selbst deine Großmutter. Sobald man verstanden hat, dass eine ältere Frau mit einem Einkaufsnetz voller Gemüse ebenso gefährlich ist wie der Rowdy in der Lederjacke, wird klar, dass jeder jeden manipulieren kann. Sie weiß, dass die Informanten, sehr viel häufiger, als sie gedacht hatte, ebenso ängstlich sind wie die Zielpersonen, die sie ausspionieren.

Warten.

Warten ist eine Kunstform. Diejenigen, die in Osteuropa leben, sind damit sehr vertraut. Die trockenen Lippen. Das pochende Herz.

Sie steckt die kalten Hände in die Taschen ihres Mantels. Mit der Linken umklammert sie das Zugticket, das sie für ihre Flucht benutzte. *Prag, Tábor, Gmünd …* Sie weigert sich, es wegzuwerfen.

Der ältliche VW, den sie bei einer Werkstatt erstanden hat, steht vor dem Bahnhof. Weiß Gott, in welchem Zustand er ist, Hauptsache, er bringt sie nach England, alles andere ist ihr völlig egal. Auf dem Rücksitz liegen ein Laib Brot, Wurst, Äpfel und Bier.

»Du wirst mich heiraten müssen, wenn du in England bleiben willst.«

»Ach tatsächlich?«

Ihr Magen krampft sich schmerzhaft zusammen, und sie fängt an zu zittern.

Sie weiß, was sie getan hat.

Sie weiß es.

Sie sieht auf die Uhr. In der Welt, aus der sie unlängst geflohen ist, werden viele Witze über Fahrpläne gemacht: Sie seien so dehnbar wie Kaugummi, sagt man. Jetzt lacht sie nicht darüber.

Wieder sieht sie auf die Uhr.

Wenn alles gut geht, dann fährt die frisch angehängte Lokomotive jetzt zur Grenze, wo die Grenzpolizei im Begriff ist, die Betonschranken hochzufahren, damit der Zug passieren und in Richtung Wien an Geschwindigkeit zulegen kann.

Wenn alles gut geht.

Die Instruktionen würden sehr genau sein, das weiß sie. Er würde seine Haare kurz geschnitten und einen Anzug tragen müssen – so gar nicht sein Stil. Außerdem müsste er seinen gefälschten Pass immer griffbereit haben.

»Ich hoffe, dein Name wird nicht Wilhelm sein«, hatte sie ihm gesagt, als sie sich voneinander verabschiedeten. »Ich weigere mich, einen Wilhelm zu lieben. Es sollte Viktor sein, für Victory.«

Auf der Bahnhofsbank betet sie darum, dass er einen Sitzplatz am Gang hat – Gangplätze liegen besser, um einen Fluchtversuch zu starten. In seinem Aktenkoffer müssten sich ein fingierter Ablauf der Geschäftstermine für seinen viertägigen Aufenthalt in Wien und eine gefälschte Hotelbuchung befinden.

Mit zusammengekniffenen Augen späht sie in die Ferne. Ganz weit hinten bewegt sich ein Zug vor der herbstlichen Kulisse. Langsam wird er größer, hält auf den Bahnhof zu; die Räder quietschen beim Bremsen auf den Schienen, als er seine Geschwindigkeit drosselt. Ein Gestank von Anthrazit und billiger Kohle schwebt über dem Bahnhof.

Was ist Liebe? Was ist ihre Liebe? Tief, unendlich, brennend, zart … all diese Worte.

Schuldig?

Ihre Hände ballen sich zu Fäusten.

Steile Tritte führen von den Waggons nach unten, die Fahrgäste steigen aus. Einem Kleinkind wird gut zugeredet. Ein älterer Mann klammert sich am Geländer fest und nimmt allen Mut zusammen.

Das blasierte, wohlhabende Paar wartet etwas weiter vorn am Gleis darauf, einsteigen zu können.

Der Wind dreht sich, treibt ihr Tränen in die Augen. Aus dem dritten Waggon steigt ein Mann in einem Nadelstreifenanzug und schwarzen Budapestern aus. Ein Hut verdeckt sein Gesicht, aber er hat kurze Haare und ein rotes Taschentuch in der Brusttasche stecken.

Ihre Augen tränen inzwischen so sehr, dass sie kaum etwas erkennen kann.

Ihr Herz pocht vor Erleichterung.

Aber dann …

Die Gestalt bleibt vor ihr stehen. »Laure.«

Ihre Sicht ist nicht länger verschleiert. *O Gott.*

Ihr Innerstes löst sich auf, ihre Knie geben nach. Gleich wird sie auf dem grauen Bahnsteig zusammenbrechen.

Petr streckt eine Hand aus.

Ihre hängt reglos neben ihr herunter. »Wo ist Tomas? Sag mir, wo er ist.«

»Das kann ich dir nicht sagen.«

»Lebt er noch?«

»Das kann ich dir nicht sagen.«

Er betrachtet sie mit einer Mischung aus Mitleid und Geringschätzung. In einem kurzen, lichten Moment wird ihr klar, dass Petrs Gefühle für sie nicht so weit gehen, dass er ihr Glück sichern würde. Er hat sein Leben. Seine Familie. Seine Politik.

Sie weicht zurück, setzt einen schwankenden Fuß hinter den anderen. »Mein Gott … du hast ihn verraten.«

Er packt sie an ihrem verletzten Arm, und sie unterdrückt einen Aufschrei. »*Ich* habe ihn verraten?«, sagt er.

1

Paris, heute

Ihr Leben war nicht ganz intakt. Würde es vermutlich niemals sein – aber es war nicht schlecht. Man hatte sich arrangiert. Sie hatte das Museum.

Um neun Uhr öffnete Laure die Fensterläden in Raum 2 und blickte auf ein Paris, das sich ihr im Morgenlicht darbot. Ein paar Tauben stolzierten über das Nachbardach und veranstalteten ihr übliches Spektakel aus Gurren und Flattern.

Im Sommer ließ die Sonne die Farbe der Dachziegel leuchten. Im Herbst glänzten sie regennass, und im Winter kränzte der Frost ihre Ränder manchmal, sodass sie einem Fantasiegebilde von Fabergé ähnelten.

Ansonsten änderte sich das Jahr über nicht viel, und genau das brauchte Laure. Sie wollte den immer gleichen Blick aus dem Fenster haben, die immer gleichen Fensterläden öffnen und sich dann umdrehen und die Glasvitrinen inspizieren, in denen die Rastlosigkeit jener aufbewahrt wurde, die Erlösung suchten.

Diese Gegenstände konnten verstörend sein. Ergreifend. Oder amüsant. Ließen fast niemanden unbeeindruckt. Es war durchaus üblich, dass ein Besucher sagte, beim Betrachten der Vitrinen habe er eine Art Déjà-vu gehabt. Manche berichteten, sie hätten das Gefühl gehabt, außer ihnen und den anderen Besuchern sei noch jemand im Raum gewesen. Wieder andere sagten, die Gegenstände besäßen eine greifbare Seele, mit all ihrer Undeutlichkeit und Rätselhaftigkeit. Sie blieb stehen, um einen kleinen Fleck auf der Scheibe der Vitrine gleich neben der Tür wegzureiben, und ging dann weiter in den nächsten Raum. Der Tag hatte angefangen.

Kurz vor der Mittagszeit erklang ein unterdrückter Aufschrei im Museum.

In ihrem Büro im oberen Stock sahen Laure und ihr Assistent, Nic Arnold, von ihren Schreibtischen auf. *Wieder einer.* Ein einschneidender Moment, wenn bei einem Besucher ein Damm brach und … nun ja … ganz viele Dinge an die Oberfläche gelangten.

Sie zeigte zur Tür. »Du oder ich?« Der Schrei wiederholte sich, und Laure traf eine Entscheidung. »Wir beide, würde ich sagen.«

Es war Herbstanfang, die Besucherzahlen gingen zurück, wie jedes Mal nach dem Sommer. Eigentlich war es ein normaler Tag. Allerdings konnten normale Tage täuschen. Aus ihnen konnte eine Rastlosigkeit herausbrechen, manchmal sogar eine gewisse Unerbittlichkeit. Ganz sicher aber starke Emotionen. Die Ausstellungsstücke in Laures bescheidenem, unprätentiös erscheinendem Museum besaßen die Macht, eine solche Reaktion hervorzurufen, insbesondere bei den Menschen, die an einem Tiefpunkt angelangt waren.

Sie griff zu ihrem Erste-Hilfe-Kasten. Nic schnappte sich das Klemmbrett. Zusammen hasteten sie die Treppe hinunter. Würde die vereinbarte Vorgehensweise eingehalten, dann wäre Chantal vom Empfangsbereich bereits nach oben geeilt, um die Besucher von dem Raum wegzuführen, in dem sich der Zwischenfall ereignete.

In Raum 3 kämpften ein Mann und eine Frau miteinander. Oder vielmehr wehrte er ihren Angriff ab, während sie ihm den Museumskatalog um die Ohren schlug. Laure und Nic wechselten einen kurzen Blick. Nic legte sein Klemmbrett zur Seite, trat vor und zog die Frau – so höflich, wie es unter diesen Umständen möglich war – von dem Mann weg.

Keuchend machte dieser einen Schritt zurück – seinem Gesicht war eine Mischung aus Enttäuschung und Wut abzulesen. Er fuhr sich über die Wange, auf der eine Ecke des Katalogs einen roten Striemen hinterlassen hatte. »Was soll das, Odile?«

»Am liebsten würde ich dich umbringen.« Sie brachte das ganz nüchtern hervor, wodurch das Gesagte noch erschreckender wirkte. Eine Hand hatte sie im Gürtel ihrer Jeans eingehängt, der, wie Laure bemerkte, mit einer breiten Metallschnalle versehen war. »Vielleicht mache ich das irgendwann demnächst mal.«

Sie waren Franzosen. Nicht sonderlich überraschend, schließlich war man ja in Paris, aber in diesem – oder vielleicht auch in egal welchem? – Museum konnte man niemals vorhersehen, welche Nationalität ein Besucher hatte.

Die Knie der Frau gaben nach, zwangen Nic, seinen Griff etwas fester werden zu lassen. Laure schob den Stuhl, der genau für solche Notfälle an der Wand stand, unter die Frau, die darauf zusammensackte.

Das Erste-Hilfe-Set war so konzipiert, dass es sich einfach öffnen ließ, und Laure holte einen Becher und eine Wasserflasche heraus. »Hilft Ihnen das?« Sie war ruhig und bedächtig. »Medikamente darf ich nicht ausgeben, aber ich kann einen Arzt oder den Rettungswagen rufen, wenn Sie meinen, dass Sie einen brauchen.«

Nic nahm das Klemmbrett und schrieb Datum und Uhrzeit in die dafür vorgesehenen Felder des Vordrucks, der mit »Zwischenfall« überschrieben war.

Laure hielt der Frau den Plastikbecher an die Lippen; sie nahm einen Schluck und schob Laures Arm dann von sich weg. »Danke.«

Laure richtete sich auf und wandte sich an den Mann. »Sind Sie derjenige, der bei einem Notfall benachrichtigt werden soll?«

Groß. Bekleidet mit Jeans und einer Cordweste. Vermutlich um die vierzig … »Wenn Sie wissen wollen, ob ich ihr Ehemann bin, dann ja«, antwortete er. »Yves Brun.«

Leicht angefressen.

Nic notierte sich den Namen. »Geht es Ihrer Frau nicht gut, oder war es etwas im Museum, das sie so aus der Fassung gebracht hat?«

Ein Schatten legte sich über das Gesicht des Mannes. »Ich nehme an, es war etwas hier.«

Selbst für einen ungeübten Beobachter – und Laure und Nic kannten eine Skala mit sieben Täuschungsgraden, die in der Öffentlichkeit zur Schau gestellt wurden – war offensichtlich, dass Yves sich um die Wahrheit herumwand.

Odile zitterte. »Er weiß, was nicht stimmt.«

Nic schrieb auch das auf. Geltende Rechtsvorschriften verlangten nach einem detaillierten Bericht, also bat er Yves um eine Telefonnummer.

Yves beugte sich über seine Frau. »Das kannst du nicht in aller Öffentlichkeit machen, Odile. Das wird allmählich zu einem Problem.«

Sie sah zu ihm auf und spuckte dann ohne Vorwarnung zu seinen Füßen aus. »Diese Art Problem?«

»*Putain.*« Er trat einen Schritt zurück.

Wieder wechselten Laure und Nic einen Blick. Anscheinend war die Situation komplizierter, als sie auf den ersten Blick erschien.

»Diese Schuhe …« Odile wischte sich über den Mund. »Sie gehören meiner Tochter.«

Nic schrieb: »Raum 3. Ehelicher Zwischenfall.«

Laure wusste, worauf Odile sich bezog. Vorn in der Vitrine stand eine rechteckige Schachtel, in der eine sorgfältig zusammengelegte Babyausstattung lag. Sie umfasste ein Kaschmirtuch, zwei winzige Hemdchen und unverwechselbare grün-weiße Babyschühchen. Auf dem Hinweisschild war auf Französisch, Englisch und Italienisch zu lesen: »Durch Fahrlässigkeit hat es mein Baby nicht auf diese Welt geschafft.«

Laure stellte sich so hin, dass Odile die Vitrine mit den Gegenständen nicht mehr sehen konnte. »Sollen wir Hilfe rufen?«

Der Ehemann zuckte zusammen. »Nein.«

»Wir alle brauchen Hilfe. Die ganze Welt braucht Hilfe«, sagte Odile. »Und er hat die Sachen meiner Tochter genommen und sie ohne meine Erlaubnis hierhergebracht.«

»Das sind die Medikamente«, erklärte Yves. Inzwischen war seine Wut einer Traurigkeit gewichen, einer ungeheuchelten, wie Laure, die in Sachen Traurigkeit bewandert war, erkannte. »Sie weiß es nicht mehr.«

»Gott sei Dank«, sagte Odile. »Wer will schon wissen, dass er am Leben ist. Sie etwa?« Sie wirbelte herum und sah Laure an. »Sie sehen auch nicht gerade aus, als würden Sie vor Begeisterung übersprudeln.«

»Odile … Darf ich Sie Odile nennen?«, fragte Laure. »Diese Babysachen wurden von jemandem hergeschickt, der in Italien lebt. Ich habe die Unterlagen dazu.« Sie wartete, bis diese Information angekommen war, und fügte dann sanft hinzu: »Die Gegenstände hier können einen sehr berühren, und es ist gut möglich, dass man Dinge durcheinanderbringt.«

»Reden Sie doch nicht so gönnerhaft.« Odile ignorierte ihren Mann, öffnete ihre Handtasche, holte eine Blisterverpackung mit Tabletten hervor und drückte sich ein paar davon in die Hand. Yves fluchte kurz und wandte sich dann ab. »Halt die Klappe«, sagte sie nur.

»Als du aus dem Krankenhaus rausgekommen bist, hast du es versprochen.« Yves stopfte die Hände in die Hosentaschen.

»O ja, ich habe es versprochen.« Sie würgte etwas an den Tabletten, bis sie sie schließlich hinuntergeschluckt hatte. »Mein Baby … unser Baby … hat es auf diese Welt geschafft, aber nur für ein paar Stunden. Ich hatte die Anziehsachen für die Kleine gekauft«, dabei zeigte sie auf die Vitrine. »Genau diese Sachen. Aber ich habe sie nie darin gesehen.«

Sich kümmern. Notieren. Unterstützen. Sie und Nic waren mit der Vorgehensweise gut vertraut.

Chantal hatte die Besucher, deren Aufmerksamkeit inzwischen sicherlich ihren pinken Haaren und den vielen Piercings galt, im angrenzenden Raum 4 zusammengepfercht und sie gebeten, fünf Minuten hier zu warten. Kurz darauf halfen Laure und Nic der zitternden Odile die Treppe hinunter. Yves folgte ihnen und griff widerstrebend nach dem Arm seiner Frau, um sie zusammen mit Laure nach draußen zu begleiten.

»Kommen Sie zurecht?«, fragte Laure. Er zuckte mit den Schultern, und sie fügte noch hinzu: »Es tut mir leid.«

»Was nützt das schon?«, blaffte Odile, machte sich aus dem Griff ihres Mannes frei und ging weiter Richtung Straße. »Sie können sagen, dass es Ihnen leidtut, bis Ihnen die Zunge herausfällt, aber das ändert nichts. Das bringt die Toten nicht zurück.«

Yves warf Laure einen entschuldigenden Blick zu, ehe er seiner Frau nachging.

Laure drehte sich um, wollte wieder hineingehen.

»Sie sind Laure Carlyle, die Kuratorin, nicht wahr?«

Ein hochgewachsenes, nordisch blondes Mädchen mit dunkler Sonnenbrille hatte Laure angesprochen, allerdings legte ihr Akzent nahe, dass sie Amerikanerin war und aus den Südstaaten stammte. Tennessee? Georgia?

Für gewöhnlich schirmten die Mitarbeiter des Museums Laure von den verrückteren und aufsässigeren Bittstellern ab. Aber dieses Mädchen machte einen normalen Eindruck. Dynamisch. Außerdem sah sie ganz so aus, als würde sie keine Furcht kennen.

Einem anderen ein Gespräch aufzuzwingen schien für sie etwas Selbstverständliches zu sein, denn sie fuhr fort: »Ich bin freie Journalistin und arbeite gerade in Paris an verschiedenen Artikeln. Ich habe von Ihrem Museum gehört und würde mich gern mit Ihnen darüber unterhalten.« Sie wühlte in ihrem schwarzen Neoprenrucksack herum und hielt Laure eine Visitenkarte hin. »Ich war gerade im Museum. Es ist etwas Besonderes. Darüber muss geschrieben werden. Über *Sie* muss geschrieben werden.« Sie fügte hinzu: »Ich erledige die ganze Vorarbeit, darüber brauchen Sie sich keine Gedanken zu machen. Sie müssen einfach nur reden.«

Das war nicht ungewöhnlich. Das Museum hatte durch Reiseführer und Presse an Besucherzahlen und Anziehungskraft gewonnen. Journalisten waren neugierig auf das Konzept und den Ort – oh, es ist in *Paris!* Auch in den sozialen Medien wurde darüber berichtet. Sogar *Newsweek* hatte ihr ein Angebot per Mail unterbreitet: »Wir werden Sie bekannt machen.«

»Ich gebe nur selten Interviews.« Laure steckte die Visitenkarte ein, ohne sie sich anzusehen.

»Ich habe Sie gegoogelt«, sagte das Mädchen, und in Laure sträubte sich etwas – wie das immer der Fall war. »Sie haben vor wenigen Monaten einer italienischen Zeitschrift ein Interview gegeben. Vielleicht ist es jetzt an der Zeit für ein weiteres?«

»Nein.«

»Ich habe einen guten Kontakt bei *Vanity Fair*«, sagte das Mädchen. »Für die wäre das ein gefundenes Fressen.«

Die Karotte. Da hing sie.

Dieses Mädchen wollte es zu etwas bringen. Wollte Karriere machen. War bereit, Risiken einzugehen, ein bisschen zu flunkern. Oder die Wahrheit zurechtzubiegen. Laure war schon häufig mit dieser Sorte Mensch zusammengerasselt. »Bitte betrachten Sie das nicht als unhöflich, aber nein.«

»Nicht unhöflich, aber vielleicht ein bisschen verschlossen?« Das Mädchen nahm die kategorische Absage nicht einfach hin, blieb aber ihrerseits höflich, charmant und hartnäckig. »Dieser Ort muss bekannt werden. Er hilft den Menschen doch, oder?«

Das stimmte. »Ja, das tut er.«

»Hätte ich diesen Ort ins Leben gerufen, dann vermutlich deshalb, weil es in meiner Vergangenheit etwas gibt, das ich austreiben muss. Was sagen Sie dazu?«

Die Frage war etwas ungelenk gestellt, unverhohlen ambitioniert, aber clever.

»Dass Sie damit falschliegen.« Laure ließ sich nichts von ihrer Bestürzung anmerken und ging zum Eingang weiter. »Ich muss weiterarbeiten.«

An der Tür warf sie noch einen Blick über die Schulter.

Chantal war wieder zu ihrem Schreibtisch am Eingang zurückgekehrt. Sie sah zu Laure auf. »*Quelle scène.*« Ihr Gesichtsausdruck zeigte eine Mischung aus Faszination und Empörung, die Laure schon früher bei ihr gesehen hatte. »Nic meint, sie wäre leicht verrückt gewesen.«

»Vielleicht.« Laure setzte einen Fuß auf die erste Treppenstufe. »Ist oben wieder alles normal?«

»Alle wollten wissen, wer hier wen und warum umbringen will.« Chantals Lächeln ließ ihre perfekten Zahnreihen erkennen. »Das war das i-Tüpfelchen für ihren Besuch. Sie werden allen davon erzählen, und morgen werden wir doppelt so viele Besucher haben.« Sie deutete zum Drehständer mit den Postkarten. »Letztlich wissen wir nie, was passiert.«

»Nein«, sagte Laure. »Aber genau darum geht es.«

»Dommage.« Chantal neigte den Kopf. »Geht es dir gut?«

Chantals pinkfarbene Haare und ihre Piercings kaschierten ganz hervorragend ihr mütterliches Wesen, denn natürlich hoffte sie, Laure würde die Frage verneinen und ihr so die Erlaubnis erteilen, ihre Chefin zu bemuttern.

»Du bist ein Schatz, Chantal, aber es geht mir gut.«

»Diese Leute immer ...« Sie spielte an einem ihrer Ohrstecker herum. »Denken, sie könnten sich überall wer weiß wie aufführen.«

»Nein, sie denken, sie können das hier tun. Und das ist in Ordnung. Absolut in Ordnung.«

Laure ging nach oben, um in den Räumen nach dem Rechten zu sehen. Die Räume 3 und 4 waren rappelvoll mit Besuchern, wodurch immer eine zusätzliche Aufregung in der Luft lag. Eine große Gruppe japanischer Touristen mit orangefarbenen Baseballkappen wurde gerade durch die Räume 6 und 7 geleitet. Laure trat zur Seite, um sie vorbeizulassen. Die meisten von ihnen ignorierten sie und rauschten durch die Tür, blind gegenüber allem, außer ihrer Entschlossenheit, das Ende zu erreichen.

Raum 5 war leer, und die zwei Videos auf den Bildschirmen zu beiden Seiten des Raumes liefen in Endlosschleife. Das erste Video zeigte einen eingezäunten Garten. Die ersten Aufnahmen waren im Schnee gemacht, mit einer erstarrten Galerie von Bäumen und Büschen, die den Rasen säumten. Die nächsten Aufnahmen stammten aus dem Frühling – Blüten und Blätter hatten die Kahlheit abgelöst. Der Sommer brachte gekräuselte Pfingstrosen und stolze Dahlien in Orange- und Rottönen hervor. Die herbstlichen Aufnahmen zeigten Beeren und voll hängende Apfelbäume ganz hinten im Garten.

Die letzte Aufnahme war die eines Gartens, der kein Garten mehr war. Statt des Blumenbeetes, das in den Herbstfarben erstrahlte, und des Fallobstes, an dem sich trunkene Wespen gütlich taten, waren innerhalb des Zaunes vier Häuser entstanden. Fantasielose Gebilde mit Spiegelglasfenstern, errichtet von der Sorte Bauunternehmer, die auf schnelle Profite aus war. Diese Häuser dienten nicht der Schönheit oder dem Vergnügen, sie sollten Geld einbringen. Auf der Beschreibung unter dem Video stand: »Mein älterer Bruder versprach meinen Eltern, er würde diesen Garten niemals verkaufen. Doch sechs Monate nach ihrem Tod hat er ihn für viel Geld veräußert. Ich werde ihm nie vergeben, dass er dieses kleine Stück Paradies zerstört hat.«

Vor ein paar Jahren hatte Laure einen Vortrag für Kuratoren in Ausbildung im Alter von Anfang zwanzig bis Anfang vierzig gehalten, in dem sie das zweite Video von Raum 5 beschrieben hatte.

»Das Video ist in Schwarz-Weiß und zeigt ein kleines Zimmer, in dem ein Tisch und zwei einander zugewandte Stühle stehen. In der Aufnahme ist kein Fenster zu sehen. Ein schwarzes Bakelittelefon, ein gedrungenes, altmodisches Modell mit einer Wählscheibe und einem umflochtenen Kabel, steht mitten auf dem Tisch. Die billigen Plastikstühle sind mit Brandflecken von Zigaretten übersät, der Boden besteht aus groben Dielen. Es gibt keinerlei Hinweise darauf, wo dieser Raum sein könnte. Der Fokus ist fest auf diese *mise en scène* gerichtet, und das einzige Geräusch ist das Surren der Kamera. Dann klingelt ohne Vorwarnung das Telefon in der Stille.« Sie fuhr fort. »Die Aufnahme ist beeindruckend und verstörend, und das Bild des klingelnden Telefons scheint direkt das kollektive Unwohlsein anzuzapfen, das viele von uns in sich tragen. Ich habe mir das Video unzählige Male angesehen, und wie die meisten Betrachter zucke ich noch immer zusammen. Manchen Besuchern entfährt dabei sogar ein Aufschrei. Auf dem Rückmeldebogen, den wir von den Besuchern ausfüllen lassen, bitten wir sie unter anderem darum, uns mitzuteilen, welcher der Gegenstände sie am meisten beschäftigt hat. Eine beachtliche Mehrheit nennt dieses Video. Wir haben Briefe bekommen, in denen gefragt wurde, ob es sich um einen Horrorfilm handle. Oder ob es politisch gemeint sei. Oder einfach eine Installation.«

Das war der Zeitpunkt, zu dem sie ihrem Publikum das Video zeigte.

Schlussfolgernd sagte sie mit einem Blick auf die erwartungsvollen Gesichter: »Die Antwort lautet, dass diese drei Elemente alle darin kombiniert sind, was, wie ich finde, das Merkmal eines gut gewählten Ausstellungsgegenstandes ist. Natürlich werden Sie sich jetzt aber fragen, inwiefern das Video sich für das Museum der unerfüllten Versprechen qualifiziert, nicht wahr?«

Erwartungsvolles Rascheln war zu hören, und die Frauen in der Zuhörerschaft – für gewöhnlich waren Frauen diejenigen, die sich Notizen machten – griffen zu ihrem Stift.

»Ich sollte hinzufügen, dass dieser besondere Ausstellungsgegenstand in den Anfangstagen des Museums anonym eingesandt wurde, und Sie werden verstehen, weshalb, wenn ich Ihnen das Hinweisschild vorlese, das auf Französisch, Englisch und Tschechisch verfasst ist. ›Von 1948 bis 1989 hat man uns in der kommunistischen Tschechoslowakei Arbeit, eine friedliche Politik, einen angenehmen Lebensstandard und keine Korruption versprochen. Das haben wir bekommen.‹«

Am späten Nachmittag hatte sich Laure mit einer Kuchendose aus Raum 1, die jetzt zwischen ihr und der lächelnden Frau ihr gegenüber stand, in den Konferenzraum zurückgezogen.

»Wie schön, Sie wiederzusehen, Myrna.«

»Es ist eine ziemlich lange Reise von St. Louis«, antwortete Myrna, »aber ich musste Sie sehen. Und das hier mitnehmen.«

Die Veränderung bei ihr war verblüffend. Vor drei Jahren, im mittleren Alter, frisch geschieden und aufgelöst, hatte Myrna so heftig weinend in diesem Raum gesessen, dass Laure eine zweite Schachtel Taschentücher holen musste. Heute war sie nicht weniger blass oder unscheinbar, aber etwas hatte sich grundlegend verändert: Sie sah entschlossener aus, versprühte Witz, hatte ein selbstsicheres, bestimmtes Auftreten. Es wirkte sehr anziehend.

Damals war es etwas anderes gewesen. Tiefgründige, schwere Schluchzer, wie Myrna sie von sich gegeben hatte, waren ein Weg, wie man zu einer Erklärung zu gelangen versuchte.

»Mein Mann konnte nicht verstehen, dass ich in meinem Kopf noch ein anderes Leben hatte«, hatte sie damals erzählt. »Als wir heirateten, hatte er versprochen, mir das Malen zu ermöglichen, aber das hat er nicht getan.« Sie warf einen Blick über Laures Schulter. »Er hat keine Mühen gescheut, es nahezu unmöglich zu machen. Dann wurde mir klar, dass ich nicht malen sollte, weil das meine Aufmerksamkeit von ihm weglenken würde. Er wollte nicht, dass ich male, weil er mich liebt.«

Es war stets verlockend, ein Urteil abzugeben. »Tut das niemals«, wies Laure ihr Team immer an.

Die Kuchendose war mit einer Bildsequenz versehen, Szenen aus einem häuslichen Alltag, deren erste eine Frau beim Kochen am Herd zeigte. Darüber schwebte dieselbe Frau mit dauergewelltem Haar, bekleidet mit einer Rüschenbluse, einen Pinsel in der Hand, und malte einen Himmel in Dunkelblau.

Jedes Bild zeigte eine weitere Szene, wie Myrna ihre alltägliche Arbeit als Hausfrau erledigte, und darüber schwebte das vorgestellte Alter Ego und schuf eine überweltliche, magische Szene. Laure erinnerte sich daran, wie sie gedacht hatte, die unerfüllten Versprechen müssten beim Öffnen des Deckels zusammen mit den Kuchen, über denen Myrna beim Backen geweint hatte, herausquellen.

»Es war ja nicht so, als wäre ich überambitioniert«, hatte Myrna durch die Taschentücher geschnieft. »Ich brauche einfach nur Ruhe für meine Malerei.« Sie hatte um Fassung gerungen. »Ich habe meinen Mann verlassen. Die Bilder auf dieser Dose erzählen, weshalb.« Dann hatte sie den Blick von der Dose abgewandt und gesagt: »Darin ist ein Angel Cake. Pink und weiß mit weißem Zuckerguss. Lassen Sie ihn sich schmecken. Bitte.« Danach war sie aufgestanden. »Ich liebe ihn«, hatte sie gesagt. »Aber das reicht nicht.«

»Ich bin hier, um die Dose abzuholen«, sagte Myrna jetzt. »Er hat mich um Vergebung gebeten. Mir gesagt, dass er es jetzt versteht. Wir fangen noch einmal neu an.«

Vermutlich war Myrnas Mann zu einem neuen Verständnis gelangt, weil die wunderschöne, strahlende Kuchendose, die im Museum stand, seiner Frau ein kleines bisschen Ruhm und viele Aufträge eingebracht hatte. Laure war keine Zynikerin – *nun ja, höchstens ein bisschen* –, dennoch nahm sie diese siegreiche Verbindung von Liebe, Vergebung und … Geld höchst erfreut zur Kenntnis.

»Ich freue mich sehr«, sagte sie zu Myrna und meinte es auch so.

»Würden Sie ihn gern kennenlernen? Er schleicht draußen herum.« Myrna warf Laure einen komplizenhaften Blick zu. »Hatte nicht die Eier, wenn Sie verstehen, was ich meine.«

Das war ein Tag im Leben des Museums der unerfüllten Versprechen.

2

Zu Hause frühstückte sie nie, aber wenn sie genug Zeit hatte, dann kochte sich Laure einen starken Kaffee.

Ihre Wohnung im zweiten Stock eines ehemaligen Lagerhauses war ein typisch pariserischer Umbau: klein – manche nannten es beengt –, Fenster aus Spiegelglas und die Türen aus MDF-Platten. In der Küche hatten gerade mal ein kleiner Herd und ein Kühlschrank Platz, und wenn der Tisch ausgeklappt war, musste man sich zum Spülbecken daran vorbeiquetschen.

Abgesehen von den aufeinandergestapelten und beschrifteten Schachteln im zweiten, winzig kleinen Schlafzimmer, die jeden freien Platz darin einnahmen, waren das Mobiliar und alles Weitere auf ein striktes Minimum beschränkt. Manchmal stand eine Vase mit Blumen da, ein Mantel hing über einem Stuhl, oder ein französischer Roman mit gelbem Bucheinband lag herum, aber alles in allem war die Einrichtung auf Minimalismus ausgelegt.

Eine Bleibe in Paris zu finden war ein Albtraum, und eine Wohnung, wie klein sie auch war, war eine Wohnung. Zugegeben, vielleicht etwas freudlos, aber Laure mochte die Anonymität des Ortes, zudem war der Weg zur Arbeit sehr kurz.

Im darunterliegenden Innenhof führte Madame Poirier, die *concierge*, eine ihrer Unterhaltungen, die durchsetzt waren mit explosiven Silben. »Das ist gegen die Vorschriften, Monsieur«, sagte sie gerade.

Welche waren es wohl dieses Mal?, fragte sich Laure. Madame Poiriers Vorschriften kamen und gingen. Welchen Monsieur schikanierte sie jetzt? Tatsächlich hielt Madame niemals den Mund, aber genau wie die hässlichen Türen und Fenster gehörte sie zu dem Gebäude, in das Laure eingezogen war. Diese leichten Schikanen, der Eierlauf mit den Vorschriften und der Ärger waren wie Anker. Es waren die Zutaten des Lebens, das sie gewählt hatte.

Nachdem sie die Kaffeekanne ausgespült hatte, stellte sie sie zum Trocknen auf ein Geschirrtuch auf dem Abtropfbrett und vergewisserte sich, dass das eine scharfe Küchenmesser auch wirklich in der Schublade lag. Allerdings reichte ihr das noch nicht, also zog sie die Schublade erneut auf und steckte einen Korken auf die Messerspitze, um auch ja sicherzugehen. Scharfe Messer verschafften ihr ein ungutes Gefühl.

Sie kochte nicht oft, lud nur selten Gäste ein und besaß lediglich vier richtig gute Möbelstücke, darunter das Sofa. Doch darauf nahm nur selten jemand für einen Schlummertrunk oder zum Lesen der Sonntagszeitung Platz. Manchmal ließen ihre englischen Freunde verlauten – darunter auch Jane zu Hause in Brympton –, wie unbewohnt sich das anfühlte.

Charlie, ihr jüngerer Bruder, war da schon etwas direkter. »Du könntest wenigstens die Kartons auspacken, Laure.«

»Es ist gut, so wie es ist. Ich will es minimalistisch, keinen unnötigen Ballast.«

»Die meisten normalen Leute besitzen irgendetwas. Ein Foto, ein paar Bücher, einen Stuhl, den sie von der Großmutter bekommen haben. Du könntest genauso gut in einer Besenkammer leben.«

Laure beäugte ihn. Auch Charlie war kein sonderlich häuslicher Mensch, weshalb ihre gegenseitige Frotzelei mehr als nur einen Hauch Ironie enthielt. »Ein Esel schimpft den anderen ein Langohr?«

»Genau das.«

Wenn dieser *Modus Vivendi* von den Engländern als eigenartig empfunden wurde, so sahen die Franzosen darin weiter nichts Besonderes. Sie interessierten sich nicht dafür, wie Laure leben wollte, und für ein gemeinsames Essen traf man sich eben im Restaurant.

Sie lauschte mit halbem Ohr den Nachrichten, trank ihren Kaffee und föhnte sich die Haare. Die *météo* kündigte sechsundzwanzig Grad zur Mittagszeit an; hoffentlich stieg die Temperatur nicht weiter an, sonst würde ihre Frisur leiden. *Dommage.* Sie ließ den Föhn noch einmal lospusten, friemelte hängende Perlenohrringe in die Ohrläppchen und inspizierte ihre lackierten Nägel, ein aufregendes, dunkles Rot, das sorgsame Pflege erforderte. Doch die Farbe von Aufruhr und Sex war ihr das wert.

Sie legte den Kopf schief und betrachtete sich im Spiegel.

Was sie sah, gab ihr die Gewissheit, dass sich ihre Anstrengungen gelohnt hatten. Manchmal hörte sie andere Frauen sagen, wie sehr ihnen ihr eigenes Aussehen missfiel, doch sie hatte schon zu viel mitgemacht, als dass sie sich erlauben könnte, sich damit aufzuhalten. Das behinderte nur den Geist. Sie fuhr sich mit einem Finger über die Wange. Ihre Haut, auf die sie sehr stolz war, sah noch immer rein und jugendlich aus. Vor langer, langer Zeit, in einem anderen Land, hatte Tomas ihr gesagt, ihre Haut erinnere ihn an Perlmutt. Als Letztes trug sie noch etwas Sonnencreme auf, bevor sie nach ihrem Laptop und ihrer Handtasche griff und die Haustür hinter sich schloss.

Draußen auf der Straße drehte sie sich zum Kanal um und warf einen Blick nach rechts und links und über die Gebäude. Das war eine alte Angewohnheit des »dry-cleaning«, wie man Spitzel abschüttelte, die sie niemals abgelegt hatte. Oder vielmehr, die sie nicht loswurde. Als sie sich in Bewegung setzte, ertönte ihr Handy mit »Night Owl«. Das war Xavier, ihr Ex-Mann. *»Oui, mon brave.«*

»Ma belle.«

Weder die eine noch die andere Begrüßung hatte etwas zu bedeuten. Das waren die Sprache und der Tonfall, auf die sie sich seit ihrer Trennung vor einigen Jahren geeinigt hatten. Xavier hatte wieder geheiratet und den Sohn bekommen, nach dem er sich so gesehnt hatte. Ihre Scheidung war so zivilisiert verlaufen, dass Marie, die neue Ehefrau, Laure hin und wieder zum Essen einlud. Vielleicht, um ein Auge auf ihre Vorgängerin zu haben?

»Hätten wir einander mehr geliebt«, hatte Xavier einmal gesagt, »dann wäre es ein Problem, sich zu treffen, aber so ist es das nicht.«

Sie wusste noch, dass sie darauf geantwortet hatte: »Eigenartig, darüber nachzudenken, wie sich letztlich alles zusammengefügt hat.«

»Eigenartig, aber wahr. Und nicht unangenehm, wie ich finde, oder?«

»Nein, mein lieber Xavier, ganz und gar nicht unangenehm.«

Sie hatten einander angesehen. Wie so manches Mal konnte Laure nicht umhin zu denken, dass sein freundlicher, abgeklärter Blick eine Anschuldigung in sich trug: *Dein Herz ist ausgedörrt.*

Sie vernahm Motorenrauschen und schloss daraus, dass Xavier im Auto unterwegs war. Ein Jahrzehnt der Ehe führte unweigerlich dazu, dass man die eine oder andere Information über den Ehemann in der Erinnerung abgespeichert hatte, und sie könnte wetten, dass er eine graubraune Hose und dasselbe schwarze Jackett trug, an dem er schon seit vielen Jahren hing. Die Haare hatte er bestimmt nach hinten gekämmt, und garantiert sah er mit zusammengekniffenen Augen nach vorn, weil er zu eitel war, seine Brille aufzusetzen.

»Es ist einer der Tage, an denen ich dich vermisse, Laure. Dich und deine wunderschönen stachelbeerfarbenen Augen.«

Sie lächelte. »Ich dich auch, Xavier.« Bedauern über die gescheiterte Ehe kam häufiger auf, als sie sich eingestand. Xavier hatte seine Macken, aber er war ein Mann mit Prinzipien und oft sehr lustig. »Aber du hast eine Frau.«

»Das stimmt.«

Bei dem Gedanken, dass Xavier sie noch immer mochte, wurde Laure, die im Weitergehen dem Unrat auf der Straße auswich, warm ums Herz. »Du wirst immer eine halbe Britin sein«, hatte er einmal gesagt. »Ganz egal, wie gut dein Französisch ist oder wie lange du hier gelebt hast. Du brauchst einen starken Mann an deiner Seite.«

Quatsch. Laure war französischer oder, um genau zu sein, pariserischer, als Xavier ihr zugestand. *»J'aime deux choses seulement … vous et la plus belle ville du monde«*, hatte sie geantwortet – *Ich liebe nur zwei Dinge … Sie und die schönste Stadt der Welt*. Das war eine Zeile aus einem alten, romantischen Gedicht, aber es brachte genau auf den Punkt, wie sehr ihr Herz an dieser Stadt hing.

Xaviers Einwurf, sie brauche einen starken Mann, war der Punkt, an dem sie so richtig zu knabbern hatte. Hätten sie sich in ihrer Ehe etwas mehr füreinander eingesetzt, dann wäre der Ausgang vielleicht ein anderer gewesen. Dafür gab sie sich die Schuld. Vor allem sich.

Trotz der Neckereien rief Xavier nie ohne Grund an. »Ich habe einen Artikel im *Figaro* entdeckt, laut dem der Louvre Lobbyarbeit betreibt, um sich das Museum der unerfüllten Versprechen einzuverleiben. Der Sprecher meint, die Zeit der privaten Museen sei vorbei. Sie sind der Meinung, dass ihr ein ganz wunderbares Paar abgeben würdet.«

»Sieht ganz so aus.« Sie seufzte leise.

»Um die Metapher etwas zu überziehen: Der Louvre ist ein widerlicher alter Wüstling und du nichts anderes als eine minderjährige Braut. Immer die gleiche Sache: Geld regiert, und diejenigen, die es haben, parlieren. Was ist denn mit Nos Arts en France?«

Nos Arts en France war gewissermaßen eine Regierungsbehörde, die Förderungen für kulturelle Einrichtungen vergab. Laure war vorgewarnt worden, die Leute dort seien schwierig, doch sie kam ganz gut mit ihnen zurecht, weil sie nicht lange um den heißen Brei herumredete.

»Der Beirat von Nos Arts will die Situation evaluieren und mich wissen lassen, ob sie das Museum auch weiterhin unterstützen werden. Wenn sie das tun, dann wird sich nichts ändern, und ich bin glücklich.«

»Nos Arts waren dir gegenüber sehr großzügig.«

»Ohne sie hätten wir nicht überlebt.«

Xavier wurde ernst. »Würde es dir denn etwas ausmachen, übernommen zu werden?«

Sie sah in den Himmel, der wie mit Streifen von Schlagsahne verziert war. »Ich würde mich mit Händen und Füßen dagegen wehren.«

»*Chérie*, dir bleibt vielleicht keine andere Wahl.« Er klang betrübt. »Du bist einflussreich geworden, aber noch nicht so einflussreich.«

Es war nicht das erste Mal, dass Laure eine Bedrohung auf sich zukommen sah – ob nun theoretischer oder anderer Natur –, und sie hatte gelernt, damit umzugehen, indem sie sich in verschiedene Kompartimente aufteilte.

Da gab es die Laure, der die Erfahrungen in der Vergangenheit halfen, mit den verstaubten, komplizierten Strukturen der öffentlichen Verwaltung zurechtzukommen, ohne sich zu sehr davon behelligen zu lassen.

Dann gab es die Laure, die dafür brannte, ihr Museum genau deshalb am Laufen zu halten, weil die Vergangenheit noch in ihr lebte, und die von den bürokratischen Mühlen niedergerungen werden konnte.

»Um mal von etwas Fröhlicherem zu sprechen: Maison de Grasse wird unser Mäzen«, sagte sie dann.

Jetzt war Xavier sprachlos, und mit lautem Zungenschnalzen brachte er seine Bewunderung für diesen Deal zum Ausdruck. »Nicht schlecht.«

Maison de Grasse hatte als kleine, exklusive Parfümerie angefangen und sich in einen multinationalen Konzern verwandelt, der Düfte für eine breite Produktreihe von Haushaltsreinigern wie auch für Kerzen oder Raumsprays lieferte, die ohne diese unverwendbar wären. Natürlich kreierten und produzierten sie noch immer die exklusivsten Parfums. Viele der größeren französischen Firmen senkten ihre Steuerlasten, indem sie zu Mäzenen von Museen wurden. Maison de Grasse folgte dem Beispiel, indem es zu dem Schluss kam, es wäre wohl eine ganz umsichtige Mischung aus Steuerplanung und Freigebigkeit, wenn sie ein leicht alternatives Kunstprojekt förderten. Für Laure wurde das Ganze durch zusätzliche Anreize in Form von Öffentlichkeitsarbeit für das Museum und Werbeunterstützung versüßt.

»Nicht schlecht«, wiederholte Xavier.

Ein völlig in sein Handy vertiefter Mann rempelte Laure an, woraufhin sie ihres fallen ließ und die Unterhaltung unterbrochen war.

»Entschuldigung, Entschuldigung«, sagte der Mann. »Ich habe Sie nicht gesehen.«

Kristallklar.

Viele von Laures älteren Erinnerungen waren schmerzhaft und verfälscht, aber was sie davon zurückbehalten hatte, als sie den Canal Saint-Martin und die Straßen, die spinnennetzförmig von dem Wasserband abgingen, zum ersten Mal sah, ließ sich genau so beschreiben: kristallklar.

Noch vor zehn Jahren war es ein heruntergekommenes Viertel gewesen, und es war unvorsichtig, nachts allein dort herumzustreifen. Aber genau das machte den Reiz aus: Das *quartier* klammerte sich an seine verführerischen Seiten. Bei ihrer Suche fand sie heraus, dass es hier in der Vergangenheit nur so gebrodelt hatte vor Leben – manch eines davon recht zwielichtig –, vor Sex – käuflichem oder anderem –, außerdem besaß das Viertel eine einzigartige anrüchige Eleganz. Es war eine Gegend, die dem Besucher verkündete: Ich verfüge über einen hervorragenden Stammbaum, und viele meiner alten Gebäude haben Revolutionen und die Zerstörung von Baron Haussmann überlebt. Oder Ähnliches. In ihrem Kopf änderte sich die Formulierung häufig, aber die Kernaussage blieb dieselbe.

Den Armen und Obdachlosen gefiel es hier. Genau wie denjenigen, die länger verweilten. Wie zum Beispiel Laure, auf der Flucht vor ihrer Scheidung. Wenn sie dem Wasser lauschte, das an die Seiten des Kanals klatschte, fühlte sie sich ganz in dem intimen Leben der Stadt verwurzelt. Desgleichen, wenn sie eine der gusseisernen Fußgängerbrücken überquerte, die sich über das graugrüne, mit Müll übersäte Wasser erstreckten, oder wenn sie der Topografie der Straßen mit ihrer gelegentlich unheimlichen Atmosphäre folgte; und sie hatte sich leidenschaftlich für die Läden und Cafés eingesetzt, die hier gerade so über die Runden kamen.

Das war damals gewesen. Neuerdings waren eine Eisdiele, die jede dem Menschen bekannte Farbe und Geschmacksrichtung anbot, sowie eine teure Kleidungsboutique hinzugekommen, ebenso eine *chocolaterie* und ein *salon de beauté*. Vermutlich hatte ihr Museum zu dieser Wiedergeburt beigetragen, aber jetzt, wo sie eine waschechte *canaliste* geworden war, hielt sie die Augen nach gierigen Immobilienhaien offen. Vielleicht war das *quartier* noch unverändert, dennoch verlangte es denen, die dort lebten, eine ungeheure Loyalität ab, wie das bei modernen, bereinigten Gegenden vermutlich nicht mehr der Fall war. Oder, wie ein paar Partisanen der *canalistes* sagten, das linke Ufer hilft sich selbst.

Der Geruch von Wasser war vertraut und unvermeidbar, als sie von der Straße zum Kanalufer kam. Ziemlich flach. Brackig und, da schon früher Herbst war, mit einem Hauch Verwesung. Zum ersten Mal war ihr bewusst geworden, wie Wasser riechen konnte, als sie in jenem heißen Sommer in Prag mit Tomas am Fluss entlanggeschlendert war. Ein leeres *bateau mouche* glitt Richtung Osten durchs Wasser, zog in seinem Kielwasser Orangenschalen, eine Plastikflasche und die Überreste eines Hamburgers als Treibgut hinter sich her.

In der Rue de la Grange aux Belles klappte Madame Becque die Läden ihres Lebensmittelladens auf. Vor Kurzem hatten sie und ihr Mann das Holz in einem leuchtenden Blau gestrichen und das Fell ihrer Pudel in einem helleren Blau färben lassen, damit es harmonischer wirkte, was unglaublich zur Heiterkeit ganzer Nationen beitrug. Die beliebte Bar an der Ecke, die spätabendliche Brandys servierte, schloss die Läden, um für ein paar Stunden auszuruhen. Ein Obdachloser saß im Schneidersitz davor. Als sie an ihm vorbeikam, ließ Laure einen Euro in seinen Becher fallen.

Ein Stück weiter befand sich ein heruntergekommener, mit Müll übersäter Flecken Erde zwischen zwei Gebäuden. Laure blieb stehen. »Kočka«, rief sie. Das war Tschechisch für »Katze«, kein sonderlich fantasievoller Name, aber eben der, der ihr in den Sinn gekommen war, als sie den kleinen Streuner vor ein paar Wochen entdeckt hatte.

Mit hängendem Schwanz tauchte eine getigerte Katze aus dem Schatten auf, den die Wand warf. Feingliedrig. Fast schon abgemagert. Erschöpft von der Anstrengung, am Leben zu bleiben, und überaus schwach. Laure berührte das schmale, dreieckige Gesicht und fuhr mit dem Finger über die Wirbelsäule, rieb vorsichtig über die kleinen Höcker des Rückens und den flachen Knochen vor dem Schwanz. Es war ein Moment der Verbundenheit. Des Trostes. Ein kleiner, vertrauter Austausch zwischen Mensch und Tier.

Sollte sie sich darum sorgen, dass sie Kočka mit dem Füttern keinen Gefallen tat? Es hieß, ein heimatloser Streuner wäre tot besser dran. Der Tod war nicht das Schlimmste, was einem widerfahren konnte. Der Tod konnte willkommen geheißen werden.

Da entdeckte sie unter dem ausgehungerten Bauch geschwollene, pinkfarbene Nippel.

Es schnürte ihr die Kehle zu. *Nachwuchs*.

Im Gegensatz zu Laure wartete Kočka völlig unsentimental darauf, dass ihre Mäzenin ihren Hunger stillte. Laure leerte das teure, mit Vitaminen versetzte Katzenfutter in die Schale, die sie mitgebracht hatte, und sah zu, wie die Katze darüber herfiel.

Als sie sich hinunterbeugte, hörte Laure ein ganz leises Schnurren, ansonsten wurde sie jedoch ignoriert. Erfreut über das Schnurren, sagte sie Kočka: »Ich verspreche nichts.«

Sie ging die Rue de la Grange aux Belles weiter Richtung Norden.

Als sie das erste Mal einen Fuß in diese Straße gesetzt hatte, war sie eine Frau, deren endgültiges Scheidungsurteil soeben bei einem Anwalt über den Tisch gegangen war. Es war ein eiskalter Wintertag gewesen. Ihre Schuhe waren dünn, und ihre durchgefrorenen Füße wollten sie nicht länger tragen. Je feuchter sie wurden, umso lauter schmatzen ihre Schritte auf dem Gehsteig.

Sie hatte ein Mädchen in einem roten Mantel erblickt und Kaffeesatz auf dem Gehsteig. Aus dem asiatischen Supermarkt war ein übellauniger Wortwechsel zu hören. Ein Hund bellte. Die Kälte war weder angenehm noch belebend, und es drohten graue, unberechenbare Schneeböen.

Das *quartier* zu erforschen hieß, ein Durcheinander an Eindrücken zu durchleben. Erst später, sehr viel später, vereinten sich diese anfänglichen Bilder wie ein Puzzle zu ihrer persönlichen Landschaft: die Fensterläden, das Geräusch der kleinen Kehrmaschinen, die jeden Morgen die Straßen säuberten, die Eisenbeschläge an älteren Häusern und in der Steinnische die Statue der Jungfrau, deren stierender Blick die Passanten zu durchbohren schien.

Sie war so überzeugt gewesen davon, dass Pessimismus eine Gegebenheit des Lebens war, und schon beim geringsten Rückschlag strömten die Gedanken aus der Box, in die sie sie einzusperren versucht hatte. Ihre gescheiterte Ehe war ihr da keine Hilfe, ständig begleitete sie ein Gefühl des Scheiterns. Damit meinte sie: Die Vergangenheit war viel zu mächtig, um damit fertigzuwerden. Laut Quantenphysik folgt das Atom anscheinend nicht einer einzelnen Bahn, um aus einem Labyrinth herauszufinden. Es nimmt jede Bahn gleichzeitig, was eine schöne Beschreibung dafür war, was Laure tat. Sie ging jeden Weg, ohne zu wissen, weshalb, stolperte über jedes Hindernis und fand sich mit dem Gesicht im Dreck wieder.

Es hatte etwa dreißig Sekunden gedauert, bis sie das dreistöckige Haus mit der flachen Fassade am anderen

Ende der Straße als interessant eingestuft hatte. Ein Großteil der Dachziegel war aus der Verankerung gerutscht, der Anstrich warf Blasen und blätterte ab. Sie beobachtete, wie die ersten Schneeflocken über das Dach segelten, während sie in den heruntergekommenen Anblick vertieft war, in die Tatsache, dass es offensichtlich ein paar Hundert Jahre überlebt hatte und sich keinen Deut darum scherte, ob sie, Laure, nun eine Versagerin war oder nicht. Nachdem sie das in sich aufgenommen hatte, kam ihr der Gedanke, dass das Leben in diesen – zweifelsohne – mottenzerfressenen Räumen kreativ und heiter sein könnte.

Entscheidungsrelevant war: Es stand zum Verkauf.

Sie hatte kein Geld. Keine Erfahrung. Nur eine Idee, die ihr kam, als sie dieses Haus von der anderen Straßenseite aus betrachtete und dann zuerst ihren rechten, danach ihren linken Fuß bewegte, damit das Blut in ihren Füßen wieder zirkulierte.

Nachdem sie sich Zugang zum Haus verschafft hatte, nahm sie sich sehr viel Zeit, um es zu erkunden. Sie begutachtete die Schiebefenster und klopfte auf die Dielen, stapfte die enge Treppe hinauf, warf einen Blick in die antiquierten Badezimmer und stieg dann zum Dachboden hinauf. Sie roch Vernachlässigung, Verfall und Sorgen und zuckte beim widerspenstigen Quietschen einer aufgequollenen Tür und dem Trippeln weghuschender Mäuse weiter oben zusammen.

Die Atmosphäre ließ an vergangene Kämpfe ums Leben und Überleben denken, manche niederschmetternd, andere von Erfolg gekrönt. Sie sehnte sich nicht nach mehr Unruhe in ihrem Leben. Ganz und gar nicht. Während sie die eiskalten, deprimierenden Räume abging, fragte sie sich: Wäre es nicht besser, solche Orte zu meiden?

Erlösung war mehr als nur ein Wort. Es war ein Nirwana. Es war ein Zustand der Gnade, der sich ihr beständig entzog. Aber vielleicht konnte sie ihn in einer Immobilie finden?

In der Kälte hatten sich ihre Zehen so steif und starr wie Wäscheklammern angefühlt. Doch während sie der Orchestrierung aus dem Knarzen und Quietschen des Hauses lauschte, wurde die Antwort deutlich.

Heute war der Anstrich neu, der Stuck repariert, das Dach geflickt, und über dem Eingang hing ein Schild mit der Aufschrift: *Musée,* und gleich darunter auf Englisch und Französisch: »Museum der unerfüllten Versprechen«.

In der zweiten Zeile stand: »Laure Carlyle, Kuratorin«.

3

Das Büro oben im Haus war sehr klein. Vermutlich war hier früher einmal die Unterkunft der Dienstmädchen gewesen, und auf diese mochten die Räume palastartig gewirkt haben, aber für Laure stellte es ein immer größeres Problem dar, wie sie darin den bürokratischen Bedarf des Museums unterbringen sollte.

Eine Lösung hatte darin bestanden, die Wände zu streichen, inklusive des angrenzenden noch kleineren Raumes, der für Besprechungen genutzt wurde, und zwar in einem kaiserlichen Chinagelb, das sie – warum auch immer – geräumiger erscheinen ließ. Eine weitere Taktik war, ein drakonisches Maß an Sauberkeit einzuhalten.

Es war neun Uhr. Nic saß bereits an seinem Schreibtisch. Er war Engländer; seit nunmehr achtzehn Monaten auf dem Posten, zweisprachig, ungebunden, ehrgeizig, wollte er es in der Kunstverwaltung unbedingt zu etwas zu bringen und gehörte der Generation an, die davon ausging, dass sie überall in Europa leben konnte, als wäre nichts dabei. »Es ist einfach, mal hier, mal da zu leben«, sagte er. »Das machen viele von uns.«

Natürlich, die Generation Nic machte das so. Für sie war Europa eine Erweiterung ihres Heimatreviers. Und sie hatte das genauso empfunden.

Grüßend hob er eine Hand. »Klopf, klopf.«

»Wer da?«

»Toby.«

»Welcher Toby?«

»Toby or not Toby.«

Sie spielten das Spiel, wer den schlimmsten Witz aus dem Internet anschleppen konnte.

Sie dachte an Nos Arts en France und drückte sich die Daumen. »Was, wenn ich dir sage, dass du nicht mehr besser wirst?«

Nics Augen wurden groß. »Aber alles, was ich weiß, habe ich von dir gelernt.« Drohend hielt er einen Finger hoch. »Sag mir, dass ich unverzichtbar geworden bin.«

»Bist du«, antwortete sie ehrlich.

Er war zwar erst Ende zwanzig, besaß aber eine ungewöhnliche Fähigkeit, Menschen zu durchschauen. Nic dabei zu beobachten, wie er sich aus einer verzwickten Lage herausmanövrierte, war Anschauungsunterricht in Lebenskunde. Würde man sie dazu drängen, würde sie zugeben, dass sie von ihm gelernt hatte und dafür dankbar war. Liebe konnte einen völlig überraschend treffen und tat das auch, aber – und auch das war eine Überraschung – mit Zuneigung verhielt es sich genauso.

»Habe ich etwa Rasierschaum am Kinn?«, fragte er.

»Nein, warum?«

»Weil du mich so anstarrst.«

Sie lächelte. »Nur weil ich dich so mag.«

»Irgendjemand muss den Job ja machen.«

Nic begriff, worum es in ihrem Museum ging. Er verstand, dass die Gegenstände etwas zu sagen hatten. Als sie ihn das erste Mal durch die Räume geführt hatte, hatte sie zugesehen, wie ihm dieses Verständnis langsam gedämmert war.

Den Morgenkaffee für diesen Tag hatte Nic in einen Thermobecher gefüllt und zusammen mit Laures Terminplan auf ihrem Schreibtisch platziert. Sie setzte sich, stellte ihre Tasche unter dem Tisch ab und gab »Tierarzt, Canal

Saint-Martin« bei Google ein. Sekunden später hatte sie den Telefonhörer in der Hand und vereinbarte einen Termin.

»Ich wusste gar nicht, dass du eine Katze hast«, sagte Nic.

»Habe ich auch nicht.«

Ungläubig sah er sie an. »Du musst den Terminplan noch absegnen.«

Sie warf einen Blick darauf. Für den Vormittag war ein Interview mit einer freien Journalistin eingetragen. »Himmel.«

Der intelligente Nic war ein Experte darin geworden, Laures Reaktionen vorherzusehen. »Ich habe es so eingerichtet, dass es vor dem Mittagessen erledigt ist. Bis du deine *frites* aufspießt, wird alles vorbei sein.«

»Frites!« Sie sah auf. Er lächelte. Widerwillig grinste sie. »Wer ist es?«

»Sie sagt, sie hätte Spitzenkontakte, die sich ihren Pitch ansehen würden.«

Laure rollte mit den Augen. »In einem früheren Leben muss ich wirklich schrecklich gesündigt haben.«

Wenn er nett drauf war, dann zeigte Nic sich manchmal nachgiebig. Dann wieder konnte er es durchaus mit Caligula oder Stalin aufnehmen. »Es wird schon nicht so schlimm werden, und du musst es machen. Am Telefon klingt sie ganz gut, außerdem habe ich sie überprüft. Sie hat unter anderem Artikel im *New York Times Magazine* veröffentlicht.« Er fügte hinzu: »Sie ist jung. Arbeitet sich hoch.«

»Das sind die Schlimmsten.«

»Sind sie das, ja?« Er beobachtete ihren Gesichtsausdruck. »Und das kommt von der Frau, die sich weigert preiszugeben, ob sie Orangenmarmelade oder Konfitüre zum Frühstück bevorzugt.«

Sie stieß ein verlegenes Lachen aus. »Mag sein.«

Xavier hatte das immer für krankhaft gehalten.

Bei früheren Gelegenheiten hatte Nic gesagt, dass es verständlich sei, aber – auch wenn er das nicht laut aussprechen würde –, sein »verständlich« bedeutete eigentlich kurzsichtig.

»Wenn du dieses Risiko eingehst, dann würde das Museum von einem großen Artikel in einer auflagenreichen Zeitschrift profitieren.« Nic zeigte Raffinesse und brachte die Argumente aufsteigend vor. »Diese selbstherrlichen Museumsdirektoren müssten dich dann wahrnehmen, Laure.«

»Es ist mir egal, wenn sie das nicht tun.«

»Denk an Gianni aus Rom.«

»Der war einmalig.« Gianni Rovere, der italienische Journalist, war zuvorkommend und humorvoll gewesen und hatte Laure die Höflichkeit erwiesen, über ihre Antworten nachzudenken, bevor er mit der nächsten Frage weitermachte.

»Manche könnten diesen Ort hier als negativ bewerten«, hatte er gegen Ende des Interviews angemerkt.

»Nein«, hatte Laure widersprochen. »Das Museum bietet einen Ort, wo man neu anfangen kann.«

Nics letzter Hieb: »Die Leitung von Maison de Grasse wäre begeistert. Das ist die Art Publicity, die sie davon überzeugen wird, dass sie die richtige Entscheidung getroffen haben.«

Ihm lagen die Interessen des Museums am Herzen, und sie vertraute ihm. »Wenn ich das mache, habe ich dann bis Weihnachten Ruhe?«

Nic lächelte, und die Sonne ging auf.

Am Vormittag führte er die Journalistin in Laures Büro. Laure sah auf und runzelte die Stirn. »Oh«, sagte sie. »Wir kennen uns schon.« Sie nahm die Visitenkarte zur Hand, die das Mädchen ihr gegeben und die sie in den Ablagekorb gelegt hatte. »May Williams?«

Ohne die Sonnenbrille war zu sehen, dass May Williams überraschend blaugraue Augen hatte – ein Blick daraus, und Nic schien in Trance zu verfallen. Heute trug sie eine Skinny Jeans, ein eng anliegendes T-Shirt und angesagte Turnschuhe, wirkte aber etwas nervös. »Ich möchte wirklich unbedingt über das Museum schreiben.« Bei genauerer Betrachtung waren dunkle Schatten unter ihren aufsehenerregenden Augen zu erkennen. »Das könnte ein wichtiger Artikel sein.«

Ihre Ernsthaftigkeit war entwaffnend und half dabei, Laures Verärgerung über die Taktik, mit der sie an das Interview gekommen war, abzumildern. Sie warf einen Blick zu Nic, der aus seiner Trance erwachte, und sagte: »Kaffee, denke ich mal.«

Das Mädchen holte einen Stapel Blätter aus dem schwarzen Rucksack. »Ich dachte, Sie würden sich gern ansehen, was ich bereits gemacht habe.« Ihr Tonfall war sachlich, aber die Hand, mit der sie die Unterlagen vor Laure ausbreitete, hatte abgekaute Fingernägel und erzählte eine eigene Geschichte. »Ich verspreche, es ist keine schlampige Arbeit.«

Laure blätterte ein paar Artikel durch. Was sie sah, ließ auf ein helles Köpfchen und einen subversiven Schreibstil schließen.

O Gott, dachte sie. Ich will sie nicht an dieser Sache dranhaben.

Als der Kaffee kam, schnupperte May daran und schloss für einen Moment die Augen. Sie nahm einen Schluck und hatte danach einen kleinen Milchbart auf der Oberlippe. »Ich habe mich in französischen Kaffee verliebt.«

»Wenn Sie wollen, kann ich Ihnen zeigen, wo man den besten bekommt«, sagte Nic.

May lächelte ihn an.

Nic hatte also nicht gelogen, als er Laure versicherte, er hätte sie unter die Lupe genommen. Am Telefon hatten sie über mehr als nur über das Interview geredet.

»Ich führe Sie herum, dann bekommen Sie ein Gefühl für diesen Ort, bevor Sie mich interviewen«, sagte Laure, und May sprang auf und griff nach der Kaffeetasse. »Lassen Sie den Kaffee bitte hier. Wir müssen sehr darauf achten, dass keine Missgeschicke passieren.«

»Klar.« May trank den Kaffee aus und tupfte sich danach die Oberlippe ab. Mit einem Mal schien ihr ganzer Körper wacher zu sein. »Sollen wir loslegen?«

Laure führte sie nach unten zur Kasse, wo Chantal die Souvenirbestände prüfte und von ihrem Tablet aufsah, als sie kamen. »Wir brauchen mehr Kühlschrankmagneten mit den Handschellen«, sagte sie auf Französisch. »Davon können wir gar nicht genug haben. Das hier ist der letzte.« Sie hielt ihn hoch. Auf dem Magnet war ein Bild mit flauschigen Tigerplüsch-Handschellen, darunter stand: »Sie versprachen das Paradies.«

Laure übersetzte, und May lachte. Dann führte Laure sie in den ersten Raum, wo sie fragte: »Sie sind zweisprachig, oder? Wie kommt das?«

»Meine Mutter ist Französin. Mein Vater Engländer.«

Während ihrer Museumsführung mit Laure sagte May wenig, sie fragte nur, wie viele Räume es gebe. »Drei auf diesem Stockwerk, vier darüber, insgesamt also sieben, und dann noch die Büros. Es ist schwierig, weil die Räume alle unterschiedlich groß sind und es uns überall an Platz mangelt. Der größte Raum war vermutlich einmal ein Empfangssalon, der kleinste könnte unserer Meinung nach eine Toilette gewesen sein. Die meisten Böden sind noch original. Das erkennt man an der Breite der Dielen.« Sie fuhr fort: »Von Ihrem letzten Besuch werden Sie wissen, dass man hier anfängt und dann den Pfeilen *sens de visite* durch die drei nächsten Räume folgt. Danach die Treppe hoch. Durch die Räume im oberen Stock und dann über die Haupttreppe wieder nach unten, die etwas knifflig ist, weil sie so eng ist. Aber daran lässt sich nichts ändern.«

May schlenderte ein wenig herum. »Es ist sehr heimelig und stimmungsvoll, vielleicht etwas verstörend, aber eindeutig heimelig.«

»Die Gegenstände stellen etwas anderes als ›heimelig‹ dar«, ließ Laure säuerlich verlauten.

Unvermittelt blieb May stehen. »Himmel. Ich habe diese Regel, mir die überholten Ausdrücke von zu Hause zu verkneifen, aber dieser ist mir durchgerutscht.« Man sah ihr eine leichte Panik an. »Ich will damit nicht sagen, dass das Museum kitschig ist.«

»Zu Hause?«

»Alabama.« Sie zog eine Grimasse. »Mint Juleps, Pastete, Jim Crow.« Sie gestikulierte mit beiden Händen. »Wahnsinn. Leiden. Hitze. All das.«

May Williams war froh, noch einmal davongekommen zu sein.

»Also eine Flüchtende?«

May gab einen unverbindlichen Laut von sich und warf einen Blick in die größte Vitrine. »Ein Zugticket? Was ist das für eine Sprache?«

Ein kurzer Moment verstrich, ehe Laure antwortete. »Tschechisch.«

»Ach ja, ich glaube, es wurde für das Interview mit dem italienischen Journalisten fotografiert, nicht wahr? Das hat zu etwas Wirbel in der Tschechischen Republik geführt, weil sie dort leicht nervös werden, wenn man sie an die schlechten Tage unter kommunistischer Herrschaft erinnert.«

Laure wandte sich ab. »Ja, das hat es, glaube ich.«

Im zweiten Raum standen drei Vitrinen. May zeigte auf die erste. »Ich wollte Sie fragen, was es mit der Streichholzschachtel auf sich hat.«

»Wenn Sie ganz genau hinsehen, werden Sie darin einen Milchzahn entdecken. Der siebenjährige Jamie hat ihn hergebracht.«

»Ein Kind?«

»Kennen Sie viele Kinder? Ich nicht, aber sie sind ganz eindeutig die schärfsten Wächter über Versprechen und wissen sofort, wenn eines gebrochen wurde. Jamies Vater hatte ihm versprochen, er würde Geld von der Zahnfee bekommen, wenn seine Milchzähne ausfallen. Das hatte bei den ersten beiden Zähnen funktioniert, aber beim dritten war Jamies Vater verschwunden und mit ihm die Zahnfee.«

May wollte gerade eine Hand auf die Vitrine legen, überlegte es sich dann aber noch einmal anders. »Hätte denn nicht Jamies Mutter ihm das Geld hinlegen können?«

»Ich nehme an, sie wollte ihren Ex-Ehemann bloßstellen. Sie brachte Jamie hierher, und er gab mir die Streichholzschachtel und sagte mir, die Zahnfee sei eine große Lügnerin.« Jamies Kindergesicht hatte ebenso verletzt wie wütend gewirkt. »Er redete von seinem Vater.«

»Also werden die Leiden und die Traurigkeit des kleinen Jamie hier ausgestellt.«

Laure führte May in den nächsten Raum. »Interessant, wie ein kleiner Junge einen Weg gefunden hat, damit umzugehen.«

»Oder die Mutter.«

Die bittere Betonung des Wortes »Mutter« war Laure nicht entgangen. »Heißen Ihre Eltern gut, was Sie hier tun?«

»Mein Vater heißt Bourbon gut. Geißelt sich damit. Meine Mutter, das Urgestein, die eigentlich eine gute Frau ist, nur eben ihre Tochter nicht mag, fragen Sie besser selbst … fragen Sie sie, was sie am meisten auf der Welt hasst, und Sie bekommen einen langen, wortreichen Diskurs über unverheiratete Frauen, die astronomische Mieten bezahlen, um in einer Besenkammer voller Koch- und Abwassergerüche im Sodom von New York zu leben, während sie auf ihren großen Durchbruch warten.« Mit einem Blick, der schwierige, komplizierte Gefühle vermuten ließ, starrte May an Laure vorbei auf die Vitrine. »Sie sagte, ich hätte keine Chance. Meinte, es würde schwierig werden. Und so war es auch.«

»Ich bin mir sicher, dass es schwer war. Aber Sie haben Kontakte geknüpft. Unübersehbar. Gute Kontakte.«

Mays Gesicht hellte sich auf. »Das habe ich. Das war eine Möglichkeit, sich an einer Mutter zu rächen, die gefühlt vor hundertfünfzig Jahren geboren wurde, aber eben jetzt lebt und der Liberale und Feministen ein Gräuel sind.« Ihre Augen leuchteten auf. »Das ist jetzt ziemlich umständlich, um zu sagen, dass sie nicht so ist wie Sie.«

Eine Mikrosekunde lang war Laure verdattert und musste erst verdauen, dass sie mit Mays Mutter verglichen wurde. Lachen oder weinen? »Stimmt.«

»Oje …« Als May Williams bewusst wurde, dass sie sich womöglich einen groben Schnitzer geleistet hatte, ratterte sie durch ihre journalistische Waffensammlung und brachte ein Kompliment hervor. »Ich weiß, dass Sie die Art Frau sind, die auch mit neunzig noch eng anliegende Pullover und Lidschatten tragen wird.«

Überrascht musste Laure feststellen, dass sie lächelte. »Gut.«

»Keine eigenen Kinder?«

»Nein.«

Die unausgesprochene Frage schwebte im Raum. Die unausgesprochene Antwort lag Laure auf der Zunge: Ich habe mir eigene Kinder versagt. Vielleicht nicht bewusst, aber irgendwie war nie die richtige Person da oder der richtige Zeitpunkt oder die richtige Gemütsverfassung.

Die zwei Frauen gingen weiter.

Ein paar Minuten später fragte May: »Warum also Tschechisch?«

»Ich habe einen Sommer lang dort gelebt.«

»Und das ist ein unerfülltes Versprechen?«

»Tatsächlich ja, als solches hat es sich herausgestellt.«

In dem kleineren Zimmer wirkte die hochgewachsene, knochige May wie ein eingesperrtes Tier. »Wie ordnen Sie die Ausstellungsstücke an?«

»Gute Frage, wir haben sehr lange gebraucht, bis wir herausgefunden haben, was am wirkungsvollsten ist. Letztlich haben wir uns für die Beziehung der Gegenstände zueinander entschieden. Sagen wir mal, Haushaltssachen. Kleidung. Aber das funktioniert nicht immer. Die Gegenstände chronologisch anzuordnen stellte sich jedoch als zu schwierig heraus, da wir die Räume ständig umgestalten müssten.«

May klappte ihren Notizblock zu. »Verstehe.«

»Wir haben einen neuen Mäzen und überlegen, ob wir nicht renovieren.« Laure führte May zur Treppe, während sie die Themen für die Unterhaltung vorgab. »Die Museumskonzepte ändern sich. Werden regelrecht revolutioniert. Museen werden zu Orten, wo man Dinge anfassen kann. Orte, die Spaß machen. Orte, wo Unvorhergesehenes möglich ist. Wir müssen mit den großen mithalten.«

Sie führte sie in den letzten Raum. May zeigte auf den Schriftzug »Nummer 7«, der mit goldenen Buchstaben über dem Türsturz stand. »Sieben. Eine ganz spezielle Zahl.« Sie runzelte die Stirn. »Ist die Sieben von den ersten Primzahlen nicht die interessanteste? Wenigstens empfinde ich das so.«

»Mathe ist nicht gerade meine Stärke.«

Die Frage schlich sich an. »Ist es dann nicht schwierig, mit den Finanzen des Museums zurechtzukommen?«

»Habe ich das gesagt?«

May ließ die Frage fallen und versuchte es mit der nächsten. »Was ausgelassen wird, ist ebenso wichtig wie das, was aufgenommen wird, nicht wahr?«

Durch das restaurierte Schiebefenster fiel Licht auf Mays Haare, ließ die weißblonden und goldenen Strähnchen erstrahlen. Eine unschuldige Frage? Vermutlich. May zu erlauben, einen Steckbrief über Laure zu schreiben, hieß, Macht abzugeben. May würde bohren. Laure warf einen Blick aus dem Fenster. Sich mit der Angst zu befassen, die in den Windungen ihrer Psyche versteckt war, war ein jahrelanges, erschöpfendes Ringen gewesen, das sie nicht gewonnen hatte. »Ja«, antwortete sie schließlich. »Was man weglässt, ist tatsächlich *sehr* wichtig.«

May drehte sich zu ihr um. »Was tun Sie Ihrer Meinung nach mit diesen Gegenständen hier?«

Ein Hauch Skepsis? »Es ist ein Prozess des Verarbeitens.«

»Für wen? Jemand könnte sich das ansehen und denken: ›was für ein Haufen alter Plunder‹.«

»Das darf jeder halten, wie er will. Diesem Museum einen Gegenstand zu überlassen ist eine Möglichkeit, wie man mit etwas zurechtkommen kann, das im jeweiligen Leben schiefgelaufen ist.« Laure zeigte auf eine überaus hässliche bunte Vase, die die kleinere Vitrine dominierte. »Als Gesellschaft laufen wir Gefahr, die Bedeutung von Ritualen zu vergessen.«

»Wenn Sie meinen.« Ungläubig betrachtete May die Vase.

Laure grinste. Die hinter dem Glas der Vitrinen zusammengepferchte Mischung aus Fantasie, Sehnsucht, Wut und tief sitzender Enttäuschung war schwer, um nicht zu sagen, unmöglich zu beziffern, selbst unter idealen Bedingungen, und die Vase schien dieser Aufgabe nicht gewachsen zu sein.

»Die ist so hässlich, ich kann gar nicht wegsehen«, gab May zu.

»An schlechten Tagen beten wir zum Gott des Zerbrechens, aber irgendwie will er uns einfach nicht hören.« Hastig fügte sie hinzu: »Das dürfen Sie aber nicht zitieren.«

Mays Aufmerksamkeit wanderte zu einem gerahmten Scherenschnitt aus schwarzem Papier, der zwischen den Fenstern hing. Er hatte etwas Provisorisches, und der Schnitt war unsauber ausgeführt. Der Dargestellte – ein kleiner Mann, die Haare nach hinten gestrichen, eine römische Nase – hatte eine Gitarre in der Hand. »Er sieht toll aus. Lebt er noch?«

Laure stand hinter May. »Nein.«

»Was ist mit ihm passiert?«

»Tja ...«

May fuhr sich mit der Hand durch die Haare, ihre Finger blieben am Halsansatz darin hängen. Sie pulsierte vor Energie, Angespanntheit und einer eigenartigen Verletzlichkeit. War Laure einst auch so gewesen? Ja, das war sie – und das war ein guter Gedanke.

Für gewöhnlich antwortete Laure bei dieser Frage: *Ich weiß nicht, wer er ist.* Dieses Mal drängten die Worte aus ihr heraus. »Ich weiß nicht, wo er ist. Ich wünschte, ich wüsste es.«

***

May Williams würde ihre Antwort analysieren. Keine Frage.

Diese Vorstellung ging Laure den restlichen Tag nicht mehr aus dem Kopf. Ein spitzer Fingernagel hatte sich durch ihre Hülle gebohrt, und wenn das passierte, wurde sie unruhig.

In der Rue de la Grange aux Belles kümmerte sich Monsieur Becque um den nachmittäglichen Verkauf der Erzeugnisse. Für ein paar Euro bot er Laure eine überreife Alphonse-Mango, vier Tomaten und eine Aubergine an. Nicht schlecht. Sie bezahlte, verabschiedete sich und ging weiter.

Es war ein warmer Herbstabend, einer dieser für Europa typischen Abende, der die Pariser auf die Straße lockte. Obwohl das Tageslicht gerade erst schwand, brannte in manchen Fenstern bereits Licht, und Leute in Feierlaune versammelten sich in den hell erleuchteten Bars und Cafés. Die Mädchen trugen häufig schulterfreie Tops oder einen tiefen Rückenausschnitt. Ältere Frauen waren in High Heels und Lederröcken unterwegs, die Männer in Stoffhosen und Bomberjacken. In Gruppen strömten sie zu den Kanälen, und ihre Unterhaltungen vermischten sich in der abendlichen Atmosphäre. Ein paar Einzelne hatten es sich auf Bänken gemütlich gemacht, den Kopf über ihr Handy gebeugt.

Laure lief gegen diese Strömung und bog nach Norden ab in die Straße zur *Maison de Retraite*, dem Altenheim, Ecke Rue Martat und Rue Louis Capet. An diesem Abend, an dem einem die unterschiedlichsten Lebensstile ins Auge fielen, würde sie jemanden besuchen, der am Rande des Todes stand.

Wie das Museum gehörte die *Maison de Retraite* zu den älteren Häusern des Saint-Martin-Viertels. Das Haus hatte hohe, schmale Fenster, Wände aus Ziegelmauern und Stein mit Pecherkern, die auf seine mittelalterliche Vergangenheit hinwiesen. Es war ein vertrauter Anblick, aber Laure hatte es noch nie von innen gesehen. Nun, da sie hineingebeten wurde, betrat sie den engen, düsteren Gang, in dem es nach Kloster roch, was nicht zu den älteren Bewohnern zu passen schien. Doch die Gerüchteküche wusste zu erzählen, es sei ein schöner Ort, um seine letzten Tage dort zu verbringen. »Sie sind sehr freundlich da«, »Sie wissen, was es heißt, alt zu sein…«

Am Empfang traf sie auf die leicht zerzauste und atemlose *directrice*, Madame Maupin, allem Anschein nach eine zupackende Person. Zumindest vermittelte sie diesen Eindruck. »Entschuldigung, Madame, ich habe einem neuen Bewohner geholfen, sich einzurichten. Es gefiel ihm nicht, wie das Bett aufgestellt war, also mussten wir es herumschieben, bis alles passte.« Sie streckte eine Hand aus. »Schön, dass Sie da sind. Ich hoffe, es macht Ihnen nichts aus, dass wir Sie kontaktiert haben?«

»Nein. Ganz und gar nicht. Ich bin darauf angewiesen, dass die Leute sich bei mir melden.«

Madame Maupin entdeckte einen Fleck auf ihrem Rock, rief unwirsch etwas aus und rubbelte daran herum. »Madame Raoul hat nicht mehr lange; sie hat erfahren, was das Museum ausstellt, und möchte eine Schenkung machen. Ich dachte, es wäre besser, wenn Sie ihre Geschichte aus erster Hand erfahren.« Diese Redensart war auf Englisch durchaus bildhafter, wo man etwas geradewegs aus dem Maul des Pferdes vernahm, aber Laure war klar, was Madame Maupin damit sagen wollte. »Sie hatte gehofft, sie würde es bis zu ihrem hundertsten Geburtstag schaffen. Aber man weiß nie, was Gott für einen bereithält.«

»Nein, das weiß man nicht«, antwortete Laure und hoffte, dass sie nicht so ironisch klang, wie sie sich wahrnahm.

Madame Maupin führte Laure zu einem Lift, der sie in den obersten Stock brachte. Trotz der kleineren Fenster war das Licht hier oben heller, und ein Sonnenstrahl fiel durch die nach Süden ausgerichteten Flügelfenster herein.

Madame Raouls Zimmer war klein und beengt. Man hatte das Krankenhausbett gerade so hineingequetscht, doch Medikamente, Uhr, Rosenkranz und Bibel auf der Kommode lagen mit chirurgischer Präzision auf einem weißen Deckchen. Ein Stuhl passte gerade eben neben die Tür.

Als Laure eintrat, drehte die Frau, die gestützt von vielen Kissen im Bett saß, den Kopf. Madame Maupin beugte sich über sie – beschrieb mit ihrem gebogenen Körper ein Inbild der Güte. »Es braucht hier keine *politesse*, Madame.« Sie fuhr über die Ecke des Kissens. »Sagen Sie einfach, was Sie sagen wollen.«

Laure stellte sich auf die andere Seite des Bettes. Madame Raoul konzentrierte sich auf die *directrice*. »Den Kissenbezug, Madame.« Die Stimme war schwach. »Würden Sie den holen?«

Madame Maupin öffnete die oberste Schublade der Kommode, holte ein in Seidenpapier eingeschlagenes Päckchen heraus und legte es Madame Raoul auf den Brustkorb, die ihr bedeutete, es auszuwickeln. Es war ein quadratischer, spitzenbesetzter Kissenbezug, verziert mit weißen Stickereien. Ein Hauch Lavendel und die Muffigkeit von altem, unbenutztem Leinen – ein Mief, wie man ihn häufig in *brocante*-Läden antraf – vermischten sich mit dem Geruch nach Medikamenten und alter Frau.

Madame Raoul hob eine skeletthafte Hand und zeigte auf den Kissenbezug. »Den habe ich gemacht, als ich siebzehn war und kurz vor der Hochzeit stand«, sagte sie. Zwischen den Sätzen machte sie eine Pause, um Atem zu schöpfen. »Unsere Mütter brachten es uns bei, und sie hatten es wiederum von ihren Müttern beigebracht bekommen. Da, wo ich herkomme, war das eine Tradition. Jedes Mädchen musste das machen. Es war ein Symbol unserer Rolle als Ehefrau und Mutter.«

Laure berührte das Leinen mit den Fingerspitzen. »Es ist exquisit.«

»Madame Maupin, Ihnen wird nicht gefallen, was ich gleich sage.« Madame Raoul sah auf, und die beiden Frauen wechselten einen Blick. »Chère Madame, ich möchte Sie nicht aus der Fassung bringen.«

»In diesem Fall habe ich noch andere Dinge zu tun.« Madame Maupin zog den Stuhl ans Bett und bedeutete Laure, sie solle sich dorthin setzen. »Es ist einfacher zuzuhören, wenn Sie es bequem haben. Wenn Sie fertig sind, klingeln Sie bitte.«

Laure setzte sich, und ihr Gesicht war nun fast auf gleicher Höhe wie das von Madame Raoul. »*Soyez rassurée,* Madame. Wenn wir übereinstimmen, dass es einen Platz im Museum braucht, dann weiß ich genau, wo es hinkommt. Erzählen Sie mir davon.«

Madame Raouls Brust hob und senkte sich. Laure stellte ihre Tasche auf den Boden und faltete die Hände im Schoß. Wenn diese Unterhaltung entspannt verlaufen sollte, dann musste sie still und aufmerksam sein, das wusste sie.

Der Atem ging schwer. »Eine Frau sein heißt Gottes Lasttier sein.«

Laure setzte sich auf. Sie hatte Frömmeleien erwartet, keinen Ikonoklasmus.

»Sie sind eine berufstätige Frau, Sie wissen das. Ich war ein Bauernmädchen und hatte keine Wahl. Sahen Sie sich noch nie zu dem Schluss gezwungen, dass Er sich, indem er die Frau erschuf, seinen größten Scherz erlaubt hat?« Sie hatte offensichtlich Schwierigkeiten beim Atmen, und Laure legte ihr sanft die Hand auf die Schulter. »Das Werk eines Gottes, der ein Sadist ist.«

»Glauben Sie denn nicht an Gott?« Laure warf einen Blick auf die Utensilien des Glaubens, die auf der Kommode ausgebreitet lagen.

Es folgte ein langer Seufzer. »Das macht die Leute hier glücklich. Mein Hass auf Gott ist zu viel für sie. Das verstehe ich. Es ist schwer für sie.« Ihre Lider schlossen sich schwerfällig. »Wir wurden im Glauben erzogen; er hing wie ein Schlüssel um unseren Hals. Ich glaubte daran. Gott war der Vater, und mir wurde beigebracht, dass es meine Bestimmung war, Ihm zu gehorchen, Ihm und meinem Ehemann.«

Laure wartete.

»Aber der Glaube ist eine Lüge, Madame.«

Madame Raouls Glaube? Oder jedweder Glaube, der in so vielerlei Formen auftrat, darunter auch der politische Glaube?

»Gott hat mir zwei meiner Kinder genommen. Lucie hat ihm nicht gereicht, nein, er musste mir auch noch Jean nehmen. Gott wollte alles, was mir etwas bedeutete, und sorgte dafür, dass Er es bekam.«

»Ihr Ehemann?«

Madame Raoul spielte an dem Kissenbezug herum. »Wenn Sie es sehen könnten... wenn Sie es verstehen könnten, ich habe Blutergüsse und Narben unter der Haut, die mir der Mann zugefügt hat, der versprach, mich zu lieben und zu ehren.«

Das Bemühen, Sinniges von sich zu geben, war überaus anstrengend, und sie fiel in einen Halbschlaf. Laure sah aus dem Fenster zum dunkler werdenden Himmel. Es verstand sich von selbst, den Sterbenden zuzugestehen, dass sie sich ihre Zweifel und ihre Bedrängnis von der Seele redeten. Sie mussten die Erlaubnis haben, die Fragen zu stellen, die ihnen vielleicht nicht zugestanden worden waren oder für die sie zu Lebzeiten nicht genug Kraft gehabt hatten.

Madame Raoul wachte ebenso unvermittelt auf, wie sie eingeschlafen war, und starrte Laure an. »Nichts im Leben war wie versprochen«, sagte sie. »Ich bitte Sie, diesen Kissenbezug als Beispiel dafür zu nehmen, wie Frauen verraten werden.«

»Aber doch sicherlich nicht alle?«, sagte Laure sanft. »Nur manche.« Madame Raoul runzelte die Stirn, und Laure fuhr fort. »Madame Raoul, wir haben uns eben erst kennengelernt, aber es betrübt mich, dass Sie so verbittert sind. Kann ich nichts sagen, das irgendwie helfen könnte?«

Madame Raoul wandte den Kopf ab. »Machen Sie sich keine Gedanken. Ich habe gesagt, was ich sagen wollte, das verschafft mir Ruhe und Frieden. Ich werde den Menschen hier keine Sorgen bereiten.«

Madame Raouls Initialen und die ihres Mannes erzeugten ein wallendes Basrelief. Als Laure es wieder in das Seidenpapier einschlug, sagte sie: »Er sieht fast unbenutzt aus.«

Die sterbende Frau machte mehrere schmerzhaft klingende Atemzüge. »Wenn Sie es aus nächster Nähe betrachten, werden Sie Blutflecken darauf erkennen.«

»Wessen?«

»Meine. Vom Nähen. Ich habe sie nie herausgewaschen bekommen.«

Auf dem Heimweg dachte Laure über die Blutflecken nach, die, obwohl sie winzig waren, die tatsächliche Geschichte von Madame Raouls Kissenbezug erzählten, nicht die Perfektion des zugeschnittenen, bezwungenen und verschönerten Leinens.

In der Wohnung nahm Laure eine lauwarme Dusche und fuhr dann mit einem Taxi ins Marais, wo sie sich mit Freunden zum Abendessen im Lapin Blanc traf. Im Taxi beschloss sie, dass der Kissenbezug einen Echtholzrahmen bekommen und in Raum 7 hängen sollte.

Früh am nächsten Morgen, noch bevor sie sich auf den Weg zur Arbeit machte, klingelte ihr Handy. Es war Madame Maupin. »Ich wollte Sie nur wissen lassen, dass Madame Raoul heute Nacht friedlich entschlafen ist.«

»Das tut mir leid. Sie war eine ungewöhnliche Frau.

Hatte sie überhaupt Familie? Das müsste ich für die Unterlagen des Museums wissen. Für den Moment, wenn wir den Kissenbezug zurückgeben.«

»Keinerlei Familie«, lautete die Antwort. »Leider war sie viele Jahre im Gefängnis, und ihre Familie hat sie verstoßen.«

Widerstrebend – nur sehr widerstrebend – stellte Laure die nächste Frage. »Weshalb war sie denn im Gefängnis?«

Sie hörte ein Seufzen am anderen Ende der Leitung. »Wegen Mordes. Madame Raoul hat ihren Ehemann umgebracht.«

4

May hatte ganze Arbeit geleistet und eine Bestätigung von *Vanity Fair* bekommen, dass sie eine umfassende Reportage für die folgende Woche in Auftrag gaben. Nach ein wenig Hin und Her einigte man sich darauf, dass sie Laure drei Tage lang begleiten und bei Terminen teilnehmen würde, vorausgesetzt, sie unterschrieb ein Dokument, mit dem sie sich verpflichtete, die Geheimhaltung der Spender zu wahren.

Sie rief an, um die Termine mit Laure abzusprechen, und Laure sagte: »Ich stelle Sie für die Details zu Nic durch.«

»Oh, *good*.«

Aus dem Augenwinkel beobachtete sie, wie angeregt Nic mit ihr telefonierte.

Pünktlich zur vereinbarten Zeit erschien May in einer engen Jeans und einer schwarzen Bomberjacke mit aufgestickten roten Dahlien und ihrem schwarzen Neoprenrucksack. Sie hatte ein Tablett mit Coffee to go dabei und bot Nic einen an. »Americano mit einem Schuss Milch, stimmt doch?«

»Stimmt genau.« Nics Lächeln wirkte leicht hilflos.

May wandte sich zu Laure um. »Espresso mit Milch?«

Laure lachte und zeigte auf ihre Jacke. »Sie sollten eigentlich unauffällig sein.«

»Kein Problem.« May zog die Jacke aus und stopfte sie in ihren Rucksack. »So okay?«

Als May dann auf einem Stuhl im Konferenzraum Platz

nahm, schien sie auf ganz außergewöhnliche Weise – weiß der Himmel, wie das möglich war – mit der Wand eins zu werden.

Nic führte Joseph Broad herein, der Laure an dem kleinen Schreibtisch gegenübersaß. Er war um die dreißig, unbestreitbar gut aussehend und wirkte mitgenommen. Er bot einen Anblick, der Laure vertraut war. Das war ein Mann, der nicht in Frieden mit sich selbst lebte.

Im angrenzenden Büro telefonierte Nic, und die Besucher im Museum gingen die Treppen mal hinauf, mal hinunter. Im Konferenzraum hingegen war es still und ruhig, genauso sollte es sein.

»Ich weiß nicht, weshalb ich hier bin.« Dann korrigierte er sich. »Doch, das weiß ich.«

Dieses Ringen um ein abschließendes Verarbeiten war Laure ebenfalls vertraut. »Fangen Sie am Anfang an, das hilft uns beiden«, sagte sie freundlich. »Lassen Sie sich Zeit. Ich höre zu.«

Joseph Broad zog einen teuer aussehenden Geldbeutel hervor und nahm ein Zugticket heraus. So, wie er es in der Hand hielt, konnte man meinen, er würde sich daran verbrennen, dann ließ er es auf den Tisch fallen. »Wie Sie wissen, heiße ich Joseph Broad, aber eigentlich sollte ich Joseph Murry heißen.«

Aus dem Augenwinkel sah Laure, wie May sich tiefer in den Stuhl sinken ließ und ihre Haare sich kaum von den gelben Wänden abhoben.

»Murry ist der Name meiner biologischen Mutter, die ich ausfindig gemacht habe.«

Laure hatte die Hände im Schoß liegen, wartete ab. Joseph Broad sah auf seine Füße, dann wieder hoch zu Laure.

»Sie lebt in einer heruntergekommenen Gegend in der Nähe von Nottingham. In einem Hochhaus. Ich habe es mir angesehen, ehe ich Kontakt aufnahm. Es schockierte mich, wie schlimm es aussah. Niemand sollte so leben müssen. Der Kontrast zwischen ihrem und meinem Leben war schrecklich.« Er zeigte auf seinen Geldbeutel.

Der Geldbeutel, das Brooks-Brother-Hemd und die teuren Schuhe sprachen für sich.

Sie wartete, bis er sich wieder gefasst hatte. Durch jahrelanges Ausprobieren hatte sie gelernt, dass Schweigen sehr machtvoll war und einer Pinzette gleichkam, die einen schmerzenden Stachel herauszog. Häufig hingen die Spender eines Gegenstands der Vorstellung an, wenn sie sich erst einmal zu diesem großen Schritt entschlossen hatten, wäre das, was sie umtrieb, unter Kontrolle. Sie wussten, was sie sagen wollten. Sie hatten es sich notiert. Sie hatten die Sätze geprobt, bevor sie hergekommen waren. Sie wussten, wie sie sich fühlten.

In Wirklichkeit aber wussten sie es nicht. Wenn sie zu dem Punkt gelangten, dann brachen die Staudämme, die Schmerz und Angst zurückhielten, und die Gefühle überschwemmten die guten Absichten.

Laure lächelte Joseph Broad aufmunternd zu.

»Ich habe Kontakt aufgenommen«, sagte er. »Wir haben miteinander telefoniert. Sie sagte mir, sie habe damals das Gefühl gehabt, sie könne mich unmöglich behalten. Sie sei an einem Tiefpunkt angelangt gewesen und habe gedacht, ich hätte mehr Chancen auf ein besseres Leben, wenn sie mich weggäbe.«

Der Schmerz trieb ihn dazu, aufzustehen und zu dem kleinen Fenster zu gehen – er wäre vermutlich überrascht zu wissen, dass das eine sehr geläufige Reaktion war.

Mays Niesen unterbrach die Stille. »Entschuldigung, Entschuldigung.« Sie holte ein Taschentuch hervor und schnäuzte sich.

»Kennen Sie Paris?«, fragte Laure Joseph.

»Ich habe mir die Sehenswürdigkeiten angesehen.« Joseph kehrte zu seinem Stuhl zurück. »Ich bin viel beruflich hier, bekomme aber hauptsächlich Hotels von innen zu sehen.«

»Macht es Ihnen etwas aus, Ihre Geschichte in einer fremden Stadt zurückzulassen?«

»Sollte es das?«

»Es ist eine Frage, die man sich stellen sollte.« Laure öffnete die Akte über Joseph Broad, die Nic vorbereitet hatte. »Es könnte damit zusammenhängen, weshalb Sie eine Schenkung machen wollen und warum Sie sich entschlossen haben, nach ihr zu suchen.«

Joseph Broads Lippen wurden eine Spur blasser. »Das war ein Gefühl. Also gut, ich hatte einen Traum, in dem ich keine Beine hatte. Das war eine schlimme Nacht, doch dieses Gefühl nagte noch Wochen danach an mir. Als ich es meiner Partnerin Paula gegenüber erwähnte, meinte sie, das hänge damit zusammen, dass ich keine Wurzeln habe.« Er presste ein Lachen hervor. »Ich sagte, das sei nichts als hohles Psychologiegeschwätz.«

Laure fragte freundlich: »Darf ich ein Klischee verwenden? Nur weil man paranoid ist, heißt das nicht, dass die da draußen nicht doch hinter einem her sind. Paula könnte recht haben.«

Joseph nahm sich einen Moment, um diese Andeutung zu verarbeiten. »Ich bin im Alter von sechs Wochen adoptiert worden und habe bei sehr netten, lieben Menschen in Surrey gelebt. Sie haben mich gut behandelt, und ich habe sie geliebt, aber ich trug immer, wirklich immer diese Verzweiflung in mir und wusste einfach nicht, weshalb. Inzwischen sind sie gestorben, und seitdem verspüre ich das Bedürfnis herauszufinden, wer ich bin. Ich beauftragte jemanden, der recherchieren sollte, wo meine Mutter lebte und welche Agentur mich damals zur Adoption freigegeben hatte, und er wurde fündig. Über die Agentur stellte ich dann den Kontakt zu meiner Mutter her, und wir telefonierten miteinander.«

»War das gut?«

»Ja, das war gut.«

Joseph sagte nicht die Wahrheit, mit der er zu diesem Zeitpunkt vermutlich nur schwer zurechtkam, und es stand Laure nicht zu, das weiter zu ergründen. May holte ihren Laptop aus dem Rucksack, und Laure warf ihr einen mahnenden Blick zu.

»Die Fahrkarte?«

Seine Schultern verspannten sich. »Sie versprach, sich mit mir in London zu treffen. Ich bot an, sie von einem Taxi abholen zu lassen, aber das wollte sie nicht. Wir einigten uns darauf, dass sie mit dem Zug kommen würde, und ich habe ihr das Ticket für London zugeschickt.« Er schob die Fahrkarte in Laures Richtung. »Das ist die Rückfahrkarte. Erster Klasse.«

Sowohl Laure als auch May saßen ganz still da. Das Finale zu dieser Geschichte war vorhersehbar – und verströmte Traurigkeit.

»Sie versprach, dass sie kommen würde. Sie hat es *versprochen.*« Sein Blick ging an Laure vorbei. »Ich komme einfach nicht darüber hinweg, wie glücklich sie sich angehört hat, als wir zum ersten Mal miteinander telefoniert haben. Sie meinte, man höre niemals auf, an ein Baby zu denken, das man weggegeben habe. Sie sagte mir, dass ich eigentlich nicht Joseph, sondern Barney heißen sollte, nach meinem Großvater. Ich sagte ihr, sie könne mich ruhig Barney nennen.«

Es war ganz still im Raum.

»Was haben Sie ihr gesagt?«

Seine Lippen bewegten sich, aber es kam kein Ton heraus. Er setzte erneut an, und dieses Mal sprudelten die

Worte nur so aus ihm heraus. »Ich habe ihr gesagt, dass ich sie gern kennenlernen würde.«

Laure sah nach unten auf die Akte. Die Kunst, sich vom Leiden eines anderen nicht berühren zu lassen, beherrschte sie noch immer nicht.

Joseph sah zuerst aus dem Fenster, dann auf den Boden, dann auf seine gepflegten Hände, die verkrampft in seinem Schoß lagen. »Ich habe drei Züge abgewartet. Nichts.« Seine Augen wurden feucht. »Man würde doch denken ...« Schweigen. »Müsste sie nicht neugierig sein zu sehen, was sie weggegeben hat?«

May hustete. Laure bedachte sie mit einem Stirnrunzeln.

Sie ordnete die Blätter in Joseph Broads Akte neu. »Ich habe mit vielen Menschen geredet, die das getan haben ...«, sie zeigte auf die Akte, »und ich weiß von ...« Sie brach ab. »Ich bin zu der Einsicht gelangt, dass Schuld und Bedauern die schlimmsten Bürden sind, die man mit sich herumtragen kann. Man braucht Mut, um sich ihnen zu stellen, und manchmal bringen die Menschen einfach nicht genug davon auf. Sie wurden zu sehr verletzt. Oder niedergerungen. Ich bin keine professionelle Psychotherapeutin, nur eine Beobachterin, aber ich würde Sie dringend bitten zu erwägen, ob Ihre Mutter nicht etwas mehr Zeit braucht.«

»Sie vielleicht.« Er schwieg kurz. »Ich nicht.« Zwischen diesen beiden Bemerkungen hatte sein Gesicht die harten Züge der Wut angenommen.

Laure traf eine Entscheidung. »Drei Dinge. Wir bieten Ihnen die Gelegenheit, den Gegenstand in einer Vitrine auszustellen. Manche Spender finden diesen Teil des Prozesses sehr wichtig. Zweitens: Wir bitten Sie, uns eine Beschreibung zukommen zu lassen, weshalb dieser Gegenstand hier ist. Und drittens: Sie müssen angeben, was mit dem Gegenstand gemacht werden soll, wenn seine Zeit hier vorbei ist.«

Er beugte sich über den Tisch. »Schreiben Sie bitte: ›Ich bin dein Sohn, und du bist einfach nicht gekommen.‹ Machen Sie damit, was Sie wollen. Ich bin heute Abend wieder weg.«

»Sind Sie sicher?«

Die vorangegangene Andeutung von Tränen, die sie bemerkt hatte, hatte eine kleine feuchte Spur in seinen Augenwinkeln hinterlassen. »Ich bin mir dabei so sicher, wie man nur sein kann.«

Das »dabei« umfasste, was Joseph ganz offensichtlich als Misserfolg erachtete, und so etwas wie Misserfolge war er einfach nicht gewohnt. Seine Wut und Verwirrung waren unübersehbar schmerzlich für ihn und schmerzlich anzusehen. May rutschte unbehaglich auf ihrem Beobachtungsposten hin und her.

Joseph schob Laure die Fahrkarte ganz hinüber. Sie nahm sie hoch. Nichts von den perfekt versteckten Gefühlsregungen des Spenders war der Fahrkarte anzusehen.

Nic brachte Joseph Broad nach unten und berichtete, er habe eine beachtliche Spende in die Spendenbox gesteckt, bevor er gegangen sei.

»Der arme Kerl«, sagte May. »Aber es hat ihm gutgetan, hier gewesen zu sein. Oder nicht?« Weder Nic noch Laure erwiderten etwas darauf. Sie sah von einem zum anderen. »Gibt es Momente, in denen einem diese Geschichten unter die Haut gehen und die positive Energie einfach verpufft?« Nicht dass Laure das nicht schon beim ersten Aufeinandertreffen gedacht hatte, aber May war tatsächlich scharfsinnig.

Nic sah auf, sein Blick kreuzte den von May, und er war derjenige, der antwortete. »Hin und wieder.«

Laure steckte die Fahrkarte in eine Plastiktüte und beschriftete sie mit »Joseph Broad/Murry« und dem Datum.

Mays Hände schwebten über der Tastatur ihres Laptops. »Bekommt das Museum viele Rückmeldungen?«

»Ja, sehr viele.« Wieder sprach Nic als Erster. »Ich kann sie dir zeigen, wenn du willst.«

Rückmeldungen wurden gewissenhaft in den Archiven aufbewahrt. Viele hatten geschrieben. »Der Besuch in Ihrem Museum hat mich gereinigt«, schrieb jemand, »Jetzt kann ich mir selbst ins Gesicht sehen«, ein anderer.

***

Bevor sie an diesem Abend nach Hause aufbrach, drehte Laure ihre übliche Runde, ging von Raum zu Raum, um zu überprüfen, ob alles in Ordnung und an Ort und Stelle war.

Ihr Bruder Charlie zog sie damit auf, sie habe das Florence-Nightingale-Chromosom.

Vielleicht.

Sich selbst gut zu kennen war eine gewaltige Aufgabe, bei der es meistens anstrengend bergauf ging. Und die nie abgeschlossen war.

»Gute Antwort«, hatte Charlie gesagt. »Aber wir beide – du und ich – sind mehr Stückwerk als viele, die wir kennen.«

Abgesehen von dem Gelächter, das vom Büro oben kam, wohin Nic und May sich zurückgezogen hatten, war nur das Ticken der Uhr und das Klappern ihrer Absätze über die Dielen zu hören, das die Stille nach der Besuchszeit durchbrach.

Ungewöhnlich unentschlossen drückte sich Laure in der Tür zu Raum 3 herum. Wo sollte sie Joseph Broads Fahrkarte unterbringen? Neben der Puppe mit dem zerdrückten Gesicht? Neben dem Milchzahn in der Streichholzschachtel? Sie alle hatten etwas gemeinsam, wie May rasch festgestellt hatte. Das Zusammentreffen von Jamies Wut und Josephs kindlicher Verzweiflung liefen geradewegs in einer gemeinsamen Erfahrung zusammen, in der Erwachsene Kinder verraten hatten.

Der Boden in Raum 3 war besonders uneben, und es war notwendig gewesen, einen Fuß der Vitrine, in der sich die gerahmte tschechoslowakische Fahrkarte befand, zu unterlegen. Die Angaben unterhalb der Fahrkarte führten den Geltungstag auf, wo sie ausgestellt worden war, sowie den Zielort. Darunter stand auf Englisch, Französisch und Tschechisch: »Eine Fahrkarte für die Strecke, die Menschen in den Achtzigerjahren genommen haben, um von der Tschechoslowakei nach Österreich zu fliehen. Es war der beliebteste Fluchtweg bei denen, die vor dem Regime flüchteten. Viele haben es nicht geschafft.«

In den Anfangstagen des Museums wollten manche Besucher mehr über diese Geschichte wissen, und Laure erzählte ihnen von osteuropäischen Regimekritikern, die an den Grenzpunkten von Hunden oder Wächtern aufgespürt und geschnappt worden waren – Geschichten von Flucht, Angst und Ungewissheit. Wurde sie gefragt, inwiefern gerade diese Fahrkarte ein unerfülltes Versprechen darstellte, antwortete sie: »Details dazu darf ich nicht weitergeben«, was die Spekulationen nur noch weiter anfachte.

Während sich das Museum weiterentwickelte und mit Gegenständen füllte, nahm das Interesse an der Fahrkarte ab, dennoch stellte Laure sie sehr viel länger aus, als das eigentlich der Fall hätte sein sollen.

Sie hatte die Vitrine geöffnet und holte den rauen Holzrahmen hervor, den sie ausgewählt hatte, weil Tomas den Wald so sehr geliebt hatte.

Sie presste ihn fest an sich.

5

Prag, 1986

Du meine Güte, was ist das für ein grauer Ort!, dachte Laure, als sie die Stadt zum ersten Mal durch die Fenster der Limousine betrachtete, mit der die Familie Kobes und sie vom Flughafen abgeholt wurden. Ganz anders als das farbenfrohe Paris, das sie so gut kannte. Oder die Grün- und Brauntöne vom Yorkshire ihrer Kindheit.

In den darauffolgenden Tagen revidierte sie ihre Meinung. Es *gab* Farbe, wenn man danach Ausschau hielt. Sie blitzte zwischen den barocken Steinen der riesigen Prager Burganlage hervor, die über der Stadt aufragte und die sie von der Wohnung ihrer Arbeitgeber direkt darunter in der Malá Strana, der Prager Kleinseite, dem Ausländerviertel, sehen konnte. Später wurde sie mit dem hier und da durchschimmernden Sommerglitzern der Moldau vertraut, die die Malá Strana vom verwirrenden Straßennetz der Staré Město, der Prager Altstadt, trennte, und kam in den Genuss des breiten sommerlichen Grünstreifens des Letná-Parks.

Die Stadt war nicht so sexy wie Paris. Doch sie hatte etwas Unergründliches, Mysteriöses an sich, zu dem selbst die Sommersonne nicht vordringen konnte. Alles drehte sich um die Geschichte von wechselnden Glaubensrichtungen, von Verfolgung, Dämonen und Musik. Es war ein eindringlicher Ort und ein verwunschener Ort, in dessen Vergangenheit immer wieder die Ironie der Geschichte zum Tragen kam.

Dafür musste man sich nur den Satz aus dem Buch *Prag mit wenig Geld* ansehen, mit dem Laure unterwegs war. »Einst die Hauptstadt des Heiligen Römischen Reiches, kam Prag im Lauf der Jahre in den Genuss einer reichhaltigen und bunten religiösen, kulturellen und politischen Geschichte.«

Von Petr Kobes, ihrem Arbeitgeber, wusste sie, dass die Tschechen ihre Stadt *matička Praha* nannten, »Mütterchen Prag«, doch mit einem Lächeln, das Laure schmeichelte, hatte er hinzugefügt, man müsse sich darüber im Klaren sein, dass einer ihrer berühmtesten Schriftsteller, Kafka, geschrieben habe: »Dieses Mütterchen hat Krallen.«

In der Staré Město lehnten ein paar Betrunkene an einer mit Nägeln beschlagenen Tür. Etwas weiter die Straße hinunter schlief jemand auf einer Bank, neben ihm rollte eine leere Flasche Rum trübsinnig über den Boden.

Im Vorbeigehen roch man den Alkohol. Das war nichts Neues, dachte sie. Bei ihr zu Hause konnte man an jedem Wochentag über Betrunkene stolpern. »Die Engländer sind dem Alkohol hoffnungslos verfallen«, hatte ihre wunderbare, wenngleich ein wenig herablassende französische Mutter mehrfach betont. Auch in Paris gebe es Betrunkene, hatte Laure ihr in Erinnerung gerufen. Doch ihre Mutter hatte auch darauf eine Antwort: »Pariser sind aber besser darin.«

Dieser Haufen hier machte einen ganz besonders deprimierten Eindruck. Keiner der niedergeschlagenen Männer oder Frauen warf ihr auch nur einen Blick zu, als sie mit den Kindern an ihnen vorbeiging. In seinem warnenden Sermon über Prag hatte Petr ihr eingetrichtert, sie solle achtsam sein. »Die Betrunkenen reißen dir die Fingernägel aus, wenn sie glauben, sie könnten dafür einen Sliwowitz bekommen.«

Überall das Gleiche, dachte sie und umklammerte Jans und Marias Hand etwas fester.

Doch es war nicht überall das Gleiche. Das meiste hier war ihr fremd, und genau darum ging es. Etwas Neues kennenzulernen und in sich aufzunehmen sollte ihr dabei helfen, mit dem Schock über den Tod ihres Vaters zurechtzukommen. Nachdem sie mitten im ersten Jahr an der Universität einen Zusammenbruch gehabt hatte, war klar, dass sie ziemlich fertig war, und ihre Mutter hatte sie nach Paris geschickt. »Meine Stadt wird dich heilen«, hatte sie gesagt. »Du kannst später zurück an die Uni gehen.«

Laure hatte sich zunächst widersetzt. Vor dem Tod ihres Vaters hatte sie nicht die leiseste Ahnung von Trauer gehabt. Was sie mit sich brachte. Wie sie funktionierte. Hatte nichts von ihrem intimsten Wesen gewusst. Nichts von ihrer hartnäckigen Fähigkeit, einen Menschen nach unten zu ziehen. Sie wollte – und musste – diese Trauer bei ihrer Mutter abladen, sie sollte die Verantwortung übernehmen. Doch ihre Mutter war weiser gewesen. »Du wirst erstaunt sein, was das Weggehen bewirken kann«, hatte sie gesagt und dabei die weinende Laure gewiegt. »Gerade weil du so traurig bist, wirst du diese Erfahrung ganz anders aufnehmen als dann, wenn du glücklich bist.« Sie hatte Laure über das Haar gestreichelt. »Denk darüber nach.«

»Wohin gehen wir?«, fragte Jan.

»Zum Altstädter Ring.« Laure berührte ihn an der Schulter. »Hoffentlich ist das der richtige Weg.«

Ihre Mutter hatte recht gehabt. Genau darum ging es bei Prag, es war eben nicht das Zuhause, wo es einem erlaubt war zusammenzubrechen. Genauso wenig wie Paris ihr Zuhause war, wo sie die Kobes kennengelernt hatte. Im Exil zu sein *war* eine Therapie.

Im Paris ihrer Kindheitsbesuche hatte Laure niemals

auch nur einen Moment lang Heimweh gehabt oder sich fremd gefühlt. Nichts war verändert gewesen, als sie vom Schiff gegangen, in den Zug gestiegen und an dem wie immer mit Zigarettenstummeln übersäten Bahnsteig der Gare du Nord ausgestiegen war. Nirgendwo sonst roch es wie in Paris, und während sie diesen Geruch tief in sich einsog, hatte sie gespürt, wie sich die Dunkelheit der letzten Monate veränderte und erträglicher wurde. Drei Wochen danach war sie mit den Kobes auf dem Weg nach Prag gewesen.

Dort war es heiß. Heißer, als sie es gewohnt war. Das Kontinentalklima. Sehr heiße Sommer, sehr kalte Winter – sie durchforstete ihr Gedächtnis nach Überbleibseln ihres Geografieunterrichts. Zu ihrer Überraschung gefiel es Laure. Sie mochte die Strahlen auf den schmiedeeisernen Geländern, die Hitze, die sich über ihre Haut ausbreitete, und den feuchten Fleck zwischen ihren Schulterblättern. Sie mochte das tiefe, klare Blau des Himmels, an dem sich eine messingfarbene Sonne präsentierte. Sie rief Erinnerungen an das Buch über mittelalterliche Gemälde wach, das in der Bibliothek der optimistischen Miss Boyt ausgestellt war. »Ich werde niemals in meinem Versuch nachlassen, euch zu zivilisieren«, hatte sie den Oberschülern verkündet. »Also könnt ihr auch gleich aufgeben. Insbesondere du, Laure Carlyle. Mit deiner französischen Mutter und alldem sollten dir diese Dinge bewusst sein.«

Miss Boyts Logik hatte sich Laure entzogen. Dennoch hatte sie hin und wieder die Bücher durchgeblättert und die einen oder anderen Fakten aufgeschnappt, worüber sie inzwischen zunehmend froh war.

Und jetzt war sie hier.

Die Hitze mochte Laure gefallen, nicht aber ihren Schützlingen, der zehnjährigen Maria und dem elfjährigen Jan. Beide Kinder waren verschwitzt, fühlten sich unwohl und taten ihren Unmut kund. Allerdings hatte es keinen Zweck, in die Wohnung der Kobes zurückzukehren, da Eva ihr aufgetragen hatte, nicht vor fünf Uhr zurückzukommen. Eine gewisse Loslösung von ihren Kindern schien Evas *Modus Vivendi* zu sein. Da Laure an den allumfassenden Erziehungsstil ihrer Mutter gewöhnt war, fragte sie sich, ob das wirklich normal war.

Sie war noch zu keinem Schluss gekommen. Ja, mit den beiden Kindern zurechtzukommen war alles andere als das leichte Unterfangen, das sie sich unbekümmert ausgemalt hatte, aber es war eine *Quidproquo*-Situation. Sie wandte ihr Gesicht der Sonne zu. Es gab unerwartete Entschädigungen, denn dass Kinder Spaß machen könnten, wäre ihr niemals in den Sinn gekommen. Oder dass sie selbst so beschützerisch sein könnte.

»Also, *Miis* Laure, unsere Mutter möchte, dass du mit uns in Bars gehst …« Jan war ein ausgezeichneter Scherzbold, und sie musste mit dem Kopf immer ganz bei der Sache sein. Maria war ein nüchterneres Kind, das über die Dinge nachdenken musste und leicht gekränkt war. Die beiden hatten nur einen geringen Altersabstand, konkurrierten dementsprechend miteinander und waren noch dazu in einer Phase, in der sie nicht miteinander auskamen.

Wie nicht anders zu erwarten, war Laures Französisch nahezu fehlerlos – und die Kinder der Kobes sprachen hauptsächlich Französisch –, allerdings würde es mit der tschechischen Sprache und der Währung etwas knifflig werden. Sie beugte sich nach unten, rückte Marias Sonnenhut zurecht und sagte: »Lasst uns ein Eis essen. Aber du musst die Bestellung aufgeben, Jan.«

Das Trio stapfte über die Karlsbrücke, die den Fluss zwischen Malá Strana und Staré Město überspannte, blieb immer mal wieder stehen, um sich eine der Statuen anzusehen, von denen viele noch vom Zweiten Weltkrieg beschädigt waren. Darunter floss die graugrüne Moldau Richtung Meer. Angeblich, so behauptete der vertrauenswürdige *Prag mit wenig Geld*, war im vierzehnten Jahrhundert ein Heiliger von dieser Brücke in den Fluss geworfen worden. Vermutlich wegen seines Glaubens, dabei hatte er König Wenzel, der ihn hinrichten lassen wollte, die Treue geschworen. Laure hielt es da mit der klaren politischen Haltung ihres Vaters: Vertraue niemals einem Prinzen.

Von der Brücke führte eine Straße direkt zum Staré-Mĕsto-Platz, wo es ein paar Läden gab, wie sie zu ihrer Erleichterung feststellte. Bei genauerer Betrachtung zeigte sich jedoch, dass sie alle geschlossen waren. Bei einem hing ein Zettel an der Tür. Laure verstand nicht, was darauf stand, doch sie vermutete, dass es wohl etwas wie »Bin gleich wieder zurück« war.

Sie warteten fünf Minuten, aber alle Läden blieben geschlossen. Die Kinder wurden immer quengeliger, doch es gab nichts, was Laure hätte tun können. Sie würden das Eisessen auf später verschieben müssen.

Maria zog an Laures Hand und wimmerte vor Hitze und Ermattung. Jan redete für beide. »Laure, wir wollen nach Hause.«

Laure war sich ziemlich sicher, dass Jan damit die angenehme Wohnung in der Nähe von Neuilly in Paris meinte, in der Petrs Firma die Kobes untergebracht hatte. Nicht die Wohnung in der Nähe der St.-Nikolas-Kirche in der Malá Strana, wo die Familie sich den Sommer über eingerichtet hatte.

Die Kobes waren Tschechen, *keine Slowaken* – diesen nationalen Unterschied hatte Eva hervorgehoben, als sie das Bewerbungsgespräch mit Laure am Telefon geführt hatte – und hatten die vergangenen fünf Jahre in Paris verbracht. »Mein Mann arbeitet für einen Pharmakonzern und ist in ganz Frankreich unterwegs. Ich brauche Hilfe mit den Kindern, insbesondere, weil wir vorhaben, einen Großteil des Sommers in Prag zu verbringen.« Sie redete so schnell, dass Laure ihr nur mit Mühe folgen konnte. »Im Herbst kommen wir wieder zurück nach Paris.« Sie hielt inne und fügte noch etwas hinzu, das Laure eigenartig fand. »Im Herbst *müssen* wir zurück nach Paris.«

Eva hatte sehr genaue Vorstellungen von den Voraussetzungen, die jemand mitbringen musste, und dazu gehörte fließendes Französisch. Die Details der Anstellungsbedingungen wurden in einem Vertrag festgehalten, auf dessen Briefkopf stand: »Petr Kobes. Vertriebsleiter, Potio Pharma.« Sie beinhalteten auch folgende Angabe: »Kein Nagellack.«

Dann eben kein Nagellack.

Eva war blond, verblasst, brütete gern vor sich hin und schwieg viel. Seit sie nach Prag zurückgekehrt waren, wirkte sie zudem abgelenkt und unglücklich. Laure wusste nicht, weshalb, und konnte sich des Eindrucks nicht erwehren, dass Eva sich auf etwas konzentrierte, das sehr fern von ihrem Alltag sein musste, was Laure mit ihrer Erfahrung allerdings nicht verstehen konnte. Zumindest noch nicht.

Evas Mann war genau das Gegenteil seiner Frau. Er war groß, hatte ebenmäßige, ansehnliche Gesichtszüge, ausdrucksvolle braune Augen, einen teuren Haarschnitt, trug elegante französische Kleidung und benutzte Aftershave. Er hatte gute Umgangsformen und schien sich zu freuen, dass sie für die Familie arbeitete.

»In Paris sind wir Kommunisten in einem kapitalistischen Land«, erklärte Eva, wobei sie, wie so häufig, wieder sehr schnell sprach. »Hier müssen wir vorsichtig sein. Aber wenn wir nach Prag kommen, dann musst *du* vorsichtig sein. Dort bist du die Ausländerin. Wir mussten eine Sondererlaubnis anfordern, damit du uns dorthin begleiten darfst.«

Wenn der Empfang der Kobes bei ihrer Ankunft am Prager Flughafen irgendeinen Hinweis lieferte, dann den, dass Petr ein wichtiger Akteur in seinem Land war. Laure brauchte nur wenige Minuten, bis sie herausgefunden hatte, dass manche Kommunisten gleicher waren als andere. Die Familie war an der Ankunftsschlange vorbei zu einem gesonderten Ausgang geführt worden, wo ein glänzendes schwarzes Auto auf sie wartete. Als Laure einstieg und sich auf die lederne Rückbank setzte, bemerkte sie, dass das Lenkrad aussah, als wäre es aus Elfenbein.

Keine dieser Erinnerungen half ihr jetzt, ein Eis zu bekommen.

»*J'ai envie d'une glace …*«, sagte Jan.

»*Pipi …*«, flüsterte Maria und klammerte sich an Laure.

»Nur noch ein bisschen, ich versuche, etwas zu finden.«

An einer Seite des Platzes stand eine Reihe alter Gebäude vor einer Kirche, deren Türme sich mit märchenhaften Zinnen nach oben streckten. Dieser Anblick nahm Laure den Atem, und sie wäre liebend gern allein gewesen, um das alles noch länger auf sich wirken zu lassen.

Sich vorzustellen, dass sie durch das kühle Innere wandelte und die Treppen zu den Türmen hinaufstieg wie der Prinz auf der Suche nach Dornröschen.

Maria fing nun ernsthaft an zu weinen, und Laure beugte sich zu ihr hinunter und wischte ihr über das heiße Gesicht. »Mach dir keine Sorgen, wir finden etwas für dich.«

Sie führte die Kinder zu einem Monument, das den Platz überragte und das, wie sie durch ihre nächtliche Lektüre wusste – *Prag mit wenig Geld* wurde zu einer Bibel –, ein Denkmal für Jan Hus war.

Das Monument war riesig. Zu riesig, dachte sie. Und es müsste dringend renoviert werden. »Es war ein Symbol des Trotzes gegenüber repressiven Regimes.« Das zumindest behauptete die neue Bibel. Was auch immer es war, die Menschen, die auf den Stufen davor saßen, verhielten sich eigenartig. Hier schien ein Staffellauf im Gange zu sein. Einer setzte sich hin, blieb dann etwa eine Minute sitzen, bevor er wieder aufsprang. Sogleich wurde er oder sie von einem anderen abgelöst, und dieser Vorgang wiederholte sich, als würden sie einen geheimen Dienstplan einhalten.

Sie ließ Jan und Maria sich hinsetzen, während sie sich überlegte, was sie als Nächstes tun sollte, und auf die Uhr sah. Erst drei Uhr. Verzweifelt holte sie ein Päckchen Bonbons, das sie zuvor gekauft hatte, aus der Tasche und gab den Kindern ein paar davon.

»Schau«, sagte Jan und zeigte auf eine gewölbte Tür, die von einer lebensgroßen Hexe aus Holz mit einer Hakennase bewacht wurde, über der ein Holzbrett angenagelt war. Darauf war die Abbildung einer Marionette in einem Pierrotkostüm und das Wort *Marionety* zu sehen.

Mit einem Seufzer der Erleichterung fragte Laure: »Mögt ihr Marionetten?«

Eine Viertelstunde später, nachdem sie die Verhandlungen am Ticketschalter abgeschlossen hatte und Maria endlich auf der Toilette gewesen war, hatten sich die drei zusammen mit etwa einem Dutzend anderer Kinder und Erwachsenen niedergelassen.

Ursprünglich musste der Raum, in dem genug Platz für siebzig Leute gewesen wäre, zu einem Privathaus gehört haben, dessen ehemalige Erhabenheit man den Stuckarbeiten ansehen konnte. Für das Publikum waren Bänke vor einer erhöhten Bühne mit leuchtend gelben Vorhängen aufgestellt, auf die ein Hammer und eine Sichel aufgemalt waren.

An den Wänden hingen breite schwarze Stoffstreifen. Auf die freien Flächen dazwischen waren mehrere schwarze Scherenschnitte auf weißes Papier geklebt. Einer davon zeigte ein Mädchen mit einem Pferdeschwanz. Ein anderer einen Männerkopf mit nach hinten gestrichenem Haar. Wieder ein anderer eine bezaubernde Szene mit einer Kutsche und Pferden, die durch eine sternklare Nacht jagten. Auf dem nächsten tauchte ein Dämon mit durchdringendem Blick vor einem Mädchen auf, dessen Haar ihm wie ein Wasserfall über den Rücken fiel.

Im Inneren war es noch heißer, die Art Schwüle, bei der man sich seines Körpers überaus bewusst wird. Eine Tür, die in den Garten führte, stand weit offen.

Maria und Jan waren still. Zu Laures Überraschung schob sich Marias Hand in ihre. Laure streichelte mit dem Finger darüber. »Es dauert nicht mehr lange«, sagte sie.

Ein von Kopf bis Fuß schwarz gekleidetes Mädchen, dessen Haare unter einem Kopfband versteckt waren, zog die Vorhänge vor die Tür und dimmte das Licht. Im Hintergrund ertönte ein Volkslied von einem Tonbandgerät. Marias Finger umklammerten Laures.

Der Bühnenvorhang ging auf und enthüllte eine schwarze Kulisse, die von einer einzigen Deckenleuchte erhellt wurde. Die Geräusche der Kinder im Publikum erinnerten an das Rascheln von Weizen im Wind.

Nach ein paar Minuten wurde Laure klar, dass sie eine Version von Dornröschen gezeigt bekamen. In dieser hier war die gute Fee mit einer Latzhose und einem Kopftuch bekleidet. Die böse Fee war ein Mann, trug einen Nadelstreifenanzug und eine Melone aus Pappmaschee.

Jan kicherte, als er das sah. »Witzig.«

Während sich die Geschichte entfaltete, erkannte Laure, was damit beabsichtigt war. König und Königin waren fordernde Aristokraten, die Höflinge dumm und faul, Prinzessin Aurora war verzogen und behandelte ihre Zofe furchtbar. Doch ihr Schrei, als sie sich in den Finger stach, war sehr überzeugend. Die Eltern führte man, der Vernachlässigung beschuldigt, ins Gefängnis, bevor die Höflinge einschliefen.

Auch wenn die Geschichte von der ursprünglichen abwich, waren die Marionetten doch beeindruckend. Nach anfänglichem Widerwillen gegen die so stark abgewandelte Geschichte konnte Laure nicht anders und fiel in das Lachen und Keuchen des übrigen Publikums ein.

Sie hatte ihre Lektion gelernt, also sorgte sie dafür, dass die Kinder in der Pause auf die Toilette gingen. Als sie zurückkamen, waren ihre ursprünglichen Plätze belegt, und es waren nur noch wenige neben der Tür frei, die nach draußen führte. Noch bevor sie Jan zurückhalten konnte, war er nach draußen gestapft, und sie folgte ihm.

Der Garten war ein bescheidenes Rechteck, eingequetscht zwischen größere Flächen zu beiden Seiten, und bekam nur wenig Sonne ab, aber jemand mit einem grünen Daumen kümmerte sich darum. Entlang der Mauer standen Pflanzen. In ein paar rostige Mülltonnen waren scharlachrote Geranien und Ziergräser gepflanzt. Eine Klematis ringelte sich um den Zaun, der dieses Stück vom Nachbargrundstück trennte. In der Mitte befand sich eine steinerne Sonnenuhr, ein wunderschönes Gebilde, das alt aussah und auf einem Pfeiler stand, in den Blumen eingeritzt waren. Auf der Bank am hinteren Ende der Mauer saß ein Mann entspannt da und rauchte.

Laure bemerkte ihn kaum, so sehr war sie damit beschäftigt, Jan mit Engelszungen zu überreden, wieder nach drinnen zu kommen. Als die Lichter abermals gedimmt wurden, kam auch der Mann ins Theater – und Laure setzte sich auf und nahm ihn überhaupt erst richtig wahr. Er trug eine gestreifte Weste aus Leinen mit Knochenknöpfen, die schon bessere Tage gesehen hatte, wirkte jung, chaotisch und sexy.

Er zeigte auf den Platz neben ihr. »O. K.?«

Sie nickte und wandte sich dann Jan zu, der gerade seine Schwester stupste. »Hör auf.« In ihrer Verwirrung war sie ins Englische verfallen und bemerkte, dass der Fremde ihr einen eigenartigen Blick zuwarf. Sie korrigierte sich. *»Arrête.«*

Der zweite Akt fing mit einer Bauernfamilie an, die sich auf einem Kornfeld abplagte und dabei ein fröhliches Lied sang. Mutter und Vater trugen unscheinbare sandfarbene Latzhosen. Im Gegensatz zu ihnen hatte der Sohn glänzend schwarzes Haar und ebensolche Augen, einen sinnlichen Mund, und er trug eine blaue Hose und ein rot kariertes Hemd.

Dorfbewohner schlossen sich der Familie an, die – im Gegensatz zu den faulen Höflingen – ebenfalls auf dem Kornfeld mitarbeiteten. Der Mann in der Weste beugte sich zu ihr und flüsterte Laure in fließendem Englisch, aber mit starkem Akzent zu: »Falls du es wissen willst, sie singen darüber, wie viel Freude es macht zu arbeiten.«

»Das ist großartig«, flüsterte sie zurück, »aber was hat das mit Dornröschen zu tun?«

Die Dunkelheit verlieh diesem Gespräch eine eigenartige Intimität.

»Es ist insofern relevant, als sie keine korrupten Aristokraten sind. Ihre Eltern sagen auch, wie glücklich sie sich schätzen können, weil ihr hübscher Sohn ihnen hilft und ihnen Freude macht.«

Sollte das ein Witz sein? Genau vor so etwas hatten die Kobes sie gewarnt. Sie beschloss, dass sie besser kein Risiko einging, und warf einen Blick auf ihre Schützlinge. Maria kaute an ihren Haaren, und Jan war ganz vertieft in das, was auf der Bühne passierte. Seit sie in diesem Land angekommen war, war ihr so richtig bewusst geworden, wie unwissend sie war; was sie aber wusste, war, dass sie vorsichtig sein musste.

Es gab eine Pause auf der Bühne, und der Vorhang ging zu, aber das Licht blieb aus.

Der Fremde rückte etwas näher zu Laure, und sie atmete seinen Geruch nach Tabak, frischem Männerschweiß und einem Hauch Lavendel ein. »Er glaubt an die Kraft kollektiver Arbeit«, sagte er, »und an die Gutherzigkeit des Staates.«

Am liebsten hätte sie geantwortet: *Ach, dieses Märchen*, hielt sich aber zurück.

Er klopfte mit dem Fuß auf den Boden, und sie spürte, wie Energie in ihre Richtung floss. »Mach dir keine Sorgen, die Musik ist wichtig, nicht der Text.«

Sein Englisch war *sehr* gut.

»Ich bin Tomas«, flüsterte er ihr ins Ohr.

Sie spürte die Wärme seines Körpers, spürte seinen Atem an ihrer Wange.

»Ich heiße Laure«, antwortete sie, bevor sie es sich anders überlegen konnte.

Dann schwiegen sie, als würden sie beide diese neue Information gedanklich verarbeiten.

Maria hatte eine Triefnase, und Laure suchte in ihrer Tasche nach einem Taschentuch. »Das ist ziemlich lustig, oder?«, sagte sie auf Französisch.

Seine körperliche Nähe brachte sie völlig aus der Fassung.

»Schreckliche Vorhangfarbe.« Sie sagte das Erste, was ihr in den Sinn kam.

Er rückte etwas von ihr ab. »Bettler können sich in diesem Land nichts aussuchen.«

Jetzt war eine Lücke zwischen ihnen, und zu ihrer Überraschung stellte Laure fest, dass ihr das missfiel.

»Tut mir leid.« Aus dem Augenwinkel betrachtete sie Tomas. Außer der Weste trug er eine abgetragene Jeans und ein löchriges Hemd.

»Muss es nicht.« Er lächelte sie an, und mit einem Mal fühlte sie sich in eine unbestimmte Komplizenschaft verwickelt.

Laure zog Maria an sich. Sie musste jemanden in den Arm nehmen – ein Kind, einen Liebhaber –, einen anderen fühlen, genau wie der andere sie fühlen würde. Jemanden halten oder gehalten werden war ein Beweis dafür, dass man lebendig war. Viel zu lange hatte sie sich als stummes, kaltes Etwas gefühlt.

Maria ließ den Kopf auf Laures Brust sinken.

»Hey«, sagte Tomas. »Du kannst sie über unseren Schoß legen.«

Die Vorhänge gingen wieder auf. Jan richtete sich auf. Hinter den Kulissen spielte das Tonbandgerät einen Marsch ab, und der hübsche Bauernsohn machte sich auf den Weg, die Prinzessin zu finden, wobei er sich auch mit einem schwarzen Bären anfreundete, der ihm dabei half, die Dornenhecke zu überwinden. Schließlich entdeckte er die komatöse Prinzessin Aurora. Mit schwingenden Schnüren winkelte er seine Holzknie ab und beugte sich nach vorn, um die Prinzessin wach zu küssen. Vor ihnen stieß ein Kind einen Freudenschrei aus. Maria setzte sich auf.

Eine Erinnerung drängte an die Oberfläche, und sie war so unwillkommen, dass Laure die Augen schloss. Es war ein Bild von Rob Dance, der, von Kopf bis Fuß in Schwarz gekleidet, in seinem Studio in Brympton saß. Sie konnte jedes Detail heraufbeschwören: den über den Boden verstreuten Inhalt von Tabakdosen, Rizlas, wohin man auch sah, dazu Fotos, die wie Schuppen an die Wand gepinnt waren.

Über die erste Liebe musste man hinwegkommen, und zwar so schnell wie möglich. Das hatte Laure irgendwo gelesen und sah das genauso. Aber es hatte sich nicht angefühlt, als ginge es schnell.

Bei der Berührung durch den Bauernprinzen wachte Aurora auf, und die Marionettenschatten der beiden tauchten hinter ihnen an der Wand auf.

Trotz der Hitze in dem Saal war Laure der kalte Schweiß ausgebrochen. Rob hatte ihr die Jungfräulichkeit genommen. Sehr schnell. Sehr gleichgültig. Fast schon pflichtbewusst. Danach, mit dem Eindruck, um die Gefühle geprellt worden zu sein, über die sie sich so oft Gedanken gemacht hatte, hatte sie sich wieder in ihre Jeans gezwängt und ihm zugesehen, wie er den Gürtel zuzog. »Du musst jetzt gehen«, hatte er gesagt. »Bis dann.«

Beim Finale richtete Tomas Maria vorsichtig auf, und sie hüpfte freudig auf der Bank auf und ab. Kinder und Erwachsene applaudierten laut, genau wie Laure. »Es freut mich, dass dir die Truppe gefällt«, sagte Tomas und schob sich eine feuchte Strähne aus der Stirn. »Ihr steht Großes bevor.« Forschend sah er Laure an, und sein Lächeln wurde breiter. »Jetzt kann ich ihnen wahrheitsgemäß sagen, dass wir vor internationalem Publikum gespielt haben.«

»Immer wieder gern«, antwortete sie. »Ich kann Französin oder Engländerin sein.«

Er legte den Kopf schief und betrachtete sie eingehend. »Die sexy Französin oder die einfühlsame Engländerin. Darüber muss ich noch nachdenken«, sagte er. »Ich sag dir dann Bescheid.«

Sie konnte sich ein breites Grinsen nicht verkneifen.

Er hielt einen Arm hoch, an dem ein halb gelutschtes Bonbon klebte. »Was ist *das* denn?«

»Oje, das tut mir leid. Eines der Kinder muss es ausgespuckt haben.« Sie schnappte sich ein Taschentuch, wickelte das Bonbon in eine Ecke ein und tupfte seinen Arm mit dem Rest ab. »Es gab nirgendwo Eis«, fügte sie erklärend hinzu, was er zu verstehen schien.

Die Marionettenspieler, zwei Männer und das Mädchen

von vorhin, alle schwarz gekleidet, verbeugten sich. Letztere erblickte Tomas und nickte ihm zu. Er stand auf, und Laure sah, dass er nur wenig größer war als sie und sehr schlank. Fast schon zerbrechlich.

Er trat zur Truppe auf die Bühne, dann hielten sich alle vier an den Händen und verbeugten sich vor dem noch immer applaudierenden Publikum.

Später sagte sie sich, dass es einfach Glück gewesen war, dass er den Kopf gedreht und sie erblickt hatte.

Der Platz in der Malá Strana war geprägt von der St.-Nikolaus-Kirche aus dem achtzehnten Jahrhundert, »ohne Zweifel die bedeutendste Barockkirche in Prag«, wie die »Bibel« sagte. Der Größe, dem mächtigen Dom und der Innenausstattung nach zu urteilen, bekämpften die Jesuiten den sich ausbreitenden Protestantismus mit strahlendem Gold, Pfeilern, Fresken und gewundenen Bögen.

St. Nikolaus teilte den Platz, der nach oben zur Burg anstieg. Ein ehemaliger Palast nahm die gesamte westliche Seite ein, und eine Reihe von breiten Arkaden befand sich an der Südseite. Die Wohnung der Kobes lag in einem von Balkonen umsäumten Innenhof und erstreckte sich mit hellen, luftigen Räumen über zwei Stockwerke.

Was ihr auffiel, als sie hier eintraf, waren die wunderschön gearbeiteten Parkettböden, die allerdings fleckig und durch die Sonne rissig geworden waren. Jemand hätte darauf achtgeben müssen. Als Nächstes bemerkte sie die Risse in den Wänden, die an der ein oder anderen Stelle bedenklich aussahen.

Im Schlafzimmer, das ihr unter den Dachgauben zugeteilt war, hatte die Sonne den schlimmsten Schaden angerichtet, und der Boden unter dem Fenster war an manchen Stellen ganz ausgebleicht. Aber der Blick aus dem Fenster gefiel ihr – Dächer, winzige Ausschnitte der Karlsbrücke und dahinter die Türmchen und Erker der Altstadt.

An diesem Abend würde sie zusammen mit den Kobes essen, was sie gelegentlich machten. Vom Esszimmer aus hatten sie einen anderen Ausblick auf die Kirche und die gedrungene Burganlage darüber. Sie saßen auf hässlichen Plastikstühlen, aßen Evas Pasta aus Porzellantellern und tranken Limonade, aber aus Kristallgläsern.

Eva hatte Laure viel aufgetan, und es fiel ihr schwer, alles aufzuessen. Sie legte die Gabel weg. »Ist es immer so heiß in Prag?«

»Nein«, sagte Eva. Ihre Stimme war eigenartig zittrig.

»Im Sommer schon.« Petr sah seine Frau eindringlich an.

Laures Blick wanderte zu dem abblätternden Gipsornament über der zweiflügeligen Tür. Das war bestimmt noch original; es zeigte einen Hirsch, der mit einem Bären kämpfte. »Das ist eine wunderschöne Wohnung. Wissen Sie, wer hier gelebt hat?«

Petr nahm etwas pappige Fleischsoße mit der Gabel auf. »Weshalb möchtest du das wissen?«

Die Worte waren scherzend vorgetragen, aber unterschwellig schwang noch etwas anderes mit. Was war es? Sie war sich nicht sicher. Laure spürte, dass sie rot wurde. »Ich bin einfach nur neugierig.«

Eva strich sich über das Haar, das sie zu einem wenig gelungenen Dutt hochgedreht hatte. Sie sah sehr viel weniger schick aus als in Paris. »Hier lebte über viele Generationen hinweg eine Familie, aber sie sind während des Krieges verschwunden. Wie viele andere auch. Sie sind gegangen, ohne etwas von ihrem Besitz mitzunehmen. Danach hat Potio Pharma diese Wohnung und einige andere aufgekauft, weil man dachte, es wäre ein schönes Zuhause für die Mitarbeiter.« Sie wandte sich zu Petr um. »Und das ist doch so, nicht wahr, Darling?«

»Genau so«, sagte Petr, dessen Blick auf Laure gerichtet war. Sie hatte das Gefühl, als würde sie neu bewertet, klinisch, emotionslos, was ihr sehr unangenehm war. Dann lächelte er so freundlich wie immer, und alles war wieder anders. »Wie war es heute mit den Kindern?«

»Ich bin mit ihnen in ein Marionettentheater gegangen, auf dem Altstädter Ring. Es war gut. *Dornröschen.*«

Eva trank einen Schluck Wasser. »Ist das die Truppe, in die die Band, *Anatomie*, involviert ist?«

»Möglich.«

»*Anatomie*?«, fragte Laure.

»Eine Rockband. Sie sind hier im Land sehr bekannt«, sagte Petr. »Eva hat sich einen Auftritt von ihnen angesehen und war verknallt in den Leadsänger, als sie zurückkam.«

»Petr, das war ich nicht.«

Petrs Grinsen ließ seine Augen aufleuchten. »O doch, warst du wohl.«

Eva schien beunruhigt. »Sei vorsichtig bei dem, was du sagst.«

Laure hatte sie anscheinend verständnislos angesehen, und Petr half ihr auf die Sprünge. »Rockstars werden als nicht konform und subversiv erachtet. Es ist nicht ratsam, sich mit ihnen einzulassen.«

Eva sah aus dem Fenster. Dann fing sie an zu lachen, es klang unangenehm, fast schon überspannt.

»Eva, du bist müde.« Er stand auf. »Warum lässt du dir nicht ein Bad ein?«

»Ich will nicht baden.«

»Ich bestehe darauf«, sagte er und führte seine Frau aus dem Zimmer.

Nach dem Abwasch ging Laure zum Lesen in ihr Zimmer. Sie hörte die gemurmelte Unterhaltung ihrer Arbeitgeber im gegenüberliegenden Schlafzimmer. Irgendwann wurden die Stimmen lauter, und Schritte gingen den Flur entlang. Dann hätte sie schwören können, dass sie hörte, wie Eva aufschrie. Holztüren waren nicht sonderlich schalldicht. Sie fragte sich, ob Eva eines jener Nachthemden trug, die sie auch waschen musste und die so viel raffinierter waren als alles, was Laure oder ihre Mutter besaßen.

Wenig später musste sie auf die Toilette und trat hinaus auf den Flur. Die Tür zu Petrs und Evas Zimmer stand offen, und sie spähte wohl oder übel zum Bett, das von der Tür aus zu sehen war.

Mit blutverschmiertem Nachthemd lag Eva da, Petr war über sie gebeugt. Er hielt ihre Handgelenke fest, und Eva wehrte sich. Nicht sehr erfolgreich.

Er veränderte seine Position, und Laure sah, dass auch seine Hände blutig waren.

War das ein Sexspiel? Sie hatte keine Ahnung, was sie davon halten sollte. Keine Erfahrung damit. Schlug Petr seine Frau, oder versuchte er, sie zu vergewaltigen? Und das Blut?

Was auch immer es war, es war schrecklich. Spucke sammelte sich in ihrem Mund, und sie schluckte sie hektisch hinunter.

Ermordete Petr Eva gerade?

Wen sollte sie um Hilfe bitten?

Wie erstarrt stand sie da, konnte sich nicht rühren. Dann war es vorbei. Eva beruhigte sich, fing an zu weinen und murmelte etwas auf Tschechisch. Petr ließ sie los und richtete sich auf.

Die verräterischen Dielen knarzten, als Laure weiterschleichen wollte. Peter sah über Evas bloße weiße Schulter hinweg und fing Laures entsetzten Blick auf, als er sich nach vorn beugte, um seine Frau zu küssen.

Sie stammelte: »Ist alles okay? Soll ich Hilfe holen?«

»Nein«, sagte Petr und kam zur Tür. »Jetzt ist es vorbei. Eva wird schlafen.« Er wirkte erschöpft und unendlich traurig. »Es ist nicht das, was du denkst.«

»Und das ganze Blut?«

»Darüber musst du dir keine Sorgen machen. Eines Tages kann ich es dir vielleicht erklären. Aber nicht jetzt.« Er streckte seine blutigen Hände aus. »Das alles tut mir sehr leid.«

»Um Himmels willen, was ist *los*?«

Sie sah die Verwirrung und den Schmerz in seinem Blick, und ihrer wurde weicher. »Kann ich irgendwie helfen?«

»Du bist hier sicher«, sagte er. »Das verspreche ich.«

Sie hastete den Flur hinunter. Als sie zurückkam, war die Tür zu. Sie ging ins Bett und legte sich flach hin. *Prag mit wenig Geld* würde ihr keine Erleuchtung bringen, also wandte sie ihre Energie dafür auf, nicht über die schrecklichen, komplizierten Dinge nachzudenken, die hinter dieser Tür stattfanden.

6

Paris, heute

Laure berichtete May Williams gerade von den Plänen für das Mittagessen, mit dem die Zusammenarbeit zwischen dem Museum und Maison de Grasse gefeiert werden sollte, als die erste Person, die an diesem Tag einen Termin mit ihr hatte, hereingeführt wurde.

Eine Frau um die vierzig, die einmal sehr schön gewesen war, sich aber heruntergehungert hatte, sodass ihre Haut ganz pickelig war. Sie hatte stark geschminkte Augen mit dunklen Ringen und perfekt manikürte Hände. Sobald sie das Vorgeplänkel hinter sich gebracht hatten, holte sie ein Spielbrett und eine Reihe holzgeschnitzter Schachfiguren hervor und stellte sie so selbstverständlich auf, als wäre es ihr in Fleisch und Blut übergegangen.

Das alles ging schweigend vonstatten. Laure war es gewohnt zu warten und betrachtete indessen die verräterisch nach unten zeigenden Mundwinkel der Frau und die teure Designerlederjacke.

Als die letzte Spielfigur auf dem Brett stand und die beiden Spielseiten einander gegenüber aufgestellt waren, fing sie an. »Sie erkennen mich vielleicht nicht«, sagte sie mit deutlichem englischem Akzent, »aber mein Name ist Adeline LeDuc.«

»Ich habe von Ihnen gehört«, sagte Laure.

May googelte ihren Namen bereits. »Sie sind eine Schachgroßmeisterin.«

»Ja.«

May las laut vor: »Das ist ein auf Lebzeiten verliehener Titel. Momentan tragen ihn nur drei Frauen.«

»Auch das stimmt«, sagte Adeline. Sie wechselte zu Französisch. »Aber es ist nicht hilfreich … ich versuche, die geschlechtliche Gleichstellung außen vor zu lassen.«

Laure übersetzte für May und zeigte auf die Schachfiguren. »Das ist ein wunderschönes Schachspiel.«

Adeline sah von dem Brett auf. »Es ist handgefertigt, nach meinen Vorgaben.«

»Darf ich?« Laure griff über das Brett zum König. Die Figur hatte kurzes Haar, trug eine Rüstung und einen Wappenrock mit vierteiligem Wappen, auf dem auch der Britische Löwe zu erkennen war. »Kommt mir das nur so vor, oder ist das Heinrich V.?« Sie nahm eine zweite Figur, ein junger Mann mit einem Schal, der ihm mehrfach um den Hals geschlungen war. »Hamlet?« Sie zeigte auf das Schachbrett. »Figuren aus Shakespeare?«

»Ganz genau.«

»Ein Kompliment an die Engländer?«

»Man kann wohl mit gutem Grund sagen, dass Shakespeare jenseits jeglicher Nationalität zu betrachten ist.«

Wieder übersetzte Laure für May. »Da stimme ich zu«, meinte diese.

Laure hielt die Hamlet-Figur in der Hand. Auf dem Spielbrett waren die Bauern: eine Julia mit wallendem Haar, eine winzige Feste, eine gertenschlanke Rosalind, gekleidet *à la garçonne*. Hier vereinten sich die Narren und die Helden. Die Ruchlosen und die Idioten. Der Edelmann und der Taugenichts – die ganze Palette menschlicher Eigenschaften und Verrücktheiten war durch diese Figuren vertreten. »Es ist überraschend, wie gut man sie erkennt«, sagte Laure.

»Wenn man Shakespeare kennt«, unterbrach May in holprigem Französisch.

»Ich gab es als Hochzeitsgeschenk in Auftrag. Derjenige, der es herstellte, war ein ausgezeichneter Handwerker. Inzwischen ist er verstorben.« Sie stieß einen Seufzer aus, tief und voller Bedauern. »Er verstand, dass jedes Stück es wert sein musste, in die Hand genommen zu werden. Es war unverzichtbar, dass sie wunderschön gearbeitet und in sich stimmig waren.« Ihre manikürte Hand schnellte über das Brett, und ein weißer Bauer wurde in die Position für eine Kampfansage gerückt. »Es interessiert Sie vielleicht, dass ich gerade einen klassischen Eröffnungsschachzug gemacht habe.« Sie wartete, bis Laure das übersetzt hatte. »Damit habe ich bei mehreren Gelegenheiten gewonnen.«

May war fasziniert. »Was müsste man tun, um diesen Zug zu kontern?«

Als Erwiderung darauf bewegte Adeline LeDuc den schwarzen Bauern, sodass er dem weißen gegenüberstand. »Damit sind diese beiden außer Gefecht gesetzt, und ich habe den Vorteil, dass ich den Läufer bewegen kann.«

Wie das manchmal bei Begegnungen im Museum der Fall war, machte man Entdeckungen. »Madame LeDuc, erzählen Sie uns, weshalb Sie ein so schönes Stück stiften wollen?«

May murmelte: »Sein oder nicht sein, und – ich nehme an, es war nicht?«

Laure warf ihr einen Blick zu.

»Mein Mann war ebenfalls ein großer Schachspieler«, sagte Adeline. »Wir hatten es in unserem Schlafzimmer aufgestellt. Manchmal, wenn einer von uns über einem Problem in einem Spiel grübelte, standen wir nachts auf und lösten es auf dem Spielbrett.« Sie berührte den zweiten König, Macbeth, der einen Dolch in der Hand hatte. »Wir dachten, es würde funktionieren. Zunächst hatten wir einander versprochen, dass es uns egal wäre, wer von uns mehr Spiele gewinnt oder mehr Geld verdient. Aber so war es dann nicht. Ich habe weiterhin Spiele gewonnen, aber meine Ehe verloren. Pierre gab sich Mühe. Wir beide gaben uns Mühe. Er verbarg seine Eifersucht, und ich spielte meine Gewinne herunter. Manchmal verschwieg ich sie ihm auch. Einmal habe ich ein wichtiges Spiel absichtlich verpatzt.«

Laure übersetzte.

»Männer«, meinte May nur.

Adeline LeDuc verstand es und schüttelte den Kopf. »Zu einfach.« May wurde rot. »Es hätte auch andersherum sein können. Wäre Pierre Schachgroßmeister geworden, dann hätte ich sehr neidisch werden können. Wenn ein verheiratetes Paar sich im selben Revier misst, ist das nicht gut.« In ihren Augen lag ein freudloser Ausdruck. »Er hat ein Versprechen nicht gehalten.«

Laure nickte. »Das verstehe ich.«

Adeline nahm die Macbeth-Figur hoch – den schwarzen König – und ging damit auf den weißen König zu, Heinrich V. »Ich möchte, dass es irgendwohin kommt, wo die Leute sehen können, wie außergewöhnlich es ist. Ich kann nie wieder damit spielen, und mein Ex-Mann weigert sich, es anzufassen.« Sie stellte Macbeth ab. »Schachmatt.«

»Sauber!«, sagte May.

»*Madame*«, Laure erhob sich. »Es war mir ein Vergnügen, Sie kennenzulernen und über das Schachspiel mit Ihnen zu sprechen. Meine Kollegen und ich werden über einen freien Platz beraten …«

Vielleicht lag es daran, dass Laure das nahende Ende der Unterhaltung angedeutet hatte, in jedem Fall fiel jegliche Milde von Adeline LeDuc ab. »Mein Mann sollte lernen.« Sie sammelte die Schachfiguren ein und klappte das Brett mit einem dumpfen Geräusch zu. »Mir ist klar, dass ich Sie nicht beeindrucke«, sagte sie an Laure gewandt, machte damit deutlich, welche Art Gegner sie auf der anderen Seite eines Schachbretts sein konnte.

Nachdem Laure Adeline an Nic übergeben hatte, kam sie zurück in den Konferenzraum. May starrte aus dem Fenster, ihr Laptop stand offen da. »Wie wäre es damit?« Sie las aus ihren Notizen vor. »So vieles wird in dem Museum ausgestellt, nicht nur Gegenstände. Bruchstücke aus den Leben, die nicht nach Plan verlaufen sind, was in Wut, Resignation oder Verzweiflung seinen Ausdruck findet, manchmal aber auch in Erleichterung und einem erlöstem Geist.« Sie sah auf, und was sie in Laures Gesicht las, verwirrte sie offensichtlich. »Sie werden die Schachfiguren nicht nehmen, oder?«

»Nein.«

»Darf ich wissen, weshalb?«

Laure ging zum Fenster, und May gesellte sich zu ihr. Zusammen blickten sie über die Pariser Dachlandschaft, die im Sonnenlicht wunderbar erstrahlte. »Wenn man an Wettkämpfen teilnimmt, dann um zu gewinnen. Das ist das Wesen der Sache, nicht wahr?«

May fuhr sich wieder auf die für sie typische Art durch die Haare. »Ich verstehe noch nicht ganz.«

»Als Konkurrenten ist es ihre Pflicht, zu versuchen zu gewinnen, und wenn sie an denselben Wettkämpfen teilnahmen, war es unumgänglich, dass einer von ihnen den anderen übertrumpfen würde. Das Versprechen, das sie einander gegeben haben, war von vornherein nicht realisierbar. Eigentlich war es gar kein Versprechen. Sondern eine Möglichkeit, wie die Ehe zustande kommen konnte. Das muss ihnen klar gewesen sein.« Widerstrebend wandte Laure sich von der Aussicht ab. »Bei so begrenztem Raum muss ich schwierige Entscheidungen treffen. Dieses Schachspiel ist eine solche.«

Auf dem Weg nach unten blieb May stehen und fragte: »Heinrich V. hat die Franzosen doch erobert, oder nicht?«

»Am besten erwähnen Sie das nicht, solange Sie in Frankreich sind«, antwortete Laure. »Aber ja, kurzzeitig hat er das.«

»Abgesehen von allem anderen, steht das Schachspiel also auch für eine unliebsame Episode der Geschichte?«

»Wenn man so will.«

»Hmm«, sagte sie und fuhr damit fort, Laure zu überraschen. »Die Geschichte beschönigen zu wollen ist schwachsinnig. Sie kommt immer wieder angerannt und beißt einen in den Fuß.«

Laure hastete die restlichen Stufen hinunter. »Aber es kann einen davon abhalten, wahnsinnig zu werden.«

Wie eine wärmegesteuerte Zielsuchrakete visierte May Laure geradewegs an. »Dann wissen Sie, wie es ist, wahnsinnig zu werden? Oder einen Zusammenbruch zu erleiden?«

»Habe ich das gesagt? Das war nur eine Feststellung, mehr nicht.«

***

Am Ende ihrer Abendinspektion leerte Laure die Spendenbox, vermerkte die Summe in der Online-Übersicht, fuhr den Computer am Verkaufsschalter herunter und ging nach oben. Dort lehnte sie in der Tür und beobachtete, wie Nic und May Reiseanekdoten austauschten.

Nic stand beim Fenster, einen dünnen braunen Arm auf dem Fenstersims abgestützt. May saß auf seinem Stuhl und sah zu ihm hoch.

»Ich wette, das hast du nicht gemacht.« Sie strahlte übers ganze Gesicht.

Laure ging zu Nics Schreibtisch. »Erzählt er Ihnen gerade, wie er einhändig den Everest erklommen hat?«

»Etwas in der Art.« May wandte den Blick nicht von Nic ab. »Sollte ich ihm glauben?«

»Das hängt davon ab, wie sehr Sie Märchen mögen«, antwortete Laure liebevoll.

»Und mit dieser Person muss ich arbeiten«, seufzte Nic. »Ich habe es wirklich nicht leicht.«

Laure nahm den Band mit den Gedichten von Philip Larkin an sich, der in Raum 1 ausgestellt war und zurückgeschickt werden musste. Die Beschriftung »Der Mann reicht dem Mann die Misere weiter« stammte aus dem Band und war von einem wütenden Mann, der »Der Mann« durchgestrichen und durch »Die Frau« ersetzt hatte, ausgestaltet worden.

May stand auf. »Ich sollte nicht hier sein. Aber ich wollte noch fragen, wie lange die Gegenstände im Museum bleiben.«

Laure holte ihre Tasche unter dem Schreibtisch hervor. »Manche sind schon seit dem Beginn hier, aber für gewöhnlich bleiben sie drei Jahre. Der Wechsel ermuntert die Besucher dazu, immer mal wieder vorbeizukommen und herauszufinden, was neu ist. Jeder Gegenstand ist auf Papier und im Computer katalogisiert. Wenn wir etwas ausmustern, kontaktieren wir den Spender und fragen nach, wie wir damit verfahren sollen.«

Sobald Laure auf der Straße war, fühlte sie sich so erschöpft, dass sie ihre Essensverabredung absagte.

»Simon, ich bin total fertig. Es tut mir so leid. Können wir es verschieben?«

»Ich bin hier, damit wir zusammen herumalbern.«

»Tut mir leid.«

Simon, der Anwalt, der für Nos Arts en France arbeitete, war zu einem Freund geworden. Kennengelernt hatten sie sich bei Verhandlungen über die bescheidenen Subventionen von Nos Arts. Später war ihr eine anonyme Förderung angeboten worden, die über Nos Arts verwaltet werden sollte, und Simon hatte sich bereit erklärt, das zu übernehmen. Zunächst war die Absprache, dass die Unterstützung für ein Jahr gelten sollte, aber dann – aus heiterem Himmel – wurde ein fünfjähriger Förderungsvertrag daraus. Als weiteres überraschendes Detail gehörte zu den Bedingungen der Förderung, dass weder Laure noch ihre Treuhänder oder ihr Team nachfragen durften, wer der Sponsor war.

Warum?, hatte sie wissen wollen. *Warum sollte mir so großes Glück widerfahren?* Simon erwiderte, dass es zwischen Himmel und Erde Dinge gebe, die man nicht erklären könne, und das sei eben eines davon. Abgesehen davon riet er ihr, das Geld anzunehmen und weiterzumachen.

Obwohl er zu den seltenen Menschen gehörte, die es schafften, zugleich diskret und schwatzhaft zu sein, ließ er sich doch nie auch nur ansatzweise über den Hergang aus, durch den die Entscheidung herbeigeführt worden war. »Ich bin ein Profi«, sagte er mit dem schiefen Lächeln, das sie zu lieben gelernt hatte. »Außerdem verlierst du so nicht das Interesse an mir.« Simon war glücklich verheiratet mit Valerie, mit der er drei Kinder hatte, aber es machte ihm Spaß, so zu tun, als wäre dem nicht so.

»Simon, ich mag dich wirklich sehr. Gib Valerie und meinem Patenkind ein Küsschen von mir.«

In der Rue de la Grange aux Belles ging es geschäftig zu. Die Nacht milderte die harten Konturen, während die Gerüche der Stadt vom Tag in die des Abends mit geröstetem Knoblauch, Kurkuma, allen möglichen Parfums und Zigarettenrauch übergingen.

Langsam schlenderte sie weiter, suchte zwischen dem Müll und den Take-away-Schachteln nach einem Zeichen von Leben. Dabei kam sie auf der Hälfte der Straße an dem Gully vorbei, aus dem ihr der Geruch von abgestandenem Wasser und verrottendem Unrat entgegenschlug.

Ihre Sorge um Kočka nahm immer mehr zu.

Schließlich erreichte Laure das dreieckige Fleckchen Erde, wo sie sie sonst immer antraf, und empfand etwas, das Furcht sehr nahe kam. Wenn Kočka sich woanders eingerichtet hatte, mit ihrem schwierigen, schmerzlichen Leben im Schlepptau weitergezogen war, hatte sie dann überhaupt eine Zukunft? Ein Lebewesen, das so ungeliebt und vernachlässigt war, das ging gegen die Natur, und sie war wütend auf sich, dass sie nicht schon früher etwas unternommen hatte.

Aber Kočka war da, an ihrem üblichen Platz, ausgestreckt auf dem unebenen, betonverschmierten Boden. Als Laure näher kam, hob sie den Kopf. Ihre großen Augen waren trüb, und sie keuchte. Neben ihr lagen drei neugeborene Kätzchen, zwei davon noch immer in der Eihaut. Keines bewegte sich, und Laure wusste, dass sie es nicht geschafft hatten.

Sie holte die Wasserflasche aus der Tasche und flößte Kočka etwas Wasser ein. Sie schien dankbar zu sein und leckte es hektisch auf. Dann rief Laure den Tierarzt an, mit dem sie das letzte Mal einen Termin vereinbart hatte. Der Anrufbeantworter schaltete sich ein, und sie bekam gesagt, dass sie bei einem Notfall in die nächstgelegene Tierklinik fahren solle.

Laure zog ihre Strickweste aus, legte Kočka darauf und wickelte sie ein. Sie zuckte zusammen, als sie die noch feuchten Kätzchen hochhob und sie vorsichtig in ihre Tasche legte, ehe sie sich ein Taxi rief.

Die Tierklinik hatte eine Höchstzahl von verletzten und ausgesetzten Tieren zu verzeichnen. »Einer der periodischen Anfälle von Menschlichkeit bei dieser Unmenschlichkeit«, meinte der Tierarzt, als Laure Kočka auf den Untersuchungstisch legte und die Kätzchen herausholte.

Kočka muss sie gerochen haben, denn sie wandte den

Kopf zu ihnen um und stieß einen leisen, verzweifelten Laut aus. Der Tierarzt beugte sich über sie, untersuchte sie gründlich, tastete ihren noch immer geschwollenen Bauch ab und sah nach, ob sie Risse oder Blutungen hatte. »Sie befand sich nicht in der Verfassung, ihre Jungen durchzubringen.« Mit schief gelegtem Kopf betrachtete er Laures ruinierte Strickweste. »Das tut mir leid.«

»Mir auch«, sagte sie. »Sie war teuer.«

Sie stand da und sah zu, während der Arzt Kočka behandelte – Vitaminspritzen, Antibiotika und ein Mittel, damit ihr Köper aufhörte, Milch abzusondern. Sie atmete den Geruch verängstigter Tiere ein, der von Desinfektionsmittel überlagert wurde, das den Raum erfüllte. Einmal sah der Arzt von Kočka auf und sagte: »Das wird Sie ein Vermögen kosten.« Zum Schluss legte er die toten Kätzchen neben Kočka auf den Tisch. »Sie sollte um sie trauern dürfen.«

Sie sahen zu, wie die schwache, verletzte und vom Leben benachteiligte Kočka an jedem schnüffelte.

»Es tut mir leid, aber Sie werden sie mitnehmen müssen«, sagte der Tierarzt schließlich. »Wir haben keinen Platz.«

»Das geht nicht.« Die ach so geordneten Verhältnisse ihres Lebens brachen auf. Sollte sie die Musik, das Feuer und die Leiden einer Vergangenheit hereinlassen? Sie sah hinab auf die kleine Katze, die versuchte, sich von ihren Kätzchen zu verabschieden. Sie hielt sich an der Kante des Instrumententisches fest und hatte Mühe, gegen den Kloß im Hals anzukommen. »Da, wo ich wohne, gibt es Vorschriften.«

Der Tierarzt bedeutete ihr, dass sie den Tisch nicht anfassen solle. »Aus hygienischen Gründen«, sagte er, nicht unfreundlich.

Als Experte für solche Situationen reichte er ihr ein

Taschentuch. »Meiner Erfahrung nach leben die meisten Tiere irgendwo, wo es solche Vorschriften gibt. Kočka kann nicht wieder ausgesetzt werden. Warum sonst haben Sie sie hergebracht? Wenn es ihr besser geht und es bei uns nicht mehr so voll ist, dann finden wir vielleicht eine Lösung.« Er ließ ein paar Sekunden verstreichen. »Es kann sein, dass wir sie einschläfern müssen.«

Sie starrte den Tierarzt an. Ganz offensichtlich war es nicht die erste Situation dieser Art für ihn, und bei aller Freundlichkeit war er doch so erfahren, dass er die Augen nicht vor der Realität verschloss.

In der Wohnung von Madame Poirier war ein Streit in vollem Gange, lauter als gewöhnlich. Dennoch war es nervenaufreibend und verlangte Raffinesse, den Karton mit Kočka an Madame Poiriers Wachposten vorbeizuschmuggeln. Die alten Fertigkeiten, die sie sich in Prag angeeignet hatte, kamen zum Einsatz. *Beweg dich nicht schneller als sonst. Sieh dich nicht um.* Die winzige Kočka war schwerer, als sie aussah, dennoch kam Laure auf der Treppe nicht ins Schwanken.

In der Wohnung stellte Laure den Karton auf dem Boden ab und ging ins Schlafzimmer. Der Föhn lag auf dem Bett, wo sie ihn am Morgen hingeworfen hatte, und auf dem Regal neben dem Spiegel lagen ihre Schminkutensilien verstreut herum.

Hinten im Schrank, wo sie die Bettwäsche aufbewahrte, fand sie ein altes Badetuch. Das legte sie über einen Sofaplatz in ihrer Sitzecke. Kočka miaute in dem Karton, also holte sie sie heraus und legte sie auf dem Badetuch ab.

Der Tierarzt hatte sie vorgewarnt, eine hauptsächlich streunende Katze würde eine Wohnung nicht respektieren und könnte verängstigt sein, wenn sie sich eingesperrt fühlte, allerdings sei sie vermutlich zu schwach und zugedröhnt, um zu reagieren. Laure kauerte sich neben sie, streichelte den kleinen Kopf und fütterte sie mit den Katzenkeksen, die ihr der Tierarzt mitgegeben hatte.

Nach einer Weile schlief Kočka ein, ihr geschwollener, gebeutelter Körper hob und senkte sich beim Ein- und Ausatmen kaum. Laure hatte nicht die Absicht, sich von ihr wegzubewegen, also setzte sie sich auf den Boden neben das Sofa und nahm sich ihren Laptop. Zahlen. Pläne. Prognosen. Mit einer Bewegung des Fingers schob sie diese über den Bildschirm, bis sie verschwunden waren. Nichts davon nahm sie in sich auf.

Kočka mochte ruhig sein, nicht so Laure. Sie beugte sich vor, holte das gerahmte Zugticket aus der Tasche, das sie mit nach Hause genommen hatte – schließlich war das ihres.

Sie wiederholte Mays Frage.

»Warum also Tschechisch?«

»Ich habe einen Sommer lang dort gelebt.«

»Und das ist ein unerfülltes Versprechen?«

»Tatsächlich ja, es hat sich als solches herausgestellt.«

Lange saß sie so da, den Rahmen auf die Knie aufgestützt. Tomas hatte sich geweigert, darüber nachzudenken, das Land zu verlassen, bis klar wurde, dass ihm keine andere Wahl blieb. »Ich kämpfe durch die Musik«, hatte er während einer ihrer vielen Diskussionen in den Anfangstagen gesagt, wenn sie Bier in der Sonne tranken oder am Fluss entlangspazierten. »Der Patriot bleibt. Was würde passieren, wenn sie mich schnappen?«

Sie wusste genug und antwortete. »Gefängnis.«

Er ergriff eine Locke von Laures Haar. »Du hast gerade bewiesen, dass du aus dem Westen kommst, wo ihr eine durchlässige, liberale Kultur habt. Wenn sie mich schnappen, werden sie die Infos aus mir herausquetschen, ganz egal, wie sehr ich versuche standzuhalten. Ich kann andere nicht in Gefahr bringen.«

»Herausquetschen?« Sie hatte darüber gescherzt.

Es war nicht lustig. Es war nie lustig gewesen. »Okay, dann quetsche es aus mir heraus.«

Im kommunistischen Prag gab es ein Leben, das sich an der Oberfläche abspielte, während ein anderes parallel dazu mit eigener Sprache und Mythen ablief, nicht auf den ersten Blick erkennbar.

Er hätte es nicht tun sollen, dennoch hatte Tomas' Freund Milos ihr von den Fluchtstrecken erzählt. Zu diesem Zeitpunkt kannten sie einander gut genug.

Fahrt mit dem Trabbi nach Ungarn und versucht, dort über die Grenze zu kommen. *Die Grenzhunde sind berüchtigt.*

Geht nach Berlin, organisiert jemanden, der mit gefälschten Papieren aus dem Westen herüberkommt, und übergebt sie im sogenannten Tränenpalast, wo Ossis und Wessis sich voneinander verabschieden müssen. *Sehr riskant, wird nur Deutschsprechenden empfohlen.*

Fahrt mit dem Zug von Prag nach Österreich. *Die Wien-Option.*

Jedem Fluchtwilligen wurde geraten, ins Restaurant am südlichen Ende des Wenzelsplatzes zu gehen, das von Milos' Vater geführt wurde, und sich zwischen den Tischen hindurch zum Hinterausgang zu begeben. Von dort weiter zur Telefonzelle am Ende der Straße. War ein Faden um den Hörer gebunden, sollte er die Nummer anrufen, die er zuvor bekommen hatte, und auf das Codewort warten. War kein Faden daran, sollte er hier abbrechen. Danach ging es weiter zu einem geheimen, von Regimekritikern genutzten Unterschlupf – es ging das Gerücht, die Briten würden ihn betreiben –, und sobald der Fluchtwillige das richtige Codewort genannt hatte, bekam er einen neuen Ausweis und ein Fahrrad, um zum Bahnhof zu fahren.

Die Chancen standen fifty-fifty.

Dann aber hatte jemand die Information böswillig oder unvorsichtig oder versehentlich preisgegeben, und die sorgfältig aufgebaute Kette war in sich zusammengebrochen. Wo und durch wen? Milos? Lucia, die Boudicca-ähnliche Kämpferin für einen Regimewechsel? Der namenlose Kontakt, der einem das Codewort übermittelte?

Ihre Augen brannten vor Müdigkeit, und ihre Glieder waren vor Erschöpfung schwer. Dennoch wusste sie, dass ihr eine der Nächte bevorstand, in denen sie nicht viel Schlaf abbekam. *Was hatten diese Nächte Xavier wahnsinnig gemacht.*

Kočka wachte mehrmals auf, miaute, war rastlos. Laure schob Wache auf dem Boden und versuchte, sie so gut sie konnte, zu beruhigen. Als der Morgen dämmerte, schlummerte sie ein.

Tomas spielte Klavier. Das erstaunte Laure, denn sein Lieblingsinstrument war die Gitarre.

Seine Haare waren untypisch kurz geschnitten, und sie entdeckte einen schmalen weißen Streifen oben an seinem sonnenverbrannten Hals.

»Die Tasten gehen zu schwer«, sagte er in seinem guten Englisch, das dennoch einen deutlichen Akzent aufwies. »Das ist doppelt schwer für mich.«

Er spielte Beethovens *Ode an die Freude*, was auch überhaupt nicht sein Musikstil war. »Ich weiß, dass das ein Klischee für den Westen ist«, sagte er und wirbelte herum, um sie anzusehen. »Aber nicht für uns.« Er drehte sich wieder zum Klavier um. »Für uns ist das Ende des Krieges noch sehr weit entfernt.« Er spielte weiter. »Musik ist der beste Krieger und wird für uns kämpfen müssen.«

Er erfüllte ihre Ohren mit göttlichen Klängen.

»O Gott«, hörte sie sich sagen. »Ich habe so lange auf dich gewartet.«

»On arrive.« Sein Französisch war nicht halb so gut wie

sein Englisch, und er hätte in Paris ziemliche Schwierigkeiten gehabt. »*On arrive.* Das verspreche ich.«

Ich bin wachgerüttelt worden, dachte sie. Ich bin trunken, hingerissen, frei von Grenzen. Nie hätte ich mir träumen lassen, Verliebtsein könnte bedeuten, dass man gleichzeitig übersprudelnd und gelassen ist.

Ihn am Klavier zu betrachten raubte ihr den Atem.

Die Klänge wurden abgehackter, als sie langsam wieder wach wurde.

Der Traum war so eindringlich und intensiv gewesen, dass Laure einen Moment brauchte, um sich zu orientieren, und zunächst ergab Kočkas Gesicht, das vom Sofa zu ihr nach unten blickte, keinen Sinn.

Mühsam richtete sie sich auf. Bestimmt brauchte Kočka das Katzenklo, also hob sie den schlaffen Körper vom Sofa hoch und setzte sie in der Kiste ab, die zu ihrer immensen Tierarztrechnung hinzugekommen war.

Kočka begehrte auf, schien aber zu verstehen, worum es ging. Laure wandte sich ab. Selbst Katzen benötigten eine gewisse Intimsphäre.

7

Im Museum überschlugen sich die Anrufe, drehten sich hauptsächlich um die Partnerschaft mit Maison de Grasse.

Während May darauf wartete, dass Laure Zeit hatte, beugte sie sich über den Schreibtisch zu Nic und unterhielt sich mit ihm. Laure beobachtete die beiden, wie sie Witze, Anspielungen und Neckereien austauschten, während sie telefonierte. Ohne das Warum zu verstehen, war sie sicher, dass sie beim jeweils anderen Zuflucht suchten.

Nic legte May eine Hand auf den Arm, Mays blaugraue Augen fanden seinen Blick, und beide verstummten. Ein Stechen durchzuckte Laure. Auch sie kannte solche wortlosen, elektrisierenden Vereinigungen, die Schockwellen durch ihren Körper und ihre Seele geschickt hatten.

Die Anrufe hielten bis zur Mittagszeit an. »Es tut mir leid«, sagte Laure, als sie schließlich den Hörer auflegte. »Ich muss mich um meine kranke Katze kümmern.«

Nic ließ May nicht aus den Augen. »Als ich fragte, ob du eine Katze hast, hast du das verneint.«

»Da hatte ich auch noch keine.«

May schlug vor, Laure zu deren Wohnung zu begleiten und dann von dort zu ihrem nächsten Interview mit einer Designerin im Marais zu gehen. »So aufregend. In werde den Nachmittag in einer Pariser Mansarde verbringen.«

Nic warf Laure einen Blick zu, den sie als Warnung verstand. Bei der ersten Gelegenheit nahm sie ihn zur Seite. »Was willst du mir sagen?«

Nie zuvor hatte sie jemanden so erschüttert gesehen wie den für gewöhnlich so gelassenen Nic. »Sie ist ziemlich skrupellos, wenn es um die Arbeit geht.« Laure wusste, dass sie ihn aus seinem Elend erlösen sollte, aber diesem Widerstreit seiner Loyalitäten beizuwohnen war einfach unwiderstehlich. »Aber im Grunde genommen ist sie ganz reizend.«

Das war einer der mitleiderregendsten Fälle, der Laure je untergekommen war, und *fast* tat ihr der hilflose Nic leid. Ihr Mund zuckte amüsiert. »Soll ich ihr das sagen?«

»Nein.« Als ihm aufging, dass sie ihn geneckt hatte, fügte er hinzu: »Ich wollte nur, dass du weißt, wie ... kriminalistisch sie vorgehen kann.«

Sie sah Nic eindringlich an und erinnerte sich daran, dass er es war, nicht sie, der hier in sprudelndes, lusterfülltes Fahrwasser geriet. Aber sie kannte diese erstaunlichen, instinktiven Erwiderungen, die Vorfreude, vermischt mit der Atemlosigkeit und, im besten Sinne, dem Verlangen. Als sie darüber nachdachte, spürte sie wieder diesen alten Dämpfer des Bedauerns. Trauer und Geheimnisse waren jedoch Teil dieses Lebens, und sie hatte sich beigebracht, damit klarzukommen. Sie lächelte ihm zu. »Du solltest auch vorsichtig sein.«

Zusammen liefen Laure und May am Kanal entlang, bis sie in Laures Straße einbogen. Laure befragte May zu ihren Projekten, und May erzählte, dass sie etwas über eine Modedesignerin schreiben würde, die sich von Marokko und einem neuen Flohmarkt inspirieren ließ, der in der Nähe der Place de la Bastille eröffnet hatte. Sie verströmte eine fieberhafte Anspannung, war begierig auf den Job – und für Laure war es, als hörte sie das Echo ihres jüngeren Ichs, denn May plapperte genauso schnell und angeregt wie sie einst.

»Wer hat Sie nach Paris geschickt?«

May blieb stehen, um Blätter von ihren pink-schwarzen Turnschuhen abzukratzen. »Niemand. Hab gespart und bin dann einfach drauflos.«

»Das war mutig.«

»Oder verzweifelt.«

»Um von Ihrer Mutter wegzukommen?«

»Dem Papagei auf meiner Schulter, ja.« Sie wurde hibbelig. »Ich wollte ein Leben haben. Eine Karriere.«

Ausnahmsweise waren die Straßengeräusche auf ein Minimum reduziert. Die Herbstsonne leuchtete wunderbar, und Laure atmete den Duft von trockenen Blättern, Bäckerei, Wasser und einen schwachen Hauch Gewürze ein.

»Sie lieben Paris«, stellte May fest.

»Ja.«

»Ein bisschen? Über alles?«

»Paris ist ein Teil von mir geworden.«

»War das bei Prag genauso? Oder bei Berlin?«

Laure musste sich zwingen, nicht unvermittelt stehen zu bleiben. »Habe ich Prag oder Berlin je erwähnt?«

»Mit ein paar wenigen Worten.« May ging um ein Zelt herum, das auf der Böschung des Kanals errichtet war und neben dem wie betrunken ein Gaskocher lehnte. »Ich habe meine Hausaufgaben gemacht. Sie hatten einen Chef, der ein wichtiger kommunistischer Akteur war? Oder?«

»Kein Kommentar.«

May sagte: »Ich weiß, dass Sie nicht gern über sich reden, Laure, aber das ist kein Stoff für eine Enthüllung. Nur Hintergrundmaterial. Ich hoffe ... nein, ich weiß ... dass der Artikel nützlich sein wird, wenn ich ihn richtig hinbekomme. Für uns beide.« Ihr Blick wanderte von den Bäumen über den Kanal zu den Brücken ... sie nahm alles in sich auf. »Er könnte gut werden. So richtig gut. Das spüre ich.«

»Moment«, sagte Laure. Sie ging zurück zu dem Zelt,

beugte sich nach unten und stellte den Kocher auf. »Sie haben so wenig«, erklärte sie, als sie wieder zu May aufschloss.

May versuchte es erneut. »Wussten die Briten, dass Sie für einen Kommunisten gearbeitet haben?«

Laure wirbelte herum. »Jetzt gehen Sie zu weit«, sagte sie. »Das geht Sie *nichts* an.«

»Mal abgesehen davon, dass die Vergangenheit nicht umgeschrieben werden kann und sowieso irgendwo da draußen herumgeistert.«

Da hatte May nicht unrecht. »Das stimmt«, räumte Laure ein.

May wirkte ein kleines bisschen selbstzufrieden. »Danke.« Sie ließ einen Moment verstreichen. »Ich hoffe, wir können ehrlich zueinander sein.«

Meinte May das auch so? In der Wohnung lag eine noch immer schwache Kočka auf dem Sofa mit dem Badetuch, ziemlich genau so, wie Laure sie zurückgelassen hatte. Als Laure und May hereinkamen, hob sie den Kopf, und ihre Pupillen wurden weit. Laure kauerte sich neben sie und fuhr über das Fellbüschel zwischen ihren Augen, was Kočka zuließ.

»Das ist doch irrwitzig«, sagte sie laut, hin- und hergerissen zwischen Mitleid und Fürsorge. »Was soll ich nur mit dir machen?«

May zog ein Aufnahmegerät aus der Tasche.

Kočka schloss die Augen.

»Ich kann sie nicht behalten.«

»Warum nicht?«

Laure erklärte es. May, die den Grund für Kočkas Hiersein sofort verstanden hatte, zwängte sich neben Laure und berührte Kočkas Pfote mit der Fingerspitze. Kočka ließ diese Huldigung zu. »Wenn sie eine Wildkatze ist, müsste sie dann nicht Angst vor Menschen haben?«

Laure holte ein Tablett mit Gläsern und bot May einen Apfelsaft an. »Ich denke, sie hat irgendwann einmal jemandem gehört. Es scheint nicht neu für sie zu sein, sich in Räumen aufzuhalten, und es ist nicht übermäßig schwierig, sie dazu zu bekommen, eine Tablette zu schlucken.«

May beäugte Kočka. »Wie zum Teufel bekommt man eine Katze dazu, eine Tablette zu schlucken?«

»Man legt sie ihr ins Maul und bringt sie zum Niesen.«

»Wie dumm von mir. Warum habe ich nicht gleich daran gedacht?« Ihre Sprechweise wurde etwas schleppender. »Laure, ich habe ein paar Artikel gelesen. Manche davon sind nicht sonderlich schmeichelhaft.«

May bezog sich wahrscheinlich auf das spitzzüngige Porträt in *Madame Figaro*. Der Feuilletonchef hatte ihr die Idee des Museums nicht abgenommen und betrachtete es als Verschwendung öffentlicher Gelder. Darstellungen persönlicher Katastrophen, die als solche kein Kunstwerk seien, sollten nicht, wie er langatmig ausführte, mit dem Geld der Steuerzahler unterstützt werden, das über Nos Arts de France einfloss.

Zum ersten Mal hatte sie Nic wütend gesehen. *Warum, warum nur warst du nicht versöhnlicher?*, hatte er Laure vorgeworfen.

Mit dem Laptop auf den Knien verströmte May Wohlwollen und Professionalität. Das hatte einen beruhigenden Effekt. *Sie* war charmant. Doch wie Laure aus Erfahrung wusste, war das noch lange keine Garantie.

Laure ergriff die Initiative. »Sie haben erwähnt, dass Sie zum ersten Mal in Paris sind. Ein solches Erlebnis kann richtig überwältigend für einen sein. Ich bin als Kind hergekommen, dann als Einundzwanzigjährige, als ich hier als Au-pair gearbeitet habe. Ich weiß noch, dass ich mich häufig der Ohnmacht nahe fühlte, weil alles so berauschend war.«

»Es hat einen Tag gedauert, bis ich meinen Jetlag überwunden hatte und meine Augen richtig aufbekommen habe, aber dann konnte mich nichts mehr aufhalten.« May schlug die langen Beine übereinander, die in Skinny Jeans steckten. »Ich bin auf gut Glück nach Paris gekommen, in der Hoffnung, hier etwas zum Laufen zu bringen. Bislang war es einfach toll. Ich habe gezeigt bekommen, wo es diesen unfassbar leckeren Kaffee gibt. Jetzt bin ich voll drin. Total. Was für eine Stadt. Ich komme aus Birmingham in Alabama, das in Sachen Kulinarik in den USA ganz unten steht – das dürfen Sie nicht zitieren – und noch mit den Ereignissen aus der jüngeren Vergangenheit zu kämpfen hat. Paris ist da ganz anders. Paris ist von ihr durchdrungen. Egal, wo man hingeht, sie springt einen an. Revolution, zack. Napoleon, zack. Dior, zack.«

Laure verstand, was sie meinte.

»Sie sehen wie eine waschechte Pariserin aus.« May deutete auf Laures Lederjacke. »Bis ins kleinste Detail. Hat bestimmt ein Vermögen gekostet.«

Laure erinnerte sich an die Zeit, als sie nach Boutiquen, die ihr gefielen, nach Schuhläden und einem Friseur gesucht hatte. »Danke.«

Mays Finger schwebte über Kočkas Pfote. »Sie sind 1966 geboren. Richtig?«

Laures Besuch kürzlich bei einem Optiker und die Verschreibung einer Lesebrille hatten sie erschüttert. »Ja.« Sie nahm May gegenüber Platz. »Was wollen Sie von mir wissen?«

»Sagen Sie es mir. Fangen Sie mit irgendetwas an, dann machen wir von da weiter.«

Laure warf einen Blick auf die Uhr. War es machbar, damit in einer halben Stunde fertig zu sein? Sie zeigte auf Kočka. »Wie Sie herausgefunden haben, habe ich in zwei Städten gelebt, in denen es den meisten Leuten nicht möglich gewesen wäre, eine verwilderte Katze bei sich aufzunehmen.«

May schaltete das Aufnahmegerät ein. »Prag und Berlin.«

Die Worte kamen erstaunlich leicht. »1986 habe ich ein paar Monate in Prag zugebracht, kurz bevor die kommunistische Regierung gestürzt wurde. Mein Vater war überraschend verstorben, und ich kam an der Universität nicht mehr klar. In diesem Alter ist der Tod etwas, das einfach nicht eintritt. Es war ein doppelter Schicksalsschlag. Ich hätte meine Prüfungen verhauen, also sorgte meine französische Mutter dafür, dass ich ein Jahr aussetzte und als Au-pair nach Paris ging. Wie sich herausstellte, war ich bei Tschechen angestellt, und so bin ich nach Prag gekommen.«

May schob das Aufnahmegerät etwas näher an Laure.

»Dann war ich für das Auswärtige Amt tätig, und nachdem die Mauer gefallen war, arbeitete ich in Berlin für das Britische Konsulat, wo ich eine untergeordnete Position innehatte. Das hat mir gefallen, auch wenn es manchmal grauenhaft war.«

»Eine untergeordnete Position«, sagte May nachdenklich. »Ich sehe Sie nicht auf einer untergeordneten Position.« Sie schwieg einen Moment lang. »Waren Sie eine *Spionin*? Damals war die Stadt voll davon.«

Mit kühler, besonnener Verachtung sagte Laure: »Ich dachte, das hier sei ein professionelles Interview.«

May zuckte sichtlich zusammen und rutschte nervös auf ihrem Platz herum, weshalb Laure vermutete, dass sie doch noch mehr Neuling und unbeholfener war, als sie angenommen hatte. Dennoch bestand der Trick bei einer Befragung genau darin: *den Köder so auszuwählen, dass der Fisch auch anbeißt.* Vielleicht war das Mays Masche: ihre Position mit ungeschickten Fragen stärken?

May sammelte sich. »Sollte trotzdem gefragt werden. War Berlin nicht eine eigenartige Wahl?«

»Man geht dahin, wo man hingeschickt wird. Allerdings habe ich diesen Job aufgegeben, als ich eine gut bezahlte Stelle als Dolmetscherin in Paris angeboten bekam.« Die Halbwahrheit ging ihr mühelos über die Lippen.

»Dann haben Sie also Gefallen am Leben im Ausland gefunden? Oder es vorgezogen?«

»Habe ich.«

»Sind Sie jemals nach Prag oder Berlin zurückgekehrt?«

»Nein.«

»Gibt es dafür einen bestimmten Grund?«

Laure zuckte die Schultern. »Hat sich nicht ergeben.«

»Oder wollten Sie nicht dorthin zurück?«

Wieder zuckte Laure mit den Schultern.

May fragte, ob sie die Toilette benutzen dürfe, und Laure zeigte den Gang entlang. May ließ sich Zeit; als sie zurückkam, fragte sie: »Wie hat denn alles angefangen?«

Damit meinte sie das Museum.

Wie?

»Woher kommen die Ideen? Wer weiß das schon?«

Scheidung, Schlaflosigkeit, Kinderlosigkeit und Überdruss, weiterhin als Dolmetscherin zu arbeiten, spielten dabei eine Rolle. Aber die Gründe, weshalb Laure es zu genau diesem Zeitpunkt umsetzte, waren viel zu tief in ihr vergraben, um greifbar zu sein. Sie wusste nur, dass die verschiedenen Gründe aneinandergerieben hatten – wie Stahlwolle über einen verkrusteten Feuerrost – und dass dabei eine glänzende Idee zum Vorschein gekommen war.

Sie konzentrierte sich auf die praktischen Details. »Sobald ich die Idee hatte und das Haus gefunden war, redete ich mir auf der Bank den Mund fusselig und lieh mir so viel Geld, wie ich konnte, kaufte das Haus und renovierte es. Ich heuerte eine Werbeagentur an, um das Museum bekannt zu machen, und bewarb mich bei Nos Arts de France um Fördergelder, die mir in Form einer jährlichen Zahlung zugesprochen wurden. Nicht sonderlich bemerkenswert. Einfach nur ein Geschäftsvorgang.«

May machte sich Notizen. »Können Sie mir ein paar Zahlen nennen?«

»Tut mir leid, die sind vertraulich. Ich wusste von einem Jahr zum nächsten nie, ob ich die Förderung bekommen würde. Wir hatten über fünf Jahre hinweg stets steigende Besucherzahlen, was wunderbar war und mich motivierte weiterzumachen. Dann informierte uns Nos Arts, ein anonymer Spender wolle die Förderung für fünf Jahre übernehmen und er oder sie würde noch dazu genug Geld spenden, um für das gesamte Unternehmen aufzukommen.«

Simon hatte sie angerufen, um ihr das mitzuteilen. »Was für ein Zauber ist da im Spiel, Süße? Egal, was es ist, ich möchte etwas davon abhaben.« Er wartete, bis ihre ungläubigen Schreie von »das kann einfach nicht wahr sein« verklungen waren, und sagte dann: »Das ist ein Wahnsinnserfolg, Laure. So etwas gelingt nur wenigen.«

Diesen Moment zu beschreiben würde der Glückseligkeit vermutlich nicht gerecht, diesem Gefühl, wenn eine Sache es schließlich zur Vollendung geschafft hatte. »Das ist ein ganz besonderer Tag, wenn man erfährt, dass man ab sofort eine atemberaubende Summe zur Verfügung hat. Wir hatten es geschafft. Es lief.«

May hatte Blut geleckt. »Haben Sie eine Ahnung, wer das sein könnte? Oder warum derjenige das gemacht hat?«

»Ich denke, wir haben die Zeichen der Zeit erkannt. Das Museum steht für frischen Wind und Anti-Establishment. Es spricht viele an, die sich normalerweise ausgeschlossen fühlen und vielleicht gar nicht in Museen gehen. Es kann Grenzen überschreiten, die andere Museen wahren müssen.«

»Aber *Sie* kontrollieren, was aufgenommen wird.«

»Ich tue alles in meiner Macht Stehende, um unvoreingenommen zu sein. Hier in diesem Museum gibt es Gegenstände, die in einer etablierten Einrichtung niemals das Licht der Öffentlichkeit erblickt hätten. Genauso wenig wie ihre Geschichten.«

»Okay.« May friemelte am Aufnahmegerät herum. »Und das Maison de Grasse?«

»Das fügt sich wunderbar zusammen. Die Firma beliefert die breite Masse …«

»Eine Masse, die sich recht teure Produkte leisten kann.« May klappte ihren Laptop auf und tippte etwas ein. »Dazu muss man in der Lage sein … ja, genau, fünfzig Euro für eine Duftkerze zu bezahlen, wie sie hier angepriesen wird, das steht wahrscheinlich nicht bei allen ganz oben auf der Liste.«

»Der Bodenreiniger aber schon«, entgegnete Laure. »Von den Verwaltern höre ich, dass sie über diese Verbindung ganz begeistert sind. Vergessen Sie nicht, die übernehmen nicht das Sponsoring, sondern treten als Schirmherr auf.«

»Wie haben Sie sich *gefühlt*, als das alles durchgestartet ist?«

»Sehr gut.«

»Einfach nur sehr gut? Waren Sie nicht überglücklich? Haben die ganze Welt umarmt?«

Laures Lippen zuckten. »Nic und ich haben ein großes Glas Wein gebraucht. Na gut, es waren drei.«

Sie erinnerte sich an dieses süße, berauschende Gefühl der Erleichterung und daran, dass endlich einmal etwas in ihrem Leben geklappt hatte. Rückblickend war es der

Moment, in dem sie sich vom Pessimismus abwandte hin zu dem Teil ihrer selbst, den sie gern leben wollte.

»Gut«, May sah auf. »So langsam begreife ich Sie.« Der unsichere Ausdruck war verschwunden – eine Mahnung an Laure, vorsichtig zu sein. »Wohin führt uns das?«

»Aus Ihrem Mund klingt das wie in einer Psychotherapiesitzung. Das ist aber keine. Das hier ist ein Interview, mehr nicht.«

May warf einen Blick auf das Aufnahmegerät. »Kuratorin sein, ist das nicht ein einsamer Job?«

Tomas, Milos, alle hatten ihr eingetrichtert, den Mund zu halten. Fragen zu stellen bedeutete, den Argwohn zu wecken, sagten sie, mal ganz zu schweigen davon, welche zu beantworten. *Stell dich dumm, stell dich immer dumm.* Was sie einst als Überlebensstrategie gelernt hatte, war Laure geblieben.

May zog eine Augenbraue hoch. »Ist es das?« Wenn man ausspioniert wurde, war das, als würde einem die Haut vom Körper abgezogen, hatte sie Tomas gegenüber einmal erwähnt.

Er hatte sie in den Arm genommen, ihr über das Haar gestreichelt und gesagt: »Gewöhn dich niemals daran. Sonst sind wir tot.«

»Eine leitende Stelle innezuhaben ist eine einsame Angelegenheit«, antwortete Laure. »Das liegt in der Natur der Sache.«

Manchmal stellte sich Laure vor, ihre Erfahrungen wären ihr äußerlich anzusehen – wie ein Geburtsmal oder die Narbe einer alten Verletzung. Was ihr Inneres betraf? Die Narben reichten tief: hatten sich in ihren Geist und ihre Gedanken eingegraben.

»Worum geht es in diesem Museum?« May lehnte sich auf ihrem Stuhl nach hinten. »Nehmen Sie sich so viel Zeit, wie Sie brauchen.«

Inzwischen war die Mittagszeit deutlich überschritten. »Ich hole uns etwas zu essen«, sagte Laure. »Dann können wir darüber reden.«

Sie nahm ein paar Melonenscheiben und Parmaschinken aus dem Kühlschrank und richtete beides auf zwei Tellern an. »Das ist nicht viel«, sagte sie, als sie mit einem Teller in jeder Hand aus der Küche kam, nur um wie angewurzelt stehen zu bleiben. »Was machen Sie da?«

May hatte sich über den Tisch am Fenster gebeugt und machte allem Anschein nach Fotos von den darauf liegenden Unterlagen.

Laure stellte die Teller ab. *»May?«*

Sie wirbelte herum und lief rot an. »Ich hoffe, es macht Ihnen nichts aus. Ich habe ein Foto von Ihrem Foto gemacht. Es ist wunderschön mit dem Meer und dem Treibholz.« Wenig überzeugend zeigte sie auf das gerahmte Foto von einem mit Felsen und Treibholz übersäten Strand im Westen Schottlands, das an der Wand über ihrem Schreibtisch hing.

Laures Wut kochte hoch – und war fast schon angenehm, als würde sie sich selbst die Erlaubnis erteilen, sich gehen zu lassen. »Nein, haben Sie nicht.« Sie versuchte, nach dem Handy zu greifen, aber May trat einen Schritt zur Seite und schirmte es mit ihrem Oberkörper ab.

»Sie haben herumgeschnüffelt.«

»Es tut mir leid«, sagte May.

Was hatte Laure erwartet? Ihre Wachsamkeit hatte nachgelassen, was unklug war. May war nun einmal jemand, der einfach seine Arbeit machte.

»Ich dachte, ich würde etwas über Sie herausfinden.« May umklammerte ihr Handy etwas fester. »Sie sind so schwer zu durchschauen.«

»Und was gibt Ihnen das Recht zu tun, was Sie gerade getan haben?«

»Nichts.« Ihre Stimme schlitterte über die Worte. »Nur das Verlangen, wahrheitsgemäß zu schreiben.«

»Raus.«

May bot ihr die Stirn. »Laure, ich bin keine Spionin.«

»Sie haben *keine Ahnung*, was es heißt, ein Spion zu sein.«

Wie aus der Pistole geschossen kam die Erwiderung: »Sie aber schon?«

Über *dieses* Universum wusste May nichts, konnte gar nichts darüber wissen. Über die farblosen Jahre. Das Ausspähen, die Ungewissheit. Das freiwillige Wagnis, sich auf graues, moralisch lückenhaftes Terrain zu wagen, von wo es keine Rückkehr gab. Das war ein – bisweilen Furcht einflößendes – Unterfangen, das an niemandem spurlos vorüberging. »Geben Sie mir Ihr Handy.« Bei Laures Tonfall zuckte May zusammen. »Sofort. Und Ihre PIN.«

»Sie können mein Handy nicht einfach so nehmen.«

»Doch, kann ich. Und werde ich auch.« Laures Wut war unmissverständlich, also reichte May ihr das Handy. Laure tippte die Zahlen ein und löschte das Foto der Formulare ihrer Krankenversicherung, die oben auf dem Stapel lagen. »Haben Sie auch herumgeschnüffelt, als Sie auf der Toilette waren?«

May gab es unumwunden zu. »Ich habe in das Zimmer mit den Kartons gesehen. Es tut mir leid. Aber mich hat die Beschriftung fasziniert. ›Prag‹, ›Berlin‹. Ich würde gern mit Ihnen darüber reden. Für Ihre Geschichte ist es doch sicher wichtig?« Sie knetete ihre Hände. »Mir ist das tschechoslowakische Zugticket im Rahmen aufgefallen.«

»Was wollen Sie damit andeuten?«

»Nicht, dass Sie es entwendet haben.«

»Das will ich auch, verdammt noch mal, nicht hoffen.« Als Kuratorin des Museums war sie schon mit schlimmeren Situationen zurechtgekommen – das hier sollte keine

Ausnahme darstellen. »Sie haben unsere Vereinbarung missbraucht.«

May kaute an einem bereits abgenagten Fingernagel, rührte sich aber nicht von der Stelle. »Es tut mir leid, Laure. Das war falsch von mir. Sehr falsch.«

May war panisch, keine Frage. Diesen Auftrag zu verlieren wäre für keine von beiden gut, aber May wäre die eigentliche Verliererin.

»Wie kann man so scharfsinnig schreiben und sich so dumm verhalten?«

»Manchmal muss das einfach sein«, sagte May. »Es ist nicht gut. Aber es führt zu Gutem.« Da war er wieder, der unsichere Ausdruck. »Mit gut meine ich Klarheit.«

»Gehen Sie. Jetzt.«

Was für eine Darbietung May hier doch liefert, dachte Laure. So herrlich theatralisch.

»*Gehen Sie.* Und kommen Sie nicht zurück.«

»Die Unterlagen waren da. Sie waren in der Küche. Ich wollte mehr über Sie herausfinden.« May baute ihre Verteidigung auf. »Wären die Unterlagen wirklich wichtig für Sie, dann hätten Sie sie nicht einfach so herumliegen lassen.«

»Wenn Sie damit meinen, dass ich nicht geplant hatte, jemanden ohne Prinzipien oder Moral in meine Wohnung einzuladen, dann nein.«

Die graublauen Augen waren inzwischen riesige besorgte, reuevolle Tümpel.

»Bitte«, sagte May, und es sah so aus, als wäre jede Vorspiegelung verschwunden. »Das wird ein großer Artikel. Es war meine Idee, und ich habe ihn an Land gezogen.« Leise fügte sie hinzu: »Ich brauche ihn.«

Die Atmosphäre fühlte sich schal, verzweifelt an. Laure ging zum Fenster und drückte es weiter auf. Der Vorteil war auf ihrer Seite. May wusste, dass sie nicht nur wegen des vermasselten Interviews bettelte. Dieses Interview vermasselt zu haben bedeutete, dass May sich – sehr wahrscheinlich – auch von Nic verabschieden musste.

Laure blieb mit dem Rücken zu May stehen. »Ich hoffe, dass die Ge- und Verbote meiner Krankenkasse das, verdammt noch mal, wert waren.«

»Tatsächlich waren sie ziemlich langweilig.«

Man gewöhnte sich nie daran, bespitzelt zu werden. Niemals, und höchstwahrscheinlich hatte May keine Ahnung davon. Es gab Techniken, wie man dagegen ankämpfen konnte, und jemanden von oben bis unten zu mustern funktionierte sehr gut, wenn man beabsichtigte, einen Spitzel zu verunsichern. Laure drehte sich um und ließ ihren Blick über Mays Beine, die schmale Hüfte mit dem weißen Spitzenshirt bis zu den cleveren, fast schon – aber eben nur fast – schönen Gesichtszügen und dem wallenden blonden Haar wandern, ließ sie über diese Kombination aus selbstsicher und verletzlich streifen, die May verkörperte.

»Sie sind sehr entschlossen«, sagte sie.

»Ja, das bin ich.«

»Ich frage mich, wie sehr?«, sagte Laure, mehr an sich als an May gerichtet. »Wie sehr baut Ihre Entschlossenheit auf fiese Tricks?«

May zeigte kapitulierend auf die Hand mit dem Handy. »Es ist okay, wenn Sie mich hassen.«

»Nur damit kein falscher Eindruck entsteht, ich wiederhole, das gerahmte Ticket gehört mir.«

»Natürlich.«

Laure gab May ihr Handy zurück. May nahm es, schulterte ihren Rucksack und ging.

Kočka stand auf, streckte sich und legte sich wieder hin.

Laure setzte sich neben sie, hielt ihr eine Hand hin und war genervt, als sie bemerkte, dass sie zitterte.

Das passierte ihr nicht immer, Gott sei Dank, und mit den Jahren war es besser geworden. Aber hin und wieder reichte ein unbedeutendes Eindringen in ihre Privatsphäre aus, eine durcheinandergebrachte Routine, dass sie wieder mit wild pochendem Herz durch die Straßen rannte. Dass sie wieder einmal vor den grauen Männern und den Brutalos in Lederjacken wegrannte, die sie bespitzelten, ihr nachstellten und sich auf sie stürzten.

Diese aufblitzenden Bilder taten ihre Wirkung. Sich ihnen entgegenzustellen war schwer, auch Jahre später noch, aber sie hatte gelernt, wie sie sich zwingen konnte, ihren Geist etwas anderem zuzuwenden.

So war es zum Beispiel durchaus heilsam, wenn sie sich daran erinnerte, wie sie mit Tomas unten an der Moldau entlangspaziert war, nahezu trunken vor Glück. Wie er sie an sich gezogen und sie den aphrodisierenden Geruch von männlichem Schweiß und Tabak eingeatmet hatte. Wie er sich über sie gebeugt hatte und sie das Gefühl gehabt hatte, als sprudelte flüssige Freude durch ihre Adern.

Dann stießen ihre ungehorsamen Gedanken herab auf die alten, unbeantworteten Fragen, die ihr noch immer zu schaffen machten.

Hatte Tomas es jemals zum Bahnhof geschafft? Hatte er jemals sein Zugticket in die Freiheit in der Hand gehabt, und sei es nur für wenige Augenblicke? Was wäre schlimmer gewesen? Den Zug erreicht zu haben und dann herausgezogen zu werden? Oder es niemals auch nur in die Nähe des Zuges geschafft zu haben?

Sie setzte sich anders hin. Es war Zeit, sich auf etwas anderes zu konzentrieren. Auf Kočka. Was bezweckte sie damit, sie bei sich aufzunehmen? Halb verwildert. Teuer. Hilfsbedürftig. Sie berührte das Fell zwischen Kočkas Ohren, nahm durch die Fingerspitze den Hauch des zerbrechlichen Knochens darunter wahr. Sie aufzunehmen,

Kočka zu lieben bedeutete, der Verletzlichkeit die Tür zu öffnen und vielleicht auch dem Leiden.

Es würde kompliziert werden. Laure hatte nur wenig Freizeit, um sich um Kočka zu kümmern, außerdem sähe sie sich gezwungen umzuziehen; als Alternative dazu könnte sie auch Madame Poirier umbringen – *nicht weiter schwierig* – und sie durch eine freundliche Concierge ersetzen. Ihre behüteten, durchgetakteten Abläufe würden durcheinandergebracht, die Bedürfnisse einer kleinen Kreatur in ihre Ruhe eindringen.

Am Morgen würde sie Kočka einfach in den Karton packen, sie zum Tierarzt bringen und alles Weitere ihm überlassen.

Kočka bewegte sich, rückte eine Pfote zurecht, die leicht abgewinkelt war, was auf eine alte Verletzung hindeutete. Ihre Zerbrechlichkeit war unerträglich. Verlieh Laure ein Gefühl der … der was? Der Unbehaglichkeit? Des Gebrochenseins?

May hatte ihr vorgeworfen, dass man nicht an sie herankam.

Das stimmte. Sie beobachtete das Leben durch eine Scheibe. So wollte sie es haben. Du darfst nicht länger mit Geistern leben, sagte sie sich. Es ist an der Zeit, sie zu vergessen.

Laures eigene Geschichte trug viel zu ihrer Einstellung bei. Aber nicht nur das. Niemand konnte die Erde heute betrachten, die durchsetzt war von Gewalt, korrupten Regierungen und Verfolgung, und ein gutes Gefühl dabei haben.

Die Geräusche von Paris drangen durch das Fenster herein.

Laure richtete Kočkas Schwanz vorsichtig aus, und ein vertrauter Schmerz umfing ihr Herz.

8

Am nächsten Morgen kam May ins Büro und baute sich vor Laures Schreibtisch auf. Laure sah auf. »Ich will nicht mit Ihnen reden.«

May sah so aus, als hätte sie kein Auge zugemacht. »Es tut mir so leid. Verzeihen Sie mir bitte?«

»Warum, um alles in der Welt, sollte ich das tun?«

May verschränkte die Hände hinter dem Rücken. »Sie haben keinen Grund dazu, aber ich bitte Sie um eine zweite Chance.« Beharrlichkeit. »Außerdem könnte und würde ich einen richtig guten Job für Sie machen.«

Laure antwortete nicht darauf, und es folgte ein angespanntes Schweigen.

Nic, der bis dahin im Konferenzraum gewesen war, streckte den Kopf herein. »Das Maison de Grasse will das Menü endgültig festlegen. Kannst du mit ihnen sprechen?« Dann verschwand er wieder.

Ein Essen, um die Zusammenarbeit zwischen dem Museum und dem Maison de Grasse zu zelebrieren, war etwas später in diesem Monat geplant, an einem sorgfältig ausgewählten Datum, damit es nicht mit der Vorweihnachtszeit kollidierte.

Laure nahm den Anruf entgegen, der ein paar Minuten dauerte. May drückte sich ruhelos und angespannt neben ihr herum. Als der Anruf zu Ende war, erhob sich Laure. »Gestern haben Sie mich nach Prag und Berlin gefragt.«

»Das habe ich.«

»Ich gehe nicht davon aus, dass Sie das verstehen können. Beides waren wunderschöne Orte, doch als ich dort gelebt habe, waren sie auch ganz schrecklich. Voll unbewältigter Bitterkeit und Zerwürfnisse. Solche, die die Seele verschlingen.« Ihr Blick wanderte von Mays abgekauten Nägeln zu ihren eigenen rot lackierten. »Ich lasse nicht zu, dass Paris auch so wird.«

May machte ganz den Eindruck, als würde sie Laures Hand ergreifen wollen. »Das verstehe ich. Ich komme aus dem Süden. Wissen Sie noch?«

»Machen Sie so etwas nie wieder.«

An Mays abgekautem Daumen war etwas getrocknetes Blut. »Ich gebe mir größte Mühe.« Sie fuhr sich mit einer Hand durch das Haar, strich es streng nach hinten. Als ob das helfen würde, dachte Laure. »Es tut mir wirklich leid.«

Würde man May aufschneiden, würde sich das Wort »Reue« wahrscheinlich wie eine Zuckerstange durch sie hindurchschlängeln. Laure brachte ein Lächeln zustande. »Lassen Sie es mich so sagen, ich werde Ihre Mutter nicht kontaktieren.«

May verzog das Gesicht. »Mein Spitzname ist Nachtwanze. Und das ist nicht liebevoll gemeint. Aber ich erlaube Ihnen, ihn zu benutzen, wenn Sie wollen.«

Sie klang ruhig, doch in dieser Information steckte eine verschlüsselte Emotion, und Laure kam der Gedanke, dass Mays Mutter keine Ahnung hatte, wie sie mit ihrer ungewöhnlichen Tochter klarkommen sollte.

»Okay.« Sie gab zu verstehen, dass sie zur Wiederaufnahme einer gleichberechtigten Beziehung bereit war. »Lassen Sie uns das Festessen besprechen.«

May sammelte sich. »Ich hoffe, es gibt für jeden eine Geschenktüte mit Diamanten und einen Haufen Blumen. Und Schmetterlinge?«

»Verlieren Sie das Ziel nicht aus den Augen«, sagte Laure trocken.

Das Telefon klingelte unablässig, und Nic war damit beschäftigt, eine Liste der bereitwilligen Spender zu erstellen. Etwas später am Vormittag brachte Chantal die Post und stellte fünf Pakete auf dem Tisch ab.

»Ist das der Durchschnitt?«, fragte May.

Laure warf einen Blick auf die Statistik auf dem Bildschirm. »Die Einsendungen nehmen wieder zu«, sagte sie. »Es werden jeden Monat mehr.«

»Interessant. Ist das, weil Versprechen leichter gebrochen werden? Oder schwieriger zu halten sind?«

Nic hatte ein angeregtes Telefonat auf Französisch mit einem Mann, der einen Sack Dung spenden wollte, in Erinnerung an die Frau, die ihn eben hatte sitzen lassen, und Nic hatte Mühe, ihm klarzumachen, dass sie das nicht annehmen konnten.

Also antwortete Laure schließlich. »Zum Teil liegt es daran, dass sich die Menschen verändert haben. Wir sind anders geworden.« May warf ihr einen fragenden Blick zu. »Haben wir uns inzwischen nicht die Erlaubnis erteilt, einen Verrat zuzugeben? Als Generation, meine ich. Unsere Traurigkeit zuzugeben?«

»Ist das so? Haben die Menschen ihren Gefühlen nicht immer schon freien Lauf gelassen?«, fragte May. »Auf die eine oder andere Weise?«

»Warten Sie, bis es wirklich Herbst ist.« Nic hatte das Telefonat beendet. »Wenn der Sommer durch ist, dann wird es richtig schlimm.«

Mit einem Schlag lockerte sich die Stimmung etwas auf.

May sah von einem zum anderen. »Ist er immer so fröhlich?«

»Wenn der Sommer durch ist, wird's mit Nic schlimmer«, sagte Laure.

Die Päckchen auf dem Schreibtisch warteten darauf, geöffnet zu werden. Laure deutete auf May. »Wollen Sie uns die Ehre erweisen?«

Im ersten Päckchen war das Brettspiel *Diplomacy*, im zweiten eine lange, schmale Schachtel, in der, eingewickelt in Seidenpapier, eine Ausgabe einer britischen Zeitschrift lag.

Laure las das Begleitschreiben laut vor.

Liebe Kuratorin, nehmen Sie das für Ihr Museum an? Wenn Sie Beiliegendes gelesen haben, stimmen Sie sicherlich zu, dass es einen Platz in einer Ihrer Vitrinen verdient hat. Ich bin ein gewöhnlicher Mann, dachte immer, ich würde die Menschen verstehen, aber da habe ich mich wohl geirrt. Ich hatte keine Ahnung. Diese Ereignisse haben mich aus der Bahn geworfen, und so schnell werde ich nicht darüber hinwegkommen.

Sie schlug das Seidenpapier zur Seite, entdeckte einen Brautschleier darunter und las weiter vor.

Ich habe wie ein Besessener darüber nachgedacht und bin zu dem Schluss gekommen, dass ich meine Gefühle nicht angemessen beschreiben kann, somit muss das hier ausreichen.

Kurz, ich habe Anfang des Jahres geheiratet, doch die Ehe hat nur zwei Monate gehalten. Das allein war schon schlimm genug. Das Fehlen einer Erklärung ist aber noch viel schlimmer. Jedes Mal, wenn ich meine zukünftige Ex-Frau frage, was schiefgegangen ist und warum, weigert sie sich, mir zu antworten. Vor ein paar Wochen zeigte mir ein Freund dann diesen Artikel, der in der Zeitschrift veröffentlicht wurde. (siehe Aufkleber) Was hat das mit dem Zusammenbruch der Ehe zu tun? Wenn Sie es lesen, wird es klar.

»Darf ich es lesen?«

Laure sah nach unten auf den Schleier – duftig weiß und verheißungsvoll. Die Privatsphäre bis zu einem gewissen Punkt zu schützen und nett zu sein war einer ihrer Grundsätze, und May war, wohl oder übel, eine Jägerin. Doch der Artikel war jedermann zugänglich.

»Laure, Sie können mir *vertrauen.*«

Wer führte hier wen hinters Licht? Doch mit dem reumütigen Zug um die Lippen, halb-doppelzüngig und unbedacht, konnte man May nichts ausschlagen. Sie begriff schnell, war intelligent und mutig genug, sich in die Welt hinauszuwagen, um ihren Weg zu finden. Jemanden mit solch einer Haltung musste man ermutigen.

»Stimmt«, antwortete sie freundlich. »Sie sind eine Journalistin, die eine Story braucht.«

»Ganz genau. Das ist der ewige Kampf. Menschlich sein und gleichzeitig meine Arbeit machen.« Ihr Blick suchte den von Nic. »Aber ganz tief in meiner Zuckerwatteseele habe ich tatsächlich Gefühle.« Sie tauschten ein verstohlenes Lächeln.

Laure schob May die aufgeschlagene Zeitschrift zu, die die Seiten mit High Fashion, Rezepten aus der Fusionsküche und dem Einmaleins der Retinol-Cremes durchblätterte. Sie fand den Artikel und las vor.

In diesem Büro herrschten für gewöhnlich die englische und französische Sprache vor. Ihr Südstaatenslang, die verschluckten Buchstaben und betonten Vokale, stammten aus einer anderen linguistischen Geografie, wiesen auf andere Welten hin.

Den Schleier haben Jenna und ich ausgesucht. Stundenlang hatten wir am Telefon darüber gesprochen, welcher es werden sollte, und weil ich ihre Stimme hören wollte, zog ich das Gespräch in die Länge. Warum auch nicht? Ich würde sie demnächst verlie-

ren. Sie würde im zweisamen Hoch und Tief des Lebens verschwinden, zu dem neues Besteck, Tischdeckchen und ein Rasenmäher gehörten.

Ich stellte ihr eine Frage: Hielt sie den Schleier nicht für zu altmodisch und unterwürfig?

»Genau darum geht es, Rosie.« Sie schien das nicht weiter zu stören, und auch das war verletzend – mich verletzte tatsächlich alles an dieser Angelegenheit. ›Ned und ich schenken einander unser Leben.‹ Sic lachte. ›Ned ist gerade ziemlich genervt, aber ich sage ihm immer, wenn wir diesen Stolperstein hinter uns haben, dann geht alles ganz glatt.‹

Als ich das hörte, verstand ich, woher der Drang kam, einen Mord zu begehen. Außerdem stellte ich mir vor, wie herrlich leer man sich nach begangenem Mord fühlen musste.

Wir verabredeten uns in dem Geschäft für Brautmoden, um den vermaledeiten Schleier auszuwählen. Der Laden war winzig, beherrscht von einer Stange, die von einem Ende des Ladens zum anderen reichte und auf der dicht an dicht Kleider in allen möglichen Weißschattierungen und mit allen möglichen Abwandlungen von Abnähern und Rüschen hingen, die man sich nur vorstellen kann. Es war, als betrachtete man ein Regal mit unterschiedlichen Baisers, von denen manche, das muss man sagen, ihre Frische schon eingebüßt hatten.

Die Mitarbeiterin schnürte Jenna in ihr Kleid und schnalzte mit der Zunge. »Sie haben abgenommen.« Sie zog die Schnürung am Oberteil enger. »Das ist ganz normal.«

Das Kleid war beeindruckend. Schlicht, mit eng anliegenden Ärmeln, fließend und aus ganz feinem Tüll, was hervorragend zu ihrem Teint und ihrer Figur passte.

Sie probierte den ersten Schleier an, dessen Weiß sich ganz unpassend von ihrer Haut abhob. Der zweite war zu kurz und zu frech.

Dann warf die Mitarbeiterin einen dritten Schleier über sie. »Das ist es«, sagte sie.

Der Saum glitt langsam zu Boden, fiel um die reglose weiße Gestalt, und ich sah einen Geist. Der Vergangenheit. Außerdem sah ich auch die Zukunft. Es war keine, an die ich gern denken wollte.

»Wunderbar«, rief die Mitarbeiterin und klatschte dümmlich in die Hände.

Das war es.

Wir mieden es, uns anzusehen. Ich blickte unverwandt zur Mitarbeiterin, die hier und da ein wenig herumzupfte. Jenna nahm ein Stück Schleier zwischen die Finger, als wollte sie jeglichen Schauer der Empfindung, hervorgerufen von dieser Textur, auskosten.

Was machst du da? *Ich konnte mich gerade noch davon abhalten, das laut zu sagen.* Warum machst du das, wo du doch mich hast?

Unmöglich konnte ich die zerstörerische Welle vergessen, die an dem Tag über mich hereingebrochen war, als Jenna mir sagte, es sei vorbei, sie würde Ned heiraten. Unmöglich. Jenna weinte über meine Reaktion, und ich wurde hysterisch, was ihr Angst machte. Sie bat mich, sie freizugeben. Nach vielen Stunden der Qual gab ich nach. »Geh«, sagte ich ihr. »Ich will nie wieder mit dir sprechen.«

Das hielt nicht lange an.

Ich entdeckte mich im Spiegel hinter der Spiegelung von Jenna. Mein Kleid hing in der Wohnung. Es war in blassgrau gehalten, und dazu passend hatte man einen Strauß mit blassrosa Rosen ausgewählt. Als erste Brautjungfer würde ich das Schlusslicht der Prozession bilden.

Was hatte ich mir nur dabei gedacht?

Die Mitarbeiterin half ihr aus dem Schleier und aus dem Kleid. Mir fiel Jennas zu großer Verlobungsring auf, sowie ein Träger des BHs, der ausfranste. Ich achtete auf solche Details, nicht er, und ich klammerte mich daran fest.

Eifersucht ist eine scheußliche Sache. Einerseits genoss ich ihre

Wildheit, gleichermaßen verabscheute ich aber, in ihren Fängen zu sein, weil sie mir die Kontrolle verwehrte. Ich suchte jemanden deswegen auf. Bla-bla-bla. Das Einzige, was er machte – mit Ausnahme der Rechnungsstellung –, war nicken und nichts sagen. Die Folge? Alles, was ich tat, war davon befallen.

Die Mitarbeiterin verzog sich zur Kasse, die diskret hinter einem anderen Vorhang versteckt war – alles, was in diesen widerlichen Läden mit Geld zu tun hatte, wurde kaschiert. Jenna zog sich Jeans und T-Shirt wieder an. Ich streckte die Hand aus, um ihr zu helfen, aber sie zuckte zurück. »Tu's nicht.«

Sie weinte.

»Du solltest glücklich sein«, zischte ich ihr zu.

Sie beugte sich hinunter, um sich die Turnschuhe zuzubinden. »Was habe ich nur gemacht, Rosie?«

»Du bist eine Betrügerin, und ich sollte es von den Dächern herunterschreien.«

»Dann mach es doch.«

Sie weigerte sich, mich anzusehen.

In diesem Moment fiel bei mir der Groschen. Ich sollte ihrem Bräutigam sagen, dass sie ihn nicht liebte, genau das wollte Jenna. Sie wollte mich die Drecksarbeit machen lassen.

Sie sagte es nicht … o nein, sagen würde sie das nicht … aber ich wusste es.

Ja, ich wusste, dass Jenna feige war, sie würde lieber ihr Leben, Neds und meines ruinieren, weil sie sich nicht traute, etwas zu sagen.

Raten Sie mal, was ich tat?

»Eine Variante der traditionellen Dreiecksbeziehung«, sagte May und wandte sich wieder dem Brief zu. »Als sie den Schleier trug, versprach meine Frau, mich zu lieben, aber sie log. Sie liebte jemand anders, und diese andere war ihre Brautjungfer, die diesen abscheulichen Mist schrieb.« Sie faltete den Brief und steckte ihn zurück in den

Umschlag. »Wurde das Museum jemals wegen Verleumdung verklagt?«

»Das kann durchaus passieren, aber wir arbeiten eng mit den Anwälten zusammen.« Laure nahm den Schleier aus der Schachtel. Filigran, fast schon gewichtslos, wie Schaum, der über ihre ausgestreckten Arme wallte. Bei näherer Betrachtung war am Saum unverkennbar ein Biss zu sehen – pink und lippenstiftverschmiert.

»Wow!«, sagte May. »Darf ich ein Foto machen?«

»Nein.«

May sah unumwunden auf die Stelle. »Wie hasserfüllt muss man sein, um in einen Hochzeitsschleier zu beißen?«

Nic klang erschüttert. »Es überrascht mich nicht, dass er einen giftgrünen Leuchtstift verwendet hat.«

Am Eingang des Museums saß Jean-Luc am Ticketschalter. Laure stellte ihn May vor und erläuterte, dass Jean-Luc seine Ausbildung zum Kurator halb abgeschlossen habe und im Museum praktische Erfahrung sammeln wolle. Er und Chantal wechselten sich wochenweise ab. »Die *stagiaires*, wie sie genannt werden, bekommen kein Gehalt, aber wir kommen für ihre Auslagen auf.«

Jean-Lucs Gesichtsausdruck war rätselhaft.

May sah ihn mit großen Augen an. »Hat das Kuratieren in Frankreich denn Zukunft?«

»Ja, die Regierung unterstützt es«, antwortete Jean-Luc.

May setzte ein Lächeln auf, das einen im Handumdrehen erblinden lassen konnte. »Ihr habt vielleicht Glück. Bei uns zu Hause müssen wir uns auf reiche Mäzene verlassen.«

Eine Gruppe Frauen, alle im gleichen grünen Kunststoffregenmantel, kam nacheinander herein und zog Jean-Lucs Aufmerksamkeit auf sich. Laure fragte May, ob sie zusehen wolle, wie sie den Schleier herrichtete, den sie für Raum 2 vorgesehen hatte.

»Verstehe«, sagte May, als sie den Raum betraten und sie die Auslage betrachtete. »Das Thema hier ist Kleidung.«

Eine Wand war von einer sehr großen Vitrine vereinnahmt, etwa 1,80 auf 3,60 Meter.

Darin war ein schlichtes weißes T-Shirt mit dem Aufdruck »Iron Maiden« ausgestellt. Allerdings war die Positionierung des Schriftzugs verrutscht, und das »I« verlor sich unter der Achsel. Bei schnellem Hinsehen las man: »ron Maiden«.

»Ron Maiden?«

»Ich habe eine Schwäche für das T-Shirt«, sagte Laure. »Es bringt mich zum Lachen.«

»Es klingt nach einem Loser.«

»Anscheinend war er das.« Laure zeigte auf die Beschriftung des Ausstellungsstücks, und May las. »Nicht einmal sein T-Shirt hat er richtig hinbekommen.«

Laure nestelte am Schloss der Vitrine herum. »Geben Sie mir mal den Schleier.«

Laure arrangierte ihn und achtete darauf, dass man den Lippenstiftabdruck auch sehen konnte. May ging die Gegenstände durch und blieb vor einer Vitrine in der Nähe der Tür stehen. »Eine Puppe?«

Laure zupfte den Schleier noch etwas zurecht, brachte die Beschriftung an und stieg wieder aus der Vitrine. Sie trat einen Schritt zurück und begutachtete ihre Arbeit. So arrangiert und drapiert verströmte das weiße Gewebe eine durchdringende Aura. »Tatsächlich ist das eine Marionette.«

»Gibt es da einen Unterschied?«

»Marionetten hängen immer an Fäden und werden von oben geführt, Puppen nicht.« Sie warf May einen flüchtigen Blick zu. »Handpuppen. Handschuhpuppen.«

»Erzählen Sie mir von der hier.«

»Marenka? Sie stammt aus einem tschechoslowakischen

Marionettentheater. Die Marenkas wurden für Rollen von naiven Mädchen benutzt, darunter auch für Dornröschen.« Laure musste sie sich nicht genauer ansehen, sie kannte ihre Konturen und ihre durch Spalte gebildeten Gelenke so gut wie die Linien ihrer Hände. Jeden bemalten, klappernden Zentimeter von ihr.

»Was für ein Mädchen«, stellte May fest. »Sie … sie ist irgendwie sehr dominant.«

Das stimmte. Bekleidet mit einem Baumwollstoff, einen kompliziert gemusterten Spitzenschleier auf dem Kopf, von wo ein brauner Zopf auf ihren Rücken hinunterhing, dominierte Marenka den hinteren Bereich der Vitrine und verlangte nach Aufmerksamkeit. *Sieh mich an. So richtig. Ich habe Zugang zu deinen tiefsten, dunkelsten Ängsten. Ich gebe deiner hungrigen Fantasie Nahrung.*

May machte einen Schritt zurück. »Gruselig?«

»Man gewöhnt sich an sie.« Laure zeigte auf die Stelle zwischen den Fenstern. »Am Anfang hatten wir sie an der Wand dort drüben hängen, wie das traditionell gehalten wird. Aber immer wenn sie von einem Windzug erfasst wurde, klapperte sie. Chantal und andere fanden das ziemlich verstörend. Und ich wohl auch.« Laure lächelte. »Verbannt in die Vitrine, hier muss sie sich ordentlich betragen.«

»Darf ich sie anfassen? Bitte!«

Laure schloss die Vitrine auf, und May griff hinein und stupste Marenka etwas an, die gehorsam mit ihren Gliedmaßen klapperte.

Angesichts des tiefen, dunklen Abtauchens in eine Erinnerung schloss Laure die Augen. Schatten, die an narbigen, abblätternden Wänden nach oben und unten wanderten. Ihr Freund Milos, der in aller Seelenruhe an den Fäden arbeitete und mit einer seiner Marionetten redete, die er alle behandelte, als wären sie seine Familie. Seine Kinder.

»Ich leugne ganz entschieden, dass ich von bürgerlicher Abstammung sein soll«, hatte hloupý Honza zu Milos gesagt.

»Aber hloupý Honza«, hatte Milos streng geantwortet, »dein Vater war doch ein bekannter Textilfabrikant.« Er warf einen Blick auf Laure. »Du darfst vor Besuchern keine Lügen erzählen.«

Das Klappern der hölzernen Gelenke. Der beißende Schweißgeruch der Marionettenspieler, die unter den unzuverlässigen Strahlern des Theaters verbissen arbeiteten … all das hatte sie unauslöschlich abgespeichert, so schneidend und scharf war ihre Erinnerung daran.

Sie öffnete die Augen. »Ich habe in Prag für ein Marionettentheater gearbeitet. Ich glaube, das erwähnte ich bereits. Vor der Revolution, als es noch schwierig war.«

»Oh.«

»Ich hatte einen Freund im Marionettentheater. Er sagte …«

Er sagte. Laure riss sich zusammen. Sie musste Milos immer beim Namen nennen, denn die Regierung würde versucht haben, ihn auszulöschen, und, Gott bewahre, vielleicht war ihr das auch gelungen. Weil er ihr Freund war.

Milos hatte gesagt: »Bitte vergiss nicht, was wir hier tun.«

May wartete darauf, dass Laure ihren Satz zu Ende brachte. Doch sie zuckte mit den Schultern. »Ich weiß nicht mehr, was er, Milos, sagte.«

»Hat Milos sie Ihnen gegeben?«

»Nein, hat er nicht. Tatsächlich hat jemand anders sie mir gegeben. Viele Jahre später.«

May ließ Laure Zeit, es weiter auszuführen, aber das tat sie nicht.

»Sie sieht lebensüberdrüssig aus. Als hätte sie zu viel gesehen«, sagte May.

»Da könnten Sie recht haben.«

May schob einen Finger unter den Arm der Marionette und hob ihn zum Hitlergruß an. »Marenka, im Namen aller Frauen, die von dir wissen, muss ich dich das fragen: Hat es ein gutes Ende genommen?«

Laure beobachtete sie. »Das wird sie Ihnen nicht sagen. Sie hat ein Schweigegelübde abgelegt.«

»Das passt. Keiner will zugeben, dass er Teil eines großen, umwälzenden Umbruchs war. Aber Sie könnten für sie antworten, Laure. *Sie* könnten es mir erzählen.«

Laure biss sich auf die Lippe und wandte sich ab. Trotz ihrer Entschlossenheit gingen ihr die Fragen unter die Haut. »Dazu bin ich nicht kompetent genug«, sagte sie nach einer Weile. »Wirklich nicht.«

May war skeptisch. »Oho. Da bin ich wohl gerade in einer Sackgasse gelandet. Stimmt's? Darf ich mal unter den Schleier sehen?«

»Wenn es sein muss.«

Der Schleier war aus feinstem Material gearbeitet und viel zu gut für eine Marionette. May lehnte sich zurück und betrachtete Marenkas Gesicht. »Eigenartig. Ein Auge ist blau, das andere grün. Ist ihnen die Farbe ausgegangen?«

»Farbe zu bekommen war immer schwierig. Man musste nehmen, was da war.«

»Man hätte sie doch einfach mischen können, oder?«

»Stimmt. Aber nicht alles war so unkompliziert wie das.«

May wusste nichts von diesen Geheimnissen, aber die ungleichen Augen übermittelten jedem Eingeweihten die Botschaft: *Nicht alle denken dasselbe.*

May zuckte mit den Schultern. »Fühlt sich für mich eigenartig an, das ist alles.«

Laure kannte diese hölzernen Gesichtszüge gut. Sehr

gut. Auch wenn das bemalte Gesicht im Lauf der Jahre etwas abgeplatzt war, so waren die dunkelroten Lippen noch immer trotzig.

May sah Laure von unten herauf an. »Wie würden Sie sie beschreiben?«

»Tja«, fing Laure an. »Sie ist eine Unschuldige.«

»Ah«, sagte May.

»Aber nicht unschuldig. Marenka weiß bestimmte Dinge. Wenn man sie ansieht, dann ist sie hölzern und steif, und doch pulsiert das Leben in ihr.« Sie hörte in ihrer Stimme die Aufregung, die sie vor so vielen Jahren gespürt hatte. »Sie ist eine Marionette, aber sie besitzt eine Seele.« Sie hielt inne. »Vielleicht halten Sie das für Blödsinn, aber es ist kein Blödsinn.«

»Erzählen Sie weiter. Es ist egal, was ich denke.«

»Marenka besteht aus vielen Paradoxa. Man kann sie als das sehen, was sie ist. Oder der Betrachter kann sich selbst auf sie projizieren.«

Marenka war Milos' Geschöpf. Er war der Künstler, und in diese Augen waren der Wahnsinn und die Verzweiflung gemalt, wie sie gewesen waren.

»Hat sie einen Prinzen?«

»Er ist noch nicht aufgetaucht«, sagte Laure. »Sie wartet noch immer auf ihn.«

»Immer die gleiche Geschichte«, meinte May. »Meiner Erfahrung nach tauchen sie nur selten auf.« Sie zog den Schleier wieder über das Gesicht des Dornröschens und verließ die Vitrine. »Sie sagten, im Museum gebe es nichts doppelt. Sollte Marenka ihren Schleier dann nicht ablegen, wo Sie doch nun einen anderen ausstellen? Wenn Sie Ihre eigenen Regeln anwenden, meine ich?«

»Nein«, antwortete Laure etwas schärfer als beabsichtigt.

»Die Augen sind bizarr«, sagte May. »Irgendwie gespenstisch. Aber zurück zum Marionettentheater. Was ist damit passiert?«

»Politik«, antwortete Laure. »Das Ensemble hat immer gehofft, in Paris auftreten zu können, hat es aber nie hierhergeschafft, weil es keine Erlaubnis erhielt, die Tschechoslowakei zu verlassen. Es bekam Ärger mit den kommunistischen Behörden. Wie ich bereits erwähnte, habe ich Marenka viele Jahre später bekommen.«

May spähte zu der schlaff herabhängenden Marionette hinten in der Vitrine. »Aufgrund der Politik konnten wir unser Versprechen nicht einlösen«, las sie von dem Schild ab. Sie steckte die Hände in die Taschen. »Überrascht Sie jemals etwas von dem, was Sie hier erfahren?«

»Die ganze Zeit. Diese Gegenstände laden einen an den Rand eines Abgrunds ein und drängen einen dazu, nach unten zu sehen.«

9

Prag, 1986

War das, was sie im Schlafzimmer der Kobes gesehen hatte, normal?

Sie zerbrach sich den Kopf darüber. Vielleicht war es dabei um Macht gegangen – denn wie ihr jetzt bewusst wurde, hatte sich ihre katastrophale Beziehung mit Rob Dance in Teilen genau darum gedreht.

Vergiss Rob.

War es ein Sexspiel gewesen? Missbrauchte Petr Kobes seine Frau? Tagsüber nannte Eva ihn häufig »Darling«. Was hatte das in Anbetracht dessen, was Laure gesehen hatte, zu bedeuten? Zu Hause hatte sie in Zeitungen von den schrecklichen Dingen gelesen, die Frauen zustoßen konnten, doch nachdem sie ihr mageres Wissen über das »Was ist was?« in Sachen Sex durchforstet hatte, war sie noch immer kein bisschen schlauer.

Wie die Erklärung auch lautete, Petr Kobes hätte nicht freundlicher oder bemühter sein können, damit Laure sich hier zurechtfand. Allerdings war es verwirrend, nicht zu wissen, ob man über den Gegensatz zwischen dem Mann, der sich darum kümmerte, dass der Träger ihres Rucksacks repariert wurde, und dem, der sich im Schlafzimmer verstörenden, schmutzigen Handlungen hingab, lachen oder erschreckt sein sollte.

Keines der Kinder konnte bei dieser Hitze gut schlafen, was dazu führte, dass beide nachmittags häufig gereizt waren. Sie bei Laune zu halten stellte Laures Fähigkeiten in Sachen Kinderbetreuung grundlegend auf die Probe. Sie überlegte, dass sie gemeinsam ein Miniaturdorf basteln könnten – das hatte sie als Kind gern gemacht –, aber es gab keine Pappe oder Farbe. Kartenspiele waren da schon erfolgreicher, doch auch sie funktionierten nur bedingt.

Tagsüber gingen sie spazieren, manchmal suchten sie unten am Fluss nach einem schattigen Plätzchen, manchmal oben in den Obstanlagen und Wäldern des Petřín-Hügels. Die Tage verstrichen ziellos, ihnen fehlte eine Routine. Jan fragte häufig, wann sie nach Hause, nach Paris fahren würden, und Laure versprach, sich bei seiner Mutter danach zu erkundigen.

Es war Waschtag. Maria machte wie immer nach dem Essen einen Mittagsschlaf, und Jan war mit dem Auftrag, ein Buch zu lesen, auf sein Zimmer geschickt worden. Draußen ließ die Sonne alles in ihrem strahlenden Gelb pulsieren.

Im Hauswirtschaftsraum, wo die saubere Wäsche lag, war ein Bügelbrett aufgestellt. Eva saß am Fenster mit ihrem Nähkästchen, flickte einen Riss in Marias gelbem – in Paris gekauftem – Baumwollkleid, und Laure machte sich ans Bügeln. Der Geruch von heißer, sauberer Kleidung und Stärke erfüllte den Raum.

Ängstlich hatte Laure erwogen, was sie sagen sollte. Sie stellte das Bügeleisen ab. »Jan befürchtet, Sie könnten nicht nach Paris zurückgehen.«

Eva zeigte keine Regung. Es war mühsam, ihr bei ihrer Näherei zuzusehen. Hinein mit der Nadel, anhaltendes Ruckeln, auf der anderen Seite wieder hinaus, dazu unbeholfenes Ziehen des Fadens. »Ach ja?«, meinte sie nur.

Während sie eines von Jans Hemden auf dem Bügelbrett ausbreitete, sagte Laure: »Die Kinder sehen sich als Franzosen.«

»Sag das *niemals.*« Evas Kopf schnellte nach oben. »Sie

sind gute Tschechen. Gute Sozialisten. Du hast ja keine Ahnung.« Unwirsch durchtrennte sie den Faden mit den Zähnen und hielt Laure das Kleid hin. »Wenn du das gebügelt hast, hängst du es weg. Maria darf es nicht mehr tragen.«

Laure wusste, dass es Marias Lieblingskleid war, sagte aber nichts. Die Zurückweisung schmerzte. Zum ersten Mal fragte sie sich, ob sie zu voreilig gewesen war, als sie sich bereit erklärt hatte, die Familie nach Prag zu begleiten. »Es tut mir leid, wenn ich Sie gekränkt habe. Die beiden reden nur sehr viel über Paris. Sie vermissen den Park und ihre Freunde.«

Eva senkte die Stimme, als könnten die Wände mithören. »Jan und Maria sind Tschechen. Keine Slowaken, Tschechen, wohlgemerkt. Ihr Zuhause ist hier. Das müssen sie verstehen und du auch.«

Laure war sich nicht sicher, ob sie das tat. Schweigend legte sie das Kleid, das zum Stein des Anstoßes geworden war, zusammen.

Am Ende von Laures zweiter Woche in Prag waren die Kobes zu einem Mittagessen zu Ehren einer Abordnung von Eisenbahnbediensteten aus Nordengland eingeladen. Als englische Muttersprachlerin sollte Laure ebenfalls daran teilnehmen.

Eva hatte sich in einem dunkelblauen ärmellosen Kleid zurechtgemacht, allerdings behagte ihr die Vorstellung dieses Ausflugs nicht. Ihr Lippenstift war dunkelorange, doch eine blasse Linie umspielte ihre Lippen. »Ich kann dir vorhersagen, dass es langweilig wird«, meinte sie.

Petr brachte seine Frau zum Schweigen. Er konzentrierte sich auf Laure mit diesem Trick, Laure das Gefühl zu geben, sie wäre der einzige Mensch auf der Welt. »Ich werde mich nach Kräften darum bemühen, dass es dir dort gefällt.«

Der zu diesem Zweck angemietete Saal war so groß,

dass die etwa fünfzig Gäste durch die trostlosen Ziegelwände verloren wirkten. Der oberste Tisch, der einzige, dem der Luxus einer Tischdecke zuteilwurde, stand quer zu mehreren aufgebockten Tischen da und war mit einem am Rand festgeklemmten Mikrofon versehen. Wann immer das Mikrofon Störgeräusche machte, stellte der Elektriker sein Bierglas ab und hastete dorthin.

Die in Anzüge gezwängte Eisenbahnerdelegation wirkte leicht benommen. Ein paar hatten ihre Frauen mitgebracht, denen es viel zu heiß war, trugen die meisten von ihnen doch Kleider, die eher für einen schottischen Winter als für einen Prager Sommer geeignet waren. Sie wurden den Ehefrauen der Parteigenossen vorgestellt, die, im Pulk, einen Hang zu gelb gefärbten Haaren und stark gezupften Augenbrauen hatten.

Laure saß zwischen Jan und Maria an einem der aufgebockten Tische, die herrlich mit Papierservietten und Blechtellern gedeckt waren. An jedem Platz lag ein Anstecker, in den das Bild der Prager Burg und der tschechoslowakischen Flagge geprägt waren. Um die Feierlichkeit des Anlasses zu unterstreichen, wehten Fähnchen in grellem Gelb und Grün aus Wassergläsern und verkündeten auf Tschechisch und auf Englisch: »Wir heißen unsere Brüder willkommen.«

Laure gegenüber saßen ein paar Eisenbahner, deren Akzent einen Moment lang ihr Heimweh entfachte. Zwischen den Momenten, wenn sie mit den Kindern beschäftigt war, versuchte sie, eine Unterhaltung mit ihnen anzufangen. Sie tauten erst auf, als sie ihnen in ihrem breitesten Akzent verkündete, sie sei ein waschechtes Yorkshire-Mädchen. Die Unterhaltung lockerte sich. »Ich will ja nicht viel sagen, aber das ist ’ne ganz nette Gegend, da, wo du herkommst«, sagte der Ältere, der eine feine Kerbe am Hinterkopf hatte, wo für gewöhnlich seine Mütze saß.

Laure gab sich größte Mühe, ihre Abwehrhaltung zu durchbrechen. In ihrer Verzweiflung zeigte sie auf Eva und Petr am quer stehenden Tisch. Der jüngere Mann stieß einen Pfiff aus. »Deine Arbeitgeber müssen mit den Oberen der Partei zu tun haben.« Er zwinkerte ihr vielsagend zu. »Man kommt an nix, wenn man nicht jemand Wichtigen kennt.«

Laure war versucht zu antworten, sie habe gedacht, dass das oberste Prinzip der kommunistischen Doktrin laute, niemand solle über irgendwelche Privilegien verfügen. Ihre Skepsis war wohl nicht zu übersehen, denn Bob fügte hinzu: »Was denkst du, wie wir zu diesem Vergnügen gekommen sind?«

Das Essen war völlig unpassend für einen so heißen Tag. Eine dickflüssige, gehaltvolle Suppe, Gulasch und ein Nachtisch mit Pflaumen. Von allem gab es reichlich, und zwischen dem Hauptgang und dem Nachtisch wurden Reden gehalten, die mit schmerzhafter Langsamkeit vorankamen, weil jeder Satz vom Tschechischen ins Englische oder andersherum übersetzt werden musste.

Am Tisch der wichtigen Leute fächerte sich Eva mit einer Kopie der Rede des Vorsitzenden Luft zu und hing in ihrem Stuhl.

Ein Dolmetscher bewegte sich zwischen Petr und dem Vorstand der Eisenbahndelegation hin und her und machte einen erschöpften Eindruck. Inzwischen war das Biertrinken fortgeschritten, und es war offensichtlich, dass die meisten Versuche einer Übersetzung hinfällig waren. Tschechoslowaken und Briten ließen die letzten Hemmungen fallen und prosteten einander ohne Sinn und Verstand zu.

Evas Kopf kippte nach vorn auf die Brust, und Laure, die ein Auge auf sie gehabt hatte, sprang auf. Petr war als Erster bei ihr und schob einen Arm um seine Frau. Evas Atem ging rasselnd, sie lallte. Vorsichtig schüttelte Petr sie.

»Eva, ich bin da. Wir bringen das in Ordnung.« Er winkte einen der Gefolgsmänner zu sich und gab ihm eine Anweisung auf Tschechisch. Der Mann schob sich zwischen den betrunkenen Gästen hindurch und verließ den Saal.

»Er holt das Auto«, sagte Petr. »Hör zu, kannst du sie für mich nach Hause bringen? Ich muss noch eine Weile hierbleiben.« Laures Besorgnis war ihm wohl nicht entgangen. »Das wird wieder. Sie muss einfach nur schlafen.«

Laure war bewusst, dass sie im Zentrum der Aufmerksamkeit stand. »Und die Kinder?«

»Lass sie hier bei mir.«

Kurz kam Laure der Gedanke, dass das nicht zu ihren Aufgaben gehörte. Und wie sollte sie mit der kollabierten Eva zurechtkommen? Was machte man in so einem Fall? Dann erhaschte sie einen Blick auf Petrs Gesicht und sah die Verzweiflung darin. Ihr Mitleid siegte – außerdem wusste sie, dass sie damit zurechtkommen würde. Sie atmete tief durch und sagte dann: »Okay, soll ich sie ins Bett bringen?«

»Danke«, Petr tupfte Evas verschwitzte Oberlippe mit seinem Taschentuch ab. »Wenn du wüsstest, wie dankbar …« Von ihrem Tisch winkte Maria mit einem Wimpel in ihre Richtung. Petr sah zu seiner Tochter. »Sie ist so viel glücklicher, seit du hier bist.« Dann murmelte er. »Ich glaube, du bist die gute Fee für unsere Familie.«

Laure half, Eva auf dem Stuhl festzuhalten. »Hat Mrs Kobes getrunken?«

»Ein bisschen. Es bekommt ihr nie.«

»Oh.« Die Dinge waren komplizierter, als Laure sich vorgestellt hatte.

Leise sagte Petr: »Sie wird äußerst bestürzt sein darüber, also werden wir sie nicht darauf ansprechen, okay?«

Laure starrte auf seine teure französische Krawatte. Gern hätte sie ihn gefragt, von Erwachsener zu Erwachsenem: Schlagen Sie Ihre Frau? Sie können ehrlich sein, ich komme aus Yorkshire, da tragen wir solche Dinge mit Fassung.

Ihre Blicke kreuzten sich. In Petrs dunklem Blick entdeckte sie die Dankbarkeit, von der er sprach, und gleichzeitig noch etwas anderes, Wärmeres, das ihr ein leichtes Kribbeln verschaffte. Was das bedeutete, wusste sie nicht so genau.

Petr räusperte sich. Von seiner sonst üblichen Gelassenheit war nichts zu spüren. »Ich … wir … brauchen deine Hilfe wirklich, Laure. Du bist intelligent und taktvoll, und ich weiß, dass du das verstehst.«

»Natürlich«, antwortete sie. »Deshalb bin ich ja hier.«

Im nächsten Brief an ihre Mutter schrieb Laure: »Obwohl die Dinge in diesem Land einfach erscheinen und die Partei alles kontrolliert, ist es doch kompliziert, und manche Menschen werden mehr begünstigt als andere …«

Sie starrte auf den grellen Wimpel neben ihr auf dem Tisch, den Maria vom Essen mit nach Hause gebracht und ihr geschenkt hatte. »Weil du wie eine Prinzessin bist«, hatte sie gesagt.

Als sie den Brief zur Hälfte fertig hatte, fiel Laure ein, dass er vermutlich zensiert würde, also zerriss sie ihn.

***

In Laures Vertrag war festgelegt, dass sie pro Woche zwei Abende freihatte.

In Paris war das kein Problem gewesen, dort hatte sie ihre Abende mit ein paar Freunden gemütlich in Cafés oder *boîtes* verbracht. In Prag war sie sich nicht sicher, was sie mit ihrer freien Zeit anfangen sollte. Doch sie wollte sie nutzen und bat darum, an den entsprechenden Abenden freizubekommen.

Wie vereinbart, kam Petr rechtzeitig vom Büro zurück, um Eva zu helfen. Laure hörte, wie er nach ihr rief und wie sein Aktenkoffer auf den Boden knallte.

Die Kinder hatten versetzte Badezeiten, Jan kam an die Reihe, wenn Maria fertig war. Laure hatte bereits Wasser in die antiquierte Emaille-Badewanne einlaufen lassen, Maria hineingesetzt und rieb sie gerade mit einem Schwamm ab, als Petr in der Tür auftauchte. Er blieb dort stehen, bis Laure Maria in ein Badetuch eingewickelt hatte.

»Was für ein hübscher Anblick«, sagte er. »Der allerschönste.« Er sagte das auf Französisch, und Maria quietschte vor Vergnügen. Petr zeigte zum Stuhl. »Darf ich?« Er setzte sich mit einem Handtuch und nahm das feuchte Bündel, das Maria war, von Laure auf seinem Schoß entgegen.

Petr pustete ihr in den Nacken, bevor er sie mit den Zipfeln des Handtuchs trocken rubbelte. Laure sah von der Badewanne auf. Aufmerksam und voller Stolz auf seine Tochter war er ganz in seine Aufgabe vertieft. »Lieber Daddy«, sagte Maria.

Laure war völlig verwirrt, wie so häufig im Haus der Kobes. Petrs Verhalten als liebevoller Vater passte nicht zu dem eines Mannes, der seine Frau misshandelte.

»Weißt du, wo du heute Abend hingehst?«, fragte er. »Triffst du dich vielleicht mit jemandem?«

Sie spürte, wie ein leises Pulsieren in ihren Eingeweiden einsetzte. »Ich hatte vor, zum Marionettentheater zu gehen.«

»Aha.« Petr half Maria in den Pyjama, den Laure sorgfältig gebügelt hatte. »Du musst mir alles erzählen, wenn du zurück bist.« Sein Ausdruck war wohlmeinend, doch aus irgendeinem Grund störte sich Laure daran. »Sei vorsichtig, ja? Die Leute achten auf jemanden wie dich und hören dir zu.«

Laure runzelte die Stirn. »Was meinen Sie damit?«

Er legte eine Hand um den nassen Kopf seiner Tochter. »In der Tschechoslowakei gibt es einen Vertrag zwischen den Machthabern und dem Volk, der darauf baut, dass Letzteres sich anständig und friedvoll verhält.«

»Bei uns zu Hause ist das auch so«, warf sie ungeduldig ein.

»Tatsächlich? Wenn man selbst oder jemand aus der eigenen Familie hier als ›unzuverlässig‹ gilt, dann wird einem zum Beispiel das Telefon abgestellt oder der Führerschein entzogen. Es kann schwierig für einen werden. Der Staat ist bereit, Konsequenzen zu ziehen.«

Sie war entsetzt. »Befürworten Sie das?«

Er lächelte über ihren erstaunten Ausdruck. »Was ich denke, ist ganz egal.« Er stellte eine abgetrocknete Maria auf den Boden.

Auf dem Weg über die Karlsbrücke Richtung Staré Město sagte sie sich, stimmt, es ist ganz egal, was Petr Kobes denkt. Dennoch war sie neugierig, ob er es guthieß, dass der »Staat Maßnahmen ergriff«.

Die Abenddämmerung zog auf. Sobald sie auf der anderen Seite der Brücke war, folgte sie der Straße in östlicher Richtung und wurde von der warmen Luft eingehüllt, die zwischen den eng beieinanderstehenden Gebäuden hing.

Sie drängte weiter auf den Platz vor und wurde dabei von einer Menschenmenge erfasst, die in derselben Richtung unterwegs war. Sie befürchtete, die Orientierung zu verlieren, ließ sich aber dennoch von ihr mitreißen, bis die Menge am Rand des Platzes zu einem abrupten Halt kam. So hatte sie Zeit, sich die Zifferblätter der Astronomischen Uhr und die abblätternde Fassade des blutroten Hauses gegenüber anzusehen, die ihr einen hilfreichen Orientierungspunkt boten.

In einem magisch-dramatischen Anblick hoben sich die verschnörkelten Türmchen der Kirche pathetisch vor dem blassrosa Himmel ab. Laure schnappte nach Luft. Es war, als hätte man sie über die Grenze zwischen dem, was sie kannte, und einer neuen Welt geschoben, die zwar noch unwirklich und unbekannt, aber doch existent war.

Das Gedränge war so dicht, dass sie kein bisschen weiterkam, als sie versuchte, zum Jan-Hus-Denkmal zu gelangen. Direkt davor war eine Bühne errichtet worden, und auf der Treppe standen elektronische Geräte. Überall waren Techniker zugange, eine Tonanlage wurde getestet. Ein Banner mit dem Schriftzug »Anatomie« hing an dem Gebäude.

Hatte sie sich die Straßenzüge richtig eingeprägt? Das Marionettentheater war doch auf halber Strecke das schmale Gässchen hinunter, das vom Platz wegführte – in dem Haus mit dem winzigen Türmchen. Als sie sich dorthin durchgekämpft hatte, stellte sie fest, dass der Eingang von einem Haufen Instrumente blockiert war. Ein Mädchen mit streng nach hinten gebundenem blondem Haar hakte jedes einzelne Instrument auf einer Liste ab.

Laure wollte hineingehen, aber das Mädchen zeigte auf den Zettel, der an der Tür hing, woraufhin Laure schlussfolgerte, dass geschlossen war. »Wann offen?«, fragte sie auf Englisch.

Das Mädchen sah auf. »Morgen«, antwortete sie auf Englisch. »Bitte geh.«

Zurück bei der Bühne, drang die Hitze der Pflastersteine durch ihre dünnen Sohlen, und ihre verschwitzten Haare verknoteten sich im Nacken. Einer der Tontechniker hüpfte von der Bühne und landete neben ihr. Zwei Strahler leuchteten auf, als drei Gestalten mit langen Haaren und schwarzen Jeans auf die Bühne sprangen und zu den Instrumenten liefen, die an den Mikrofonen lehnten.

Laure war nah genug und die Strahler so unbarmherzig, dass sie die offenen Poren, den Schweiß und einen schwarzen Rand am Hals des Drummers erkannte.

Die Menge wurde mit einem Mal ganz still, dann durchdrang ein rauer, heiserer Ton die Luft.

Laure verschlug es den Atem. Ihr Trommelfell rebellierte. Schockwellen erfassten sie von Kopf bis Fuß, ein berauschendes Gefühl der Erregung und Befreiung durchzuckte sie, und sie sprang wild auf.

Mit einem Funkenschauer und einem Knall schloss sich ein dritter Scheinwerfer kurz. Niemand achtete darauf, er hing als schmollender, schwarzer Kontrast zu seinen Gefährten da. Einer der Elektriker kroch auf ihn zu, gab sein Bemühen aber auf.

Es war ein hoffnungsloses Unterfangen, davon auszugehen, sie würde die Worte verstehen, aber das war egal. Bestimmt waren sie großartig, da war sie sich sicher. Zu ihrer Überraschung schnappte sie jedoch ein, zwei englische Wörter auf.

Was für eine Performance. Was für ein Sound.

Das war das Leben, dachte sie. Endlich.

Sie kniff die Augen zusammen, reckte den Hals, um mehr zu sehen. Die Bühne gehörte eindeutig dem Trio. Sie fühlten sich dort zu Hause: Sie waren herumstolzierende, kreisende Panther, die ihr Revier erobern wollten. Der Bassist hatte eine dünner werdende schwarze Mähne, der Drummer war gedrungen mit großen Händen, und den geschmeidigsten der Gruppe mit dem meisten Sex-Appeal, denjenigen, der sang und mit herzerweichender Intensität spielte, obwohl er der Dünnste des Trios war, kannte sie bereits. Er trug das typische Outfit der Gruppe, eine schwarze Jeans, hatte aber dazu die gestreifte Leinenweste mit den Knochenknöpfen an.

Allem Anschein nach war er ein erfahrener Performer –

das waren sie alle – und nahm problemlos Blickkontakt zu den begeisterten Fans auf. Er wirbelte herum, riss seine Gitarre zusammen mit dem T-Shirt, das unter den Achseln zerrissen war, nach oben und entblößte dabei einen Streifen Haut. Wie die anderen Frauen im Publikum schnappte auch Laure nach Luft.

Er war faszinierend. Er wusste, was er tat. Das Publikum gehörte ihm, und er spielte damit. Er hatte Rhythmus. Er war der personifizierte Sex. Er sagte ihnen, dass er ihr unausgesprochenes Verlangen verstand, egal, wie alt oder ob sie Mann oder Frau waren. Seine Moves, seine Drehungen, seine Fingerspiele über die Saiten auf der Bühne wurden mit Schreien und Keuchen aufgenommen. Während der Pausen zwischen den Stücken schob er sich die dicken braunen Haare aus der Stirn und entblößte dabei sein knochiges Profil.

Mitten in einem Song, am Ende eines längeren Gitarrenriffs, sah er nach unten auf die versammelten Gesichter, blieb bei Laures weit aufgerissenen Augen hängen und sang die nächste Zeile direkt an sie gerichtet.

Das Blut pulsierte durch ihre Adern, sie grinste ihn an und hob ihre Faust zum Gruß nach oben. Ein Mann neben ihr riss ihren Arm wieder nach unten, bedachte sie mit einem finsteren Blick und entfernte sich langsam von ihr.

Das Grinsen war schlagartig aus ihrem Gesicht verschwunden. Ihr Hochgefühl hatte sich aufgelöst. Verblüfft über das, was sie getan hatte, rieb sie sich das Handgelenk. Noch verwirrender war, dass die Leute um sie herum auf Abstand gingen. Verschreckt versuchte sie, sich auf die Bühne zu konzentrieren. Man ließ sie spüren, dass sie eine Grenze überschritten hatte. Aber wie?

Aus dem Augenwinkel entdeckte sie das Aufblitzen von Glas und sah mit zusammengekniffenen Augen dorthin. Im Fenster eines Hauses hinter dem Jan-Hus-Denkmal stand ein Mann und beobachtete die Bühne mit einem Fernglas. In der Tür unter ihm stand ein zweiter Mann in einer Lederjacke, ein Anblick, der sich rund um den Platz wiederholte, wie ihr schnell klar wurde.

Instinktiv wollte sie … was eigentlich tun? Sich darüber lustig machen? Es ignorieren?

Ignorieren war wohl das Beste. Gleichzeitig schien ein Finger über ihren Rücken nach unten zu streifen.

So entschlossen, wie das Konzert angefangen hatte, ging es zu Ende. Auf einen Wink hin warf das Trio seinen Fans einen Hammerakkord hin. Der Drummer sprang auf, die Gitarristen hielten ihre Gitarren in die Luft. Die Scheinwerfer wurden ausgeschaltet.

Das Publikum tobte.

Unsicher und beklommen verzog sich Laure Richtung Bühne. Die Techniker waren wieder da, bauten die Ausrüstung rasend schnell ab. Die Musiker hüpften nach unten, wurden von der Menge verschlungen. Ein paar Frauen schrien.

Laure fühlte sich leer, sehnte sich jedoch nach mehr. War fast kraftlos.

Bestimmt war es an der Zeit, nach Hause zu den Kobes zu gehen, und da sie sich noch immer nicht richtig orientieren konnte, ging sie den Rückweg schon einmal gedanklich durch. *Zuerst das blutrote Haus finden, dann über dieselbe Straße vom Platz zur Karlsbrücke gehen, direkt auf die andere Seite, die St.-Nikolaus-Kirche im Auge behalten.*

In diesem Moment sah Tomas Josip über die Schulter nach hinten, erblickte Laure und lächelte. Er hob die Hand, winkte sie zu sich. »Komm«, sagte er auf Englisch.

Verblüffenderweise nahm Tomas nicht die Hauptstraßen, sondern führte Laure durch schmale, manchmal klaustrophobisch enge Gassen und bog in Schleichwege ein, die parallel zu den Durchgangsstraßen verliefen und sie manchmal kreuzten.

Er kannte den Weg, führte sie dort entlang, als wäre er der Herrscher über dieses verborgene Stadtbild der schummrigen Durchgänge. »Hier lang, Laure.« Er schob sie mal in die eine, mal in die andere Richtung, tauchte mit ihr in Gassen ein, so schmal, dass sie diese Bezeichnung kaum verdienten.

Sie hatte eine Mikrosekunde gezögert, ob sie sein Angebot annehmen sollte.

»Hier bist du sicher.«

»Ich muss zu meinen Arbeitgebern zurückgehen.«

»Das wirst du auch.«

»Ist es ungefährlich?«

»Mach dir keine Sorgen. Jemand bringt dich dahin zurück.« Sein Lächeln war etwas schief und leicht spöttisch. »Wenn ich Glück habe, bin das vielleicht sogar ich.«

Sein Lächeln berührte den wunden Fleck in Laures Innerem. Sie war so sehr damit beschäftigt gewesen, sich an den neuen Job zu gewöhnen und ihre Befreiung von Brympton und ihrem gramerfüllten Zuhause zu feiern, dass ihr gar nicht bewusst war, wie sehr ihr Freundschaften, Gespräche und Neckereien gefehlt hatten.

Unvermittelt blieb er stehen und drehte sich um, sodass sie geradewegs in ihn hineinlief. Er keuchte, und sie rief aus: »Das tut mir so leid.«

»Schon okay«, sagte er. »Ist nur eine Rippe gebrochen. In ein, zwei Monaten ist das wieder okay.«

»*Was?* Das ist nicht dein Ernst!«

Laures Bestürzung entlockte ihm ein Grinsen – und er hatte Mitleid mit ihr. Er legte ihr die Hände auf die Schultern und sagte: »Ich habe allerhöchstens einen blauen Fleck.«

»Gott sei Dank«, stieß sie erleichtert aus.

Die Hitze schien sie beide in einer engen, intimen Welt zu umfangen.

Obwohl er so dünn war, hatte er eine nahezu überwältigende körperliche Präsenz. Seine vor Hitze glänzende Haut, wie er ihre Schulter berührte, diese Mischung aus Schweiß, Tabak und Alkohol ließen sie schwindeln.

Er sah zu ihr nach unten, und sie strahlten einander an. Ihr fiel auf, dass er bemerkenswert lange dunkle Wimpern hatte. Sie betrachtete seine bloßen, mit hellblonden Härchen übersäten Unterarme. Zu ihrem großen Erstaunen sehnte sie sich danach, seine Brust und die Wölbung seiner Schultern zu berühren.

»Ich bin eine Fremde«, sagte sie. »Weshalb bist du so nett? Die Leute sind nicht nett zu Fremden.«

Ein weiterer Ausdruck schlich sich auf sein Gesicht. Als würde er eine Laure erkennen, die keiner kannte oder vermutete.

»Ich weiß nicht, weshalb«, antwortete er, noch immer über sie gebeugt. »Du vielleicht?«

Ein gut gelauntes Lächeln umspielte seinen Mund, und in seinem Ausdruck lag eine gewisse Dickköpfigkeit. Das gefiel ihr überaus gut. »Nein.« Sobald sie es ausgesprochen hatte, ging sie noch einmal kurz in sich. Sie wollte nicht lügen. Nicht bei ihm. »Doch, ich weiß es.«

Er nickte, als hätte er diese Antwort erwartet. Als würde sie ihm gefallen. »Kann es sein, dass du keine Fremde bist? Nicht so richtig?«

»Ja«, sagte sie. »Ich denke, das könnte es sein.«

»Gut.«

10

Sie war davon ausgegangen, dass er sie in ein Café mitnahm. Stattdessen stieg sie eine unbeleuchtete Steintreppe in einem Haus hinauf, das einst – ohne jeden Zweifel – ein prachtvolles Gebäude gewesen war.

Tomas nahm sie an der Hand, um ihr zu helfen. Im ersten Stock schob er Laure in ein Zimmer, das die ganze Breite des Gebäudes einnahm und sehr schön angemutet hätte, wäre es nicht so schrecklich heruntergekommen. Die Farbe an den Wänden war verschwunden, und ein kunstvoller Gipsfries hing gerade noch so fest. Kuhfladenbraunes Linoleum bedeckte den Boden, der mit ausgetretenen Zigarettenstummeln und Essen übersät war. An einem Ende stand ein aufgebockter Tisch voller Flaschen und Gläser. Trotz der Hitze waren die Fenster mit Laken und Decken verhängt.

Als Tomas eintrat, ertönte gedämpfter Jubel. Einer drückte ihm ein volles Glas in die Hand, und eine Frau küsste ihn auf beide Wangen.

Laure stand unsicher herum, aber Tomas legte ihr einen Arm um die Schultern und schob sie nach vorn. »Ich stelle euch eine Freundin vor«, sagte er auf Englisch.

Ein Mädchen, das Laure vom Marionettentheater kannte, drängte durch die Menge. Sie trug ihr platinblondes Haar offen über die Schultern und hatte jetzt ein rotes Wickelkleid an, das selbst gemacht aussah, aber eine reife, begehrenswerte Figur erkennen ließ.

Ein Strom tschechischer Wörter sprudelte aus ihr hervor. Tomas hörte geduldig zu und legte ihr eine Hand auf den Arm. »Sei bitte nett zu meiner neuen Freundin, ja?« Wieder sprach er auf Englisch.

Seine Bitte fand kein Gehör. Das Mädchen schob Tomas' Hand weg und ließ eine zweite Tirade los. Tomas wandte sich zu Laure um. »Lucia ist misstrauisch. Sie denkt, die Polizei könnte dich hergeschickt haben. Das wäre nichts Neues. Sie wissen gern darüber Bescheid, was die Leute unter vier Augen sagen und denken.« Er runzelte die Stirn. »Vermutlich sind sie neugierig auf die Witze der Leute.«

»Auf die Witze?«

»Anscheinend erkennt man daran, was die Leute wirklich denken.«

»Verstehe. Könntest du Lucia bitte sagen, dass ich kein besonders guter Spitzel wäre, da ich kein Tschechisch spreche.«

Überrascht stellte sie fest, dass Lucia sie anscheinend verstand. »Sie spricht Englisch«, sagte Tomas. Leiser sprach er weiter. »Aber das behalten wir für uns. Englischsprechende sind bei den Machthabern nicht sehr beliebt. Es wird als subversiv betrachtet.« Er machte eine kurze Pause und sprach dann noch leiser weiter. »Wir mussten für heute Abend eine Sondergenehmigung von den Machthabern einholen. Ohne diese dürfen Musiker nicht auftreten. Es war sehr schwierig, diese zu erhalten, und … sie will einfach keinen Ärger.«

Lucia nickte, und Laure wurde klar, dass ihre Feindseligkeit in Teilen ihrem Misstrauen zuzuschreiben war. Sollte sie kehrtmachen und von hier verschwinden? Laure beobachtete, wie der Bassist mit der langen schwarzen Mähne auf den Tisch stieg, von wo er obszöne Gesten in den hinteren Bereich des Raumes machte.

Tomas' Blick blieb auf einer in ihrer Nähe herumwirbelnden Gestalt und dem Betrunkenen in einer Ecke hängen, der eine Flasche festhielt. »Willkommen in der Welt der andauernden Ungewissheit«, flüsterte er Laure zu. Er zeigte zu der Gestalt auf dem Tisch. »Das ist Manicky. Die Fans lieben seine langen Haare, was bedeutet, dass er sie niemals abschneiden darf, dabei würde er nichts lieber tun, weil er in seinem tiefsten Inneren ein Bourgeois ist. Und das …«, er zeigte auf den Drummer von *Anatomie*, der zu Manicky auf den Tisch sprang, »ist Leo. Er wirkt gern unergründlich.«

Hier gab es keine Lautsprecher. Manicky sang einen traditionelleren Song, der nichts mit den Stücken von ihrem Rockkonzert gemein hatte. Ein paar Zuhörer hatten die Augen geschlossen und wiegten sich zur Melodie. Tomas drückte ihr ein Glas in die Hand. »Tja, Laure, die keine gelben Vorhänge mag, wenn du dann da rübergehen und dich ans Fenster stellen würdest, ich muss ein bisschen gefährlich leben, aber ich komme später zu dir.«

Das passte ihr ganz gut. Sie quetschte sich bis zum Fenster durch und lehnte sich dort an. Verborgen von der Verdunkelung drückte sich der Riegel des Fensters in ihren Rücken, doch das half ihr, sich dessen bewusst zu bleiben, wer sie war und wo sie war. Sie nahm einen Schluck aus dem Glas und hätte ihn fast ausgespuckt. Das war purer Wodka, doch nach ein paar Schlucken war der Widerwille verschwunden.

Tomas hievte sich auf den Tisch. Jemand reichte ihm seine Gitarre, und er nahm sie in den Arm. Auf dem Tisch wirkte er größer und älter, weniger zerbrechlich, sein Profil war klar, hatte scharfe Konturen mit einem römischen Einschlag. Es war ihr eine Lehre, dass die äußerliche Erscheinung einen völlig anderen Eindruck vermitteln konnte, sobald jemand auf einer Bühne stand.

Tomas nickte den beiden anderen zu, spielte los, und

die drei stimmten einen wilden, frenetischen Song an. Berauscht vom Wodka, lauschte Laure wie gebannt. Die Musik pulsierte durch ihre Adern und passte sich einem noch viel elementareren Pulsieren zwischen ihren Beinen an.

Lust. Lust in Reinform. So hatte sie das noch nie erlebt.

Sie schloss die Augen, gab sich diesen neuartigen Gefühlswallungen hin … sich so unglaublich lebendig zu fühlen … losgelöst von jeglicher Furcht oder Schüchternheit. Eine Abenteurerin in einer neuen Welt zu sein.

Ebenso schnell änderten sie den Kurs. Tomas und Manicky stellten sich einander gegenüber, spielten eine Abfolge melodischer Akkorde und setzten zu einem Folksong an. Die Melancholie, die schmerzhaften Wiederholungen kamen bei den Partygängern gut an, von denen manche so aussahen, als würden sie fast weinen.

Sie hatte keine Ahnung, wie lange sie am Fenster stand – was sie währenddessen sah, drang wie durch einen Nebelschleier zu ihr vor. Es wurde unverhohlen gefummelt. Körper schmiegten sich aneinander, ein Mann knöpfte die Bluse eines Mädchens auf. Die Musik verklang, und *Anatomie* verließ ihre improvisierte Bühne. In ihrer alkoholdurchtränkten Analysefähigkeit schlussfolgerte Laure, dass die Leute Sex hatten, wenn sie in ihrer Rede eingeschränkt waren, aber wann waren Gefühle zur Meinungsäußerung geworden?

Ihr gefiel dieser *aperçu*. Er war gut. Sogar tiefgründig.

Tatsächlich … ihr Blick wanderte zur Decke … tatsächlich könnte sie die ganze Nacht hierbleiben. Sie war absolut glücklich und kein bisschen einsam. Es war nach dreiundzwanzig Uhr, der Geräuschpegel hatte sich halbiert, und alle schienen zu flüstern.

Tomas tauchte auf. »Lebst du noch?«

Sie zeigte auf ihr Glas. »Das hat geholfen.« Um den

Wahrheitsgehalt dieser Aussage zu untermauern, nahm sie noch einen Schluck. »Was mache ich hier?«

Er steckte die Hände in die Hosentaschen. »Hat es dir nicht gefallen?«

»Es war wunderbar.« Sie hoffte, dass ihre Begeisterung nicht zu kindlich klang.

»Gut.«

Die Menschenmenge lichtete sich. Sie drehte sich um, stand ganz dicht vor ihm. »Wo hast du Englisch gelernt?«

»Mein Vater war halb Engländer. Ihm war es wichtig, dass wir zusammen Englisch sprachen. Ich könnte es vielleicht gebrauchen, sagte er.« Tomas sah sie an. »Ich glaube, er hatte recht.«

Der Wodka floss durch ihre Adern. »Meine Mutter ist Französin. Bei uns drängte *sie* darauf, dass wir es zusammen sprachen. Wir Glückspilze. Wir haben zwei Welten in unserem Leben.«

Er runzelte die Stirn. »Kommt drauf an, in welcher man steckt.« Einen Moment lang schwieg er. »Viele hofften, die bessere Welt wäre hier. Du solltest wissen, dass es gefährlich sein kann, hier Englisch zu sprechen. Die Idioten sehen es als die Sprache, in der wir gegen sie einen Komplott schmieden.« Er schnappte sich Laures Glas und trank es leer. »Wie ist dein Eindruck? Wie sehen wir aus?«

Sie spürte, dass es eine wichtige Frage war, doch sie war nicht in der Verfassung, eine schlüssige Antwort zu formulieren. Sie fuhr sich durch die Haare, die – zu ihrer Bestürzung – ganz wodkaverklebt waren. Wie war das nur passiert? »Ich denke … also, ich denke, dass die Leute nicht über Politik reden, sie aber mit ihrem Körper denken und spüren.« Sie runzelte die Stirn. »Ergibt das irgendeinen Sinn?«

Er grinste. »Wusstest du, dass du wie eine Babylöwin aussiehst? Große Augen, aber wild, und Haare mit einem

Eigenleben. Mein Englisch ist nicht *so* gut. Kannst du das, was du gerade gesagt hast, noch mal in anderen Worten sagen?«

Sie stöberte durch die Überbleibsel ihrer Denkfähigkeit. »Du sagst, dass man gewisse politische Gedanken nicht aussprechen darf.« Er nickte. »Wenn die Leute dagegen rebellieren wollen, dann lassen sie eben ihren Körper sprechen.« Sie zeigte auf ein sich windendes Paar in einer Ecke. »Das ist die Rebellion.«

»Sprich leiser. Nur für den Fall.«

Das machte sie. »Siehst du das denn nicht?«

»Deshalb brauchen wir Menschen, die bezeugen, wie wir hier leben.« Er strich eine Strähne ihrer angeblichen Löwenmähne zurück, und ihr Herz machte einen Sprung. »Du wirst irgendwann zurück nach Hause gehen, und dort kannst du dann sagen, was du sagen willst. Du könntest eine Zeugin für all das hier sein.« Er beugte sich zu ihr. »Tatsächlich habe ich dich als Zeugin auserwählt.«

Was war passiert? In der einen Minute saß sie neben einem Fremden im Marionettentheater, und jetzt wurde sie für den Widerstand angeworben.

Er wirkte so ernst, hatte einen so eindringlichen und gehetzten Gesichtsausdruck, und sie wusste, dass er jedes einzelne Molekül ihres gesunden Menschenverstands durcheinanderbringen konnte.

Schwach sagte sie: »Komm nicht näher.«

»Warum nicht?«

»Weil ich dich dann küsse.«

Oje, Wodka.

»Dann halte mich doch auf.«

Er presste seine Lippen auf ihren gierigen, weichen Mund, und sie spürte, wie ihr Körper sich in flüssiges Verlangen und Sehnsucht verwandelte.

Oje, Göttin Wodka.

»Du verlierst wirklich keine Zeit.«

»Das dürfen wir in diesem Land nicht.«

»Aber wir kennen uns doch gar nicht«, sagte sie schließlich.

»Ich weiß.« Wieder küsste er sie. »Aber ich würde behaupten, dass ich dich kenne, verstehst du?«

»Du kennst mich nicht.«

»Ich kenne dich auf die Art, auf die es ankommt.«

Sie gab auf. »Das sind zu viele ›kennen‹.«

»Wie schrecklich.« Er fuhr an ihrer Kinnlinie entlang, und sie stand reglos da, wagte kaum, zu atmen. »Ich könnte dir vieles sagen … dass du wunderschön bist, ganz bestimmt auch intelligent, und dass du hier aufgetaucht bist wie ein Stern in einer finsteren Nacht.« Er riss sich zusammen. »Du siehst aus, als würdest du mir nicht glauben. Das stimmt. Das alles könnte stimmen. Tut es vielleicht sogar.« Dann folgte ein Schweigen, das Laure beredter fand als Worte. »Aber ich rede hier von einer anderen Verbindung, doch das musst du selbst herausfinden. Mehr kann ich nicht versprechen.«

Sie schluckte. »Das reicht.«

Seine Hände lagen auf ihren Schultern. »Ich sollte dich zurückbringen.«

Sie mussten sich einen Weg aus dem Raum bahnen. Jeder wollte ein Stück von *Anatomie*, und ganz besonders von Tomas. Laure beobachtete, hielt sich im Hintergrund und kam zu dem Schluss, dass die Gruppe eine Art Notfallmittel war, bei dem jeder meinte, sich bedienen zu können.

»Tomas.« Lucia tauchte aus der Menge auf. Sie hielt eine Bierflasche in der Hand, eine weitere ragte aus der Tasche ihres roten Kleides heraus. »Wohin gehst du?«

»Unsere neue Freundin nach Hause bringen.«

Lucia sah von Laure zu Tomas. »Verstehe«, sagte sie auf

Englisch. »Das ist bescheuert. So bescheuert.« Sie wandte sich ab und schob sich wieder durch die Menge.

Draußen auf der nächtlichen Straße umfing sie die eingekesselte Hitze des Tages. Tomas ergriff Laures Hand. »Es tut mir leid, dass ich kein Auto habe. Aber die Füße tun es auch. Wohin gehen wir?«

Sie sagte es ihm.

»Ah.«

Ihr fiel die Veränderung in seiner Körpersprache sofort auf. Ein Zurückweichen. »Du weißt, dass, wer auch immer dort lebt, vermutlich für den Staat arbeitet?«

»Mein Arbeitgeber ist für eine pharmazeutische Firma tätig. Er ist die meiste Zeit in Paris stationiert.«

Tomas steckte die Hände in die Hosentaschen, und ihr wurde schwer ums Herz. Irgendwie hatte sie eine Grenze überschritten, aber sie hatte keine Ahnung, wodurch. Schließlich schien er eine Entscheidung getroffen zu haben. »Okay, *come along then*. Das sagt ihr doch so in England, oder?«

Ihr wurde wieder leichter ums Herz. »So was in der Art, ja.«

»Ich muss dich vorwarnen, man wird uns folgen.«

Sie warf einen flüchtigen Blick über die Schulter. »Gewöhnt man sich daran?«

»Betrachte es als Alternativuniversum.« Er legte ihr einen Arm um die Schulter. »Davon haben wir heute Nacht gesungen. Oder vielmehr, wir haben von den Universen gesungen, in denen wir gern wären.«

Er war ihr so nah, dass sie seinen Schweiß, den Tabak und den Alkohol riechen konnte. Nichts davon war abstoßend. Eher im Gegenteil: Es war anziehend. »Ich habe ein paar englische Wörter aufgeschnappt.«

»Ich habe dir doch gesagt, dass Englisch subversiv ist«, meinte er.

»Okay. Dann flüstere ich.«

Als Tomas sie vom Platz weg durch die Straße und über die Karlsbrücke nach Malá Strana führte, erklangen die Schritte eines anderen versetzt zu ihren. Die Hitze in den engen Gassen war fast schon erdrückend, die Sandalen klebten ihr an den Füßen, und Schweiß sammelte sich an ihrem unteren Rücken. Im Gegensatz dazu schien Tomas mühelos neben ihr herzugehen, und bei diesem Anblick wechselte Laures Stimmung zwischen dem Leichtsinn ihres halbtrunkenen Zustands und den Bedenken hin und her.

Ein Schatten fiel von oben über sie, und sie blieb stehen. »Was ist das?«

Er nahm ihren Arm und zeigte nach oben. »Ein Ladenschild.« Der Griff seiner Finger wurde fester. »Wie wir alle hier wirst du lernen müssen, nicht mit den Schatten zu boxen. Wir brauchen unsere Energie für den eigentlichen Kampf.« Seine Stimme wurde weicher. »Vertrau mir.«

In dem Hof unter der Wohnung der Kobes stellte sich Tomas vor Laure. »Tust du das?«

Sie wusste, was er meinte. »Dir vertrauen? Ja.«

Er war ein Star und sich dessen durchaus bewusst, aber das schien ihm nicht zu Kopf gestiegen zu sein. Außerdem schien er jemand zu sein, der Taten sprechen ließ. Das gefiel ihr.

»Vertrauen sollte nicht leichtfertig geschenkt werden«, sagte er.

Mit einem Nicken pflichtete sie ihm bei. »Meinetwegen musstest du einen Umweg machen.«

»Und wenn schon? Werde ich dich wiedersehen? Normalerweise bin ich im Marionettentheater. Oder aber jemand dort weiß, wo ich bin. Kommst du?«

Er wirkte angespannt, wartete ungeduldig auf eine Antwort.

Zögernd fragte sie: »Lucia?«

Ein verärgerter Zug zeichnete sich auf seinem Gesicht ab. »Sie ist eine Kämpferin. Ihr ist nichts wichtiger als unsere Arbeit.«

Sie spürte, wie sie rot wurde. »Oh.«

»Mach dir keine Sorgen. Aber angesichts des Spitzels da drüben bei dem Torbogen muss ich dich jetzt küssen.«

Sie warf einen flüchtigen Blick zu dem kräftigen Mann in der Lederjacke am Eingang zur Straße, der viel Aufhebens um das Anzünden einer Zigarette machte. »Küssen ist also politisch?« Sie verstand die Aussage, hoffte aber, dass Tomas sagen würde, es sei auch noch etwas anderes.

»Das ist es.« Er zog sie an sich, sein Gesicht schwebte über ihrem. Das Schweiß, der sich in ihren Augenwinkeln gesammelt hatte, trübte ihre Sicht. Sie zitterte, stand kurz vor einer Halluzination.

Tomas presste seine Lippen auf ihre.

Sein Körper war heiß, fremd und in seinen Linien und seiner Feinheit fast schon katzenhaft.

Der Spitzel beobachtete sie, vertieft, vielleicht auch ein bisschen erregt.

Tomas trat zurück, um ihr ins Gesicht zu sehen. »Ich verstehe das nicht«, sagte er.

»Was?«

»Wie das …« Er berührte ihre Wange. »Wie das passiert ist.«

Sie musste nicht nachfragen. Sie wusste es. Sie wusste es einfach.

Er bewegte sich leicht, und seine Hüfte presste sich gegen ihre. »Kommst du zum Theater?«, flüsterte er ihr zu.

Laure presste sich an ihn. »Ja.«

Sie war hilflos … vor Alkohol oder Verlangen?

Tomas flüsterte: »Ich werde dich noch mal küssen.«

»Ja. Ja, tu das.«

Es hatte angefangen.

Bei einem frühen Abendessen am Sonntag im Esszimmer kämpften sich Laure und die Kobes durch eine unappetitliche Pastakreation von Eva.

So höflich wie immer erkundigte sich Petr danach, was sie und die Kinder tagsüber gemacht hatten. Laure beschrieb ihren Ausflug zum Schloss. »Ich musste Maria die letzten Stufen huckepack nehmen«, sagte sie. »Danach war ich total fertig.«

»Wie nett von dir.«

»Beim Runtergehen hat sie meine Hand gehalten, weil ich nicht schwindelfrei bin.« Sie verzog das Gesicht. »Wir kommen gut miteinander klar, Maria und ich. Unten angekommen haben wir getanzt. Die Leute dachten, wir wären übergeschnappt.«

Eva aß langsam, und nicht zum ersten Mal fiel Laure eine wesentliche Veränderung bei ihr auf, seit sie nach Hause gekommen waren. Insbesondere nach dem verheerenden Essen mit den englischen Abgesandten.

An manchen Tagen wirkte sie angespannt und erging sich in schnellen Monologen. An anderen war sie verhalten und lustlos. Als Laure Eva kennenlernte, war sie nicht sehr schlank gewesen. Aber auch nicht dick. In den letzten Wochen hatte sie ein paar Pfunde auf die Hüften bekommen und sah blass und müde aus.

Die meiste Zeit verlief das Essen schweigend.

Laure war mit den Gedanken woanders und hatte nichts dagegen einzuwenden. Jan und Maria waren den ganzen Tag laut gewesen, somit war sie dankbar für Ruhe, jegliche Art der Ruhe. Die Pastasoße bestand aus geräuchertem Fisch, war salzig und streng, und Laure musste sich darauf konzentrieren, sie hinunterzuschlucken. Nach einem weiteren solchen Kampf legte sie die Gabel ab.

»Ist dir der Appetit vergangen?« Petr sah von seinem Teller auf, den er ebenfalls noch nicht leer gegessen hatte.

»Ich hoffe, Sie entschuldigen das, aber diese Hitze …«

»Bestimmt liegt es daran.«

In seiner Stimme lag ein Hauch Humor, doch, wie so häufig bei Petr, war Laure sich unsicher. »Ich bin sie nicht gewohnt.«

Das war nur halb gelogen. Laure und die Hitze waren gute Freunde, aber sie war in den Klauen von etwas Komplizierterem gefangen. Nach Rob und dem, wie sie unter seiner Gleichgültigkeit gelitten hatte, hatte sie ihrer Freundin Jane gesagt, sie hätte sich geschworen, sich nie mehr auch nur annähernd von irgendeinem Typen ablenken zu lassen. »Das tue ich mir nicht noch einmal an.«

Jane hatte sie eine Dramaqueen genannt, aber Janes Mutter hatte sie beiseitegenommen. »Dieser Typ ist ein Schwachkopf«, hatte sie gesagt. »Erzähl einfach allen, dass er einen ganz Kleinen hat, gerade mal so groß wie ein Stecknadelkopf, und dass du ihn gar nicht finden konntest.«

Und nun war sie trotz aller Vorsätze doch wieder von einem Gefühl gefangen genommen, das sie so bald nicht wieder loslassen würde. Das Ganze hatte auch einen Namen: verfluchte, schmerzliche, sinnlose sexuelle Anziehungskraft.

Petr schob seinen Teller von sich. »Entschuldige, aber ich glaube, du hast einen Freund.«

Laure spürte eine nagende Furcht. »Das würde ich so nicht sagen.«

Eva mied Laures Blick, als sie aufstand. »Ich muss nach den Kindern sehen.«

Laure stapelte die Teller – die hübschen Porzellanteller,

die ihr bei ihrer Ankunft hier gleich aufgefallen waren – und brachte sie in die Küche, wo sie sie zum Einweichen ins Spülbecken stellte. Sie hielt sich am Rand des Spülbeckens fest, ehe sie ins Esszimmer zurückging.

Petr sah auf. »Ein fester Freund?«

»Nein«, antwortete sie.

Petr nahm einen Schluck aus einem Krug, auf dem ein Wappen eingraviert war. »Ich denke doch, dass du einen hast.«

»Vielleicht bringen Sie die Bezeichnungen durcheinander«, entgegnete sie. »Ein Freund ist etwas anderes als ein fester Freund.«

»Dieser Unterschied ist mir durchaus bewusst.« Er nahm einen weiteren Schluck Bier und stellte den Krug mit einem Knall ab. »Ich spreche genauso lange Französisch wie du.«

Aber nicht so gut. Sie hielt sich zurück, ehe ihr diese Worte über die Lippen kamen, und sagte stattdessen: »Das ist ein wunderschöner Krug.«

Petr fuhr mit einem Finger über das Wappenbild. »Er gehörte der Familie, die hier wohnte. Sie … sie haben ihn zurückgelassen.« Er klopfte auf den wilden, von Sternen eingerahmten Löwen. »Warum setzt du dich nicht?«

Laure gehorchte, und sie saßen einander am Tisch gegenüber. Trotz der Fragen wirkte er entspannt. Er beugte sich vor, nahm ihr Glas und schenkte ihr etwas Bier ein. »Du solltest das wirklich mal probieren. Das ist Teil unseres Lebens in diesem Land.«

Laure gehorchte. Hin und wieder trank sie etwas mit Freunden, aber das hier war ein fremdes Gebräu. »Ich kenne mich mit Bier nicht sonderlich aus, aber das hier scheint … ganz gut zu sein.«

Leicht amüsiert sah er sie an. »Du bist eine schlechte Lügnerin.«

Laure zog den Kopf ein. »Stimmt.«

Er dachte nach. »Ich hoffe, du hast kein Heimweh.« Fragend zog er eine Augenbraue hoch, woraufhin sie den Kopf schüttelte. »Wenn doch, dann versprich mir, dass du es mir sagst.«

»Das ist sehr nett von Ihnen.«

Er sah auf seinen Krug. »Du bist interessant. Und freundlich. Freundlichkeit ist der Ausdruck eines soliden sittlichen Lebens, und wir sind jedem dankbar, der es gut mit unseren Kindern meint.«

Das war ihr peinlich, und um dem entgegenzuwirken, nahm sie das Glas und sah hinein. »Ich sollte Sie warnen, Leute aus Yorkshire geben nicht so einfach auf.«

»Was gibst du sonst noch nicht auf?«

Er klang sehr eindringlich, und sie verschluckte sich fast. »Vieles.«

Petr schien sich zu entspannen. »Ich hoffe, du gibst die Arbeit hier nicht auf. Du passt gut hierher.« Er nahm sich die Zigaretten, die auf dem Tisch hinter ihm lagen. »Könntest du mir den Aschenbecher reichen?«

Laure schob ihn über die polierte Oberfläche des Tisches zu ihm. Es war lächerlich, aber in diesem Moment kam ihr kurzzeitig der Gedanke, sie würde in einer Parallelwelt leben, *sie* wäre diejenige, die mit Petr verheiratet war, *sie* hätte Evas Platz am Tisch inne.

»Also, wie heißt er?«, fragte Petr.

»Wer?«

»Der Mann, der dich neulich abends nach Hause gebracht hat.«

Ihr fiel ein, wie Tomas zurückgewichen war, als sie ihm gesagt hatte, wo sie lebte. »Werde ich etwa beobachtet?«

Petr zuckte mit den Schultern. »Viele Leute werden beobachtet. Das ist normal. Es ist uns wichtig sicherzustellen, dass sie unversehrt sind.«

»Normal?« Sprach sie etwa eine fremde Sprache? »Ich habe gegen kein Gesetz verstoßen.«

»Hier geht es nicht so sehr um rechtliche Gesetze, sondern um von Menschen erstellte Regeln.«

Laure schluckte. »Was sind das für Regeln?«

»Schwer zu sagen.«

»Das ist doch absurd.«

»Du wirst noch herausfinden, dass in diesem Land sehr viele Dinge absurd erscheinen.«

Bei diesem Punkt wollte sie hartnäckig bleiben. »Aber woher wissen Sie, was ich gemacht habe?«

»Das habe ich dir doch gesagt. Uns ist es wichtig, dass du unversehrt bist.« Er klang fast entschuldigend. »Bei einer Sache kannst du dir ganz sicher sein. Hübsche junge Ausländerinnen, die sich in regimekritische Rockstars verlieben, sind am Ende richtig übel dran. Rockstars oder Leute wie sie verfolgen ihre eigenen Interessen.« Das war ein ziemlich heikles Thema, nicht zuletzt, weil sie genau darüber selbst gegrübelt hatte. Aber wenigstens war er taktvoll. »Diese neuen, aufreibenden Gefühle könnten einseitig sein, Laure.«

Er machte einen ehrlichen Eindruck, was sie beruhigte.

»Ich will, dass es keine Probleme gibt«, sagte er.

Daran ist nichts auszusetzen, dachte sie.

Mit dem Zeigefinger zeichnete Petr das Wappen auf dem Krug nach.

»Also? Wie heißt er?«

»Wenn Sie wissen, dass ich verfolgt wurde, dann wissen Sie das doch schon.« Noch bevor sie die Worte ausgesprochen hatte, wurde ihr klar, dass es der falsche Kampf war, da Petr Kobes ganz bestimmt darüber informiert war. »Tomas Josip.«

»Das war doch gar nicht so schwer, oder? Erzähl mir etwas von ihm.«

»Ich weiß nicht mehr als Sie. Vielleicht weiß Eva mehr.«

In seinem Tonfall schwang ehrliche Besorgnis mit. »Ich bin für dich verantwortlich, und du musst mich als stellvertretenden Erziehungsberechtigten akzeptieren. Du bist in meiner Obhut, und ich muss dieser Verpflichtung nachkommen. Das *muss* ich.«

Laure wusste nicht, was sie davon halten sollte.

»Hat dir die Aufführung im Marionettentheater gefallen?«

Dieser Themenwechsel war eine Erleichterung. »Es war toll. Der Prinz war … ähm, sehr charmant. Bevor er die Prinzessin bekam, musste er von einem Bären gerettet werden.« Nachdem sie gerade über das Offensichtliche gestolpert war, hielt sie inne. Wenn die Hose des Bären mit Hammer und Sichel bestickt war, was zutraf … Wenn das hier die Tschechoslowakei war, was ebenfalls zutraf … dann repräsentierte der Bär das hilfreiche, unterstützende Russland. Auch wenn ihm im Theater jemand mit einem gewissen Sinn für Humor geradewegs eine Sichel in den Rücken gerammt hatte.

»Ein Bär?«

Sie zögerte. »Ich glaube.«

»In unseren Geschichten kommen immer viele Hexen, Wälder und wilde Tiere vor.« Petr zeigte auf die Gipsfiguren an der Wand und lächelte. Dieses winzige Zucken seines Mundes verwandelte ihn von einem ernsthaften Arbeitgeber in ein charmantes Gegenüber mit Sinn für eine kleine Neckerei.

»Es war wunderbar«, sagte sie unvermittelt übersprudelnd. »Magisch.«

Er stand auf und legte ihr kurz eine Hand auf die Schulter. »Ich kann dir nicht sagen, wie erfrischend deine Antwort ist.«

»Petr, den Kindern geht es gut«, unterbrach Eva von der

Türschwelle. Die Lampe im Gang warf ein unvorteilhaftes Licht auf sie, ließ sie noch blasser und ausgelaugter aussehen.

Petr warf einen Blick auf seine Frau. »Laure, wir müssen etwas mit dir besprechen.«

Eva unterbrach ihn, und es folgte ein kurzer Wortwechsel auf Tschechisch. Petr antwortete ihr, dann sprach er wieder Französisch. »Meine Firma will, dass ich das nächste Jahr hierbleibe, bevor ich nach Frankreich zurückkehre. Jan und Maria ...«, seine Stimme wurde weich, wie immer, wenn er von seinen Kindern sprach, »mögen dich sehr gern. Du hast uns gesagt, dass du dein Studium ein Jahr lang auf Eis legen willst, und uns würde es freuen, wenn du so lange hier bei uns bleiben würdest.« Ihm schien klar zu sein, dass das überraschend für sie kam. »Überleg es dir bitte. Lass uns in ein paar Tagen wissen, wie du dich entschieden hast.«

Später sah Laure von dem Fenster in ihrem Zimmer über die Dächer von Malá Strana. Brympton wurde zu einer Erinnerung: das rote Backsteingebäude, das ihr Zuhause war, die Schlange an der Bushaltestelle – der beste Ort, um den neuesten Tratsch aufzuschnappen –, der Wind, der von den kahlen Hügeln herunterwehte.

Waren Schlangen nicht die Tiere, die sich häuteten? Laure hatte die Haut ihres früheren Lebens abgelegt und stand nun ohne da: ungeschützt, erregt, bereit, sich eine neue Haut zuzulegen.

Sie legte ihre gespreizten Finger an die Scheibe. Weiter unten das verborgene Pulsieren der grauen, unterdrückten Stadt, unterirdisch und unbekannt.

11

Paris, heute

Sie war rechtzeitig zu Hause, um sich für ein seit Langem vereinbartes Abendessen mit Simon im Marais fertig zu machen, und warf ihre Schlüssel in die Schale bei der Tür. Sie landeten mit dem üblichen Klirren darin, das drohte, das Porzellan eines Tages bersten zu lassen.

Es war ungewöhnlich kalt in der Wohnung, und ausnahmsweise war es im Hof still. Sie zog an dem Reißverschluss ihres Kleides und ging in Richtung Badezimmer, blieb dann aber stehen. Eine Stille lag über den Zimmern. Etwas hatte sich verändert. Oder aber etwas fehlte.

Wo war Kočka?

Sofort ließ Laure ihre Tasche zu Boden fallen, hastete zur Sitzecke und sah, dass das Fenster, das sie nur einen Spaltbreit hatte aufstehen lassen, jetzt weit offen stand. Kočkas Handtuch lag über dem Sofa, zerwühlt und zerknautscht, was darauf hinwies, dass sie irgendwann dort gelegen hatte.

Sie machte eine Viertelumdrehung, ließ den Blick systematisch über jeden Quadranten wandern, bevor sie zum nächsten überging, bis sie den Kreis vervollständigt hatte.

Laure rief: »Kočka«, was absurd war, schließlich hatte die Katze keine Ahnung von ihrem Namen. Sie ließ sich auf die Knie fallen, spähte unter das Sofa und die Stühle, hoffte, dort einen zusammengerollten Körper und ein Paar lebensüberdrüssiger, ungerührter Augen zu sehen. Als Nächstes suchte sie unter dem Bett und in der Küche.

Schließlich beugte sie sich aus dem offenen Fenster hinaus und rannte dann nach unten in den Hof.

Kočka war verschwunden.

Laure ging wieder nach oben und stand dort mitten im Raum.

Ihre Nägel bohrten sich in die Handflächen. Es war ein Fehler gewesen zu denken, diese Geschichte hätte keine tiefer gehenden Auswirkungen auf sie, zu denken, sie ließe sich leicht kontrollieren. Das war der Unterschied zwischen einer hilflosen, instinktiven Handlung angesichts einer schwächlichen kleinen Katze, die ihre Krallen in ihr feinfühliges Herz gebohrt hatte, und dem vernünftigen, praktischen Vorgehen, wenn Laure ihr Bestes versuchte, damit der Streuner es bequem hatte und satt war, ohne sich weiter hineinziehen zu lassen.

»Wo bist du?« Erneut suchte sie die Wohnung ab. Küche, Schlafzimmer, Sitzecke. »Wo *bist* du?«

Im Hinterkopf geisterte die absurde Forderung: *Du kannst mich nicht einfach verlassen.*

Bitte.

Doch die Gewissheit erhärtete sich, dass Kočka Laure vermutlich alleingelassen hatte und sich wieder durch die Pariser Straßen schlug. Der vertraute, bittere Kummer erfasste sie.

Widerstrebend, untröstlich ging sie zum Fenster und schloss es. Dann überlegte sie es sich anders und ließ es halb offen stehen.

Eine Stunde später legte Simon in dem Restaurant im Marais das Besteck ab, mit dem er Schnecken aus dem Schneckenhaus gepult hatte. »Mit dir stimmt doch etwas nicht.«

Normalerweise wäre der Geruch von Knoblauch und geschmolzener Butter ein köstlicher Duft gewesen, doch in diesem Moment wurde ihr davon übel.

Sie erklärte es.

Simon sagte: »Aber du wolltest sie doch gar nicht behalten.«

»Nein. Wollte ich nicht. Oder doch.« Sie hoffte, sie hätte sich im Griff, aber ihre Augen füllten sich mit Tränen. »Ich ertrage es nicht, sie wieder auf der Straße zu wissen, leidend und hungrig. Wem oder was auch immer ausgeliefert.«

Er beugte sich vor, wischte eine Träne mit seinem Daumen weg. »Diese Seite von dir sehe ich nicht oft.«

Sie wischte sich über die Augen. »Weil das keine Seite von mir ist. Nur ein kurzer Moment der Schwäche.«

Simon aß die Schnecken auf. »Ich weiß, dass du sehr darum bemüht bist, dich unter Kontrolle zu haben, aber dazu muss ich zwei Dinge sagen. Erstens, damit kannst du nicht alle an der Nase herumführen. Oder vielmehr, mich kannst du damit nicht täuschen. Zweitens, das ist völlig vergebliche Liebesmüh. Wir alle haben Gefühle, und manche davon sind in der Tat sehr tief verwurzelt. Der Versuch, sie zu verstecken, wäre ein Leugnen.«

Sie brachte ein schiefes Lachen zustande. »Hast du an einem Achtsamkeitsseminar teilgenommen, oder so?«

»Tatsächlich ja, habe ich. Und du hättest dabei sein sollen.«

Das war unerwartet. »Redet ihr, Valerie und du, über solche Dinge?«

»Jetzt schon.« Er beugte sich vor und schenkte ihr nach.

»Die glückliche Valerie.« Sie überlegte einen Moment lang. »Und wo wir gerade dabei sind, liebst du Valerie? Mehr als alles. Und das schon sehr lange?« Sie schluckte. »Kann es anhalten?«

Simon sah sie voller Mitgefühl an. »Ja. Weshalb fragst du?«

Auf die hervorstechenden Erinnerungen an Tomas

konnte sie sich noch immer verlassen, doch je mehr Zeit verstrich, desto mehr mühte sie sich ab, sich an die kleineren Details oder deren genaue Beschaffenheit während ihrer gemeinsamen Zeit zu erinnern. Konnte sie sich wahrheitsgemäß an die Leidenschaft und das Feuer ihrer Gefühle erinnern, an die schmerzende Begierde und das Vergnügen, wie es gewesen war? Nein, aber zugleich ja. *Sicher doch.* Konnte sie den Moment benennen, als ihr klar wurde, dass ihre Gefühle für ihn und, weiter gefasst, der Beweggrund dafür so intensiv waren, dass sie meinte, von sich selbst befreit zu sein, von der Laure Carlyle aus Brympton?

Wenn sie ehrlich war, und sie sollte ehrlich sein, dann waren die Erinnerungen an den versteckten politischen Widerstand in den Texten von *Anatomie* deutlicher. Genau wie die Aufführungen im Marionettentheater.

Unvergessen waren die Subversion, die Geheimniskrämerei. Die Ausgelassenheit. Tomas wollte, dass sie vorsichtig war und niemals jemandem etwas von dem erzählte, was sie wusste. Ja klar, hatte sie damals gedacht. Wie verschwiegen war verschwiegen? Die meisten von Tomas' Freunden ließen keinen Zweifel an ihrer politischen Zugehörigkeit und achteten auch nicht auf das, was sie sagten. *Anatomie* musste nur eine Saite erklingen lassen, schon wussten alle, worum es ging.

Sie fragte sich, ob ihnen je klar gewesen war, wie unschuldig sie damals war. Sicher, es war ihr nicht gelungen, die vielschichtige Komplizenschaft zwischen den Spitzeln und der von ihnen ausspionierten Bevölkerung zu verstehen, womit sichergestellt wurde, dass winzige Keime der Rebellion ignoriert wurden. So lange, bis sie nicht mehr ignoriert wurden.

Simon wartete auf eine Antwort. Sie hob ihr Glas und sagte leichthin: »Gut zu wissen in dieser schlimmen Welt.«

Sie bat den Taxifahrer, sie am Kanal aussteigen zu lassen, und ging durch die purpurfarbene Nacht nach Hause, eine von jenen Nächten, in denen sie eigentlich immer glücklich war, am Leben zu sein. Aber heute war es anders, weil sie von einem Gefühl niedergerungen wurde, das sie nur als Elend beschreiben konnte.

Himmel noch mal, was ist schon eine kleine, verwilderte Katze?

Die Antwort: Es hätte *ihre* kleine, verwilderte Katze sein können.

Der mutlose Busch in einer Ecke des Hofes hatte es irgendwie geschafft, ein paar weiße Blüten hervorzubringen. Bizarrerweise war das ein tröstlicher Anblick, und Laure blieb stehen, um zu betrachten, wie die Blüten im Dunkeln schimmerten. Das war ein Fehler. Madame Poirier erhob sich aus dem Stuhl vor ihrer Wohnung, wo sie Wache schob.

»Madame, Sie sollten wissen, dass Sie heute das Fenster offen gelassen haben.«

Laure starrte sie an. Einen winzigen, hoffnungsvollen Moment lang dachte sie, Madame Poirier würde ihr sagen, dass eine Katze frei herumlief. »Für diese Jahreszeit ist es sehr warm, Madame.« Es gelang ihr kaum, die übliche Höflichkeit aufzubringen, stattdessen machte sie kehrt und flüchtete zu ihrer Eingangstür.

Oben stand sie lange am Fenster der Sitzecke, starrte angestrengt nach draußen, um vielleicht irgendwo den Umriss einer Katze über die Dächer laufen zu sehen. Nach einer Weile wandte sie sich zum Zimmer um, und ihr Blick blieb an dem Schwarz-Weiß-Foto des Strandes mit dem schäumenden Meer hängen.

Sie schenkte sich ein Glas Wein ein und setzte sich hin, um sich auf den neuesten Stand bei den interessierten Spendern zu bringen.

Das Arbeiten war, als würde sie durch Schlamm waten. Wieder sah sie aus dem Fenster.

»Ich werde mich nicht brechen lassen«, hatte Tomas ihr gesagt. »Niemals.«

Während all der Jahre hatte Laure sich selbst beigebracht zu akzeptieren, dass Tomas mit ziemlicher Sicherheit irgendwie gebrochen worden war. Er wollte an seinen Idealen, seinen Zielen, seiner Musik festhalten, und die Vorstellung, dass man ihm vielleicht eine andere Denkweise eingeprügelt hatte, schmerzte Laure zutiefst.

Wenn er noch lebte.

Im Schlafzimmer zog Laure sich aus, schminkte sich ab und cremte sich das Gesicht mit den teuersten Cremes ein, die sie sich leisten konnte. *Warum auch nicht?* Nachdem sie ihre Unterwäsche ausgezogen hatte, griff sie nach dem XL-T-Shirt, in dem sie am liebsten schlief. Ein Windhauch streifte über ihren Rücken und ihre Brüste. Es war fast wie ein Streicheln, und Verlangen erfasste sie gnadenlos.

Lebte er vielleicht noch? Es war ihr nicht gelungen, ihn zu finden, als sie nach ihm gesucht hatte, aber es war möglich. Vielleicht.

Wenn dem so war, sah er dann manchmal nach Westen und dachte an sie? An dieses Mädchen?

Vielleicht tat er das.

Dieses Nichtwissen war ein hydraköpfiger, qualvoller Gegner. Niemals gab er sich geschlagen, fast nie zog er sich zurück. Er wartete in den Gezeitentümpeln des Geistes und des Verstandes auf den richtigen Augenblick, wartete darauf, dass die Flut ihn wieder nach vorn trug.

Sollte er noch leben, hätte er sehr gut andere lieben können. Frauen? Männer?

Alle sieben bis fünfzehn Jahre wurden die Zellen im Körper ausgetauscht. Knochen, Haut, Magen, Leber. Alles. Laure hatte in einer wissenschaftlichen Zeitschrift darüber gelesen und freute sich, denn es bedeutete, dass Wiedergeburt und Erneuerung möglich waren. Es bedeutete aber auch, dass sowohl sie als auch er mit erneuerten Zellen durchs Leben gingen. Sie würden neue Denkweisen erlernt haben und – zumindest was sie betraf – fremdartige körperliche Reaktionen, neues Wissen und Verlangen entwickelt haben. Sie würden sich anders bewegen, anders essen, und ganz bestimmt würden sich ihre Ansichten über Sex, Liebe und Politik voneinander unterscheiden.

»Ich wünschte, ich könnte dich berühren«, sagte sie laut. Fast hätte sie hinzugefügt, *nur einmal*, aber das wäre einfach dumm. Nur einmal würde nicht ausreichen.

Später lag sie im Bett und weinte wegen einer kleinen, schwachen Katze.

Wegen einer Frage, die nie beantwortet worden war.

Und auch wegen all der anderen Dinge.

Die tägliche Post traf mit einer größeren Ausbeute als gewöhnlich ein, und die darauf folgende Diskussion ihrer Inhalte nahm einen Großteil des Arbeitstages in Anspruch. Die Zigarettenschachtel, auf deren Innenseite Zahlenreihen geschrieben waren und das Wort »Scheidungsvereinbarung« stand, war schockierend und amüsant. Die Schuhschachtel mit den Muscheln ohne Rücksendeadresse war ein Rätsel. Laure gab der Versuchung nach und griff mit einer Hand hinein, genoss das Gefühl ihrer Wirbel und Wölbungen und den schwach salzigen Geruch. Im Begleitbrief stand: »Leider hat die Ebbe eingesetzt und ist nie wieder zurückgekommen.«

Nachdem das Museum geschlossen war, machte Laure ihre Runde, vergewisserte sich, dass die Lichter aus- und der Alarm eingeschaltet waren.

Sie war auf den letzten Treppenstufen und hörte das Gespräch von Nic und May in der Eingangshalle.

»Kann ich dich zum Essen einladen?«, fragte May. Sie zog ihn lachend auf.

»Das kannst du schon machen, aber ob du das *darfst*, ist eine andere Sache«, sagte Nic.

Laure stand wie erstarrt auf der Treppe. Diese Unterhaltung war ein Echo – unheimlich und anderswo verortet –, einer Unterhaltung, die sehr lange zurücklag.

»Okay. Darf ich dich zum Essen einladen? Also, ich bestehe darauf.«

»Ich dachte schon, du würdest nie fragen.« Nics Schritte waren auf den Holzdielen zu hören. »Kommandierst du einen immer so herum? Du weißt, was man über dominante Frauen sagt?«

May lachte, ein angeregtes Lachen voller Vorfreude. »Dasselbe, was man über dominante Männer sagt.«

»Gehen wir, das müssen wir weiter erörtern.«

Die Tür ging auf.

Laure wartete, bis die Tür hinter ihnen zugefallen war. Der Wahnsinn und der Schmerz jener Zeit, *ihrer* Zeit, waren alte Gefährten, und sie gesellten sich gerade zu ihr.

Vor dem Museum nahm sich Laure einen Moment. Eine Straßenkehrmaschine rumpelte die Straße hinauf. Zwei Radfahrer auf Herrenfahrrädern ächzten vorbei. Madame Becque winkte ihr vom Lebensmittelladen aus zu.

Verärgert stellte sie fest, dass sich ihr sechster Sinn einschaltete. *Wurde sie verfolgt?*

Das passierte hin und wieder. Es war ein konditionierter Reflex der Vergangenheit, eine unangenehme Nebenwirkung, die für gewöhnlich von Schlaflosigkeit und Emotionen hervorgerufen wurde.

Alle ihre Sinne waren in Alarmbereitschaft, als sie die Straße zu dem dreieckigen Fleckchen Erde hinunterging, wo sie Kočka zum ersten Mal gesehen hatte, und dabei ein Päckchen mit Katzenkeksen schüttelte. Ihre Hoffnung war nicht sehr groß, nichts raschelte im Gebüsch, sie erhielt keine Antwort und erhaschte keinen Blick auf einen ausgemergelten, getigerten Leib.

Sie dachte an die müden goldenen Augen, das winzige Pulsieren des Herzschlags unter ihren Fingern, den knochigen, fragilen Schädel. Wäre das Leben freundlich und gleichförmig, dann würde Kočka durch die purpurfarbene Nacht schleichen, in einem Garten, in dem die Sonne tagsüber die Mohnblumen glühen ließ, Rosen raschelten und reife Früchte die Abendluft parfümierten. Sie würde satt und träumend auf sonnengewärmten Steinen liegen.

Das Handy in ihrer Tasche klingelte. Widerstrebend holte sie es heraus. »Hallo?«

»Laure, ich bin's, May. Ich hätte Ihnen gern noch ein paar weitere Fragen gestellt.«

»Kann das nicht warten? Ich dachte, Sie wären gerade mit Nic zusammen.«

May war der Hund mit dem Knochen. »Bin ich auch, aber ich will an dem Artikel arbeiten, bevor ich ins Bett gehe. Es wäre hilfreich, wenn wir uns noch etwas unterhalten würden. Ich weiß … ich weiß, dass ich mich danebenbenommen habe, aber das liegt doch hoffentlich hinter uns?« Sie klang warmherzig. Schmeichlerisch. Reuevoll. »Können wir das abhaken?«

Die Worte drängten sich in Laures Ohren. Tiere konnten sich das Wasser aus dem Fell schütteln, und sie sehnte sich danach, May auf ähnliche Weise loszuwerden.

»Sie haben jedes Recht, nachtragend zu sein«, fuhr May fort.

Nachtragend sein zehrte den Geist auf. Das wusste Laure nur zu gut und schluckte ihren Ärger hinunter. »Ich bin auf dem Heimweg. Wir können reden, während ich weiterlaufe.«

»Als Erstes, haben Sie die Katze gefunden?«

Laure taute weiter auf. »Das habe ich nicht, aber ich suche noch nach ihr.« Sie achtete darauf, nicht in einen Hundehaufen zu treten. »Was wollen Sie wissen?«

»Sie haben in Prag gelebt, bevor das kommunistische Regime gestürzt wurde, und in Berlin direkt nach dem Mauerfall. Ich habe mich gefragt, ob Sie wohl über Ihre Erfahrungen sprechen möchten und inwiefern sie Ihre Entscheidung für dieses Museum beeinflusst haben?«

Die Fragen waren wie Stechmücken. Sollte sie sie totschlagen? Sie nahm sich zusammen. »Ich denke über eine Antwort nach.«

Nach einem Moment sagte May: »Sie haben mir noch nicht vergeben. Aber das erwarte ich auch nicht.« Dann fügte sie hinzu: »Schon eigenartig, oder? Die Interviewende und die Interviewte sind so lange miteinander verbunden, wie das Interview dauert. Während dieser Zeit ist es eine Ehe.« Laure hörte, wie May durchatmete. »Wenn es vorbei ist, können wir uns scheiden lassen.«

Das war eine ziemlich kindliche Analyse, aber sie war zutreffend, wie Laure nur zu gut wusste. Sie hielt Ausschau nach weiteren Hundehaufen und musste Mays Frechheit und Offenheit schweigend Respekt zollen. Sie mochte vielleicht keinerlei Moralvorstellungen haben, aber sie verstanden einander nun besser. »Fragen Sie einfach«, sagte sie und spürte dabei die Erleichterung, nicht länger dagegen anzukämpfen.

»Ihr Sponsor? Wollten Sie dem nie auf den Grund gehen, wer Ihnen plötzlich so viel Geld spendete?«

»Das werde ich morgen beantworten.«

»Wissen Sie«, sagte May, »ich glaube, ich verstehe, warum Sie den Canal Saint-Martin für das Museum ausgewählt haben.«

»Und warum?«

»Weil… weil es ein Ort ist, wo Leute hingehen, die

nichts haben. Die vielleicht glauben, sie würden nirgendwo hingehören. Es ist ein Ort, wo man eine Hand ausstrecken und spüren kann, dass man auch mit nichts etwas erreichen kann.« Sie hielt kurz inne. »Gerade Sie müssen verstehen, wie sich das anfühlt.«

Laure sah zum Kanal, wo die herbstlichen Bäume sich zum Wasser neigten und Pärchen über die schmiedeeiserne Brücke gingen. Wo die Zelte der Obdachlosen am Ufer standen.

Streckte eine Hand aus.

May hatte recht.

Der Anruf war vorbei.

Sie überlegte es sich anders und ging hinunter zum Kanal statt nach Hause, überquerte die Brücke, die am nächsten zu Chez Prune war. Dort ergatterte sie einen Tisch draußen mit Blick aufs Wasser, bestellte sich erst ein, dann noch ein Glas Rotwein. Sie ließ es darauf ankommen, betrunken zu werden, aber sie wollte es in einem Paris genießen, das heute Abend in einer wohligen Stimmung war.

»Lerne das nach mir.«

Sie hatte Tomas' Stimme im Ohr.

»*Von* mir. Es heißt, etwas *von* jemandem lernen«, hatte sie ihn korrigiert.

Er mochte es nicht, wenn er korrigiert wurde. »Hörst du zu?«

Sie nickte. »Natürlich.«

»Das macht uns aus: 1948 gab es einen *coup d'état*, und die Kommunisten kamen an die Macht. Bis zum Jahr 1968 wurde von uns erwartet, dass wir uns an die Vorstellung gewöhnt hatten, ›sozialistisches Konsumdenken‹ wäre der Weg zu einem guten Leben. Aber es war kein gutes Leben. Es war nicht frei. Dubček wollte, dass es dem Land besser ging, und ließ sich auf einen Handel mit Moskau ein. Das wurde dann ›Prager Frühling‹ genannt. Er scheiterte, und die Russen schickten die Panzer. Wir bekamen Husák und das, was sie ›Normalisierung‹ nannten. Gemeint war damit die beständige Überwachung. Das war der Schlamm, der alles überzog. Ich habe einen Song darüber geschrieben. ›Die Entdeckung der Furcht‹.«

Aufgrund des Risikos musste er es als Liebessong verschleiern, somit war es nicht sein bester Song. Aber das war egal, denn er eroberte alles im Sturm.

Was für eine Geschichte, ihre Zeit in Prag. Voller Liebe, Furcht und Trauer. Diese drei Dinge waren ein Beweis dafür, dass sie gelebt hatte. Wie unter Strom. Selbst die daraus folgende Konsequenz, die andauernde innere Auseinandersetzung mit Gewissen und Beschuldigung, war ein Beweis dafür.

Sie rief May zurück. »Wenn wir weitermachen sollen, dann sollte ich mehr über Sie wissen, finde ich.«

»Echt?«, antwortete May überrascht. »Wenn ich Ihnen erzähle, dass mein Zimmer mit rosa Rosenknospen dekoriert war, ein weißer Schleier mit Satinbommeln über meinem Bett hing, dass der Holzboden wöchentlich von einem Dienstmädchen auf Händen und Knien gewachst wurde, würde Ihnen das helfen? Oh, und mein ganzer Name lautet May Eugenie Marcia Williams, und meine Mutter wird Miss Melia genannt.«

Laure lachte. »Sonst noch was?«

»Ich denke, ich habe bereits erwähnt, dass man davon ausging, ich würde einen Treuhandfonds heiraten.«

»Ich würde Ihnen gern eine Frage stellen«, sagte Laure.

Spürbares Zögern. »Schießen Sie los.«

»Okay. May Eugenie Marcia Williams, was würden Sie ins Museum bringen?«

Jetzt lachte May. Leicht befangen. »Darüber muss ich nachdenken.«

»Wenn Sie wollen, dass ich mitmache, dann muss ich das wissen.«

»So funktioniert das nicht.« May klang leicht durcheinander.

»Mit mir schon«, sagte Laure.

»Ich melde mich bei Ihnen.«

»Das ist meine Vorgehensweise.«

Das zweite Glas Rotwein war leer. Zeit zu gehen.

Später in der Woche machte sich Laure ihre üblichen Notizen, während sie durch das Museum lief. Die Fenster mussten geputzt werden, und ein Scharnier an einem Schränkchen würde bald kaputtgehen.

Praktische Entscheidungen zu treffen stellte eine beruhigende Beschäftigung dar. Sie mochte die Disziplin, die dafür vonnöten war. Sie mochte die Stringenz von Plänen und Zielen.

In Raum 2 starrten zwei Mädchen auf das »Ron Maiden«-T-Shirt und flüsterten leise miteinander. Als Laure hereinkam, huschten sie hinaus. Ein großer, massiger Mann stand vor dem erst seit Kurzem ausgestellten Hochzeitsschleier. Ein kurzärmeliges Shirt spannte über seinem Bauch, und der Gürtel, der seine Jeans festhielt, leistete ganze Arbeit. Der Mann ließ den Kopf hängen und hatte eine Hand flach auf die Scheibe gelegt, etwas, das Besucher eigentlich nicht tun sollten.

Laure ging einen Schritt auf ihn zu, besann sich dann aber eines anderen. Die Schultern des Mannes bebten, und sie vermutete, dass er der verschmähte Bräutigam war. Oder jemand, dem es ebenso ergangen war. Und in diesem Fall sollte ihm eine Ausnahme zugestanden werden. Die Versuchung war groß, ihm eine Hand auf den Arm zu legen und zu sagen: *Auch das wird vorbeigehen.*

Doch ihrer Erfahrung nach war das nicht der Fall, und

eine Lüge darüber zu verbreiten war fast schlimmer als das Vergehen selbst.

Sie verließ den Raum und gab dem trauernden Mann Zeit, sich zu sammeln.

In Raum 1 quetschte sich eine Schar Schulkinder mit ihren Rucksäcken, die sie eigentlich in der Garderobe hätten lassen sollen, vor die Vitrinen. Kinder waren ein zwiespältiger Segen für das Museum. Häufig langweilten sie sich, doch manche stellten bemerkenswerte Fragen. Die Truppe rief wild durcheinander, und Laure ging jede Wette ein, dass die Kinder nicht das Geringste aufnahmen. Eine verärgerte Lehrerin, die das blonde Haar zum Dutt nach hinten gebunden hatte, versuchte ihre Aufmerksamkeit zu erlangen. Doch sie gab den Versuch auf und schob die Schüler zur Tür. Laure verwickelte sie in ein kurzes Gespräch und bat höflich, dass sie die Rucksäcke in der Garderobe deponierten.

Nic war im Büro, vertieft in ein Dokument auf seinem Bildschirm. Er sah nicht auf, als sie eintrat. »Das ist etwas, das dich interessieren könnte.«

Sie wollte rasch ihre Notizen übertragen. »Kann es warten?«

»Yep.«

Das Telefon klingelte. Nic hob ab und reichte es an Laure weiter. »Jacques Bertrand.«

Laure verzog das Gesicht. Jacques Bertrand war ihr Anwalt und meldete sich in der Regel nur dann, wenn es ein Problem gab – und dem war auch so. Jamies Vater hatte Einwände gegen den Milchzahn in der Streichholzschachtel und die Implikation, die von der Beschriftung ausging und ihn als schlechten Vater hinstellte.

Als die Unterhaltung abgewickelt war, stützte Laure das Kinn auf die Händen. Jamies Vater war wütend und beleidigt. »So beleidigt, dass er sich wohl schuldig fühlen muss.«

»In welcher Epoche bist du zur Zynikerin geworden?«

Sie zog eine Schnute und sah Nic an.

Es war schon spät, und er packte zusammen. Er ließ sich Zeit, seinen Computer auszuschalten und seinen Laptop zu verstauen. »Ich wusste gar nicht, dass du dich für Rock interessierst.«

Diese Bemerkung kam aus heiterem Himmel, und sie suchte nach einer Antwort. »Tue ich nicht.« Dann fügte sie noch hinzu: »Nicht besonders.«

»Nie ein wilder Teenager gewesen?« Die Art, wie Nic sie anlächelte, machte sie rasend. »Oder eine barbusige Rockerbraut?«

Laure lehnte sich auf ihrem Stuhl nach hinten. »Was *soll* das?«

Nic zog den Reißverschluss der Laptoptasche zu. »›Tunnelling.‹«

»Himmel noch mal, wovon redest du?«

Doch Laure wusste ganz genau, wovon er redete, und ein Schauer rann durch ihren Körper.

»›Die Nation geht in die Knie, nicht wir. Wir halten den Kopf hoch.‹« Leiser sprach er weiter. »›Die rohe emotionale Macht von Musik ist dem Wort überlegen.‹«

Sie presste die Hände auf den Schreibtisch. »Wo hast du das ausgegraben?«

»Schon mal was vom Internet gehört?«

»Hör auf, Nic.«

Als Antwort warf er ihr einen Umschlag auf den Schreibtisch. Er war an sie persönlich adressiert. »Sieh mal rein, Laure.«

Der Umschlag war dick und verströmte einen undefinierbaren Duft, kein Damenparfum. Kräuter? Aftershave? Aus irgendeinem Grund schoss ihr Puls in die Höhe, als sie ein Schwarz-Weiß-Foto herauszog, das zwischen zwei dickeren Kartonseiten lag.

Es war eine Aufnahme, abends im Sonnenlicht in einem großen Park oder Garten vor einem Gebäude, das vermutlich im 18. Jahrhundert erbaut worden war. Darauf waren viele junge Leute, aber auch einige mittleren Alters und die ein oder andere ältere Person zu sehen. Die meisten waren konservativ gekleidet: die Männer in schlecht geschnittenen Jeans oder Shorts, die Frauen in knielangen Röcken und Blusen. Unter ihnen waren jedoch auch ein paar, die etwas ungenierter unterwegs waren und tief ausgeschnittene T-Shirts, wehende Röcke und Lederfransen trugen.

Im Hintergrund auf einer erhöhten Bühne waren drei Gestalten. Ungekämmtes Haar, T-Shirts und bestickte Westen. Zwei spielten Gitarre, der Dritte saß am Schlagzeug. Einer von ihnen, eine schlanke, ansehnliche, verwegene Gestalt, stand am Mikrofon in der Mitte. Der Fotoapparat hatte ein Versunkensein, eine Leidenschaft festgehalten. Eine Spannung.

Um die Bühne herum war das Gedränge am dichtesten, aber ein paar, die sich in der Nähe des Fotoapparats befanden, hatten die Arme miteinander verschränkt und schwankten in einer engen Menschenkette im Vordergrund.

Kein Müll, keine Verkäufer, zumindest fing das Foto nichts davon ein. Es sah heiß, magisch und wild aus.

Nic lächelte sie irritierend an. »Erkennst du das?«

Ein schmerzlicher Knoten schnürte ihr die Kehle zusammen. »Kann ich nicht sagen. Ein Popkonzert irgendwo?«

Nics Lächeln wurde breiter. »Meine Mutter hat mir beigebracht, dass man immer die Wahrheit sagen muss.« Er beugte sich vor und tippte auf eine der Gestalten, die der Kamera ganz nah war. Sie hatte lange Haare, einen gemusterten, im Wind wehenden Schal und große glänzende Augen. »Wenn ich mich nicht täusche, dann bist du das.«

12

Prag, 1986

Die Strecke über die Karlsbrücke zum Altstädter Ring wurde Laure zur Gewohnheit. Von der Brücke geradeaus weiter, dem Schlagloch neben dem schiefen Haus ausweichen und die Kirche mit den Disneytürmchen nicht aus den Augen verlieren.

»Abends bin ich oft im Marionettentheater. Oder aber jemand dort weiß, wo ich bin. Kommst du?«

Laure wollte kommen. Unbedingt. Aber Petrs und Evas Warnungen hallten noch in ihrem Kopf nach. Wo verlief die Grenze zwischen dem Politischen und dem Persönlichen? Sie hatte keine Ahnung. Zu Hause stellte sie den Status quo nie infrage. In Prag wurde sie täglich vor Rätsel gestellt.

Eine Gabelung war eine Gabelung war eine Gabelung? Anscheinend nicht.

Um der nachmittäglichen Starre zu entkommen, war sie zweimal mit den Kindern ins Marionettentheater gegangen, und beide Ausflüge waren ein voller Erfolg gewesen. Überhitzt und ruhelos betraten sie einen Ort, an dem es nur auf den Schein ankam. Die Augen weit aufgerissen, schnappte Maria nach Luft und verbarg das Gesicht in Laures Schoß. Jan platzte mit lautem Lachen heraus. Ihre Reaktionen bereiteten Laure große Freude, und sie selbst gab sich ebenfalls der Magie hin.

Doch an diesem Abend war sie allein dorthin unterwegs.

Eine kleine Quelle der Frustration war ihr dürftiger

Kleiderschrank, ihr einziges gutes Teil darin das schwarze Baumwollkleid mit den rosafarbenen Rosen. Eva runzelte die Stirn, als Laure damit aus dem Zimmer kam.

»Der Ausschnitt ist zu tief«, befand sie.

Laure hatte das Kleid in Paris gekauft, und für sie brachten der Schnitt, die Nähte und der Stil das linke Ufer zum Ausdruck, und darauf war sie stolz. Bei dem Gedanken, wie sie allen Mut zusammengenommen hatte, um das Pariser Kaufhaus zu betreten, und wie das herablassende Verhalten der Verkäuferin ihr Selbstvertrauen beim Anblick ihres Ersparten auf dem Kassentisch hatte sinken lassen, verteidigte sie es. »Ich finde, es passt wunderbar.«

Das Streitgespräch zwischen Laure und Eva ging hin und her, und als Jüngere, Hübschere mit strafferem Körper ging Laure als Siegerin hervor. Es war ein schäbiger Sieg. Natürlich war es das, und sie gab sich Mühe, sich ihre Genugtuung nicht zu sehr anmerken zu lassen.

»Solltest du uns in Schwierigkeiten bringen, werde ich dir das nie verzeihen. Die Stadt ist nachts nicht sicher.« Eva war zugeknöpft, und ihr Französisch mit Akzent war holprig.

Das Unglücklichsein strömte aus ihr heraus wie Wasser aus einem Schwamm. Laures Gewissen meldete sich zu Wort, also lenkte sie ein wenig ein: »Es muss schön für dich sein, wieder zu Hause bei deiner Familie und deinen Freunden zu sein.« Nicht dass Laure jemanden aus der Familie oder Freunde gesehen hätte, die sie hier besuchen kamen.

»Zu Hause«, wiederholte Eva, als wäre sie mit diesem Konzept nicht vertraut. »Ja, sicher doch.«

Laure spielte an ihrem Ausschnitt herum. »Eva, wären Sie damit einverstanden, dass ich länger bleibe? Oder wäre es Ihnen lieber, jemand aus Prag würde sich um die Kinder kümmern?«

»Nein … nein.« Evas Antwort war ehrlich. »Die Kinder kennen dich. Sie mögen dich. Nichts ist wichtiger. Wir haben eine Sondergenehmigung erhalten, um dich mit hierherzubringen.« Mit einer Geste, die ihr zur Gewohnheit geworden war, umklammerte sie ihre Taille. »Ich brauche Hilfe. Verstehst du das?«

Zweifel kamen auf. Sollte sie dem verwirrenden Familienkonstrukt, der Wohnung mit den Plastikstühlen und dem, was sie inzwischen als geraubtes Porzellan und Kristall im Verdacht hatte, entfliehen? Sollte sie die Gelegenheit nutzen und aus einer Stadt flüchten, in der Fakten, allem Anschein nach, erst dann Fakten waren, wenn die Machthaber sie abgesegnet hatten?

Im Marionettentheater war auf einem Zettel eine Vorstellung für zwanzig Uhr anberaumt. Das war erst in einer halben Stunde, doch Laure suchte sich eine Bank im Zuschauerraum aus und ließ sich darauf nieder. Hinter der Bühne fand eine lebhafte Diskussion statt, und die Lichter wurden getestet.

Lucia tauchte auf, von oben bis unten im Schwarz der Puppenspielerin gekleidet. Schwarz stand ihr, und sie sah wunderschön aus. Wie die Kriegerin, die sie tatsächlich sein sollte. Als sie Laure erblickte, runzelte sie die Stirn und ging zu ihr. »Zu früh.« Ihr Englisch war verständlich, hatte aber einen starken Akzent.

»Es macht mir nichts zu warten.«

Lucia beäugte ihr Kleid und zog eine Augenbraue hoch. »Es nützt nichts, auf Tomas zu warten. Er ist nicht hier.«

»Okay«, sagte Laure, behielt ihr freundliches Lächeln bei.

Lucia stützte die Hände in die Hüften. »Weißt du was?« Ihr Akzent wurde noch stärker. »Du störst und bist vielleicht auch ein Problem.«

Auch wenn sie ein paar Zugeständnisse an Lucias

Gespür für das Englische machen musste, so war das doch unhöflich, und Laure setzte dazu an, sich zu verteidigen. »Magst du keine Ausländer?«

»Sie können einem das Leben schwer machen. Sie rächen sich.«

Beide hatten Schwierigkeiten mit der Sprache, die verrutschte, sich verschob. »Sie? Wer rächt sich?«

Lucia zuckte mit den Schultern. »Hör zu, du bist nicht … wir. Wir wissen nicht, was du denkst oder woran du glaubst. Die Ausländer, die er herbringt, machen Ärger. Das ist schon früher so gewesen. Tomas sollte nichts mit dir zu tun haben.«

»Warum versuchst du nicht herauszufinden, was ich denke?«

»Sinnlos.«

Das gezischte Wort war eine einzige Herausforderung. Lucia machte auf dem Absatz kehrt und verschwand, ließ Laure auf ihrer Bank sitzen.

»Mach dir keine Sorgen«, sagte da eine Stimme auf Englisch hinter der Bühne. »Tomas kommt später. Er und Leo versuchen, Manicky irgendwie nüchtern zu bekommen.« Eine gedrungene Gestalt mit spärlicher werdendem rotblondem Haar kam zu ihr. Wie Lucias Englisch hatte auch seines einen starken Akzent, allerdings klang seines anders und war flüssiger. »Ich bin Milos. Ich kümmere mich um die Marionetten, mache die Kostüme und das Licht. Ich bin so wichtig, dass sie ohne mich verloren wären. Und um immer genug Brot und Wodka zu haben, male ich Porträts von dicken Parteifunktionären.« Er bedachte Laure mit einem zahnlückenhaften Lächeln von einzigartiger Herzlichkeit. »Beachte Queen Lucia gar nicht erst. Sie will Krieg und geht mit allen hart ins Gericht, die nicht ihrer Armee angehören.« Er sah Laure an. »Ärgere dich nicht. Komm, ich stelle ich dir ein paar meiner Kinder vor?«

»Kinder?«

»Entschuldige. Ich meine natürlich die Marionetten.«

Er führte Laure in ein kleines Zimmer hinter der Bühne, in dem reihenweise Marionetten in allen möglichen Größen und Gestalten an den Wänden und den mit Kartons vollgestopften Regalen hingen, die vom Boden bis zur Decke reichten. Die Fenster waren wegen der Hitze weit geöffnet, und die Geräusche der Passanten drangen herein.

»Kleines Treffen mit den Kaspern«, sagte Milos und legte ein paar Marionetten auf den Tisch. »Ich denke, du kennst sie als Punch und Judy. Das sind die ältesten in Europa. Nicht diese hier, natürlich. Aber das, was sie repräsentieren.«

Wie sie so dalagen, ähnelten die Kaspern kleinen Leichen.

»Und die hier …«, er zeigte auf ein paar Marionetten, die beim Fenster hingen. Sie trugen einen schwarzen Anzug, und ihre Gesichtszüge erinnerten an Schweine. »Das sind Vater und Sohn.« So vorsichtig, wie man für gewöhnlich Babys berührte, strich er mit einem Finger über die ältere Marionette. »Das ist hloupÿ Honza. Er ist sehr dumm und sagt dumme Sachen. Und das ist sein Sohn, der sehr schlau ist.«

Laure wischte sich den Schweiß von der Wange.

»Die Nazis haben hloupÿ Honza und seinen Sohn gehasst. Sie haben den Mann festgenommen, der sie hergestellt hat, und ins Gefängnis gesteckt. *Dann* kamen sie zurück und haben die Marionetten festgenommen.«

»Sie haben die *Marionetten* festgenommen?«

Milos sah Laure an. *Du hast ja keine Ahnung.*

Das stimmte.

Die Hitze war lähmend, und ihre Achseln waren feucht. Milos hatte zu tun, also bedankte sie sich bei ihm und ging, als Notmaßnahme, hinaus in den Garten. Dort zündete sie sich eine Zigarette an, eine erst vor Kurzem angenommene Gewohnheit. Es war eine britische Zigarette, die sie auf der Fähre über den Ärmelkanal gekauft hatte. Der Rauch kratzte in ihrer Kehle, aber sie hielt durch. Er stieg auf, und sein Geruch vermischte sich mit der Tabakpflanze in der Ecke.

»Du bist also gekommen«, sagte eine Stimme.

Mit pochendem Herzen wirbelte sie herum. »Wie du siehst.«

Trotz der Hitze trug Tomas die Leinenweste, die er nun auszog und über die Lehne der Gartenbank legte. Das Licht fiel auf ihn. Mit seiner schmalen Statur, den vor dem Licht zusammengekniffen Augen, den dichten Wimpern und dem nach hinten gestrichenen Haar verströmte er Energie, Verwegenheit und… und hatte etwas unwiderstehlich Verwahrlostes.

»Hübsches Kleid.« Es klang anerkennend. »Wohl nicht in der Tschechoslowakei gekauft.«

»In Paris.«

»Davon werden die Spitzel ausgehen.«

Sie zupfte an ihrem Ausschnitt herum, spürte, wie die Verlegenheit ihr die Gelassenheit raubte.

Er zog sie zu sich auf die Bank und lächelte, wie er das so häufig tat. »Magst du die Marionetten? Marionetten, Puppen und das *Laterna Magika* spielen eine wichtige Rolle in unserer Tradition. In deiner nicht so sehr, denke ich.«

»Punch and Judy.« Sie runzelte die Stirn. »Mehr eigentlich nicht.« Wusste sie überhaupt etwas von ihren eigenen Traditionen? »Hier ist es anders. Ihr habt Zauber und Verzauberung.« Sie bemühte sich um einen logischen Zusammenhang. »Das hier ist ein Ort, an dem man sich selbst vergessen muss, wenn man richtig zusehen will. Das ist Teil der Erfahrung.«

»Dann weißt du das ja.«

Ermutigt fuhr sie fort. »Du denkst, du siehst eine Sache, in Wirklichkeit geht es aber um etwas ganz anderes.«

Sie war rot geworden. Tomas' Lächeln war verschwunden, er presste Laures Arm zusammen. Das war eine Warnung, den Mund zu halten. Dann nahm er seine Hand weg und sagte leise: »Ich wusste, dass du schlau bist, und das ist eine intelligente Beobachtung, aber keine, über die wir hier sprechen können.«

Sie machte den Mund auf, um etwas zu erwidern, aber er verneinte mit dem Zeigefinger. *Sag nichts.*

Schweigen breitete sich zwischen ihnen aus. Eigenartigerweise fühlte es sich kein bisschen unangenehm an – was durchaus hätte sein können –, sondern vielmehr … aufregend.

Tomas brach das Schweigen als Erster. »Würdest du hier gern aushelfen? Den Sommer über?«

Ihre Zigarette war gefährlich bis zu den Fingern heruntergebrannt. Sie ließ den Stummel fallen und trat ihn aus. Während sie diesen Funken auslöschte, glühte ein anderer in ihr auf. »Was meinst du damit?«

Er zeigte auf den Zuschauerraum. »Wir brauchen jemanden, der Botschaften überbringt, Möbel verrückt. Hier und da etwas ausbessert. Wir brauchen Leute, die helfen, wenn wir einen Notfall haben. Irgendetwas passiert immer. Du weißt schon, irgendwas mit den Strahlern oder ein gerissener Faden.« Er beugte sich vor, hob ihren Zigarettenstummel auf, wickelte ihn in ein Stück Papier und steckte ihn in seine Hosentasche. Überrascht sah Laure ihm dabei zu. »Du hältst mich für einen verrückten alten Penner? Stimmt. Aber das ist eine britische Zigarette. Es wäre nicht gut, wenn jemand erfahren würde, dass ich mich mit einer Ausländerin unterhalten habe.«

»So etwas Unbedeutendes könnte schon ein Problem sein?«

Er musterte ihr Gesicht. Wonach suchte er? Wollte er sich vergewissern, dass sie eine vertrauenswürdige Person war? »Die kleinsten Kleinigkeiten können sich zu einer großen Sache aufschaukeln.«

Sie leckte sich über die trockenen Lippen. »Mein Arbeitgeber hat mich gefragt, ob ich um ein Jahr verlängern würde. Ich denke darüber nach.«

»Ich frage mich, warum.« Tomas' Augen wurden zu Schlitzen. »Und machst du's? Bleibst du?«

Sie überlegte, ob sie sich eine zweite Zigarette anzünden sollte, befand dann aber, dass sie dadurch nervös wirken würde. »Ich würde gern mehr über dieses Land wissen.«

»Würdest du auch gern mehr über mich wissen?«

Sie konnte kaum noch atmen. »Ja.« *O ja!*

Er rückte etwas näher. »Und ich über dich.«

Ihre Antwort auf diesen Austausch muss ungeschickt gewirkt haben – das lag daran, dass sie nicht wusste, wie sie mit dieser Intensität umgehen sollte. »Ich *sollte* mehr wissen. Über das Land, meine ich.«

Er stieß ein freudloses Lachen aus. »Es gibt zu viel, was man wissen könnte. Aber dir wird aufgefallen sein, dass unsere Geografie einen Nachteil für uns darstellt.«

Langsam strömte das Publikum in den Zuschauerraum. Tomas warf einen Blick zur Tür, stand auf und sprach etwas lauter weiter. »Du darfst nicht vergessen, dass der Staat gut und effizient ist. Er kümmert sich um sein Volk. Hast du das verstanden?«

Sie war verwirrt. »Ich denke schon.«

Sein Lächeln war, als würden tausend Sonnen auf sie herunterscheinen. »Ich bin mir sicher, dass du eine gute Schülerin sein wirst. Versprich mir, dass du dir beim Lernen Mühe gibst.«

Mit steigender Verwirrung nickte Laure. »Das verspreche ich.«

»Wenn du in Prag bleibst, dann wird alles, was du hörst, dem widersprechen, was du gerade gehört hast, und dein Arbeitgeber wird dich vermutlich benutzen.«

»Das hat …«, sie verstummte.

Tomas vollendete den Satz für sie. »Du wolltest sagen, dass er dasselbe über uns gesagt hat.« Er wartete ihre Antwort nicht ab. »Alte Tricks. Denk daran, dass er dich überprüfen wird.« Sein Blick war inzwischen hart. »Aber, verdammt noch mal, lass uns nicht darüber grübeln. Wenn du bleibst und hier aushilfst, wird das Lucia nicht gefallen. Aber mach dir darüber keine Gedanken. Sie hat schlechte Erfahrungen gemacht, weshalb sie anderen gegenüber misstrauisch ist, insbesondere Ausländern.« Er berührte Laures Kinn mit einem Finger. »Das ist ganz normal, und ich denke, du wirst das verstehen.«

Thomas' Charme war berüchtigt, aber nicht übertrieben, eindringlich, auch wenn er sich nicht den Anschein gab, und umfing sie immer inniger. »Warum interessierst du dich für mich?«

»Als ich dich zum ersten Mal gesehen habe, hast du verloren gewirkt. Ich meine, fehl am Platz.«

»Überrascht dich das?«

»Deinem Gesichtsausdruck konnte man ansehen, dass es bei dir tiefer ging als bei einer Touristin ohne Reiseführer.«

»*Prag mit wenig Geld* ist sehr hilfreich.«

Er zog sie hoch und kam ganz nah. »Wäre es dir lieber, wenn ich sage, weil du wunderschön bist?«

Das wäre ihr lieber. Viel lieber. »Du hast vergessen zu erwähnen … ähm, unwiderstehlich.«

Tomas lachte. »Ich wusste, dass ich nicht falschlag.«

Sie atmete tief ein und fällte eine Entscheidung. »Ich könnte jetzt schon mithelfen, wenn du willst.«

Er sah sie an. »Das will ich.«

Das »will« betonte er ganz besonders.

Es war an der Zeit hineinzugehen. Laure machte es sich für die Vorstellung von *Don Giovanni* so bequem wie nur möglich auf der Bank.

Die Vorhänge wurden zur Seite gezogen. Eine einzige Marionette in einem schwarzen Umhang und einem Pierrotkostüm lag zerknautscht auf der dunklen, fast schwarzen Bühne. Das einzige Licht fiel auf ihre ausgestreckten Hände. Entgegen der Gewohnheit stand der Marionettenspieler direkt hinter der Marionette.

Es war die schwarz gekleidete Lucia, deren kantige Gesichtszüge verschwommen im Schatten lagen.

Vom Backstagebereich ertönten die hohen, süßlichen Töne einer Geige, die eine Klage spielte. Sehr langsam streckte der Pierrot erst eine, dann die andere Hand aus, drückte ein Knie durch, dann das andere und erhob sich. Laure erkannte die Prinzenmarionette ohne Halstuch und rot kariertes Hemd. In diesem Licht war der Mund betont und wirkte tragisch, seine Gesichtszüge hatten jede Freude verloren.

Er versuchte es mit Gehen. Auf und ab. Auf und ab – ein ganzes Universum des Erstaunens, der Angst und der Trauer, verkörpert in der zitternden Gestalt. Dann drehte er sich um, wandte sich dem Publikum zu, legte eine Hand auf sein Herz und ließ sie dort liegen.

Er lebt, dachte sie.

Seine Hand fiel nach unten, und er schien Laure geradewegs anzusehen. *Komm mit mir.*

Laure seufzte – und der Pierrot strömte durch sie hindurch.

Er führte die Zuschauer über eine Grenze … zwischen dem Realen und dem Schein, zwischen dem Reglosen und dem Lebendigen, bis zu einem Punkt, wo man die Logik verließ und die Illusion herrschte.

Die Marionette sah zu ihrem Marionettenspieler hoch. Der Marionettenspieler – Lucia – sah hinunter zur Marionette. Marionette und Marionettenspieler blickten einander intensiv an.

Wer kontrolliert hier wen?

Die Musik war voller Sehnsucht, schmerzte sie.

Wofür kann ich leben?

Sehr bedächtig hob die Marionette ihre hölzerne Hand, ergriff den Faden, der an einem ihrer Beine hing, und während sie die Marionettenspielerin weiterhin intensiv betrachtete, zog sie an dem Faden. Ihr Bein gehorchte ihr.

Die Marionette schüttelte den Kopf. Ungläubigkeit? Ablehnung?

Laure presste die Hände so fest zusammen, dass sich ihre Nägel in die Haut bohrten.

Der hohe Geigenton hielt an. Die Marionette griff nach oben und riss den Faden, der ihr Bein kontrollierte, aus der Verankerung, machte ihn wirkungslos. Vor dem Publikum fiel sie langsam in sich zusammen, verkörperte Schmerz. Zitternd griff die hölzerne Hand erneut nach oben und löste das zweite Bein. Dann einen der Arme. Verstümmelt und zitternd sah sie das Publikum an.

Nein. Laure biss sich auf die Lippe, um sich einen unfreiwilligen Ausruf zu verkneifen.

Mit ihrem verbliebenen Arm zog die Marionette an dem Faden, der sie am Leben hielt, löste ihren Kopf und kippte nach vorn.

Jetzt war sie nichts weiter als ein Haufen Marionettenknochen auf der Bühne.

Die gesamte Darstellung hatte nur wenige Minuten gedauert, dann wurden die Vorhänge wieder zugezogen. Der Selbstmord einer Marionette? Die Niederlage eines Marionettenspielers?

Laure war schlecht. Sie fühlte sich schrecklich, meinte,

noch nie etwas so Außergewöhnliches, so Kluges gesehen zu haben. Etwas so Brutales. Oder so Eindringliches.

Sie sah sich um. Keiner applaudierte. Ein paar im Publikum setzten sich anders hin, andere redeten mit ihren Begleitern. Am liebsten hätte sie laut gerufen: *Hey, ihr habt doch gerade etwas Geniales gesehen.*

Dann begriff sie, dass die Bedingung beim Betrachten dessen, was sie gerade gesehen hatten, in der Stille lag und die Menschen um sie herum in Subversion bewandert waren.

»Geht's dir gut?«

Tomas schob sich zu ihr auf die Bank. Als Antwort darauf streckte sie beide Hände vor sich aus, die noch zitterten wie in einem Nachbeben. Er ergriff sie, hielt sie fest, sodass sie sich nicht mehr bewegten. Nach einer Weile beugte er sich vor und küsste ihre Hände.

Dann gingen die Vorhänge auf, und die Ouvertüre zu *Don Giovanni* erklang.

Am folgenden Tag klopfte Laure an die Tür des Esszimmers, wo Eva und Petr das Abendessen zu sich nahmen, und teilte ihnen mit, dass sie ihr Angebot, in Prag zu bleiben, annahm.

»Bist du dir sicher?« Eva stieß einen ihrer verstörenden Lacher aus.

»Ja, ich habe mit meiner Mutter vereinbart, dass sie mir Bücher von der Leseliste schickt, damit ich mich auf nächstes Jahr vorbereiten kann.«

Petr wachte über diese Unterhaltung. Laure war sich nicht sicher, dachte aber, sie würde einen Hauch Zufriedenheit in seinen dunklen Augen sehen, als sie ihnen von ihren Plänen erzählte, an zwei Abenden pro Woche im Marionettentheater zu arbeiten. »Wenn das für Sie in Ordnung ist«, fügte sie hastig hinzu.

Petrs Antwort ließ einen winzigen Zweifel zu. »Ich rate dir sehr dazu, das nicht zu tun.«

Zwar wollte er nicht, dass sie das machte, gleichzeitig hielt er sie nicht davon ab – was er durchaus hätte tun können. Warum? Vielleicht wollte er ja, dass sie im Theater arbeitete, damit er sie befragen konnte, was dort vor sich ging?

Sie vermutete, dass sie langsam zu einer guten Schülerin wurde, dass sie die »Sprache« dieses Landes schnell erlernte.

Eine erschöpft aussehende Eva schob ihren Teller von sich. »Du musst wissen, dass wir dir nicht helfen können, wenn du Schwierigkeiten bekommst.« Sie stand auf. »Ich verabschiede mich, gute Nacht.«

Laure wollte das Geschirr abräumen, aber Petr bedeutete ihr, sich auf Evas leeren Stuhl zu setzen. Er stützte die Ellenbogen auf dem Tisch auf und fing an, über die Kinder zu sprechen, das Wetter, über Sehenswürdigkeiten, die er in Paris gesehen hatte. Über alles außer über Laures Beschäftigung im Marionettentheater.

Der Himmel wurde dunkler, und eine Gruppe Tauben stolzierte über das Dach vor dem Fenster. Petr zündete sich eine Zigarette an. Eine willkommene Frische drängte herein.

Laure entspannte sich. Sie war wieder einmal an dem Punkt angelangt, an dem sie – unbeabsichtigt – versuchte, in die Rolle der Frau des Hauses zu schlüpfen. Es machte Spaß, sich das vorzustellen, und war absoluter Schwachsinn. Petr rauchte schweigend, sah hin und wieder aus halb geschlossenen Augenlidern zu ihr. »Wusstest du, dass mein Lieblingsbuch auf Englisch *Puh der Bär* ist? Es spricht uns Tschechen an, weil es so absurd ist. Und lustig. Wir verstehen diese Mischung. Und es ist leichter zu bekommen als viele andere Veröffentlichungen.«

»Das muss so schrecklich sein«, sagte sie, ohne nachzudenken. »Nicht das lesen zu können, was man gern lesen würde.«

Petr warf einen schnellen Blick an die Decke, als ginge er davon aus, dass die Deckenleiste verwanzt war. »Was ist dein Lieblingsbuch?« Er stand auf, nahm eine Scheibe Brot aus dem Brotkorb und ging damit zum Fenster.

Laure dachte über eine flapsige Antwort nach: *Alles, was von Sex, Drogen und Rock 'n' Roll handelt.* »Ich weiß es nicht.«

Er musterte Laure. »Willst du die Tauben füttern? Eva mag es nicht, wenn ich das mache, weil sie sie als Plage betrachtet. Was sie auch sind. Aber eine nette Plage.« Er riss ein Stück von dem Brot ab und hielt es ihr auf der ausgestreckten Hand hin. Sie warf es in Richtung der Vögel, verfehlte diese jedoch, und die Krume rollte das Dach hinunter in die Regenrinne.

»Du bist nicht gut«, neckte Petr sie. Er warf eine zweite Krume. Dieses Mal pickte eine Taube danach, während eine kleinere Taube mit flatternden Flügeln dagegen aufbegehrte. »Die gehört mir, denk ich mal«, sagte Laure und warf ihr eine Brotkrume zu. Ein gelber Schnabel stieß nach unten.

»Gleichstand«, sagte sie.

Er lächelte. »Stimmt. Du bist dran.«

Sie standen einvernehmlich am Fenster und warfen den Tauben, die ihr Glück kaum fassen konnten, Krumen hin. Zwei für Petr. Drei für Laure, die sich für die kleine Taube mit der leicht pinken Färbung der Flügel einsetzte. »Das ist seine Lady«, sagte sie. »Sie heißt Tina Turner.«

»Meiner heißt Karl Marx«, sagte Petr.

»Meine Kultur gegen Ihre.«

»Wenn du so willst.« Lächelnd drehte er sich zu Laure um.

»Fällt Ihnen etwas auf?« Er schüttelte den Kopf. »Sie sind beide gleichermaßen gierig«, sagte sie.

Petr lachte. Nach einem Moment fiel Laure in sein Lachen ein.

Mit einem Flügelschlagen flogen die gesättigten Tauben auf. Laure und Petr blieben am Fenster stehen, sahen zur dunkler werdenden Stadt hinunter, während kühlere Luft über ihre Gesichter wehte.

»Siehst du die Gebäude da?« Er zeigte auf die Dächer, Kuppeln und Türmchen, die das Stadtbild ausmachten. »Einige davon waren Paläste, manche Stadthäuser von Aristokraten. Manche gehörten reichen Händlern.«

»Jetzt nicht mehr?«

»Nein, all das ist vorbei.« Nach einem Moment fügte er hinzu: »Ich weiß, dass du annimmst, ich würde das privilegierte Leben leben, das den Menschen da draußen verwehrt wird.«

War sie mutig genug, ihn zu fragen: *Wie kommt es, dass Sie in diesem wunderschönen, beschlagnahmten Haus leben?* Aber das war sie nicht, sie sagte nichts. Es war egal, denn sie war sich ziemlich sicher, dass er wusste, was sie dachte. Sie sah ihn mit zusammengekniffenen Augen an. Außerdem war sie sich ziemlich sicher, dass er sich dieselbe Frage schon gestellt hatte.

»Es ist nett, dass du mir Gesellschaft leistest«, sagte er schließlich. »Du erinnerst mich an …« Er verstummte.

Laure hatte das Gefühl, es wäre höflich zu fragen: »An wen?«

»An mich«, sagte Petr. »Vor sehr langer Zeit.«

13

Sie machte es sich zur Aufgabe, jeden Winkel des Gebäudes, in dem das Marionettentheater untergebracht war, zu erforschen. Obwohl es gut proportioniert und mit vielen Fenstern versehen war, hatte es auch seine dunklen Ecken und Schatten. Schmutz überzog fast alle Oberflächen und säumte die Fensterrahmen und Gesimse. In den meisten Räumen standen keine Möbel. In manchen lagen Matratzen und Schlafsäcke, die nach nicht gelüfteter Kleidung, Sex und verschüttetem Alkohol rochen. Hinter der Bühne gab es ein ganzes Gewirr von Räumen, darunter auch den, der als Küche und Aufenthaltsraum diente. Der Gang, der vom Zuschauerraum dorthin führte, war mit gesprungenen Spiegeln versehen, wodurch jegliche Spiegelung gebrochen reflektiert wurde.

Wenn du hierherkommst, darfst du niemals etwas von dem, was hier passiert, weitererzählen. Das ist ein Versprechen, das du uns geben musst, hatte Tomas gesagt.

Der zweite Stock wurde von *Anatomie* genutzt, die hier ihre Instrumente – zwei Gitarren, ein Schlagzeug, ein Keyboard und einen kostbaren Verstärker – aufbewahrten. »Der wird wie ein Neugeborenes behandelt«, sagte Milos, »weil man ihn unmöglich ersetzen kann.«

Welche Gitarre gehörte Tomas? Sie sehnte sich danach, sie zu berühren, ging aber weiter nach oben in den Speicher, setzte ihre Füße in die ausgetretenen Stufen der Treppe. Irgendwann musste sie sich mit einer Hand an der

Wand abstützen, um das Gleichgewicht nicht zu verlieren. Dort war es warm und feucht, und sie hatte das eigenartige Gefühl, als würde sie in eine andere Zeit versetzt.

Ohne nennenswerte Probleme – zumindest machte es diesen Eindruck – wurde Laure in das Leben der Truppe aufgenommen. In der Theaterkluft – schwarze Jeans und schwarzes T-Shirt – pilgerte sie zweimal pro Woche zum Altstädter Ring, kochte Tee, putzte und machte den Einlass.

Wie Tomas vorhergesagt hatte, wechselte Lucia so wenig Worte wie möglich mit Laure, aber Milos hatte sich zu ihrem Tutor ernannt, und ihm gefiel diese Rolle. »Ich darf nicht reisen«, sagte er, »also musst du mir alles über fremde Orte und Dinge erzählen.« Ihm fehlten ein paar Vorderzähne, und er hatte sich angewöhnt, die Oberlippe über die Unterlippe zu ziehen, um die Zahnlücken zu verdecken, weshalb Laure ganz beschämt war, so viele gute Zähne zu haben.

Einmal traf sie früher ein und stellte fest, dass im Zuschauerraum ein Treffen abgehalten wurde. Ein Mann bewachte den Eingang und ließ sie nicht eintreten. Er winkte sie weiter in den Bereich hinter der Bühne. Die Doppeltür stand einen Spaltbreit offen, so erhaschte sie einen Blick auf eine Gruppe von etwa zwanzig schwarz gekleideten Leuten, die wie besessen rauchten und sich um eine Gestalt versammelt hatten, die ein Dokument tippte.

Gehorsam verzog sie sich hinter die Bühne und erwähnte nicht, was sie gesehen hatte. Bis es Zeit für die Aufführung war, hatte sich das Treffen aufgelöst.

Tomas war auf Abstand gegangen.

Würde er kommen oder nicht? Sie hatte die fürchterliche Vorahnung, dass er mit ihr gespielt hatte oder, schlimmer noch, dass er sie vergessen hatte, und auf wahnsinnige, unvernünftige Weise war sie eifersüchtig auf die Leute, die bei ihm waren. Doch als er eines Abends wiederauftauchte und ihr sagte, sie solle ihre Tasche holen, weil er sie zum Essen ausführen wolle, irritierte sie seine Überheblichkeit.

Das spürte er. »Vergib mir, Laure, ja?«

Ihre Antwort kam etwas steif heraus. »Es gibt nichts, was ich vergeben müsste.«

Er legte ihr eine Hand auf die Schulter – ihre Schulter brannte. »Ich war bei Leo. Er hatte eine ziemliche Krise. Wegen einer Frau.«

Sie gingen zu einem Lokal in der Malá Strana, das er kannte, und als sie über die Karlsbrücke liefen, sagte er: »Du hast die Stadt noch nicht richtig erkundet, oder?« Sie schüttelte den Kopf. Er zeigte auf eine Statue. »Der heilige Johannes Nepomuk. Er war ein … wie heißt das gleich noch mal? Ein Märtyrer. Er wurde in den Fluss geworfen, weil er seinen Glauben nicht aufgeben wollte. Die Leute berühren ihn, damit er ihnen Glück bringt.«

Das Restaurant war sehr bescheiden, es verdiente diese Bezeichnung kaum, denn es war nur ein kleiner Raum im hinteren Bereich eines Ladens, der Lederwaren verkaufte. Doch von dort ging es hinaus zu einem kleinen Garten, in dem Tische mit braunen Papierdecken standen, die von den vorherigen Gästen schon ganz fleckig waren.

Tomas sah auf das Bierglas, das vor ihm stand. »Ich weiß nicht, wie ich das sagen soll, aber ich fürchte, du musst deinen Teil selbst bezahlen.« Reumütig sah er sie an. »Ich wünschte, dem wäre nicht so, aber einen Musiker wie mich lässt man nicht viel Geld verdienen.«

Die Beichte und die Demütigung trafen sie mitten ins Herz. »Das ist egal.«

»Ist es nicht. Wir werden als dekadent betrachtet, und

der Staat sorgt dafür, dass wir nicht zu viel Geld verdienen. Wäre ich ein Bergarbeiter, wäre das anders, auch wenn man als Bergarbeiter nicht so produktiv ist. Aber mach dir keine Sorgen um uns, und bemitleide uns nicht. Wir wissen, wie man damit klarkommt.«

Eingehend betrachtete er sie.

Sie beugte sich nach vorn und fragte leise: »Ist es sicher, hier darüber zu sprechen?«

Wieder einmal zog er eine Augenbraue hoch. »Was denkst du, warum wir wohl draußen essen?«

Sie zog den Kopf ein. »Ich schäme mich für meine Ahnungslosigkeit.«

»Das musst du nicht.«

Seine Stimme war wie ein Streicheln. Es fiel ihr schwer, normal zu atmen, und um den Pfad der Tugend nicht zu verlassen, bohrte sie einen Fingernagel in die weiche Seite ihres Daumens.

»Nach den stürmischen Zeiten durchlebt die Tschechoslowakei jetzt die *normalizáce*, was…«, Tomas seufzte schwer, »nicht so nett ist, wie es sich anhört.«

Sie dachte daran, wie wenig sie doch wusste und dass sie unbedingt rasch mehr herausfinden sollte.

»Sieh dir den Kellner an«, sagte Tomas.

Folgsam wanderte ihr Blick durch den warmen, schattigen Garten zu einem gebeugten, älteren Herrn, der sparsam Essen auf Teller verteilte.

»Früher war er der respektierte und erfolgreiche Leiter einer Oberschule. Dann hat er einen Fehler gemacht.« Laures Augen wurden weit. »Man warf ihm vor, die Grabrede bei der Beerdigung eines bekannten Regimekritikers gehalten zu haben. Sein Vertrag wurde sofort gekündigt und…« Tomas schnipste mit den Fingern. »Damit galt er als nicht einstellbar, und daran wird sich für den Rest seines Lebens nichts ändern. Und so schlägt er sich hiermit durch. Taucht jemand von der Regierung hier auf, versteckt er sich in der Küche.«

Laure fragte sich, ob Tomas ihr das alles erzählen sollte, schließlich kannten sie sich doch noch gar nicht so lange.

Die Suppe wurde vor sie hingestellt, und Tomas griff zum Löffel. »Die eigentliche Frage lautet aber: Ist er glücklich?« Mit einer Ecke der papiernen Tischdecke verscheuchte er eine Fliege, die es auf seine Schale abgesehen hatte.

Laure versuchte, diese Frage mit all ihren Konsequenzen gedanklich durchzugehen, wusste aber, dass ihr das klare Denken abhandenkam. »Ich weiß es nicht«, antwortete sie. »Ist er das?«

»Früher wäre er in der Bartolomějská-Straße, im Gebäude der Staatssicherheit, eingebuchtet, zusammengeschlagen und vermutlich ermordet worden. Heutzutage ist die Herangehensweise etwas subtiler, dagegen kann nichts getan werden. Aber er wird niemals ein besseres Leben haben. Das ist ganz unmöglich.«

»Dann muss er Berufung einlegen«, flüsterte sie. »Auf jeden Fall.«

»Hier ist das, was die Obrigkeit schreibt, die Wahrheit, auch wenn alle wissen, dass es falsch ist, inklusive der Obrigkeit selbst.«

Laure bekam nicht viel Suppe herunter. Sie legte den Löffel weg, warf einen verstohlenen Blick in den Garten, der sich mit Gästen gefüllt hatte. Nachdem Tomas seine Schale leer gegessen hatte, griff er nach ihrer halb leeren Schale. »Kann ich?«

»Du kannst«, sagte sie neckend, »und du darfst auch.« Sie war sich nicht sicher, ob er ihre linguistische Haarspalterei wirklich zu schätzen wusste. Egal.

Ohne aufzusehen, sagte Tomas: »Wir werden beobachtet. Wenn er zu uns an den Tisch kommt, dann überlass mir das Reden.«

»Woher weißt du das?«

»Das ist hier so«, sagte Tomas nüchtern. »Häufig.«

Der Eintopf, der als Nächstes kam, war sehr viel besser, und Laure ließ ihn sich schmecken. »Sind da Wacholderbeeren drin?«

Bevor Tomas antworten konnte, trat ein Mann näher und beugte sich über sie. Er war älter, aber sein Gesicht wirkte unverbraucht und ganz entspannt. Gekleidet war er fast vollständig in Grau.

Er sagte etwas auf Tschechisch, und Laure hörte die Worte »Tomas« und »Anatomie« heraus. Tomas sah von seinem Teller auf. »Können wir für meine Begleitung hier Englisch sprechen?«

Ohne zu zögern, wechselte der Mann in ein Englisch mit starkem Akzent. »Sie müssen Tomas von *Anatomie* sein.« Tomas nickte, und der Mann wandte sich an Laure. »Und Sie sind?«

Tomas stellte Laure vor und erwähnte, dass sie bei den Kobes arbeitete. Der Fremde warf nur einen kurzen Blick auf Laure, dennoch hatte sie das Gefühl, als hätte er jedes Detail in sich aufgenommen.

»Sie sind sehr gut«, sagte er. »Ich habe versucht, eine Ihrer Aufnahmen zu bekommen, aber das ist mehr als schwierig.«

Laure kam sein Englisch sehr düster vor.

Tomas bedachte ihn mit dem, was Laure als sein professionelles, charmantes Lächeln betrachtete, das dazu diente, sein Opfer wehrlos zu machen. »Da müssten Sie schon sehr gewieft sein, schließlich ist es den Läden verboten, sie zu verkaufen.«

»Wie schade.« Kurzerhand nahm der Mann Platz. »Ich bin Major Hasík.«

Der ältere Kellner war verschwunden, und die Menschen um ihren Tisch hatten sich verzogen.

»Arbeiten Sie an neuen Songs? Anscheinend sind ein paar Titel in Frankreich gespielt worden. Habe ich recht? Mir wurde gesagt, aber vielleicht irre ich mich da, dass sich ein paar Texte über dieses Land lustig machen.«

»Tatsächlich?«, meinte Tomas.

»Tatsächlich. Das ist vielleicht keine besonders gute Idee?« Er verlagerte sein Gewicht auf dem Stuhl. »Ich nehme an, Sie fahren gern aufs Land. Das ist so gesund. Gehen Sie Pilze suchen? Da, wo ich hinfahre, sind die Wälder leer geräumt. Ich weiß immer gern, wo man gute Sachen herbekommt.« Er zog eine Karte aus seiner Hosentasche und legte sie auf den Tisch. »Melden Sie sich bitte bei mir, sollten Sie welche finden. Ich würde das sehr gern wissen.«

Tomas sah sich die Karte kaum an. »Bei mir wurde die Telefonleitung abgestellt.«

»Sollten Sie das nicht richten lassen?«

»Mir wurde gesagt, es kann nicht gerichtet werden.«

Major Hasík erhob sich. »Eigenartig. Warum melden Sie sich nicht bei mir, und ich sehe zu, was ich tun kann?« Sein Lächeln war freundlich und hilfsbereit. »Ich fürchte, die Leute in diesem Land wollen nicht richtig arbeiten, also behaupten sie immer, man könne die Dinge nicht in Ordnung bringen. Ich kenne jemanden, der in der Kommunikation arbeitet und helfen kann.«

»Machen Sie sich nicht die Mühe«, sagte Tomas. »Ich finde es entspannter, kein Telefon zu haben.«

Laure sah dem Mann nach, als er wieder ging. »Woher wusstest du, dass er Englisch spricht?«

»Das tun sie oft. Gehört zum Handwerkszeug.«

Sie blieben nicht mehr lange, nachdem Major Hasík gegangen war. Laure gab Tomas alles Geld, das sie bei sich hatte, und er kam für den Rest auf. »Süße, entzückende, großzügige Laure«, sagte er. »Eines Tages werde ich dasselbe für dich machen.«

Nachdem er bezahlt hatte, fasste er sie am Ellenbogen und führte sie nach unten zum Fluss, wo sie am Ufer entlanggingen.

Ein paar Cafés schlossen gerade. Der Geruch von Sommerwasser zog vom Fluss herauf, als Tomas sie küsste und dabei eine Hand auf ihre Brust legte. Überrascht darüber, wie heftig ihre Reaktion ausfiel, presste sie sich an seinen schmalen Oberkörper.

Sie fühlte … sie fühlte … was eigentlich? Sehr vorsichtig strich Tomas mit dem Daumen über eines ihrer geschlossenen Augenlider und murmelte etwas auf Tschechisch. Ihre Haut brannte, und sie wusste, dass sie sich auf etwas einließ, das politisch und sexy und überaus kompliziert war – und ihr Herz jubilierte bei dieser Vorstellung.

Auf dem Weg zur Wohnung der Kobes fragte Tomas, ob sie ein Bankkonto in England habe und ob es funktioniere. Das tue es, antwortete sie und beschrieb Brymptons überall präsente Bank mit den eingepflanzten Geranien davor sowie die Bankschalterbeamtinnen mit ihren weißen Blusen und dem grell leuchtenden Lippenstift.

»Niemand beobachtet dich, wenn du hineingehst?«

»Natürlich nicht.«

»Du könntest Geld einzahlen oder abheben, ohne dass dir jemand Fragen stellt?«

»Für gewöhnlich ja, das ist eine völlig private Angelegenheit. Warum willst du das wissen?«

»Stelle ich zu viele Fragen?«

»Nein.«

Er griff nach ihrer Hand. »Sei vorsichtig, süße Laure. Ich könnte ein Informant sein.«

Sie stieß ein unbehagliches Lachen aus. »Daran habe ich keine Sekunde lang gedacht.«

Tomas lachte ebenfalls. »Du hast soeben bewiesen, dass du keine Tschechin bist.«

»Oder eine Slowakin?«

»Slowaken sind Slowaken.« Er blieb stehen. »Sieh mich an, Laure. Was siehst du?«

»Jemanden, der die Hälfte meines Abendessens verschlungen hat.«

Vor vielen Monaten war das Verlangen nach Rob Dance stark und dringlich gewesen, doch die Emotionen, die sie damals hatte, waren nichts im Vergleich zu denen, die sie jetzt verzehrten.

Tomas' Hände schwebten über ihren Schultern, als könnte *er* die Hände nicht von ihr lassen. »Glaubst du, was du da siehst?«

»Muss ich?« Vertraute sie ihren eigenen Antworten? »Ja.« Sie schluckte. »Wie alt bist du, Tomas?«

»Siebenundzwanzig.«

Er wirkte älter.

»Und du?«

»Zwanzig.«

Er lächelte, kam näher. Sie atmete den Geruch nach Tabak und frischem männlichem Schweiß ein, ihr Herz machte einen Satz, und ihre Sinne flammten auf.

Das nächste Mal tauchte Tomas kurz vor einer frühen Abendvorstellung im Theater auf.

In der Zwischenzeit hatte Laure unablässig an ihn gedacht – weshalb sie sauer auf sich selbst war, sie wollte ihren Gefühlen nicht ausgeliefert sein. Sie wollte nicht nach Tomas Ausschau halten wie ein liebeskranker Teenager. Oder immer unter Hochspannung stehen, sobald er in ihrer Nähe war. Sie wollte ihre Freizeit nicht damit zubringen, sich jedes physische Merkmal in qualvollen Details vor Augen zu führen. Haare, Hände, die Stellung seiner Füße.

Oder seinen Mund, der so ausdrucksvoll war und so häufig lächelte. Sie anlächelte.

Laure stand im Schatten in der Nähe des Ausgangs und beobachtete die Reaktionen der Kinder, nachdem die gelben Vorhänge wieder zugezogen waren. Manche waren schweigsam, aber die meisten waren durch die Vorführung wachgerüttelt worden, und ihr aufgeregtes hohes Geplapper übertönte den Trubel und die Geräusche des im Gehen begriffenen Publikums.

Eine Hand schob sich in ihre, und sie zuckte zusammen.

»Hast du mich vermisst?«

»Vielleicht.«

»Nur vielleicht?« Seine Finger schlossen sich kräftiger um ihre Hand. »Das klingt nicht so gut.«

Sie wollte wissen, wo er gewesen war, hielt sich aber zurück. Sie wollte nicht klammern, wollte nicht das bettelnde Ding sein, das sie bei Rob Dance gewesen war.

»Ich war nicht in der Stadt«, sagte er. »Ich konnte keine Nachricht hinterlassen.«

Dann hatte er also doch an sie gedacht. Sie schluckte. »Ich war auch beschäftigt.«

»Ich will, dass du jemanden kennenlernst«, sagte er. »Kannst du mitkommen?«

»In einer Viertelstunde.«

Sobald die Marionetten verstaut und die Kostüme zusammengepackt waren, schlenderte sie zu Tomas am Eingang, wo er sich gerade mit Lucia unterhielt. Als Laure näher kam, winkte Lucia ab und ging.

Laure wandte sich an Tomas. »Wohin gehen wir?«

»Wir besuchen jemanden, den ich sehr mag.«

Hitze umfing sie, als Tomas sie durch die Straßen ins alte jüdische Viertel brachte, wo er vor dem Eingang zu einem großen Wohnblock stehen blieb. Er hatte ihr eine Hand auf den unteren Rücken gelegt und führte sie hinein. »Sag nichts«, meinte er nur. »Ich erkläre es später.«

In der Eingangshalle saß eine ältere, schwarz gekleidete

Frau an einem improvisierten Schreibtisch. Als Tomas hereinkam, hob sie den Kopf, und Laure bemerkte, dass ihr harter Blick ihnen beiden galt.

Die Hand auf Laures Rücken verkrampfte sich etwas.

»Tomas Josip«, sagte die Frau. Der Tonfall war feindselig.

Tomas führte Laure zur Treppe. »Hoch«, befahl er und überholte sie.

Laure warf rasch einen Blick zurück über die Schulter. Jetzt schrieb die Frau etwas in ein dickes Buch.

»Ich nenne sie Genossin Concierge«, raunte Tomas ihr leise über die Schulter zu, während er die Treppe hinaufhastete. »Sie herrscht über diesen Ort hier. Sie berauscht sich an ihrem Schnüffeln. Und wehe dem, der es wagt, Zigarettenasche auf die Treppe zu schnippen. Sie hält mich für einen Dekadenten.« Er keuchte leicht, während sie eine dritte, engere Treppe hinaufstapften, die zum obersten Stockwerk des Gebäudes führte. »Sie hasst mich. Ich habe versucht, ihr ein Geschenk zuzustecken, aber das hat bei ihr nicht funktioniert.«

Laure war besser in Form als Tomas und holte ihn ein. »Wünschst du dir denn nichts Besseres, als von einer alten Frau ausspioniert zu werden?«

»Pst«, er drehte sich um und hielt ihr eine Hand vor den Mund. »Pst.«

Gehorsam sprach sie leiser. »*Ich* wünsche mir etwas Besseres für dich.«

Unsicher balancierte er auf der Stufe über ihr. »Das glaube ich dir.«

»Ich weiß, dass es mich nichts angeht. Aber dennoch kann ich mir doch wünschen, dass du nicht alles und jeden bestechen musst.« Sie sah zu ihm auf. »Dass du frei bist, deine Songs zu schreiben.«

»Das ist *deine* Freiheit.«

Sie runzelte die Stirn. »Aber nicht deine.«

»Mir gefällt die Vorstellung. Ich liebe diese Vorstellung. Aber ich lebe hier.«

Starrköpfig sagte sie: »Deshalb höre ich trotzdem nicht auf, es für dich zu wollen.«

Seine Gesichtszüge wurden weicher. »Komm her.« Sie trat auf seine Stufe, und er zog sie an sich. Dann beugte sich Tomas auf dieser schmalen Treppenstufe zu ihr und küsste sie, bis sie glaubte, den Verstand zu verlieren.

Würde sie das jemals vergessen? Das Gefühl von seinen Lippen auf ihren? Dieses Ringen darum, das Gleichgewicht nicht zu verlieren? Die Treppe, die sich unter ihnen in die Tiefe schraubte?

Sie wiederholte es. »Deshalb höre ich trotzdem nicht auf, es für dich zu wollen.«

»Hör nicht auf, es zu wollen«, flüsterte er Laure zu. »Ich finde es wunderbar, wenn sich jemand um einen sorgt. Ich liebe deine Dickköpfigkeit.« Sein Mund fand die weiche Stelle unterhalb ihres Ohres. »Ich liebe deine Frische. Deine Süße. Einfach alles an dir.«

Sie legte ihm eine Hand auf den Hinterkopf, als wollte sie ihn wiegen. Wenn man vor Glück oder Gefühlen sterben konnte, dann starb sie gerade.

»Komm.« Er nahm ihre Hand und führte sie die letzten Stufen hinauf zu einer Tür, die aussah, als wäre sie erst vor Kurzem angebracht worden.

Tomas klopfte, und ein blasser Mann um die vierzig, der sichtlich an Vitaminmangel litt, öffnete die Tür. Er bat sie auf den Speicher mit einem Gang, von dem mehrere Türen abgingen.

Der Ort roch nach Krankheit – eine Mischung aus Desinfektionsmittel und Urin –, und es war dunkel und beengt.

»Das ist mein Cousin Pavel«, sagte Tomas. »Er kümmert sich um meine Großtante, die wir besuchen wollen.«

Während eines kurzen Gesprächs auf Tschechisch wurde Tomas ganz ernst. Er stellte ein paar Fragen und nahm Laure dann beiseite. »Meine Großtante ist krank geworden. Das wusste ich nicht.« Er fuhr sich mit einer Hand durch die Haare. »Es tut mir leid, aber es wäre wohl am besten, wenn du gehst. Findest du allein nach Hause?«

Sie nickte. Offensichtlich erleichtert drehte er sich zu Pavel um.

Auf dem Weg die Treppe hinunter und vorbei an der Concierge dachte Laure über die Ironie nach. Sie gehörte zu Tomas, das war etwas ganz Elementares, da war sie sich sicher. Obwohl sie sich noch nicht lange kannten, war sie sich sicher. Ziemlich sicher.

Aber sie gehörte nicht in seine Welt.

14

Berlin, 1999

In seinem Hotelzimmer am Alexanderplatz zog sich Petr Kobes mit der üblichen Sorgfalt für den abendlichen Empfang an. Anzug, hellblaues Hemd, Seidenkrawatte. Die Krawatte war aus Paris und eines seiner Lieblingsstücke.

Sein Zimmer befand sich im vierten Stock eines unlängst erbauten Hotels, wie sie seit der Vereinigung von Ost- und Westdeutschland aus dem Boden geschossen waren. Der Ausblick ging über eine städtische Landschaft, die mit alten Einschlagstellen von Bomben durchsetzt war und reizlose, ehemals kommunistische Wohnblöcke zeigte. Eine gute Sache waren die vielen gepflanzten Bäume, die sich in ihrem Winterkleid präsentierten. Berliner hatten ihm erzählt, sie seien der Ersatz für die Bäume, die während des Krieges und der Nachkriegszeit gefällt worden waren, als man schon befürchtete, in der Stadt würde niemals mehr ein Baum gedeihen.

Das Telefon neben seinem Bett klingelte, und er hob ab.

»Will nur mal hören, wie es meinem alten Herrn so geht«, sagte eine Stimme.

Das war seine Tochter, Maria, die aus Paris anrief.

Petr setzte sich auf das Bett. »Ginge das auch ohne das ›alt‹? Mit sechsundvierzig ist man doch immer noch ein Teenager.«

Sie sprachen Französisch miteinander, nicht Tschechisch, was zur Gewohnheit zwischen ihnen geworden war. Er stellte sie sich vor, war sich fast sicher, dass sie sich eine Strähne ihrer inzwischen langen Haare um den Finger wickelte, genau wie sie bestimmt eine französische Zigarette rauchte, für die sie sich inzwischen so begeisterte.

»Geht es dir gut?«, fragte er liebevoll. »Genug Geld?«

Die neunzehnjährige Maria war an der Sorbonne, studierte dort Politik und Wirtschaft, und Petr war bewusst, wie tief und unüberwindbar die Trauer seiner Tochter um ihre Mutter auch jetzt, Jahre später, noch war. Während der guten Momente umfing Evas Geist sie wie eine Erinnerung, die handhabbar, sogar angenehm war. In schlechten Momenten war sie so undurchdringlich und gnadenlos wie der Golem, der die Straßen des alten Prag heimsuchte.

»Meinst du das ernst, Dad? In Paris hat niemand genug Geld.« Ihr Tonfall veränderte sich. »Natürlich. Mir geht es gut. Vergiss nicht, dass ich anrufe, um zu fragen, wie es dir geht.« Kurzes Schweigen. »Wir nehmen in diesem Semester Kommunismus durch. Ich werde dich anrufen, um mir ein bisschen Insiderwissen zu verschaffen.«

Petr zog eine Augenbraue hoch.

»Dad, du glaubst doch noch immer daran, oder? Oder ist das alles verschwunden? Die Ideale, die Methoden, die Vorteile?«

Die Vorstellung, dass er sein Leben und seine Energie in den Dienst einer Ideologie gestellt hatte, von der man gemeinhin sagte, sie habe ihre Schwächen, machte ihn traurig und deprimiert. Aber vielleicht ging es bei Mut genau darum? Wissen, dass etwas kein gutes Ende nehmen würde, aber dennoch bereit sein, seine Zukunft dafür aufs Spiel zu setzen?

Was empfanden seine Kinder angesichts seines Lebens und seiner Arbeit? Unsicher, wo ihre heimlichen politischen Sympathien lagen, achtete er sorgsam darauf, sie nicht infrage zu stellen, für den Fall, dass Partei ergriffen werden müsste. Doch er erinnerte sich Wort für Wort an den Brief, den ihm Laure, sein ehemaliges Au-pair, nach ihrer Rückkehr nach England geschickt hatte.

»Wenn du die Freiheit des Denkens aufgibst, dann löst sich dein tatsächliches Sein Tropfen für Tropfen auf. Wenigstens das wird Tomas nicht passieren, was auch immer du mit ihm angestellt hast.«

Der Brief war bitter und unversöhnlich, und jedes Mal, wenn er darüber nachdachte, schmerzte es ihn. Doch, und auch das berührte ihn jedes Mal zutiefst, das Päckchen, mit dem sie den Brief geschickt hatte, hatte auch eine flauschige grüne Wolljacke für Eva enthalten, weil Laure wusste, wie sehr Eva diese Farbe mochte. Er konnte nicht nachvollziehen, weshalb er so gehandelt hatte, wie er gehandelt hatte, doch nachdem er den Brief aus den Klauen der Zensoren bekommen hatte, hatte er ihn vernichtet. Nicht aber die Wolljacke.

»Ich glaube noch immer an die Ziele«, antwortete er mit der brennenden Inbrunst, die einst sein Handeln befeuert hatte. »Diese sind gut und wahrhaftig. Ich bin ein Gefolgsmann, durch und durch. Das bedeutet aber nicht, dass die Partei die Notwendigkeit einer Veränderung ignorieren sollte.«

»Sehr diplomatisch ausgedrückt.«

Dieser Handel war ihm an seinem sechzehnten Geburtstag aufgenötigt worden, als er einem Fremden in einem beigefarbenen Regenmantel und einem Porkpie gegenüberstand. Fünf Minuten zuvor hatte dieser Fremde bei seinen Eltern an die Tür geklopft und mit einem Petr Kobes zu sprechen verlangt.

»Der bin ich. Und Sie sind?«

»Das ist nicht weiter wichtig.«

Ohne um Erlaubnis zu fragen, stellte der Mann seine

Aktentasche auf dem Tisch ab. Die Tasche war aus gutem Leder, sah neu aus, und Petr beäugte sie neugierig. Man bekam nicht viele solcher Taschen zu sehen. Der namenlose Besucher machte sie auf und schob Petr irgendwelche Unterlagen zu. »Das musst du lesen und unterschreiben.«

»Warum? Was steht da drin?«

Der eindringliche Blick, der ihn unter dem Porkpie musterte, sagte Petr, dass es nicht ratsam war, Fragen zu stellen.

»Du wirst für uns arbeiten«, lautete die Antwort. »Wir haben dich beobachtet und erachten dich als geeignetes Material. Mit der Unterschrift haben wir die offizielle Erlaubnis. Wir haben solche Angelegenheiten gern dokumentiert.«

»Aber ...«

»An deiner Stelle würde ich kein ›aber‹ anführen.« Der Blick des Fremden schweifte durch den Raum, der als Küche und Wohnraum diente, wanderte über die leeren Regale, den fleckigen Linoleumboden, den Gasherd mit den zwei Kochstellen, den Teekessel aus Blech und blieb schließlich an der Tür hängen, hinter der seine kranke Mutter schlief. »Du wirst die Medikamente deiner Mutter auch zukünftig noch beschaffen müssen.«

Petr antwortete noch immer nicht.

»Außerdem gehe ich nicht davon aus, dass dir der Militärdienst sehr zusagen würde«, fügte der Fremde hinzu.

Jeder in der Tschechoslowakei wusste, dass in solchen Aussagen immer eine Drohung lag, die ein ganzes Leben lang andauern konnte, und es wäre Wahnsinn, sie zu ignorieren.

Nachdem Petr unterschrieben hatte, holte der Mann ein Päckchen aus der Aktentasche. »Pralinen für deine Mutter.«

Petr starrte sie an. Er wusste nicht, wann er das letzte

Mal eine Schachtel Schweizer Pralinen gesehen hatte, und war davon ganz gefesselt. Genau darum ging es ihnen.

Der Mann gab der Pralinenschachtel einen Stups, sodass sie bis zur Mitte des Tisches rutschte und liegen blieb. Mit ihren bunten Geschenkbändern wirkte sie irgendwie fehl am Platz. »Wir werden dich weiter beobachten«, sagte er.

Er packte die Unterlagen zurück in die Tasche und verschwand so unauffällig, wie er aufgetaucht war, den Plan für Petrs Zukunft bei sich.

Wie aufs Stichwort ging die Tür zum Schlafzimmer seiner Mutter auf. »Ich wusste, dass sie früher oder später vorbeikommen.«

Eine Vermutung keimte in ihm auf.

Petr sprang vom Stuhl auf und half ihr, sich zu setzen. Sie war einmal eine wunderschöne Frau gewesen – und war es noch, aber ihre Erfahrungen in einem Gefangenenlager der Nazis während des Zweiten Weltkriegs hatten ein körperliches Wrack mit unsicherem Gang aus ihr gemacht. Er kniete sich neben sie. »Hast du das veranlasst?«

Sie legte die Hände an sein Gesicht. Da sie einige Zähne im Lager verloren hatte, lächelte sie nur selten, aber in diesem Moment gestand sie sich ein Lächeln zu. »Mein Junge.« Ihre Worte, die von Liebe und Zärtlichkeit durchdrungen waren, umfingen ihn in einer warmen Umarmung. »Das ist das Beste, was dir passieren kann.«

Irgendwie – wer wusste, wie – hatte sie ein Parfum in die Finger bekommen, und er roch den schwachen, veilchenhaften Duft an ihren Handgelenken, den er für immer mit ihr verbinden würde. »Woher weißt du, was am besten für mich ist?«

Er kannte seine Mutter. Sie war seit dem Niedergang des Faschismus davon überzeugt, dass sie gut daran getan hatte, sich für die kommunistischen Werte zu entscheiden und ihr Leben daran auszurichten. »Kommunismus ist der moralisch gangbare Weg, der einzige Weg. Es ist die einzige Möglichkeit, wie man etwas Gutes erreichen kann.« Sie ließ seinen Kopf los, legte ihm eine Hand auf die Schulter. »Ich kenne dich so gut, Petr. Du musst auf deine Gedanken und dein Verlangen achtgeben. Solltest du herausfinden, dass es eine Kluft zwischen den Geboten der Partei und deinen eigenen Wünschen gibt, dann musst du bereit sein, sie hintanzustellen. Betrachte sie als eine bourgeoise Schwäche.«

Er dachte an die indirekte Drohung hinsichtlich ihrer Medikamente. »Das sind Tyrannen.«

Eindringlich und mit wildem Blick sah sie ihn an. »Sie werden sich um dich kümmern.«

Petr wusste seit Langem, dass es so sein würde. Ein stechender Schmerz durchzuckte ihn – weil er etwas Unersetzliches loslassen musste: die Freiheit, selbst zu wählen. »Das hat seinen Preis, denke ich.«

Sie schüttelte den Kopf. »Nicht so sehr.«

»Du hast mich als praktisches Päckchen angeboten.«

Er ahnte, was als Nächstes kommen würde. Die verkrüppelten, verdrehten Beine unter ihrem geflickten Rock, der mindestens fünfzehn Jahre alt war, zitterten. »Du musst immer daran denken, dass der Kommunismus das absolute Gegenteil des Nazismus ist, und du darfst niemals daran zweifeln. Nur an dir selbst.«

Er wusste es, sein Vater wusste es, und sie wusste es – der psychologische und physische Schaden, den sie erlitten hatte, hatte nicht nur ihre Gesundheit zerstört, sondern machte es ihr auch schwer, gut von Menschen zu denken.

»Manchmal«, sagte sie über diese Erinnerungen und ihre Konsequenzen, »kann ich nicht dagegen ankämpfen. Aber sie bringen mich nicht um.« Doch in gewisser Hinsicht hatten sie genau das getan.

Ihr entging Petrs Besorgnis nicht. »Mach dir keine Sorgen.«

Also hatte er seiner Mutter in diesem Augenblick, verstrickt in seine Liebe und ein noch stärkeres Mitleid, zugestanden, ihm die Freiheit zu nehmen, eigene Entscheidungen zu treffen.

In dem winzigen Raum, der ihm als Zimmer diente und nach feuchter Fäulnis und dem Ergebnis von verstohlenem Wichsen roch, verbrachte er eine schlaflose Nacht. Irgendwann wanderte eine Hand in seinen Schritt, aber er verkniff es sich. Er musste sich um Kontrolle bemühen, die Flamme der Rebellion unterdrücken und einen Plan erstellen. Im Morgengrauen ging ihm auf, dass seine Zukunft niemals anders gewesen wäre und er wohl am besten aus der Not eine Tugend machte. Im Bewusstsein seines Schicksals wäre er umso mächtiger, effizienter und insofern vielleicht auch freier.

Seine Aufgabe war es zu glauben – und genau das würde er tun.

Sobald er die Entscheidung gefällt hatte, schlief er ein.

Der Staat kümmerte sich um Petr, im Gegenzug dazu erlernte er perfekt, was vonnöten war.

Die *Státní Bezpečnost*, die StB, trainierte ihn für Geheimdienstoperationen und Infiltrationen. Diese Methoden mussten angewandt werden, wo auch immer Geheimagenten stationiert wurden, in der Industrie, Medizin oder Politik. Oder aber auch als einfache Ladenbesitzer.

Halte den Mund, und lehne dich niemals zu weit aus dem Fenster.

Versteh dein feindliches Ziel, und präge dir alle Details ein. Dessen Laster, die Lieblingszeitung, die Schuhgröße, die Marke der Zahnpasta.

Den Ausgewählten wurde beigebracht, wie sie in den Denkvorgang ihrer Zielpersonen eintauchten, ihre Schwächen ausmachten und ihre Psychodramen verstanden. Der Trick bestand darin, niemals so tief einzutauchen, dass man Mitgefühl bekam. *Sieh in einer weinenden Hausfrau, der man aufgetragen hat, ihren Sohn zu bespitzeln, niemals etwas anderes als eine nützliche Nummer.* Während der Ausbildung wurden sie vor den Gefahren der Übertragung gewarnt.

»Lernt ihren Geruch kennen«, sagte ein Ausbilder, der ein wirklich fieser Kerl war. »Wo gehen sie etwas trinken, wo haben sie Sex, wo gehen ihre Kinder zur Schule.«

Er zeigte ihnen einen Film, eine körnige, flackernde Abfolge von Aufnahmen einer jungen Mutter, die zu einem Wrack wurde, weil die Reifen ihres Fahrrads immer platt waren. Sie wusste nicht, ob sie einfach Pech hatte oder ob man sie deshalb schikanierte, weil sie eine verbotene Zeitung abonniert hatte, was tatsächlich der Fall war.

»Sehr einfach«, sagte der Tyrann. »*Sehr* einfach.«

Petr hatte seinen Eltern niemals etwas von seiner Arbeit erzählt. Ein paarmal dachte er, sein Vater stünde kurz davor, ihm eine Frage zu stellen, aber jedes Mal gelang es seiner Mutter mit ihrem sechsten Sinn, das noch einmal abzuwenden. Somit blieben seine Eltern im Unwissen über die angewandten Methoden für Infiltration, Überwachung und Manipulation derjenigen, die die Machthaber anvisierten. Oder über die Methoden, die vonnöten waren, um politisch Andersdenkende, die in den Westen geflohen waren, dort wieder herauszuschleusen und sie dann zu Hause auszuquetschen.

Mit zwanzig hatte er eine Juniorstelle als Handelsvertreter der westeuropäischen Abteilung für Potio Pharma inne, eine Stellung, die es ihm erlaubte, den Bedarf der Tschechoslowakei nach starker fremdländische Währung zu nutzen und, ebenso wichtig, Industriespionage zu betreiben, worin er ein Experte wurde. Abgesichert durch seinen Status, sofern das im Rahmen der aktuellen Regierung möglich war, heiratete er Eva und bekam Kinder.

Er dachte an das zahnlose Lächeln seiner Mutter und ihr leidenschaftliches Brennen. »Das Problem mit deiner Mutter«, hatte Eva einmal gesagt – es war einer ihrer guten Tage gewesen –, »besteht darin, dass sie sich schuldig fühlt, das Lager überlebt zu haben. Sich zur Fanatikerin zu entwickeln ist ihre Art, damit fertigzuwerden.« Da sie älter war als er, hielt Eva sich auch für weiser, und in mancherlei Hinsicht war sie das auch. »Wenn wir alles, worum wir uns sorgen, für ein politisches System opfern und erwarten, dass andere dasselbe tun«, hatte sie ihn gewarnt, »dann werden wir wie die Nazis.«

Die Samtene Revolution fand 1989 statt, das kommunistische Regime wurde aufgelöst und kam in Verruf. Seine Eltern waren seit Langem tot, hatten bis zum Schluss verbissen an ihren Überzeugungen festgehalten. Kurz darauf war Petr zum CEO von Potio Pharma ernannt worden, und in dieser Funktion war er momentan in Berlin.

Er überprüfte den Sitz seiner Krawatte im Spiegel und kämmte die Haare nach hinten.

Ihn überraschte es immer ein wenig, dass er nicht anders aussah.

Mutter? Eva? Was würdet ihr jetzt von dem Sohn und Ehemann, von dem braven Gefolgsmann halten, der durch und durch Kapitalist geworden war?

Die Kälte draußen war beißend, der Wind ein Teufel, der sich durch Petrs Kragen kämpfte und die verschiedenen Schichten, die er anhatte, durchdrang.

Er bat den Portier, ihm ein Taxi zu rufen. Dankbar setzte er sich in das warme Auto und dachte über die Bruchlinien dieser seit einigen Jahren wiedervereinten Stadt nach. Die Mauer war zerstückelt worden, Teile davon wurden auf der ganzen Welt als Souvenir in Keksdosen aufbewahrt, und ein geteiltes Deutschland hatte sich mit sich selbst vermählt. *Ossiland* und *Wessiland* waren zu Mann und Frau erklärt worden.

Eine romantische Verbindung… aber nicht ohne Probleme. Eigentlich war das kommunistische Regime Ostdeutschlands beendet, doch wie Petr aus seinem eigenen Land nur zu gut wusste, war dem nicht so. Wie der Leichnam eines Ermordeten hatte es überall seine DNA hinterlassen, und genau wie in Prag blieben Wut, Spannungen und Ressentiments zurück, mit denen man fertigwerden musste.

In seinem Bericht für den Vorstand von Potio Pharma schrieb Petr: »Es wurde nicht genau analysiert, inwiefern die Intensität, die Furcht und die Unwirklichkeit eines wahr gewordenen Traumes selbst die am praktischsten veranlagten Menschen destabilisieren können – und die Deutschen sind ein sehr praktisch veranlagtes Volk.«

Er war zur Erkundung in Berlin, um die Beziehungen zwischen der neuen tschechischen Republik und möglichen Handelspartnern zu prüfen. Der Empfang, zu dem er geladen war, war die Idee einer Gruppe ostdeutscher Industriebarone, die westliche Unternehmen dazu überreden wollten, ihre Firmen im Osten anzusiedeln. Dort könnten sie ihre westlichen Konkurrenten mit dem dort vorherrschenden Arbeiterüberfluss, absoluten Niedriglöhnen und billigen Immobilien ganz fröhlich unterbieten.

Nicht jeder teilte diese Meinung. »Der Osten wird zur verlängerten Werkbank des Westens«, hatte ein vergrämter ehemaliger Parteivorsitzender angeblich dazu gesagt. Im Gegenzug würde der *Wessi* versuchen, jeglichen Geheimdienstmitarbeiter, den er in die Finger bekam und der mit Informationen über die Russen aufwarten konnte, in die Mangel zu nehmen oder auf seine Seite zu ziehen – was auch immer einfacher wäre.

Allerdings hatten alle ihre Finger im Spiel, was die Neuausrichtung Europas betraf. Die Kulturattachés, unter anderem auch der britische, hatten ein Programm mit Aktivitäten erstellt, darunter ein Besuch in einer Bäckerei und in einer Motorradfabrik sowie der Empfang an diesem Abend. Wie immer handelte es sich, wie er amüsiert feststellte, um einen Mischmasch konkurrierender Interessen und Ideologien, aber er beschwerte sich nicht.

Im dichten Verkehr um den Alexanderplatz wurde das Taxi langsamer. Soweit er es beurteilen konnte, hatte sich die jüngere Generation der Berliner auf dem Platz versammelt. Restaurants und Gebäude wurden von Leuchten angestrahlt, und blinkende Flugverkehr-Warnlichter umringten den hässlichen Fernsehturm.

Nicht zum ersten Mal musste er sich eingestehen, dass das allumfassende Grau von Prag während seiner Kindheit fest in seiner Psyche verankert war. Obwohl er Westeuropa ziemlich gut kannte und auch glaubte zu verstehen, wie es funktionierte, störte ihn diese verschwenderische Beleuchtung.

Ein Großteil der Klientel auf dem Platz war betrunken oder zugedröhnt. Meist verliefen die Abende friedlich, doch er wusste nur zu gut, dass manche dieser Leute arm waren, und wenn sie noch dazu Ossis waren, dann grollten sie den Wessis vielleicht und lehnten deren Einmischung ab, was sie gefährlich machte.

Bier- und Wurststände machten ein Bombengeschäft. Eine Gruppe mit E-Gitarren schmetterte irgendwelche Schnulzen. Sie hatte Schwierigkeiten mit der Stromversorgung, und die Begleitung brach immer wieder ab. Doch das schien niemanden zu stören. Die neue Ordnung war etabliert, und sie machten mit Musik und Alkohol weiter.

Würde die Geschichte aufgeschrieben, käme heraus, wie viel beide Seiten von ihrem Staatshaushalt für Menschen und Maschinen ausgegeben hatten, mit dem Ziel, den anderen auszustechen – und in der DDR hatte die Stasi das effizienteste Überwachungssystem überhaupt entwickelt.

Während der letzten Tage der DDR hatte die Stasi versucht, Berge von Unterlagen und Akten zu vernichten, in denen Jahrzehnte der Überwachung festgehalten waren. Es wurde darüber gescherzt, dass das effizienteste Überwachungssystem weltweit darin nicht sehr effizient gewesen war. Zurückgeblieben war ein Berg Papier, aus dem – wie Petr nur zu gut wusste – ein Miasma von Gehässigkeiten, Rache und Unterdrückung aufstieg.

All das musste in der beginnenden Demokratie aufgearbeitet werden, und Teams von »Puzzlefrauen« waren an langen Tischen damit beschäftigt, Abertausende Papierschnipsel anzuordnen, mit denen sie aus den alten Fragmenten die neue Geschichte Deutschlands schreiben sollten.

Meine Frau hat bourgeoise Gedanken.

Ich verdächtige meinen Nachbarn, sich verbotene Sendungen auf Piratensendern anzuhören.

Bürger B. hat einen bekannten Regimekritiker in der Jüdenstraße getroffen.

Die staatlichen Schnüffeleien und deren Ergebnisse waren in jedem Land so ziemlich dieselben.

Der Empfang wurde im ersten Stock eines Bürogebäudes aus Beton abgehalten, in einer Straße unweit der ehemaligen Amerikanischen Botschaft im Viertel Berlin-Mitte. Die Heizung war hochgedreht, wodurch die durstigen Gäste unaufhaltsam immer betrunkener wurden. Der Raum war zu groß für die Anzahl der Gäste, und ihm fehlte jegliche Behaglichkeit. Mit Ausnahme von ein paar gerahmten Fotos von Mähdreschern auf Feldern in auffällig goldgelbem Weizen waren die Wände kahl. Die kleinen Gruppen, die auf dem bräunlichen Teppich mit dem Wirbelmuster sich selbst überlassen waren, machten nicht gerade den Eindruck, als würden sie sich amüsieren.

Petr hatte eine Gästeliste bekommen, doch noch bevor er sie durchgehen konnte, wurde er abgelenkt.

»Hallo.« Eine große, langgliedrige Frau in einem dunkelblauen Kostüm mit weißen Nähten, die aussah wie die Frau eines Botschafters, sprach Petr mit dem Selbstvertrauen des englischen Landadels an. »Ich bin Sonia.«

»Petr Kobes.«

»Kein Deutscher, denke ich mal.«

»Tscheche.«

Ihr Gesicht verströmte gute Laune und Trunkenheit. »Engländerin. Ich habe mich gerade gefragt, ob ich in einem vergangenen Leben zu sehr gesündigt habe und mich deshalb jetzt in diesem über alle Maßen deprimierenden Gebäude befinde.« Leiser sprach sie weiter. »Glauben Sie, dass ehemalige Stasi-Leute hier sind?«

»Ganz bestimmt«, antwortete er, versuchte zu erwägen, ob diese Unaufrichtigkeit ehrlich war oder nicht.

»Jemand hat meinem Mann erzählt, als der Hauptsitz der Stasi übernommen wurde, hätten sie einen internationalen Supermarkt voller Ware gefunden. Und natürlich diese schrecklichen Unterlagen über alle. Dazu eine ganze Etage, möbliert mit den teuersten Möbeln.«

»Ja, das habe ich auch gehört.« Es gelang Petr, einen Blick auf die Liste in seiner Hand zu werfen, und fast hätte er sie fallen lassen. Ein Name war ihm ins Auge gestochen.

Eine ungewöhnliche Kombination aus einem französischen Vornamen und einem englischen Nachnamen. *Laure Carlyle.*

Er war stolz darauf, jemand zu sein, der seine Gefühle

unter Kontrolle hatte, doch in diesem Moment brachte er kaum ein Wort heraus. »Würden Sie mich bitte entschuldigen?«

Sonia zuckte mit den Schultern. »Ich habe Sie erschreckt. Na dann, viel Glück in Berlin. Das hier ist nicht … es ist nicht Paris.« Sie sah sich ihn genauer an. »Um Himmels willen, Sie sehen ja ganz erschüttert aus.«

Er erwiderte nichts darauf, weil er buchstäblich nicht dazu in der Lage war.

15

Da war sie, nur wenige Schritte von ihm entfernt.

Obwohl ein Jahrzehnt vergangen war, fiel es ihm schwer, in Worte zu fassen oder zu beschreiben, was gerade mit ihm passierte, was in seinem Herz und seinem Geist vorging.

Seiner Schätzung nach müsste sie so um die dreißig sein, und von seiner Warte aus, auf der anderen Seite des Raumes, schien das auch zuzutreffen. Ihre Haare waren noch immer kastanienbraun mit einem Hauch Rot, aber sie hatte einen anderen Haarschnitt, und sie war schlanker. Ihre Haut, so leuchtend und fast durchscheinend, war jedoch das entscheidende Indiz für ihn – die hatte sich nicht verändert.

Vertieft in eine Unterhaltung mit einem ehemaligen Stasityrannen hatte sie ihn noch nicht bemerkt, und leichtsinnig – und erschreckend oder idiotisch erregt? – erlaubte er sich, seinen Blick noch einen Moment auf ihr verweilen zu lassen.

Die Hand, mit der er sein Glas festhielt, wurde zittrig, und um kurz durchzuatmen, sah er weg.

Fehler: Einer der britischen Diplomaten schlug bei ihm auf. Inzwischen war Petrs Englisch flüssig und, so lästig ihm das auch war, er ließ sich auf dieses gesellschaftliche Geplänkel ein.

»Es muss faszinierend sein, hier zu sein und mitzuerleben, wie das neue Deutschland Gestalt annimmt.«

Entweder war der Diplomat ein unglücklicher Mann, oder er verstand nichts von seinem Beruf. Nach einem merklichen Zögern sagte er: »Ja und nein.«

Falscher Mann und falscher Job, dachte Petr, ein Dilemma, für das er kein Mitgefühl hatte.

Er konnte sich nicht davon abhalten, über die Schulter des Diplomaten hinweg in Laures Richtung zu sehen. »Eine Umstellung ist immer eine Herausforderung«, sagte er schließlich.

»Ein heilloses Durcheinander, wenn Sie meine Meinung hören wollen«, lautete die Antwort.

»Ist ›heilloses Durcheinander‹ nicht ein bisschen heftig?«, fragte Petr. »Die Ostdeutschen sind praktisch veranlagt. Gewerbe und Industrie sind eher in der Lage, das Ganze ans Laufen zu bringen, als Regierungen.«

Der Diplomat starrte auf sein Glas. »Bei den meisten ist es nur Gerede. Die Ewiggestrigen der Partei leiden an der Mauer im Kopf. Sie verstehen schon … *Wall in the Head.*«

Petr entfernte sich von dem unzufriedenen Diplomaten und trat den langsamen, aber unvermeidlichen Gang Richtung Laure an, der magnetische Pol, von dem er angezogen wurde.

Ein gedrungener Mann in einem dunklen, förmlichen Anzug mit nach hinten gekämmtem blondem Haar berührte sie am Ellenbogen und nahm sie beiseite. Privatschule? Oxbridge? Ganz bestimmt dogmatisch bezüglich der Freiheiten, die der Westen genoss? Sie sprachen leise miteinander. Als sie aufsah, entdeckte sie Petr, und einen winzigen Moment lang weiteten sich ihre Augen.

Was sah sie? Natürlich nicht den sechsunddreißigjährigen Ehemann und Vater von zwei kleinen Kindern, der er vor einem Jahrzehnt gewesen war. Ihm war bewusst, dass seine Gesichtszüge in seinem jetzigen Alter schlaffer waren, seine Taille dicker und seine Schläfen ergraut.

Angst und das heikle Unterfangen, bei den politischen Veränderungen immer obenauf zu sein, hatten bestimmt ebenfalls ihren Tribut gefordert.

Die leichte Anspannung ihrer Schultern, als er näher kam, sagte ihm, dass sie ihn erwartet hatte. Sie unterbrach ihre Unterhaltung. »Petr. Lange ist's her.« Dann machte sie sie miteinander bekannt. »David, das ist Petr Kobes, der in Prag mein Chef war. Petr, das ist David Brotton, der aktuell mein Chef in der britischen Botschaft ist.« Ihre Lippen zuckten. »Chefs – darf ich vorstellen?«

Aus der Nähe sah Petr, dass sie wirklich schön geworden war. Die jüngere Laure war frisch, zerzaust und unkonventionell gewesen und hatte unvernünftig tiefe Ausschnitte und enge Jeans getragen. Jetzt war sie schlanker, ein Schatten lag über ihrem Blick, sie war vollendet und noch etwas anderes. Rätselhafter, weniger offen. Er sah auf ihre linke Hand. Kein Ring.

David Brotton, ihr Chef, hatte ganz offensichtlich Erfahrung mit solchen Begegnungen. Er streckte ihm eine kräftige Hand hin. »Angenehm.« Mit einem Blick auf Laure fragte er: »Welche Art Chef?«

»Ich war als Au-pair für Petr und seine Familie dort. Wir haben in Paris und in Prag gelebt«, sagte Laure.

Mit ziemlicher Sicherheit wusste David Brotton das bereits. Allen dreien war klar, dass Laures Geschichte völlig umgekrempelt und auf den Kopf gestellt worden war, ehe sie auch nur in die Nähe einer Anstellung in der britischen Botschaft gekommen war.

»Und sie war uns sehr willkommen. Sie war eine Lebensretterin, als meine Frau krank wurde, und blieb länger bei uns, als wir ursprünglich vereinbart hatten, um uns zu helfen.«

Mit ruhigem Blick sah er sie an. Jede Wette, dass Laure und Brotton beide Spione waren oder mit dieser Welt verkehrten. Wie die meisten anderen Länder brachte auch der britische MI6 Spione in den Botschaften unter.

»Sie ist auch hier eine Lebensretterin«, sagte David Brotton galant. »Die beste Kulturattachée, die ich je hatte.«

Ein paar Kellnerinnen liefen mit Tabletts voll Getränken herum. Sie trugen enge schwarze Kleider und Rüschenschürzen und standen unter der Aufsicht eines Mannes in einem glänzenden Anzug. Laure nahm einen Drink von einem Tablett. »Diese Kleider sehen sehr unbequem aus«, sagte sie.

»Ich nehme an, unsere Gastgeber wollten, dass sich ihre westlichen Gäste hier wohlfühlen.«

David Brotton lachte. »Und das tun wir.« Er warf einen Blick auf die beiden. »Wenn Sie mich bitte entschuldigen.«

Als sie allein waren, brauchten Petr und Laure einen Moment, ehe sie weiterredeten. Sie nahm schließlich einen Schluck des annehmbaren Gin Tonics und sagte: »*Bonjour*, Petr.«

»›Die beste Kulturattachée, die ich je hatte.‹«

»Ob du es glaubst oder nicht«, sagte sie, gefasst und professionell, nur ihre Augen ließen eine Gefühlsregung erahnen.

Wie früher sprachen sie Französisch miteinander.

»Was machst du in Berlin?«

»Ich wurde von meinem Freund Herman Ludz eingeladen. Er arbeitet für einen großen Pharmakonzern, an dem ich interessiert bin.«

Laure warf einen Blick auf einen stämmigen kahlköpfigen Mann mit violetter Krawatte, der von Gefolgsmännern umgeben war. »Ehemaliger Stasimitarbeiter«, sagte sie. »Aber das weißt du bestimmt.« Sie ließ eine Sekunde verstreichen. »Alles andere würde mich wundern.«

»Wir alle haben unsere Vergangenheit«, antwortete er.

Mit einem Nicken nahm sie das zur Kenntnis. »Ist es

nicht eigenartig, wie wenig Geschichte mit Gerechtigkeit zu tun hat? Viele ehemalige Stasimitarbeiter haben richtig gute Jobs bekommen. Marketing. Versicherung.«

»Ist das so eigenartig? Für diese Jobs benötigt man Leute, die organisiert sind. Und Verwalter. Wen sonst? Da hat man Glück, wenn eine so ausgebildete Riege das übernimmt.«

»Du warst schon immer ein sehr praktisch veranlagter Mensch.« Sie klang sehr nüchtern.

»Sollte ich das als Kompliment auffassen?«

»Fass es auf, wie du willst, aber ich nehme mal an, so arrangierst du dich in deinem Leben doch grundsätzlich mit dir selbst.«

Er hatte keine so unverhohlene Feindseligkeit oder unterschwellige Aggression erwartet, zumindest nicht so schnell. »Dem ist wohl so.«

Laure schien ihren Anstand wieder zusammenzunehmen. »Was ist mit Eva? Und den Kindern?«

»Eva ist tot.«

Das kam ihm nie leicht über die Lippen. Diese Worte enthielten Schuldgefühle und Wut über eine Ehe, die so vielversprechend gewesen war. Mit einem Mal hatte er das Gefühl, als könnte er keinen Moment länger hierbleiben, bei diesem Empfang. Oder an diesem Punkt in seinem Leben.

»Tot …!« Sie war so schockiert, dass sie stammelte.

»Nicht lange, nachdem du nach Hause zurück bist.«

Ihre gelassene Erscheinung bekam Risse. »Mein Gott, die armen Kinder. Das tut mir so leid. Schrecklich leid.«

Er hatte sich darin geübt, nüchtern darauf zu reagieren. »Die Kinder haben gelitten. Natürlich. Aber sie sind jetzt erwachsen. Jan ist in Prag und will Anwalt werden, und Maria ist an der Universität in Paris.«

»Hast du ein Foto?«

Petr holte seinen Geldbeutel heraus, klappte ihn auf und zeigte ihr ein Foto von seinem Sohn und seiner Tochter.

»Wie eigenartig, was? Es gab eine Zeit, da war ich mit jedem ihrer Atemzüge vertraut. Jetzt würde ich sie nicht wiedererkennen. Aber sie sehen gut aus.« Sie fuhr mit der Fingerspitze über ihre Gesichter. »Lebst du in Berlin?«

Da war sie: die unschuldige, höfliche Frage, die vermutlich überall im Raum gestellt wurde. Der Trick bestand darin, nur die nötigsten Informationen preiszugeben, nicht mehr. »Ich bin geschäftlich hier. Dann geht es für mich zurück nach Prag.«

Die Kellnerin mit dem Lippenstift im dunkelsten Rot und dem tiefsten Ausschnitt pflügte sich weiter verbissen durch die Menge und stieß Petrs Ellenbogen mit dem Tablett an. Laure lehnte ab, aber Petr nahm noch ein Glas.

»Es ist Zufall, dass wir uns getroffen haben.« Da lag er falsch. Es war unvermeidbar gewesen, dass er Laure traf. Das musste so sein. »Wir könnten uns doch auf einen Drink verabreden.«

Inzwischen hatte sie sich wieder im Griff. »Was, in aller Welt, lässt dich glauben, ich würde dich sehen wollen?«

»Die Vergangenheit.«

»Nein.«

Rundheraus. Nicht verhandelbar. »Ich habe … dich gemocht, Laure. Es war, wie du zugeben musst, eine unmögliche Situation.«

»Was auch immer du denkst, uns verbindet nichts mehr.«

»Doch«, sagte er.

Damit hatte er sie überrascht, und einen winzigen Moment lang erhaschte er einen flüchtigen Blick auf die junge Laure, die ihn verzaubert hatte. »Nein, Petr, da ist nichts. Aber ich werde um Eva trauern. Sie hatte es nicht einfach, und es freut mich zu hören, dass es den Kindern gut geht.«

Er musterte das wunderschöne, aber, wie er jetzt sah, gepeinigte Gesicht und bedauerte, dass es seine Offenheit verloren hatte. »Es ist Vergangenheit.«

»Es wird *niemals* Vergangenheit sein«, antwortete sie so schneidend, dass er zurückwich.

»Also keine Vergebung, für keinen von uns?«

Laure schlüpfte wieder in ihre Rolle als Botschaftsangestellte. »Ist Vergebung wichtig? Sie würde es für dich vielleicht einfacher machen. Was mich betrifft, so würde mir ein Psychotherapeut oder Priester vermutlich zu Vergebung raten, weil sie für meine seelische Gesundheit am besten wäre. Ganz zu schweigen von der geistigen.« Sie wandte den Blick ab. »Aus allen möglichen Gründen habe ich es damit versucht. Aber das kann ich nicht.«

»Du könntest es noch einmal versuchen«, schlug er leise vor.

In ihren Augen lagen dunkle Schatten. »Nein.«

»Heißt das, du kannst dir selbst nicht vergeben?«

»Das ist eine falsche Annahme.«

Er streckte die Hände in einer Geste aus, die vermitteln sollte: *Das sehe ich anders.*

Sie deutete auf die inzwischen weniger werdenden Gäste. »David gibt mir ein Zeichen, dass meine Gruppe aufbrechen sollte. So wie ich das sehe, sind die Leute von deiner Seite noch ganz ausgelassen. Sieht so aus, als wären alle ganz scharf auf Geschäfte und neue Deals.«

»Darauf sind alle hier ganz scharf. Der Westen hat kein Monopol auf Ideen oder Energie.«

»Nein.« Sie strich den Ärmel ihrer Bluse glatt, und kurz blitzten ihre tatsächlichen Gefühle auf. »Ich denke immer… Ich muss immer daran denken, hätte ich Tomas nur drei Jahre später getroffen, wäre alles okay gewesen.« Sie blinzelte. »Alles wäre okay gewesen.«

»Weißt du, was mit ihm passiert ist?«

Ihr Blick verlor sich über seiner Schulter. »Du weißt, dass ich es nicht weiß.«

Er nahm seine Visitenkarte aus dem Geldbeutel und hielt sie ihr hin. »Wir könnten versuchen, es herauszufinden.«

Er forderte sie heraus, absichtlich und grausam, und sie schnappte nach Luft. »*Was* hast du gerade gesagt?«

Er wiederholte es, beobachtete den Ausdruck in ihren Augen – die Farbe, die sie einmal, als sie mit Maria durch die Wohnung tanzte, scherzhaft als »Stachelbeere« bezeichnet hatte.

»Weshalb solltest du helfen?«

»Weil …«

Sie unterbrach ihn. »Es gibt nichts, was du mir sagen könntest, Petr, das ich nicht schon längst wüsste. Ich war bei dir angestellt, ich habe Tomas geliebt, es gab Schwierigkeiten, und ich bin wieder nach Hause zurückgegangen. Das ist alles. Jetzt ist meine Arbeit hier, und darauf konzentriere ich mich.«

Es war eine gute Geschichte, und fast wäre er ihr auf den Leim gegangen. Nicht zu provozierend, aber auch nicht zu langweilig, sondern neutral.

Genau wie er gedacht hatte, nahm sie seine Karte an. »Chief Executive, Potio Pharmaceuticals.« Sie zog die Augenbrauen hoch. »Du bist ein Kapitalist geworden.«

Was sie eigentlich meinte, war: Arbeitest du nicht immer noch für die Státní Bezpečnost?

»Wenn du diese Nummer anrufst, bekomme ich die Nachricht.«

Der späte Abend war eisig kalt. Er vergrub die behandschuhten Hände in den Taschen seines Mantels und lief Richtung Osten zu seinem Hotel.

Schon immer war er gern zu Fuß unterwegs gewesen. Die Topografie einer Stadt lieferte einem Hinweise zu ihrem Innenleben, doch als Erstes war ihm in diesem ehemals östlichen Sektor der abscheuliche Geruch aufgefallen, eine Mischung aus Trabbibenzin und billiger Braunkohle, mit der sich die Ossis zufriedengeben mussten. Im Vergleich zu hier duftete es in Prag regelrecht. Dort zum Beispiel, wo seine Großeltern gelebt hatten, in der Nähe des Letná-Parks, war es noch immer möglich, im Frühling die feuchte Erde zu riechen oder den Duft von blühenden Forsythien im Strahovviertel. Es gab auch andere Dinge, die er liebte: die lauten Möwen auf der Jirásek-Brücke, das Rauschen des Wassers unter den Brücken …

Er lächelte, als er jetzt daran dachte.

Etwas nördlich von ihm war der sogenannte Tränenpalast, ein Checkpoint, an dem die Deutschen aus Ost und West sich früher voneinander verabschieden mussten.

Tränen. Verzweiflung. Wagemut. Verkleidete Menschen, gefälschte Papiere …

Vielleicht würde Berlin die Mauer niemals aus seinem Bewusstsein tilgen? Vielleicht würde es immer von der Psychose beherrscht, die diese Teilung hervorgerufen hatte? Interessanterweise waren manche der Gebäude, an denen er vorbeilief, mit Einschusslöchern aus dem Zweiten Weltkrieg durchsetzt, und die Dunkelheit hüllte die Trümmergrundstücke ein, die noch immer auf Renovierung warteten. In seinem emotional aufgewühlten Zustand stellte er sich vor, dass ein geisterhaftes Vermächtnis der Verfolgung und Kriegsführung von ihnen ausging, was eine zusätzliche Perspektive bot. Berlin und seine Geschichte waren viel älter als die Mauer.

Er blieb stehen, um sich zu orientieren. Westberlin war mit einer Straßenbeleuchtung ausgestattet, doch in dem Teil des Ostsektors, durch den er gerade lief, waren öffentliche Wege nur lückenhaft beleuchtet, und er war sich nicht ganz sicher, in welche Richtung er weitergehen musste.

So unklug es auch war, im Dunkeln ohne Begleitung unterwegs zu sein, so sehr genoss er diese Freiheit. Das Leben ohne Überwachung war ein Luxus. *Hatte er sich jemals vorgestellt, dass er sich einmal so fühlen würde?* Sollten die Deutschen und die Briten tatsächlich ein Auge auf ihn haben, dann wohl mehr aus geschäftlichen Gründen, nicht aus politischen und ganz bestimmt nicht zu dieser Stunde.

Als er die einstige Prachtstraße Unter den Linden schon zu drei Vierteln hinuntergegangen war, betrat er ein Café. Es war warm und sauber, versehen mit Chromelementen, einer gekachelten Bar und einer hübschen Kellnerin. Er setzte sich an einen Fensterplatz, bestellte einen Kaffee und ein Schinken-Käse-Sandwich und nahm sich eine Zeitung vom Haken.

In der strahlenden neuen Welt wurden seine Lesegewohnheiten nicht länger beäugt, genauso wenig wie seine Witze oder seine Kleiderwahl, denn er hatte sich früher keineswegs der Illusion hingegeben, dass jemand, auch wenn er ein Gefolgsmann war, im widersprüchlichen, gefolterten und absurden Universum des kommunistischen Regimes der Tschechoslowakei der Überwachung entkam.

Er bestellte sich einen zweiten Kaffee und trank ihn, dachte über die Überraschung nach, die dieser Abend für ihn bereitgehalten hatte, und das erneute Durchleben dessen, was in der Vergangenheit passiert war.

Aber jetzt war er ruhiger, konnte sich selbst besser einschätzen.

Draußen lief eine ältere Frau mit sichtlich schmerzenden Füßen und kaputten Ledersohlen vorbei. Ossi oder Wessi? Sie sah alt genug aus, um nicht nur die kommunistische Epoche, sondern auch die von Hitler miterlebt zu haben.

Wie lief wohl das Gespräch zwischen Laure und ihrem Boss im Gebäude der britischen Botschaft ebenfalls an der Straße Unter den Linden ab?

Über ihn und andere wie ihn würde Bericht erstattet werden. Diese Berichte würden analysiert werden. Ihm war zu Ohren gekommen, dass einige britische Abgeordnete unlängst vom neuerdings gegründeten Sicherheitsinformationsdienst, dem Nachfolger des StB, angesprochen worden waren. Da die Briten wachsam waren, hatte der Vorstoß nichts von Bedeutung erbracht, abgesehen von einem bemerkenswert detaillierten Geheimdienstbericht, den die Briten über den tschechischen Industriesektor erstellt hatten. Dieser war nach Prag zurückgeschmuggelt worden, wo Leute von Petrs Rang ihn zu lesen bekamen. Es war nicht weiter überraschend, dass er darin auftauchte.

»Potio Pharma. CEO Petr Kobes …« Hier hatte jemand am Rand vermerkt. »Ein Überlebender wie auch sonst eine überraschend große Zahl dieser alten Roten.«

Potio Pharma. Aufgebaut nach dem sogenannten Prager Frühling 1968. Ursprünglich zu pharmazeutischen Zwecken. Hat sein Tätigkeitsfeld seit der Samtenen Revolution im Dezember 1989 in Richtung Biotechnologie ausgeweitet. Hauptsitz in Prag. Hat das kommunistische Regime überdauert, obwohl es einige Probleme mit dem Verunreinigungsgrad gab, wodurch die Reinheit der Produkte bedroht war. Hat immer stark auf Export gesetzt und ein Verkaufsteam unterhalten, das vermutlich Industriespionage betrieben hat.

Hat seit dem Regimewechsel kleinere Firmen aufgekauft und gehört momentan zu den fünf Topfirmen der tschechischen

Pharmakonzerne. Hat sich den kapitalistischen Modus mit vollem Elan angeeignet, versucht aber, das zu vertuschen …

Offensichtlich hatte der Verfasser Sinn für Humor.

Ziele:

- *Regulierung der Verteilung von Pharmaprodukten mit geringer Gewinnmarge*
- *Verteilungsverordnungen*
- *Rendite aus Forschung und Entwicklung*
- *Ausbauen von Lizenzen und Absprachen von Co-Marketing-Aktivitäten*

Die Randbemerkungen waren weniger zurückhaltend. »i. e.: Hält den Sozialisten bei Laune und schöpft über andere Wege Profite ab. Will den Kuchen behalten und ihn essen.«

Es war eigenartig, etwas aus einer anderen Perspektive über seine Firma zu lesen. Eigenartig, aber bereichernd, und es gefiel ihm, wie der Satz in der anderen Sprache formuliert war.

Der Bericht ging weiter. *Es wurde keine Beziehung etabliert zwischen Potio Pharma und der russischen Giftfabrik (gegründet von Josef Stalin) oder dem Hersteller chemischer Waffen, darunter auch Nervengifte und andere Substanzen, die in der vor Kurzem erstellten Chemiewaffenkonvention (CWK) aufgeführt sind; das ist allerdings noch nicht abschließend bewiesen.*

Die Vergangenheit legt nahe, dass Kobes für Industriespionage vom StB angeheuert wurde, um Informationen über Forschung und technische Verfahren zu sammeln, die dem aktuellen Regime fehlten und die es unbedingt erhalten wollte. Es ist gut möglich, dass er an der Exfiltration eines Regimekritikers beteiligt war, der 1984 in Marseille lebte. Es wird angenommen, dass Kobes als Anstifter und Geldgeber fungierte. Das ist jedoch nicht bewiesen.

Verfluchte Ärsche, dachte er, als er das Obenstehende las.

Was ihn allerdings überraschte, waren die persönlichen Details. *Interne* Details. Diese hatte ihnen jemand geliefert.

Er ist Witwer und wird als Familienmensch mit einer großen Zuneigung zu seinen Kindern eingestuft. Er ist bekannt dafür, die Vorteile von Westeuropa zu genießen, und achtet auf gute Kleidung.

Jetzt hatte er Laure erneut getroffen, und je mehr er darüber nachdachte, desto überzeugter war er, dass sie für den britischen Geheimdienst arbeitete, so unbedeutend ihre Rolle auch sein mochte. Er fragte sich, ob sie diese Infos von ihr erhalten hatten.

Sollte Laure daran beteiligt gewesen sein, dann würde sie es als Rache betrachtet haben, das wusste er.

Das war reine Spekulation, doch es legte nahe, dass es noch immer eine Verbindung zwischen ihm und ihr gab.

Diese Vorstellung schmerzte und erregte ihn gleichermaßen.

16

Der erste wichtige Termin, für den er in Berlin war, sollte am Mittwochvormittag stattfinden.

Alle Beteiligten gingen davon aus, dass es ein anstrengender Termin würde. Doch Petrs Anwesenheit als CEO von Potio Pharma und nicht etwa als jüngstes Vorstandsmitglied half, dass die Verhandlungen reibungslos verliefen. Bis zum späten Nachmittag war der Plan für eine gemeinsame Forschung und Entwicklung erarbeitet worden, an dem Berlin und Prag gleichermaßen beteiligt waren.

Der Donnerstagstermin mit einem konkurrierenden Pharmakonzern war weniger von Erfolg gekrönt. Es lag etwas in der Luft – irgendeine Stimmung –, das die Absichten durcheinanderbrachte. Während der guten alten Zeit der Tschechoslowakei passierte immer genau das, was die Chefs verlangten. Dem war nicht mehr so, doch Petr wurde bewusst, dass er diese Erwartungshaltung noch nicht aus seinem Denkmuster getilgt hatte. Als die Verhandlungen halb abgeschlossen waren, kam ihm der Gedanke, dass seine Vergangenheit – das, was von ihr bekannt war – höchstwahrscheinlich zu dieser leicht feindseligen Unterströmung beitrug.

Er ging ein Wagnis ein, indem er vorschlug, das Meeting abzubrechen. »Werte Herren, ich hoffe, wir alle können uns der Zukunft zuwenden und nicht in der Vergangenheit verweilen, wo alles anders war.«

Die Erleichterung auf den Gesichtern seiner westdeutschen Gegenspieler sagte ihm, dass er mit seiner Vermutung wahrscheinlich richtiglag. Auf dem Weg in die Lobby in Begleitung von Eduard, seinem aus Prag angereisten Assistenten, dachte er reumütig, dass einem alten Roten im neuen aufstrebenden Berlin noch immer der Gestank eines Leichnams anhaftete.

»Machst du dir um irgendetwas Sorgen?«, fragte Eduard.

»Sollte ich?«

»Du hasst unerledigte Geschäfte, und es ist völlig untypisch für dich, nicht mehr um etwas zu kämpfen.«

Es hatte nicht lange gedauert, bis Laure schwach geworden war. An der Rezeption war eine Nachricht für ihn hinterlegt. Sie war von ihr. »Ich gehe mit einer Gruppe zu einem vor Kurzem entdeckten Tunnel. Willst du mitkommen?«

Da war sie. Die Rettungsleine der Vergangenheit wickelte sich um sie beide.

Er sah zu Eduard. »Eine Einladung der britischen Botschaft. Teil eines Kulturprogramms, damit wir Gefallen aneinander finden. Das ist deine Gelegenheit, einen Tunnel zu sehen, den Flüchtlinge gegraben haben.«

Eduard war verwirrt. »Warum sollten wir uns für einen Tunnel interessieren? Nicht sonderlich taktvoll, oder?«

Petr erklärte es. »Hast du jemals von *Anatomie* gehört? Eine regimekritische Rockgruppe. Ihr Hit war ›Tunnelling‹, und meine Ansprechpartnerin in der Botschaft hat sich vermutlich einen Scherz erlaubt.«

Eduard war zu jung, um sich an viel vor 1986 zu erinnern, als *Anatomie* alle in der Tschechoslowakei mit sich gerissen hatte; er steckte noch in einer Phase, in der er nicht sicher war, wie er die jüngste Vergangenheit beurteilen sollte, dementsprechend perplex wirkte er. »Wenn es dir nichts ausmacht, würde ich mich einfach in die nächste Bar setzen.«

Wenig später setzte ein Taxi Petr in der Oderberger Straße ab, in der Nähe zum Eingang des Mauerparks, der die ehemalige Grenze zwischen Ost und West markierte. Es war eine heruntergekommene, zwielichtige Ecke mit Graffiti an den Gebäuden und mickriger Straßenbeleuchtung.

Laure erwartete ihn dort, in Begleitung mehrerer Frauen und eines großen Mannes mit kantigem Gesicht in einem Lodenmantel und einer Baseballmütze. Die Frauen waren Botschaftergattinnen, und der Mann war der deutsche Stadtführer.

Das widrige Wetter wurde durch den Wind noch schlimmer, und die Gruppe hatte sich mit dicken Mänteln und Hüten gegen die Kälte gewappnet. Petr ging davon aus, dass Laure ihren zweckdienlichen grauen Mantel ausgewählt hatte, um eine niedrige Stellung in der Botschaft zu suggerieren, was vielleicht, vielleicht aber auch nicht der Wahrheit entsprach. Bei diesem Punkt hatte er sich noch nicht festgelegt. Dazu hatte sie sich eine schwarze, sehr französisch anmutende Baskenmütze über die Ohren gezogen. Abgesehen von einem höflichen Gruß schenkte sie Petr keine besondere Beachtung. Während sie weitergingen, beobachtete er, wie sie die Gruppe mit ruhigem, selbstsicherem Geschick lenkte, eindeutig ein Unterschied zwischen der jüngeren und der älteren Laure.

Die Gruppe wurde in eine Verteidigungsanlage zur Panzerabwehr geführt, die, wie der Stadtführer erläuterte, nach dem Krieg in Vergessenheit geraten war. »Das war ein perfekter Ort, um zu graben.« Er führte sie zu einer Öffnung im Betonboden. Hier war ein Schacht in die Erde gegraben und mit unbearbeiteten Holzpfosten abgesichert worden. »Er wurde vor wenigen Wochen entdeckt, als die Ingenieure darübergestolpert sind, die an neuen unterirdischen Speichersystemen für die Wasserversorgung arbeiten. Bekannt ist er als Tunnel 15, denn man hat herausgefunden, dass fünfzehn Menschen durch ihn geflüchtet sind, ehe er geschlossen wurde.«

Der Schacht war ungefähr fünf Meter tief. Pflichtschuldig spähte die Gruppe nach unten. Petr warf einen Blick auf die hingerissenen Gesichter. Nahm er eine Überlegenheit in der Haltung der Briten wahr, die sich um den Schacht versammelt hatten? Ein innerer Monolog, der in etwa wie folgt verlief: *Wir würden niemals eine Gesellschaft zulassen, in der die Menschen das Gefühl bekommen, sie müssten einen Tunnel graben, um zu fliehen.*

Aber was wissen die vom Klassensystem geprägten Engländer schon?, dachte er grimmig.

Er stellte sich neben Laure. Sie warf ihm einen Blick zu, den er nicht deuten konnte.

Ihr Stadtführer fuhr fort: »Tunnel 15 hat eine Länge von ungefähr achtzig Metern und kommt hinter einem Wohnblock in einer unbenutzten Außentoilette heraus. Es gibt etliche Geschichten über die Flüchtlinge, manche sind recht fantasievoll. Man geht davon aus, dass sehr viel mehr Menschen durch diesen Tunnel flüchten sollten, sie jedoch verraten wurden. Der Schacht in Ostberlin wurde von den Behörden verschlossen.«

Die Britinnen murmelten miteinander.

»Wie Sie wissen, haben die Machthaber 1961 die Mauer zwischen Ost- und Westberlin erbaut, die schließlich knapp hundertsechzig Kilometer lang war. Dieser Tunnel wurde 1964 angefangen, als die Fluchtversuche mithilfe von Tunneln eine Hochphase erlebten. Es ist ungewöhnlich, dass er von West nach Ost gegraben wurde und nicht andersherum.«

Stinkende, abgestandene Luft wehte von unten herauf.

»Tunnel zur Zeit des Kalten Krieges haben einen besonderen Platz in der Geschichte Berlins«, sagte der Stadtführer, der nicht sonderlich poetisch oder empathisch aussah. »Sie sind Symbole des Überlebens und des eisernen Willens, nicht aufzugeben.«

Petr steckte die Hände in die Manteltaschen. Für einen Kommunisten, ehemalig oder nicht, war das ein sehr unangenehmes Thema. Zum wiederholten Mal dachte er über die Verrenkungen der Geschichte nach. »Es ist noch nicht so lange her, da war das Dritte Reich der Unterdrücker«, flüsterte er Laure zu.

»Kommunisten, Faschisten … alles dasselbe«, flüsterte sie zurück.

Der Stadtführer bat sie, näher zu kommen. »Es gibt einiges, woran man denken sollte, wenn man einen geheimen Tunnel unter einer Mauer hindurchgraben will …« Seinen Gesichtszügen war fast so etwas wie Humor anzusehen. »Erstens, nicht weiter in die Tiefe graben, sobald man auf Wasser stößt, sondern ab dann nach vorn. Zweitens, mit einem Passwortsystem arbeiten, ansonsten weiß man nicht, ob die Gruppe infiltriert wurde. Drittens, ein Schraubenzieher schmilzt, wenn er auf ein Stromnetz trifft. Viertens, damit die Wachmänner nicht misstrauisch werden, muss man vor Ort leben. Fünftens, wenn man graben will, wählt man dafür am besten einen schönen, leicht sandigen Boden, wie wir ihn hier in Berlin haben.«

Petr sah sich um. Mit ihren 3,60 Metern Höhe hatte die Mauer das ein oder andere Kommen und Gehen vielleicht kaschiert, aber die Wachmänner der Stasi waren in Gebäuden und auf Wachtürmen stationiert. Einen Tunnel zu graben und einzurichten erforderte ein starkes Nervenkostüm – und wahrscheinlich einen Ingenieur.

Normalerweise lehnte er es ab, sich an die Stelle eines anderen zu versetzen, da es seine Entschlossenheit schwächte. Aber jetzt konnte er nicht umhin, sich vorzustellen, was für ein furchterfülltes, gefährliches Unterfangen das gewesen sein musste. Ein Unterfangen, das einem viel abverlangte. Er warf einen flüchtigen Blick auf Laure. Sie wirkte bestürzt, als könnte sie sich nicht vorstellen, was jemanden dazu trieb, durch einen herunterbröckelnden Schacht zu fliehen.

Er schob sich etwas weiter, damit er dicht neben ihr stand. »Es ist immer schlimmer, darüber nachzudenken, als es zu tun«, sagte er.

»An diesem Gedanken kann man sich durchaus festhalten«, antwortete sie mit kaum verhohlener Bitterkeit.

Der Stadtführer fuhr fort: »Wir gehen davon aus, dass die Gruppe, die den Tunnel grub, über fünf Monate hier gelebt hat, in wochenlangen Schichten hier schlief und sich mithilfe von Eimern wusch. Das war eine heldenhafte Leistung. Sie haben weitergegraben, obwohl sie keine Ahnung hatten, wo sie herauskommen würden.« Er machte eine Kunstpause. »Sie hatten Glück und sind in einer ungenutzten Außentoilette hinter einem Wohngebäude herausgekommen.«

Petr konnte sich das gut vorstellen. Ein Gestank schlimmer als der von Leichen. Unrat.

Der Stadtführer zeigte auf den Schacht. »Als die Flüchtlinge herüberkamen, wurde eine elektrische Winde benutzt, um sie nach oben zu befördern. Wir haben eine Leiter angebracht. Sie ist gesichert, aber wenn Sie nach unten gehen wollen, dann tun Sie das auf eigenes Risiko.«

Die Gruppe stieg der Reihe nach hinunter, die Botschaftergattinnen waren die Ersten. Ein paar fanden die Leiter schwierig. Als sie nach oben zurückkamen, sahen sie sowohl zutiefst erschüttert als auch höchst aufgeregt aus, was sie sich nicht anmerken lassen wollten. Laure und Petr gingen als Letzte nach unten.

»Die Regel lautete, mucksmäuschenstill zu sein, sowohl beim Graben als auch während der Flucht«, sagte ihr Stadtführer, der langsam in Fahrt kam. »Stimmen werden unterirdisch weitergetragen. Und natürlich kam es nicht infrage, beim Graben Sprengstoff zu verwenden, auch wenn man damit schneller vorangekommen wäre.«

Der Abstieg war knifflig, und mit jedem Schritt nach unten wurde der Gestank durchdringender. Petr ging voran und streckte Laure die Hand hin, um ihr die letzten Sprossen hinunterzuhelfen, aber sie lehnte seine Hilfe ab. Um in den eigentlichen Tunnel zu gelangen, musste man sich auf den Bauch legen und vorwärtsrobben, was nicht ratsam war, weil sich auf dem Boden aus gestampfter Erde Wasser gesammelt hatte.

»*Anatomies* Hit *Tunnelling*«, sagte Petr. »Ich glaube, der war verboten.«

Sie ließ sich nichts anmerken. »Du weißt, dass er das war.«

»Wessen Song war das?«

Es dauerte einen Moment, ehe sie antwortete. »Tomas'.«

Unten gab es ein paar Lampen, die eingeschaltet waren. Petr kauerte sich hin und spähte in den dunklen Abschnitt hinein. Der Tunnel sah nicht einmal groß genug aus, als dass eine schlanke Person sich hätte hindurchzwängen können, doch auf der Flucht gelang den Menschen das Unmögliche.

Sie bauen ihre Tunnel in unterirdischen Städten, um dem Winter ein Schnäppchen zu schlagen, lautete eine Zeile des Songs.

Wenn er sich richtig erinnerte.

Heiße Luft streifte über sein Gesicht, roch nach dem Zerfall verpesteter Fäulnis. Er musste sich zusammennehmen, um nicht zu würgen.

Laure kauerte sich neben ihn. Sie atmete ein und hielt sich dann eine Hand vors Gesicht. »O Gott, wenn ich mir das vorstelle, wie sie hier dicht an dicht …« Ihre Stimme klang gedämpft. »Ganz bestimmt voller Angst. Vom Adrenalin vorwärtsgetrieben. Unser Stadtführer hat erzählt, sie hätten ein Baby auf diesem Weg transportiert.«

Er schluckte die Spucke hinunter, die sich in seinem Mund gesammelt hatte. »Ich bin mir nicht sicher, ob ich das geschafft hätte.«

»Du musstest das ja auch nicht machen.«

Sie brachte das nicht boshaft vor, sondern nüchtern, dennoch traf ihn diese Bemerkung mitten ins Mark. »Hast du mich deshalb hierhergebracht? Um mir das klarzumachen? Oder um mich zu bestrafen?«

Sie wurden fast aneinandergepresst. Er spürte ihre Wärme, roch ihr blumiges Parfum. Geschichte und Politik waren harte Lehrmeister – das war ihm schon immer klar gewesen –, aber nie zuvor war ihm so grausam vor Augen geführt worden, dass im Zuge der Trennungen, für die diese beiden verantwortlich waren, zwangsläufig Liebe und Mitleid deformiert worden waren. Und nahezu sicher auch das Verständnis.

Außerdem wurde dadurch das Verlangen nach jemandem auf der anderen Seite zu einer schneidenden, bitteren Erfahrung.

Sie richteten sich auf. Laure schob ihre Baskenmütze nach hinten. »Du sagst, du hättest nicht tun können, was diese Menschen hier getan haben. Das hätte ich auch nicht. Aber er hat es. Auf seine Weise. Und Tausende wie er auch. Ich will, dass du an ihn denkst. Ich will, dass du etwas von dem verstehst, was er durchmachen musste. Bevor …« Sie brachte den Satz nicht zu Ende.

Er musste nicht fragen, was sie sagen wollte.

Sie klopfte neben sich auf den Schacht. »Wenigstens haben die Leute es geschafft, die hierhergekommen sind. Sie haben das System geschlagen.«

Ihr Lippenstift war beigefarben, verlieh ihrem Mund

ein quälend jugendliches und zartes Aussehen. Selbst in dem dämmrigen Licht. Ihre Oberlippe bewegte sich beim Sprechen, und eine widerspenstige seidene Strähne blitzte unter der Baskenmütze hervor, was beides schändlicherweise hypnotisierend für ihn war.

Er wischte sich etwas Erde vom Ärmel. »Als es funktionierte, war das System gut.«

Sie stieß ein kurzes Lachen aus.

»Ich glaubte, durch das, was wir tun, würde es der Gesellschaft besser gehen.«

Das stimmte. Viele Jahre lang hatte das gestimmt.

»Das kann ich akzeptieren«, antwortete sie. »Aber ich sehe auch, dass es unmöglich ist, sich zu entschuldigen, wenn etwas schiefläuft.«

Die Stimme des Stadtführers drang in den Schacht hinunter. »Der Tunnel ist sechzig Zentimeter hoch und neunzig Zentimeter breit. Er hatte eine luxuriöse Ausstattung. Es war den Tunnelbauern gelungen, elektrisches Licht zu installieren, damit man nicht durch völlige Dunkelheit kriechen musste. Ein Flüchtling blieb stecken und musste herausgezogen werden.«

Laure schnappte neben ihm nach Luft. »Selbst die Luft hier unten hat etwas Verzweifeltes«, murmelte sie. »Wenigstens haben es ein paar geschafft.«

»Du denkst viel an ihn.« Das war keine Frage.

»Nicht die ganze Zeit, aber ja.« Sie machte eine kurze Pause. »Mit der Zeit weniger. Natürlich. Aber er ist nie nicht da.«

Ihr Stadtführer fuhr fort. »Man durfte nichts mitnehmen. Nur den Ausweis und die Sachen, die man am Körper hatte.«

»Er ist ein Teil meines Lebens, Petr, ob mir das gefällt oder nicht.«

Ihr Blick schien sich in ihn hineinzubohren.

Zurück an der Oberfläche, schlug ihnen der Wind entgegen. »Warum hast du mich eingeladen?«, fragte er.

»Weil ich wollte, dass du siehst, was du noch nie gesehen hast.«

Erstaunt sah er sie an. »Denkst du, ich wüsste das nicht?«

»Ganz genau«, antwortete sie. »Ich denke nicht, dass du das weißt.«

Fast hätte er sie am Arm festgehalten. »Während des Krieges wurde meine Mutter in ein KZ verschleppt, wo ihre Mutter, meine Großmutter, zu Tode geprügelt wurde. Sie hat mir davon erzählt. Alle Details. Ich musste ihr versprechen, mein Leben darauf zu verwenden, etwas für das Wohl der Allgemeinheit zu tun. Ich war einverstanden, weil ich mit dem Ziel einverstanden war, und genau das habe ich versucht zu tun.«

Ungläubig schaute sie ihn an. »Kommunismus! Nach allem, was passiert ist!«

Er zuckte mit den Schultern. »Keiner weiß, was letztlich passieren wird. Nicht einmal du, Laure.«

Ihre Stimme wurde weicher. »Gibst du denn zu, dass etwas schiefgelaufen ist und dass der Kommunismus und der Faschismus manche Dinge gemein haben?«

Er antwortete nicht.

»Das mit deiner Mutter tut mir leid. Und das mit deiner Großmutter.« Sie wandte ihr Gesicht vom Wind weg. »Lass mich überlegen. Ist es ein tiefes Gefühl der Brüderlichkeit, das einem mitteilt, man müsse alle und jeden von morgens bis abends bespitzeln? Oder besagt das Bewahren der Gleichheit, dass nur Mitglieder der Partei funktionierende Telefone bekommen und in den Tuzex-Läden einkaufen dürfen, zu denen Otto Normalverbraucher keinen Zutritt hat? Liegt es etwa am Eifer, mit dem die Arbeiter auch die niedrigsten Arbeiten erledigen, weil sie an das

Wohl der Allgemeinheit glauben? Oder haben sie vielleicht einfach nur Todesangst?«

Sie sprach so leise, dass nur Petr sie verstehen konnte.

Der Stadtführer war inzwischen so richtig in seinem Element. »Es heißt, von den fünfzehn Leuten, die es durch den Tunnel geschafft haben, gehörten fünf zu einer Familie, der Familie Weber. Die Stasi war sehr clever darin, herauszufinden, wer sich gegen die Partei engagierte.« Er machte eine Kunstpause. »Ob jemand zum Beispiel den verbotenen Sender BBC hörte oder sah. Natürlich konnten sie den Radiowellen nicht nachgehen, also gingen die Funktionäre in Kindergärten und baten die Kinder, ihre Lieblingsperson aus dem Fernsehen für sie zu zeichnen. Der kleine Joel Weber wollte gehorchen und zeichnete ein wunderschönes Bild von Bill und Ben, den Blumentopfmännern, aus dem BBC-Fernsehen. Das war's dann. Die Familie hatte nur wenige Stunden, um abzuhauen. Es heißt, als Großmutter Weber am Tunnel eintraf, hatte man Bedenken, sie könne zu dick für den Tunnel sein, bis sich herausstellte, dass sie sich ihre Katze in einer Tasche um den Bauch gebunden hatte. Aber sie schaffte es durch den Tunnel und zog ihre Katze hinter sich her.«

»Treibt es dich jemals um, dass du – noch dazu sehr gut – überlebt hast, andere aber nicht?«, fragte Laure Petr.

Er beugte sich nach unten und hob einen Stein auf. Er war rund und sehr dunkel und erinnerte mit seiner buckligen Form an einen Käfer. Petr warf ihn von einer Hand in die andere und sagte: »Du musst mit diesen Dingen vorsichtig sein, Laure. Vorsichtig, in was du da hineinstolperst.«

Der Stadtführer kam mit seiner Führung zum Ende. Er zeigte mit dem Arm auf das Gebäude. »Nach der Entdeckung dieses und anderer Tunnel wurde es zunehmend gefährlicher, Tunnel zu graben, und die Regimekritiker hielten nach Alternativen Ausschau. Manche schafften es nach Prag und haben das Land so verlassen. Andere sind über Budapest gereist.«

Er spürte den Namen auf Laures Lippen mehr, als er ihn hörte. *Tomas.*

Tomas konnte zu den Geistern gezählt werden, die mit ihnen lebten: die ewigen Regimekritiker, die ewigen Flüchtlinge. Wäre er ein Ostberliner gewesen, dann zweifelte Petr keinen Moment daran, dass Tomas durch einen der engen, schmalen Tunnel gekrochen wäre, während ihm Erde in die Nasenlöcher drang. Als Tscheche hatte er zu einer anderen Methode greifen müssen.

Die Gruppe bedankte sich bei ihrem Stadtführer, und Petr nutzte die Gelegenheit und sagte Laure: »Ich fahre am Wochenende zurück.«

»Wann genau?«

»Am Sonntagnachmittag.«

Sie richtete ihre Baskenmütze neu aus, zog sie sich wegen des Windes weiter über die Ohren, und er fragte sich, ob sie ihn gehört hatte. »Ich lasse dich am Hotel raus.«

Er drückte ihr den Stein in die Hand, den er aufgehoben hatte. »Behalte ihn als Souvenir.«

Das Auto gehörte zur Flotte der Botschaft, ein Bonus, wie er zufrieden feststellte, denn diese Wagen waren bequemer als die meisten anderen. Der Fahrer schien ein zuverlässiger, kompetenter Typ zu sein – auch wenn man das niemals wirklich wissen konnte – mit einem Fassonschnitt und teuer aussehenden Autohandschuhen.

Er fuhr mit ihnen in der Nähe des ehemaligen Ost-West-Grenzübergangs Bahnhof Friedrichstraße vorbei und weiter Richtung Unter den Linden. Dort gab es Krane, Kastenwagen, aufgestapeltes Baumaterial; die Schaufenster großer Kaufhäuser glitzerten, und hin und wieder sah man ein baufälliges Gebäude, das darauf wartete, renoviert zu werden.

Laure betrachtete ihn, wie er die Wiedergeburt des Stadtbildes in sich aufnahm. »Hast du *jemals* den Glauben verloren, Petr?«

Diese Frage ging ihm gegen den Strich. »Bist du etwa schadenfroh? Ja, ich musste meine Meinung ändern, weil sich auch alles andere verändert hat.« Er bedachte sie mit einem eisigen Lächeln.

»Wenigstens hast du jetzt die Wahl, woran du glaubst.«

Er erinnerte sich an seine Mutter, die tatsächlich keinerlei Wahl gehabt hatte.

Er fragte sich, wie viel Französisch der Fahrer verstand. »Kapitalismus ist kein Daunenbett. Er ist ineffizient und ein Durcheinander und genauso korrupt. Unser System, mein System, hat zuallererst an die Menschen gedacht. Deines denkt vor allem anderen ans Geld.«

Das Auto fuhr an einer großen Baustelle vorbei, die ein einziger Gerüstwald war.

»Der Kapitalismus beruht nicht auf staatlicher Repression«, sagte sie. »Er vertraut auf eine unabhängige Presse und eine unparteiische Justiz.«

Petr war fest entschlossen, sich nicht aus dem Gleichgewicht bringen zu lassen. Leichthin sagte er: »Wenn du meinst.«

Der Verkehr war dichter geworden, und schon mehrmals musste das Auto stehen bleiben. Petr hätte sich gern eine Zigarette angezündet, verkniff es sich aber.

Laure fragte, ob er die Termine nützlich gefunden habe, und fügte hinzu: »Westliche Firmen sind euch gegenüber vermutlich noch immer misstrauisch.«

Er lehnte sich nach hinten in den bequemen Sitz. »Das sollten sie auch. Wir werden ihre Medikamentenherstellung unterbieten, und diejenigen, die Medikamente an den Westen liefern, werden schnell ihren Nutzen daraus ziehen.«

»Im Innersten bist du ein Kapitalist.« Der Mund mit beigefarbenem Lippenstift brachte diese Stichelei hervor.

Zu seiner Schande empfand er ein fast bodenloses Verlangen, als er ihn betrachtete, und blickte rasch weg. »Dir gefällt dein Scherz.«

Es folgte ein langes Schweigen.

Sie ließ ein kleines Räuspern hören, das er als Ekel interpretierte. »Du warst ein Spion des StB und hast unter dem Deckmantel eines Angestellten von Potio Pharma gearbeitet. Das wusste ich damals nicht.« Sie sah ihn an. »Jetzt schon.«

Er legte ihr eine Hand auf den Arm. »Laure, sei vorsichtig mit deinen Anschuldigungen. Sie könnten dir ziemlichen Ärger einbringen.« Bei seiner Berührung zuckte sie zusammen. »Die StB war eine Geheimpolizei in Zivil. Keine Spionage. Überprüf deine Fakten.«

Sie schüttelte seine Hand ab, ihr Französisch wurde schneller, und er fragte sich, ob sie so verhindern wollte, dass der Fahrer sie verstand. »Du weißt – wir *alle* wissen es –, es war auch eine Spionage- und Spionageabwehr-Einheit, die sich mit jeder Tätigkeit befasste, die als staatsgefährdend betrachtet wurde oder westliche Einflüsse zu haben schien. Gut möglich, dass du für Potio Pharma gearbeitet hast, aber du hast auch für die StB gearbeitet.«

Sie öffnete ihre Handtasche und zog ein Dokument heraus, faltete es auf und legte es ihm auf die Knie, achtete darauf, dass das Logo, das nur er und seine Kollegen kannten, mit den Initialen für die Scheinfirma oben auf der Seite sichtbar war. Das Dokument stammte aus dem Jahr 1984.

Er spürte, wie er blass wurde. Mit einem Blick auf den Fahrer sagte er: »Pack das weg.«

»Wenn du die Frage beantwortest. Ist das da unten deine Unterschrift?«

Der Fahrer wurde langsamer und bog nach Osten Richtung Unter den Linden ab.

Petr starrte geradeaus. »Wo hast du das her?« Er erwartete keine Antwort und ging im Kopf durch, wer dafür verantwortlich sein könnte – der Nachlässige oder der Verräterische. Es gab genug von beiden, die in den entsprechenden Abteilungen arbeiteten. »War das Brotton?«

»Du erwartest wohl nicht, dass ich das beantworte, oder?« Laure steckte das Dokument wieder in ihre Tasche. »Es gibt noch mehr Unterlagen, die dich direkt mit einer Einheit der StB in Verbindung bringen, die ihrerseits dafür bekannt ist, Drogen und Folter angewandt zu haben, um an Geständnisse zu kommen.«

»Ich weiß, warum du das machst, Laure.«

»Dann sind wir immerhin bei einer Sache einer Meinung.«

»Sei vorsichtig mit dem, was du dir wünschst – ist das nicht ein Sprichwort in deinem Land?«

Eine einzelne Schneeflocke flog über die Autoscheibe, gefolgt von einer zweiten.

»Was ist mit Tomas passiert?«

Jetzt verstand Petr. Sie wollte zu ihren Bedingungen Informationen von ihm erhalten.

Als er nicht darauf antwortete, fügte sie hinzu. »Das bist du mir schuldig, Petr.« Sie schirmte ihre Augen ab. »Macht es das irgendwie besser, wenn ich dir sage, dass dieses Nichtwissen die reinste Folter ist … appelliert meine Schwäche vielleicht an das Gute in dir? Das sollte sie jedenfalls.«

»Wenn du mich hier erpressen willst, dann funktioniert das nicht, Laure.«

Sie bestritt es nicht. Ihre Lippen wurden schmal. »Du kannst es herausfinden, ich weiß, dass du das kannst. Du hast so viele Kontakte. Alte Rechnungen, die beglichen, und Gefallen, die abgerufen werden können.«

Seine Hand lag auf der Armlehne, fuhr prüfend über den Luxus unter seinen Fingerspitzen. »Tomas geht nie weg.«

»Nein, das tut er nicht«, sagte Laure. »Und das wird er auch zukünftig nicht. Ganz sicherlich nicht, solange wir uns kennen.«

Was zwischen ihnen in der Vergangenheit passiert war, war zu schwierig, um eine Freundschaft zuzulassen. Gleichzeitig wollte Petr glauben, dass Laure sich in gewissem Maße freute, ihn zu sehen.

Er seufzte. »Er wurde festgenommen, aber das weißt du. Es war nicht das erste Mal, also hat es für ihn bestimmt nicht gut ausgesehen. Das ist mein ganzes Wissen. Es war, wie es war. Menschen verschwanden. Die ganze Zeit, Laure. Das hast du selbst gesehen.«

»Aber du hattest ein eigennütziges Interesse und hast es dir bestimmt zur Aufgabe gemacht, das herauszufinden.«

Er fluchte leise auf Tschechisch. »Wie du meinst.«

»Das bist du mir schuldig«, wiederholte sie sturköpfig.

»Vielleicht bin ich das. Aber vielleicht bist du mir auch etwas schuldig, Laure. Ist dir das jemals in den Sinn gekommen?«

Erstaunt wandte sie den Blick von der berühmten Prachtstraße ab, die der herabschwebende Schnee mit seiner kalten Schönheit überzog. »Ich hoffe, du weißt, wie es ist, wenn man fast wahnsinnig wird vor Angst, weil man weiß, dass jemand, den man liebt, im Gefängnis sitzt«, sagte sie nur.

»Das weiß ich«, antwortete er. »Man kann auf vielerlei Weise im Gefängnis sitzen.«

»O bitte!«, rief sie aus.

Schweigend brachten sie die restliche Strecke hinter sich.

Der Fahrer dirigierte das Auto langsam zur Haltebucht vor dem Hotel. Petr beugte sich vor und streckte die Hand nach dem Türgriff aus. »Ich lasse dich dann mal weiter darüber nachdenken. *Du* hast *mich* in eine unhaltbare Position gebracht. Kein Regime sieht Überläufer wohlwollend, ganz zu schweigen von einem Regime, das Russlands Hände um den Hals hatte. Ich war als jemand bekannt, der eine Angestellte hatte, die mit Regimekritikern verkehrte. Ich lief Gefahr, meine Familie zu verlieren. Sie hätten uns umgebracht. Ein paar von uns. Einen von uns.«

»Aber du hast zugelassen, dass sie Tomas mitnehmen.«

»Wie sagt man so schön? Jeder ist sich selbst der Nächste, nicht wahr?«

Mit einer raschen Bewegung wandte sie sich ab, doch er sah, dass ihr Tränen über die Wangen rannen. »Sollte Tomas *tot* sein, dann will ich, dass er ein Grab bekommt. Jeder soll wissen, dass er die Freiheit liebte und eingesperrt war und umgebracht wurde, weil er das offen äußerte.«

17

Prag, 1986

Die Hitze hielt an, und im Wäscheraum der Familie Kobes stapelte sich saubere Kleidung. Es gab so viel Wäsche, dass Laure jeden Tag etwa eine Stunde für das Bügeln aufwenden musste.

Ihr war das egal. Beim Bügeln musste man nicht mit dem Kopf dabei sein. Währenddessen hatte sie Zeit und Spielraum, nachzudenken und über ihre Treffen mit Tomas zu grübeln: über das, was er sagte, was er *tat*.

Sie spürte ihm nach in ihrem klopfenden Herz. In ihrer Schlaflosigkeit. Sie spürte ihm in ihren zitternden Beinen und schmerzenden Armen nach. Im Fieber in ihren Lenden.

Was dachte er? Und: Was dachte er von ihr?

Sie versuchte, sich an den Songtext zu erinnern, den er zu der Melodie erstellte, die er ihr im Marionettentheater vorgespielt hatte. Er stammte von einem satirischen Pamphlet, das im Untergrund zirkulierte, *Die Sieben Wunder der Tschechoslowakei*.

»Obwohl jeder einen Job hat, arbeitet keiner«, flüsterte sie, sprühte Wasser auf ein Hemd, mit dem sie sich gerade abmühte. Die Manschette musste korrigiert werden, und ein Knopf löste sich.

»Obwohl keiner arbeitet, ist der Plan zu hundertfünf Prozent erfüllt.«

Das Wasser hinterließ einen feuchten Schleier auf dem Rock von Evas Baumwollkleid.

»Obwohl der Plan zu hundertfünf Prozent erfüllt ist, gibt es in den Läden nichts zu kaufen.«

Petr sah zur Tür herein. »Dachte ich mir doch, dass ich dich hier finde.«

Er wusste sehr gut, wo sie sein würde. Eva und die Kinder waren zu ihrer Großmutter gefahren, und sie und Petr waren allein in der Wohnung. Dennoch war sie einer kleinen Pause nicht abgeneigt. Sie wischte sich über die Oberlippe und fragte: »Stimmt etwas nicht?«

»Ich finde es schrecklich, wie viele Menschen mir diese Frage stellen.« Er bedachte sie mit seinem anziehenden Lächeln und fügte trocken hinzu. »Ich wünschte, die Leute würden mich fragen, was in Ordnung ist.«

Sie nickte höflich.

Er lehnte sich an die Fensterbank. Trotz der Hitze war er formell gekleidet, mit gut geschnittener Hose und hellblauem Leinenhemd. »Hast du mit deiner Mutter gesprochen? Ist sie damit einverstanden, dass du hierbleibst?«

»Das war tatsächlich meine Entscheidung, Petr.«

Ihr gefiel die Dreistigkeit ihrer Erwiderung, die vermuten ließ, dass sie – endlich – ihr Leben wieder selbst in die Hand nahm. Tatsächlich durfte sie immer nur dreiminütige Telefonate mit England führen, somit war es schwierig herauszufinden, was ihre Mutter dachte, aber sie hatte gewirkt, als wollte sie sie bestärken. »Sie ist damit einverstanden. Sie überlegt, ob sie nicht für eine Weile nach Frankreich zurückgehen soll.«

»Würde es dir etwas ausmachen, wenn sie das tun würde?«

»Nein. Ich bin eine halbe Französin und fühle mich auch dort sehr zu Hause.«

Er schien das gutzuheißen. »Gefühle für sein Land zu haben ist etwas Gutes.«

Das Bügeleisen war ein schweres, altmodisches Exemplar, das immer häufiger rebellische Anfälle bekam. Sie drehte an dem Einstellungsrädchen und nahm eines von Marias Kleidern.

»Ich weiß es zu schätzen, dass du in ein völlig anderes Land mitgekommen bist, und es muss schwierig für dich sein.«

Worauf wollte Petr damit hinaus? Ihre Gedanken rasten, und sie beschloss, ihn mit Wissen zu blenden. »Wie man hört, ist das ein Land, in dem der Gesellschaftsvertrag zwischen dem Staat und dem Volk sehr gut funktioniert. Der Staat verspricht wirtschaftliches Wachstum, einen hohen Lebensstandard, kostenlose Gesundheitsfürsorge und Bildung. Im Gegenzug ist das Volk damit einverstanden, sich seinen Regeln und Vorschriften zu beugen.«

Höchst amüsiert lachte er. »Meine liebe Laure«, sagte er, »mir musst du solche Dinge wirklich nicht vorkauen.« Kurz überlegte er. »Du hast eine Sache ausgelassen, und das ist die Leidenschaft, die die Leute empfinden, die an diese Doktrin glauben, aber hart dafür arbeiten müssen, um sie zu erfüllen.«

Eindringlich sah sie ihn an. Dieser Mann schien ein so entspanntes Verhältnis zu sich zu haben, so nett und so wenig doktrinär zu sein, und doch wurde er von den Machthabern begünstigt. Zugleich, rief sie sich in Erinnerung und mied dabei seinen gut gelaunten Blick, war er auch der Mann, der seine aufbegehrende, blutende Frau an den Handgelenken aufs Bett gedrückt hatte.

»Geht es Ihrer Frau gut?«, fragte sie, dachte, dass sie vielleicht über diese Situation etwas Klarheit erlangen könnte. »Ich meine, hat sie Albträume?«

»Ja, hat sie.« Er wirkte nachdenklich. »Über dieses eine Mal, als du gesehen hast … ich denke mal, du stellst dir vor, du hättest etwas Schreckliches gesehen.«

Laure spürte, dass sie rot wurde. »Das habe ich mir nicht *vorgestellt.*«

»Eva hatte einen Albtraum. Ich hatte mich im Bad geschnitten und die Blutung noch nicht gestillt, als sie nach mir gerufen hat.«

Er beobachtete ihre Reaktion. Wohl auf der Suche nach einem Hinweis der Skepsis, nahm sie an, aber so einfach wollte sie nicht klein beigeben. Sie *hatte* etwas Verstörendes gesehen.

»Schon eigenartig, oder? Wie zwei Menschen dasselbe sehen und völlig anders wahrnehmen können?«

»Das stimmt, und einer von beiden sieht es für gewöhnlich falsch.«

Das Bügeleisen pfiff und fauchte auf einmal. Petr durchquerte das Zimmer und nahm es Laure aus der Hand. »Geh einen Schritt zurück«, wies er sie an und zog den Stecker. »Alles in Ordnung mit dir?« Laure nickte. Prüfend betrachtete er die Abstellfläche. »Ich habe Eva gesagt, dass wir ein neues brauchen.« Er stellte das Bügeleisen wieder auf der Abstellfläche ab. »Komm, gehen wir etwas trinken, bevor meine Besprechung anfängt.«

»Einverstanden«, sagte sie.

Er wartete, bis sie nach draußen gegangen waren, ehe sie das vorherige Gespräch wiederaufnahmen.

»Weißt du …«, sagte er, »für die meisten Leute hier war der Lebensstandard nie so gut wie jetzt.«

Sie saßen an einem Holztisch vor einem Café auf einem Platz in der Nähe der Kirche, und vor ihnen standen auffällig bunte Gläser mit Orangensaft. Unweit von ihnen standen ein paar schmiedeeiserne Laternen aus einer anderen Epoche, und in der Sonne leuchteten die roten Dächer der Häuser entlang des Platzes heller. Der Baum in der Mitte schien jedoch ums Überleben zu kämpfen.

Petr folgte Laures Blick. »Ich fürchte, die Luft hier ist

nicht die beste«, sagte er. »Für den Baum, meine ich. Aber für die *Menschen* ist das Ausbleiben von Krieg und Teilung nur positiv. Das verstehen die Menschen. Sie wollen ein gutes Leben mit einer starken Familie. Sie konzentrieren sich auf ihre häuslichen Angelegenheiten.«

Laure starrte auf den Baum. Die Blätter waren an den Rändern welk, die Rinde an mehreren Stellen aufgeplatzt. Einer der dickeren Äste war fast gespalten und entblößte eine schuppige Epidermis. Die Verschmutzung hier muss schrecklich sein, dachte sie. Dann fiel ihr ein, dass sich in diesem April das Reaktorunglück von Tschernobyl ereignet und die gesamte Tschechoslowakei in Mitleidenschaft gezogen hatte.

»Aber …« Petr konzentrierte sich wieder auf Laure. »Wir müssen auf die achten, mit denen wir nicht einer Meinung sind. Sie können die Stabilität gefährden. Das sind keine zuverlässigen Arbeiter.«

»›Wir‹?«

»Diese Menschen können ihre Jobs verlieren und eine Zeit lang in Haft genommen werden. Das kann jedoch auch nützlich sein, denn so wird nicht nur ihnen eine Lektion erteilt, alle anderen lernen gleich mit. Wenn sie Künstler sind, wird ihnen zum Beispiel verboten, weiterhin aufzutreten.«

Sie beobachtete einen älteren Mann, der an ihnen vorbeilief und seine Einkäufe in einem rostigen Kinderwagen vor sich herschob.

»Wie zum Beispiel dein Freund?«, fuhr er fort. »Dir wird aufgefallen sein, dass man ihn nicht als guten Arbeiter betrachtet. Weder baut er Lebensmittel an, noch arbeitet er in einer Mine. Seine Arbeit ist oberflächlich, das fällt dem Staat natürlich auf.« Er lehnte sich in seinem Stuhl nach hinten. »Hast du mit deinen neuen Freunden schon einmal über Politik geredet? Wenn du versucht bist, lass es bitte.«

Sie sah ihm an, dass er wirklich besorgt war. »Kann ich Sie etwas fragen, Petr?« Er nickte. »Arbeiten Sie wirklich für einen Pharmakonzern?«

Gefährlich.

»Haben deine neuen Freunde dich auf diese Frage gebracht?«

»Ich habe mit ihnen nie über Sie geredet. Also, arbeiten Sie dafür?«

Seine Antwort war amüsiert, aber leicht schneidend. »Weshalb denkst du, dem wäre nicht so?«

»Sie sind nicht oft im Büro, und Sie stellen mir viele Fragen.«

»Man sollte immer viele Fragen stellen, Laure. Ich werde deine beantworten. Ich arbeite für Potio Pharma, und das schon seit sehr vielen Jahren. Medikamente sind ein wichtiger Industriezweig. Leben hängen davon ab.«

Wieder sah sie zu dem sterbenden Baum. »Entschuldigen Sie mich bitte kurz, ich muss auf die Toilette.«

In der stickigen Kabine saß sie auf der Toilettenbrille und atmete tief durch. In einem Korb auf dem Boden waren Ausgaben der offiziellen Parteizeitung, *Rudé Právo*, die in Streifen gerissen waren. Im Marionettentheater hatte Milos ihr gesagt, es sei die beliebteste Zeitung für Toilettenpapier, weil ihre Seiten am größten waren, sie auf hochwertigem Papier gedruckt war, und da konkurrierende Zeitungen verbannt waren, bekam man sie fast überall.

Sie hätte diese Frage niemals stellen sollen. Törichte Laure.

Als sie zurückkam, hatte Petr die Rechnung bereits bezahlt. »Du fängst an zu begreifen, dass Prag nicht Paris ist. Und ich denke, du denkst, ich würde mich einmischen. Oder schlimmer noch. Aber das tue ich nicht.« Er stand auf.

Der Riemen ihres Rucksacks hatte sich am Stuhl verfangen, und er beugte sich vor, um ihn zu lösen. Dann reichte er ihr den Rucksack. »Du hilfst meiner Familie sehr, und dafür bin ich dankbar. Ich will nicht, dass etwas schiefgeht.«

Da dieses Gefühl echt war, schmolz ihre Vorsicht im Bruchteil einer Sekunde dahin. »Dass Sie mir den Job gegeben haben, hat mir auch geholfen.«

»Das freut mich zu hören.«

Eva war fast eine ganze Woche im Bett gewesen. Irgendein Virus, sagte sie.

Laure mühte sich ab, die normalen Abläufe aufrechtzuerhalten, und war vollauf damit beschäftigt, sich um die Kinder zu kümmern. Im Zuge ihrer Handlangeraufgaben wurde ihr – mit etwas Bestürzung – bewusst, dass sie einen Hang zu düsteren Gedanken hatte. Eva ins Badezimmer zu bringen und zuzusehen, wie sie ihr Essen auswürgte, rief ein Schuldgefühl bei ihr hervor, weil sie, Laure, im Vergleich jung, stark und das blühende Leben war.

Mehrfach hatte Petr sie gebeten, das Abendessen mit ihm einzunehmen. Das war schon fast zur Gewohnheit geworden. Es schien ihm zu gefallen, Laure mit am Tisch sitzen zu haben und sie zu bitten, ihm das Leben in England zu beschreiben. Laure spielte dabei gern mit, doch je weiter die Woche voranschritt, umso ungeduldiger war sie, endlich freizuhaben.

Bei der erstbesten Gelegenheit ging Laure zur Staré Město. Ein unerwarteter, aber kurzer Regenschauer setzte ein, als sie die Karlsbrücke überquerte, und in den wenigen Minuten bevor die dampfige Feuchtigkeit sich aufgelöst hatte, glitzerte die Stadt wie ein Gemälde.

Als sie sich dem Altstädter Ring näherte, entdeckte sie weiter vorn Lucia und Tomas. Tomas hatte eine Zeitung unter den Arm geklemmt, und Lucia trug eine Leinentasche, die schon einmal bessere Tage gesehen hatte. Die beiden unterhielten sich angeregt. Bei diesem Anblick breitete sich ein unangenehmes Gefühl in ihrem Bauch aus.

Mehrere Meter hinter ihnen lief ein Mann in einem grauen Anzug, und sie begriff, dass er die beiden beschattete. Er war durchschnittlich groß und so gedrungen, dass seine Weste drohte, aus den Nähten zu platzen, außerdem hatte er große Mühe, mit seinen Zielpersonen Schritt zu halten.

Laure fand die Vorstellung aufregend – als würde sie auf einmal zwischen den Seiten eines Romans stecken. Dann war sie beschämt. Das hier war kein Spiel. Sie beschleunigte den Schritt, überholte den Mann, und als sie zu Tomas und Lucia aufschloss, sagte sie leise: »Jemand folgt euch.«

»Daran besteht kein Zweifel«, sagte Tomas und lächelte ihr zu. Während er das sagte, hielt er zwei Finger hoch. Lucia zog seinen Arm herunter und fauchte ihn an. Dann zeigte sie auf Laure und wechselte ins Englische. »Geh weg. Wenn du da bist, macht Tomas dummes Zeug und zieht die Aufmerksamkeit auf uns.«

»Daran bin nicht ich schuld«, verteidigte sich Laure. »Das macht er ganz allein.«

Lucia lief rot an. Ohne ein weiteres Wort drängte sie durch die Menge nach vorn und verschwand. Laure sah ihr nach und drehte sich dann zu Tomas um. »Mache ich dir Ärger? Soll ich besser gehen?«

Ein ungeduldiger Ausdruck überschattete sein Gesicht kurzzeitig. »Das heißt nicht, dass du gehen sollst.« Er zog sie in den geschützten Bereich einer Tür. Der Spitzel lief daran vorbei. Sein grauer Anzug hatte Schweißflecken unter den Armen, sein Gesicht war knallrot.

In einer wunderschönen, zärtlichen Geste fuhr Tomas

mit dem Finger über Laures Wange. »Die Dinge hier verändern sich, Laure. Willst du Zeuge dieser Veränderung sein?« Sie war sich unsicher, was er damit beabsichtigte, dennoch nickte sie. »Lucia hat Angst, und sie hat allen Grund dazu. Ihre Familie hat gelitten. Ihre Eltern waren einmal hochrangige Beamte. Jetzt sind sie Tellerwäscher.«

»Wie der Kellner?«

»Wie der Kellner.«

»Verstehe.«

»Das tust du vermutlich nicht«, sagte er. »Aber lass uns weitergehen.«

Im Marionettentheater liefen die Vorbereitungen für die Abendvorstellung. Laure machte sich an ihre inzwischen vertrauten Tätigkeiten.

Nachsehen, ob auf dem Boden oder den Bänken Abfall herumlag.

Nachsehen, ob das Licht funktionierte.

Nachsehen, ob Wasser für diejenigen da war, die von der Hitze übermannt wurden – während einer der letzten Vorstellungen war ein Mann ohnmächtig geworden.

Nachsehen, ob sich das rudimentäre Erste-Hilfe-Kästchen mit einer Packung Aspirin und ein paar Pflastern an dem dafür vorgesehenen Ort befand – möge Gott denen beistehen, die einen Schlaganfall erlitten oder sich versehentlich eine Ader aufschlitzten.

Hinter der Bühne reparierte Milos einen von hloupý Honzas Fäden. Die Marionette sah mitgenommen aus. Ihre Nase musste nachgebessert werden, und ihre Hose war auch schon etwas verschlissen.

Laure sah Milos beim Arbeiten zu, sein kahl werdender Kopf glänzte in der Hitze.

»Hloupý Honza findet das Leben schwierig, nicht wahr? Er ist gestürzt. Wie traurig.«

»Rede nicht so von mir«, sagte die Marionette.

Laure warf einen flüchtigen Blick auf Milos, der mit einem geheimnisvollen Lächeln auf den Lippen weiterarbeitete.

»Hloupý Honza, das tut mir leid. Ich wollte dich nicht beleidigen«, sagte Laure.

»Ich leugne ganz entschieden, dass ich von bürgerlicher Abstammung sein soll«, sagte hloupý Honza.

»Aber hloupý Honza«, sagte Milos streng, »dein Vater war ein bekannter Textilfabrikant.« Er warf einen Blick auf Laure. »Du darfst vor Besuchern keine Lügen erzählen.«

»Meinst du nicht eher, erzähl keine Lügen vor Leuten, die du kennst. Besucher wissen nicht, ob man lügt oder nicht, somit ist es ihnen egal.«

»Ich bin aber kein Besucher mehr«, sagte Laure.

»Nein, bist du nicht, du gehörst jetzt zum Team.«

Laure fing an zu strahlen.

»Das muss man sich verdienen. Bring das nächste Mal etwas Kaffee mit. Diese Marionette hätte liebend gern eine gute Tasse.«

Milos arbeitete ruhig und systematisch, sah dabei konzentriert nach unten.

Laure erinnerte sich daran, dass in der Küche der Familie Kobes Kaffeepäckchen auf einem Regal gelagert waren. »Ich werd's versuchen. Ich wusste nicht, dass es so schwierig ist, welchen zu bekommen.«

»Ausländer.«

Das war so liebevoll vorgebracht, dass Laure grinste.

Milos befestigte den letzten Faden. »Geht's dir jetzt besser, alter Mann?«

»Jawohl!«

Milos tippte auf die lädierte Nase. »Falsche Epoche.«

»Erteil du mir keine Geschichtslektionen.«

Die Geschäftigkeit hinter der Bühne nahm zu, wie das immer der Fall war. Aufregung und Anspannung schaukelten einander hoch. So vieles konnte passieren. Eine Darbietung konnte ein voller Erfolg sein. Oder ein totaler Flop.

Eine Darbietung konnte angesehen, verzeichnet und gemeldet werden.

Diese Unsicherheit verursachte einen Rausch, den Laure inzwischen genoss. Jeder Tag brachte eine neue Empfindung, eine neue Erfahrung mit sich – wunderbar intensiv.

Sie ließ Milos aufräumen und ging in den Raum, der als Küche diente, um Wasser für den Backstagebereich zu holen.

Der Raum hatte diese Bezeichnung nicht verdient, denn er besaß nur ein Spülbecken, einen Wasserhahn, und in der Mitte stand ein wackeliger Tisch. Jemand hatte einen Gaskocher mitgebracht, auf dem ein Teekessel bollerte, dazu ein paar Tassen, eine davon ohne Henkel.

Laure füllte einen Krug mit Wasser, wischte ein Tablett mit dem abblätternden Bild der Karlsbrücke ab und stellte die Gläser darauf. Als sie das Tablett hochhob, griff jemand nach ihrer Schulter, und fast hätte sie es fallen lassen. Aufgeschreckt wirbelte sie herum.

Laure stand Lucia gegenüber, die ihr schwarzes Bühnenoutfit und das Kopftuch trug. »Mein Englisch ist heute nicht so gut.« Laure sah eine Auseinandersetzung vorher und stellte das Tablett ab. »Aber man muss es dir sagen. Du denkst, er mag dich? Denk noch mal.«

»Tomas?«

»Wer sonst? Er benutzt dich für das, was du bist. Das macht er so.«

In dem Moment begriff Laure, dass es nicht einfacher wurde, mit einer Situation klarzukommen, wenn man vorgewarnt war. »Ich weiß, ich bin keine Tschechoslowakin, wenn du das damit meinst.«

»Nein, bist du nicht.« Lucia sprach die Worte gedehnt aus. »Und du wirst es nicht verstehen.«

»Vielleicht ist es mir egal.«

Echte Furcht zuckte über das Gesicht der anderen Frau. »Du kommst hierher, mit fremden Kleidern und Geld. Ja, du hast einen Job, aber er ist …« Sie suchte nach den richtigen Worten. »Dein Job ist dumm. Nicht real. Du arbeitest für privilegierte Leute.« Mitten im Redefluss verstummte sie, warf einen Blick über die Schulter zur Tür, als wollte sie sich vergewissern, dass sie nicht belauscht wurden. Doch niemand stand in der Tür, und sie fuhr mit ihrer verbalen Attacke fort. »Du wirst nie wissen, wie es ist, hier zu leben.« Sie klopfte sich auf die Brust. »Tief drinnen.«

Diese dramatische Geste irritierte Laure. »Das ist doch bescheuert«, sagte sie und wollte das Tablett wieder hochheben.

Lucia versperrte ihr den Weg. »Soll ich dir mal erzählen, was passiert, wenn du etwas Schönes in der Tschechoslowakei hast? Egal wie unbedeutend.«

Laure wusste nicht, worauf sie hinauswollte, und sagte: »Man freut sich daran.«

Lucia schob ihr Gesicht ganz nah an Laures. »Du dummes Ding, es wird dir gestohlen. Das passiert. Du kannst es auf dem Grund eines Flusses verstecken, aber sie finden es.« Ihr Englisch holperte. »So leben wir hier. So sterben wir hier. Deshalb kämpfen wir. Aber du … wann immer du genug hast, kannst du einfach gehen. Wir müssen hierbleiben.« Sie zeigte auf den Raum. »Du denkst, diese Vorstellungen wären unterhaltsam, aber das sind sie nicht. Wir erschaffen hier die Zukunft. Entwickeln Ideen. Debattieren.«

»Redest du von Politik?«

»Alles in diesem Land ist Politik. Du bist zu dumm, das zu sehen.«

»Dumm« war offenbar eines von Lucias Lieblingswörtern.

»Lucia, geh mir bitte aus dem Weg.«

»Du wirst ihn nicht klauen. Du solltest nach Hause gehen.«

»Ich habe nicht die Absicht, ihn zu klauen.«

»Hast du wohl.«

Die beiden Frauen starrten einander an, bis Lucia einen Schritt zur Seite machte. Laure nahm das beladene Tablett und ging zum Backstagebereich.

Während sie zusah, wie Lucia die Marionetten bei der Vorstellung führte, wurde Laure klar, dass sie bislang etwas Wichtiges übersehen hatte: die Macht der Erinnerung.

Der Marionettenspieler musste sich jede klappernde Bewegung, jeden Schritt, jedes Auswechseln merken. Eine falsche Bewegung, schon war die Darbietung dahin. Eine falsche oder vergessene Bewegung, schon stimmte die Botschaft nicht mehr.

Wenn Lucia recht hatte und alles in diesem fremden Land mit Politik zu tun hatte, dann musste man das Leben damit zubringen, die anderen zu beobachten. Wie erschöpft mussten sie alle sein und wie eingleisig ihre Gedanken verlaufen, was auch zum Teil Lucias Haltung ihr gegenüber erklären würde.

»Habe ich dir die Geschichte der Sieben Weltwunder der Tschechoslowakei zu Ende erzählt?«, fragte Tomas, als sie ihm berichtete, Lucia und sie hätten eine Auseinandersetzung gehabt. »Sie könnte dir helfen, das zu verstehen.«

»Wie alt ist Lucia?«

»So alt wie ich.«

Er war nach der Vorstellung aufgetaucht. Heiser von einem Auftritt in der Nähe des Wenzelsplatzes, mit vor Wodka und Adrenalin glänzenden Augen und nach Tabak und frischem Schweiß stinkend. Er wirkte sehr zerbrechlich, dennoch war seine Wirkung auf sie so unwiderstehlich, dass ihre Knie weich wurden und sie Schmetterlinge im Bauch hatte.

Sie standen in dem Gang, der von der Bühne zur Küche führte, und er zog sie an sich. Seine Lippen streiften ihr Ohr, als er flüsterte: »Obwohl nichts in den Läden ist, haben wir genug von allem. Obwohl wir genug von allem haben, klaut jeder.«

Sein Mund verweilte an der weichen Lieblingsstelle an ihrem Hals, leicht unterhalb der Kinnlinie.

»Obwohl alle klauen, geht niemals irgendwo etwas verloren.«

Sie wusste nicht, wie sie darauf reagieren sollte, und presste sich an ihn, nahm mit Schrecken wahr, wie schmal und dünn sein Körper war. Er schob sie etwas zurück, um sie anzusehen. »Das ist tschechischer Humor, Laure. Wir sind es gewohnt, über uns selbst zu lachen, über das System und die Idiotie des Universums. Wir erwarten nicht, dass ein Außenstehender das versteht.«

Sie legte eine Hand flach auf seine Brust, wollte seinen Herzschlag spüren, war sich seines Getrenntseins nur zu sehr bewusst und wollte es überbrücken. »Alle sind immer so darauf bedacht, mich wissen zu lassen, dass ich eine Außenstehende bin.«

»Außerdem bemitleiden wir uns. Insbesondere über das große Paradox.«

»Das da wäre?«

»Das da wäre das Verständnis dafür, dass die Welt ein schrecklicher Ort ist, weil man zwischen einem Heimatland wählen musst, das Leiden verspricht, und dem Leiden, das einen befällt, wenn man sich dafür entscheidet, das Heimatland aufzugeben.« Er grinste. »Was soll man da machen?«

Unsicher sagte sie: »Das Paradox besteht also darin, zwischen zwei Leiden zu wählen.«

»Für welches entscheidest du dich?«

Das war eine rhetorische Frage, und er erwartete nicht, dass Laure sie beantwortete. Ihre Erheiterung steigerte sich immer mehr. Irgendwie – aber wie nur? – war sie in einen Kreis hineingeraten, der Dinge wie dieses als wichtig erachtete.

»Komm dieses Wochenende mit zur *chata*, dann erzähle ich es dir. Die Jungs werden dort sein. Es wird dir gefallen. Dort sind wir so richtig in Hochform.«

Sie wusste nur zu gut, was die Einladung eigentlich beinhaltete.

18

Spät an einem heißen Freitagnachmittag mit dem Zug aus Prags Hauptbahnhof zu fahren war nicht die beste Zeit.

Vor dem Ticketschalter, wo sie sich mit Tomas traf, hatte sich eine lange Schlange gebildet; er trug eine Leinenweste und hatte die Haare mit einem schwarzen Schnürsenkel nach hinten gebunden. »Wenn wir Glück haben, bekommen wir einen Sitzplatz«, sagte er.

Die Gänge im Zug waren brechend voll. »Was ist dir lieber? Tod durch Erdrücktwerden im Gang oder in einem Abteil?« Sie quetschten sich in ein Abteil, in dem es bereits voll und stickig war. »Tut mir leid«, sagte Tomas freudig zu den Mitreisenden. Er schob Laures Rucksack nach oben in die Gepäckablage und legte seine Gitarre vorsichtig darauf ab. »Sehr leid.«

Der Reisende am Fenster sah auf, und Laure amüsierte sich über seinen erstaunten Blick, als er Tomas erkannte. Tomas bedachte ihn mit dem ihm eigenen Lächeln, mit dem man einen Affen vom Baum herunterlocken konnte, und schüttelte den Kopf, als der Mann ihm seinen Platz überlassen wollte.

Zum Glück dauerte die Fahrt nicht lange. Der Zug rollte durch die Prager Vororte, auf die ländliche Landstriche folgten, die mit Birken und Eschen getupft und von Bächen und Flüssen durchkreuzt waren.

Nicht dass Laure viel davon hätte sehen können. Sie konzentrierte sich darauf, das Gleichgewicht nicht zu verlieren und sich nichts aus dem Gestank der Fleischsandwiches zu machen, die die Frau vor ihr an ihre Familie verteilte.

Anscheinend war *chata* die Bezeichnung für Hütten und Landhäuser, zu denen Mann, Frau, Kind und Kegel wann immer möglich aufbrachen. »Wenn man um die Abzocke mit den Baugenehmigungen herumkommt, kann man etwas bauen«, sagte Tomas. »Das hängt davon ab, wen man kennt. Wenn man das nicht machen kann, dann mietet man. Als dekadente Musiker müssen wir mieten.« Ein paar Minuten lang war er etwas mürrisch. »Dafür aber keine Spitzel«, sagte er. »Keine Einschränkungen. Keine Propaganda.«

Laure sah zu, wie die Sandwiches verspeist wurden, und fragte sich besorgt, ob sie die richtige Kleidung eingepackt hatte. Jeans. Einen Baumwollrock. Das Kleid, das so viele Kommentare provoziert hatte. Sie mochte es nicht mehr so sehr, wie das zunächst der Fall gewesen war. Irgendwie erschien es ihr *unangemessen*.

Vom Bahnhof musste man zwanzig Minuten zu Fuß zu einem abseits gelegenen Weiler gehen, wo Tomas sie einen Pfad zu einem einstöckigen, mit roten Schindeln bedeckten Haus führte. »Wir haben die Besitzer bestochen, damit *Anatomie* es die ganze Saison über mieten kann.« Er sagte das betont ironisch. »Das war nicht einfach. Wir sind gebrandmarkte Männer, und niemand will mit uns Geschäfte machen.«

Der Riemen ihres Rucksacks drückte sich in ihre Schultern ein, und sie verschob ihn ein wenig. Tomas streckte die Hand aus und nahm ihr den Rucksack ab. »Bist du schon einmal festgenommen worden?«, fragte sie.

»Zweimal. Jedes Mal verliert man ein Leben.« Er betrachtete ihr erschrecktes Gesicht. »So ist das hier nun einmal.«

Sie rieb sich über die gepeinigte Schulter und fragte:

»Hast du je darüber nachgedacht, in den Westen zu fliehen?«

Sie hatte die Worte noch nicht ganz ausgesprochen, als sich seine Haltung leicht änderte. Ein verschlossener Ausdruck ersetzte seine lächelnde Unbeschwertheit. »Warum fragst du das immer wieder?«

Sie war verwirrt. »Ich … entschuldige. Habe ich dich beleidigt?«

»Stell nicht solche Fragen, Laure. Frag so etwas einfach nicht.«

Er wandte ihr den Rücken zu und klopfte an die Tür.

Ein offensichtlich betrunkener Manicky öffnete. »'tschuldige.« Sein heißer, alkoholgeschwängerter Atem hätte sie fast umgehauen. »Ich musste mit den anderen Schritt halten.« Er führte sie zur Sitzecke, in der ein Ofen stand und von wo aus andere Räume abgingen.

Hier herrschte das reinste Chaos. Ein auf dem Bauch liegender Leo schnarchte auf dem Sofa. Jemand anders lag dahinter, den schweren Schnürstiefeln nach zu urteilen vermutlich ein Mann. Überall standen schmutzige Biergläser, der Stummel einer Wurst lag herum, und Brotkrumen waren über den Tisch verteilt, und es stank nach Schweiß, Zigaretten und säuerlichem Bier.

Tomas kickte nach dem, der hinter dem Sofa lag. »Entschuldige«, sagte er. »Es sollte eigentlich nicht so heftig sein.«

Laure versuchte immer noch, sich davon zu erholen, wie ihre Unterhaltung in Schieflage geraten war, und empört über all den Dreck fragte sie: »Soll ich besser gehen?«

»Nein. Aber geh ein bisschen spazieren, bis ich die Dinge hier in Ordnung gebracht habe.«

Sie rang sich ein Lächeln ab.

»Du musst ihnen das verzeihen.«

Draußen fiel ihr das Atmen leichter. Die aufgestaute

Hitze des Tages streifte über ihre bloßen Arme, und die Sonne stand tief am Horizont. Ein paar *chata*, die in der Ferne zum Wald hin immer weniger wurden, standen gesäumt von gesund aussehenden Eschen an der Kreuzung, die das Zentrum des Weilers bildete. Viel mehr gab es hier nicht, also ging sie langsam im Kreis um den Weiler herum. Das sommerliche Unterholz knackste trocken, und dort, wo die Bäume am dichtesten standen, warfen sie dunkle Schatten.

In mehreren Gärten saßen Familien beim Essen, während sie blechern klingenden Radios lauschten. Kinder rannten unbeschwert lärmend herum, und die Hunde lagen hechelnd im Schatten. Laure beobachtete zwei Kleinkinder unter einem Baum, die mit kleinen Blechtassen Wasser von einem Eimer in einen anderen schöpften.

Alles sah so normal aus. Es war so normal.

An der Kreuzung setzte sie sich auf eine Bank. Wenigstens veränderten sich die Bäume nicht, oder das Sonnenlicht oder der Himmel, und es war eine Wohltat, sie anzusehen. Ansonsten leistete sie sich in diesem fremden Umfeld einen Schnitzer nach dem anderen.

Nach einer Weile suchte Tomas nach ihr. Er fand sie auf dem Pfad, der von den Häusern zum Wald führte. Er hatte sich gewaschen, rasiert und eine geflickte, aber saubere Jeans und ein T-Shirt angezogen. »Melde mich gehorsamst zum Dienst«, sagte er.

Sie war leicht schockiert. »Es ist kein zu großer Dienst, hoffe ich.«

Seine Augen wurde schmal. »Ich habe völlig vergessen, wie es ist, so alt wie du zu sein«, sagte er leise.

»Ich bin nicht sehr viel jünger als du.«

»Aber ich fühle mich sehr viel älter.«

Sie deutete auf eine Familienszenerie ganz in ihrer

Nähe. »Erinnerst du dich daran, wie du mir gesagt hast, dass jeder klaut, obwohl genug von allem da ist?«

»Theoretisch ist genug von allem da.«

»Es klang so, als würde hier draußen Anarchie herrschen, aber was ich hier sehe, erinnert mich sehr an England.«

»Stiehlt in England etwa niemand? Kein Wunder, dass du willst, dass ich dorthin gehe.« Er berührte ihre Brust. »Darf ich das tun?« Eine Augenbraue wanderte nach oben. »Oder heißt es: Kann ich?«

Sie lachte und fühlte sich gleich viel besser. »Du bist ein guter Schüler.«

Seine Finger fühlten sich rau an auf ihrer Haut. »Tatsächlich gibt es ein Achtes tschechoslowakisches Weltwunder, das besagt, unter unserem großartigen Parteiführer Husák, möge er ewig leben, hätten diese Regeln vierzig Jahre lang funktioniert. Vorausgesetzt, wir sprechen das Wort ›Russland‹ niemals aus.«

Wie in Trance ließ sich Laure von Tomas den Pfad zum Wald hinaufführen. Im Dickicht der Blätter wanderten die abendlichen Schatten über den Boden, und die Vögel waren verstummt. Es roch nach trockenen Pflanzen und heißem Stein, und die Wärme des Bodens drang durch die dünnen Sohlen in ihre Schuhe.

Sie wusste, wohin sie geführt wurde. Und freute sich. Wie verrückt. War überglücklich.

Tomas blieb stehen. »Bist du dir sicher?« Sie nickte. »Wir können umkehren, wann immer du willst.« Er lächelte ironisch. »Sex kann so lächerlich sein. Lustig und ernst und grausam.«

Auch in kryptischer Form wollte sie nichts von seinen Erfahrungen hören, insbesondere wenn sie … Lucia beinhalteten. Sie atmete tief durch. »Ich bin nicht sonderlich erfahren.«

Er musterte ihr Gesicht. »Ich glaube nicht, dass du Spaß gehabt hast. Habe ich recht?«

Es war ihr noch immer unangenehm, über Rob zu sprechen. »Ich war ihm nicht wichtig, aber er war mir wichtig. Die ewig gleiche Geschichte.« Es war immer ein Fehler, darüber zu reden, weil es ihre Gefühle aufwirbelte.

Er nahm ihre Hand und zeichnete einen Kreis auf ihre Handfläche. »Wir sind im Wald, einem Ort voller Magie und neuer Entdeckungen. Du hast geschlafen, und ich bin gekommen, um dich zu wecken.«

»Das klingt bei dir, als wären wir Geschichten.«

»Das sind wir auch. Wunderschöne, aufregende Geschichten.«

Bei diesen Worten lief sie verlegen rot an. War es so offensichtlich, dass sie sich danach sehnte, Liebe zu erfahren? Richtige Liebe. Nicht diese erbärmliche Obsession wie mit Rob, sondern eine ursprüngliche Antwort auf ihre lebhaften Träume, Erwartungen und sinnlichen Tagträume … auf die unerforschten Bereiche ihrer Gedanken, die undurchsichtigen Orte ihrer Psyche.

Sie wagten sich tiefer in den Wald hinein, wo die Luft stand, aber die Farben leuchtend waren – dunkle Grüntöne, ein bisschen Orange und Gelb, die blutroten Tupfen früher Beeren. Das Knacken der Äste unter ihren Füßen, das Rascheln aufgescheuchter Tiere, das listige Aufblitzen von Pilzen in den Rissen einer Wurzel, Schatten gossen dunkle Flecke zwischen die Bäume, an denen sie vorbeikamen. Der Ruf eines alten, mystischen Ortes lockte sie.

Bis Tomas bei einer grasbewachsenen Lichtung stehen blieb, klebte ihr das T-Shirt am Rücken. Keuchend vor Hitze ließ sie sich auf den Boden fallen und zupfte sich den schweißnassen Baumwollstoff etwas von den Armen.

Tomas kniete sich neben sie. »Du bist Dornröschen, denke ich.«

Sie drehte den Kopf zu ihm um und sah ihn eindringlich an. »Aber du hast die Dornenhecke noch nicht überwunden.«

»O doch, das habe ich. Du hast geschlafen.«

»Es hat lange gedauert.«

»Mach dir keine Sorge. Er kommt immer durch. Irgendwann.« Er zog kurz an ihrem durchgeschwitzten T-Shirt. »Warum ziehst du es nicht aus?«

Jetzt bekam sie es mit der Angst zu tun – davor, worauf sie sich hier einließ, auf den Schmerz, der vielleicht vor ihr lag, und das Ende. Wie sollte es ein gutes Ende nehmen?

Tomas zog ihr das T-Shirt über den Kopf. »Macht es dir etwas aus, dass es hier passiert?«, fragte er. »Privatsphäre ist schwierig in diesem Land.«

Instinktiv schlang sie die Arme um ihren Oberkörper. »Es sollte hier sein. Draußen im Freien.«

Er streichelte über ihre bloßen Schultern. »Ich werde dir nicht wehtun.«

Nein, das würde er nicht. Das war das Einzige, was sie mit Sicherheit wusste, und sie ließ sich los und legte die Arme um ihn.

Obwohl hier Gras wuchs, war der Boden nicht weich, und Steine drückten sich in ihren Rücken. Ihre mangelnde Erfahrung war offensichtlich, und zunächst fühlte sie sich hölzern und im Nachteil.

»Mach dir keine Sorgen«, sagte er. »Ich kümmere mich darum, dass es dir gut geht.« Er küsste eine Brust. »Du bist wunderschön und süß. Du hast Blätter im Haar und siehst aus wie ein Geist, der im Wald lebt.«

»Du hast gesagt, ich wäre eine Löwin.«

»Auch das«, sagte er so zärtlich, dass Laure meinte, sie würde vor lauter Gefühlen noch ohnmächtig. »Hast du immer noch Angst? Ich werde mich gut um dich kümmern.«

Sie blickte ihm in die Augen und sah, dass er ehrlich und aufrichtig war. »Nein, ich habe keine Angst.«

Nach einer Weile hatte sie die Steine vergessen, die gegen ihren Rücken drückten, und konzentrierte sich auf die brennenden Empfindungen und das Verlangen. Wie versprochen machte Tomas es ihr einfach, und er war so bemüht, dass sie am liebsten gelacht und geweint hätte.

Als es vorbei war, lagen sie in einer verschwitzten Umarmung da. Langsam wurde es dunkel, das Rascheln im Dickicht war lauter geworden, und ein abendlicher Lufthauch ließ die Blätter an den oberen Ästen erzittern. Aber all dem wohnte nichts Bedrohliches inne, nur eine unermessliche Friedlichkeit.

Tomas' Kopf lag an Laures Schulter. Sein Geruch war warm, männlich und absolut verführerisch. Die Intimität ihrer verschlungenen Körper ließ sie nach Atem ringen. Sich noch mehr zu verlieben – was ihr gerade passierte –, bedeutete, sich von sich selbst zu lösen. Es war die Freiheit, mit einem anderen zu verschmelzen und dessen Welt anzunehmen.

Ja.

Sie blinzelte nach oben zum Blätterdach und dachte: *Lass mich bitte nicht alt werden.*

Tomas bewegte sich. »Ich höre dich denken.«

»Ich habe mir einen Moment lang vorgestellt, wie es wohl ist, alt zu sein, ohne … das da.« Sie legte eine Hand auf seinen Rücken.

»Du bist nicht alt.« Tomas hob den Kopf. »Und du musst nicht ohne es sein. Oder?«

Voller Freude und Dankbarkeit schloss Laure die Augen.

Manicky und Leo waren viel zu betrunken, um sie freundlich willkommen zu heißen. Als Tomas und Laure in die *chata* zurückkamen, murmelten sie etwas von wegen zu viel Alkohol, artikulieren in einer Fremdsprache würde nicht funktionieren, und hingen auf ihren Stühlen, wo sie irgendwie versuchten, ihren Kater zu überstehen.

Jemand hatte sich bemüht, sauber zu machen. Das Geschirr war abgewaschen, die leeren Flaschen standen vor der Tür. Aber es stank noch immer nach Zigaretten und ungewaschenen Männerkörpern.

Tomas riss die Fenster auf und ließ die Tür offen stehen. Manicky murmelte etwas von Insekten, aber Tomas meinte, daran hätten sie früher denken sollen.

Laure half Tomas, den Tisch abzuwischen, und er stellte Wurst und Brot darauf. »Kein Festessen, aber du bist bestimmt hungrig.«

Ihre Sinne waren noch immer völlig überwältigt und berauscht, aber sie bemühte sich, die Wurst zu essen. Zu behaupten, dass diese penetrant roch, wäre eine Untertreibung gewesen, außerdem musste man sie gut kauen. Das Brot war nicht viel besser, aber es half, ihr Hungergefühl zu stillen.

Nachdem der Höflichkeit Genüge getan war, sagte Tomas: »Tut mir leid für das hier«, verschränkte die Arme auf dem Tisch, ließ den Kopf darauf fallen und schlief ein.

Sie ging nach draußen zu der Bank vor der *chata* und überließ sich ihren Gedanken. Wie sie so im getüpfelten Schatten saß, hörte sie die Stimme ihres Vaters, der sie drängte aufzuräumen. *Unordentliches Zimmer, unordentliche Gedanken*. Sie spürte einen Knoten im Hals, musste gleichzeitig aber auch lächeln.

Später am Abend wurden die Männer wieder wacher und hielten eine Jamsession an der Kreuzung ab. Fast sofort hatte sich eine Zuhörerschaft um sie versammelt.

Es wurde geraucht, gesungen, getanzt, und manche stimmten mit ein. Ein Mädchen in superengen Jeans von der *chata* nebenan schlich sich zu ihnen und beäugte Manicky mit kaum verhohlener Begierde. Ein älterer Mann setzte sich auf einen gefällten Baumstamm und hielt den Daumen hoch. Kinder wurden zum Schweigen gebracht.

Anatomie klang rau und schäbig – nicht sonderlich erstaunlich nach dem Exzess des vorangegangenen Abends –, und sie sangen auf Tschechisch. Provozierende Songs, wie Laure anhand der Wirkung, die sie auf das Publikum hatten, vermutete, und sie war besorgt, die Gruppe könnte hier unnötige Risiken eingehen.

Die drei sahen einander nicht oft an. Das war nicht notwendig. Von der musikalischen Seite her kannten sie einander in- und auswendig. Ihre Bewegungen waren koordiniert, ihre Akkorde stimmten auf die Millisekunde überein, ihre pulsierende sexuelle Einladung war kollektiv.

Ein ihr unbekannter Mann fasste sie an der Hand und tanzte mit ihr. Mit hämmerndem Puls und keuchendem Atem ließ sie sich gehen, bis sie ganz atemlos war.

Die Welt drehte sich um sie herum. Sie war umfangen von dunklen, flüsternden Bäumen, der spätabendlichen Hitze, dem Geruch der Sommernacht. Sie war zu etwas Überirdischem geworden. Sie war Heidin. Feuer und Verlangen pulsierten in ihr.

Sie war nicht länger das Mädchen, das erst vor ein paar Wochen in diesem Land angekommen war.

Der Morgen dämmerte schon fast, als Tomas seine Finger mit ihren verschränkte und sagte: »Komm, gehen wir schlafen.«

Sie ertasteten ihren Weg zu einem Zimmer mit einem schmalen Bett und ließen sich darauf fallen. Die Laken waren rau und ungelüftet und die Matratze einfach nur schrecklich, aber das war Laure egal. Leo und Manicky stolperten in ihren Zimmern herum. Aus Manickys Zimmer war der Schrei einer Frau zu hören.

Tomas zog Laure an sich. »Ich kann gerade nicht.« Er war heiser und erschöpft. »Macht dir das was aus?«

Die Intimität dieser Beichte ließ sie nach Luft ringen. »Nein.«

Sein Lachen war mehr ein Krächzen. »Solltest du nicht eher sagen, dass es dir etwas ausmacht? Das wäre schmeichelhafter.«

»Aber das würde nicht stimmen. Ich bin müde und wund und würde gern schlafen.«

»Eine ehrliche Antwort.« Er zog sie noch enger an sich und schloss die Augen. »Du riechst nach Blumen.« Nach wenigen Augenblicken war er eingeschlafen.

Ihr fiel es schwerer einzuschlafen. Sie war es nicht gewohnt, sich ein Bett mit jemandem zu teilen, versuchte wegen Tomas, still liegen zu bleiben und nicht in die Kuhle in der Mitte zu rollen. Noch dazu war sie zu erschöpft, um zu schlafen, und ihre Gedanken rasten. Sie suchte nach dem Sinn dessen, was gerade passierte – der Sex, ihre Gefühle für Tomas, die Entdeckungen, die sich in diesem komplizierten Land, in dem sie jetzt lebte, dicht und schnell zusammendrängten.

Aber sie musste eingeschlafen sein. Als sie das nächste Mal den Kopf drehte, fielen Sonnenstrahlen durch das Fenster auf den Holzboden. Zunächst konzentrierte sie sich darauf, aber es war zu hell, also wanderte ihr Blick stattdessen zu den Holzwänden. Diese wechselten in der Farbe von Honig zu Dunkelbraun und hatten eine schöne Maserung und Struktur, an denen sich das Auge aufhalten konnte. Vogelgesang drang durch das geöffnete Flügelfenster herein, zusammen mit einem pinienartigen, grasigen Duft. Tomas lag dicht an sie gepresst, was unangenehm, aber nicht unerträglich war. Sie dachte: *Das ist Glück*.

Eine Hand berührte ihren Schenkel, und sie seufzte voller Vergnügen. »Ist das ein Ja?«, fragte Tomas.

»O ja.«

Er rollte sich auf sie. »Aber ich warne dich, ich bin nicht gewaschen, nicht gekämmt, und ich stinke nach Alkohol.«

Er scherzte nicht. »Das ist egal.«

Die Sonnenstrahlen fielen auf ihr Gesicht, und sie blinzelte.

»Weißt du, dass du wunderschön bist, Laure?«

Sie blieben den ganzen Vormittag über im Bett, tauchten erst zur Essenszeit auf. Leo und Manicky waren draußen und sonnten sich auf der Bank. Sonst war niemand da.

Leo wackelte zum Gruß mit dem Finger und sagte auf Englisch: »Ihr werdet gebeten, nur sehr leise zu sprechen.«

»Guten Morgen, Leo«, sagte sie.

Er presste sich die Hände auf die Ohren – lange Finger, schöne Hände, wie sie bemerkte. »Zu laut. Zu LAUT.«

Sie konnte nicht anders und kicherte.

Laure versuchte, jedes Detail dieses Tages in sich aufzunehmen. Die Sonne auf ihrer Haut, den Vogelgesang, die Erde zwischen den Zehen. Den Geschmack des ausgezeichneten Eintopfs, den ein zerzauster Manicky gezaubert hatte, der mit unerwarteten Kochkünsten aufwartete, wie sich herausstellte. Den Anblick des im Gras ausgestreckten Leo. Wie Tomas Leos hingestreckten Körper mit dem Fuß anstupste und sagte: »Er redet nicht viel. Aber wenn er mal etwas sagt, dann pass bloß auf.« Dieses Gefühl, in ein privates Königreich eingeladen worden zu sein, aus dem andere Ankömmlinge vertrieben würden.

Sie versuchte, es nicht zu unverhohlen zu zeigen, konnte sich aber nicht davon abhalten, hin und wieder einen Blick auf Tomas zu werfen, der ein verblichenes blaues T-Shirt von der Farbe eines englischen Sommerhimmels trug. Die Farbe der Liebe, so sagte sie sich. Fasziniert stellte sie fest, dass er die Angewohnheit hatte, mit der linken Hand zu gestikulieren. Er hatte lange, schmale Füße und war insgesamt sehr schlank. Vielleicht zu schlank. Im Licht deckten seine braunen Haare das Spektrum von Kastanie bis Kupfer ab.

Mehr als einmal trafen ihre Blicke aufeinander, und die Mischung aus Verlangen, Zärtlichkeit und Erregung, die durch ihren Körper wanderte, war, als würde sie einen elektrischen Schlag abbekommen.

»Weißt du, was genau dein Arbeitgeber macht?«, fragte Manicky irgendwann an diesem langen, faulen Nachmittag.

Sie hatten sich über Privilegien unterhalten, die nur wenigen zuteilwurden. Das zumindest entnahm Laure den übersetzten Salven. Große Autos, private Krankenversicherungen, größere Wohnungen. Laure antwortete, dass er, sofern sie wisse, seinen Pharmakonzern in Frankreich repräsentiere.

»Lass dich nicht reinlegen«, sagte Manicky in überaus gutem Englisch. Er lag auf dem Rücken im Gras. »Bestimmt betreibt er Industriespionage. Deshalb hat er eine so große Wohnung und jemanden wie dich. So viel ist ihnen die Info wert, die er mit zurückbringt.«

Manickys Theorie war nicht von der Hand zu weisen. Die undeutlichen, halb ausformulierten Verdächtigungen, die ihr selbst durch den Kopf geisterten, fanden zueinander. Überrascht stellte sie fest, wie enttäuscht sie war. Abgesehen davon, wie er Eva behandelte, fing sie an, Petr zu mögen, und ihr gegenüber verhielt er sich korrekt. Sie musste jedoch einräumen, dass sie für gewöhnlich alles unbesehen glaubte. Dass Petr da nicht gleichzog, war durchaus möglich.

»Nimm dich vor ihm in Acht«, fügte Manicky hinzu.

Seine verschlafen gedehnte Sprechweise war wacher geworden, und sie fragte sich, ob er meinte: *Du solltest nicht mit uns zusammen sein.*

Am Abend würde Laure den Zug zurück nach Prag nehmen müssen. Widerstrebend ging sie in die *chata*, um zu packen. Als sie zurückkam, war die Unterhaltung deutlich erregter.

Tomas machte ihr Platz auf der Bank. »Leo meint, dass die Konfliktlinie nicht länger zwischen Herrschenden und Beherrschten verläuft, sondern durch die Individuen hindurch. Mit anderen Worten, die Menschen wissen nicht mehr, wer sie sind. Was sie sind.«

Zu Hause hätte eine solche Unterhaltung niemals stattgefunden. *Wo komme ich an guten Stoff? In welche Bar gehen wir heute?*

Sie schob die Arme durch die Riemen ihres Rucksacks. »Ich verstehe das nicht.«

Tomas half ihr, ihn auf den Rücken zu hieven. »Was Leo damit sagen will – so unbeholfen wie immer« – Leo warf eine Sandale nach Tomas, der sich wegduckte. »Was Leo so *geistreich* wie immer sagen will, ist, dass Enttäuschung und Trennung für uns alle ziemlich normal sind.« Er richtete einen Riemen für sie aus. »Nimm einen ganz normalen Mann.«

»Oder eine Frau.«

»Oder eine Frau. Jemanden, der zum Beispiel einen Obst-und-Gemüse-Stand in der Stadt hat. Oder eine Metzgerei. Fällt dir bei denen irgendetwas auf?«

»Die Slogans in ihren Läden. Wie ›Arbeiter der ganzen Welt vereint euch‹.«

»Aber glaubt dieser Mann – oder diese Frau – an die internationale Solidarität der Arbeiter? Bestimmt nicht. Was er oder sie mit dem Aushängen des Slogans sagt, ist: Ich verhalte mich so, wie du, lieber Staat, es haben möchtest. Deswegen musst du mich in Ruhe lassen. Es ist also ziemlich egal, woran er oder sie glaubt.« Er wirbelte herum. »Habe ich nicht recht, Leo?«

Leo lag noch immer ausgestreckt im hohen Gras und grunzte.

Tomas verschränkte die Finger mit denen von Laure. »Dann hat er es also akzeptiert«, sagte Laure vorsichtig, »sich in einer Weise zu verhalten, dass er im Gegenzug in Ruhe gelassen wird, und toleriert die vom Staat verbotene Botschaft.« Sie sah über die Bäume. »Das garantiert ihm, dass er mit seinem Leben weitermachen kann.«

»Schlaues Mädchen. Wie du siehst, kommen die Meinungen in vielen Schattierungen.«

Manicky griff nach seiner Gitarre und ließ einen Akkord erklingen. »Passiert das auch in England?«

»Manchmal schon, nehme ich an.« Dann schüttelte sie den Kopf. »Nein, so funktioniert der Staat dort nicht. Nicht einmal für einen Verbrecher.«

Abrupt setzte sich Leo auf und sagte etwas auf Tschechisch, spuckte die letzten Worte geradezu aus.

Tomas beugte sich nach unten, um den Schnürsenkel seiner Turnschuhe zuzubinden. »Mein Gemüseverkäufer hat sich Millionen Mal über das Land vervielfältigt, und als Ergebnis davon sind wir eine Nation von Zombies. Wir haben keine Wahl.«

Manicky spielte einen anderen Akkord, einen melancholischen, und Tomas sang: »Liebling, ich habe dir ein gutes Leben versprochen. Wie ist es nur so schiefgelaufen?«

In diesem Land schien die Politik alles zu infiltrieren, und Laure wollte nicht darüber nachdenken. Sie wollte über die Liebe nachdenken und darüber, wann sie Tomas das nächste Mal sehen würde. »Sollte ich nicht besser losgehen?«

»Bis bald.« Leo küsste sie zum Abschied auf die Wange, was sie überraschte, Manicky hingegen vermied Körperkontakt.

»Ist Manicky mir gegenüber misstrauisch?«, fragte sie auf dem Weg zum Bahnhof.

»Nicht so sehr dir gegenüber als vielmehr deiner Situation. Er denkt, du könntest uns in Schwierigkeiten bringen.«

Sie lief rot an. »Ich würde euch niemals verraten. Oder etwas über euch sagen.«

Falls sie auf eine Beschwichtigung gehofft hatte, so kam diese nicht. »Das weiß keiner von uns«, sagte Tomas.

Als der Bahnhof zu sehen war, blieb er stehen. »Lass uns einander ein Versprechen geben, ja?«, sagte er.

Sie musterte ihn eindringlich. »Wenn du willst.«

»Versprechen wir uns, dass wir einfach das sind, was wir sind. Keine Politik zwischen uns. Nur wir selbst, die diesen Moment genießen. Einverstanden?«

Ihre Stimme zitterte. »O ja.«

Er brachte sie in den überfüllten Zug, küsste sie lange zum Abschied, sagte aber nichts von einem nächsten Treffen.

Sie beobachtete, wie die Landschaft an ihr vorbeizog, vom ländlichen Flair langsam in die Vorstädte von Prag überging, wo sich zwölfstöckige *paneláks* oder Wohnblöcke, manche davon dreihundert Meter lang, trostlos über der Ebene erhoben.

Wurde sie von jemandem beobachtet? Die Frau mit dem Kopftuch, der Teenager mit dem Bluterguss auf der Wange? Der Mann ihr gegenüber roch nach Knoblauch und hätte sich nicht weniger für Laure interessieren können. Oder war das nur der Eindruck, den er vermittelte?

Die Gewohnheit, andere zu verdächtigen, hatte Wurzeln in Laure geschlagen. Es war völlig nebensächlich, ob es nun etwas Gutes oder Schlechtes war, dass sie sich weiterentwickelt hatte, dachte sie. Es war einfach passiert.

19

Zurück bei den Kobes, packte Laure ihren Rucksack aus und hatte Mühe, die Tränen zurückzuhalten. Sie wollte in der *chata* sein, sich betrinken, den Sommer riechen, dem Gesang der Vögel lauschen. Vor allem aber wollte sie neben Tomas liegen.

Sie stopfte den Rucksack ins Regal und setzte sich auf die Bettkante. Es gab wohl in jedem Leben Momente, in denen einem die Ereignisse nicht ganz wirklich vorkamen und man sie sich nicht genau erklären konnte. Vielleicht bestand der Clou ja genau darin, es nicht zu versuchen?

Sie stand auf und ging zum Fenster. Auf der Fensterbank, wo das Licht am besten war, lehnte der Handspiegel, den sie in einem staatlich geförderten Supermarkt in der Altstadt gekauft hatte. Er war Handtaschen-geeignet mit idiotischen Muscheln am Griff und abgesehen von dem Spiegel im Badezimmer der einzige im ganzen Haus. Er war so klein, dass sie immer nur einen Ausschnitt ihres Gesichts nach dem anderen betrachten konnte. Sie musterte ihre Nase, ihren Mund, ihre Haare, die ihr über die rechte Schulter fielen.

Ihre Erfahrung mit Rob Dance hatte sie gelehrt, dass man in eine schwache Position geriet, wenn man sich verliebte. Es destabilisierte die Sinne und spaltete die Sensibilität auf. Es verschaffte einem keine Antworten, war nur mit einem großen Banner mit der Aufschrift »Erniedrigung« versehen. Aber vielleicht hatte Tomas etwas hinter ihren stachelbeerfarbenen Augen gesehen, das ihr noch nicht bewusst war? Eine Intelligenz? Ganz sicher war es nicht Weltgewandtheit, aber vielleicht hatte er den Instinkt bei ihr wahrgenommen, der von Tag zu Tag stärker wurde, sich nicht mit den Dingen abzufinden, sondern Fragen zu stellen.

Vielleicht mochte Tomas auch die Tatsache, dass sie ein mehr oder weniger unbeschriebenes Blatt war, etwas, das ihm sofort aufgefallen war?

Die Fragen kamen und gingen.

Mit Tomas zusammen zu sein bedeutete, das Risiko einzugehen, dass sie wieder unter diesem Banner landete. Sie kam nicht aus seiner Welt. Andere Frauen interessierten sich für ihn; eine Tatsache, bei der ihr ganz übel wurde. Sie musste lernen, diskret und listig zu sein, was einer Frau aus Brympton nicht unbedingt gegeben war.

Nachdem sie diese Gedanken hin und her bewegt und zu einer logischen Schlussfolgerung geführt hatte, war sie schließlich zu der Überzeugung gelangt, dass sie eine ganz nette Zeit mit Tomas gehabt hatte, mehr aber nicht. Das Ganze würde vermutlich nicht weitergehen.

Sie warf sich aufs Bett und presste ihr Gesicht ins Kissen.

Bitte, bitte, betete sie, lass nicht zu, dass Tomas mich nur benutzt hat. Oder wenigstens nicht nur.

Der nicht gerade berauschende Duft der Seifen, mit der die Wäsche gewaschen wurde, war allgegenwärtig, und sie nahm sich das T-Shirt, das sie bei Tomas getragen hatte. Ihre hungernden Sinne rochen darin die Sonne, den Sex, die Pinien und … ihn.

Sie rollte sich auf den Rücken und starrte an die Decke. In ihrem Hinterkopf tauchte eine Warnung auf. So verletzt und niedergeschlagen sie nach Rob auch gewesen war, es war nichts im Vergleich zu dem Durcheinander, das vor ihr lag.

Sie drehte eine Locke zwischen den Fingern und sah zum Fenster. Wie verwirrend das Leben doch sein konnte – und wie sehr sie es liebte.

In der Wohnung war es stickig, insbesondere nachts.

Eva gab Anlass zu wachsender Besorgnis. Seit ihrem Magen-Darm-Infekt hatte sie sich noch mehr zurückgezogen, blieb über lange Zeiträume hinweg in ihrem Schlafzimmer. Erkundigte sich Laure bei ihr, was sie tun solle, hatte Eva mehrmals gesagt, Laure wisse schon, was richtig sei, was Laure unangenehm war und sie beunruhigte.

»Sind Sie sicher, dass ich hier die Entscheidung treffen soll?«, fragte sie, entschlossen, für klare Verhältnisse zu sorgen.

Evas Antwort kam schleppend. »Habe ich das nicht gesagt?«

Es war nicht zu übersehen, dass die Kinder unter dem Desinteresse ihrer Mutter litten. Maria weinte grundlos, und Jan war merklich aufsässig. Da Laure sich Sorgen um sie machte, wollte sie sich mit Petr besprechen.

Sie wählte einen Moment nach dem Abendessen. Eva und die Kinder waren im Bett, und sie fragte Petr, ob er einen Augenblick Zeit habe. »Klar«, sagte er und trug seinen Bierkrug in das Zimmer, in dem die Familie es sich am liebsten gemütlich machte.

Petr stellte das Bier ab, riss das Fenster auf, beugte sich nach draußen und schien in den Ausblick über die alten Dächer und Kirchtürmchen vertieft. Laure fragte sich, ob sie etwas missverstanden hatte, und wollte schon gehen.

»Bleib«, sagte er, ohne sich umzusehen.

»Ich störe Sie an Ihrem Abend.«

»Ein bisschen. Aber du wolltest etwas besprechen.«

Tagsüber wurde das Zimmer von den Kindern benutzt, und ihre Sachen stapelten sich in einer Ecke. Wie die übrige Wohnung war auch dieses Zimmer gut proportioniert, verfügte über einen Kronleuchter aus Kristall, der von einer fein gearbeiteten, stuckverzierten Decke herabhing. Schade war nur, dass hier, wie bei den meisten Orten, die sie bislang gesehen hatte, die Farbe nahezu vollständig abgeblättert und alles nur spärlich möbliert war, unter anderem mit Plastikstühlen und einem Sofa, dessen Füllung herausquoll.

Laure redete an seinen Rücken gewandt. »Ich wollte etwas fragen.« Sie räusperte sich und kam dann direkt auf ihr Anliegen zu sprechen. »Geht es Ihrer Frau schlechter? Das geht mich nichts an.« *Nein, tut es nicht, verdammt noch mal. Doch, tut es.* Sie fuhr fort. »Ich denke, dass dem so ist.«

Petr wandte sich von der Betrachtung der Stadt ab. Wie immer war er gut gekleidet und wirkte gepflegt, doch er sah todmüde aus. »Hast du mit den Kindern darüber gesprochen?«

Sie musste ihm seine instinktive Reaktion, die Kinder zu schützen, zubilligen.

»Nein. Ich dachte, sollte wirklich etwas nicht stimmen, müsste man sehr bedacht damit umgehen.«

Er nickte. »Danke. Du bist sowohl taktvoll als auch einfühlsam.«

Petr setzte sich auf das marode Sofa und bedeutete ihr, sich auf einen Stuhl zu setzen. »Ich hätte schon früher mit dir sprechen sollen. Bei meiner Frau wurde eine ernsthafte Erkrankung festgestellt.« Er sagte nicht, worum es sich dabei handelte. »Die Ärzte erstellen einen Behandlungsplan.« Er zögerte. »Wir hatten gehofft, wir könnten die Behandlung in Paris fortführen, doch so, wie es sich gestaltet, werden wir wohl das nächste Jahr über hierbleiben. Das war einer der Gründe, weshalb wir dich gebeten haben, bei uns zu bleiben.« Er zündete sich eine Zigarette an. »Wird es jetzt etwas klarer?«

Es dauerte einen Moment, ehe Laure verstand, was Petr damit sagen wollte. »Sie wollten, dass Mrs Kobes in Paris behandelt wird?«

Er wandte den Blick ab. »Es wäre wichtig.«

»O Gott«, sagte Laure. »Ich meine, das tut mir so leid.«

Petr seufzte. »Wir werden sehen, wie es läuft. Vielleicht gehen wir für die Behandlung trotzdem nach Paris. Das hängt von vielem ab. Dazu bräuchten wir die Zustimmung der Behörden, ich stehe im Gespräch mit ihnen.«

Evas Krankheit und Behandlung waren keine Themen, mit denen man politisch punktete, aber die Ironie entging Laure natürlich nicht. »Das macht die Sache etwas klarer.« Sie sah auf ihre Hände hinab. »Die Kinder spüren, dass etwas nicht stimmt. Vielleicht wäre es eine gute Idee, mit ihnen zu sprechen?«

»Sie vermissen Paris, was zu erwarten war.«

»Es geht tiefer.«

»Glaubst du wirklich?«

Sie sah, wie verblüfft er war.

Dieser erkennbare Riss in Petrs ansonsten vorherrschender Selbstsicherheit verlieh ihr den Mut weiterzusprechen. »Sie spüren, dass ihre Mutter sich zurückzieht. Jetzt, wo Sie mir den Grund dafür genannt haben, verstehe ich, dass Sie sie nicht beunruhigen wollen, aber ich frage mich, ob Sie nicht versuchen sollten, es ihnen zu erklären.« Sie fügte noch hinzu: »So schnell wie möglich. Kinder brauchen Sicherheit.«

Er verzog das Gesicht. »Ich fasse das nicht als Kritik auf.«

»Das ist auch nicht als Kritik gemeint, Mr Kobes.«

Er sah sie an. »Wir sind Freunde, oder? Wir fangen an, einander ganz gut zu kennen. Du solltest Eva und Petr zu uns sagen.«

»Petr. Die Kinder sind verunsichert, und es ist meine Pflicht, es dir zu sagen.«

Er schien über ihre Einmischung erfreut. »Ich werde dafür sorgen, dass ich mehr Zeit mit ihnen verbringe. Ich könnte euch auf einen eurer nachmittäglichen Ausflüge begleiten.«

Ohne zu zögern, sagte Laure: »Das würde ihnen gefallen.«

»Wie schön, das zu hören. Ich bin froh, dass du das Thema angesprochen hast.«

Sie war schon auf dem Weg zur Tür. Petr griff zu seinem Bier. »Es ist eine solche Erleichterung, mit dir sprechen zu können«, sagte er. »Wirklich eine Erleichterung. Nein, es ist mehr als das, es ist ein Vergnügen.«

Er würde sie gern hierbehalten, das spürte sie, er wollte, dass sie blieb und mit ihm redete und ein Bier mit ihm trank. Er hielt ihren Blick fest. *Bitte.*

»Ich bin froh, wenn ich helfen kann«, sagte sie, wollte aber allein sein, um über Tomas nachzudenken. »Gute Nacht.«

Die Kinder strahlten wie Schneekönige, als ihr Vater am folgenden Nachmittag verkündete, er werde sie in den Kampa-Park begleiten, und wollten unbedingt seine Hand halten, als sie in die nachmittägliche Hitze eintauchten.

Der Park befand sich auf einer künstlichen Insel neben der Karlsbrücke und war groß genug, dass die Kinder herumtoben konnten. Vor allem aber, sagte Petr, gebe es dort Schatten.

Im Sonnenlicht wirkte der Fluss glatt und wie poliert. Dahinter erstrahlte die Stadt, ihr grauer Anstrich hatte blasspastellfarbene Schattierungen angenommen. Am Eingang zum Park meinte Petr: »Geht schon mal vor. Ich komme gleich nach.«

Laure warf einen Blick zurück über die Schulter und sah, dass er sich mit einem Mann in einem dunkelblauen Anzug unterhielt. »Entschuldige«, sagte er, als er wieder zu ihnen aufschloss. »Ein Kollege.« Sie bemerkte jedoch, wie angespannt er wirkte.

»Ich hoffe, du hast keine Probleme in der Arbeit«, meinte sie, mehr um höflich zu sein, als aus einem anderen Grund.

Petr runzelte die Stirn. »Was weißt du davon?«

Überrumpelt stammelte sie: »Nichts.«

»Entschuldige, ich wollte dich nicht so anfahren. Aber bitte keine Fragen, okay?«

»Ja, klar.«

Wenn auch die Spitzel befürchten, bespitzelt zu werden, erzeugt das denn keine Paranoia?, fragte sich Laure. Wie auch immer die Erklärung dafür lautete, das Einvernehmen zwischen ihnen war verpufft.

Sie setzten sich unter einen Baum. Trotz der Hitze spielte Jan Ball. Da es so heiß gewesen war, hatten viele Bäume ihre Blätter verfrüht abgeworfen, und Maria sprang wie ein Welpe in die raschelnden Haufen.

Petr gab sich besonders liebenswürdig und erkundigte sich nach ihrem Zuhause und ihrer Familie. Bei seinen unübersehbaren Bemühungen taute Laure auf und antwortete ausführlich. Hin und wieder riefen die Kinder nach ihrem Vater, woraufhin er freudig zurückrief. »Sie sind so vernarrt in dich«, sagte sie unvermittelt.

»Danke. Meinst du, sie werden sich hier einleben?«

»Sie vermissen Paris. Das ist klar.« Sie schwieg einen Moment lang. »Aber sie werden es vergessen. Teilweise.«

»Hoffen wir mal.« Er zündete sich eine französische, keine tschechische Zigarette an, was sie inzwischen ebenfalls als Zeichen des Privilegs erkannte. »Ich hoffe, ich kann Eva im Herbst dorthin zurückbringen.«

»Das wäre toll.«

»Ihre Krankheit ist merkwürdig. Die Ärzte können nicht genau voraussagen, was passieren wird.« Er löste die Manschetten und krempelte die Ärmel hoch.

Wagemutig sagte sie: »Bestimmt wirst du beneidet, weil du reisen kannst.«

»Wieso sagst du das?«

Durch seine schneidende Antwort provoziert erwiderte sie: »Ich habe ein paar Leute getroffen, die nicht reisen können.«

»Ach, die Leute von *Anatomie*?«

Zu spät, um die Worte hinunterzuschlucken. »Ehrlich gesagt bin ich mir nicht ganz sicher. Das Problem mit der Sprache … Ich verstehe nicht immer, was gesagt wird.«

Freundlich sagte er: »Es muss schwierig sein, sich zu unterhalten. Worüber könnt ihr reden?«

»Nicht über viel.«

Er zog die Augenbrauen hoch, doch er schien ihr Sichherauswinden für bare Münze zu nehmen. »Du weißt, dass manche Frauen dich dafür hassen, weil du dich so gut mit ihnen verstehst.«

Sie versuchte, sich ihre Begeisterung nicht anmerken zu lassen. »Aber wie kann man von hier nach Frankreich oder Italien reisen?«

Wieder eine barsche Erwiderung. »Warum?« Petr drückte seine Zigarette sorgfältig auf dem trockenen Boden aus. »Hat einer deiner Freunde vor, eine Reise zu machen?«

»Glaube ich nicht.«

Sie konzentrierte sich auf den Fluss, dachte, dass wenigstens er ungehindert dahinfließen konnte. »Es kommt mir so eigenartig vor, dass man nicht einfach nach Italien kommt. Oder nach Österreich. Oder nach Deutschland. Das ist alles.«

»Österreich …«, wiederholte er, und Laure hatte keine Ahnung, woran er dabei dachte. Maria wählte genau diesen Moment, um sich ihrem Vater in den Schoß zu werfen. Petr fuhr seiner Tochter durch das verschwitzte Haar. »Du solltest deinen Freunden sagen, dass sie die offiziellen Wege einhalten müssen, falls sie eine Reise planen.«

Obwohl sie zutiefst verunsichert war, sagte sie: »Das sind doch nur Musiker, die gern ausschlafen. Wie das so ist bei Musikern.«

»Vielleicht sollte ich dich vorwarnen und dir sagen, dass *Anatomie* verdächtigt wird, *Parallel Polis* zu unterstützen.«

Ihre Besorgnis wuchs. »Ich habe keine Ahnung, was das ist.«

»Das ist ein Dokument, geschrieben von einem angeblichen Philosophen. Einem Katholiken.« In der Art, wie er »Katholiken« aussprach, lag ein Hauch Nostalgie. »Er tritt dafür ein, dass alle die staatlichen Institutionen ignorieren und alternative, parallele Strukturen aufbauen sollten. Er unterstützt die musikalische Untergrundszene. *Anatomie* gehört dieser Szene an.«

»Davon habe ich keine Ahnung.«

»Doch. Durch deinen Umgang.«

»Nur weil ich ein paar Freunde treffe, heißt das nicht, dass ich ihre Gesinnung teile.«

»Das hier ist die Tschechoslowakei, Laure.«

Sie erinnerte sich an den Mann im dunkelblauen Anzug, mit dem Petr zuvor gesprochen hatte. Und tatsächlich, als sie sich umsah, entdeckte sie ihn beim Eingang zum Kampa-Park, das Jackett am Zeigefinger über der Schulter hängend.

Er sah ganz so aus, als wäre ihm langweilig und viel zu heiß.

»Reden deine Freunde über solche Themen?«, hakte Petr nach.

Jan ärgerte Maria, indem er ihr eine Handvoll Blätter ins Gesicht warf. Maria wusste nicht, wie sie darauf reagieren sollte. Petr rief Jan zu: »Nicht übertreiben.«

Dann wandte er sich wieder Laure zu. »Ich frage nur, weil ich neugierig bin. Ich war so lange weg, ich könnte gut und gern den Anschluss dazu verlieren, was in meinem eigenen Land vor sich geht.«

Laures Gewissheit, dass sie den Mund halten musste, hatte sich verstärkt. »Ich weiß es nicht. Wie ich schon sagte, ich verstehe nicht viel.«

Zu ihrer großen Überraschung ergriff er ihre Hand. Sie war verlegen und nicht wenig erschrocken, und ihr erster Impuls war, ihre Hand wegzuziehen. Seine war schön geformt und gepflegt, eine ansehnliche Hand – aber sie wollte sie nicht auf ihrer haben.

»Du bist wunderbar.« Seine Stimme war warm und beruhigend. »Intelligent und umsichtig. Was mehr könnten sich meine Kinder wünschen?«

Sie spürte, wie sie rot wurde, und sah sich um. »Dein Freund ist immer noch hier. Am Eingang.«

Sofort ließ er ihre Hand los, aber ihre Haut brannte an den Stellen, wo seine Finger sie berührt hatten. Er zeigte auf die Kinder und sagte: »Mach dir keine Sorgen, bei mir bist du ziemlich sicher. Ich werde dich nicht ausnutzen.«

Sie antwortete nicht, fühlte sich aber ungeheuer erleichtert.

»Aber deine *Freunde* müssen auf sich allein achtgeben. Sie wissen, was sie tun.« Er zögerte. »Du solltest wissen, dass sie vermutlich große Wagnisse eingehen.«

Petr wechselte das Thema und sprach über die Kinder. In den letzten Wochen hatte Maria damit angefangen, ihren Bruder aufzustacheln, der mit bemerkenswerter Geduld auf ihre Provokationen reagierte. Laure erzählte, wie sie die Situation einschätzte, schließlich hatte sie die letzten Wochen mit ihnen verbracht. Petr hörte zu, stellte Fragen und schien dankbar für Laures Ansichten zu sein.

»Du kennst sie besser als wir«, scherzte er.

Das stimmt, dachte sie. »Glaube ich nicht, Petr.«

»Jan ist ein guter Junge«, sagte er. »Bevor du kamst, war er etwas schwierig. Mit dir ist er ruhiger geworden.«

Dieses Kompliment kam unerwartet, und Laure freute sich darüber. »Ich habe die beiden sehr gern.«

»Du gehörst zur Familie.«

Bei diesen Worten wurde Laure etwas unwohl. Gleichzeitig faszinierten sie sie. Eine Faszination, als würde sie probehalber in eine mögliche Zukunft schlüpfen.

Er wandte sich zu ihr um. Sie war versucht, von ihm abzurücken, rührte sich aber nicht. »Ich habe dir anvertraut, dass Eva krank ist. Wir denken, dass du perfekt für die Kinder bist, und haben dich sehr gern. Aber ich wollte dir sagen, dass wir dich dafür bewundern, wie du mit deiner eigenen Familiensituation klargekommen bist. Ich meine den Tod deines Vaters.«

Jan wählte diesen Moment, um seine neu entdeckte Ritterlichkeit aufzugeben, und schubste seine Schwester. Laure sprang auf, um dem Ganzen ein Ende zu setzen. Maria brüllte los, und Laure setzte sich auf den Rasen. Sie hob das kleine Mädchen hoch, flüsterte ihm tröstende Worte zu und wiegte es sachte. »Lass nicht zu, dass er dich zum Weinen bringt.«

Maria wurde ruhiger. Laure streichelte ihr über den Lockenkopf und drückte ihr einen Kuss aufs Haar. Als Laure aufsah, bemerkte sie den benommenen, verwirrten Ausdruck auf Petrs Gesicht, der die Szene beobachtete. Es war, als hätte er einen Fausthieb in den Magen bekommen, und versuchte angestrengt herauszufinden, was genau passiert war.

Nachdem sie die dreckverschmierte, kleinlaute Maria ihrem Vater übergeben hatte, wandte sich ihre Unterhaltung anderen Dinge zu.

Von da an begleitete Petr Laure und die Kinder gelegentlich bei ihren nachmittäglichen Ausflügen, was den Kindern gefiel und ihr Betragen verbesserte.

Er achtete darauf, sich nicht einzumischen, hörte sich an, was Laure zu sagen hatte, und versorgte sie mit Leckereien. Ein Kuchen. Ein Päckchen Kekse … die sie sich an den heißen Nachmittagen kameradschaftlich teilten.

Ziemlich häufig bat er Laure außerdem, sich nach dem Abendessen zu ihm zu gesellen, wenn Eva im Bett war; dann sprach er über Paris und seine Kindheit in Prag. Er interessierte sich auch für Laures Kindheit und Erziehung und fragte immer wieder nach, um mehr Details zu erfahren. Die Unterhaltung vom Kampa-Park wiederholte sich jedoch nie. Wenn sie auf Politik zu sprechen kamen, sagte Petr etwas wie: »Halten wir uns einfach an die großen Linien«, und Laure achtete sehr darauf, bei allen tschechoslowakischen Angelegenheiten unwissend zu erscheinen.

20

Berlin, 1999

Petr ging davon aus, dass die Briten im Großen und Ganzen nicht sonderlich interessiert daran waren, ihn in der Stadt zu haben. Da sie seit dem Zweiten Weltkrieg eine Paranoia hysterischen Ausmaßes wegen Russland und den osteuropäischen Ländern aufgebaut hatten, würde es Zeit brauchen, bis diese abflaute, und durch seine bekannte frühere Verbindung zu Laure würde er wahrscheinlich auf der Liste der Personen von marginalem Interesse landen. Sie würde ihnen Bericht erstatten.

Diese Ironie entging ihm nicht.

Er war im Hotel Natalya und wartete darauf, dass Laure für das Abendessen zu ihm stieß. Ihr Anruf zur Vereinbarung eines Abendessens war für ihn nicht gänzlich unerwartet gekommen, und sie hatte dafür das Natalya vorgeschlagen. »Es ist berühmt für seine Kartoffelpuffer und seine Schnitzel«, hatte sie ihm gesagt.

Im Empfangsbereich drängte sich eine große Reisegruppe, die gerade aus einem Bus gestiegen war. Gepäckträger waren mit Kofferkulis im Foyer zugange.

Als Faustregel konnte man sagen: Die Russen trugen glänzende Anzüge und zogen wilde Haarschnitte vor. Die Deutschen waren legerer gekleidet, und die Männer trugen einen Siegelring als Ehering. Die Italiener hatten Seidenkrawatten umgebunden, die Polen bevorzugten Leder.

Die Unterhaltungen fanden mehrsprachig statt, es roch nach Damenparfum, kein sehr angenehmes, wie man sagen musste, aber die Zigarren rochen gut. Aus heiterem Himmel kam es zu einer Auseinandersetzung. Einer der Deutschen an einem Nachbartisch wurde lauter. »Scheiße, Mann, vermarkte einfach die verfluchten Immobilien«, zischte er seinem Begleiter zu. »Das ist dein Job.«

Petr registrierte die Aufforderung »vermarkten«. Das war der Beweis, dass die ehemalige Stasi im Bereich Immobilien und Versicherungen tätig war, Berufe, die es in der ehemaligen DDR nicht gegeben hatte. Aber alle brauchten die Verwaltungskenntnisse und Überredungskünste, in denen die Stasi sich spezialisiert hatte.

Die Auseinandersetzung ging weiter. »Ihr *Wessis* kommt mit euren abgefahrenen Klamotten und Autos hierher und erwartet, dass wir tun, was ihr wollt. Falsch gedacht.«

Petr fing den Blick des Russen auf, der neben ihm stand. »Spannungen innerhalb ein und desselben Volksstammes«, murmelte er auf Deutsch.

Schon immer hatte die Anonymität eines Hotels die Zungen gelöst.

»Ich verstehe«, antwortete der Russe seufzend. »Im Grunde genommen sind wir Russen Imperialisten. Wir wollen Osteuropa im Griff haben, wie der Westen den Westen im Griff haben will. So ist es nun einmal.«

Das Natalya gehörte zu den wenigen Ausnahmen von Gebäuden aus dem 19. Jahrhundert, die überlebt hatten. Es befand sich nicht in bestem Zustand, aber der Großteil seiner charakteristischen Merkmale – Steinbildhauerei und kunstvolle Kragsteine – war intakt.

Das Foyer war mit Marmorplatten ausgelegt, von denen manche einen Sprung hatten. In abgetrennten Bereichen waren Sessel und Sofas, deren Polster schon bessere Tage gesehen hatten, zu Grüppchen angeordnet, und ein paar eingetopfte Feigenbäume kämpften ums Überleben. Tabakmief wehte von der Bar herüber. Die Gäste an der Bar, die meisten in gleichfarbigen Regenmänteln vom selben Fabrikat, wimmelten um den Barmann herum.

Diese Szene erinnerte ihn an ähnliche Orte in Prag, ehe die Partei verdrängt worden war und als jede Anstrengung, es dort elegant und weltgewandt erscheinen zu lassen, daran scheiterte, dass es an Geld fehlte und man fürchtete, als jemand angesehen zu werden, der den Westen imitierte.

Er wählte einen Platz mit zwei Sesseln in der Lobby und setzte sich, während er wartete. Nicht lange. Ein Auto fuhr vor dem Hotel vor und ließ seine Fahrgäste aussteigen. Petrs Hand, die locker auf dem Knie lag, verkrampfte sich.

Laure betrat das Foyer und gab ihren Mantel an der Garderobe ab. Sie ließ ihren Blick schweifen, entdeckte ihn und steuerte auf ihn zu. Sie überließ es ihm, zu bewundern, wie wenig sie den ganzen Aufruhr, den sie verursachte, zu bemerken schien. Sie trug nichts, was schockiert hätte oder beeindruckend war. Tatsächlich war ihr graues Kleid schlecht geschnitten und brachte etwas zuwege, das er nicht für möglich gehalten hätte, nämlich ihrem eleganten Körper eine plumpe Note zu verleihen. Ihre Haltung jedoch, ihr dickes, glänzendes Haar zog jedermanns Blicke auf sich.

Er erhob sich und streckte die Hand aus. »Hast du den Tag gut überstanden?«

»Ob du es glaubst oder nicht.« Sie ignorierte die ausgestreckte Hand. »Wir wurden vorgewarnt, dass Ostberlin abends immer noch ein Paradies für Gauner ist.« Die Feindseligkeit war zurück. »David, mein Chef, den du neulich abends getroffen hast, war besonders besorgt. Er macht immer viel Aufhebens. Ich habe ihm versichert, dass du dich an die Regeln hältst.«

»Hast du das?«

Sie ließ keine Sekunde verstreichen. »Ich denke, dass ein so unbedeutendes Detail wie ein Regimewechsel oder die

Tatsache, in einem fremden Land zu sein, dich nicht davon abhalten würde, die Dinge so zu arrangieren, wie es dir passt. Täusche ich mich da?«

Laure ließ ihm verschiedene Botschaften zukommen. Zum einen, dass das Treffen vorab überprüft worden war. Zweitens, dass sie währenddessen ein Auge auf sie haben würden. Vermutlich der Fahrer des Wagens.

»Ich habe einen Tisch reserviert«, sagte er als Antwort. »Da es nur eine Servicerunde gibt, sollten wir vielleicht besser Platz nehmen.«

Der Saal war groß, an einer Seite war eine Tanzfläche mit willkürlich arrangierten Topfpflanzen. Sie bekamen einen Tisch am Fenster, das zum gegenüberliegenden Bürogebäude aus Beton zeigte. An dessen Eingang brannte ein schwaches Licht, das den fleckigen Beton und die kaputten Fenster erkennen ließ.

Sie schwiegen, als würde jeder für sich festlegen, wie sie miteinander umgehen sollten. Freundlich hoffte er.

»Petr«, sagte sie leise. »Du solltest dir abgewöhnen, die Leute so anzustarren.«

Er war überrascht. »Starre ich etwa?«

»Du beurteilst sie. Du beobachtest sie. Du bist jetzt ein europäischer Kapitalist.«

Er zog den Kopf ein. »Alte Angewohnheit, was?«

»Du siehst gut aus.« Sie legte den Kopf schief. »Es hat mich immer beeindruckt, wie gepflegt du dich gekleidet hast. Wenn man bedenkt.« Ein Lächeln stahl sich auf ihr Gesicht. »Du hast dich nicht verändert.«

Er warf einen Blick auf sein Jackett, das er, tatsächlich, in Paris gekauft hatte.

»Und ich habe immer gedacht, deine Schuhe wären handgefertigt.«

»So weit wäre ich dann doch nicht gegangen.« Er grinste. »Oder doch?«

Es gefiel ihm, dass ihre Lippen als Erwiderung darauf leicht zuckten. »Nein.« Sie ließ zu, dass der Kellner ihr die Serviette auf den Schoß legte, während Petr für beide Gulasch und Kohl bestellte. Ursprünglich wollte er beim Kellner auch noch eine Flasche Wein bestellen, aber Laure hatte ihn umgestimmt, stattdessen lieber ein Bier zu nehmen.

»Das passt gut zu Gulasch und Kohl.« Sie lehnte sich auf ihrem Stuhl zurück. »Hier kann man nicht mit Tuzex-Kronen bezahlen.«

»Hör auf«, sagte er leise.

Laure stichelte. In den letzten Jahren des Regimes hatten diejenigen, die von der Partei bevorzugt wurden, darunter auch die Kobes, Zugang zu den Tuzex-Läden gehabt, die unvorstellbaren Luxus verkauften – Jeans, Lego, Mandeln, Turnschuhe, Milka-Schokolade und gelegentlich auch die Schokoriegel von Hershey.

»Hat es dich nicht gestört, dass es die größte, übelste Form des Schwarzmarktes war, die es gab?«, fragte sie. »Noch dazu kontrolliert von Gaunern? Ein Einfallstor für das organisierte Verbrechen? Ich habe mich immer gefragt, weshalb die Machthaber das erlaubten, bis mir klar wurde, dass es genau das war, was sie wollten.«

»Die Regierung brauchte die harte Währung«, betonte er. »Es gibt ein ostdeutsches Pendant. Und ganz bestimmt auch ein französisches und ein britisches.«

»Und wozu brauchten sie die harte Währung?«, fragte sie leichthin. Ironisch.

Sollte er bislang Zweifel gehabt haben – was nicht der Fall war –, so war das definitiv nicht mehr die Laure von einst.

Er beobachtete, wie sich die Band am anderen Ende des Saales versammelte. Die Musiker sahen lustlos und unterernährt aus, und die ersten Noten waren misstönend.

Laure beugte sich auf ihrem Stuhl nach vorn. »Am 28. November 1989 verkündete die kommunistische Partei der Tschechoslowakei, dass sie den Einparteienstaat auflösen würde. Stacheldraht und andere Hindernisse wurden an den Grenzen zu Deutschland und Österreich abgebaut. Am 10. Dezember wurde eine größtenteils nicht kommunistische Regierung ernannt, und 1990 willigte die Regierung ein, die Preise nicht mehr zu reglementieren.«

»Als Ergebnis davon ging die Arbeitslosenquote nach oben, und Sozialleistungen mussten eingeführt werden«, antwortete er trocken.

»Was ich zu sagen versuche, ist, dass das Leben sich für dich verändert haben muss, Petr. Erschreckend? Ja? Du warst nicht mehr an der Macht. Hast du die Wohnung in der Malá Strana behalten?«

»Eine Zeit lang.«

Aus vielen Gründen schreckte er davor zurück, über die Wohnung nachzudenken, doch ab und an wurde die Erinnerung daran nahezu unerträglich.

Wie Eva aufstand, nach unten in den Hof und auf die Straße ging. Weiter zum Fluss.

Der Kellner war mit voll beladenen Tellern erschienen, und Laure wartete, bis er sie vor sie hingestellt hatte. »Hast du wieder geheiratet?«

»Nein.« Er probierte eine Gabel voll und verzog das Gesicht.

Sie beobachtete ihn. »Hast du von den Kindern gehört?«

»Ich habe mit ihnen geredet, und sie sind ganz begeistert davon, dass wir uns getroffen haben. Maria meint, wenn du jemals in Paris bist, dann will sie dich sehen.«

Laure legte ihre Gabel hin. »Darf ich dich etwas fragen? Das treibt mich schon eine Weile um.« Sie blickte auf den Teller. »Evas Tod? War das schnell? Was du mir davon erzählt hast, ließ darauf schließen, dass dem nicht so war.«

»Das werde ich nicht beantworten.«

»Kannst du nicht, oder willst du nicht?«

»Ich kann nicht.« Er sah sich um, wollte das Thema wechseln. »Was deine Worte vorhin über meine Kleidung betrifft, so gibt es keinen logischen Grund, weshalb man schöne Sachen nicht mögen sollte, nur weil man gleichzeitig Kommunist ist.«

Laure schob ein Stück Knorpel an den Tellerrand. »Ein Kommunist darf einen König ansehen und seine Kleidung kopieren?«

»Bist du hergekommen, um mich wütend zu machen?«

»Vielleicht.« Ihr Lächeln war nachdenklich. »Das ist ziemlich verlockend.« Sie schwieg. »Du bist also bei Potio Pharma geblieben, allerdings als Geschäftsführer und nicht als internationaler Vertriebsleiter?«

»Das Gremium …«

»Das *Gremium* …?«, warf sie ein. »Das klingt super.«

»Das Gremium«, wiederholte er eindringlich, »war der Meinung, ich sei der zuverlässige Typ, den man braucht, um den Wechsel von einer staatseigenen Firma in eine mit Anteilseignern zu vollziehen.«

Nach dem Gulasch bekamen sie eine Scheibe streng duftenden Käse mit kompaktem Brot serviert, und beides war erstaunlich gut. Darauf folgte eine Platte mit gräulichem Kuchen und einem Klecks Marmelade. Dieses kulinarische Meisterwerk betrachteten sie nachdenklich.

»Auf dem Menü stand *Torte*«, sagte Laure in einem Tonfall, der ihn an das leicht zu amüsierende Mädchen erinnerte, das sie einst gewesen war.

Petr nahm einen Probebissen. »Nenn es, wie du willst, es schmeckt schrecklich.« Er schob den Teller von sich. »Ist dein Deutsch so gut wie dein Französisch?«

»Fast. Ich habe es studiert, zusammen mit Französisch und ein bisschen Italienisch.«

Er wischte sich mit der Serviette über den Mund. »Wolltest du nicht Politik studieren? Weshalb hast du deine Meinung geändert?«

»Ob du es glaubst oder nicht, ich wollte eine Pause von der Politik.« Die Ironie war deutlich. »Und für eine Anstellung im Auswärtigen Amt brauchte ich Sprachen.« Sie spielte mit der unbenutzten Nachtischgabel herum. »Was für ein eigenartiger Zufall, dass wir uns wieder getroffen haben. Aber so etwas passiert. Das macht das Leben so interessant.« Sie sah ihn mit ihren großen Augen an. »Was machst du wirklich in Berlin, Petr?«

»Wie ich dir gesagt habe. Ich bin jetzt Geschäftsführer. Einer großen Firma. Die muss ihren Platz auf der europäischen Karte finden.«

»Und als du mich beim Empfang gesehen hast?«

Er dachte an ihr letztes Treffen und was da stattgefunden hatte.

»Das war etwas. Das gebe ich zu. Ich wollte wissen, ob ...«

»Ob was?«

»Ob du mich noch immer hassen würdest.«

Es gab kein Zögern. »Tat ich.« Er hatte ein Bild vor sich, wie sie die spitzen Scherben dieses Hasses aufsammelte. »Tue ich immer noch, Petr.«

Er legte seine Serviette auf den Tisch. »Wie alles in dieser Welt altert Hass. Er fängt brennend und heiß an, ist manchmal sogar brutal. Aber letztlich wird er miefig und spröde. Stimmst du da nicht zu?«

»Oder man lernt, sich darauf zu verlassen.«

Der Kaffee wurde aufgetragen. Er war dünn, Ersatzzeugs, verbrannte einem aber fast die Zunge. Sie zündeten sich jeder eine Zigarette an und tranken ihn langsam.

Die Band spielte einen langsamen Schmusesong, und die Tanzfläche füllte sich immer mehr.

Über den Rand der Kaffeetasse sah er sie an. »Tanzen?«

Sie stand auf. »Ist es gefährlich für dich, mit mir gesehen zu werden?«

Petr schüttelte den Kopf. »Warum sollte es das sein? Wir haben eine Vergangenheit, die solide ist. Die Tschechoslowakei, die du kanntest, gibt es nicht mehr. Die Berliner Mauer ist ein Haufen Schutt. Ost und West machen gemeinsame Sache. Ich bin ein Witwer ohne Bindung. Mit dir gesehen zu werden ist inzwischen kein politisches Problem mehr.«

»Aber vielleicht ein gesellschaftliches?«

Eine Gruppe Männer wurde immer lauter. Einer von ihnen versuchte, auf einen Tisch zu klettern, und wurde von seinen Kumpanen heruntergezogen.

Sie schob sich in seine Arme. Einen unbeschreiblichen Moment lang schloss Petr die Augen.

»Ist es einfach, mit dem Westen klarzukommen?«, fragte sie. »Es gibt auf beiden Seiten bestimmt viel Misstrauen.«

»Kannst du dir vorstellen, dass wir es hinbekommen, obwohl wir solche Neandertaler sind?« Er zeigte auf einen Nebentisch mit einer Gruppe kräftiger Männer in grauen Anzügen, die einen Wodka nach dem anderen kippten. »An welche Sünde hattest du genau gedacht? Bestechung? Erpressung? Schmuggel? Die knappe Antwort lautet Ja. Es gibt viele Gelegenheiten, das Misstrauen zu wecken.«

Ihre Finger tippten im Rhythmus auf seine Schulter. »Ich halte euch Tschechen für sowohl intelligente als auch empfindsame Menschen. Genau wie die Russen. Die Ostdeutschen und die Briten sind da anders. Aber jeder will gern reich sein. Oder noch reicher.«

»Und?«

Er hielt sie vorsichtig, taktvoll fest – das Mädchen, das zur Rockmusik getanzt hatte, mit vom Sonnenbrand geröteten Wangen. Aber er hatte das Mädchen auch zusammengeschlagen und halb nackt auf dem Boden einer Zelle gesehen. Ein Anblick, der jeglichen Gedanken aus seinem Geist verdrängt hatte, mit Ausnahme des Verlangens, sie zu beschützen.

»Versuchst du etwa, mir Informationen zu entlocken, Laure?«

Ihr Rücken verspannte sich etwas. »Wenn dem so ist, dann ist das ziemlich lustig, was? Ein Wendepunkt in der Geschichte, wenn man so will.«

Die Laure von heute war viel zu gut geschult, um sich etwas anmerken zu lassen. Dann sah sie zu ihm auf und sagte leise: »Erzähl mir die Wahrheit über Eva.«

Sein Griff an ihrer Hüfte wurde fester. Suchte Trost in ihrer Schmalheit, ihrer Wärme. »Du hast recht«, sagte er. Blickte über ihre Schulter zur Band. »Eva hat sich umgebracht.«

»O Gott.« Sie schüttelte den Kopf, als hätte man ihr einen Schlag verpasst. »Das tut mir leid, so leid, so schrecklich leid.« Nach einem winzigen Moment fügte sie hinzu: »Ich fühle mit den Kindern. Und dir. Und Eva.« Sie sah ihm ins Gesicht. »Wenn ich mich damals zu ihr gesetzt habe, hat sie von dir gesprochen. So oft.«

»Hat sie das?« Die Innigkeit dieses Gesprächs ließ ihn unbeholfen werden, und fast wäre er über seine eigenen Füße gestolpert.

Nach einem Moment sagte sie: »Eva hat dich sehr geliebt. Das hat sie mir gesagt. Sie war immer um dein Glück besorgt.«

»Eva war ein guter, wundervoller Mensch. Ich hatte das Glück, sie zu meiner Frau gehabt zu haben. Es war einfach nur … es ist einfach zu viel geworden.«

Bildete er sich das nur ein, oder war ihm Laure etwas näher gekommen? Fast berührte ihre Wange seine.

Sie tanzten zusammen weiter, und Petr spürte, wie

ein Glücksgefühl über ihn hinwegwehte, wie ein leichter Gazeschleier.

»Es tut mir leid«, wiederholte sie. »Das Leben kann sehr grausam sein.«

Er zog sie an sich.

Sie roch nach Blumen. Ihr Körper war warm und anschmiegsam – als sollte er genau unter seiner Hand sein. Was er für sie empfand, war ein so starkes, so unabänderliches Gefühl, dass es ihm den Atem raubte.

Ohne Vorwarnung blieb sie stehen. »Sollen wir uns wieder setzen?«

Sie nahmen Platz und bestellten noch einmal Kaffee. »Lass uns nicht mehr über Eva sprechen«, sagte er, und sie nickte.

Der Abend neigte sich dem Ende zu, und er wartete auf den *coup de grâce*, den Gnadenstoß, auf den Grund, weshalb Laure sich mit ihm getroffen hatte.

Er kam.

Die Falten ihres missratenen Kleides waren etwas nach oben gerutscht, entblößten die lange Beine, die von dem kurzen Baumwollkleid im Sommer 1986 kaum verhüllt gewesen waren. Bei diesem Anblick rollte eine Welle des Verlangens – und der Zärtlichkeit – über ihn hinweg.

Sie faltete die Hände im Schoß. »Petr, ich weiß, dass du weißt, was Tomas zugestoßen ist. Das hast du bei unserem ersten Aufeinandertreffen in Berlin anklingen lassen. Warum sagst du es mir nicht einfach?«

Er erinnerte sich daran, wie der Wind den Rauch und den Splitt zwischen ihm und der wartenden Laure am Bahnhof direkt hinter der tschechoslowakischen Grenze aufgewirbelt hatte. »Mir ist klar geworden, dass man die Dinge am besten so belässt, wie sie sind.«

»Du willst mich wohl auf den Arm nehmen. Das hätte ich wissen sollen.« Sie hielt kurz inne, bevor sie weitersprach. »Du hältst so daran fest, dass nicht du derjenige warst, der Tomas verraten hat«, sagte sie hinreichend gefasst, allerdings waren ihre Knöchel weiß. »Das ist nicht die ganze Wahrheit, oder?«

Diese ganzen Jahre der quälenden Selbstprüfung. Er wollte nicht zusammenrechnen, was ihn das alles gekostet hatte. Oder sie. »Wie ich schon sagte«, erwiderte er. »Meine Familie stand auf dem Spiel.«

»Was willst du, Petr?«

Er kannte sich aus mit den kleinen Verschiebungen in den Machtspielchen zwischen den Menschen.

Er sah sie eindringlich an. *Was wollte er?*

Ihre Augen wurden weit.

»Hallo, ihr beiden«, sagte da eine Stimme hinter ihnen.

»Wir waren gerade hier in der Gegend«, verkündete eine weibliche Stimme, die Petr zu erkennen glaubte. »Und da seid ihr auch.«

»David. Sonia«, sagte Laure, die nicht so erstaunt wirkte, wie sie hätte sein müssen. »Erinnert ihr euch an Petr Kobes von der Party? Ich habe in Prag für ihn gearbeitet. Petr, du erinnerst dich bestimmt an meinen Boss David Brotton und seine Frau Sonia. Wollt ihr euch auf einen Absacker zu uns setzen?«

Dunkelblaues Kleid mit weißen Nähten. Die Frau von der Party.

Wie vermutet hatte Laure dieses Treffen durch das Räderwerk der Botschaft laufen und absegnen lassen, was auf sorgfältige Überlegungen und ein penibles Einhalten des Protokolls schließen ließ. Er winkte den Kellner heran.

Sonia Brotton war wieder betrunken. Noch nicht sturzbetrunken, aber auf dem besten Weg dorthin. Petr fragte sich, wie man diese Belastung aushielt und ob sie wohl der Karriere ihres Mannes geschadet hatte. Sie ließ sich neben

Petr fallen und sagte: »Laure hat mir ein bisschen von ihrer Zeit bei Ihnen in Prag erzählt. Von den Marionetten und den Ausflügen aufs Land.«

Petr warf Laure einen flüchtigen Blick zu. »Die Tschechen geben sich gern als Landeier aus, insbesondere die ...«, er suchte nach dem richtigen Wort, »... die Stadtmenschen. An den Wochenenden sind die Städte leer, jeder macht sich zu seiner *chata* auf. Im Sommer kann man einen Großteil seiner Zeit ganz gut dort verbringen. Die Wiesen und Wälder sind sehr beliebt. Viele unserer Geschichten und Volksmärchen spielen im Wald.«

Er empfand ein kleines bisschen Mitleid mit Sonia. Ihr Lippenstift war verschmiert, die Hand, mit der sie ihr Glas festhielt, zitterte leicht, und sie trank dieses nichtssagende Gebräu mit erschreckender Begeisterung.

»Ich erinnere mich noch an die Feuer im Freien«, sagte Laure. »Es roch immer stark nach Rauch. Die Kinder haben es geliebt. Ich erinnere mich auch noch an das Rauschen der Bäume, wenn man im Bett lag und die Fenster weit geöffnet hatte.«

Sonia ließ sich nach hinten auf den Stuhl sacken. »Ich bin müde.«

David Brotton warf einen Blick auf die Uhr. »Der Wagen kommt jeden Moment.« Er wandte sich an Petr. »Ich nehme an, dass Sie Paris gut kennen.«

»Ja. Ich habe gern dort gelebt.«

David nahm sich etwas Eis, das in einem Glas mit den Drinks gebracht worden war. »Das ist das Paradoxe. Wenn man in ein anderes Land entsandt wird, sollte man das Beste daraus machen. Gleichzeitig ist es nicht ratsam, übermäßigen Gefallen an einem Ort zu finden.«

Petrs Englisch war gut, aber nicht so gut wie sein Französisch, doch sein Hörverständnis war ausgezeichnet, und er kam auch ganz gut mit den Redewendungen zurecht.

»Gibt es da nicht dieses Sprichwort, sich in die Büsche schlagen?«

»Doch, genau.« Sonias Aussprache wurde undeutlich. »Und dann tragen ein paar dieser Jungen Röcke aus Gras und stecken sich Blumen hinters Ohr. Die Generaldirektion sucht verzweifelt nach Strafen, aber was will man machen? Wenn der Sonnenuntergang einen in den Fängen hat und die Mädchen willig sind.«

»Halt den Mund, Liebling«, sagte David.

Petr dachte, dass eine Frau wie Sonia keine Ahnung hatte, und wenn sie mehr wüsste, würde sie Zeter und Mordio schreien. In der Gegend, aus der er kam, gab es Dinge, die man mit denen machen konnte, die sich in die Büsche geschlagen hatten. Oder sich in die Büsche schlugen.

Die Lektionen in Überwachung brachten einem bei, wie man Hinweise darauf erkannte, und Leute festnehmen war ein gut gehendes Geschäft gewesen. Traf man nicht auf Kooperation, gab es immer noch Scopolamin, das Wahrheitsserum. Im schlimmsten Fall Hinrichtung mit anschließender Entsorgung der menschlichen Asche in den Straßen außerhalb von Prag.

Während seiner gefahrvollen Jahre hatte man bei ihm seine Vorliebe für den Westen notiert, und er wusste, dass er damit sein Glück geschmälert hatte. Andererseits hatte er weiterhin Ergebnisse gebracht.

Er sah sich in der Lobby um. Jeder, der sie beobachtete, würde sie für vier Freunde halten, die die neue europäische Ordnung darstellten und einen gemeinsamen Abend genossen. Er sah zu Laure, die mit Sonia redete, obwohl diese inzwischen fast kein Wort mehr herausbrachte und dazu übergegangen war, Tanztitel mitzusummen.

David Brottons Aufmerksamkeit galt nach wie vor Petr. Der erste Eindruck von ihm, der eines erschöpften, wohlmeinenden Mannes, der für seine Frau einstehen musste und es niemals in eine höhere Position schaffen würde, war irreführend. »Ich bin beeindruckt von der Zahl der angesehenen Chemiker, die für Potio Pharma arbeiten.« Brotton hatte seine Hausaufgaben gemacht. »Die Arbeit an Virostatika wird die moderne Medizin verändern.«

Seine Bewunderung war ehrlich. Petr lächelte. »Die Tschechische Republik ist sehr stolz auf Doktor Holý und die anderen.«

»Doktor Holý ist führend beim Kampf gegen Aids, Pocken, Hepatitis B und Herpes Zoster. Das heißt schon was. In der Vergangenheit hingegen …«, merkte Brotton vorsichtig an, »war die öffentliche Gesundheit stark gefährdet, denke ich.«

Er bezog sich auf eine Zeit, als die Konzentration der giftigen Schwefeldioxide in der Luft über Nordböhmen zehnmal höher war als der zugelassene Grenzwert.

»Wie Sie sagen, das liegt in der Vergangenheit.«

»Sollte Potio Pharma vorhaben zu expandieren, dann würde ich gern mehr über Ihre Arbeit an Virostatika wissen.«

Ach tatsächlich, dachte Petr. Als es der Föderation der europäischen kommunistischen Ländern verboten war, mit dem Westen zu handeln – mit dem Ergebnis, dass es dort keine harte Währung gab –, war es mit der Produktion schwierig gewesen. Jetzt starteten sie so richtig durch.

»Sicher doch.« Er umriss ausreichend nachvollziehbar ein Programm, das von der Firma eingeführt wurde, ließ dabei aber Details aus, die für die Briten nützlich sein könnten. Wenn die Briten eine Parität in der Partnerschaft wollten, würden sie dafür bezahlen müssen.

Brotton verstand das voll und ganz. Mit einem Seitenblick auf Sonia sagte er: »Ich glaube, es ist Zeit, ins Bett zu gehen.« Er stand auf. »Wenn Sie das nächste Mal in Berlin sind, dann melden Sie sich.«

Sie verabschiedeten sich, und die Brottons gingen. Laure machte sich bereit, ihnen zu folgen. »Petr?«

Er sah sie an und dachte daran, wie sie in Prag gewesen war. Damals hatte sie darauf gewartet, dass sich ihre Zukunft vor ihr ausbreitete, und dieser freudige, neugierige Ausdruck hatte ihn zutiefst berührt. Außerdem hatte ihm auch ihre Fähigkeit gefallen, die witzige Seite der Dinge zu erkennen, und er hatte beobachtet, wie sich die Trauer um ihren Vater in Lebensfreude verwandelt hatte. Sie hatte damals den Eindruck vermittelt, als stünde sie kurz davor, eine Entdeckung zu machen. Und mit ihrem Liebesabenteuer kam das Strahlen.

Er hatte sie darum beneidet, sich danach verzehrt, danach gegiert.

»Du musst mir das von Tomas sagen. Du musst es mir sagen.«

Es war nach Mitternacht, als Petr zum Hotel zurückkam und sich für den nächsten Morgen ein Taxi zum Flughafen bestellte.

Brotton hatte gute Arbeit geleistet, als er ihn in die Mangel genommen hatte, ohne es danach aussehen zu lassen, und er hatte es ihm mit gleicher Münze zurückgezahlt. Ganz bestimmt war der andere ebenso erschöpft wie er.

Laure war nicht dumm. Sie hatte recht, als sie sagte, die Tschechen seien intelligente Menschen. Sie hatten einen Riecher für Gelegenheiten, um aus ihren neuen Systemen politisches und finanzielles Kapital zu schlagen, selbst wenn sie noch nicht genau wussten, in welche Richtung es weiterging. Ganz bestimmt interessierte sich der Westen für ihr Erscheinen.

Als er durch die Lobby zum Aufzug ging, bemerkte er

eine Frau in einem violetten Viskosekleid, die bedächtig einen Drink zu sich nahm und sich die größte Mühe gab, Petr davon zu überzeugen, dass sie nicht auf ihn fokussiert war. Sie war mittleren Alters und sah fast schön aus, aber ihre langen Haare, die sie zum Dutt hochgesteckt hatte, waren viel zu stark gefärbt. Ein Spitzel? Das wäre niemand mehr von der Partei, aber vielleicht vom neuen tschechischen Staat, der darüber wachte, dass seine Industriegeheimnisse gewahrt würden. Oder vielleicht die Briten? Nein, sicher nicht. Ein konkurrierender Pharmakonzern?

Vielleicht saß auch die Angewohnheit, nach Spitzeln Ausschau zu halten, zu tief?

Sollte sie ein Spitzel sein, dann war sie darin nicht sehr gut, weil man sie so einfach ausmachen konnte. Er drückte auf den Knopf für den Aufzug und nickte ihr zu. Sie zuckte zusammen, leichte Röte überzog ihre Wangen. Er spielte mit dem Gedanken, sie zu fragen, ob sie mit ihm aufs Zimmer kommen wolle, entschied sich aber dagegen. Sollte sie wirklich auf ihn angesetzt sein, könnte das dazu führen, dass sie abgezogen wurde, und das wäre schade, schließlich konnte er sie so einfach erkennen.

Er ließ sich auf das Bett fallen und drückte eine Hand zu jeder Seite seines Körpers in die Matratze. Irgendwann würden beide Seiten den Schein nicht länger aufrechterhalten und einfach zugeben müssen, dass sie dem jeweils anderen so viel Informationen entlocken wollten, wie sie nur konnten. Dann könnten sie einander in die Arme fallen und ihre Liebe beteuern.

Er schlug die Bettdecke zurück und legte sich hin.

Er dachte an seine Frau.

Dank der Betreuung im Sainte-Anne-Krankenhaus in Paris hatte Eva sich im Griff gehabt.

Als sie von Paris nach Prag zurückgekommen waren, war dem nicht mehr so. Die Tiefs wurden schlimmer. Die

Höhenflüge führten zu häufigen Halluzinationen und der Weigerung, zu essen oder zu schlafen. Die finstere Faser einer Psychose, verwoben mit ihrer Familiengeschichte, reichte weit zurück, wie er inzwischen wusste, und war nach Marias Geburt zum Vorschein gekommen.

»Es tut mir so leid«, hatte sie nach jedem Vorfall gesagt. »Es tut mir so leid, Petr.«

Vergib mir.

Er erinnerte sich an die Versprechen, die sie einander gegeben hatten. Einander zu respektieren. Einander zu lieben. Eine gute Ehe zu führen. Ehrlich zu sein.

»Ich hasse dich dafür, dass du mir das nicht gesagt hast«, hatte er einmal zu ihr gesagt, als sie sich wie ein verletztes Tier wand. »Denk an das Risiko, das wir damit eingegangen sind, dass wir Jan und Maria bekommen haben.«

»Bitte«, flehte sie. »Sag das nicht.«

Er dachte daran, wie sie war, als sie sich kennenlernten. So frisch, vielversprechend und genau wie er mit dem Verlangen nach Sex, Glück in einer Partnerschaft und der Bereitschaft, sich auf einen jüngeren Mann einzulassen.

Im Gegensatz zu Paris war es in Prag schwierig, die richtigen Medikamente zu bekommen, wenn Eva sie am dringendsten brauchte. Das bedeutete, dass Eva immer mehr auf ihr Schlafzimmer beschränkt war, was die Anstellung von Laure umso notwendiger gemacht hatte.

Es war heiß gewesen, ein wahnsinnig heißer Sommer.

An den meisten Abenden wirbelte Eva in der Küche herum, in dem Versuch, eine Mahlzeit zustande zu bringen. Sie trank viel. »Bei aller Liebe zu Marx…« »Marx« wurde mit extremem Sarkasmus vorgebracht. »… gesteh mir etwas Entlastung zu.« Sie ging früh zu Bett und ließ ihn häufig mit Laure allein.

Das waren die Momente der Ruhe gewesen, zwischen den bitteren Episoden von Manie und Depression, in denen Eva versucht hatte, alles zusammenzuhalten, und sich für das entschuldigte, was aus ihr geworden war. Zu diesen Zeiten war es ihm unerträglich gewesen, sich anzuhören, wie sie sich mit Erklärungen abmühte, um zu beschreiben, wie es sich anfühlte, mit innerem Zerfall zurechtzukommen.

»Es ist, als wäre nichts von mir übrig. Als wäre nichts in mir drin.«

»Ich habe dich enttäuscht.«

»Ich habe Angst.«

Er hatte immer Angst, die Kinder könnten sie hören, und gab sich die größte Mühe, sie zu schützen. Die Rückkehr nach Prag war besonders schrecklich gewesen. Prags Golem hatte Eva an der Kehle gepackt, und die Errungenschaften aus Paris waren wie weggewischt.

»Ich sollte sterben.«

Das sagte sie ziemlich häufig, wenn sie sich von einer Tiefphase erholt hatte.

Einmal – dieses eine Mal – waren sie im Badezimmer und machten sich gerade bettfertig.

»Tu das nicht, Eva.«

Ihr Blick wanderte hin und her, und er wusste, dass etwas drohte. Instinktiv sagte er sich, dass er sie aus dem Bad bringen musste. Zu spät, Eva hatte bereits seinen Rasierer vom Regal genommen und war schon aus der Tür.

Er hoffte inständig, dass die Kinder schliefen, als er ihr ins Schlafzimmer hinterherrannte. Sie stand am Fenster, hielt den Rasierer in der rechten Hand, über ihrem linken Handgelenk. Als er hereinkam, drehte sie sich zu ihm um. Ihr Gesicht war leichenblass, die Ringe unter ihren Augen dunkel und ihr Körper unter dem Nachthemd durch die Medikamente aufgedunsen.

»Ich hasse mich.«

»Wenn ich dir egal bin, dann denk wenigstens an Jan und Maria.«

Eva hörte ihm nicht zu. Hatte sie schon lange nicht mehr. Auch niemand anderem. Was auch immer in ihr steckte – ein Dämon –, es hatte ihre Gedanken gekapert, ihren Geist, ihre Gefühle.

Er war angespannt. Bereit.

Sie hechtete zur Tür. Er sprang zu ihr, warf sie aufs Bett und drückte sie nach unten.

»Stop!«, schrie Eva.

Er packte sie an den Handgelenken, doch sie wand sich und stemmte die Fersen in die Matratze. Ihre Hände waren feucht, genau wie seine, und er konnte sie nicht richtig festhalten. Sie bekam ihre Hand mit der Rasierklinge frei, riss sie hoch und schlitzte ihn am Unterarm auf.

Der Schmerz war überraschend. Gleich darauf erschien eine rote Linie, die zu einem Rinnsal wurde. Wut wallte in ihm auf, verlieh ihm noch mehr Kraft. Er drückte Eva nach unten, und es gelang ihm, sie an den wild um sich schlagenden Arme zu packen und festzuhalten.

In dieser Position beruhigte sie sich, rollte sich mit ihrem blutbefleckten Nachthemd auf die Seite und fragte die Wand: »Wie lange noch?«

Keuchend stand er auf und öffnete eine Schublade. Ließ den Rasierer hineinfallen und nahm sich ein Taschentuch, das er sich mehr schlecht als recht um den Arm band.

»O Gott«, sagte er. Es war die Anrufung einer Gottheit, an die er nicht glaubte.

Auch Eva keuchte, rührte sich aber nicht mehr, wehrte sich nicht mehr.

Er beugte sich über sie, küsste sie auf die Schulter, ein Friedenskuss, der besagte: Dieses Mal liegt hinter uns. Dann sah er auf und entdeckte Laure, die vom Türrahmen aus zu ihnen schaute.

Sie war wie erstarrt. Vor Schrecken? Angst? Unglauben? Wohl alles zugleich.

Warum hatte Laures Gegenwart ihn in diesem Sommer in Prag so sehr berührt? Er vergötterte seine Kinder, sein Job war anstrengend und ließ nur wenig Zeit für anderes. Er hatte auch Eva vergöttert. Auf seine Art. Er war jemand, der sein Bestes gab, um seine Haltung – in moralischer, philosophischer und praktischer Hinsicht – für sich zu klären, und war seinen Verpflichtungen nachgekommen.

Rückblickend jedoch musste er einräumen, dass es ihm nicht gelungen war, die Widersprüche in sich selbst zu erkennen.

Er verbarg sein Gesicht in den Händen und tat etwas, das er schon sehr lange nicht mehr getan hatte. Nicht, seit er das Foto von den Kindern und ihm vor dem Eiffelturm in die Hand genommen hatte, das Eva ihm zurückgelassen hatte.

Er weinte.

21

Im späten Frühjahr kehrte er nach Berlin zurück.

Er war beschäftigt gewesen. Zu Hause hatte ihn die Wirtschaftskrise erwartet, der tschechische Aktienmarkt, der in den Kinderschuhen steckte, schwankte, das nationale Wachstum war ins Minus geraten, und er musste das Steuer von Potio Pharma übernehmen und die Firma durch diese Unruhe navigieren.

Nach Ostern hatte sich die Situation beruhigt, und er betrachtete sich als befreit. Eine Priorität bestand nun darin, Maria in Paris zu besuchen. Seine Tochter hatte ihm klargemacht, dass sie Frankreich liebte und nicht so schnell nach Hause kommen würde. *Plus ça change.*

Maria trug inzwischen sorgfältig zusammengestellte Studentenklamotten, hatte sich den Pariser Slang angeeignet und schleppte ihn in *boîtes*, die »nur eine echte Pariserin kennt«, wodurch seine Zuneigung zu seiner Tochter nur noch größer wurde.

Bei einem Espresso in einem Café an der Pont des Arts fragte sie ihn, was ihn begeistert hatte, als er das erste Mal in Paris war. Petr beschrieb ihr die blühenden Kastanienbäume in den Parks, die verblüffende Farbpalette der Damenkleidung nach der Farblosigkeit zu Hause, einzeln abgepackte Bonbons, den Müll und die Parfums: diese Vielfalt, von blumig über moschusartig hin zu gefährlich.

»Und die Zahnärzte«, fügte er hinzu. »Nicht zu vergessen die guten Zahnärzte.«

»Ich will in Paris leben«, verkündete sie ihm. »Irgendwelche Einwände?«

»Ja. Jan und ich werden dich nicht sehen. Aber wenn du das willst, dann musst du das machen.«

Sie zündete sich eine Gitane an. »Ich werde immer mal wieder kommen.«

Von Paris aus hatte er die britische Botschaft in Berlin kontaktiert und darum gebeten, zu Laure durchgestellt zu werden. Er musste mehrfach weiterverbunden werden, und mehrmals war ein Klicken in der Leitung zu hören, was darauf schließen ließ, dass der Anruf überwacht wurde.

»Hallo«, meldete sich Laure schließlich.

»Ich bin's, Petr.«

»Petr. Geht es dir gut?«

Sie klang distanziert, als hätte sie ihn aus ihrem mentalen Adressbuch gelöscht. Als hätte sie möglicherweise damit aufgehört, ihren Fragen weiter nachzugehen.

»Ich komme für ein paar Tage nach Berlin«, sagte er. »Können wir uns zum Essen treffen? Vielleicht finden wir eine Lösung.«

Sie atmete einmal tief durch, ehe sie sagte: »Komm um halb acht zu mir nach Hause.«

In Charlottenburg, einem Stadtteil des ehemaligen Westberlins, trieben die Bäume Blüten und neue Blätter aus. Ein flüchtiger Duft wehte von denen herunter, die damit schon weiter fortgeschritten waren. Mit einem Strauß horrend teurer orangefarbener Rosen in der einen Hand und einem größeren Päckchen in der anderen stieg er aus dem Taxi aus und sah an dem Gebäude nach oben, in dem Laure lebte.

Was würde er sagen? Das hatte er bislang noch nicht entschieden. Für jemanden, der Geschäftsentscheidungen klar traf, war diese Unentschlossenheit ungewöhnlich und nervenaufreibend.

Laures Wohnung war in der dritten Etage eines Wohnblocks, den die Briten für ihre Angestellten mieteten. Im Eingangsbereich war es kühl, seine Schritte hallten auf den Steinstufen wider.

Vor der Nummer sieben strich er den Kragen seines Mantels glatt – ein Mantel, den seine Mutter als Ausdruck seines schändlichen bourgeoisen Verlangens verurteilt hätte. Er hingegen erachtete ihn als überlebensnotwendig.

Laure öffnete die Tür. Sie trug eine eng anliegende schwarze Hose und einen blauen weiten Pulli und wirkte nervös.

Er streckte ihr die Blumen hin. »Etwas offensichtlich«, sagte er, »aber ich fand, sie hätten das gewisse Etwas. Die Blütenblätter fühlen sich weich wie Baumwolle an.«

»Offensichtlich oder nicht, sie sind wunderschön.«

»Ich hatte gehofft, sie würden mit einem hübschen Band zusammengebunden, aber sie hatten keines. Nur Schnur.«

»Das braucht kein Band.« Sie führte ihn zur Sitzecke und verschwand, um eine Vase zu holen.

Er sah sich um, war erstaunt über die spartanische Möblierung, als hätte sie nicht vor, wirklich hier zu leben. Die Möbel waren zweckmäßig, die Gardinen an den Fenstern billig, und nur wenig deutete darauf hin, dass Laure dem Ganzen ihren eigenen Stempel aufdrücken wollte. Die einzigen persönlichen Dinge waren ein paar Gegenstände auf dem Tisch, die erstaunlich arrangiert waren, wie eine Sammlung hinter Glas.

»Das ist wie ein Schrein.«

Laure tauchte wieder auf. »Es gefällt mir, eine Verbindung zwischen den Gegenständen herzustellen.«

Er nahm einen kleinen Handspiegel mit Muscheln am Griff, wie sie auf den Märkten in Prag verkauft worden waren. Er war, nett ausgedrückt, geschmacklos, genau wie die Plastikflagge mit den tschechischen Farben, die er von unzähligen Parteiveranstaltungen kannte. Daneben lag ein Stein, und er war sich ziemlich sicher, dass es der Stein war, den er in Tunnel 15 aufgehoben hatte.

Was für eine Verbindung stellte Laure zwischen diesen Gegenständen wohl her?

Nachdem sie die Rosen auf dem Beistelltisch abgestellt hatte, nahm Laure zwei Gläser und eine Flasche Whisky aus dem Regal. »Deine Lieblingssorte, wenn ich mich richtig erinnere?«

Er nickte. Er nippte am Whisky und zeigte auf den Raum. »Du scheinst es dich hier eingerichtet zu haben.«

»Habe ich. Ich kann mich glücklich schätzen und bin dankbar.«

»Ich habe dich das letzte Mal gar nicht gefragt, wie es deiner Familie geht.«

»Meine Mutter ist in Paris. Mein Bruder überall und nirgendwo.« Ihre Augen blitzten. »Wir sind zu Nomaden geworden. Brympton kommt nicht darüber hinweg.«

Er zeigte auf den Aktenkoffer neben dem Tisch. »Es ist bestimmt kein Zufall, dass du in einer Botschaft gelandet bist, oder? Sie haben dir geholfen, Prag zu verlassen, und du warst ganz bestimmt dankbar. Ist das ein guter Job?«

»In Berlin hat man gerade nicht viel zu lachen. Aber das ändert sich wieder«, sagte sie, »und ja, es ist ein guter Job.«

»Ich nehme an, die Verlockung, Informationen zu sammeln, hat dich gepackt.«

Er wollte die Lage checken.

Ein leicht überraschter Ausdruck huschte über ihr Gesicht. »Ich bin eine Kulturattachée, nicht mehr, nicht weniger.«

»Aber du hast Zugriff auf Informationen.« Er dachte dabei an das Dokument über ihn, das sie im Auto dabeigehabt hatte.

»Jede Botschaft bewahrt Akten auf. Das gehört dazu«, sagte sie kühl und sachlich.

Dennoch gab es eine starke, sogar bedrohliche Unterströmung in dem trostlosen Raum. Das spürte er. Und sie spürte das sicherlich auch. Petr trat an das Fenster, das auf einen kleinen, von niedrigen Zitronenbäumen gesäumten Platz hinausging.

Sie stellte sich neben ihn, hielt aber einen gewissen Abstand. »Erinnerst du dich an das eine Mal, als du mich mit den Kindern in den Park in Prag begleitet hast?«

»Sehr gut.«

»Du hast mich die ganze Zeit angesehen. Ich weiß noch, wie verängstigt ich da war. Weil ich es nicht so recht verstanden habe.«

»Was genau?«

Er brauchte diese wenigen Extrasekunden, um seine Gedanken zu ordnen.

»Dass du …« Sie stellte sich näher zu ihm, »dass du mich wolltest. Oder nicht so sehr mich als vielmehr meine Jugend. Täusche ich mich?« Sie fügte noch hinzu: »Das ist die immer gleiche Geschichte, Petr. Der Vater der Kinder, der auf das Au-pair-Mädchen steht.«

Ihm war egal, wie sie seine Qual zur damaligen Zeit zusammenfasste; er verteidigte sich. »Laure, du kannst das von mir aus abstreiten, aber du hast es verstanden. Du hattest selbst eine Liebesaffäre. Du wusstest genau, was zwischen Mann und Frau vorgeht. Aber ja, du liegst nicht falsch.«

»Das ist ehrlich«, sagte sie leise.

»Ich habe sehr darauf geachtet, es nicht auszunutzen.«

»Ich war deine junge einundzwanzigjährige Angestellte, und du hattest meiner Mutter versprochen, du würdest auf mich achtgeben. Damals glaubte ich noch, was die Leute mir sagten.« Sie ließ ihn stehen, ging zurück zum Tisch, wo sie den Stein hochnahm und von einer Hand in die andere warf. »Bevor ich erwachsen wurde.«

Laure widersprach zu heftig, bestimmt absichtlich.

»Ich habe dieses Versprechen gehalten. Ich war vielleicht ein Kommunist, aber ich war kein Jäger.«

»Stimmt. So viel muss ich dir zugestehen.«

Laures Mutter hatte ihm über die französische Arbeitsvermittlung einen Brief zukommen lassen, in dem sie erklärte, dass Laure ihren Studienabschluss etwas verschob, um erst einmal den unerwarteten Tod ihres Vaters zu verarbeiten. »Ich möchte Sie bitten, dass Sie als verantwortungsbewusster Familienmensch zusammen mit Ihrer Frau auf sie achtgeben.«

»Dennoch ist es grauenvoll und erschreckend zu wissen, dass der Arbeitgeber auf einen steht.«

Noch immer hatte er nicht herausgefunden, worauf sie hinauswollte.

»Es hat dich nicht davon abgehalten, eine Affäre mit Tomas anzufangen.«

»Tomas war nicht grauenvoll, und er war nicht erschreckend.«

Petr zuckte zusammen. »Zu meiner Verteidigung muss ich sagen, ich auch nicht.«

Bei den nächsten Worten musste Laure grinsen. »Tomas war nicht alt und runzlig.«

»Du Gör.«

Zum ersten Mal hatte sie sich humorvoll über die Vergangenheit geäußert, und die Atmosphäre entspannte sich etwas.

Sie verschwand und tauchte mit einer Schale Oliven wieder auf. »Die hier sind schwer zu bekommen.« Sie stellte sie auf den Tisch, zusammen mit einem Teller Wurstscheiben. Petr nahm eine Olive und biss hinein. Der Geschmack war anregend und leicht bitter auf der Zunge.

Sie nahm ihm gegenüber Platz. »Etwas will mir einfach keine Ruhe lassen. Ich muss wissen, ob ich dir jemals … Sachen gesagt habe. Unbeabsichtigt? Du weißt schon, wenn wir uns unterhalten haben, nachdem Eva zu Bett gegangen war? Oder wenn wir zusammen mit den Kindern unterwegs waren?«

Es fiel ihm schwer, sich an diese Momente zu erinnern: das, was er als wachsende Innigkeit wahrgenommen hatte, die Tatsache ihrer physischen Gegenwart.

Er erinnerte sich an ihre unterdrückte Aufregung an den Abenden, wenn sie ausging. Wie sie gestrahlt hatte, als sie von der *chata* von *Anatomie* zurückgekommen war. Jeder Schwachkopf hätte darauf schließen können, dass dort diskutiert worden war. Sex und Politik waren eine leicht entzündliche Mischung, und es brauchte nicht viel, um herauszufinden, worum es ging. »Ein Hinweis hier und da.« Laure biss sich auf die Lippe und sprang auf. »*Anatomie* war als regimekritisch bekannt. Du warst vom Westen.« Mit dem Drink in der Hand zeigte er auf sie. »Und am Ende hast du nicht darauf vertraut, dass ich dich aus der Tschechoslowakei schaffen könnte.«

»Natürlich nicht.« Laure schenkte ihnen nach und schraubte die Whiskyflasche so heftig wieder zu, dass sie auf dem Tablett klapperte. »Du hattest mich vorgewarnt, dass du mir nicht helfen würdest. Weißt du noch?«

Er beobachtete, wie sich ihre Lippen bewegten – heute trug sie blassrosa Lippenstift –, was ihn unglaublich faszinierte. Laure anzustellen hatte sein sorgfältig geplantes Leben in Gefahr gebracht, und es hätte fast verheerend geendet.

Inzwischen war die Straßenbeleuchtung angegangen, und er nutzte das für einen Themawechsel. »Ich kann mich einfach nicht daran gewöhnen, wie hell das Licht im Westen ist. Der Westen sollte mehr darauf achten, seine Ressourcen nicht zu verschwenden. Wir gehen besser damit um.«

»Das ist doch Unsinn, was du da redest.« Laure klang erstaunt. »Die guten alten Zeiten waren schrecklich. Die Partei war schrecklich. Das Leben war schrecklich …« Ein rot lackierter Finger zeigte in seine Richtung. »Darf ich darauf hinweisen, dass du schlau genug warst, nach Paris zu flüchten?«

»Und mit den ganzen Veränderungen jetzt werde ich noch ein reicher Mann. Was für eine Ironie, nicht wahr?«

»Ja, sehr schön.« Sie ließ den Whisky im Glas kreisen.

»Ich wollte nicht reich werden, es ist einfach passiert.«

»*Genießt* du es?«

»Ja, tue ich.«

Sie wirkte nachdenklich. »Vielleicht war das vorherbestimmt. Dir hat es im Westen schon immer gefallen.«

Das bestritt er nicht.

»Was wirst du mit deinen neuen Reichtümern anfangen?«

Die Wurst war leuchtend rot und sah frisch aus. Er bediente sich. »Ich finde schon etwas.«

»Einen Fonds einrichten, um herauszufinden, was mit den Menschen passiert ist?«

Sie sagte das ohne Bosheit – dennoch hallte die Tragweite der Worte in ihm nach.

»Ich muss mich verteidigen«, sagte er. »Ich habe im Job mein Bestes gegeben, um das nach Hause zu bringen, was wir hier so dringend benötigten. Der Westen sollte nicht das Monopol über das Wissen haben. Der Zweite Weltkrieg hatte Terror, Zerstörung, den Zusammenbruch der Ordnung gebracht, und wir mussten mit dem zurechtkommen, was noch da war. Wir wollten – brauchten – ein System, um unsere wunde Seele, unser kaputtes politisches System und unsere gesellschaftliche Kurzsichtigkeit zu heilen. Der Kommunismus versprach, dass wir uns dem Ganzen gemeinsam stellen würden.«

»›Wunde Seele, ein kaputtes politisches System, gesellschaftliche Kurzsichtigkeit‹ … Grundgütiger!« Laure lachte. »Meinst du damit nicht die Russen?«

Er sah zu dem Gesicht, das ihn aus so vielen Gründen verfolgt hatte. »Nimmst du diese Unterhaltung auf?«

Mit einem leisen Lächeln antwortete sie: »Tatsächlich nicht, nein. Würde ich jedoch der Tätigkeit nachgehen, die du mir unterstellst, dann hätte das durchaus sein können. Aber mach dir keine Sorgen. Es ist abgenickt worden, dass du hierherkommst. Man sieht dich nicht als Bedrohung.«

Er begrüßte diese Information. »Daran könnte ich Anstoß nehmen.«

»Denkst du, das macht den Briten etwas aus?«

»Hier spricht wohl nicht die Kulturattachée.«

Jetzt schmunzelte Laure wirklich.

Er umklammerte sein Glas, lehnte sich im Sofa nach hinten und hatte das Gefühl, er könnte für immer hierbleiben, Anekdoten austauschen und über Vergangenes reden.

Und ja, sie konnten in neutralem, vielleicht sogar verträglichem Schweigen zusammensitzen.

Laure brach das Schweigen mit einem unerwarteten Akkord. »Petr, ich muss wissen, wer uns verraten hat. Warst du das?« Sie kippte den Whisky hinunter, als wäre es ein Notfallmittel. »Ich weiß, dass Lucia und Milos es nicht gewesen sein können. Aber vielleicht jemand von den anderen. Ich muss es *wissen*. Du würdest es auch wissen wollen, wenn etwas dein Leben nahezu ruiniert hätte. Oder es vielleicht getan hat? Ich weiß, dass ich mein Leben wieder auf die Reihe bekomme und dass das, was mir passiert ist, nichts ist im Vergleich zu dem, was Tomas passiert ist. Das liegt gut zehn Jahre zurück …« Zehn schwierige Jahre, ein bisschen mehr, dachte er. »Und wir alle lernen, dass wir einander lieben müssen.« Ihre Stimme wurde etwas tiefer. »Du hast jetzt die Gelegenheit, mir die Wahrheit zu sagen. Etwas Gutes zu tun?«

Er wusste, dass das kommen würde. »Nicht unbedingt.«

»Lucia hatte damals eine üble Zeit hinter sich, so viel weiß ich«, unterbrach sie ihn. »Ihren Eltern wurde gedroht. Wie so viele hat sie gefährlich gelebt. Aber sie hat sich fanatisch für die Sache eingesetzt. Dafür habe ich sie bewundert. Sie war mutig.«

»Vielleicht.« Er schloss die Augen eine Millisekunde und traf eine Entscheidung. Er würde ihr etwas sagen. »Aber sie hat dich bespitzelt, Laure.«

»*Was?*« Kerzengerade und mit weit aufgerissenen Augen saß sie da. »Lucia?«

Nach dem Sturz des Regimes hatte er es sich zur Aufgabe gemacht herauszufinden, was der Staat über ihn wusste. Der Brief war in seiner Akte in den Archiven. Er zitierte wortwörtlich daraus. »›Petr Kobes beschäftigt eine Person, die antikommunistische Meinungen verbreitet und kleine Kinder korrumpiert.‹«

»Ich kann nicht glauben, dass Lucia so etwas …« Sie ballte die Hand zur Faust. »*Lucia!*«

»Beweggründe *sind* kompliziert«, sagte er mit mehr als einem Hauch Ironie. »Das habe ich gelernt, zwar erst spät, aber ich habe es gelernt. Vergiss das nicht. Lucia wollte dich aus dem Weg räumen, weil du zu viel Aufmerksamkeit der Machthaber auf dich gezogen hast. Da war es besser, wenn du weg wärst. Das war nichts Persönliches.«

»Woher wusste die Polizei von dem Treffen im Theater?«

»Keine Ahnung«, antwortete er nach einer Weile. »Gut möglich, dass wir die Einzelheiten niemals erfahren werden.«

Sehnte sich Laure nach Vergeltung oder Absolution?

»Hast *du* jemals versucht, etwas über Tomas herauszufinden?«, fragte er.

»Habe ich, aber es hat zu nichts geführt.«

»Und er hat dich nicht kontaktiert?«

»Nein«, sagte sie kläglich. »Nein.« Wieder sprang sie auf. »An diesem letzten Tag… als ich euch verlassen habe.« Sie wirbelte herum und starrte ihn an. »Ein Auge zudrücken ist ein Nationalsport in der Tschechoslowakei. Warum konntest du das nicht tun?« Jetzt stand sie direkt vor ihm. »*Warum?*«

Gern hätte er gesagt: Das habe ich doch für dich getan.

»So wichtig war Tomas nicht«, fuhr sie fort. »Er war kein Politiker. Er war egal.«

»Wird man von der Jugend verehrt, ist man sehr wohl wichtig.« Er bedachte Laure mit einem eisigen Lächeln. »Sogar Eva war scharf auf ihn.«

Laure war verblüfft. »Das hatte ich vergessen. Die arme Eva.«

Da ihm nicht einfiel, was er sonst tun sollte, nahm er sich eine zweite Scheibe Wurst.

»Bin ich zu neugierig, wenn ich frage, was passiert ist? Ich habe sie gemocht und würde es gern wissen.«

»Warum hast du mir nichts gesagt«, hatte er Eva gefragt, als die Situation unerträglich wurde. »Weil ich verheiratet sein wollte«, hatte ihre Antwort gelautet.

»Eva und ich haben, wenige Monate nachdem wir uns kennengelernt haben, geheiratet. Sie verheimlichte mir die Krankheit in ihrer Familie. Es bestand durchaus die Möglichkeit, dass sie ihr ganzes Leben über gesund blieb. Die Ärzte sagten mir, dass der Auslöser für die Krankheit vermutlich die zwei schwierigen Geburten waren.«

»Und?«

»Sie wurde im Sainte-Anne-Krankenhaus in Paris behandelt, als du ankamst. Nachdem ich nach Prag zurückbeordert worden war, ging die Behandlung anders weiter. Die Ärzte wollten eine EKT bei ihr durchführen, aber Eva weigerte sich.«

Darüber zu reden verschaffte ihm Erleichterung. Die sich steigerte, als Laure – völlig unerwartet – die Hand ausstreckte und seine Hand nahm. Eine leichte, unverbindliche Berührung, aber es war schon lange her, dass Petr so berührt worden war.

Er sah auf Laures Hand auf seiner, erinnerte sich an den Moment, als er ihre im Kampa-Park festgehalten hatte, und fing an zu erzählen. »Sie sagte, sie würde in einem Gefängnis leben. Eines Nachts ist sie aus der Wohnung gegangen. Ich weiß nicht, ob jemand sie gesehen hat. Sie lief zum Fluss und hat sich von der Brücke gestürzt.« Laure drückte seine Hand. »Sie hat ein Foto von uns dreien zurückgelassen. Das Foto, das am Eiffelturm entstanden ist. Auf der Rückseite war eine Nachricht. Sie schrieb, sie wolle uns Raum geben und wir sollten ihr vergeben, dass sie uns im Stich gelassen hatte.«

»Jetzt zu sagen, dass es mir leidtut, ist unpassend. Aber es tut mir leid.«

»Laure …?« Eine winzige Vene pulsierte an seiner Schläfe. Sie zog ihre Hand weg, und er spürte, wie eine Welle der Erheiterung durch seinen Körper floss. »Die Menschen sterben erst, wenn man sie vergisst. Selbst wenn man auf einen Haufen Knochen starrt.«

Sie starrte ihn grimmig, unerbittlich an. »Dann *weißt* du es also.«

Das war der Moment, den er geplant hatte. »Es gibt einen Grund, weshalb ich dich kontaktiert habe. Ich habe etwas für dich.« Er stand auf, holte das Päckchen und hielt es ihr hin.

Sie machte keine Anstalten, es entgegenzunehmen. »Ein Geschenk?«

»Gewissermaßen.«

»Warum?«

»Ich dachte, damit könnte ich eine Brücke schlagen.«

»Ich will nichts von dir annehmen, Petr. Niemals.«

Obwohl das keine unerwartete Reaktion war, schmerzte sie doch. »Dann betrachte es als etwas, das vom Theaterensemble ist.«

»Vom Ensemble?« Sie war verblüfft. »Von *dem* Ensemble?«

Er überreichte ihr das Päckchen. Es war eingewickelt in fleckiges Packpapier und mit einer Schnur zusammengebunden, und er beobachtete, wie sie den Knoten auffriemelte. Unter dem Packpapier kam ein flacher Karton zum Vorschein. Sie hob den Deckel hoch und sah vergilbtes Zeitungspapier als Einschlagpapier. Staub wirbelte auf, als sie es zur Seite zog.

Sie warf einen fragenden Blick auf Petr. »Mach weiter«, sagte er.

Mit einem Aufschrei holte sie eine weibliche Marionette heraus. »Ist das …?«

»Sieh sie dir an«, sagte er in der felsenfesten Gewissheit, dass er sich an den Rand eines Abgrunds begab, von dem es kein Zurück mehr gab.

Die Fäden der Marionette waren ordentlich auf dem Rücken zusammengeknotet, und der Haltegriff war mit einem Band zusammengebunden. »Das ist eine von Milos' Arbeiten«, sagte sie liebevoll. »Er war immer so akribisch, wenn es darum ging, die Marionetten ordentlich zu verräumen. Immer. Immer. Sein Lebenswerk.« Sie berührte eine hölzerne Hand. »Weißt du, dass sie aus Lindenholz gemacht werden und manche von ihnen richtig wertvoll sind?« Ihre Stimme zitterte. »Das ist Marenka. Ich *kenne* sie. Ich hätte sie überall wiedererkannt.«

22

»Es *ist* Marenka«, sagte er.

Laure stieß einen Schrei aus, nahm die Marionette auf den Schoß und wiegte sie, als wäre sie ein Kind. »All die Jahre habe ich von ihr geträumt. Von ihnen. Von der Zeit.«

Er sah, wie sie darum kämpfte, ruhig zu bleiben.

»Nachdem ich dich hier getroffen hatte, wusste ich, dass du sie haben solltest. Das Ensemble war aufgelöst und seine Sachen konfisziert worden. Ich habe sie ergattert, und seitdem war sie in meiner Abstellkammer.«

Laure streichelte über ihren Kopf. »Hast du geduldig darauf gewartet, dass dir dein Leben zurückgegeben wird, Marenka? Oder hast du dein Leiden herausgebrüllt, und keiner hat dich gehört?«

»Hör auf«, sagte Petr. »Bitte.«

»Sie haben eine Seele, musst du wissen. Die Marionetten, meine ich. Sie haben auch ein Leben. Sie trauern.«

Das war eine Seite an Laure, die er noch nicht kannte.

»Nein«, widersprach er. »*Wir* trauern. Nicht sie.«

Sie schüttelte den Kopf. »Marenka, der Prinz, der Pierrot und die anderen Marionetten leben. Vielleicht siehst du es nur nicht.« Sie lächelte ihn an, höflich, als würde sie eine neue Bekanntschaft ausloten. »Ein guter Marionettenspieler weiß, dass sie ein Leben parallel zu unserem führen. Wenn sie eine Verbindung eingehen sollen, dann muss er oder sie die Marionetten lieben.«

Diese Marenka hatte einen scharlachroten Mund, Augen

mit dichten Wimpern, ein Auge blau, das andere grün, und einen Riss über dem rechten Ohr. Laure fuhr mit Daumen über den Riss. »Sie wurde beschädigt, als Lucia sie fallen ließ. Wir haben uns gestritten, und ich glaube immer noch, dass sie das absichtlich getan hat.« Sie suchte in der Schachtel nach etwas. »Ich frage mich, ob ... ja.« Sie holte ein rechteckig zusammengefaltetes Stück Stoff heraus, das sich beim Auffalten als Brautschleier entpuppte. »Er ist immer noch da. Lucia hat ihn aus einem alten Familienerbstück gemacht. Sie hat es mir gezeigt.« Mit der Fingerkuppe fuhr sie über die Spitze und brachte den Schleier an Marenkas Kopf an. »Ich war bestürzt.«

Laures romantische Seite berührte ihn. »Die Marionetten sind ganz klar ein Teil unserer Kultur«, sagte er.

Sie sah auf. »Ich habe das damals nicht verstanden. Die Macht, die sie haben, meine ich.« Sie löste das Band am Haltegriff. »Ich sehe noch genau vor mir, wie Milos das zusammenbindet«, sagte sie und prüfte die ausgefransten Fäden. »Marionettenfäden sollten am Kopf festgebunden werden, am Rücken, an den Händen und oberhalb der Knie.« Sie sah auf. »Ich habe die Lektionen nicht vergessen.«

Sie nahm den Haltegriff und stellte Marenka vorsichtig ab, sodass ihre Holzfüße den Boden berührten, dann ließ sie sie ungelenk am Sofa entlanglaufen.

»Die unterschiedlichen Augen sind als Nachricht gedacht«, sagte Petr.

»Ach ja?«

»Es ist nicht nötig, dass du dich länger unwissend gibst, Laure. Das ließ sich einfach herausfinden.«

»Tja, dann weißt du ja auch, wie effizient es war.« Marenka blieb stehen. »Du und ...«, ihre Stimme wurde härter, »deine Kollegen, ihr hättet in die Darbietungen durchaus besondere Bedeutungen hineininterpretieren können. So hingegen haben das andere gemacht, die so viel mehr da rausgezogen haben, als ihr das jemals gekonnt hättet. Trost und Lachen. Wahrheiten, die man nicht laut aussprechen konnte. Darin war das Ensemble brillant«, sagte sie. »Hast du jemals den Pierrot gesehen, wenn du herumspioniert hast?«

Er unterdrückte seine aufkeimende Wut. »Habe ich.«

Ihre Augen waren weit geworden. »Dabei musste ich immer weinen. Aber es war ein Wunder. Eine Marionette ist eigentlich tot, gleichzeitig aber lebt sie auf eine Weise, die sich nicht erklären lässt. Der Pierrot leidet, und wir leiden mit ihm. Er war die tragischste, wunderbarste Sache der Welt. Dergleichen wird man nie sehen. Er weigert sich, sich von seinem Puppenspieler führen zu lassen. Er weiß das Schlimmste. Er zeigt uns, dass wir wählen können und dass wir den Tod akzeptieren können.« Jetzt rannen ihr Tränen übers Gesicht. »Für ihn geht es immer nur um die Liebe und darum, dass er das Leben so sehr liebt, dass er sich weigert, einen Kompromiss einzugehen.« Sie wischte sich mit dem Ärmel über die Wangen. »Deshalb löst er selbst seine Fäden.« Leise fügte sie hinzu: »Ich denke nicht, dass du das verstehen kannst.«

Er dachte an Jan und Maria, wie sie an diesem Sommertag durch die Blätter im Kampa-Park gestapft waren, und an Eva, wie sie sich aus der Wohnung geschlichen hatte und ihrem Tod entgegengeeilt war. Er dachte auch an die Momente, kurz nachdem der Mann von der Partei mit dem Porkpie ihm die Freiheit weggenommen hatte.

»Was ist mit Milos und Lucia passiert?«

Petr war klar, dass Laure ihn das früher oder später fragen würde. Mithilfe seiner Kontakte hatte er erreicht, dass die entsprechenden Akten offengelegt wurden. »Es ist eine alte tschechische Gewohnheit, sich gegen Staatsfeinde zusammenzurotten«, sagte er. »Das weißt du wahrscheinlich. Alle fühlen sich sicherer. Lucia und Milos wurden mit Tomas und *Anatomie* in Verbindung gebracht, und nachdem *Anatomie* festgenommen war, galten auch sie als Staatsfeinde.« Er wischte sich etwas Staub von der Zeitung von seinem Ärmel. »Letztlich hat sich alles wieder beruhigt. Es war nicht so schlimm wie in den Sechzigern. Wäre das damals passiert, dann wären sie ganz bestimmt verschwunden. Vermutlich leben sie inzwischen irgendwo außerhalb von Prag.«

»Aha ...« Marenkas hölzerne Gliedmaßen klapperten, als Laure sie aufrichtete.

Mit diesem Geräusch wurde die Vergangenheit wieder lebendig. An seinem neunten Geburtstag hatte seine Mutter ihn ins Marionettentheater mitgenommen, wo ein Dämon einen Kapitalisten über die Bühne gejagt hatte. Die Fäden waren angespannt, die Zähne klapperten, das Gesicht war kalkweiß. Hinterher hatte sich seine Mutter darüber beschwert, dass er vor Angst ihre Hand zerquetscht hätte.

»Ich bin aus der Übung«, sagte Laure.

Petr lachte.

Laure richtete die Fäden aus, fächerte den Griff auf, ließ Marenka sich zur vollen Größe aufrichten, wobei der Schleier ihr Gesicht züchtig verhüllte. Der braune Zopf hing ihr über den Rücken.

»Aber das kommt wieder.« Mit einem Ruck des Griffs drehte sie die Marionette um, sodass sie Petr ansah. »Das ist wie Fahrradfahren. Sie stellt Fragen, Petr. Wie zum Beispiel: Warum gibst du mich dieser Frau?«

Er antwortete nicht.

»Ich denke, du weißt, warum«, sagte Laure. »Schuld.« Sie war mit den Fäden beschäftigt. »Eine Sache habe ich gelernt. Wenn man sich wegen etwas schuldig fühlt, dann will man sich nicht davon lösen. Das habe ich herausgefunden. Man will es immer wieder anstacheln.« Sie korrigierte sich. »Man *muss* es anstacheln. Ich habe das getan.«

Dieses Thema war so schmerzlich, dass er sich nicht darauf einlassen konnte. »Ich hatte das Gefühl, du solltest sie haben.«

Sie sah ihn an. »Du warst immer schon großzügig.« Sie zupfte an den Fäden, und Marenka tapste trunken auf Petr zu. »Die andere Frage, die wichtige Frage, die sie stellt, ist die: ›Wo ist mein Prinz? Wo ist er hingegangen?‹«

Eine Antwort war unumgänglich. »Keine gute oder sinnvolle Frage.«

»Was mache ich nur mit dir, Marenka?« Laure legte die Marionette aufs Sofa und verräumte den Handgriff, wie Milos ihr das beigebracht hatte. »Sie sollte in einem tschechischen Museum sein, insbesondere, wo sie doch am Ende von allem in Prag war, dem Ende einer Ära.« Sie berührte eine Holzhand. »Sie hat geschichtlichen Wert.«

»Bedankst du dich dafür bei mir?«

Sie sah ihn direkt an. »Danke.« Sie sagte das so einfach, dass sein Herz einen Sprung machte. »Und jetzt bitte. Was ist mit Tomas?«

Er sah sie an. »Immer Tomas.«

»Ja, aber es geht auch um dich«, sagte sie. »Sieh es als deine Erlösung an.«

Ihre Blicke bohrten sich ineinander.

Eine ungeschickte Neuausrichtung von Moral, Trauer und politischer Betrachtung? Von tief verwurzeltem Verlangen? Bedauern?

Ein Handel?

Sie atmete hörbar ein – als würde sie sich darauf vorbereiten, von einem hohen Sprungbrett ins Wasser zu springen. Sie streckte die Hand aus, löste Petrs Krawatte. »Französisch, denke ich mal«, sagte sie, dann sah sie auf das Label. »Wie bin ich wohl darauf gekommen?«

Sie ließ sie auf den Boden fallen, ergriff seine Hand und führte ihn ins Schlafzimmer.

Innerhalb weniger Sekunden war ihm klar, wie talentiert sie im Sichverstellen war. Was Laure für ihn empfand, war sehr weit von dem entfernt, was er für sie empfand. Tatsächlich spürte er hinter dem willigen Körper eine tiefe Verachtung.

Als sie mit den Armen an seinem nackten Oberkörper entlangfuhr, erzitterte sie. Er schlang die Arme um sie, beugte sich vor und presste seine Lippen auf ihre Schulter, wie er das so oft bei Eva getan hatte.

»Das bahnt sich schon seit so langer Zeit an«, sagte er.

Sie verspannte sich. »Das war nicht für dich gedacht.«

Er legte die Hände an ihr Gesicht und beugte sich vor, um sie lange und zärtlich zu küssen. Doch gerade, als sie anfing, seinen Kuss zu erwidern, machte sie sich von ihm los. »Mach das nicht.«

»Warum nicht?«

Sie schloss die Augen. »Das ist zu intim.«

Sie wartete, bis sie sich auf ihn gelegt hatte, ehe sie sagte: »Erzähl mir von Tomas.« Ihre wunderschöne Haut war an den Wangen gerötet, und ein paar Sekunden lang fragte er sich, ob sie dieses Zusammentreffen wider Willen ein kleines bisschen genoss. »Ist er … tot?«

Die Toten konnten einfach in Ehren gehalten werden. Tomas konnte man niemals vorwerfen, treulos gewesen zu sein oder den Erwartungen nicht gerecht geworden zu sein.

Sie bewegte sich wenige Millimeter, und sein Vergnügen steigerte sich. »Petr, was mit Eva passiert ist, ist schrecklich, doch du *weißt*, was ihr zugestoßen ist. Aber genau das macht es einem möglich, damit zu leben.«

Die Gefühle waren überwältigend. Petr schloss die

Augen, er wollte, dass dieser Moment süß, voller Abschied und zärtlich war – ein Moment, in dem sich die Grenzen auflösten. Er streckte die Hand aus, um ihre Wange zu berühren. War es möglich, dass ihm das, was er für Laure empfand, jemals den inneren Frieden und das Erfülltsein verlieh, nach dem er sich verzehrte. »Ich weiß es nicht«, log er. »Ich weiß nicht, was mit Tomas passiert ist.«

Sie verharrte in ihren Bewegungen. »Dann sind wir unter einem falschen Vorwand im Bett.« Unvermittelt löste sie sich von ihm und setzte sich auf die Bettkante.

Mit leichtem Unbehagen fluchte er leise. »Komm zurück.«

Sie stand auf und griff nach dem Morgenmantel, der an der Tür hing. »Du wusstest, was ich fragen würde.«

Er legte den Arm über die Augen in dem Wissen, dass er den restlichen Abend über höllische Schmerzen in den Eiern haben würde. »Laure, wenn du meinst, hier abzubrechen wäre eine Bestrafung, dann irrst du dich.«

Die Wahrheit aber war: Es kam dem fast gleich. Seine Leidenschaft und seine Vergangenheit brachten ihn in eine überaus benachteiligte Position, vor allem, weil er gegen das stärkste und langlebigste Wesen ankämpfte: den Geist. »Du nutzt niemandem damit, wenn du von einem verschwundenen Mann besessen bist«, sagte er.

»Das ist mein Problem.«

Die Bilder, die hinter seinen geschlossenen Lidern auftauchten, ließen ihn leicht schwindeln. Er warf das Laken von sich, setzte sich auf, ging ins Badezimmer und knallte die Tür zu. Dort legte er die Hände auf den Rand des Waschbeckens und rang mit sich, um seine Wut und seine immense Enttäuschung in den Griff zu bekommen.

Am liebsten hätte er Laure umgebracht. Ihr wehgetan. Sie verstummen lassen. Entsetzt blickte er in den Spiegel und sah darin einen Mann, den er nicht wiedererkannte.

Irgendwann nahm er ein sauberes Handtuch vom Regal und wickelte es sich um die Hüfte. Sie saß noch immer auf dem Bett, hatte den Morgenmantel aber zugebunden. Er blieb vor ihr stehen und sagte: »Laure, du bist ein verdammt dummes Risiko eingegangen. Frauen werden zusammengeschlagen. Für viel weniger. *Ich* hätte dich zusammenschlagen können.«

»Vielleicht.« Sie sah ihn an. »Aber ich glaube nicht, dass du zu der Sorte Mann gehörst.«

Noch immer pulsierte das Verlangen durch ihn und machte ihn zusätzlich rasend. »Das ist so verdammt unklug, aber du bist nicht unklug.«

Wie viele heftige Gefühle konnte man innerhalb weniger Stunden fühlen? Sehr viele, wie sich herausstellte, und sie ermatteten ihn. In Laures Gesicht spiegelten sich Triumph, aber auch Scham.

»Es tut mir leid«, sagte er, »wie sehr du dich verändert hast.«

Sie stand auf, die Haare fielen ihr über die Schultern. »Mir tut es auch leid, Petr. Aber du hast mir vor so vielen Jahren etwas angetan, das es mir ermöglicht, mich so zu verhalten, wie ...« Sie zuckte mit den Schultern. »... so, wie ich mich gerade verhalten habe.«

»Sei's drum.« Er holte ein Päckchen Zigaretten aus seiner Jackentasche, überlegte es sich dann aber anders und steckte es wieder weg. »Nebenbei bemerkt, Tomas hat es zum Bahnhof geschafft, wo er festgenommen und in Einzelhaft gesteckt wurde.«

Pfeilschnell war sie bei ihm. »Welches Gefängnis?«

»In der Bartolomějská. Das war einmal ein Kloster.« Er setzte sich und lehnte sich an das Kopfende. »Die Zellen der Nonnen erwiesen sich als perfekt geeignet für diesen Zweck.« Er runzelte die Stirn. »Und die Kirche benutzte man als Schießstand.«

»Und nicht einmal das wolltest du mir sagen?«

»Nein.«

»Warum?«

»Weil es dich nicht mehr loslassen wird.«

»So, wie es dich nicht loslässt. Oder nicht loslassen sollte.«

»Hab ein bisschen Mitleid.«

Zu seiner Überraschung nickte sie. »Wie kann ich mehr herausfinden? Die StB muss Akten aufbewahrt haben. Wie die Nazis und die Stasi.«

»Viel Glück beim Suchen.«

»*Du* wirst für mich suchen, Petr. Um das Unrecht wiedergutzumachen, um Frieden zu finden … *du* wirst diese Informationen herausfinden.« Sie band das Haar zu einem Knoten hoch. »Du hast eine Zukunft zerstört. Sieh es als Wiedergutmachung.«

Irgendwo hatte er gelesen, dass Liebe sich durch Schmerz erhöhte und vertiefte. Doch es gab eine Grenze, und er war kurz davor, dass es ihm reichte. »Laure, ist dir jemals der Gedanke gekommen, Tomas könnte dich benutzt haben?«

Sie war blass geworden. »Du hast diese Methode schon früher angewandt, Petr. Wurde das nicht Kontaminierungsmethode genannt? Vielleicht benutzt du sie ja immer noch?« Sie weigerte sich, ihn anzusehen, und stieß die Tür auf. »Tomas war ein Mann, der es gewagt hat, sich mit euch allen anzulegen, und der niemals einen Kompromiss eingegangen ist. Der mutig war. Den ich geliebt habe. Der mich …« Sie verstummte. »Raus«, sagte sie. »Verschwinde.«

Er zog sein Hemd an und fing an, es zuzuknöpfen. Sie sammelte ihre herumliegenden Kleidungsstücke ein und legte sie auf den Stuhl. »Du weißt, wo es rausgeht.«

Sie ging ins angrenzende Zimmer.

Er ließ sich schwer auf die Bettkante fallen. Das alte, unbändige Verlangen und Trauer wirbelten durch seine Gedanken, zusammen mit dem Whisky, den er vermutlich nie mehr trinken würde.

Laure war im Zimmer nebenan zu hören. Gläser klirrten, und Stühle wurden verrückt. Dann war es still.

Er ging zur Tür und lief Laure in die Arme, die gerade ins Schlafzimmer zurückkam. Sie sahen einander an.

Sie sprach als Erste. »Es tut mir leid. Aber du hast mich verletzt.«

»Mir tut es auch leid.«

Wie schnell sich die Liebe doch mit den Bruchstücken zufriedengab, die man ihr hinwarf.

Verschiedenste Gefühlsregungen waren den grünen Augen anzusehen, aber keine konnte er lesen. »Ich halte mich an meine Abmachungen.«

»Ich *weiß*, dass Tomas mich geliebt hat …« Nur eine kleine Andeutung von Unsicherheit.

Da war es also, dachte er. Der Zweifel, den er gesät hatte, hatte Wurzeln geschlagen. Es hatte gedauert, aber es hatte funktioniert.

Kam Liebe mit Mitleid? Kam Macht mit Liebe? Genau wie Lügen und Betrügen.

Er schluckte. »Wenn ich dir sage, was ich weiß, dann musst du versprechen, dass du es vergisst und mit deinem Leben weitermachst, okay?« Ihr Blick war inzwischen so verärgert und verwirrt, dass Petr mit in die Schatten hinuntergezogen wurde. »Zu deinem Besten.«

Sie ließ sich von ihm zum Bett führen.

Es hatte seinen Preis, auf dem Gebiet der neuen Tschechischen Republik tätig zu sein, und er hatte die Informationen, die er Laure gleich eröffnen würde, teuer bezahlt. Gewissermaßen hatte er sein eigenes Unwohlsein gekauft. Mit dem leben zu müssen, was er zutage gefördert hatte, hieß, sich den Verbrechen und Vergehen des Regimes zu stellen, das er unterstützt hatte.

»Tomas stand auf der Beobachtungsliste. Er war als Regimekritiker bekannt. Du weißt, dass er häufig festgenommen und befragt wurde. Und zusammengeschlagen. Man nahm an, er und die Gruppe würden versuchen, Informationen in den Westen zu schaffen. Er wurde festgenommen, als er in den Zug nach Wien steigen wollte, und von dort ins Bartoloměјská gebracht.«

Sie stieß ein verzweifeltes Stöhnen aus.

»Die Gefangenen wurden in drei Kategorien unterteilt. Unbedeutende Straftäter, Wiederholungstäter und Schwerverbrecher, zu denen für gewöhnlich die politischen Gefangenen zählten. Es war nicht gut, wenn man zu dieser Kategorie gehörte.«

Er wollte keine weiteren Details preisgeben. Früher einmal waren die politischen Gefangenen in die Uranminen geschickt worden, giftige, brutale Höllen. Aber das musste Laure nicht wissen, nicht einmal ansatzweise. *Das* zumindest konnte er für sie tun.

Sie verschränkte die Arme über dem Bauch.

»Soll ich fortfahren?«

Sie sah hierhin, dahin. »Ja.«

»Tomas gehörte in die Kategorie der Schwerverbrecher. Er wurde drei Tage lang verhört und kam schließlich ins Gefängniskrankenhaus. Den Akten ist zu entnehmen, dass er gebrochene Arme, ein gebrochenes Bein und eine ernsthafte Kopfverletzung hatte.«

»Und weiß der Geier was sonst noch.« Laure verbarg das Gesicht in den Händen. Sehr wagemutig strich ihr Petr über den Kopf. »Er sollte in ein Gefängnis außerhalb von Prag verlegt werden.«

»O Gott.« Blass vor Erschütterung hob sie den Kopf. »Sonst noch etwas?«

Er zögerte, also wiederholte sie die Frage ungeduldig.

»Es gibt keinen Vermerk dazu, dass er das Krankenhaus verlassen hat, was darauf hindeuten könnte, dass er gestorben ist oder dass jemand nachlässig war. Die Akten sind nicht unfehlbar, und viele sind vernichtet worden.«

Sie schien sich wieder im Griff zu haben. »Okay. Er könnte dort gestorben sein. Aber wir wissen es nicht mit Gewissheit.« Ihre Stimme zitterte. »Ist es möglich, dass er aus Bartolomějská rausgekommen ist?«

Ihr Akzent hatte sich nicht verbessert. Tatsächlich war er schrecklich, aber er gehörte zu einem der vielen anziehenden Dinge bei Laure. »In seinem Zustand hätte er einflussreiche Freunde haben müssen. Du musst wohl einfach akzeptieren, dass Tomas das aller Wahrscheinlichkeit nach nicht überlebt hat.«

Laure hörte nicht zu. »Es ist also möglich, dass er aus dem Krankenhaus befreit wurde und irgendwohin... geflüchtet ist? Nach Ungarn?«

»Selbst wenn er das geschafft hätte, wäre es schwierig, ständig auf der Flucht zu leben. Sehr schwierig. Keine Papiere. Kein Geld.«

»Sagst du also, dass er gefoltert wurde?«

»Wenn er nicht geredet hat, dann mit Sicherheit ja.«

»Tomas hat nicht geredet.«

»Süße Laure. Er wurde zusammengeschlagen.«

»Nein«, widersprach sie. »Tomas war gewappnet. Vorbereitet. Mental, meine ich, weil er wusste, was passieren könnte.«

»Uns beiden ist klar, dass man nicht wissen kann, wie jemand unter solchen Umständen reagiert«, sagte er, und Laure atmete hörbar ein. »Diejenigen, von denen man annimmt, sie würden es aushalten, tun das nicht. Aber den Schwachen und Unscheinbaren gelingt es manchmal. Sie holen etwas aus sich heraus. Oder sie sagen sich, dass es ihre letzte Gelegenheit ist, etwas Entscheidendes in ihrem Leben zu tun, ob es nun bezeugt wird oder nicht.«

»Tja, darin bist du vermutlich ein Experte.« Die Hand, die auf ihrem Oberschenkel lag, ballte sich zur Faust. »Ich wusste es, wirklich. Ich konnte es spüren. Ich konnte seine Schmerzen spüren.«

»Hör mir zu: Tomas ist mit ziemlicher Sicherheit tot.«

Sie schwieg. Dann schüttelte sie den Kopf. »Bis ich Gewissheit habe, werde ich diese Tür offen lassen. Aber ich kann dir nicht vergeben, dass du ihn verraten hast.«

»Bist du dir sicher, dass dem so ist?«, entgegnete er.

Sie wurde aschfahl. »Es ist eine gängige Reaktion, dass die Schuldigen anderen die Schuld in die Schuhe schieben.«

Seine Stimme wurde weicher. »Es ist ein Mechanismus der menschlichen Psyche, unangenehme Wahrheiten hinter einem sogenannten Erinnerungsverlust zu verbergen.«

»Du lügst«, sagte sie. »Du hast schon immer gelogen.«

»Und du bist schon immer sorglos mit deinen Worten umgegangen. Hast du jemals darüber nachgedacht?«

Es folgte ein langes Schweigen, und er sah, wie sie in Gedanken ihre Erinnerung durchforstete. »Ich hatte Angst.«

»Und warst wütend auf Tomas?«

Sie schüttelte den Kopf.

»Du bist inzwischen älter, Laure«, sagte er. »Du musst eure Liebesbeziehung in einem anderen Licht sehen. Das war ein jugendliches Techtelmechtel. Nichts Dauerhaftes.«

Wieder schüttelte sie den Kopf. Mehr als nur ein bisschen verächtlich. Ungeduldig.

Nach einer Weile sagte er: »Ich hatte eine Familie, eine kranke Frau. Sag mir, was du unter diesen Umständen gemacht hättest.«

»Ich bin davon ausgegangen, dass du nichts sagen würdest, weil du mich mochtest.«

Das gesichtslose Schlafzimmer, das zerwühlte Bett, Laures Verzweiflung, die unbarmherzigen, widerwärtigen Wahrheiten, die ausgesprochen wurden … er wusste, dass er dieses Aufeinandertreffen niemals vergessen würde.

Was, wenn er sie am Arm fasste und aufs Bett zog, um sich seine Dosis von dieser perlfarbenen Haut zu nehmen, von diesen wallenden Haaren, der sanften Wölbung von der Schulter zur Hüfte? Er würde ihren Namen murmeln, ihr sagen, dass alles zwischen ihnen wieder in Ordnung wäre, dass es Frieden gäbe, und die Ideologie würde sich mit der Ideologie ins Bett legen. Er würde ihr sagen, dass er sie liebte, dass dem schon sehr lange so sei, dass er wund sei, weil er diese Liebe durch sein Leben getragen habe, dass sie aber gleichzeitig sein größtes Glück sei. Es sei, würde er noch hinzufügen, eine verdrehte, schmutzige Liebe, aber, auf merkwürdige Weise, eine wahrhaftige.

Rief ihre Qual Petrs Verzweiflung hervor, oder hatte ihre gesteigerte Empfindung seine beeinflusst? Vielleicht war sie stolz darauf, jemand zu sein, der sich an seine Abmachungen hielt? Laure drehte sich zu Petr um und legte ihm die Arme um den Hals.

Seine Überraschung war groß, aber er küsste sie. Sie schmeckte nach Oliven und nach frischem Zigarettenrauch. Er zog sie nach unten und legte sich so hin, dass er sie berührte. Seine Hand wanderte ihren Schenkel hinauf, an ihrer Hüfte entlang, über ihre weiche Brust und blieb auf ihrem Oberkörper liegen.

Wie so häufig war die Realität anders als die Vorstellung des begierigen Aufeinandertreffens. Laure verspannte sich, als seine Hand über ihren Körper wanderte und eine Brustwarze streichelte. »Soll ich aufhören?«

»Nein.«

Es war kalt genug im Zimmer, um ihr eine Gänsehaut zu bescheren, und die dünnen Härchen an ihren Armen stellten sich auf. Er tastete hinter sich nach dem Laken, um es über sie zu ziehen, doch seine Hand verhedderte sich nur darin. Er kämpfte sich frei und versuchte, sie zwischen den Beinen zu berühren. Sie schob sich von ihm weg.

»Lass es uns nicht in die Länge ziehen«, sagte sie.

Mitten im Liebesakt öffnete er die Augen und sah, dass Laure verhalten und leicht gleichgültig aussah, fast schon mütterlich. So gar nicht wie die leidenschaftliche, auf ihn eingehende Frau, die er sich gewünscht hatte. Aber mehr würde er von ihr nicht bekommen. Er schloss die Augen und ließ sich von den heißen, harten Stößen mitreißen.

Gegen Ende griff sie nach oben, zog ihn an sich und küsste ihn. Einen winzigen Augenblick lang war das ausreichend – bis ihm bewusst wurde, dass sie eine Erinnerung küsste.

Während er sich anzog, betrachtete er sein Gesicht im Badezimmerspiegel und bemerkte, dass es regelrecht leer wirkte. Er strich die Haare nach hinten, band sich die französische Krawatte um und ging ins Wohnzimmer.

Laure trug ihren Morgenmantel und kauerte neben der Marenka.

»Das ist ein Abschied«, sagte er. »In einem anderen Leben hätte das vielleicht anders sein können.« Sie blickte nicht auf. »Laure, denke bitte an dein Leben. Willst du es wirklich damit zubringen, herumzuschnüffeln und dich im Auftrag deiner Botschaft in den Schatten herumzutreiben? Wirklich? All die Dinge, die du abgelehnt hast, als du in Prag warst.« Ihre Schultern verkrampften sich. »Mach das nicht. Ich habe mein Leben gehabt und Fehler gemacht. Aber ich möchte nicht, dass du dasselbe machst.«

Sie schüttelte die Haare nach hinten wie eine unwillkommene Erkenntnis. »Ich hoffe, dein Leben ist so, wie du es dir wünschst. Und erfolgreich.« Sie erhob sich, stand vor ihm, und es drängte ihn, sie noch ein letztes Mal zu küssen. »Du bist ein guter Mann, aber meiner Meinung nach gespalten. Du liebst deine Kinder. Du warst mir gegenüber großzügig, aber deine politischen Ansichten haben dich in eine andere Richtung geführt.«

Er erwog, sie anzubetteln, dass sie beide noch einmal neu anfingen, dass sie dieses Desaster in etwas anderes verwandelten – doch er verwarf diese Idee.

»Erinnerst du dich an das Stück mit dem Pierrot, von dem ich erzählt habe?«, fuhr Laure fort. »Die Marionette, die ihre Fäden selbst gelöst hat? Ich hatte Angst, dass das Tomas sein könnte. Doch jetzt glaube ich, dass du das bist. Du hast einmal gesagt, Tomas würde ein gebrochener Mann sein, tatsächlich aber bist du gebrochen.«

»Und du«, sagte er.

Es folgte ein langer Moment des Schweigens.

»Wir sind fertig miteinander, wir beide«, sagte sie. »Fertig.«

Er ging zurück auf sein Hotelzimmer und blieb lange Zeit mit dem Rücken zur Tür stehen, konnte keinen Fuß mehr vor den anderen setzen.

Nicht einmal nach dem Tod von Eva hatte er sich so gefühlt. Innerlich versengt und so, als wären die Wurzeln, die ihn mit diesem Leben verbanden, aus dem Boden gezogen worden, eine nach der anderen. Ob er die Dinge, die er getan hatte, jemals wiedergutmachen konnte, wusste er nicht.

Der Widerspruch seiner Vergangenheit war grausam, aber – man durfte den tschechischen Humor nicht vergessen – auch sehr lustig. Was wäre passiert, wäre der Prinz in dem Märchen so hilflos und ohne jede Kontrolle gewesen wie er jetzt? Was wäre passiert, wenn der Prinz die schützende Dornenhecke überwunden hätte, um herauszufinden, dass Dornröschen nicht etwa auf ihn wartete, sondern ihm feindselig gesinnt war?

Lange stand er in der Dusche unter dem heißen Wasserstrahl. Dann trocknete er sich ab, zog den Morgenmantel des Hotels an und mischte sich einen Drink aus der Minibar, ehe er zu Bett ging.

Seit dem Mauerfall hatte das Hotelmanagement Anstrengungen unternommen, um mit seinen westlichen Pendants mithalten zu können, aber das Bett war alles andere als bequem, und die Laken waren billig und rutschig. Er ging nicht davon aus, dass er viel schlafen würde. Und das tat er auch nicht.

Am nächsten Tag nahm er an dem Meeting teil. Danach bestellte er ein Taxi und fuhr zum Flughafen, wo er ins Flugzeug stieg und aus der einst geteilten Stadt zurück zu seinem Leben in Prag flog.

23

Paris, heute

Das festliche Mittagessen im Maison de Grasse war genau so genusssüchtig und stilvoll, wie May es sich gewünscht hatte. Während Laure Mays Reaktionen beobachtete, wurde sie daran erinnert, dass es gesund und angenehm war, sich an Luxus zu ergötzen.

»Es ist wunderschön«, sagte May, als sie den Raum sah, in dem das Festessen stattfinden würde. »So wunderschön … dass es wehtut.«

Die betörend duftenden Blumen – Lilien, Orangenblüten und Hortensien – waren aus Südfrankreich eingeflogen worden. Ein Bogen aus diesen Blüten befand sich über dem Eingang zum Saal. Ansonsten waren sie überall auf den Tischen und in jeder freien Ecke verteilt. Das verlieh dem Raum eine außergewöhnliche Atmosphäre.

Die Tische waren exquisit, jeder einzelne ein Traum aus weißem Tuch, Silber und Blumen. Neben jedem Gedeck stand eine Flasche vom teuersten Parfum von Maison de Grasse mit einem Sträußchen Kräuter, darunter auch Rosmarin. »Zur Erinnerung«, informierte Laure May.

»Tja, genau darum geht es bei Ihnen, nicht wahr?«, antwortete sie.

Als sich Laure nach dem Essen, bestehend aus Wildlachs und Vacherin mit Johannisbeeren, erhob, war ihr das Publikum wohlgesinnt Es war die Art Freundlichkeit, die fantastischem Essen, Champagner und der Magie von weißem Burgunder entsprang.

»Dies ist ein ganz besonderer Moment«, fing sie an. »Tatsächlich ist es der Tag, an dem sich zwei Seiten unserer Kultur begegnen. Die eine, die herstellt und produziert …«, sie machte eine elegante Verbeugung in Richtung des wichtigen Tisches von Maison de Grasse, »und die andere, die bewahrt.« Sie zeigte auf den Tisch, an dem Nic, May, Simon, die Anwälte und die Treuhänder saßen.

Sie war öffentliche Auftritte und Reden gewohnt, und in der Regel hatte sie alles im Griff. Aber dies war ein Moment, auf den sie hingearbeitet und den sie gestaltet hatte, und sie stand kurz davor, von ihren Gefühlen übermannt zu werden. »Wie viele von Ihnen gehe auch ich davon aus, dass Museen eine Faszination ausüben. Als Kind habe ich ein Knopfmuseum errichtet. Knöpfe waren das Einzige, was ich sammeln konnte. Meine langmütige Familie musste ein Sixpencestück bezahlen, um es zu besuchen. Damals lernte ich, dass die Leute sich gern Gegenstände ansehen, insbesondere wenn die Idee des Kurators hinter der Anordnung eine Erklärung dafür liefert, eine Kohärenz und Verbindung. Wen könnten die Gemälde auf einer Kuchenform, welche die Sehnsüchte einer gefangenen Hausfrau darstellen, unberührt lassen? Oder das Bild eines Grabes in den spanischen Bergen mit der Inschrift: ›Du hast versprochen, kein Risiko einzugehen.‹ Das Besondere am Museum der unerfüllten Versprechen sind die Erklärungen. In den meisten Museen liefert der Experte die Informationen. In unserem sind *Sie* es, das Publikum, welches diese Aufgabe übernimmt. Unser Museum verleiht den Menschen eine Stimme, wie das nur bei wenigen anderen Institutionen der Fall ist.«

Durch die Blumen lächelte Nic ihr ermutigend zu. Er wusste, wie die Rede weiterging.

»Jede Kultur braucht ihre Museen, und ein Land ohne Museen ist ein Land, das seine Vergangenheit wissentlich oder unabsichtlich zerstört. Das ist immer ein Zeichen für Gefahr.« Sie machte eine lange Pause. »Von daher könnte man behaupten, dass Museen gleichermaßen politische wie kulturelle Einrichtungen sind …«

Die Erfahrung hatte sie gelehrt, dass ihr das Publikum nur noch wenige Minuten Aufmerksamkeit schenken würde.

»Warum ein Museum, das sich den unerfüllten Versprechen widmet?« Sie sah direkt zu einer der schickeren Frauen mit aufwendig nach hinten gegeltem Haar und minimalem Make-up. »Wer von uns wurde in seinem Leben noch nicht mit einem unerfüllten Versprechen konfrontiert? Entweder haben wir eines gegeben und es gebrochen. Oder jemand hat uns etwas versprochen und es nicht gehalten. Die daraus resultierenden Konsequenzen können lustig sein, tragisch, flüchtig oder lebenslang andauern. Egal, wie unbedeutend oder elementar, diese unerfüllten Versprechen sind wichtig.« Sie machte sich für das Finale bereit. »Außerdem gibt es durchaus die Möglichkeit, dass ein Versprechen, das man als unerfüllt erachtet hatte, tatsächlich gar nicht unerfüllt war. Aber es braucht Zeit, um so etwas zu erkennen. Wer weiß? Die Überlegungen zu einem Ereignis und dessen Interpretation können vielseitig sein, und während wir reifer werden, verändert sich der Blickwinkel. Das ist einer der Gründe, weshalb die Gegenstände bei uns im Museum regelmäßig ausgetauscht werden.«

May warf Nic einen kurzen Blick zu.

Der Lilienduft schwebte durch den Raum. Jemand hustete.

»In meinen Augen ist eine Sache zutreffend: Wir tun uns schwer damit, dass alles irgendwann endet – Freude, Schmerz, das Leben selbst. Doch während wir hier sind, spendet das Einhalten eines Rituals, das Vollführen einer formalen Geste, Trost und ermöglicht Kohärenz. Spendet man dem Museum der unerfüllten Versprechen etwas, wo die Gegenstände pfleglich, ehrfürchtig und mit etwas Humor behandelt werden, kann dadurch ein Heilungsprozess angeschoben werden. Die Geschichten, die wir uns selbst erzählen, sind nicht immer durch und durch wahr. Oder es gelingt uns nicht, wahrhaftig zu sehen, was wir getan haben. Das Museum bietet die Möglichkeit, dass sich ein Erlebnis setzen kann, damit …«, sie sprach langsamer weiter, »die Wahrheit klarer wird.«

Sie machte eine Pause, plötzlich ergriffen von der Erinnerung an eine zähnefletschende Panik und Furcht. An Wegrennen. An den Schmerz in ihrer verletzten Hand. Weinen.

Die Erschöpfung, ein gebrochenes Herz zu haben.

»Das alles sage ich, weil ich weiß …« Ihre alte, aufwühlende Geschichte fand Worte, »weil ich aus eigener Erfahrung weiß, was es bedeutet, ein Versprechen nicht zu erfüllen.«

Unter frenetischem Applaus nahm sie wieder Platz.

An diesem Abend bestellte sich Laure nach der Arbeit ein Taxi, das sie zum Canal Saint-Martin bringen sollte. Nach diesem Luxus musste sie sich in den Straßen, in denen das Leben gewöhnlicher und härter war, wieder erden. Sie machte einen Abstecher zu *Chez Prune*, bestellte sich einen doppelten Espresso und trank ihn dankbar. Er war etwas bitter, aber das war jetzt gerade richtig für sie.

Chez Prune war voll, und sie grüßte ein paar Leute, bevor sie ging. Sie hatte es nicht eilig, nach Hause zu kommen, und verweilte etwas auf der Brücke über dem Kanal; sie befand, dass das Wasser klarer und weniger vermüllt aussah.

Jeden Tag wurden die Zelte am Ufer zahlreicher. Die

verkrachten Existenzen und Opfer des Kapitalismus. Diese Ironie entging Laure nicht.

Sie wandte sich nach Norden, nahm den langen Weg, vorbei an sich schälenden Platanen, dem Tabakladen, dem Lebensmittelladen, der alten Gerberei an der Ecke mit den rostigen Eisenbeschlägen und dem mittelalterlichen *hôpital*.

Als sie um die Ecke bog, wäre sie fast mit einem jungen Pärchen zusammengestoßen. Sie trug Shorts, er eine Cargohose. Beide hatten einen Rucksack auf. »Ich weiß nicht, wo wir sind«, sagte er auf Englisch. »Wir haben uns verirrt.«

Das Mädchen machte sich nicht die Mühe, sich umzusehen, sondern holte ihr Handy aus der Hosentasche. »Google weiß es.« Gemeinsam starrten sie auf den kleinen Bildschirm, nahmen Laure, die an ihnen vorbeiging, gar nicht wahr.

Ich habe Paris im Blut, dachte sie, und es war ein überaus befriedigender Gedanke. Hier werde ich alt werden.

Zurück in ihrer Wohnung, ließ sich Laure aufs Sofa sinken. Das Fenster stand offen. Sie hatte es offen gelassen in der Hoffnung, dass Kočka vielleicht zurückkam, aber es wurde langsam frisch, in wenigen Minuten würde sie es schließen.

Ihr Handy klingelte mehrmals, aber sie ignorierte es jedes Mal. Sie hatte es sich verdient und würde sich den Luxus der Stille gönnen.

Nach einer Weile stand sie auf und schloss das Fenster. Sie war gebeten worden, ihre Rede in einen größeren Artikel umzuformulieren, der in einer Kunstzeitschrift veröffentlicht werden sollte, und so setzte sie sich an den Tisch und klappte den Laptop auf.

Ein schrecklicher Schrei von draußen unterbrach sie, und sie hastete zum Fenster. Im Innenhof stand Madame

Poirier und schlug mit einem Staubwedel auf eine kleine Gestalt ein, die unter dem Busch mit den weißen Blüten kauerte.

In Windeseile hastete Laure aus der Tür und die Treppe hinunter. »Madame, hören Sie auf! Hören Sie sofort auf!«

Madame Poirier stützte eine Hand in die Hüfte. »*Pardon?*«

Aber Laure beachtete sie nicht. Sie war auf allen vieren neben dem Etwas, an dem Madame Poirier sich ausgetobt hatte. »Kočka«, rief sie aus, »Kočka, du bist zurückgekommen!«

Der gequälte Blick der Katze heftete sich auf Laure. Sie war abgemagert, vielleicht auch verletzt, und zu schwach, um sich zu regen.

Laure stieß einen Schrei aus, als sie sie hochhob. Kočka stank nach Müll, weiß der Himmel, wonach sonst noch, aber nie zuvor war Laure so dankbar gewesen, jemanden oder etwas zu sehen. »Du bist zurückgekommen. Obwohl du dich kaum rühren kannst, bist du zurückgekommen.«

»Wenn Sie die Katze mit in die Wohnung nehmen, muss ich eine Beschwerde beim Besitzer einreichen«, sagte Madame Poirier.

Kočkas Kopf lag in Laures Armbeuge. »Dann tun Sie das.«

»Sie werden ausziehen müssen.«

»Dann ziehe ich eben aus. Aber die Katze bleibt heute Nacht bei mir.«

Sie ging zurück in ihre Wohnung, knallte die Tür mit dem Fuß zu und trug Kočka zu dem Kissen, auf dem sie zuvor schon einmal geruht hatte, und legte sie vorsichtig ab.

Kočka blinzelte, streckte sich leicht und machte es sich bequem. Laure holte Wasser und ein paar der Katzenkekse, die sie ihr nacheinander gab. »Und dann geht es zum Tierarzt«, sagte sie. »Gleich morgen.«

Sie setzte sie auf die Fersen und begriff schließlich, dass ein Wandel – und ein Abschluss – stattgefunden hatten. »Es sieht ganz so aus, als würdest du jetzt mir gehören.«

Es klopfte an der Tür.

May stand davor, in der Hand einen teuer eingeschlagenen Blumenstrauß. »Der Rottweiler, der hier als Concierge fungiert, hat mich gebeten, Ihnen die hier hochzubringen. Sie wurden vorhin für Sie abgegeben. Zumindest glaube ich, dass sie das gesagt hat. Sie sah wütend aus.«

Laure betrachtete den Strauß. Orangefarbene Rosen … *orangefarbene Rosen?*

Das war nicht ihre Lieblingsfarbe. Es verwirrte sie.

»Nic hat Ihre Rede für mich übersetzt«, sagte May. »Ich habe gesehen, wie sie Ihnen aus der Hand gefressen haben. Eine der Frauen weinte, die eine mit den kurzen Haaren.«

»Danke.« Sie machte keine Anstalten, May hereinzubitten, konnte sich eine kleine Stichelei aber nicht verkneifen. »Ich denke, es hat Ihnen gefallen?«

»Das war so *clever*. Ich kann es kaum erwarten, meinen Leuten zu Hause davon zu erzählen.«

»Dann reden Sie also mit Ihrer Mutter?«

»Nein. Nicht mit Miss Melia.«

So langsam kannte Laure May etwas besser und war sich ziemlich sicher, dass die Schnippischkeit des letzten Kommentars nur ihre Wut maskierte. Sie ließ das extravagante schwarz-weiße Band, mit dem der Strauß zusammengebunden war, durch ihre Finger gleiten. »Es geht mich zwar nichts an, aber vielleicht sollten Sie das tun. Immerhin ist sie Ihre *Mutter*.«

May schien ganz fasziniert von den Blumen. »Ich habe

länger, als Sie sich vorstellen können, darüber gegrübelt, ob ich mich bei einer Mutter, die mich einfach nur hasst, einschmeicheln soll oder nicht.«

»Ist es Hass?«, warf Laure ein.

»Tja, Gott würde es sicherlich nicht als Gleichgültigkeit einordnen. Und es ist keine Liebe. Also ist es wohl Hass. Früher einmal ist mir das übel aufgestoßen, inzwischen nicht mehr. Aber …« Mays Gesicht verfinsterte sich. Dann grinste sie. »Es gibt andere Menschen, die mir zuhören können. Und das tun sie auch.«

Sie drückte sich noch immer in der Tür herum, sprichwörtlich auf den Zehenspitzen und quasi in den Startlöchern. »Ich habe Fragen. Wichtige Fragen. Bedeutsame Fragen.«

Was Laure jetzt auch machte, alles wäre verkehrt. »Fünf Minuten«, sagte sie und trat zur Seite. »Sie setzen sich, dann stehen Sie auf und gehen wieder. Kein Herumschnüffeln.«

Als sie ins Wohnzimmer kam, juchzte May leise. »Die Katze ist wieder da. Das ist ja toll.«

Laure legte den Strauß auf den Couchtisch. Sie hatte das Gefühl, dass etwas, das sie lange tief in sich vergraben hatte, herausgerissen wurde. Sie wusste nicht, ob das nun ein natürlicher oder unnatürlicher Prozess war, nur, dass Kočka der Auslöser dafür war.

»Fünf Minuten«, rief sie May in Erinnerung.

May setzte sich Laure gegenüber. »Ich möchte mit Ihnen ins Reine kommen. Ich bin gut in dem, was ich tue, und normalerweise komme ich allem auf den Grund. Aber bei Ihnen bin ich noch nicht so weit. Wir schleichen um die Fragen herum. Das ist ebenso sehr mein Fehler wie Ihrer, aber ich mag Sie sehr gern, Laure.«

»Sie meinen, Sie mögen Nic«, warf Laure ein.

»Ja. Ich mag Nic.« Sie beugte sich vor. »Also dann: Warum

haben Sie eine vielversprechende Karriere in der Botschaft aufgegeben? Das soll keine Wertung sein, es kommt mir einfach nur komisch vor. Wurden Sie gefeuert?«

»Nein, wurde ich nicht.«

Tatsächlich hatte Laure sich selbst entlassen. Petr hatte mit seiner Einschätzung richtiggelegen – das musste sie ihm lassen. Dieses Leben als halb verdeckte Ermittlerin der Botschaft, von dem sie gedacht hatte, es würde einen Sinn ergeben, war nicht das gewesen, was sie geglaubt hatte, sondern hatte nur zu dem Chaos aus Bedauern und Schuldzuweisung beigetragen, das sie mit sich herumtrug. Da hatte sie sich verkalkuliert.

May hakte weiter nach. »Ich weiß, dass Sie vermutlich in einer niederen Stellung für den Geheimdienst in Berlin gearbeitet haben. Wer hat da nicht gearbeitet?«

»Wir sind fertig miteinander, wir beide«, hatte sie Petr gesagt. »Fertig.«

»Als ich in Berlin gearbeitet habe, musste Deutschland gerade wieder zusammenfinden. Überall wurden Insiderinformationen ausgetauscht. Normale Bürger, Geschäftsleute, Einzelhändler. Daran ist nichts ungewöhnlich. Bei einem solchen Umbruch versuchen die Menschen herauszufinden, wozu sie in der Lage sind. Das müssen sie.«

Das bedeutete, dass sie David Brotton darüber informiert hatte, was Petr machte, worin seine Tätigkeit bestand. Zumindest über das, was sie herausgefunden hatte.

»Sie hatten keine schöne Zeit in Prag.«

»Sie haben keine Grundlage für eine solche Annahme«, erwiderte Laure schroff.

»Aha«, sagte May. »Hatten Sie also.« Sie rutschte auf dem Stuhl herum. »Was halten Sie davon: Sie gehen nach Prag, strahlend, neu und unschuldig. Dann passiert dort etwas. Vermutlich ein Mann? Oder eine politische Erschütterung?«

»Die Tschechoslowakei war ein kommunistisches Land. Natürlich war es dort anders.«

»Also kämpfen zwei Systeme, Kommunismus und Kapitalismus, in Ihnen?«

»May, Sie sollten Romane schreiben.«

»Ihre Zeit dort hat Sie aufgewühlt, vielleicht auch erschreckt oder angewidert, also wagen Sie sich in diplomatische Gewässer vor. Allerdings ein bisschen halbherzig. Und Sie sind noch immer aufgewühlt, etwas nagt weiterhin an Ihnen. Also versuchen Sie es mit etwas anderem ...«

Laures Handy klingelte. Es war Simon, den sie in den letzten vierundzwanzig Stunden vergeblich zu erreichen versucht hatte. »May, da muss ich rangehen.«

Simons Stimme in ihrem Ohr. »Dein unbekannter Sponsor zieht sich zurück. Seine oder ihre Gründe? Er oder sie hat das Gefühl, dass das Museum inzwischen gut etabliert ist und problemlos andere Fördermittel bekommen kann.«

Laure sah auf den Ausschnitt der Dachlandschaft, den sie durch das Fenster erkennen konnte. Die Dinge veränderten sich. Wie immer. Erfreut stellte sie fest, dass die Vorstellung, sich in neue Optionen für das Museum hineinknien zu müssen, in die ganzen Meetings, um einen Weg nach vorn zu finden, und die Unmenge an Unterlagen, die vorzubereiten waren, sie nicht deprimierte. »Wir sind unglaublich dankbar. Können wir irgendetwas tun, um ihm oder ihr zu danken?«

Er kicherte. »Deinen Körper anbieten?«

»Ihr oder ihm?«

»Mal sehen, was ich machen kann«, sagte er.

Sie beendete das Telefonat. Als sie das Handy auf den Tisch legte, fiel ihr Blick auf die orangefarbenen Rosen und die Ringel des teuren Bandes.

O Gott. Eine Erinnerung drängte an die Oberfläche.

Sie riss die Plastikfolie auf, in die die Rosen eingehüllt waren, um die Begleitkarte zu lesen.

May sah von ihrer nächsten Frage ab und fragte stattdessen: »Alles in Ordnung?«

Vor Schock war Laure ganz starr. May beugte sich zu ihr und nahm ihr die Karte aus der Hand. »Sind es schlechte Nachrichten? Kann ich helfen? Brauchen Sie etwas?« Ihr Blick schweifte durchs Zimmer. »Wasser?«

»Nein.«

»Hat es etwas mit dem Foto zu tun, das euch geschickt wurde? Nic meinte, es hätte Sie aus der Bahn geworfen.«

»Nein.«

Das stimmte so nicht ganz.

»Hat es etwas mit dem Museum zu tun?«

Laure presste ihre Handflächen aneinander. In ihrem Inneren kämpften Stimmen aus einer anderen Welt miteinander. Waren manche von ihnen Geister? Verzweifelt. Trotzig. Lustig. Geschmacklos.

Aber nicht die eine, nach der sie sich seit so vielen Jahren sehnte.

»Laure?« May klang ängstlich. »Soll ich jemanden holen?«

Laure beugte sich vor und legte die Karte auf den Tisch. »Wissen Sie, was darauf steht?« May schüttelte den Kopf, und Laure übersetzte aus dem Französischen. »›Ich habe meine Schulden beglichen.‹«

»Das klingt nach Altem Testament«, sagte May.

Laure zwang sich, tief und langsam zu atmen, damit sich ihr Magen beruhigte. May setzte sich neben sie und nahm sie in den Arm. »Kommen Sie«, sagte sie. »Lehnen Sie sich einfach an mich.«

Und genau das tat Laure, fand in Mays dünnen, geschmeidigen Armen erstaunlichen Trost.

»Was ist passiert?«, fragte May. »Etwas ist doch passiert.«

Laure tat sich schwer, eine Antwort herauszubringen. »Nichts.«

»Himmel noch mal, das ist nicht nichts. Das kann nicht nichts sein. Ihr Gesicht hat eine Farbe wie die Laken in meinem schäbigen Hotel, und Sie sehen aus, als müssten Sie sich gleich übergeben. Das ist wohl etwas.«

»Ich kann es Ihnen nicht sagen«, sagte Laure.

»Doch, können Sie«, sagte May. Sie legte Laure die Hände auf die Schultern. »Sie *können.*«

Laure blickte in die blaugrauen Augen und sah die Komplikationen, die sich dahinter verbargen. »Ich kann Ihnen nicht vertrauen.«

Mit schiefem Lächeln sah May sie an. »Doch, für ein paar Stunden können Sie das.«

***

Erst sehr spät an diesem Abend verließ May Laures Wohnung.

Laure saß regungslos auf ihrem Stuhl. Erschöpft. Leer?

Sie hatte ihre Geschichte der Person erzählt, bei der sie es sich am wenigsten vorgestellt hätte.

Zum Schluss meinte May: »Es ist nicht verwunderlich, wie Sie sich fühlen.«

Woher wollen Sie das wissen?, hätte Laure fast gefragt, aber etwas in Mays Mimik stellte sich diesen Worten in den Weg.

May las Laures Gedanken. *Weil für mich auch nicht immer alles glattlief.*

Sie hatte darauf gedrängt, die halb volle Flasche Brandy zu holen, die in einem Regal in der Küche verstaut war, und ihnen beiden einen ordentlichen Schluck einzuschenken.

Der Alkohol löste ihre Zunge, und Laure hörte sich

selbst beichten: »Wenn man einen solchen ... Ausbruch erlebt ... ist es hinterher schwierig, vielleicht sogar unmöglich, sich irgendwo niederzulassen. Zumindest war es das für mich. Auf jeden Fall habe ich mir selbst nicht mehr vertraut. Wissen Sie, ich war eine Weile verheiratet. Aber das hat für mich nicht funktioniert. Ich bedauere das und auch, dass ich nicht mehr dazu beisteuern konnte. Doch mit etwas Glück findet man einen Ersatz.« Sie breitete die Arme aus. »Und das habe ich.«

May nickte, dann fragte sie: »Eigenartig, dass Sie niemals versucht haben herauszufinden, was mit allen passiert ist. Warum?«

»Das habe ich.«

May wirkte skeptisch. »Insbesondere jetzt. Es gibt so viele Möglichkeiten, Menschen nachzuspüren, Ereignissen, der Wahrheit. Wie Ihr rätselhafter Sponsor das offenbar getan hat. Vielleicht ...« Sie warf einen Blick auf ihr leeres Glas. »Vielleicht wollten Sie es nicht herausfinden? Nicht unbedingt.«

Laure hatte keine Antwort darauf.

24

Prag, 1986

Laure spähte aus dem Fenster, das zum Innenhof der Wohnung der Kobes hinausging.

Eine Gestalt mit braunem Haar und einer gestreiften Weste lungerte dort herum. Laure öffnete den Riegel und beugte sich nach draußen. »Hast du Steine geworfen?«

Tomas grinste sie an. »Wann mache ich schon was anderes?«

Mit wild pochendem Herzen lächelte sie ihn an. »Du hältst dich wohl für Romeo.«

Er schirmte die Augen mit einer Hand ab. »Das tue ich, und du bist meine wunderschöne Julia, und ich bin gekommen, um dich von diesem Haus der Zwietracht wegzuholen.«

Laure warf einen Blick über die Schulter. Es war Samstag, und Petr war mit den Kindern zu einer Tante gefahren, die außerhalb von Prag lebte; sie würden nicht vor dem Abend zurück sein. Eva war kurz aus ihrem Zimmer herausgekommen, hatte sich dann aber wieder dorthin zurückgezogen und die Tür geschlossen. »Gib mir fünf Minuten.«

Als sie in der Haustür auftauchte, griff Tomas nach ihrer Hand. »Heute ist ein Tag, um alles zu vergessen. Nur uns nicht. Aber du musst dich beeilen.«

»Woher wusstest du, dass ich Zeit habe?«

»Das habe ich gespürt«, sagte er so ernst, dass sie losprustete.

Im Hof lehnten zwei mehr oder weniger fahrtüchtige Fahrräder. »Kannst du Rad fahren?«, fragte Tomas, mit einem Mal unsicher, und sie musste über seinen Gesichtsausdruck lachen. »Wir nehmen sie mit in den Zug, fahren raus aufs Land und machen dort eine Tour mit dem Fahrrad.«

Als sie in einer kleinen Stadt ankamen – Laure konnte sie nicht mehr daran erinnern, wie sie hieß –, fuhren sie Richtung Süden hinaus. Schon nach kurzer Zeit bildeten die Häuser am Uferrand nur noch ein schmales Band. Tomas bog auf einen Schleppweg ab, und Laure, die deutlich unsicherer auf dem Fahrrad unterwegs war, als sie sich eingestehen wollte, folgte ihm. Während sie über die ausgetrockneten Furchen holperten, wirbelten ihre Reifen Staubwolken auf, und nachdem Laure die Balance gefunden hatte, wurde sie schneller und holte Tomas ein.

Der Verkehr auf dem Fluss und der Lärmpegel nahmen ab, bis die Geräusche des Sommers alles beherrschten. Wasser plätscherte, Tauben gurrten, hin und wieder das Geträller eines blechernen Radios. Aus den Büscheln der Geißblattblüten war das Summen Futter suchender Honigbienen zu hören. Und von den großen Bauernhöfen wehte ein Geruch nach getrocknetem Mist und ein schwächerer nach Pferd herüber.

Die ungenutzten Muskeln in Laures Beinen und Hintern machten sich bemerkbar. Die Sonne brannte auf ihre Hände und ihren Rücken herunter. Ob sie wohl Sommersprossen bekam? Es war ihr egal.

Tomas fuhr vor ihr, was es Laure erlaubte, ihn ungeniert zu betrachten, und sie sog jedes Detail gierig in sich auf. Sein linker Fuß war auf dem Pedal leicht nach innen gedreht. Seine Unterarme waren braun gebrannt, die Haare im Nacken unsauber geschnitten.

Hin und wieder warf Tomas einen Blick nach hinten,

um sich zu vergewissern, dass bei ihr alles in Ordnung war, und diese Geste erfüllte sie mit mehr Freude, als sie gedacht hätte.

»Lust, eine Runde zu schwimmen?«, rief er ihr über die Schulter zu, als sie sich einer Brücke näherten. Er bog nach rechts ab und führte sie an einem Nebenfluss entlang, der mit dem Hauptfluss zusammenfloss.

Sie fuhren etwa eine Meile flussaufwärts. Hier wagten sie sich in eine regelrecht verzauberte Landschaft vor. Abgesehen vom Himmel, dem Fluss, den Bäumen und den Vögeln gab es hier nichts. Niemanden. Eine Einsamkeit, die dem Garten Eden ziemlich nahe kommen musste, wie sie fand, ehrfürchtig erstarrt von diesem Schweigen, diesem immanenten anderen Welt-Sein.

Am Ufer wuchsen Pappeln; ihre Wurzeln schufen ein Gefälle, das es einem ermöglichte, ins Wasser hinein- und auch wieder herauszukommen. Stöhnend hielt Tomas an und stieg ab.

»Keine Kondition?« Es war herrlich, Tomas zu necken, weil er sich wunderbar darüber ärgern konnte.

Einen winzigen Moment lang war er verdutzt. Dann nicht mehr. Er packte sie am Handgelenk. »Du Hexe!«

Der Fluss plätscherte gegen das Ufer. In dem Feld hinter Laure raschelten die staubtrockenen Feldfrüchte und rieben aneinander, und Vögel auf der Suche nach Insekten und Körnern stießen im Sturzflug nach unten und stiegen mit gellenden Pfiffen wieder auf.

Am liebsten hätte sie den Kopf auf Tomas' heißen Körper gelegt und seinem Herzschlag gelauscht. Sie wollte den lila Bluterguss auf seinem Arm küssen und sich Wasser über die heißen Füße spritzen.

Wie instinktgesteuert ihre Reaktionen in diesen Tagen doch waren, dachte sie, überwältigt von der Art, wie ihr Geist inzwischen funktionierte. Alles drehte sich um Sex,

Fleischeslust, Empfindungen … und vor allem um das eine andere Ding, das sie mit voller Wucht eingenommen hatte. Liebe.

»Kommst du?« Tomas zog sich das T-Shirt und die Hose aus.

Mit zitternden Fingern öffnete sie ihre kurze Hose und zog ihr T-Shirt aus.

»Du siehst aus wie ein Eis«, sagte sie. »Hier überall ganz blass …« Sie berührte seine Leiste, »aber hier ganz braun.« Sie legte eine flache Hand auf seine Brust, suchte nach seinem Herzschlag.

Er lachte. »Dasselbe gilt für dich, bleib mal stehen.« Sehr langsam fuhr er mit einem Finger über Laures Körper und starrte auf ihre Knie. »Wunderschöne gebräunte Beine, über deine Hüfte sollte ein Dichter eine Ode schreiben, die Schultern und Arme passend zu den Beinen. Das Gesicht hat Sonne abbekommen und leuchtet dennoch wie der Mond, und für diesen Mund würden Männer freudig sterben.«

»Das klingt wie ein Song«, sagte sie.

»Das ist gewissermaßen auch einer.«

Er fasste sie an der Hand und zog sie hinunter zum Wasser. »Pass auf deine Füße auf.«

Der Boden war steinhart, wurde am Ufer aber zu Matsch. Ihre Zehen versanken darin, und sie versuchte, nicht an die Insekten und Würmer zu denken, die jetzt bestimmt um ihre Knöchel herumwuselten. Sie blieb an einer Wurzel hängen und hielt sich an Tomas fest.

So umschlungen wateten sie in den Fluss, rutschten und stolperten über das unebene Flussbett. War es zunächst noch lauwarm, so wurde das Wasser zur Mitte hin kälter, wo der Sog stärker und das Wasser tiefer war. Das kühle Nass war wie Seide auf ihren erhitzten Körpern.

Laure brauchte nicht lange, um zu erkennen, dass

Tomas kein guter Schwimmer war. Im Gegensatz zu ihr, die es ohne Weiteres mit der Strömung aufnahm und flussaufwärts schwamm.

Sie hielt die Hände hoch und ließ sich auf den Boden sinken.

Blasen stiegen auf, ihre Haare wallten hinter ihr her, ihr Umriss war verschwommen und gebrochen, und vom Flussbett wurden Gräser in Richtung des Hauptflusses mitgeführt.

Einen Moment lang fragte sie sich, ob es nicht besser wäre, wenn sie nie wieder auftauchte und diese Perfektion zerstörte. Sie stellte sich vor, was für ein Kampf das wäre, wenn ihre Lunge sich langsam füllte, und wie sie vor ihrem geistigen Auge in Tomas' Gesicht Trost und Süße suchen würde, wenn die Dunkelheit sie übermannte.

Nach Luft schnappend tauchte sie wieder auf und schwamm zu ihm zurück. »Kennst du die Legende von Rusalka?«, fragte er.

Leicht wie eine Feder hing sie an ihm. »Erzähl sie mir.«

»Sie ist ein rastloses, gefährliches Wesen, das im Fluss lebt. Sie lockt Männer in den Tod.«

Laure fand Halt und richtete sich auf. »Habe ich dich gelockt?«

Er schlang die Arme um sie. Sie rochen nach Hitze und Flusswasser, nach Unterwasserwesen. »Nicht in meinen Tod, Laure. Aber du hast mich mit einem Zauber belegt.«

Er zog sie zum Flussufer.

In diesem Augenblick waren jeder Zweifel und jede Sorge von ihr abgewaschen, und sie spürte, dass es Tomas genauso ging. Hier, an diesem baumgesäumten, wasserplätschernden Ort mit den unbescholten durch den Himmel segelnden Vögeln, gelangte sie zu der Einsicht, dass ihr Geist eine Wiedergeburt erlebt hatte. Dass Knochen,

Fleisch und Geist sich neu angeordnet hatten zu einer Laure, die unablässig flüsterte: *Ich liebe dich.*

Auf dem Rückweg jedoch fühlte Laure sich schrecklich traurig, und Tomas war die meiste Zeit still.

Die abgelegenen Häuser vor der Stadt tauchten auf. Ohne Vorwarnung bremste Tomas ab und stieg ab. »Stopp.« Laure gehorchte.

Grasbefleckt und dreckig klammerten sie sich aneinander, fest und irgendwie verzweifelt, und die Sonne schien auf sie herunter, auf sein nach unten gebeugtes und ihr nach oben gestrecktes Gesicht.

»Ich wollte das machen, bevor alles wieder von vorn losgeht«, sagte er. »Weit weg von allem.«

»Weißt du etwas?«

»Nein.« Er packte ihre Haare und zog ihren Kopf vorsichtig nach hinten. »Ich habe gelernt, dass jeder Moment wie dieser gelebt werden muss. Natürlich verschwindet er. Er kann einem aber auch weggenommen werden, bevor er verschwindet.«

Sie fragte sich, was ihn beunruhigte. Was sagte er ihr vielleicht gerade nicht?

Laure lauschte seinem Herzschlag, drückte Tomas fest an sich, wollte sich nicht bewegen oder nachdenken, und lange blieben sie einfach so stehen.

Zurück in Prag ließ er sie absteigen, bevor sie die Wohnung der Kobes erreicht hatten. »Ich nehme das Fahrrad, und du gehst zurück. So ist es am besten.«

Sie sah zu, wie er die Fahrräder die Straße hinunterschob, bis er nicht mehr zu sehen war.

Manchmal hatte Laure den Eindruck, als wäre sie in einer surrealistischen tschechoslowakischen Geschichte gefangen.

Sie konnte es nicht beweisen, war aber überzeugt, dass

sie verfolgt wurde, was ihr zunächst einen kleinen Kick verschaffte. Andererseits war Paranoia ansteckend. Warum sollte sie, das Mädchen aus Brympton, eine Zielperson sein?

Während die Tage verstrichen, kam ihr die Situation immer weniger faszinierend, dafür umso morbider vor. Diese Beeinträchtigung machte ihr zu schaffen. Einmal war sie so erzürnt, dass sie herumwirbelte und wem auch immer das V-Zeichen mit den Fingern zeigte. Es war dumm, das zu tun, aber es verschaffte ihr eine winzige Erleichterung.

Sie erzählte Tomas davon. »Ich glaube, ich bin zum Gegenstand ihres Interesses geworden.«

»Das ist jeder Ausländer. Hier gehört das ganz normal zum Leben dazu.«

»Petr hat Fragen gestellt. Hat über *Parallel Polis* geredet.«

Tomas zuckte mit den Schultern. »Kaum überraschend. Er ist ein Informant und ein Strohmann. Ein schwacher Mann. Er weiß nicht, was wirklich vor sich geht.«

Er hatte das mit einer Verachtung vorgebracht, die Laure, eigenartigerweise, nicht teilte. »Ich bin mir nicht sicher, ob das stimmt. Petr hat Prinzipien, die ihn stark machen.«

»Dann frag ihn mal, wo seine Prinzipien sind, wenn er jemanden bespitzelt.«

»Du verstehst ihn nicht richtig«, erklärte sie. »Er interessiert sich nicht für die Menschen, sondern für seinen Job bei Potio Pharma.«

Er legte ihr einen Finger auf die Lippen. »Weißt du, dass du sehr süß bist?«

Sie knabberte an seinen Fingerspitzen. »Und dass ich recht habe. Denk daran.«

»Vielleicht.«

Wie sie herausfand, war das eines der guten Dinge, wenn sie mit Tomas zusammen war. Er hörte ihr zu, was dazu führte, dass sie das geistige Rüstzeug entwickelte, das ihr dabei half, ihre Erfahrungen und Erlebnisse zu interpretieren.

Sie waren hinter der Bühne des Marionettentheaters. Tomas hatte Laure den Arm um die Hüfte gelegt. »Hast du ihm etwas gesagt?«

»Soweit ich weiß, nein.«

»Das Nichtwissen ist hier das Problem.« Er zog sie an sich, presste ein Bein zwischen ihre Beine, küsste sie innig, und ihre sehnsüchtigen, brennenden Empfindungen überwältigten sie. Dann lehnte er seine Stirn an ihre und sagte: »Das war schön.«

Ihre Hand lag auf seinem Rücken, und sie spreizte die Finger, um die Höcker seiner Wirbelsäule zu ertasten. *Ich liebe ihn.*

Wieder küsste Tomas sie, und ein weiterer Gedanke blitzte in ihr auf: *Für ihn würde ich sterben.*

Laure folgte ihm in die Küche, wo Milos gerade Minztee trank. Er lächelte Laure an und ließ an Tomas gerichtet eine Bemerkung auf Tschechisch fallen. Als Nächstes trudelten Manicky und Leo ein, dazu Vaclav, der Elektriker, woraufhin sich eine erregte Diskussion entspann, in der es, soweit sie das beurteilen konnte, um das Aufbewahren der Musikinstrumente von *Anatomie* im Theater ging.

Ihr war klar, dass sich eine Scheibe zwischen sie und die anderen geschoben hatte, durch die sie sie jetzt beobachtete. Sie waren wie die Männer, die sie von zu Hause kannte, und doch anders. Sie waren kleiner, blasser, weniger gut ernährt, unberechenbarer. Tomas stand mit dem Rücken zu ihr da, aber Vaclav, mit dem sie eine kindliche Freundschaft verband, lächelte ihr zu.

Sie wusste, dass sie über sie sprachen. »Tomas?«

Er erklärte es ihr. »Sie wollten mehr über deinen Arbeitgeber wissen, und Manicky ist ganz meiner Meinung und glaubt, dass er für die KSČ arbeitet.« Fragend sah Laure ihn an. »Die KSČ ist die kommunistische Partei der Tschechoslowakei.«

Manicky unterbrach ihn in gebrochenem Englisch. »Und/oder die Russen. Das passt. Sie lassen nur die im Ausland arbeiten, denen sie absolut vertrauen. Vermutlich steht er unter der Fuchtel eines hohen Tieres der Partei.« Er trat zu Laure. »Du darfst *nichts* sagen. Niemals.«

Manicky roch stark, wenn auch nicht ganz unangenehm, nach ungewaschener Kleidung, und sie fragte sich, ob er auf der Flucht war.

Rasch überlegte Laure. »Okay. Das verstehe ich.« Tomas übersetzte für sie. »Ich weiß, dass du denkst, ich wäre das Problem, aber vergiss nicht, ich könnte auch Informationen über ihn weitergeben.«

Wo, um alles in der Welt, kam *das* jetzt her?

Milos pfiff leise zwischen den Zähnen und sah nach oben zur Decke. Die anderen starrten Laure an, und ihr wurde bewusst, dass sie einen Fehler gemacht hatte.

»Wir scherzen nicht über solche Dinge«, sagte Manicky.

Sie wollte widersprechen, einwenden, sie habe nicht gescherzt, doch ihr wurde klar, dass sie besser den Mund hielt. Alles war in der Schwebe – fast auch das Atmen –, bis Tomas ihr eine Hand auf die Schulter legte und sie auf die Wange küsste. »Das war lieb von dir, Laure, aber … keine Spielchen. Bitte.«

Als sie später für die Vorstellung zusammenpackte, brannten ihre Wangen. Sie hatte sich des Leichtsinns und der Unprofessionalität schuldig gemacht, hatte etwas sehr Ernstes als Spiel abgetan.

Auf dem Weg zurück zur Wohnung der Kobes kam Laure über die Karlsbrücke. Statt geradeaus weiterzugehen, wie sie das für gewöhnlich tat, bog sie nach rechts ab und ging die Straße ein paar Meter Richtung Norden weiter, wo sie vor einem Laden mit dem Schild »Truhlář Marionety« stehen blieb. Im Schaufenster waren mehrere Marionetten ausgestellt: Pinocchio und ein Narr mit einer Mütze und Glöckchen.

Aus der Nähe erkannte sie, dass die Schnitzereien dieser beiden gelungen, die Bemalung allerdings stümperhaft war. Lange und eindringlich betrachtete sie die beiden weißen Gesichter. *Uns ist klar*, sagten sie ihr, *dass wir erst dann zum Leben erwachen, wenn ihr es wollt. Aber wir haben auch eine Seele. Wir spüren Schmerz, und wir leiden. Wir bieten euch das Ekstatische, das Surreales. Wir können wütend oder boshaft sein.*

Sie lungerte beim Schaufenster herum; da man wusste, dass sie mit Marionetten arbeitete, war das durchaus legitim. Doch sie nutzte die Spiegelungen im Schaufenster, um den Mann zu beobachten – heute in beigefarbener Hose und weißem Hemd –, der ihr folgte. Durch ihr Manöver in der Zwickmühle, trieb er sich am Aufgang zur Brücke herum. Seine Gesichtszüge waren unscheinbar, sein Mund klein, er machte einen toughen Eindruck.

Sie beugte sich nach vorn, vorgeblich, um einen besseren Blick auf den Narren zu werfen. Es machte ihr zu schaffen, dass man ihr folgte, und ihr Draufgängertum war einer Sorge gewichen, mit der sie nicht zurechtkam.

Als sie weiterging und ihren Umweg zur Wohnung der Kobes fortsetzte, hatte sie sich wieder besser im Griff. Warum sollten Strohmänner solche Gedankenmanipulationen gewinnen?

Ein paar Abende später trat *Anatomie* in einem Theater abseits des Wenzelplatzes auf, und die Gruppe war bereits vollständig versammelt.

Laure war im Marionettentheater, wo die Abendvorstellung von *Die verkaufte Braut* gefährdet war. Die Lichtmaschine war durchgebrannt, und unter vielen Flüchen versammelte sich das Ensemble, um eine Lösung zu finden. Laure konnte nichts dazu beitragen, wurde zudem von Lucia mit verächtlichen Blicken bedacht, also sammelte sie die benutzten Tassen ein und brachte sie in die Küche. Sie mussten lange geschrubbt werden, hier gab es nämlich nichts, was einem Scheuerschwamm gleichkam.

Milos wollte sich ein Glas Wasser holen, also trat sie zur Seite, damit er ans Spülbecken kam. Durstig stürzte er es hinunter und sagte dann in seinem gebrochenen Englisch: »Tomas hat erzählt, dein Arbeitgeber würde Fragen stellen.«

Laure nickte.

Milos wusch das Glas aus. »Beantworte niemals irgendwelche Fragen«, sagte er. »Und stelle auch keine. Niemals.«

»Aber wie kann man etwas herausfinden, wenn man niemals eine Frage stellt?«

»Man findet nichts heraus.« Er stellte das Glas zurück ins Regal. »Keiner weiß etwas. So lautet die Regel.«

Eine Hand in die Hüfte gestützt betrachtete sie ihn. »Dieses Land ist wie ein Labyrinth. Stell niemals irgendwelche Fragen. Beantworte niemals welche. Einfach nur selige Unwissenheit?«

Milos nickte. »Du hast es erfasst. Unser berühmtester Roman *Die Abenteuer des braven Soldaten Schwejk* handelt von einem Mann, der sich gegen das Militär und die Bürokratie stellt und gewinnt, aber, wie ich denke, immer durch Zufall, der brave Soldat ist nämlich überaus dumm.«

»Also weiß man nie, was verboten ist?«

Er grinste sie auf seine gutmütige Art an, aber seine Augen waren düster. »Weißt du es denn in deinem Land?« Er salutierte mit der geballten Faust an der Stirn. »Melde gehorsamst, Kamerad Milos, drittes Regiment, Marionettenpionier, erstes Bataillon, stationiert im Milos-Marionettentheater in der Volksrepublik … Tschechoslowakei.«

Milos brachte sie immer zum Lachen.

Sobald das Beleuchtungsproblem gelöst war, fing das übliche Gewusel vor der Vorstellung an, in das auch sie hineingestupst wurde. Es fehlte eine winzige Lebkuchenfigur. Ob Laure sie mal eben schnell suchen könne?

Sie lag in einer der Schachteln in der Küche. Milos nahm sie ihr ab und verschwand damit. Laure räumte auf und hielt die Ersatzmarionetten bereit, für den Fall, dass es während der Vorstellung zu einer Katastrophe kam.

Sie hob eine Marionette namens Marenka heraus und zog vorsichtig an ihren Fäden. »Schönen Abend, meine liebe Marenka«, sagte sie.

Marenka trat als Dornröschen und Aschenputtel auf und übernahm auch die Rolle des einfachen Mädchens.

»Marenka ist die Junge, Unschuldige, die sich in verzwickten Situationen wiederfindet, sich aber durchsetzt, weil ihrer Unschuld die Kraft der Entschlossenheit innewohnt«, hatte Milos ihr erzählt. »Und diese Marenka ist eine Botschafterin. Sieh dir die Augen an.« Marenka hatte ein blaues Auge und ein grünes. Seine Stimme klang schelmisch. »Siehst du, das heißt, dass es verschiedene Möglichkeiten gibt, die Dinge zu betrachten. Aber«, er tippte sich an die Lippen, »du darfst *niemals* etwas sagen.«

»Du scheinst ein ziemlich umtriebiges Leben zu führen«, sagte sie zu Marenka und hätte schwören können, dass sich Marenkas zweierlei Augen und der rote Mund als Erwiderung darauf bewegten. Laure berührte die bemalte Wange.

Marenka seufzte und nahm wieder auf ihrer Stange Platz.

Die Kleidung der Marionetten war neben ihnen untergebracht, jederzeit bereit zum Einsatz, darunter auch das rot-karierte Hemd des Prinzen für seine Bauernfigur und sein Pierrotkostüm. Das Nachthemd von Dornröschen und der winzige Brautschleier, der für das Hochzeitsfinale verwendet wurde, lagen daneben.

Entzückt hielt Laure den Schleier ans Fenster. Sie war keine Expertin, dennoch sah sie sofort, dass der Schleier von bester Qualität war und dass ein ebenso großes Geschick dazugehört hatte, eine der kleineren Spitzenblumen in der Mitte einzubringen.

»Willst du sehen, wo er herkommt?«, fragte da eine Stimme.

Laure drehte sich um und sah Lucia in der Tür stehen. Sie wirkte verstimmt und schien es auf eine Auseinandersetzung angelegt zu haben.

»Er ist wunderschön«, sagte Laure. »Und er sieht antik aus.« Lucia runzelte die Stirn. »Alt, meine ich«, korrigierte Laure sich.

Lucia ging zu dem Schrank in der Ecke. Als sie ihn öffnete, rieselte ein Schauer abblätternder Farbe auf den Boden, der davon bereits übersät war.

Lucia holte eine Schachtel vom Regal. »Bist du bereit?«

Der Inhalt war in ein gelbliches Seidenpapier eingeschlagen, das Lucia aufklappte. »Meine Mutter hat ihn getragen und ihre Mutter vor ihr und deren Mutter vor ihr. Wenn ich heirate, werde ich ihn tragen. Er ist alt. Keiner weiß, wie alt.« Sie nahm einen Lappen von dem Haufen in der Ecke, fuhr damit über den Tisch und holte den Schleier heraus.

Wasserfallartig breitete sich der Schleier über dem Tisch aus. In einer Ecke fehlte ein Stückchen, aber ansonsten war die Farbe noch immer rein und das seidige, mit Spitzenblüten gesäumte Gewebe intakt.

Lucia beobachtete Laures Reaktion. »Ist das in deinem Land anders? Ja?«

Laure berührte die Spitze, die sich anfühlte wie eine Bienenwabe aus Seide. »Eine Braut trägt häufig einen Schleier, aber nicht viele tragen einen so wunderschönen wie diesen hier.«

»Dir gefällt es nicht, was ich getan habe. Dass ich ihn zerschnitten habe?«

Laure antwortete, ehe sie darüber nachdachte. »Nein«, dann fügte sie rasch hinzu, »aber das geht mich nichts an.«

Lucia runzelte die Stirn. »Natürlich, das kannst du nicht verstehen. Wie solltest du auch? Ich nehme an, dass ihr in deinem Land Dinge behalten könnt, auch dann, wenn sie alt sind. Hier nicht. Wir müssen wertvolle Dinge für das Gemeinwohl opfern.«

»Verstehe.« Laure fragte nicht nach, an welcher Stelle der Skala des »Gemeinwohls« die Schändung dieses wunderschönen Schleiers einzuordnen war. Dann schämte sie sich dafür, dass sie es einfach nicht verstand.

Liebevoll, behutsam fuhr Lucia den Umriss einer Blume nach. »Du siehst es nicht, weil du eine Fremde bist. Die Marionetten haben eine große Bedeutung in unserer Kultur. Sie ist viel größer, als du jemals begreifen wirst.«

Lucias Worte waren beleidigend, aber Laure beschloss, es ihr durchgehen zu lassen.

Lucia nahm den Schleier hoch und setzte ihn auf. »Dem Schleier ist es egal, dass etwas abgeschnitten ist. Was wir hier machen, ist viel wichtiger.« Es klang, als würde Lucia sich für eine brennende Rede warmreden. »Wenn wir unsere Geschichten nicht haben, dann sind wir am Ende. Dieses Theater ist wichtig.«

»Die Marionetten übermitteln Botschaften?«

Der seidige Schleier verhüllte Lucias Gesichtszüge, aber er konnte die feindselig aufblitzenden Augen nicht verdecken. Oder die Furcht darin. »Weshalb willst du das wissen?«

»Ich bin neugierig.«

»Du solltest diese Fragen nicht stellen.« Die Worte waren so boshaft vorgebracht, dass Laure einen Schritt zurück machte. »Weißt du denn nicht, dass man hier niemals Fragen stellen sollte?«

Laure schüttelte den Kopf.

»Nur dumme, unwissende Ausländer tun das.«

»Beim Heiligen Nikolaus, wir brauchen Hilfe.« Milos tauchte kurz auf und war gleich wieder weg.

»Warum gehst du nicht zurück nach England? Das wäre besser für alle. Du bist ... wie sagt man das? Eine Belästigung.«

»Meine Arbeitgeber wollen, dass ich bleibe.«

»Ah, und das wirst du tun, nehme ich an.« Lucia hielt inne. »Glaub ja nicht, dass du Tomas haben kannst.«

»Sollte er das nicht selbst entscheiden?«

»Du musst wissen, dass du nichts Besonderes bist«, sagte Lucia. »Jeder Mann, dem sich die Möglichkeit bietet, nimmt sich eine Freundin aus dem Westen. Das macht man hier so.«

Kälte umfing Laure. »Und?«

Lucia zog den Schleier herunter, faltete ihn und legte ihn zurück in die Schachtel. Sie schien zu überlegen, was sie als Nächstes sagen oder tun sollte. »Nächstes Jahr werde ich ihn tragen.«

»Du heiratest?«

»Ja, genau.« Lucia baute sich vor Laure auf und sagte langsam: »Wir heiraten. Mit einer großen Zeremonie und der ganzen Familie.«

Laure wurde übel. »Wir? Meinst du damit Tomas?«

Lucia sagte nicht Ja. Aber sie sagte auch nicht Nein.

»So wird es sein«, sagte Lucia, schob die Schachtel wieder ins Regal. »Du wirst gehen. Bald, wie ich hoffe. Wirst verschwunden sein wie der Schnee. Du nützt hier nichts, bist nur ein Problem.« Die Schranktür war verzogen und musste mit Kraft zugeschoben werden. Wütend rief sie aus: »Himmel noch mal, wir haben keine Möbel, keine Schlösser und, verdammt noch mal, keine Zukunft.«

25

Bist du mit Lucia verlobt? Heiratest du sie? Hast du dich dazu entschlossen, Lucia zu heiraten?

Es gab so viele Möglichkeiten, wie diese Frage gestellt werden konnte, die – mit erschreckender Intensität – aus ihr herausdrängte. Darüber nachzudenken, welche sie wählen sollte und wann sie sie vorbringen sollte, brachte Laure an den Rand der Ohnmacht. Außerdem machte es sie wütend.

Kein Grund, dämlich zu sein, Schätzchen. Der Ausspruch ihres Vaters war auch nicht sonderlich hilfreich, er erinnerte Laure lediglich daran, dass sie noch ein anderes Leben hatte und dorthin zurückkehren konnte, wenn sie das wollte. Aber der Plan B half nicht. Laure wollte da sein, wo sie war. Hier. Jetzt. Mittendrin, in den klebrigen Fäden von Politik und Leidenschaft verfangen.

An einem späten Sonntagnachmittag nahm Tomas sie mit auf ein Bier in eine Spelunke am Fluss, die einem seiner Freunde gehörte. Sein Telefon funktionierte noch immer nicht – was keine Überraschung war –, und er war dazu übergegangen, Nachrichten im Marionettentheater zu hinterlassen, wenn er sich treffen wollte.

Wie immer nahmen sie den Weg durch die versteckten Gässchen und Durchgänge. Die häufig zugemüllten Gässchen mit den kaputten Pflastersteinen waren Laure so vertraut, dass sie sich fast schon in dem Glauben wiegte, sie sei ein Insider. Sie waren Teil des Rätsels dieser Stadt, und diese versteckten Sträßchen waren zu ihrem Vergnügen geworden. Nicht so am heutigen Tag.

Tomas ging voran, und sie beobachtete seine schlanke Silhouette mit einer Lust, die mit jedem Tag stärker wurde. Sie versuchte, sich an die Stelle einer anderen Frau zu versetzen. Jede Frau – Lucia – musste auf die Wölbung seiner Schultern versessen sein, die schmalen Hände, das dichte braune Haar, und zwar ebenso leidenschaftlich, wie sie es war. Jede Frau – Lucia – musste diese Mischung aus köstlicher Freude und Schmerz spüren, wie sie es tat.

Im Gegenzug dazu sah Tomas in ihr vielleicht eine Weichheit, die Lucia, durch Wut und Misstrauen – gezwungenermaßen – härter geworden, nicht mehr besaß.

Sah er in Laure stattdessen jemanden, in den er sein Vertrauen setzen und mit dem er sich eine strahlende, sichere Zukunft vorstellen konnte?

Tomas wartete, bis sie zu ihm aufschloss. »Du passt schon auf, wenn du allein bist, oder?«

Ihre Lippen waren mit einem Mal ganz trocken. »Machst du dir Sorgen um mich?«

Er sah sie an. »Was denkst du denn?« Diese Frage hatte er etwas ungeduldig vorgebracht.

Ihre Sinne trudelten, und das Verlangen pulsierte durch sie hindurch. »Ich hoffe, du …«

Er unterbrach sie. »Laure, ich habe mich in dich verliebt. Hals über Kopf. Sehr heftig. Das solltest du wissen.«

Es war ihm gelungen, ihr den Atem zu rauben. Der Schock fuhr durch jede Zelle ihres Körpers. »Ich liebe dich auch«, sagte sie stockend, es waren eigenartige, neue Worte, die sie da laut aussprach.

Tomas streckte eine Hand gen Himmel. »Mein Gott, sie liebt mich«, rief er. »Könnte ich mir mehr wünschen?«

»Auch wenn ich eine nützliche Freundin aus dem Westen bin?«

Sein Blick wanderte zu ihr. »Genau *weil* du eine Freundin aus dem Westen bist.«

Die schwärende, eiternde Blase in ihrem Inneren war aufgestochen. Was machte es schon, wenn sie eine nützliche Freundin aus dem Westen war? Das war ein Risiko, das sie eingehen würde. Was war denn die Liebe, wenn nicht ein Risiko?

Tomas fügte hinzu: »Hör zu, mach dir keine Sorgen, wenn man dir folgt. Das bietet dir gleichzeitig Schutz. Hier gibt es viele Betrunkene und Gauner, die es sich zur Lebensaufgabe machen, ein Mädchen wie dich auszurauben. Oder Schlimmeres. Das werden sie nicht tun, wenn sich ein Spitzel in der Nähe herumtreibt.«

Sie waren beim Fluss angekommen, über den die Spiegelungen einer untergehenden Sonne glitten. Tomas führte sie in eine Straße mit Mauern, hinter denen größere Gebäude standen. An einer Stelle, wo zwei Mauern aufeinandertrafen, öffneten sie sich zu einem Garten mit Tischen und Stühlen. Radek, ein alter Freund von Tomas, leitete diesen Ort und achtete darauf, dass Tomas im Gegenzug für den ein oder anderen Auftritt von *Anatomie* immer sein Lieblingsbier bekam.

»Was meinst du mit ›ein Mädchen wie mich‹?«, fragte sie, als sie auf der Wiese am Fluss saßen und das Bier gebracht worden war.

Er zog eine Augenbraue hoch. »Du verstehst es einfach nicht, meine geliebte Laure, was? Dann muss ich es dir sagen.« Er beugte sich vor und wickelte sich eine Locke um die Finger. »Wunderschön und gepflegt. Glänzend. Das Ergebnis eines guten Friseurs und jahrelangen Benutzens von gutem Shampoo.«

Das war die zärtlichste und verführerischste Liebesbekundung, und sie hörte mit geschlossenen Augen weiter zu.

Tomas' Finger blieben auf ihrer Wange liegen. »Deine Haut ist so lebendig. Sie erzählt mir, dass du gut ernährt wurdest. Sie sagt mir, dass du dein ganzes Leben über Obst, Gemüse und gutes Fleisch gegessen hast.« Er ergriff eine ihrer Hände. »Sieh dir nur deine kräftigen Nägel und deine weiche Haut an.«

Sie lächelte berauscht.

»Diese kleinen Details verraten dem aufmerksamen Beobachter, dass es sich lohnt, dich zu berauben. Er ist dafür geschult, solche Details zu erkennen.«

Ihr Lächeln schwand.

»Vergessen wir sie.« Er legte einen Arm um sie. »Ist es dafür zu heiß?«

Tatsächlich war sein Körper neben ihrem wie eine Heizung, aber das war ihr egal.

»Ich möchte jeden Moment genießen«, flüsterte er ihr zu. »Wenn man in einem System wie diesem hier lebt, ist es eine Voraussetzung, alles zu genießen. Jedes kalte Bier, die Sonne auf dem Rücken, jeden Takt. Jeden schmackhaften Bissen. Den Geruch des Sommers.« Er liebkoste ihr Ohr, und die zunehmend vertrauten Gefühle waren rasch geweckt. »Und Sex. Ganz besonders den Sex.«

Ein Bier später hatte sie den Mut beisammen, die Frage zu stellen. »Ist ... war Lucia deine Freundin?«

Tomas war kein bisschen verärgert. »Das war sie einmal.«

Zu Laures Bedauern fing die Hand, mit der sie das Bier festhielt, zu zittern an. »Oh.«

Er rettete Glas samt Inhalt und stellte es im Gras ab. »Ich dachte, nur Filme wären in Schwarz-Weiß«, sagte er, und sie vernahm die Rüge. »Lucia und mich verbindet eine lange Geschichte. Wir sind im selben Stadtviertel aufgewachsen. Unsere beiden Elternpaare haben gelitten. Wir schulden einander viel, und wenn unsere lieben

Staatschefs uns nicht ins Gefängnis stecken, werden wir einander unser restliches Leben lang sehen.«

»Glaubt sie das, Tomas? Sie hat mir nämlich quasi gesagt, dass ihr nächstes Jahr heiratet und dass ich verschwinden soll. Sie sah ganz so aus, als wäre es ihr ernst damit.« Laure kaute an der Unterlippe herum. »Sie sah so aus, als wollte sie dich noch immer.«

»Ach, tatsächlich?« Er klang amüsiert. »Lucia hat andere Pläne.« Er ergriff eine ihrer Locken, beugte sich vor und küsste sie. »Aber du darfst nicht vergessen, dass du gehen wirst.«

»Herrgott«, dieses Wort kam ihr eigentlich nie über die Lippen, aber in ihrer Qual platzte es heraus.

Er sah Laure eindringlich an, und was er sah, überraschte ihn. »Laure, Laure, mach nicht so ein Gesicht. Was hast du denn erwartet?«

»Ich weiß es nicht.«

»Das ist unmöglich«, betonte er. »Du kannst nicht hierbleiben.«

Sie konnte die Situation aus Tomas' Blickwinkel betrachten. Aus allen möglichen Blickwinkeln. Ein wohlgenährtes englisches Schulmädchen landet in einem Staat, der Entbehrungen erleidet und unter einer Tyrannei lebt, die ganz geschickt als Paradies dargestellt wird. Ein Rockmusiker schwärmt für sie. Vielleicht ist es mehr als das? Sie jedoch wird von ihren Gefühlen übermannt. Jeder weiß es, nur sie sträubt sich und begreift nicht sofort, dass ihr Techtelmechtel nur einen Sommer lang andauern wird. Alle wissen, und sie selbst weiß auch, dass es mit ihrer Abreise so sein wird, als wäre sie in den Fluss eingetaucht und das Wasser hätte sich über ihr geschlossen.

Die anderen werden vergessen. Sie nicht.

Sie spürte, wie ihr heiß wurde. »Tomas, ich bin die Außenstehende. Natürlich. Aber deshalb sind wir beide nicht weniger wichtig. Das musst du doch sehen. Verstehen. In deinem tiefsten Inneren verstehen.«

Sie versuchte, sich aufrecht hinzusetzen, doch er presste sie nach unten ins Gras.

»Das tut auch mir weh«, sagte er. »Sehr sogar.«

»Du sagst, du hättest … starke Gefühle für mich, wenn du sagst, dass du mich liebst.«

»Du wirst in meinen Songs sein. Das verspreche ich.« Er nahm eine ihrer Hände und streichelte sie. »Verdirb es uns nicht, Laure. Wir haben schon viel zu viel Traurigkeit in diesem Land. Nimm das, was wir haben, als das an, was es ist. Ich liebe dich sehr. Vergiss nicht, du bist die Frau der Träume. Eine Löwin aus der afrikanischen Steppe.«

»Tatsächlich aus Yorkshire.«

Er grinste. »Aus Yorkshire, und du bist intelligent und witzig und mutig, und ich will dich mit Haut und Haaren.«

Dummerweise fragte sie: »Würdest du zu Lucia zurückgehen?«

»Hör auf.«

Verwirrt versuchte sie, sich zwischen diesen wunden, wütenden Stellen einen Weg zu bahnen, die die Konversation offengelegt hatte, um die Schwachstelle in seiner Argumentation zu finden. »Aber das hieße, so zu sein, wie der Staat dich haben will. Ergeben. Ich dachte, die Rebellion findet im Herzen statt, nicht auf der Straße. Wenn du mich willst, musst du etwas tun.«

»Ich bin versucht zu sagen, dass du nicht weißt, wovon du redest. Aber dem ist nicht so.«

Er streichelte weiter ihre Hand, fuhr vorsichtig über jeden Knöchel, erforschte die Linien, die über ihre Handflächen verliefen.

Sie könnte widersprechen. Wütend sein. Sie könnte betteln … doch in einem genialen Geistesblitz fand sie mithilfe der Politik einen Weg. »Du bist aktenkundig, weil du eine neue Tschechoslowakei willst, eine Gesetzgebung, ein unabhängiges Gericht, freie Wahlen, Marktwirtschaft, soziale Gerechtigkeit … und als Ergebnis davon könntest du jeden Moment festgenommen werden?«

»Stimmt«, sagte er gleichgültig. »Es tut sich zwar etwas, der Widerstand wird größer, aber es wird noch Jahre dauern, bevor das System zusammenbricht.«

»Bist du in Gefahr?«

Nach einer Weile nickte er widerstrebend. »Vermutlich. Die Warnung mit dem Telefon war ein Hinweis.«

Ein kurzer Krampf schoss durch ihre große Zehe, als sie den rechten Fuß anzog. »Dann musst du weg von hier. Ich helfe dir.«

Er warf sich ins Gras und legte den Arm über die Augen. Durch den Aufprall erhob sich eine Staubwolke und schwebte Richtung Fluss. »Wie sagt man das? Fang nicht damit an?«

»Du kannst. Du kannst die Ideologie und die Anschauungen bekämpfen, indem du flüchtest.« Ihre Zuversicht erwachte langsam zum Leben, und der Weg nach vorn schien sich klar abzuzeichnen. »Kennst du Leute, die Ausweise fälschen können?«

»Tue ich. Ist nicht einfach, und Leute sind deswegen schon geschnappt worden. Und was ist, wenn ich es rausschaffe?«

Sie hörte ihre Stimme: warm, schmeichelnd, entschlossen. »Dann heiratest du mich und kannst die britische Staatsbürgerschaft erhalten.«

Er zog seinen Arm weg und sah sie mit zusammengekniffenen Augen an. »Ich tue hier, was ich tun muss. Ich bin kein Fahnenflüchtiger.«

»Echte Fahnenflucht würde bedeuten, dein Land aufzugeben. Egal, ob du hier bist oder woanders.« Die Liebe hatte ihr Verständnis für ihn geschärft. Er würde sich oder seine Zukunft infrage stellen. »Du denkst, wenn du mitkommst, dann weiß keiner, wer du bist. Ein Rockstar ohne Publikum. Ein Niemand. Das ist schwer, nachdem du hier jemand warst.«

Ein Schiff mit einer Laterne am Bug glitt durch das Wasser, zerteilte kaum die Wasseroberfläche, und Laure war bei diesem Anblick ganz beseelt. »Aber du kannst und du wirst anderswo jemand sein.«

Die angestaute Wärme des Tages stieg aus der Wiese auf. Laure zündete sich eine Zigarette an und rauchte nachdenklich, erinnerte sich an eine Unterhaltung in der *chata*, als Leo erklärt hatte, bei den Wahlen im vergangenen Mai seien 99,39 Prozent zum Wählen gegangen, und 99,94 Prozent von ihnen hätten die sorgfältig ausgewählten regierungstreuen Kandidaten gewählt. Dann dachte sie an die Marionetten im Theater, die an ihren Stangen hingen und darauf warteten, zum Leben erweckt zu werden, subversiv oder nicht. Für etwas zu kämpfen hatte etwas Zwanghaftes … und allmählich begann sie, das große Ganze zu sehen.

»Du denkst also, es wird eine Revolution geben? Irgendwann in der Zukunft? Niemals?«

»Schwierige Frage. Aber eine Revolution wird ganz bestimmt nicht stattfinden, wenn Menschen wie ich von hier weggehen.«

Zwei weitere Boote gesellten sich zum ersten, und das Trio dümpelte gelassen in der Abendsonne auf dem Wasser, schickte leuchtende Strahlen darüber hinweg.

Sie spürte, wie er sich an einen Ort verzog, an dem sie nicht willkommen war.

»Du hast selbst gesagt, dass es Risse gibt. Du hast mir von dem Widerstand gegen die sowjetischen Truppen erzählt, als sie 1968 eingefallen sind, und du hast über den Widerstand gesprochen, der jetzt stattfindet. Du hast aber auch gesagt, dass es noch lange dauern wird, bis ihr dieses Regime los seid. Denk an dein Leben. Solltest du dir nicht die beste Chance geben, die du haben kannst, um es auch zu leben?«

»Sprich leiser«, sagte Tomas schneidender als sonst.

»Streiten wir gerade?«

»Sei nicht albern.«

Vorsichtig drückte sie ihre Zigarette aus, wickelte den Stummel in ein Stück Papier ein und reichte ihn Tomas. Er warf einen Blick auf das mitleiderregend kleine Päckchen. »Wir haben eine Tschechoslowakin in dir gemacht, Laure.«

»*Aus* dir.«

»Natürlich, aus dir.« Einen Moment lang schwieg er. »Warum versuchst du, mir deine Sprache beizubringen?«

»Was denkst du wohl?«

Er lachte. »Gehen wir noch zu mir?«

Noch nie zuvor hatte Tomas sie zu sich eingeladen. »Ja.«

»Es ist nicht berauschend. Macht dir das etwas aus?«

Sie liefen vom Fluss zurück, bogen in die Straße ab, die parallel dazu verlief und zur Brücke führte. Ein paar Autos tauchten hinter ihnen auf, und sie stellten sich an den Rand, um sie vorbeizulassen. Plötzlich packte Tomas Laure so fest am Arm, dass sie fast aufschrie.

»Siehst du das Gebäude da vorn? Geh dorthin, und bieg in den Hof ab, warte dort auf mich. Tu, was ich sage«, zischte er ihr zu. »Stell keine Fragen.«

Damit machte er kehrt und ging in die andere Richtung zurück. Sie befolgte seine Anweisungen und marschierte rasch zu dem weißen Gebäude, einem der älteren am Fluss, drehte sich auch dann nicht um, als sie quietschende Reifen hörte und den Geruch von verbranntem Gummi einatmete. Autotüren wurden zugeschlagen.

Vor Angst konnte sie sich fast nicht mehr rühren. Was,

wenn sie Tomas mitnahmen? Was, wenn sie sie mitnahmen?

Sie ging zum Eingang und fand sich im Hof wieder, ähnlich dem Innenhof bei den Kobes, umgeben von dreistöckigen Wohnungen mit schmiedeeisernen Balkonen. Ein unerwartet friedlicher Platz mit Pflanzen.

Nicht dass Laure sonderlich darauf geachtet hätte. Sie bemühte sich, ihre Fassung wiederzugewinnen, saß nach vorn gebeugt auf einem Stein und rauchte eine weitere Zigarette. Wie war es den Tschechoslowaken nur möglich, so zu leben? Mit dieser beständigen Furcht?

Wenige Minuten später kam Tomas in den Innenhof. Er war blass, verschwitzt und hielt sich die Schulter. Sie stieß einen verzweifelten Schrei aus und rannte zu ihm. »Sie haben dich verletzt.«

Er zuckte zusammen, als sie näher kam. »Die Schläger hatten es auf jemanden abgesehen, der ihnen vermutlich entwischt ist. Das versetzt sie in schlechte Laune, und ich wollte ihnen nicht die Freude machen, mich zu entdecken. Haben sie aber, und sie wollten mir eine Abreibung verpassen, um zu beweisen, wie groß ihre Liebe ist.«

»Stütz dich auf mich.«

Sein Gesicht war leichenblass, vermutlich durch den Schock. Und die Schmerzen? »So schlimm ist es nicht. Wahrscheinlich nur Blutergüsse. Ich habe dich in die andere Richtung geschickt, weil ich nicht wollte, dass du involviert wirst.«

Die Erleichterung ließ sie wagemutiger werden. Sie zog seinen Kopf zu sich herunter und küsste ihn leidenschaftlich.

»Du schmeckst nach Tabak«, sagte er.

»Und du nach Bier.«

Sie lösten sich voneinander. Es war Laure, die vor lauter Schreck zitterte. »Sie schlagen dich grundlos zusammen?«

Über ihnen wurde ein Fenster zugeknallt, und etwas Mörtel bröckelte an der Wand herunter.

»Willst du dich hinsetzen?«

Er schüttelte den Kopf. »Lass uns von hier verschwinden.« Er legte ihr den unversehrten Arm um die Schultern, und so gingen sie weiter, wobei Tomas hin und wieder stolperte.

»Ich gebe dir einen Ratschlag, Laure. Wenn sie dich ergreifen, dann sei darauf vorbereitet. Sie kennen die Antworten bereits, wenn sie die Fragen stellen. Das ist ein alter Trick.«

»Und?«

Er redete mehr mit sich selbst als mit ihr. Probte, was vor ihm lag, wie sie mit neuerlichem Entsetzen feststellte.

»Mich würden sie fragen, woran ich glaube, und ich würde antworten, dass ich an Frieden und Gleichheit glaube, und wer auch immer mich gerade fragt, würde ganz bestimmt losprusten. Und man versteht auch, warum. Ihre Anschauungen unterscheiden sich von meinen. Das Problem ist, dass sie sich das Recht vorbehalten, dich von ihren Anschauungen zu überzeugen.«

Abgesehen von einer Frau mit einem vollen Einkaufsnetz, war die Straße leer.

»Sie werden mich zu meinen Songs befragen, und ich werde antworten, dass ich nicht bereit bin zu antworten, da der Fragesteller in meinen Augen keine Firma repräsentiert, die meine Musik hervorbringt. Außerdem werden sie mir mitteilen, dass die Musik antisozialen Aufruhr verursacht, und ich werde wiederholen, dass ich nichts mit dem Aufruhr zu tun habe, weil ich das abstoßend finde.«

»Ich glaube, ich verstehe es.«

Er warf ihr einen kurzen Blick zu. »Ich bin mehr als einmal festgenommen worden. Jedes Mal ist es schwieriger, aber auch ich werde immer schlauer. Trotzdem ist es ein Risiko.«

»Was machst du dann mit *Anatomie*?«, fragte sie. »Warum?«

»Um mir zu beweisen, dass ich trotz deiner durchtriebenen Unterstellung nicht untätig bin, was genau das ist, was Jan Palach uns Tschechoslowaken vorgeworfen hat.« Laure wusste nicht, wovon er redete. »1969. Ein schlechtes Jahr«, sagte er.

»Palach?«

»Palach war Student und hat sich am Wenzelsplatz angezündet, womit er gegen unser Unvermögen, Widerstand zu leisten, protestierte. Indem er sich zu einer menschlichen Fackel machte, wies er darauf hin, dass es nicht ausreichte, sich hinter Karikaturen, Oper und Depression zu verschanzen, was das tschechische Volk tat.« Er dachte einen Moment nach. »Leo und Manicky sehen das so wie ich, auch wenn wir nicht darüber reden.« Nach einer weiteren Pause sagte er: »Das ist zugleich eine gute und eine schreckliche Geschichte.«

Schmerzen. Geruch. Auf grausame, qualvolle Weise für die Sache sterben. Für Laure war es zu schrecklich, um darauf etwas zu erwidern.

»Er hat uns vor die Herausforderung gestellt, zu beweisen, dass wir nicht tatenlos bleiben.« Er brachte Laure dazu, stehen zu bleiben, und küsste sie erneut. Irgendwann löste er sich von ihr und sagte: »Und du bist es nicht.« Er spielte an ihrer Unterlippe herum. »Tatenlos, meine ich.«

Das Bild von Palach verschwand – fürs Erste –, und Laure seufzte vor Erleichterung und Glück.

»Aber, ehrlich, was *machst* du denn?«, fragte sie später erneut, als sie langsam zu seiner Wohnung im Karlín-Viertel unterwegs waren, wo Tomas mit ein paar anderen Musikern lebte, darunter auch Manicky.

»Ich bin ein Rocker-Soldat und bekriege das System.«

Zwei Mädchen in ausgefransten Baumwollhosen kamen auf der Brücke an ihnen vorbei und starrten sie an, eine der beiden warf Laure einen obszönen Blick zu.

»Ein Rocker-Gott, meinst du wohl«, sagte Laure.

Tomas lebte in einem Viertel, das, wie er Laure erzählte, einst teuer und begehrt gewesen, inzwischen aber völlig heruntergekommen sei. Und der Keller sei so feucht, dass dort nur eine Ente überleben könne.

»Vorsicht«, sagte Tomas, als sie durch die Eingangstür gingen, und zeigte auf die Kragsteine, die sie flankierten. »Frau Taube hat eine große Familie.«

Ganz offensichtlich; Vogelkot verteilte sich über den Steinboden, und lautes Getschilpe von jungen, hungrigen Vögeln ertönte aus einem Nest auf dem Vorsprung.

Die Toiletten teilte man sich, darunter auch ein gesprungenes Waschbecken, das nicht den Eindruck erweckte, als würde es noch lange Teil dieser Welt sein. »Tut mir leid, tut mir leid«, sagte Tomas, als er darauf hinwies.

»Das ist mir egal«, sagte Laure.

Die Hand an ihrem Rücken, schob er sie nach oben in den ersten Stock, wo sich Tomas' Zimmer befand. »Wenn es schneit, teile ich es mir mit Manicky, weil das Dach nicht dicht ist. Aber heute gehört es nur mir.«

Es gab ein Bettgestell ohne Matratze, selbige lag nämlich auf dem Boden. Der Grund war offensichtlich, dem Gestell fehlte ein funktionsfähiges Bein. Wäscheberge, *Anatomie*-Poster an der Wand, ein altmodischer Waschtisch mit einer blau-weißen Schale, die antik und wertvoll aussah, und Tomas' Gitarre, die in einer Ecke stand.

Tomas ging zu einem Schuhkarton in der Ecke und fragte: »Bist du da?«

Laure war überrascht. »Wer?«

Tomas griff in die Schachtel und holte eine getigerte

Katze heraus. »Das ist meine wahre Liebe. Er heißt Kočka, was Katze bedeutet. Wir beide haben denselben Geist. Er ist inzwischen ein alter Mann, und es geht ihm nicht mehr so gut. Aber wir reden miteinander.« Er wiegte die schnurrende Katze im Arm und fuhr ihr mit dem Finger über den Rücken. »Er ist mein Gefährte, ihm erzähle ich alles, er kritisiert meine Songs, und ich tue alles, was ich kann, damit er glücklich ist und es ihm gut geht. Aber er wird alt. Sehr alt, und daran kann ich leider nichts ändern.«

»Mach nicht so ein trauriges Gesicht«, rief sie fast schon eifersüchtig.

»Es ist mir egal, was mir zustößt, aber ich mache mir Sorgen, was mit Kočka passiert. Ich bitte alle Freunde, daran zu denken, dass sie sich um Kočka kümmern, sollte etwas passieren.«

»Kümmern?«

»Ihn zum Tierarzt bringen. Ich habe Geld versteckt, um sicherzustellen, dass er ohne Schmerzen eingeschläfert wird. Als ich ihn aufgenommen habe, war das ein Versprechen, das ich mir gegeben habe. Ich würde ihm den besten Tod und das beste Leben geben. Im Gegenzug hat er mich ohne Wenn und Aber geliebt. Und ...«, er drückte Kočka einen Kuss auf den Kopf, »ich habe ihn geliebt.«

Sie fühlte sich nicht in der Lage, um mit der bevorstehenden Katastrophe und der möglichen Konkurrenz klarzukommen, und sah zu, wie Tomas Kočka zurück in sein Nest legte. Er warf Laure einen Blick zu. »Alles klar?«

Sie nickte.

Er zog das T-Shirt aus, entblößte seinen leicht verschwitzten Oberkörper, der mit roten Flecken und Blutergüssen übersät war. Der größte bildete sich auf dem Rücken über der rechten Niere, und sie stieß einen Schrei aus.

»Kein Grund zur Aufregung«, sagte er sanft. Er drehte sie, sodass sie ihn ansah, und sein Akzent wurde stärker.

»Ich bin jetzt ernst. Du fragst mich nach den Gründen, weshalb ich bleibe. Deshalb. Das hier stammt aus einer verbotenen Veröffentlichung. ›Es ist keine philosophische, politische, wissenschaftliche oder künstlerische Tätigkeit zugelassen, die auch nur einen Bruchteil von der offiziellen Ideologie oder Ästhetik abweicht …‹ Ich versuche mal, mich an den genauen Wortlaut zu erinnern. ›Offene Kritik ist nicht erlaubt, es gibt kein Anrecht auf eine öffentliche Verteidigung, und das Innenministerium ist damit beschäftigt, das Leben seiner Bürger zu überwachen, ihre Wege aufzuzeichnen, ihre Telefone und Wohnungen abzuhören und sie ohne Anklageschrift auf offener Straße zu verhaften.‹«

Halb verwirrt vor Lust musste sie die Konsequenzen erst einmal verdauen. »Du sagst mir also gerade, dass es keine andere Wahl gibt.«

»Genau das.«

»Aber dein Leben steht auf dem Spiel, es könnte so schwierig werden, dass es einer Art Tod gleichkommt.«

»Wer war das, der sagte, es gebe vielerlei Tode? Aufgeben ist einer davon. Jan Palach hat seinen Weg gewählt. Wir müssen einen anderen finden.«

Trotz der Hitze zitterte sie. »Das ertrage ich einfach nicht.«

»Haben wir eine andere Wahl als die zu atmen?« Er führte sie zur Matratze.

»Aber wie?«

»Wir haben die Musik. Wir haben die Marionetten, die sich über Geister und Ghule lustig machen, damit sie erträglich werden. Wir nehmen üble Typen wie deinen Arbeitgeber hoch, aber so geschickt, dass sie es gar nicht bemerken.«

Tun sie sehr wohl, hätte sie am liebsten gerufen.

Stöhnend brachte er sie dazu, die Arme zu heben,

sodass er ihr das T-Shirt ausziehen konnte. Auch ihre Haut war von einem Schweißfilm überzogen. Er beugte sich vor, leckte über ihre Schulter. »Salzig. Lecker.« Dann zog er sie auf die Matratze.

»Wenn mein Leben in Gefahr ist«, sagte er und legte eine Hand auf ihre Brust, »dann werde ich mich daran erinnern. Und an dich.« Er sah sie an, und in seinen Augen entdeckte sie eine Mischung aus Liebe, Melancholie und Verlangen. »Durch die Gefahr ist alles sehr viel intensiver. Das wirst du noch herausfinden.«

Sie wurde von der schrecklichen Ahnung beschlichen, dass er halb in den Märtyrertod verliebt war. Oder dass er ihn über eine Blumenwiese zu sich lockte. Sie legte die Hände an seinen Kopf. »Aber deine Pflicht, deine oberste Pflicht, heißt überleben.«

Eva ging es einfach nicht besser. »Es liegt an der Hitze«, behauptete sie. »Die hat mir schon immer zugesetzt.«

Es konnte an der Hitze liegen; sie hatte sich verändert in den letzten Tagen. Sie war schwül, durchdrang alles. Klebrig. Sie drückte einen nach unten, ließ die Kleidung schweißnass werden und verbrannte nackte Haut.

Die hohen Temperaturen waren eine Herausforderung, doch bei Eva stand noch mehr auf dem Spiel. Schon auf den ersten Blick sah man die Tränensäcke unter ihren Augen, ihre wächserne Haut und die Mühe, die ihr auch schon die geringste Anstrengung bereitete. In den letzten Wochen war sie mehrfach über Nacht in einem Krankenhaus verschwunden und mit Blutergüssen an den Armen und einem Nadeleinstich in der Beuge wieder zurückgekommen.

In solchen Zeiten sah sich Eva gezwungen, im Bett zu bleiben, und wenn Petr unterwegs war, setzte sich Laure zu ihr, nachdem sie die Kinder ins Bett gebracht hatte. Die beiden Frauen redeten nicht viel, tauschten sich nur ein wenig über die Kinder aus, und Laure war auch viel zu sehr damit beschäftigt, nachzudenken und zu träumen, als dass das lange Schweigen ihr Sorgen gemacht hätte.

An diesem Abend sah sie nach Eva, die im Elternschlafzimmer flach auf dem Rücken lag, die Arme zu den Seiten ausgestreckt wie bei einer Kreuzigung. Es berührte Laure, dass sie eines ihrer französischen Nachthemden trug, aus elfenbeinfarbener Seide und Spitze, an dem sich Laure mit dem Bügeleisen abgemüht hatte.

Laure setzte sich. Das Zimmer war sehr aufgeräumt, und als ihr die Anstrengung dahinter bewusst wurde, bewunderte sie Evas Entschlossenheit. Auf dem Nachttisch waren Evas Medikamente ordentlich aufgereiht, daneben ein Stapel Bücher; obenauf lag – soweit sie sich das zusammenreimen konnte – eine politische Abhandlung.

Eva machte die Augen auf und bat um ein Glas Wasser. Laure schenkte eines ein und bettete Eva hoch. Während Eva daran nippte, nahm sie wieder Platz.

Laures Blick wanderte zum Fenster und ihre Gedanken zu Tomas.

»Was sagt er dir?«

Sie war wieder zurück im Hier und Jetzt. »Ich weiß nicht, von wem du redest.« Sie nahm Eva das Glas ab und stellte es auf den Nachttisch.

»Lass uns nichts vortäuschen, Laure.«

»Wenn du damit Tomas meinst, er sagt nichts.«

»Wirklich?«

»Wirklich.«

Eva war vielleicht krank, aber ihr Verstand war hellwach. »Dich hat es übel erwischt, denke ich mal.«

»Übel erwischt?«

»Deine Liaison.«

»Oh.«

»Er wird dich benutzen.« Ein kleiner Hauch Boshaftigkeit in der Stimme. »Egal, was für nette Dinge er dir sagt.« Laure runzelte die Stirn. »Du glaubst mir nicht, und ich nehme an, damit hast du recht. Aber vergiss das nicht.« Nachdem sie ihre Meinung kundgetan hatte, war Eva dieses Thema leid und konzentrierte sich auf ihr Unwohlsein. Mühsam nahm sie eine andere Position ein. »Wenn ich in Paris wäre …« Ihr Tonfall war sehnsüchtig.

»Könntest du nicht dorthin fahren?«

»*Möglich* ist es. Aber Petr muss sehr vorsichtig sein, dass er die Machthaber nicht verärgert, während er mit ihnen verhandelt. Wir alle müssen vorsichtig sein.« Wieder verlagerte sie das Gewicht und stieß ein unterdrücktes Stöhnen aus. »Wäre ich in Paris, dann würde ich wieder gesund.«

»Du wirst wieder gesund«, sagte Laure. »Das sagen die Ärzte. Und Petr. Du musst daran glauben.«

Eva lachte. »Ich habe mein ganzes Leben mit Glauben zugebracht.« Sie zeigte auf das gerahmte Foto von Petr, wie er eine Urkunde für seine Verdienste von Präsident Gustáv Husák überreicht bekam. »Glauben ist eine Kunst.« Sie schloss die Augen. »Treue ist eine Kunst.«

Ihr elegischer Tonfall erschreckte Laure, und sie suchte nach einem anderen Thema. »Bist du in Prag aufgewachsen?«

Ein Hauch Munterkeit schlich sich in die schlaffen Gesichtszüge. »Nein, auf dem Land. Nördlich der Stadt. In einem wunderschönen Dorf. Das war es zumindest einmal. Die Luft war klar. Nicht wie hier, wo alles so schrecklich ist. Ich habe Angst bei dem, was die Kinder hier einatmen. Die Partei sollte sich dieser Sache annehmen.«

»Wie hast du Petr kennengelernt?«

»Eine Abordnung kam für einen Sommerurlaub zu uns aufs Dorf. Er war einer von ihnen«, sagte Eva. »Er war jünger als ich, aber ein Blick hat mir gereicht, dann habe ich beschlossen, dass er meine Zukunft wäre. So einfach war das.«

Laure konnte sich nicht verkneifen zu sagen: »Was für ein Glaube.«

Eva wandte den Kopf auf dem Kissen. »Ja, das war es wohl. Ein großer Glaube. Im Leben steht man nur vor wenigen solcher Momente, und es ist wichtig, an ihnen festzuhalten, ganz egal, was für Zweifel einen befallen. Es hat eine Weile gedauert, bis ich das gelernt hatte. Die Sache mit dem Festhalten, meine ich.«

Laure beugte sich vor, um das Laken glatt zu streichen, ein festes Leinen, das bestimmt heiß war, und bettete Eva mit einem Polster auf. »Du musst dich darauf konzentrieren, wieder gesund zu werden.«

Eva ließ sich zurücksinken. »Danke.« Sie schloss die Augen. »Petr hat versprochen, dass ich in diesem Dorf begraben werde.« Sie sah Laure an. »Es ist ein Trost, das zu wissen.«

»Du wirst nicht sterben«, sagte Laure.

»Das weiß niemand. Da kann man genauso gut über das nachdenken, was passiert, wenn es so weit ist.«

Als Laure das Schlafzimmer verließ, sagte Eva: »Danke, dass du hierbleibst und dich um die Kinder kümmerst.« Sie hielt kurz inne. »Petr weiß das zu schätzen. Nicht nur die Kinder.«

Laure umklammerte den Türgriff.

»Aber«, fuhr Eva fort, »ich denke, dass du glücklich darüber sein wirst, nach Hause zurückzukehren, wenn die Zeit gekommen ist. Meinst du nicht? Es ist nicht gut, weit weg von zu Hause zu sein.« Eva brachte ihr Argument vor. »Ich will offen zu dir sein. Wenn Petr in Prag bleibt, dann ist es besser, wenn wir uns nach einer tschechischen Hilfe umsehen. Oder …« Dieses Mal schien die Pause zwischen den Sätzen besonders bedeutsam zu sein. »Oder zu heiraten. Du bist sehr nett und sehr gut, aber du bist jung, und du weißt nicht, wie die Dinge hier laufen.«

Überrascht rief Laure aus: »Was denkst du denn? Ich werde deinen Mann doch nicht *heiraten*. Das wird niemand tun.«

Eva bedachte Laure mit einem schiefen Lächeln. »Ich habe gelernt, niemals bedingungslos zu sein, was die Zukunft betrifft.«

Fast war es, als erwägte Eva, nicht länger Teil der Gleichung zu sein, was ebenso verwirrend war wie ihr Vorschlag bezüglich Laure und Petr – den Laure als eine kranke und resignierte Fantasie abtat.

»Eva, ich werde helfen, mich um die Kinder zu kümmern, solange ich hier bin und so gut ich kann. Aber das ist alles.«

An diesem Abend nahmen Petr und Laure das Abendessen wie gewöhnlich zusammen ein, verspeisten unter dem Kronleuchter die gekochten Kartoffeln und Bohnen. Petr wandte wieder seinen Trick an, Laure das Gefühl zu vermitteln, sie wäre der einzige Mensch auf Erden, worauf sie sich halbherzig einließ.

Das bemerkte er. »Du wirkst besorgt. Stimmt etwas nicht?«

»Nein«, antwortete sie.

»Es ist schön, dich hierzuhaben«, sagte er und zeigte auf das Zimmer. »Sonst wäre es ganz schön leer.«

Er trank sein Bier und lenkte sie mit Fragen über Brympton ab, quetschte alle Details über den Nahverkehr und den staatlichen Gesundheitsdienst aus ihr heraus. Laure beschrieb den Zug, der zwischen Leeds und York verkehrte, mit dem sie an Schultagen immer gefahren war. »Nur so konnte man dorthin kommen.« Sie sah ihn über den Tisch hinweg an. »Willst du das wirklich alles wissen?«

»Züge sind wichtig. Für dich war es zum Beispiel wichtig, dass er pünktlich eintraf und erschwinglich war.«

Nach dem Essen räusperte Petr sich und sagte: »Es tut mir leid, aber ich muss etwas mit dir besprechen, das nicht zu übersehen ist.«

Etwas an der Atmosphäre veränderte sich, aber sie war sich nicht sicher, woran das lag.

»Geht es um Eva?«

»Es wurde gemeldet, du hättest einem Funktionär gegenüber auf offener Straße eine obszöne Geste gemacht.«

Die Wände des Raumes schienen zusammenzurücken. »Woher weißt du das?«

»Ist das wichtig?«

»Ja, schon. Ist es. Das Innenministerium ist also damit beschäftigt, das Leben seiner eigenen Bürger zu überwachen.«

»Wir hatten diese Unterhaltung schon einmal, wenn du dich erinnerst. Ausländer sind Freiwild.«

»Sag mal, wen spioniert ihr eigentlich nicht aus?«

»Laure, hast du diese Geste wirklich gemacht?«

Sie würde, verdammt noch mal, nicht lügen. »Ja, habe ich.«

»Ich werde nicht fragen, weshalb, obwohl ich als für dich Verantwortlicher dazu berechtigt bin. Aber ich muss dich darum bitten, es nie wieder zu tun.«

Am liebsten hätte sie gesagt: *Wie kannst du es wagen?*

Er redete langsam, als würde er mit einem Kind sprechen: »Es ist offensichtlich, dass du nicht weißt, wie du dich hier betragen sollst. Oder inwiefern ein solches Handeln unserer Familie schadet.«

Warum war sie nicht geübter in solchen Dingen? »Aber du bist einer von ihnen, also geschützt. Da ist es doch egal, was ich mache. Insbesondere, wenn es kaum der Rede wert ist.«

»Was meinst du damit?« Petr klang frostig.

Auf der Suche nach Inspiration sah sie nach oben zum Kronleuchter. Die schweren Glastropfen spiegelten die Abendsonne und warfen stecknadelkopfgroße Lichtstrahlen. Etwas weniger bestimmt sagte sie: »Du stehst der Partei sehr nahe. Du machst Sachen für sie.« Er stand auf, ging um den Tisch herum zu ihr, und seine sonst so freundlichen Augen hatten jegliche Freundlichkeit verloren. Laure ruderte zurück. »Oder nicht?«

»Du hast ja keine Ahnung, wovon du redest.« Er nahm seine Zigaretten. »Die Behörden haben dich als ›Oppositionelle‹ auf eine Liste gesetzt. Sie werden dich als ›reaktionäre Bürgerliche‹ bezeichnen, und wenn es an der Zeit ist, dein Visum zu erneuern, dann steht da ein Minuspunkt. Das könnte ausreichen, damit du ausgewiesen wirst.«

Sie fragte sich, ob er absichtlich übertrieb. Was kümmerte sie das? Sie wusste es, und Petr wusste es auch, dass er diese Runde gewinnen würde, weil sie schon allein bei der Vorstellung, Tomas verlassen zu müssen, den Boden unter den Füßen verlor.

Er war auf eine Art kühl und ernst, wie Laure ihn noch nicht erlebt hatte. »Du denkst, du könntest deine Anstellung kündigen und einfach mit deinem Geliebten leben. Ich bin mir sicher, du wirfst mir vor, ein Handlanger der Partei zu sein. Das mag stimmen. Vielleicht aber auch nicht. Was allerdings stimmt, ist, dass du ohne meinen Schutz sehr gefährdet wärst. Sehr.«

Ihnen beiden war klar, dass er die Wahrheit sagte.

»Willst du nichts dazu sagen?«

Jetzt, wo es hart auf hart kam, machte es ihr eigenartigerweise etwas aus, dass Petr schlecht von ihr dachte – und das war verwirrend. Ihre Beziehung zu ihm war, ganz offensichtlich, komplizierter, als sie geglaubt hatte.

»Es kommt nicht wieder vor.«

26

Laure wachte um 6 Uhr morgens auf. Die Kinder schliefen noch, und dieser Moment zwischen ihrem Aufwachen und dem Aufwachen der Kinder gehörte ganz allein ihr.

Ihr Nachthemd war ihr bis zur Hüfte hochgerutscht. Sie rollte sich hin und her, während sie es wieder nach unten zog, fuhr sich mit der Hand über den Bauch, der angenehm flach war, und ließ sie auf dem knochigen Höcker ihrer Hüfte liegen.

Die Tage hatten sich aneinandergereiht wie Perlen auf einer Schnur, und sie stellte sich jeden einzelnen als eine Farbe vor. Rot für Leidenschaft, Blau, um den zweiten sonnenüberfluteten Ausflug zur *chata*, die Tomas so sehr mochte, zu kennzeichnen. Grün für den Song, den Tomas schrieb und komponierte, während sie nackt in seinem Bett lag und zusah. Schwarz für die Marionetten: die Wassergeister, die Prinzen und Prinzessinnen, die Fratzen und Prügelknaben und ihre Metamorphose, wenn sie vor ihren ungläubigen Augen zu rätselhaftem Leben erwachten.

Die Perlen waren gezählt, und der Herbst stand vor der Tür. Die Nächte wurden kühler, die Sonne war weniger kräftig.

Warum liebte Tomas sie?

Diese Frage blieb immer dieselbe, wie ein Pulsschlag, der zusammen mit dem in ihrem Handgelenk pochte. Vor einer Weile hatte sie für sich beschlossen, dass das eine Frage war, die nicht gestellt werden sollte, geschweige denn beantwortet, doch wie viele solcher Grübeleien war auch diese ungehorsam.

Er liebte *Anatomie*.

Er liebte sein Land.

»Wir müssen die grundlegenden Freiheiten zurückbringen.«

»Künstlerische Freiheit ist ein Recht, das jedem Menschen zusteht.«

Die schönste Erinnerung hob sie sich für den Schluss auf.

»Du bist anders, Laure. Dank den Göttern.«

Früher einmal hätte sie diese Worte vielleicht mit einem Achselzucken abgetan, doch in diesem Land der Schriftsteller und Künstler fing sie an, Worten mit einer andersartigen Achtung zu begegnen. Sie wogen schwer und stellten eine Quelle der Macht dar.

Er liebte sie. Und waren Worte nicht alles?

Wenigstens ging es Eva nicht schlechter, und der Temperaturabfall brachte ihr etwas Erleichterung. Die Kinder bereiteten sich vor, ihre ausgewählten Schulen zu besuchen. »Eliteschulen«, erklärte Petr ohne jeden Anflug von Ironie. »Sonst haben sie keine Chance mitzuhalten, wenn wir nach Paris zurückgehen.«

Die neuen Stundenpläne zeigten, dass Laure nicht dieselbe Freiheit haben würde, zu kommen und zu gehen, wie sie das den Sommer über gemacht hatte; sie würde es neu aushandeln müssen. Sie schwang die Beine aus dem Bett. Den Moment genießen.

Am späten Nachmittag, bekleidet mit Jeans und einem T-Shirt, einen blumengemusterten Schal um den Kopf gebunden, nahm sie eine Tram zur Újezd-Straße.

Die Tram war rappelvoll mit Arbeitern, die nach Hause fuhren. Es bescherte ihr einen kleinen Kulturschock, als sie bemerkte, dass ein paar von denen, die genug Platz hatten, um zu lesen, in Gedichtbände vertieft waren.

Vermutlich war mehr als ein Fahrgast ein Spitzel, und sie fragte sich, wie die Spitzel und die Bespitzelten einander wohl erpressen würden, sollte das Regime gestürzt werden. Sie sah aus dem Fenster. Rache? Blutrache? Blutvergießen? Furcht und Selbsthass?

All das gehörte hier zu dem Bündel, das ein jeder mit sich herumtrug.

Sie stieg an der Haltestelle aus und gesellte sich zu dem Strom Menschen, die meisten eher jung, manche von ihnen mit Blumen in den Händen, die durch die Gärten von Petřín liefen, und es überraschte sie, wie leise sie waren.

Laure warf einen Blick über die Schulter. Wer waren hier die Beobachter? Das Mädchen mit den langen roten Haaren? Der Mann mit der Regenjacke über der Schulter und dem allgegenwärtigen Porkpie-Hut?

Die inzwischen vertraute provisorische Bühne war vor dem Observatorium errichtet worden, thronte über der Grasarena, auf der die Elektriker wie Käfer herumwuselten. Vom Boden stieg der Geruch nach Gras und getrockneten Pflanzen auf, süßlich, durchdringend – unverwechselbar.

Ihr Rucksack, in dem vorsorglich eine Flasche Wasser steckte, wog eine Tonne, und sie schulterte ihn, bevor sie sich auf den Weg zur Bühne machte, was nicht einfach war. Die Leute hielten an ihrer Warte fest und mochten es ganz und gar nicht, dass sich eine Ausländerin an ihnen vorbeidrängte, die in schlechtem Tschechisch »Entschuldigung« murmelte. Irgendwann erreichte sie die Bühne und grinste Vaclav, dem Elektriker, zu. Im Großen und Ganzen war ihre Freundschaft wortlos, aber sie kamen gut miteinander aus. Er streckte eine Hand nach unten und zog sie hoch.

Ein Meer an Leibern versammelte sich, verteilte sich über die Grasfläche bis zu den Büschen und den hohen

Gräsern, die eine natürliche Grenze bildeten. Sie lief über die hohl klingenden Bühnenbretter und sprang hinter der Bühne nach unten.

In dem behelfsmäßigen Zelt hinter der Bühne kauerte Tomas mit Manicky und Leo. Als sie hereinkam, sah er auf. »Wird auch Zeit.« Sein Lächeln galt allein ihr – und zum hundertsten Mal dachte sie, sie würde vor Liebe umkommen.

Er streckte die Hand nach ihr aus. »Guter Tag, schlechter Tag?«

Ihr Manager schwirrte herum, rief etwas auf Tschechisch und zeigte auf die Uhr.

Ihr war bewusst, dass die Behörden ihre Erlaubnis nur unter der Bedingung erteilt hatten, dass die Zeitlimits eingehalten würden, also küsste sie ihn rasch und sagte: »Geh, geh schon, sie warten.«

Bereits beim Erklingen der ersten Akkorde war das Publikum in Aufruhr – Schreie, Gesangsfetzen und Faustschläge in die Luft –, doch es beruhigte sich, während die Eröffnungsstücke gespielt wurden.

Sie waren für diesen Gig in Auftrag gegeben worden: Die Texte hatte ein Dichter geschrieben, der mit einem Publikationsverbot belegt war, die Musik stammte von Tomas. Viele Stücke hatten ein Tier im Titel. *Mitternacht-Bären*, *Schlange im Gras*, *Toter Fisch*.

Laure schlängelte sich zur Seite der Bühne vor, von wo aus sie besser analysieren konnte, was los war. Tomas' Musik hatte sich leicht verändert. In den durch und durch westeuropäischen Rock- und Popeinfluss, in das aufsässige Geschmetter und die sinnesraubenden Explosionen hatten sich die Rhythmen slawischer Tänze gemischt, Anklänge an den böhmischen Dudelsack und ein herrliches Riff aus Smetanas *Die Moldau*.

Der Abend schritt weiter voran. Das Publikum wurde

ungestümer und brüllte, stampfte, wiegte die Hände. Die Strahler tauchten *Anatomie* in ein Helldunkel, wie sie es auf Gemälden gesehen hatte, und erleuchteten den Pfad für Tausende von Insekten, die auf dem Weg zu einem Festmahl herbeiflatterten.

Sie rief und wiegte sich wie die anderen.

Diese zusammengeballten Leiber reagierten nicht nur auf die eindrucksvolle Musik. In der Abenddämmerung gaben sie sich verbotenen Sehnsüchten und Loyalitäten hin. Schmeckten den Widerstand wie Wein auf der Zunge.

Laure berauschte sich an der Silhouette ihres Geliebten, dessen aufgeknöpfte Weste den schweißgebadeten Torso darunter erahnen ließ und der seine Gitarre und das Mikro beherrschte. »Der Widerstand der Tschechoslowakei ist kulturell«, sagte er, »etwas Besonderes.« Ihn zu sehen, zu hören, zu *spüren* hieß, die Subversion in ihre Adern aufzusaugen.

Warum hatte sie in Geschichte in der Schule nicht besser aufgepasst? Dann hätte sie eine bessere Vorstellung davon, wie Regime letzten Endes untergingen. *Falls* sie untergingen. So viele Schichten mussten abgetragen werden. So viele Gegenströmungen bezwungen.

Was sie jedoch sehen und erfahren *konnte*, war das Ödland des Lebens und der Träume, die das Regime hervorbrachte. Eine ganze Liste unnötiger Tode und die Zerstörung von Talent und Möglichkeiten. Eine tief verwurzelte Gewohnheit, ängstlich zu sein. Eine Bevölkerung, aus der die Moralität herausgeprügelt wurde mittels Unterdrückung, die die Machthaber als Liebe ausgaben.

Tomas bewegte sich über die Bühne. Er bemerkte Laure, und sie tauschten einen komplizenhaften, lüsternen, zärtlichen Blick, der sie alles außer ihren eigenen Sehnsüchten vergessen ließ.

Zu bald, viel zu bald schon stimmte Leo die vorletzte

Nummer an. *Tunnelling* war die Geschichte von Mäusen, die sich durch das Getreide in einem Silo arbeiteten und dabei unterirdische Straßen und Verstecke schufen.

»Lies daraus, was du willst«, sagte Tomas, als sich Laure über den Text wunderte. »Aber denk daran, Mäuse sind gut im Infiltrieren. Niemand bemerkt sie.«

Es folgte eine Pause. Tomas hielt die Hand hoch, und als die Menge tobte, setzte er zum letzten Stück an, *Kočka*.

»Will eine Katze

Eine Maus töten

Muss sie sie erst einmal fangen …«

Bei der Hälfte des Songs, als eine ekstatische Menge sich hin- und herwiegte, gingen die Lichter auf der Bühne mit einem lauten Knacken aus, und alles war in Dunkelheit getaucht. Mehrere Personen schrien. Laure sah in die Richtung, aus der das Geräusch gekommen war, wo der Rand der Menge in Bewegung gekommen war und aufriss. In einem pawlowschen Reflex entfernte sich ein Teil der Menge sofort und hastete in die Dunkelheit davon. *Sie kennen diese Formation*, dachte sie. Andere, die in der Mitte gefangen waren, versuchten, sich ihren Weg nach draußen zu erzwingen. Wieder andere hielten die Stellung. Es drohte eine Pattsituation.

Ihre Stiefel trampelten über das Gras, die Taschenlampen hielten sie auf Brusthöhe; so tauchten Dutzende von grün uniformierten Staatspolizisten in perfekt einstudiertem Manöver auf und umringten das Publikum. Präzise. Verstohlen. Ihr Kommandant bezog bei der Bühne Stellung und erteilte über ein Megafon Befehle, die Laure nicht verstand.

Anatomie spielte weiter, die Musik erklang in der Dunkelheit.

Mutiger, wunderbarer Tomas …

Dann bildete ein Teil der Polizisten einen Tunnel und

dirigierte das Publikum dort hindurch zum Ausgang. Ein paar kräftigere Polizisten sprangen auf die Bühne und rissen den Männern die Instrumente aus der Hand.

Von der Seite beobachtete Laure, wie Tomas darum kämpfte, seine Gitarre zu behalten. Doch als die Gitarre beschädigt zu werden drohte, gab er sie schulterzuckend auf.

Sie wusste inzwischen genug, um sich darüber im Klaren zu sein, dass sie nicht gesehen werden durfte, und wollte zum Zelt, um ihren Rucksack zu holen und zu verschwinden.

Zu spät. Leo, Manicky und Tomas wurden bereits ins Zelt geführt, gefolgt vom Kommandanten und seinem Handlanger, beide mit einer grellen Taschenlampe in der Hand.

Manicky zupfte an seinen Haaren herum, zog die Strähnen mal in die eine, dann wieder in die andere Richtung. Leo starrte durch den Eingang des Zeltes nach draußen, wo sich der letzte Rest des Publikums zerstreute. Tomas knöpfte seine Weste absichtlich langsam zu.

Er sah nicht zu Laure. Sie sah nicht zu ihm – und das war am schwierigsten.

Schließlich ließ der Kommandant einen weiteren Befehl ertönen, und die drei Männer wurden aus dem Zelt eskortiert. Sein Handlanger wandte sich zu Laure und brüllte ihr einen Befehl entgegen. Sie schüttelte den Kopf. Er wiederholte, was auch immer es war. Lauter. Wieder schüttelte sie den Kopf und hielt die Hände in einer Geste hoch, die bedeuten sollte, dass sie ihn nicht verstand.

Wütend brüllte er herum, packte sie am Arm und schob sie aus dem Zelt, weiter zum Ausgang.

Auf der verlassenen Bühne waren die Elektriker damit beschäftigt, alles möglichst rasch abzubauen. Ein herunterhängendes Kabel in der Hand, sah Vaclav sie verstohlen an und legte einen Finger an die Lippen. *Sag nichts.*

Sag nichts.

Laure wiederholte Vaclavs Mahnung für sich mit wachsendem Erstaunen darüber, wo sie war. Es wäre sehr ungewiss, ob ihr jemals jemand in Brympton glauben würde. *Du verfluchte Dramaqueen*, würde Jane sagen.

Sie befand sich in einem fensterlosen Zimmer ohne Mobiliar mit Ausnahme der zwei billigen, mit Zigarettenlöchern übersäten Plastikstühle und einem schwarzen Bakelittelefon mitten auf dem Tisch. Das Kabel führte durch ein in die Tischplatte gebohrtes Loch und von dort weiter zu einem Kästchen an der Wand. Eine irrwitzige Anordnung, wie sie fand. Wenn man nicht wusste, dass das Kabel da war, könnte man darüber stolpern. Aber vielleicht ging es ja genau darum?

Wie lange war sie schon hier? Drei Stunden? Vier? Die Brutalos waren widerlich. Nur mit größten Schwierigkeiten war es ihr gelungen, den jungen Wachmann davon zu überzeugen, ihr ein Glas Wasser zu bringen und sie auf die Toilette zu lassen. Sie war nicht so sehr verängstigt, als vielmehr wütend und verzweifelt, weil sie nicht wusste, wo Tomas und die anderen waren.

Ihr war klar, dass sie sich mehr Sorgen um sich machen sollte und wie dumm es war, die Situation herunterzuspielen, dennoch konnte sie nicht umhin, von der schäbigen Inszenierung dieser Kulisse fasziniert zu sein. Plastikstühle und ein eigenartig angeschlossenes Telefon waren ihrer Meinung nach keine Requisiten für ein ultrabedrohliches Szenario.

Zum wiederholten Mal sah sie auf die Uhr. Der große Zeiger war auf dem Weg zu zehn Uhr. Schlag zehn Uhr ging die Tür auf, und ein Mann in ordentlicher grauer Hose und gebügeltem Hemd, der ihr vage bekannt vorkam, trat ein.

»Guten Abend. Ich bin Major Hasík«, sagte er in formellem Englisch und stellte einen Koffer auf dem Boden ab. »Wir haben uns schon einmal mit Ihrem Freund Tomas Josip getroffen. Ich werde Ihnen ein paar Fragen stellen, danach hoffe ich, dass Sie zu Ihrer Arbeitsstelle zurückkehren können.« Er nahm auf dem Stuhl ihr gegenüber Platz. »Haben Sie Durst?«

Sie schüttelte den Kopf. »Warum bin ich hier?«

Forschend blickte er sie an. »Ich habe den Eindruck, als würden Sie denken, man belästige Sie. Stimmt das?« Laure antwortete nicht. »Nur um Ihnen deutlich zu machen, dass dem nicht so ist, wir haben Ihren Arbeitgeber angerufen und ihn gebeten herzukommen. Sie werden sich wohler fühlen, wenn er hier zugegen ist.«

»Wie aufmerksam.«

»Er wird Ihren Pass mitbringen, damit wir überprüfen können, dass Sie auch die sind, die Sie zu sein behaupten.«

Laure war mindestens fünfmal aufgefordert worden, ihren Namen, ihre Nationalität und ihre Tätigkeit zu nennen. »Was für eine Erleichterung.«

»Sie sollten sich über dieses Vorgehen nicht lustig machen.« Er war nachsichtig, fast schon liebenswürdig. »Das ist von äußerster Wichtigkeit, verstehen Sie.«

Sie erhaschte einen kurzen Blick auf seine aufblitzende Unbarmherzigkeit und Gerissenheit. Sie rutschte auf ihrem Stuhl herum.

Er warf einen Blick auf die Akte, die er mitgebracht hatte. »Ihr Freund ist ein Mitglied von *Anatomie*. Wie lange kennen Sie ihn schon?«

»Vier Monate.«

»Wie oft treffen Sie sich?«

»Ein paarmal pro Woche. Wann immer es möglich ist.«

»Schlafen Sie mit ihm?«

Sie fuhr sich mit der Zunge über die trockenen Lippen. »Ist das wichtig?«

Er sah sie an. »Sie schlafen also mit ihm.« Er stand auf und stellte sich hinter ihren Stuhl. »Und worüber reden Sie so unter vier Augen, Miss Carlyle?«

»Geht Sie das etwas an?«

Er beugte sich nach unten, sodass sein Mund ganz dicht an ihrem Ohr war. »Wenn dabei auch verbotene Auffassungen zur Sprache kommen, dann schon.« Er ging zurück zu seinem Stuhl und setzte sich. »Wie ist die politische Einstellung Ihres Freundes?«

Ihre Lippen waren unangenehm trocken, und ihr Herz pochte wild. »Ich habe keine Ahnung.«

»Das ist eine dumme Antwort. Wenn man mit jemandem zusammen ist, weiß man so etwas.«

»Er ist Musiker, das beschäftigt ihn. Er hat keine Zeit für Politik.«

Sag nicht zu viel.

»Haben Sie schon jemals etwas in einem Tuzex-Laden eingekauft?«

»Meinen Sie die Läden, in denen nur Ausländer und Privilegierte einkaufen dürfen? Nein.«

Major Hasík griff nach unten, öffnete einen neben ihm stehenden Koffer und holte einen Hershey-Riegel heraus. Er legte ihn neben das Telefon auf den Tisch. »Der wurde in dem Rucksack gefunden, den Sie dabeihatten.«

Sie warf einen flüchtigen Blick darauf. »Der gehört mir nicht.«

Freundlich schüttelte er den Kopf. »Sie widersprechen mir besser nicht. Wo haben Sie ihn her?« Laure schwieg. »Ich denke, Sie haben ihn von Ihrem Freund bekommen, der ihn mit Schwarzmarktwährung in einem Tuzex-Laden erstanden hat.«

»Das ist doch dumm. Und würde es Sie etwas angehen, wenn dem so wäre?« Sofort bedauerte sie, so aggressiv gewesen zu sein.

Er reagierte nicht darauf. »Es ist nicht nötig, unhöflich zu werden, Miss Carlyle. Oder kindisch.«

»Es tut mir leid.« Sie zwang sich, einen klaren Gedanken zu fassen. »Dann kann also jeder in einen Tuzex-Laden gehen?«

»Ja, in der Tat. Alle sind willkommen. Aber nicht jeder hat einen Anspruch auf Tuzex-Kronen, mit denen darin bezahlt wird, und Ihr Freund gehört ganz bestimmt nicht dazu, was heißt, dass er sich das Geld auf dem Schwarzmarkt beschafft haben muss. Sich auf den Schwarzmarkthandel einzulassen ist eine Straftat, die mit Gefängnis geahndet werden kann.« Laures Augen wurden weit, und sie rang um Fassung, doch er als erfahrener Brutalo erkannte ihr zunehmendes Unwohlsein. »Wenn Sie darüber nachdenken, dann ist das nur fair. Das durchschnittliche Gehalt beträgt 3000 Kronen im Monat. Manche von diesen Schwarzmarkthändlern verdienen bis zu 250 000 Kronen im Monat.«

»Dazu kann ich nichts sagen«, erwiderte sie. »Aber die Schokolade gehört mir nicht, und er hat sie mir nicht gegeben.«

Er faltete die Hände und blickte sie wohlwollend darüber hinweg an. »Ach, du meine Güte.«

Inzwischen machte ihr die fehlende Belüftung des Raumes zu schaffen, und sie hoffte verzweifelt, dass Petr Kobes bald eintraf. »Verhören Sie mich, weil ich einen Schokoriegel dabeihabe?«

»Mein liebes Mädchen, das hier soll ein Verhör sein? Ich stelle doch nur ein paar Fragen, weiter nichts.«

Geschickt gemacht. Die Schokolade war ihr untergejubelt worden, und vielleicht würde es ihr gelingen, sie davon zu überzeugen, dass es nicht ihre Schokolade war. Da sie jedoch zugegeben hatte, dass sie ihn nur ein paarmal pro Woche sah, konnte sie nicht beweisen, dass Tomas keine Schwarzmarkt-»Kohle« gekauft hatte, um diese im Tuzex auszugeben.

Gab es kein Protokoll, auf das sie sich berufen konnte? Sie fragte sich, ob sie wohl nach jemandem vom Britischen Konsulat verlangen konnte. Gab es ein Britisches Konsulat in Prag?

In diesem Moment klingelte das Telefon. Eine gellende, misstönende Unterbrechung dieser fast vollständigen Stille, die Laure zu Tode erschreckte. Major Hasík hob den Hörer ab, nannte seinen Namen und hörte zu. »Verstehe«, sagte er und legte wieder auf. »Es tut mir leid, Ihr Arbeitgeber wurde aufgehalten, wir müssen Sie also hierbehalten, bis er kommen kann.« Es gelang ihm, ein bedauerndes Gesicht zu machen.

Sie sprang auf. »Mich wo behalten?«

Jetzt sah er sie noch betrübter an. »Hier.«

Verzweifelt sagte sie: »Ich würde gern jemanden vom Britischen Konsulat oder von der Botschaft kontaktieren. Das hier kann nicht legal sein.«

Major Hasík lächelte. »Mein liebes Mädchen, die Briten sind an diesem Abend schon alle nach Hause gegangen. Und Sie unterstehen dem tschechoslowakischen Gesetz, wenn Sie in Prag leben. Wir bieten Ihnen die höchste Gerechtigkeit.«

Sie blinzelte. »Habe ich das richtig gehört? Die höchste Gerechtigkeit? Die können Sie sich sonst wo hinstecken.«

Majo Hasík saß ruhig mit ordentlich auf dem Tisch gefalteten Händen da.

»Aber ich bin eine britische Staatsbürgerin. Sie werden kommen.«

»Die Briten mögen ihren geregelten Arbeitstag. Also gehe ich nicht davon aus.«

»Aber Sie können die Leute doch nicht wegen eines Schokoriegels festhalten. Das ist doch lächerlich.«

»Hatte ich gesagt, dem wäre so?« Major Hasík legte den Schokoriegel, der fast schon schmolz, zurück in den Koffer. »Nein, wir behalten Sie aus einem anderen Grund hier.«

»*Welchem* denn?«

Er stand auf und ragte über ihr auf. »Wie nachlässig von mir, das nicht zu erwähnen. Sie und Ihre Freunde wurden festgenommen, weil Ihnen nächtliche Ruhestörung vorgeworfen wird.« Wieder lächelte er. »Das ist eine ganz andere Angelegenheit. Noch dazu eine sehr ernsthafte.«

Sie hatten keine freien Zellen mehr, somit gab ihr der blonde Wachmann mittels Handzeichen zu verstehen, dass sie hier in diesem Raum bleiben müsse. Nach einer Weile nahm sie sich den zweiten Stuhl, und es gelang ihr, sich etwas auszustrecken.

Ihre Lider waren vor Erschöpfung schwer, und ihr Kopf schmerzte. Wenn sie ehrlich war, dann hatte sie schreckliche Angst und sehnte sich nach Schlaf. Sie war gerade weggedöst, als das Telefon klingelte. Vor Schreck wäre sie fast vom Stuhl gefallen.

Dann verstummte es.

Aber nicht lange.

Die ganze lange, stinkende Nacht hindurch klingelte es immer wieder, während sie zu schlafen versuchte. Jede Stunde schrillte es, meist siebenmal, bevor es wieder verstummte.

Nie zuvor hatte sie etwas so sehr gehasst, und sie bezweifelte, dass sie jemals wieder etwas so sehr hassen würde wie das Geräusch dieses Telefons.

Gegen fünf Uhr morgens, als ihr vor Angst übel und schwindlig war, richtete sie sich mühsam auf. Wenn sie das mit ihr machten, was machten sie dann mit den anderen?

Die Tür ging auf. Sie schloss die Augen und klammerte sich mit beiden Händen am Stuhl fest, zwang sich, dem, was auf sie zukam, ruhig und mit Bedacht entgegenzusehen.

Sie machte die Augen auf. Der blonde Wachmann hatte sich vor ihr aufgebaut. Er beugte sich nach vorn, zwirbelte eine ihrer Locken zwischen Daumen und Zeigefinger und sagte etwas auf Tschechisch. Er zog Laure hoch, schob die Hände unter ihr T-Shirt und zerriss es. Ein breites Grinsen auf dem Gesicht – gierig, versessen und Angst einflößend.

»Hören Sie auf, bitte.«

Während er sie mit einem Arm festhielt, löste er mit der anderen Hand seinen Gürtel und knöpfte die Hose auf.

Laure schrie und stieß ihm den Ellenbogen mit voller Wucht in den Oberkörper. Er lockerte seinen Griff und beugte sich nach vorn, was ihr die Gelegenheit verschaffte, auf die andere Seite des Tisches zu flitzen. Die Hose hing ihm um die Knie, ließ seinen erigierten Penis sehen.

Wieder schrie sie, was nur dazu führte, dass er noch wütender wurde. Er zog die Hose hoch und stürmte auf Laures Seite.

Sie wurde gegen die Wand geschmettert, und ihr Kopf donnerte mit einem Krachen dagegen. Dann presste er ein Bein zwischen ihre, machte ihre Jeans auf und zog ihr die Unterhose zusammen mit der Jeans bis zu den Knien herunter.

Seine Finger drangen zwischen ihre Beine, stießen zu, bohrten. Sie spürte, wie sie sich den Weg nach oben erzwangen und sich ihr Körper wand und widersetzte.

Sie keuchte, packte seine Haare und riss so fest daran, wie sie nur konnte. Als Erwiderung darauf drückte er ihre Beine nur weiter auseinander und warf sie auf den Boden. Dann setzte er sich rittlings auf sie, zog ihr Jeans und Unterhose ganz aus und warf sich zwischen ihre Beine.

Nur noch wenige Sekunden, dann würde er bekommen, was er wollte. Sein Penis presste sich gegen ihre Hüfte.

Eine Hand packte sie am Kinn und zwang ihren Kopf schmerzhaft auf eine Seite. Er machte sich bereit, indem er sich auf die Ellenbogen aufstützte – dann drang er in sie ein.

Der Schmerz. Der Ekel. Die Angst.

Sie hörte sich selbst laut stöhnen.

In einer übermenschlichen Anstrengung warf sie sich auf die Seite, riss an dem Telefonkabel, das vom Tisch herunterhing, und brachte damit das Telefon zu Fall.

Es knallte gegen seine Schulter. Einen Moment lang hielt er inne – und sie dachte, sie würde eine Gnadenfrist bekommen. Dann brüllte er etwas Unverständliches, aber die Bedeutung entging ihr dennoch nicht. Er schnappte sich das Telefon und knallte es ihr gegen den Kopf.

Sie sah einen leuchtend gelben Funkenregen vor ihren Augen. Ein Krachen hallte in ihren Ohren, gefolgt von einem Gefühl der Schwebe, und irgendwo weit weg Schmerz. Im Hintergrund hörte sie, wie Petr einen Befehl bellte. »Stopp.«

Laure rollte sich auf den Bauch, jeder Knochen in ihrem Körper schmerzte. Ein Seufzen. Dann wurde alles schwarz.

In seinem Zimmer im Karlín-Viertel wiegte Tomas sie sanft und zärtlich. Sie lagen auf der Matratze, und Kočka lag auf dem Sims, wo die Sonne durch das Fenster hereinfiel.

»Und?«, sagte er.

Die eine Hälfte ihres Kopfes war mit Blutergüssen übersät, ihr ganzer Körper schmerzte.

Es war noch immer anstrengend zu sprechen. »Petr Kobes kam herein, als der Wachmann mich zusammengeschlagen hat, und hat mich rausgeholt. Er hat ihn …« Sie hatte Mühe, nicht loszuweinen. »Aufgehalten. Weiterzumachen … Er konnte nicht …«, sie sah ihn an. »Du weißt schon.«

Petr hatte darauf gedrängt, dass sie von einem Arzt untersucht wurde, der zwar ihre Verletzungen konstatierte, diese aber nicht als schwerwiegend einstufte. »Es tut mir leid. Es tut mir so leid«, hatte er immer wieder gesagt, und jede Faser seines Körpers hatte seine äußerste Scham und Bedrängnis zum Ausdruck gebracht.

Petr hätte sagen können: *Ich hatte dich gewarnt*, eine Versuchung, der er nicht nachgab, wofür Laure ihm dankbar war. Er konnte ihr jedoch ausreden, den Britischen Konsul in der Thunovská zu kontaktieren. »Ich weiß, dass du wütend bist, Laure, aber es wäre am besten und sehr nett von dir, wenn du keinen unnötigen Wirbel machst.«

Unter diesen Umständen war »nett« eine eigenartige Wortwahl, aber sie fasste es so auf, dass es wohl einfacher für sie wie auch für die Kobes wäre, wenn nichts davon nach außen drang. Er stand in der Tür zu ihrem Zimmer. »Das ist mein Ratschlag«, sagte er. »Ich habe mich mit den Machthabern arrangiert.«

Er hatte einen Schritt ins Zimmer gemacht. Instinktiv hatte Laure das Laken bis zum Kinn gezogen, und er kam nicht näher. »Eva und mir tut das schrecklich leid, und wir entschuldigen uns für das, was dir zugestoßen ist.« Er war ernsthaft bestürzt. »Wir können uns um die Kinder kümmern, und du musst den Tag im Bett bleiben.« Er wandte sich zum Gehen. » Eine Sache noch. Dieses Mal ist es mir gelungen, dich zu beschützen. Das nächste Mal werde ich das nicht können. Verstehst du?«

»Du wirst es nicht können? Oder nicht wollen?«

»Das lasse ich dich selbst herausfinden.«

Laure veränderte ihre Position in Tomas' Armen. »Und wo warst du im Gefängnis?«

»Den Gang hinunter. Ich habe deine Schreie gehört, und

die Jungs und ich haben einen solchen Radau gemacht, dass sie etwas tun mussten. Kobes hat den Rest erledigt, und sie haben uns mit der Warnung ziehen lassen, dass es keine weiteren Konzerte geben wird und wir unter Beobachtung stehen.« Er sah auf Laure hinab. Der Schock und die Angst hatten sich ihrer bemächtigt, unablässig rannen ihr Tränen über die Wangen. »Erzähl mir mehr.«

»Es ist schwierig…« Jedes Mal, wenn sie den Mund öffnete, blockierte ihr Gehirn.

»Es ist gut, darüber zu reden.« Er wischte ihr eine Träne mit dem Daumen von der Wange. »Glaub mir. Ich weiß es. Nur so überlebt man.« Er flüsterte, zwang das Trauma nachzulassen. Oder zumindest zu etwas zu werden, mit dem sie leben könnte.

Sie schloss die Augen. »Du hast mir einmal gesagt, dass es unsere Pflicht sei zu überleben. Erinnerst du dich noch?« Sie schniefte.

»Braves Mädchen. Meine geliebte Laure. Jetzt erzähl mir alles, rede es dir aus der Seele.«

»Es mir *von* der Seele reden, meinst du wohl.«

Es war ein kleiner Raum, möbliert mit einem Tisch und zwei einander zugewandten Stühlen.

In der Aufnahme ist kein Fenster zu sehen. Ein schwarzes Bakelittelefon, ein gedrungenes, altmodisches Modell mit einer Wählscheibe und einem umflochtenen Kabel, steht mitten auf dem Tisch. Die billigen Plastikstühle sind mit Brandflecken von Zigaretten übersät, der Boden besteht aus groben Dielen. Es gibt keinerlei Hinweise darauf, wo dieser Raum sein könnte.

»Er hat gestunken. Hat mir wehgetan… mir wirklich wehgetan, und ich weiß nicht, ob ich mich jemals wieder von jemandem anfassen lasse.«

Sie versuchte, sich nicht auf die körperlichen Details zu konzentrieren. Sie durfte sich nicht daran erinnern, wie ihr Kopf gegen die Wand gekracht war, wie er seine widerlichen Finger schamlos in sie gesteckt hatte. Oder wie er sich ihr aufgezwungen hatte. Sie musste sich immer wieder sagen, dass es schlimmer hätte sein können, dass sie jetzt hier war, bei Tomas.

Sie nahm sich genug zusammen, um zu fragen: »Welches Gefängnis war es?«

»Das Bartolomějská.« Er schob einen Arm unter ihr durch und legte sie vorsichtig, liebevoll in eine bequemere Position. »Es war einmal ein Kloster, bis die Nonnen rausgeschmissen wurden. Denk daran, meine Löwin.«

»Gott war nicht da«, erklärte sie schwach.

»Ich werde diesen Arschlöchern niemals vergeben«, sagte Tomas.

Wenig später fügte er hinzu. »Jetzt weißt du es, Laure. Jetzt weißt du es *wirklich*.«

Ihre Starre löste sich. »Tomas. Wenn es das ist, was passiert … deine Zukunft … dann komm mit mir. Du könntest ein Leben haben.« Sie betrachtete seinen Ausdruck, und zu ihrer Verblüffung sah sie ein enthusiastisches Leuchten in seinen Augen. »Ein Leben«, wiederholte sie. »Ist das kein gutes Ziel?«

»Das ist mein Leben, Laure.«

Es war ihr egal, wenn sie ihn wütend machte, sie versuchte es erneut. »Du hast Angst, du könntest ein Niemand sein.«

»Das trifft es wahrscheinlich «, gab er in entwaffnender Offenheit zu. »Aber was auch immer meine Motivation ist, gut, schlecht oder schwach, ich werde hierbleiben.«

27

Ein paar Wochen später ging Laure für eine späte Vormittagsvorstellung von der Wohnung der Kobes zum Marionettentheater. Ihr Kopf schmerzte, und ihr Schädel fühlte sich an wie eine Eierschale, aber die Blutergüsse an Beinen und Oberkörper verblassten langsam von Lila zu Gelb.

Natürlich folgte ihr jemand. Das war inzwischen ein gewöhnliches Ereignis und gehörte zu ihrem Prager Alltag.

Den Rucksack auf den Schultern, ging sie über den Platz, ihre Gedanken ein einziges Durcheinander.

Befragungen. Gewalt. Schrecken.

Wie ging man damit um?

Milos stand an der Tür und hielt sie vom Eintreten ab. »Du brauchst eine Genehmigung.«

Es war ein warmer Tag gewesen, und zunächst fragte sie sich, ob das Bier, an dem er nippte, ihm zu Kopf gestiegen war. »Ist etwas passiert?«

»Wir streiken, also gibt es keine Vorstellung«, sagte er mit einem Blick, der gleichzeitig verschwörerisch und wachsam war. »Lucia wollte sich bei dir melden und dir sagen, dass du nicht zu kommen brauchst.«

»Tja, hat sie aber nicht. Also ... lieber Milos, lass mich bitte rein.« Er holte ein Stück Papier hervor, auf das er mit lila Tinte auf Tschechisch »Genehmigung, hinein- und hinauszugehen« schrieb, und reichte es ihr.

Sie lächelte ihn an, und wie erwartet bedachte er sie mit seinem typischen frechen Grinsen. »Was ist los?«

»Die Leute wollen ihre Ideen diskutieren. Das Theater ist ein nützlicher Ort, um sich zu versammeln. Das ist zwar nicht vernünftig, aber so ist es nun einmal.«

Hinter der Bühne waren viele unbekannte Gesichter, darunter auch ein Mann, der die Haare zu einem Pferdeschwanz zusammengebunden hatte und vor dem Grünen Zimmer in einer Militärjacke Wache stand.

Im Gang spiegelte der gesprungene Spiegel ein Hin und Her von Gestalten, die Papierstapel und Klemmbretter herumtrugen. In dem winzigen Ankleidezimmer waren die für gewöhnlich so ordentlich verstauten Masken und schwarzen Klamotten zur Seite geschoben und durch Aschenbecher und Bierflaschen ersetzt worden. Der Mief war entsetzlich.

»Was für Ideen?«, fragte sie Milos, der ihr gefolgt war.

»Es gibt keine Ideen«, antwortete er. »Und du siehst hier rein gar nichts, verstanden?« Er zeigte mit erhobenem Finger auf sie, ernster, als sie ihn je zuvor gesehen hatte.

»Verstanden. Ich sehe hier nichts.«

Die nächsten Stunden brachte sie damit zu, die Sachen von der letzten Vorstellung aufzuräumen, und sie hängte gerade die Marionetten auf, als Milos wiederauftauchte. Er setzte sich an den Tisch, nahm ein schwarzes Papier und eine Schere. »Bleib still stehen.«

»Warum?« Doch sie kam seiner Aufforderung nach.

»Dreh dein Gesicht zur Tür.«

Die Schere knirschte durch das Papier, während er anfing, eines seiner Scherenbilder anzufertigen. Sie hatte ihn schon früher dabei beobachtet und wusste, dass jede kleine Ausrichtung seiner Schere in einer überraschenden Ähnlichkeit enden würde.

Sein Englisch war an diesem Abend flüssig. »Du hast das perfekte Gesicht dafür.« Er machte einen langen Schnitt. »Und einen Schwanenhals. Und deine Haare fließen wie Wasser.«

»Wie Wasser.« Laure kicherte vor Vergnügen. »Danke. Wie lange muss ich so stehen bleiben?« Sie berührte die schmerzende Stelle am Kopf.

»So lange, wie ich brauche.«

Es dauerte nicht lange. Nach einer Viertelstunde zeigte Milos ihr seinen Scherenschnitt. Er war ziemlich gut. Besser als nur ziemlich gut. »Danke.« Sie beäugte ihn, war neugierig, ob die Veränderungen, die sie an sich wahrnahm, auch äußerlich zu sehen waren. Dieselbe Nase. Dieselbe Kopfform. Die Haare etwas länger.

»Du kannst es nicht behalten«, sagte er. »Das will jemand anders haben.« Er tippte sich mit dem Finger an die Nase, und Laure grinste wie ein Clown.

»Kann ich dafür dann das Bild haben, das du von diesem ›Jemand‹ gemacht hast?«

»Ich stecke es dir in den Rucksack. Es ist eines meiner besseren. Pass gut darauf auf.«

Nach einer Weile übermannte die Neugier Laure, und sie ging in den Bereich hinter der Bühne, wo die Puppenspieler für ihre Darbietungen standen, und spähte über die Kulisse.

Die Leute kamen einzeln oder zu zweit in den Zuschauerraum, der zu einem Inferno aus Zigarettenrauch, Schweiß und Bierausdünstungen geworden war. Mehrere Mädchen mit Stirnbändern, auf die das Wort »Freiheit« auf Tschechisch gestickt war, saßen auf dem Boden. Ein Mann in dreckiger Jeans und einem weißen T-Shirt diktierte etwas in eine Maschine. Ein anderer stimmte eine Gitarre und sang *We Shall Overcome*. Ein Haufen welker Blumen lag in einer Ecke. Jemand hatte ein Poster angebracht, auf dem eine Karikatur mit einem großen, körperlosen Ohr an einer Wand zu sehen war.

Milos trat neben sie. »Du siehst hier überhaupt nichts, Laure.«

»Nein, ich sehe hier überhaupt nichts.« Sie beglückwünschte sich dazu, dass sie diesen Code verstanden hatte. »Was bedeutet das Banner, das ich nicht sehe?« Sie zeigte zu der Rückwand des Zuschauerraumes, wo ein Laken mit einem aufgemalten Slogan hing.

Es dauerte eine Weile, bis er es übersetzt hatte. »Ist 1986 das Jahr der Knüppel? Wartet nicht. Handelt, damit es aufhört.«

»Und das Ohr?«

»Damit macht man sich über den Staat lustig, der einen abhört, es aber nicht richtig anstellt. Derjenige, der das gezeichnet hat, ist untergetaucht. Das ist seine berühmteste Karikatur.«

Es war sowohl lustig als auch widerlich – das Ohr als solches hatte borstige Haare, die daraus herauswuchsen, und die Stiftführung war primitiv. Die Striche hervorzuheben war ein bitterer Humor, der zumindest für Laure Unterdrückung symbolisierte. »Wenn die Sprache missbraucht wird, dann ist das Bild umso stärker.«

»Genau darum geht es uns«, sagte Milos. »Die Regierung lügt mit ihren falschen Wörtern. Wir antworten auf andere Weise darauf.«

Übermotiviert und gekleidet in ihr Marionettenspieleroutfit traf Lucia ein. Sie schüttelte die Schultertasche von sich und ließ sie auf den Boden plumpsen.

Laure sah weg. »Tomas?«

»Lucia hat ihm verboten, heute zu kommen«, sagte Milos. »Alle von *Anatomie* sollten sich vorerst nicht blicken lassen.«

»Wissen die Behörden von diesem Treffen?«

Nachdenklich sah Milos sie an. »Wer weiß, trotzdem findet es statt.«

Er legte Laure eine Hand auf die Schulter, und sie spürte seinen Atem an ihrer Wange. Ihr Herz pochte vor Solidarität, Zuneigung und Aufregung. »Sei vorsichtig, Milos.«

»Du aber auch.«

Sie war den Tränen nahe, die sie seit dem Übergriff beständig begleiteten, und nahm ihn in den Arm. Er drückte sie fest an sich. Sie stöhnte, aber es war ihr egal. Kamerad und *compañero*. »Ohne dich könnte ich das nicht.«

Nachdem er zum Grünen Zimmer zurückgegangen war, nahm sie ihren Rucksack, schlich sich unter die Zuhörer und setzte sich hinten in die Nähe des Ausgangs. Sie fühlte sich ganz matschig im Kopf. Ein Virus namens Angst pulsierte in ihren Adern.

Lucia kam zu ihr und kauerte sich neben sie. »Tomas hat mir erzählt, was passiert ist.« Sie hatte ihre Augen mit Kajal umrandet und sah exotisch und beeindruckend aus. »Ich habe dich davor gewarnt, da mitzumischen.«

Von Lucia musste jeder beeindruckt sein, dachte Laure. Selbst wenn man sie nicht mochte. Zugleich war sie sich nicht sicher, ob sie eine Abneigung gegen eine Frau hegen konnte, die eine ziemlich gute Jeanne d'Arc war.

»Du musst dieses Land verlassen. Du bist jetzt eine Zielscheibe, und das ist nicht gut für uns.«

Laure fasste sich an den schmerzenden Kopf. »Auch wenn ich die Wunden habe?«

»Besonders dann, wenn du die Wunden hast.« Sie stand auf. »Du könntest zu vieles gefährden.«

Sollte sie etwa *flüchten*?, fragte sie sich.

Gegen halb neun kam Tomas mit einer Gitarre in der Hand herein. Man erkannte ihn, und er wurde mit einem leisen Jubel begrüßt. Lucia wirkte bestürzt, schnappte ihn sich und las ihm die Leviten. Tomas grinste.

Er ging zu Laure, schob seine Hand in ihren Hosenbund und zog sie an sich. Sie lehnte sich an ihn, spürte jeden Knochen. Er liebkoste ihren Nacken, und sie atmete seinen Duft ein, den sie so liebte. »Ist das denn ungefährlich?«

»Nein. Und wenn schon?«

Milos tauchte aus dem Grünen Zimmer auf, trug Sandwichplatten herein, die von einem Café in der Nähe stammten. Sie wurden herumgereicht, und das Publikum saß zum Essen auf den Bänken und dem Boden. Auch Tomas setzte sich auf den Boden und zog Laure neben sich.

Die Lichter wurden gedimmt, der gelbe Vorhang zur Seite gezogen.

»Oh«, sagte Laure.

Der Pierrot-Prinz und Lucia, seine Marionettenspielerin, standen vor dem Publikum. Marionette und Spieler waren miteinander verbunden, doch wie Laure jetzt bewusst wurde, hatte sie sich geirrt, als sie dachte, der Puppenspieler besäße die Macht. Die eigentliche Schwerkraft ging von dem Pierrot aus, war immer schon ihm ausgegangen.

Die Geige erklang, ihre sinnlichen, schillernden, gramerfüllten Töne bahnten sich den Weg. Der Pierrot stand auf, um sich seinem Martyrium zu stellen, und trat seine Reise in den Tod an.

Es war, als wären seine hölzernen Gliedmaßen von Gefühlen durchdrungen. Er war unschuldig, und doch wusste dieser Pierrot alles. Er erzählte vom Leiden, von der Unterdrückung, vom Lieben, dem Märtyrertum und dem lebendigen Tod. Er entblößte seine Seele.

Er löste den ersten Faden. Seht mich an. Um Widerstand zu leisten, muss man zunächst einmal die Verzweiflung kennen.

Wenige Zentimeter hinter ihm wurde seine Puppenspielerin gezwungen, von der Handelnden zur Ohnmächtigen zu werden. Wenn er, der Pierrot, in den Abgrund hinuntersah, dann musste Lucia das auch tun.

»Weine nicht«, flüsterte Tomas ihr zu. »Das ist etwas Gutes. Er weigert sich, dem Puppenspieler nachzugeben. Er weigert sich, sich beherrschen zu lassen. Er wählt die Auslöschung. Er wählt die Freiheit, auch wenn sie den Tod bedeutet.«

Sie presste das Gesicht an seine Brust und konnte kaum aufhören zu weinen. Tomas streichelte ihr übers Haar. »Aber … denk daran, der Pierrot kommt immer wieder zurück. Er ist wir. Er ist wir alle zusammen.«

Sie streckte die Hand aus und tastete nach dem Herzschlag, der sich unter Tomas' blasser Haut und seinem schmalen Brustkorb verbarg.

Der Vorhang wurde zugezogen, und das, was von dem Pierrot noch übrig war, verschwand.

Es wurden Reden geschwungen. Ein großes, dunkelhaariges Mädchen deklamierte etwas mit ausladenden Gesten. Auf sie folgten mehrere andere, die ebenso inbrünstig waren. Dann waren die Ansprachen vorbei, und Lucia rollte eine Leinwand vor der Bühne auf.

»Hör mir zu«, sagte Tomas über Laures Kopf gebeugt. »Die Welt wird überleben, egal, wer an der Macht ist. Aber wir müssen verstehen, dass wir keine Propheten brauchen. Was wir brauchen, sind Anstand und Ehre. Und Arbeit.«

Ein Projektor wurde eingeschaltet.

»Ein verbotener Film«, erklärte Tomas.

Die ersten verschwommenen Bilder wurden auf die Behelfsleinwand geworfen, darunter ein Verbrecherfoto des lächelnden Dubček, der Politiker, der versucht hatte, 1968 den Kommunismus zu liberalisieren. Jubel ertönte. Tomas übersetzte den Kommentar für Laure. Die Russen übten Druck auf die Tschechoslowakei aus, damit sie sich anpasste, und versuchten, die Reformen zu zerschießen, bevor sie die Panzer ins Land schickten. Die Aufzeichnungen aus einer späteren Phase zeigten Dubček abgemagert und gramgebeugt.

Die Sandwiches kreisten und waren schnell aufgegessen. Laure streckte die Hand nach einem aus – und erstarrte. »Tomas«, ihre Finger krallten sich in seinen Oberschenkel. »Sieh nicht hin, aber die Polizei steht in der Tür.«

Eine Gestalt in der inzwischen vertrauten grünen Uniform hatte in der Tür Stellung bezogen. Hinter ihr standen weitere Uniformierte, die eine zusammengesunkene Person stützten.

»Wie viele?«

»Sieben?«

Tomas zögerte keine Sekunde. »Verschwinde. Sofort. Klettere über den Zaun in den nächsten Garten.«

Lucia versuchte, die Leinwand herunterzureißen, während abgehackte Aufnahmen des zunehmend entmutigten Dubček weiterliefen. Ein Polizist trat ein und schaltete den Projektor ab.

Der Polizist zog den Gefangenen in den Zuschauerraum. »O Gott! Leo!«, keuchte Laure.

Leo hob den Kopf. Er war übel zusammengeschlagen worden. Seine hellen Haare waren dreckig und blutverschmiert. Blut strömte über seine Wangen. Aber er lebte noch. Er hob die Arme hoch, und alles wurde schlimmer, viel schlimmer. Die Anwesenden, die ihm am nächsten waren, stießen ein Stöhnen aus. Seine Hände waren ein zerschmetterter, blutiger Brei.

Eine Frau schrie.

Zum ersten Mal, seit sie ihn kannte, erinnerte Tomas' Gesichtsausdruck Laure an den Pierrot, der in den Abgrund starrte.

Der leitende Polizeibeamte nahm alles in Augenschein. Sein Blick fiel auf Tomas und Laure, und ein Ausdruck der Genugtuung breitete sich auf seinem nichtssagenden Gesicht aus.

Tomas löste sich von ihr, als der Polizist auf Laure zuging. »Name?«, fragte er auf Tschechisch.

Sie zögerte.

»Name?«, wiederholte er.

Sie nannte ihn. Er holte ein Notizbuch heraus, ließ sie ihn aufschreiben und entfernte sich dann.

»Das haben die Schweine mir angetan«, rief Leo auf Englisch, der Mann der wenigen Worte. »Sie haben mir alles genommen.«

Der Polizist packte Leo am Handgelenk, woraufhin der einen Schmerzensschrei ausstieß.

»Verschwinde«, zischte Tomas ihr zu.

Ein unvorstellbares Szenario ging Laure durch den Kopf. »Nicht ohne dich. Dieses Mal bringen sie dich um.«

Leo wurde auf eine Bank gepresst, mühte sich hoch, rutschte aber auf den Boden. Sein Blut spritzte.

Ein chaotischer, wilder Tumult brach los. Viele der Versammelten waren inzwischen aufgesprungen. Die Aufsässigen reckten die Fäuste und brüllten die Uniformierten an. Manche schlichen sich zur Tür. Andere legten sich auf den Boden und weigerten sich, sich zu bewegen.

Laure nahm die ganze Kraft zusammen, über die sie verfügte, über die sie jemals verfügen würde. Sie schnappte sich ihren Rucksack und zog Tomas mit sich zur Tür, die zum Garten führte. »Wenn du nicht mitkommst, stelle ich mich.«

Einen winzigen Moment lang war er unentschlossen. Dann fällte er eine Entscheidung und schob Laure zur Tür hinaus. »Lauf.« Das musste er ihr nicht zweimal sagen. Als sie an der Sonnenuhr vorbeihastete, schlug sie sich die Hand an dem rauen Stein an. Durch den Schlag wurden ihre Finger ganz taub.

Tomas sprang über den Zaun, und Laure kletterte hinter ihm her.

Sirenen heulten, Befehle wurden gebellt, und Stiefel donnerten über die Pflastersteine. Das Chaos im Theater war von Schreien und Rufen durchsetzt.

Tomas wusste, welchen Weg sie nehmen mussten, woran Laure erkannte, dass er bereits über diesen Fluchtweg nachgedacht haben musste. Sie schlichen an Mauern entlang, kletterten in und aus Gärten und hasteten zu einem schmiedeeisernen Tor am Ende einer Terrasse. Es führte auf eine Straße. »Leg einen Arm um mich«, verlangte er. »Nicht rennen!«

Sie rang nach Atem. Bizarrerweise fühlte sie sich außergewöhnlich beschwingt und mutig. Diese verdammten Schweine würden sie nicht bekommen.

Sie nahm eine übermenschliche Anstrengung auf sich und legte einen Arm um Tomas.

Er war völlig durchgeschwitzt. Genau wie sie.

Sie schlenderten die Straße hinunter. Dann ließ Tomas sie los und führte sie in eine überdachte Gasse, die ihnen etwas Schutz bot.

»Wohin gehen wir?«

»Weiß ich noch nicht«, sagte er. »Aber das bedeutet vermutlich das Ende für dich und mich.« Sie stieß einen ungläubigen Schrei aus, und er strich ihr über die Wange. »Das weißt du doch.« In der Ferne ertönten die Sirenen.

An manchen Stellen waren die Schatten, die die Bögen warfen, sehr dicht, und die schlecht instand gehaltenen Pflastersteine erschwerten das Vorankommen. *Geheimes Prag.* Verstecken war nicht länger unterhaltsam oder spielerisch, sondern überlebenswichtig.

Schließlich bogen sie in die Kožná ein. »Geh zurück zu den Kobes«, sagte Tomas. »Tu so, als wüsstest du von nichts.«

»Der Handlanger hat meinen Namen, Petr wird davon erfahren. Er will nach Paris zurückgehen und muss sich mit der Partei gut stellen. Er hat mir gesagt, noch einmal würde er mir nicht helfen.«

Tomas blieb stehen. »Dann musst du das Land verlassen. Gleich morgen. Ich kann dir nicht helfen, Laure. Ich wünschte, ich könnte es.«

So viel war ihr bereits klar. »Ich werde zur britischen Botschaft gehen.« Sie legte ihm die unverletzte Hand in den Nacken und zwang ihn, sie anzusehen. »Dann musst du *auch* fortgehen.« Sie sah ihn an. »Ja? *Ja.*« Er schien ihr zuzuhören. »Leo ist die Warnung. Sie werden auch dich zusammenschlagen. Aber wenn du überlebst, dann kannst du zurückkommen, Tomas. Eines Tages. Nichts währt für immer.« Er runzelte die Stirn, und sie flüsterte: »Sieh dir die Geschichte an.«

Er zog sie in den Schatten einer Mauer. »Mir gefällt es, wenn du die Expertin bist.« Er sah nach oben in den Abendhimmel, und sie ließ ihn nicht aus den Augen, während er sich zu einer Entscheidung durchrang.

»Denk nach«, drängte sie ihn. »Sei kein Märtyrer. Tot nützt du niemandem.«

Ihre Blicke trafen sich, und sie sah, wie sich etwas in seinen Augen veränderte. »Es *gibt* Möglichkeiten. Milos kennt sich da aus. Er hält sie für uns bereit, wenn wir sie brauchen.«

»Er hat mir davon erzählt.« Sie wiegte ihre angeschwollene Hand und atmete hastig, um den Schmerz zu lindern. »Dann *hast* du also darüber nachgedacht.«

»Wir alle denken darüber nach. Das ist der einzige Weg, wie wir den Verstand nicht verlieren. Aber es ist wirklich der allerletzte Ausweg.« Das sagte er überaus empfindsam. »Wenn ich das mache, dann brauche ich Papiere, aber das dauert ein paar Tage. Ich muss mich verstecken. Milos hat dir bestimmt von dem Dienstagszug von Prag nach Wien erzählt.« Dann fuhr er ihr mit dem Daumen über die gerunzelte Stirn, wie er das manchmal machte. »Der Wachmann vom Dienstagszug kann bestochen werden. Aber du musst etwas für mich machen.«

»Was auch immer.«

»Kočka.« Tomas schluckte. »Lass jemanden wissen, dass …« Seine Stimme war von verzweifelter Traurigkeit erfüllt. »Lass jemanden wissen, dass er zum Tierarzt gebracht werden soll. Das Geld dafür ist in der Uhr an der Wand. Er ist zu alt. Ohne mich wird es ihm nicht gut gehen. Wir haben schon zu vieles gemeinsam durchgestanden.«

Sie wischte sich die Tränen weg. »Das mache ich.«

»Hör zu.« Tomas hatte ein wachsames Auge auf alle, die in der Straße waren. »České Velenice … wiederhol den Namen.« Das machte sie. »České Velenice ist eine Grenzstation kurz vor Gmünd, das in Österreich liegt. Du solltest mich an der Haltestelle nach Gmünd abholen. Gib mir einen Tag Aufschub, nur für den Fall.«

Dann wurde ihr bewusst, dass er *wirklich* mit ihr zusammen sein würde.

»Du darfst nichts sagen. Kein Wort.«

Das war einfach. »Natürlich. Niemals.«

Er warf einen Blick über die Schulter. »Man kann Informationen aus dir herausquetschen.«

Schaudernd atmete sie ein.

»Glaube nicht, was andere über mich sagen werden. Verstehst du? Versprichst du mir das?«

Sie legte eine Hand an seine Wange, spürte, wie die Wärme seiner Haut sie wärmte. »Natürlich.«

Eine Mutter mit einem Baby im Arm kam auf sie zu. Ihr grauer Baumwollrock hatte einen großen feuchten Fleck im Schoß. Das Baby weinte, und sie wirkte besorgt und ermattet. Als sie vorbeikam, warf sie ihnen einen flüchtigen Blick zu und ging dann weiter.

»Ich werde da sein und auf dich warten. So lange es sein muss.« Unter Schmerzen wühlte sie in ihrem Rucksack herum. »Brauchst du Geld? Da, nimm.« Sie hielt ihm ein paar Scheine hin. »Hast du die richtige Kleidung, die notwendigen Papiere?«

»Milos weiß, welchen Sitzplatz man reservieren muss, welches der richtige Bahnhof ist, was man sagen muss.«

»Ich hoffe, dein Name wird nicht Wilhelm sein.« Sie klammerte sich an einem Strohhalm fest. »Ich weigere mich, einen Wilhelm zu lieben. Es sollte Viktor sein, für Victory.«

Es gab zu viel und zu wenig zu sagen.

In der Ferne ertönte eine Kirchenglocke, zusätzlich zu weiteren Polizeisirenen.

»Mein Gott. Es sieht ganz so aus, als würde jeder einzelne Polizist in Prag gerade ausrücken.« Er sah Laure an. »Dich zu kennen, das war das Zünglein an der Waage, Laure.«

Beschämt stellte sie fest, dass überschäumende Freude sie erfüllte.

»Es war schlimm genug, nicht an der Uni studieren oder reisen zu dürfen oder in eine Bücherei gehen zu können. Doch mit alldem konnte man sich arrangieren. Ich kannte das Spiel und habe mitgespielt. Wie wir alle. Aber dann kamst du hierher, und da ist mir klar geworden, was es bedeutet, frei zu sein.« Er küsste sie. »Ich mache dir das beste Kompliment, wenn ich dir sage, dass du nicht wirklich weißt, wovon ich rede.«

»Wohin gehst du?«, fragte sie, versuchte verzweifelt, den Abschied weiter hinauszuzögern.

»Es gibt einen Unterschlupf. Da werde ich hingehen, bis

die Papiere fertig sind.« Er klang sehr ironisch. »Wir glauben, dass er von den Briten betrieben wird.«

»Wie kann ich das herausfinden?«

»Das kannst du nicht. Was auch immer du tust, sag niemandem ein Sterbenswort.«

Konnte die Sonne an der Sonnenuhr im Garten zurückgestellt werden? So könnte ein Wunder geschehen, und der Zeitabschnitt, zu dem der Tomas von diesem Moment gehörte, könnte von allen Gefahren und Fallen befreit werden. Daran glauben, sagte sie sich. Daran glauben – wie diejenigen daran geglaubt hatten, die die irrwitzig verzierten Kirchen gebaut hatten –, dann wäre Tomas sicher.

Sie warf einen Blick über die Schulter. »Was wolltest du sonst noch?«

Er zögerte. Dann zog er seinen Mantel aus, riss das Futter auf und holte ein Dokument hervor. »Das ist eine Liste der Namen, die für den Westen interessant sein können. Profitgeier. Geschäftemacher. Mitglieder der Partei, die man für sich gewinnen könnte. Wir haben sie über Jahre hinweg zusammengetragen, was häufig seinen Preis hatte.«

Sie warf einen Blick auf das Dokument, und eine schreckliche Ernüchterung erfasste sie. »Dann *hast* du mich also benutzt.«

Er fasste sie am Kinn und zwang sie, ihn anzusehen. »Was denkst du?«

Begierig forschte sie in seinem Gesicht. War er ... hatte er? Was sollte sie glauben?

Er schob eine Hand unter ihr T-Shirt und legte sie auf ihre Brust. »Für die Erinnerung«, sagte er. Seine Hand lag auf ihrem heißen Körper, während die Sirenen gellten.

Er wirkte leichter und dünner als je zuvor. Verletzlicher. Entschlossener. Ihr Rock-Gott. »Wenn du es doch nur wüsstest, Laure.« Sie hob ihre Hand zu seinem Gesicht.

»O Gott, deine Hand«, sagte er. »Ich muss los.« Damit beugte er sich über sie und küsste sie innig.

Dann verschwand er, ließ Laure zurück, benommen vor Abschiedsschmerz und Ungewissheit.

Petr würde informiert werden, dass ein verbotenes Treffen im Marionettentheater stattgefunden hatte, und man würde ihm ihren Namen nennen.

Somit blieben ihr nur wenige Stunden.

Geh vorsichtig. Beweg dich, als wärst du jemand, der Aufgaben und ein Ziel hat und sich deshalb beeilt. Aber nicht schneller.

Lass dich nicht aufhalten.

Laures unlängst angenommene Ticks schalteten in den Automatikmodus. *Überprüfe die Schatten. Benutze die schmalen Gässchen. Mach kehrt, wenn es sein muss.*

Ihre Hand pochte und brannte, was hilfreich war, denn dagegen anzukämpfen lenkte ihre Panik vor dem nächsten Schritt ab. Eva und die beiden Kinder waren zu einem frühen Abendessen bei einem Freund der Familie, und Petr hatte sich bereit erklärt, sie dort um halb sieben mit dem Auto abzuholen.

Rein und raus, bevor sie zurück waren.

Sie erreichte die Wohnung der Kobes ohne Zwischenfall und ging direkt ins Badezimmer der Familie. Hier herrschte die übliche Unordnung. Evas Medikamente lagen nachlässig ausgebreitet auf dem Regal. Daneben Petrs Rasierzeug. Die Handtücher waren nicht aufgehängt, und das Bad müsste geputzt werden. Sie dachte nicht länger über das Chaos nach und plünderte den Arzneischrank. Aspirin, damit sie klar denken konnte, dazu die Binde, die Maria für ein aufgeschlagenes Knie benutzt hatte und auf der noch immer ein Blutfleck war; damit wollte sie sich die Hand verbinden.

Es war zehn nach sechs, als das Telefon im Gang klingelte. Sie hob nicht ab.

In ihrem Zimmer ließ sie sich aufs Bett fallen.

Denk nach.

Ungelenk platzierte sie das Dokument an der Unterseite ihres Handgelenks und verband die Hand, vergewisserte sich, dass es nicht zu sehen war, und befestigte die Binde mit einer Verbandklammer. Der verschmierte rote Fleck verlieh dem Ganzen eine gewisse Glaubwürdigkeit.

Ihr schwindelte. Abermals. Sie war schockiert. Abermals. Sie war in die Falle des falschen Optimismus getappt. *Aber alles sollte gut werden.* Das hier war eine Stadt, durchdrungen von Geistern und Dämonen, und sie spielten ein quälendes Spiel mit den Gutgläubigen.

Wie betete man?

Sie musste beten – zu diesen Dämonen und Geistern von Prag. Auch darum beten, dass ihr Glaube gerechtfertigt war.

Sie saß auf dem Bett und tüftelte die besten Optionen aus. Als Erstes den Rucksack mit den Sachen packen, die sie auf keinen Fall zurücklassen wollte. Der Handspiegel. Milos' Scherenschnitt. Sie packte noch etwas Kleidung hinzu und das restliche Geld, das sie noch besaß. Natürlich auch ihren Pass.

Zurücklassen würde sie das Foto, das Vaclav beim Rockkonzert im Kinský-Garten von ihr gemacht hatte – zu belastend, sollte sie gefasst werden –, und, mit Ausnahme der Kleidung, die sie am Körper hatte, alle anderen Sachen, auch ihr Kleid aus Paris.

Und sie würde auch die alte Laure hier zurücklassen.

Mit gepacktem Rucksack öffnete sie die Haustür, als die Familie heraufstapfte. Sie ließ den Rucksack fallen und kickte ihn in eine Ecke. »Ich habe euch kommen hören«, sagte sie.

»Ich wusste, dass du schon auf uns wartest«, sagte Jan.

Die Kinder schlangen die Arme um sie, und sie zog sie mit ihrem unversehrten Arm an sich. Sie rochen nach billigen Erfrischungsgetränken, von denen Maria einen klebrigen Mund hatte.

Eva hatte geweint, aber sie sagte: »Wir hatten einen sehr schönen Nachmittag.« Der abwesende Blick war wieder zurück, und sie bewegte sich erschreckend langsam. »Aber jetzt muss ich ins Bett.«

»Wie geht es dir?«, fragte Petr. »Was macht der Kopf?«

Sie sagte ihm, es gehe ihr gut.

»Nein, tut es nicht. Was ist mit deiner Hand passiert?« Er ergriff sie, um sie sich anzusehen, doch sie zuckte zusammen und stieß einen Schrei aus. Er spreizte ihre Finger, um sie zu inspizieren. »Kannst du sie bewegen? Wenn nicht, dann sind sie vielleicht gebrochen.«

»Ich bin draufgefallen, als ich aus dem Theater ging. Die sind einfach nur geprellt.«

Er legte den Kopf schief. »Du bist gefallen, sagst du?«

»Ja.«

»Das muss ein übler Sturz gewesen sein. Geh ins Wohnzimmer, ich bringe dir etwas.«

Sie kam seiner Aufforderung nach und hörte, wie er die Kinder in ihre Zimmer scheuchte und sagte, sie sollten sich ausziehen. Sie warf einen Blick auf die Hand in ihrem Schoß. Zwei Finger waren angeschwollen und doppelt so dick wie normal, und ihren Daumen zierte ein lilafarbener Bluterguss.

Petr kam mit einem Glas Brandy herein. »Trink das.«

Sie tat wie befohlen und nahm einen großen Schluck.

Er setzte sich neben sie. »Es wäre besser, wenn du mir alles erzählst.«

Seine Nähe hatte etwas Bedrohliches. Sie schloss die Augen, und alles kam wieder zurück.

Die Finger in ihr … in gewisser Weise so viel schlimmer als der Penis. Der Schmerz ihrer Hand. Die Angst und der Ekel. Die Erniedrigung ihres halb nackten Körpers.

Das Telefon klingelte. Fragend zog Petr eine Augenbraue hoch. »Sollte ich drangehen?«

»Lass uns den Brandy genießen.«

Er klingelte eine halbe Minute. Eva rief aus dem Schlafzimmer: »Das soll aufhören!«

»Sie mag dieses Geräusch nicht«, sagte Petr.

Das Telefon verstummte.

»Nächstes Mal – und es wird ein nächstes Mal geben«, sagte Petr, »muss ich abheben, bevor Eva sich dadurch schlechter fühlt.«

Laure legte die Hand vorsichtig auf ihrem Schenkel ab. »Ich werde gehen«, sagte sie. »Es tut mir leid.«

Besorgt stellte sie fest, dass diese Eröffnung ihn nicht sonderlich überraschte. »Gehst du wieder zurück nach Hause? Dann lass mich das Ticket nach England für dich kaufen.«

Aus dem Zimmer nebenan war Gepolter zu hören. Die Kinder spielten Fangen.

»Ja. Und nein, das ist sehr nett, aber nicht nötig.«

»Wohin dann? Hast du einen neuen Job?«

»Den habe ich tatsächlich.«

»Hast du etwa gedacht, du könntest dich nicht darauf verlassen, dass ich dich beschütze?« Das war das erste Zugeständnis, das Petr ihr gegenüber bezüglich seines Einflusses hinter den Kulissen gemacht hatte. Sein Tonfall war herrisch, und sie fragte sich, was notwendig war, um eine solche innere Gewissheit zu erlangen. »Wenn ein Land eine gewisse Reife erreicht, ist es bereit, abweichende Meinungen zu tolerieren. Dazu gehören auch Rockkonzerte. Die Frage ist nur, wie man damit umgeht.«

Sie hielt ihre Hand fest. »Ich möchte dir und Eva danken. Ihr wart sehr großzügig …«

Wie lange, bevor das Telefon erneut klingelte? Fünf Minuten? Drei?

»… ich hoffe, ich war dir und deiner Familie eine Hilfe.« Sie leckte sich über die trockenen Lippen. »Und Eva.«

Petrs Schweigen war alarmierend. »Ich hatte mehr von dir erwartet«, sagte er schließlich. »Man sollte es nicht auf die leichte Schulter nehmen, einen Arbeitgeber im Stich zu lassen. Insbesondere, wenn er gut zu einem war.«

Sie wusste, dass sie rot wurde. »Ich halte es so für das Beste. Ich weiß, dass ich Ärger verursacht habe. Das hast du mir deutlich gemacht, nachdem du … mich gerettet hast, und ich will das nicht noch einmal erleben.« Probehalber betastete sie einen der angeschwollenen Finger. »Wie du siehst, habe ich mein Recht auf unabhängiges Denken nicht aufgegeben.«

»Nein«, pflichtete er ihr bei, leicht verächtlich.

Petr Kobes: der schwache Partei-Apparatschik, für den Tomas ihn hielt? Schwert und Schild des Systems? Ein Familienvater, der einen unmöglichen Balanceakt vollführte?

Wie würde die Rechnung zukünftig aussehen?

»Und deine Reisevorkehrungen? Die Dokumente, das alles?«

»Ich denke doch, dass es Flüge gibt? Ich könnte natürlich auch den Zug nehmen, das wäre einfacher.«

»Einen Zug? Wohin? Nach Paris? Berlin? Oder Wien? Und wann?«

»Sobald wir beide uns einig sind«, behalf sie sich.

Er setzte sich anders hin, und sie bekam einen Hauch von Überlegenheit zu spüren, von Genugtuung über eine in Teilen erfasste Information, und dachte: *Warum habe ich das gesagt?* »Ich muss dich noch mindestens einen Monat hierbehalten. Wir müssen Ersatz finden.«

Unbedacht presste sie ihre Hand zusammen – und der

daraus resultierende durchdringende Schmerz ließ sie alles andere vergessen. »Das geht nicht. Ich habe zugesagt, dass ich meine neue Stelle schon bald antrete.«

»Verstehe.«

Sensibilisiert und durchdrungen von ihren eigenen unlängst erlangten Antworten, entnahm sie seinem Tonfall etwas Tieferes, Verstörenderes.

Eifersucht und Enttäuschung.

»Er hat dich benutzt, Laure.« Er gab ihr einen Moment, um zu verdauen, was er da sagte. »Das ist offensichtlich. Ich wollte dir das ersparen, aber …« Er stand auf, ging zu seinem Schreibtisch und zog eine Akte heraus.

»Ich *kenne* Tomas.«

Er schob ein Foto vor sie hin. »Oder wusstest du etwa von der Amerikanerin?« Sie betrachtete das Foto. Es war unscharf, aber darauf war Tomas neben einer großen Blondine am Flussufer zu sehen. »Ein nettes Mädchen. Wunderschön. Man musste sie nach Hause zurückschicken.« Er zuckte mit den Schultern. »Dieselbe Taktik.«

Sie wandte den Kopf ab.

Das Papier, das an ihrem Unterarm kratzte, war eine Erinnerung daran, wie wenig sie doch wusste – und ein lebenslang anhaltender, zukünftiger Zweifel fing an, seine Netze in ihrem Hinterkopf zu spinnen.

Irgendwie musste sie gegen sich selbst ankämpfen. »Du kannst mich anlügen, wie du willst. Das ändert nichts.«

»Du musst wissen, dass ihr nie zusammen sein werdet«, sagte er. »Es hat schon viele andere Frauen gegeben, aber das ist noch niemals passiert.« Seine Worte waren sanft und ehrlich. »Er hat nur mir dir gespielt, Laure.«

Verzweifelt sagte sie: »Doch, wir werden zusammen sein.«

»Zusammen? Kommt er etwa mit dir mit?«

»Das war nur ein Versprecher«, sagte sie.

Petr hielt das Foto vor sie. »Wann fängt dein neuer Job an?«

Tomas sah in die Kamera, das Mädchen hingegen sah Tomas an.

Tränen verschleierten Laures Blick. *Was? Wie? Wann?*

»Wann, hast du gesagt?«, hakte Petr nach.

Was? Wie? Wann? »Anfang nächster Woche.« Petr nickte, und ihr Herz pochte wie wild. Sie hatte ihm eine wertvolle Information zukommen lassen. Er bedeutete ihr, sie solle aufstehen, und sie gehorchte.

»Du musst mir sagen, wohin du gehst. Oder aber …«

»Oder aber?«

»Oder das.« Er packte ihren verletzten Arm und versetzte ihrem Unterarm einen Handkantenschlag aus dem Karate. Vor Schmerzen krümmte sich Laure zusammen. »Und das«, sagte er. Er beugte sich nach vorn, presste Küsse auf ihren Hals und hielt sie in einem brutalen Griff an sich gepresst fest.

Da erst begriff sie, dass Petr sie tatsächlich begehrte.

Sie sträubte sich heftig und befreite sich schließlich. »Ich wusste, dass du zu vielen unehrenhaften Dingen fähig bist, aber nicht dazu.«

Sie wurde nicht schlau aus seinem Ausdruck. Bedauern? Zärtlichkeit? Heftig keuchend machte er einen Schritt zurück. »Ich zeige dir nur, was passiert, wenn du nicht kooperierst. Nicht ich werde dir diese Dinge zufügen. Das werden andere tun. Sie werden dich nicht schonen. Sie werden dir wehtun, bis du darum flehst, sterben zu dürfen, und dann machen sie noch ein bisschen weiter. Glaub mir.«

Sie zitterte unkontrolliert, während Petr seinen Vorteil noch etwas weiter ausbaute. Er packte sie an der Hand und drückte fest zu. »Das wird passieren. Du wirst zusammengeschlagen und vergewaltigt.«

Der Schmerz raubte ihr den Atem. Tränenüberströmt beugte sie sich nach vorn und erbrach den Brandy. »Entschuldige«, sagte sie. Erbrochenes rann ihr übers Kinn und tropfte auf ihr T-Shirt.

Sie warf einen Blick zur Tür.

Fehler.

Petr stellte sich zwischen sie und die Tür. »Soll ich dich opfern, oder sagst du mir, was du weißt, und lässt mich die Angelegenheit regeln?« Fast wie einen Nachsatz fügte er noch hinzu: »Niemand kontrolliert die Wachmänner an diesen Orten, Laure. In wenigen Minuten wird das Telefon klingeln, und dann muss ich drangehen. Wo willst du hin?«

Laure kam zur Besinnung. »Das geht dich nichts an, aber ich werde nicht in diesem Land bleiben.«

»Dann hast du also vor abzureisen.«

Er wusste – ganz präzise und gemäß einer kalkulierten Strategie –, wie er aus Fragen und Antworten Schlussfolgerungen ziehen konnte.

Die Übelkeit kam zurück, und sie presste sich eine Hand auf den Mund.

»Ist er das wert, Laure?«

Sie sah weg.

»Ich will das nicht machen. Aber du zwingst mich dazu.« Petr nahm die Akte und hielt Laure ein Blatt Papier hin. »Weißt du, was das ist?«

»Ich kann kein Tschechisch.«

»Das ist eine Heiratsurkunde von Michelle Pitt und Tomas Josip, vor einem Jahr.«

Erstaunt starrte Laure Petr an. Obwohl sie völlig schockiert war, presste sie heraus: »Du hast das alles geplant.«

»Ich dachte, ich sollte dich beschützen.«

Eigenartigerweise glaubte Laure ihm. Auf seine Weise wollte Petr sie beschützen.

Eine Abfolge von Bildern zog vor ihrem geistigen Auge vorbei, so langsam und gemächlich, als hätte sie alle Zeit der Welt. Brympton von der winterlichen Sonne beschienen. Ihre Ankunft am Gare du Nord in Paris. Das Schlafzimmer in der *chata*. Der halbnackte, mit Blutergüssen übersäte Tomas, der Kočka im Arm hielt.

Er hatte gelogen.

Der Schmerz, der sie dieses Mal überwältigte, war anderer Natur, und es war einer, den sie glaubte, nicht aushalten zu können. Oder die Abscheu, die ihn begleitete.

Ihr Gehirn schaltete sich ab. Logik und Vernunft verschwanden. An ihre Stelle war eine Eifersucht gegenüber dieser Unbekannten getreten, zusammen mit einer brennenden, rachsüchtigen Wut.

Petr beobachtete ihre Reaktionen. »Du bist so jung, Laure.« Seine Stimme wurde sanfter. »Als ich dich in diesem Raum im Bartolomějská gesehen habe, quälte mich der Gedanke, alle Lieblichkeit und alles Vertrauen hätte aus dir herausgeprügelt sein können.«

Die Welt, wie sie sie wahrnahm, hatte eine neue Gestalt angenommen. Alle Gewissheit war verschwunden. Sie wusste nur noch, dass sie aus dieser Stadt der Dämonen und der Unterdrückung, der Lügen und des Scheins flüchten musste, bevor sie die Fähigkeit verlor, zwischen dem, was richtig war, und dem, was falsch war, zu unterscheiden. »Man hat mir eine Stelle angeboten, in …« Ihr Mund war zu trocken, um die Worte herauszubringen, also setzte sie erneut an. »Sie wollen, dass ich anfange, sobald …«

»Anfang nächster Woche«, schaltete Petr sich sanft ein.

Sie mühte sich, etwas Sinnvolles von sich zu geben. »Ich hielt es für das Beste, nach dem, was nach dem Konzert passiert ist. Es ist das Beste für dich und für deine Familie.«

»Dann fährst du also mit dem Zug nach Paris?«

Schweigen.

»Berlin? Mir wurde gesagt, dass man an manchen Stellen vom Westen aus über die Mauer sehen kann.«

Er bewertete, wägte ab, evaluierte. Hinweise, Wahrscheinlichkeiten, Sicherheiten, er stückelte sie mit seinem geschulten Verstand zusammen.

Schweigen.

»Dann also nach Wien?«

Sie presste einen Finger in ihre Handfläche. Das war nur eine winzige Geste, aber sie entging ihm nicht.

Er schob ihr die Heiratsurkunde vors Gesicht.

Dann ist Tomas also verheiratet?

Furcht und Eifersucht trieben sie an einen dunklen Ort. »Ja«, sagte sie nach einer Weile.

Petr stand auf. »Ich spreche besser mit meiner Frau«, sagte er. »Warum setzt du dich nicht und trinkst den Brandy aus?« Er verließ das Zimmer.

Gleich darauf kam er wieder zurück. »Laure …« Er sah fast kummervoll aus. »Die Heiratsurkunde war gefälscht.« Er zuckte mit den Schultern. »Das ist ein alter Trick. Man hat ihn mir vor langer Zeit beigebracht.«

Mit trockenem Mund, der nach Erbrochenem schmeckte, sah sie zu ihm auf. »Was …?«

»Es tut mir leid«, sagte er.

Er verschwand wieder.

Sie hastete zum Papierkorb in der Ecke und erbrach sich zum zweiten Mal, würgte bittere, unsägliche Schuld nach oben.

Sie war hinters Licht geführt worden, und als dumme Ungläubige war sie darauf hereingefallen.

Sie hörte, wie die Schlafzimmertür zufiel und die Stimmen dahinter lauter wurden. Die Hand, mit der sie das Glas umklammerte, zitterte, als sie es an die Lippen führte und den Rest hinunterschluckte, woraufhin sie hustete und ihr Tränen in die Augen stiegen.

Sie stellte das Glas auf dem Tisch ab, hoffte, dass es keinen Rand hinterlassen würde. Wie dumm, sich jetzt über solche Dinge Gedanken zu machen. Wie dumm, dass sie noch in der Wohnung gewesen war, als die Familie zurückkam. Wie dumm, dass sich ihre Gesinnung als so schäbig, so verräterisch erwiesen hatte.

Zum letzten Mal ließ sie ihren Blick durch das Zimmer wandern. Der Kronleuchter, die Plastikstühle, die abblätternde Farbe. Die wunderschönen Proportionen des Raumes. Das war so unwirklich. Eine Geschichte von der Art, wie Marionetten sie vorführen würden.

Ein Mädchen wird von einem hübschen Prinzen erweckt und mitgenommen, und die bösen Hexen verfolgen sie.

Die Kinder waren inzwischen ruhig. Bestimmt waren sie müde und hatten sich auf ihre Zimmer verzogen. Im Gang verharrte Laure vor ihren Türen, wünschte sich, sie könnte ihnen einen Abschiedskuss geben.

Hinter der geschlossenen Schlafzimmertür stieß Eva einen Schrei aus und fing an zu weinen.

Im Gang klingelte das Telefon.

Ein Adrenalinstoß durchzuckte Laure, als sie ihren Rucksack hochhob.

In Sekundenbruchteilen war sie im Innenhof und eilte durch die Eingangstür hinaus. Als sie auf die Straße trat, warf sie einen Blick über die Schulter.

Petr stand am Fenster, das zum Innenhof ging, und starrte hinunter.

Sie wusste, dass er wusste, dass sie da war.

Sie war sich nicht sicher, doch als sie in die Malá Strana einbog, hätte sie schwören können, dass er winkte.

Ihre Hand pochte im Rhythmus zu ihren hämmernden Schritten.

Wenn er sie liebte, würde er ihr vielleicht eine Chance geben. *Ihnen* eine Chance geben. Er könnte für sich behalten, was er wusste.

Was sie ihm gesagt hatte.

Nach einer Weile verlangsamte sie ihren Schritt. Erster Halt: Tomas' Wohnung, um sich um Kočka zu kümmern.

Zweiter Halt: die Britische Botschaft.

»Glaube nicht, was andere über mich sagen werden.«

Sie hatte seine Stimme im Ohr.

»Verstehst du?«

»Versprichst du mir das?«

Aber sie hatte … es geglaubt.

28

Paris, heute

Das Essen mit dem Maison de Grasse hatte in der Presse Wellen geschlagen.

Es zog viele Veränderungen für das Museum nach sich: Finanzierung, Positionierung, Förderung.

»Ständig kommen Anfragen nach Abschriften deiner Ansprache rein«, teilte Nic Laure mit, als sie ein paar Wochen später ins Büro kam. »Und was ist *das* da?«

Laure stellte den Katzenkorb ab. »Eine Katze. Nein, *meine* Katze.«

»Und?«, fragte Nic weiter.

»Sie wird hier wohnen. Der Tierarzt hielt das für besser. Mehr Raum, als in einer Wohnung. Wenn man auf den Straßen gelebt hat, erträgt man es nicht, eingezwängt zu werden.«

»Und an den Wochenenden?«

»Da nehme ich sie mit zu mir. Vermutlich werde ich umziehen müssen, es sei denn, ich kann mich mit meinem Vermieter arrangieren.«

Nic spähte in den Katzenkorb auf die magere, glanzlose kleine Gestalt. »Nicht gerade eine Schönheit.«

»Verletze ihre Gefühle nicht. Ihr Leben war schon schlimm genug.«

Nic beobachtete, wie Laure verschiedene Utensilien auspackte, darunter ein Kissen. »Wir haben hier keinen Platz, um eine Katze … ähm … frei herumlaufen zu lassen, wo willst du das alles unterbringen?«

»Auf dem Sims am Fenster, wo sie etwas Sonne abbekommt.«

»Okay«, sagte Nic, den nichts aus der Fassung brachte. Er warf einen Blick auf seinen Computer. »Du hast zwei Termine heute Morgen. Ein Mann mit einer pinken Plastikgeige und jemand, der sich weigert, seinen Namen zu nennen, aber Stein und Bein schwört, dass er kein Mörder oder Terrorist ist. Bist du bereit, dieses Risiko einzugehen?«

Er klang niedergeschlagen.

Laure legte den Kopf schräg und sah ihn eindringlich an. »Du vermisst May.«

Wie Laure vorhergesagt hatte, war May in die USA zurückgekehrt, um ihre Artikel fertig zu schreiben. Paris sei teuer, wie sie sagte, und sie müsse ihre Brötchen verdienen. Sie war reumütig und bekümmert gewesen und hatte die Verabschiedung rasch hinter sich gebracht.

Laure hatte es sich verkniffen zu fragen, was nun zwischen Nic und ihr sei. Hatte er sie eingefangen? Wenn sie ihn sich so ansah, dann wohl eher nicht.

May hatte eine Lücke hinterlassen. Sie war neugierig, waghalsig und lustig gewesen, hatte sich auch mal geirrt, und ihre dünnen Arme hatten Laure eigenartigerweise Trost gespendet.

Der namenlose Mann stellte sich als John Irvins heraus, ein gedrungener, bärtiger Jugendlicher. Nach der Begrüßung legte er einen Golfball zwischen sich und Laure.

»Die Astic Company ist darauf spezialisiert, Grünflächen für Golfplätze zu beschaffen«, erzählte er, oberhalb seiner Gesichtsbehaarung rot vor Empörung. »Sie haben ein Stück Land gekauft, das an unser Dorf grenzt, ein Teil davon ein Vogelschutzgebiet, und wollten sich das Gemeineigentum einverleiben, das dem Dorf für immer überlassen worden war. Es folgte eine große Auseinandersetzung.«

Laure ahnte, was gleich kommen würde.

»Der Rat war schwach und geldgierig. Die Dorfbewohner haben ihren Kampf verloren, und der Golfplatz wurde gebaut. Es ist uns jedoch gelungen, ihnen das schriftliche Versprechen abzuringen, dass kein Gebäude im Vogelschutzgebiet errichtet würde. Doch sobald der Vertrag unterzeichnet war, sind die Laster aufgekreuzt, und man hat genau dort ein großes Clubhaus errichtet.«

Er breitete Fotos von kaputten Nestern, zerstörtem Lebensraum und, am schlimmsten von allem, den toten Leibern von Nestlingen, deren Eltern bei den Bauarbeiten den Tod fanden, vor ihr aus.

Irvins war traurig und unübersehbar wütend über seine Ohnmacht und die seiner Mitstreiter in dieser Sache. »Die Bürger hatten keine Rechte. Sie wurden von den reichen Investoren plattgemacht und ausgebeutet. Das ist Kapitalismus in seiner schlimmsten Form, der habgierigsten und verlogensten, und wir konnten nichts dagegen tun. Ich würde den Golfball gern dem Museum spenden …«

»Ach, der Kapitalismus …«, sagte Laure und nahm den Golfball.

Als sie sich wenig später Notizen zu diesem Treffen machte, hörte sie Nics Ausruf: »Was zum …?«

Mit der fast schon sichtbaren Energiewelle, auf der sie für gewöhnlich in ein Zimmer schwebte, stand May in der Tür, ein Tablett mit mehreren Kaffees in der Hand. Ein Lichtspiel ließ ihr helles Haar elektrisch wirken.

»Was machst du denn hier?« Wenn jemand zeitgleich die Stirn runzeln und grinsen konnte, dann Nic.

May hielt ihm die Kaffees hin. »Fast könnte man meinen, du freust dich gar nicht, mich zu sehen. Ich muss hier noch ein paar unerledigte Angelegenheiten zu Ende bringen.«

Sie wandte sich an Laure. »Du hast mich einmal gefragt,

was ich in dieses Museum bringen würde. Hier ist meine Antwort.« Sie trat zur Seite und bat jemanden vor der Tür herein.

»Ich leugne ganz entschieden, dass ich von bürgerlicher Abstammung sein soll«, sagte eine Stimme in einem Englisch mit starkem Akzent.

Eine zweite Gestalt tauchte im Türrahmen auf.

In Laures Ohren rauschte es.

»Aber hloupý Honza …«, sagte sie mit zitternder Stimme, ihr Stuhl kratzte über den Boden. »Aber hloupý Honza, dein Vater war doch ein bekannter Textilfabrikant. Du darfst vor Besuchern keine Lügen erzählen.«

Nic starrte Laure an, als wäre sie wahnsinnig geworden.

Der Mann war in etwa so alt wie Laure, trug eine Jeansjacke und eine Jeanshose. Er hatte weiße Zähne, grau meliertes Haar und Geheimratsecken, die seine Stirn größer erscheinen ließen.

Die Zähne waren gut sichtbar, da ein breites Lächeln auf seinem Gesicht lag. »Meinst du nicht eher, erzähl keine Lügen vor Leuten, die du kennst. Besucher wissen nicht, ob man lügt oder nicht, somit ist es ihnen egal.«

Und da war sie wieder, im Backstagebereich des Marionettentheaters, spähte über die Kulisse, brannte vor Lust, Liebe und der Freude, Teil des Widerstands zu sein.

Nics Gesichts war sehenswert, während Laure sich auf ihrem Schreibtisch abstützte. »Milos?«, sagte sie. »Milos, bist du das?«

Sie streckte die Hände aus. Er tat es ihr gleich, und sie hielten einander fest.

»So lange ist es her«, sagte er.

»Wo? Woher kommst du?«

»Aus Prag. Deine Kollegin hat mich dort gefunden und mir aufgetragen zu kommen. Sie scheint das Wort ›Nein‹

nicht zu kennen.« Er fügte noch hinzu: »Wir dürfen jetzt reisen.«

»Ich weiß. Ich weiß.« Zu Nics völliger Bestürzung fing Laure an zu weinen. Laute, herzzerreißende Schluchzer.

May nahm Laure in den Arm, und Nic sagte: »Ich stelle mal Teewasser auf.«

Laure bekam sich so weit in den Griff, dass sie fragen konnte: »Geht es dir gut? Ist dein Leben okay?« Sie zeigte auf einen Stuhl. »Setz dich doch bitte.«

Schweigend starrten sie einander an, durchquerten geistig die schwarzen Löcher und das holprige Terrain ihrer gemeinsamen Zeit.

Milos sprach als Erster. »Ich habe mich verändert. Du dich nicht so sehr. Intelligenter und noch schöner. Und du hast das hier …«

»Und ich habe das hier«, wiederholte Sie. »Und du hast?«

Langsam fand er sich im Englischen wieder zurecht. »Ein Marionettentheater in Prag. Ich habe eine Familie. Ich habe Lucia geheiratet.«

Laure war sprachlos. Ihr fiel nichts anderes ein als: »Ich hoffe, sie hat den Schleier getragen.«

»Der wurde zerstört, als die Machthaber das Theater geschlossen haben.«

»Ich will alles wissen«, sagte sie. *»Alles.«*

Durch das geöffnete Fenster drangen die Geräusche von Paris herein. Autos, Lieferwagen, die Rufe des Gemüseverkäufers.

»Wie hat May dich gefunden?«

»Einfach.« May legte ihre Hand zaghaft auf die von Nic, der sie festhielt. »Nachdem wir gesprochen haben, bin ich nach Prag geflogen – das kann ich wirklich nur empfehlen – und habe bei den Marionettentheatern angefangen. Es hat nicht lange gedauert. Und jetzt sind wir hier.« Sie machte eine kurze Pause. »Das war ich dir schuldig.«

»Du bist also nicht nach Hause zurückgereist?«, sagte Nic.

»Nein. Wie man sieht.« Sie stützte eine Hand in die Hüfte. »Oder sieht es etwa so aus, als wäre ich in New York?«

Viel Glück, Nic, dachte Laure, und ihr wurde leicht ums Herz. *Mit der Zukunft. Mit der Tatsache, dass May hier ganz eindeutig die Oberhand hat.*

»Ich habe etwas für dich.« Milos griff nach unten und legte ein ramponiertes Päckchen auf den Tisch. »Ich habe es all die Jahre aufbewahrt. Nur für den Fall.«

Sie starrte auf das Päckchen. Die Zeit machte einen Sprung in die Vergangenheit. Sie spürte ihre Haut, ihren Atem, ihren Puls.

Milos machte das Päckchen auf, und das Seidenpapier klappte auf wie eine Muschel, um den Blick auf eine kollabierte Marionette freizugeben, die eher an einen Haufen Knochen im Beinhaus erinnerte.

Das Pochen in Laures Schläfen wurde heftiger.

Sie erkannte den schwarzen Umhang, die ausgestreckten hölzernen Hände, die zusammengeklappten Gliedmaßen, das Gesicht einer Marionette, verhedderte einzelne Fäden und stieß einen Schrei aus. »Der Pierrot!«

»Tomas hat mir aufgetragen, ihn dir zu bringen, sollte ihm etwas zustoßen«, sagte Milos. »Er hat sehr darauf gedrängt. Er sagte, es wäre das Allerwichtigste, was ich tun könnte.« Er wiederholte es: »... das Allerwichtigste ...«

Laure konnte sich nicht rühren.

»Tomas sagte, du würdest wissen, was er bedeutet, wenn du ihn bekommst.«

Laure schloss die Augen und hielt sich an der Tischkante fest.

Nic hustete. May hörte auf zu schreiben.

»Er sagte auch, du müsstest versprechen, die Fäden wieder zu befestigen.«

Wie gewöhnlich war bei *Chez Prune* viel los, aber Laure gelang es, einen Tisch am Fenster zu ergattern, und sie bestellte eine Karaffe Rotwein.

Er wurde ihnen mit einer Schale gerösteter Nüsse gebracht. Laure schenkte ein und schob Milos ein Glas zu. Gemeinsam hoben sie die Gläser und tranken auf den Pierrot.

Zunächst redeten sie nicht viel.

Sie verschränkte die Hände im Schoß. »Erzähl mir alles.«

Milos hatte sein Glas bereits ausgetrunken und schenkte sich nach.

Nachdem Laure geflohen war, sei das Theater geschlossen worden, und alle hätten sich verstreut, erzählte er ihr. Leo sei irgendwann aus der Haft entlassen worden, aber seine linke Hand habe amputiert werden müssen. Er spiele jetzt eine unwichtige Rolle in der Tschechischen Republik. Manicky sei untergetaucht. Es heiße, er habe sich das Haar abgeschnitten und arbeite als Friseur. Er selbst und Lucia hätten einen Bus Richtung Süden genommen und sich in der Nähe von Tábor niedergelassen, wo er sich als Zimmerer verdingt und sie die verbleibenden Tage des Regimes abgewartet hätten. Sie hätten zwei Kinder. Nachdem diese erwachsen waren, seien er und Lucia wieder nach Prag zurückgekehrt, wo sie ein Theater gegründet hätten.

»Das ist unsere eine große Liebe«, sagte er.

Laure umklammerte ihr Weinglas. »Hat Lucia mich verraten?«

Milos löste ihre Finger von dem Glas, stellte es zur Seite und hielt ihre Hand fest. Seine war vom harten Arbeiten ganz rau, fühlte sich in ihrer aber, wie das schon immer der Fall war, sicher an. Sie kannte ihn von früher, und er kannte sie. Das reichte.

»Ja. Aber sie hatte ihre Gründe. Du musst ihr vergeben.«

»Bittet mich Lucia um Vergebung?«

»Nein, ich tue das. Sie ist meine Frau.« Die neuen Zähne waren verstörend, aber sie freute sich, dass Milos sie hatte richten lassen. »Ich bitte dich für sie. Vergibst du ihr?«

Sie dachte an ihr eigenes Märtyrertum. Den trockenen Boden des Bedauerns. Die Schuld. Die Strafe, niemals einen strahlenden, herrlichen Tag ohne sie zu sein.

Ihr Griff festigte sich um seinen. »Ja.«

»Dann musst du uns in Prag besuchen kommen, und vielleicht können wir auch die Geschehnisse zwischen euch beiden aus der Welt schaffen?« Sein Lächeln verschwand. »Wir könnten Orte besuchen und ihnen … die letzte Ehre erweisen.«

»Unbedingt. Das würde mir gefallen. Sehr sogar.«

Danach liefen sie am Canal Saint-Martin entlang. Inzwischen war es fast dunkel. Die teuren Boutiquen waren beleuchtet. Jemand hatte eine bunte Lichterkette über eine schmiedeeiserne Brücke gehängt, allerdings reichte sie nur bis zur Hälfte. Die Obdachlosen bereiteten sich etwas zu essen zu, wo und wie es ihnen möglich war, und sicherten ihre Zelte ab.

Das Wasser klatschte unablässig gegen das Ufer.

Laure blieb stehen. »Und Tomas?«, fragte sie, zittrig vor Furcht und Verzweiflung.

Milos machte einen weiteren Schritt, drehte dann um und kam auf sie zu. »Tomas ist tot. Auf die eine oder andere Weise haben sie ihn umgebracht. Das muss dir klar sein.«

Lange Zeit schwieg sie, dann seufzte sie.

»Etwas in mir hat immer … Gehofft. Gebetet. Dass er überlebt hat. Ich habe den Fluchtweg preisgegeben, weil ich so wütend war. Mir wurde erzählt, Tomas habe eine Amerikanerin geheiratet. Dann wurde mir klar, dass das eine Lüge war, aber ich konnte es nicht mehr zurücknehmen.«

»Welche Amerikanerin?«, fragte Milos. Sie sagte es ihm, und er schüttelte den Kopf. »Du hast recht. Das waren nichts als Lügen, Laure.«

»Er hat mir gesagt, ich solle nicht glauben, was sie über ihn erzählen würden. Ich habe versagt.« Sie sah Milos gerade an. »In diesem entscheidenden Moment habe ich meinen Glauben verloren, und das hat gereicht.«

»Aber Lucia hat dir die Handlanger auf den Hals gehetzt«, sagte Milos. »Was zu der Razzia geführt hat. Denk darüber nach. Das System hat ausgeschlachtet, was wir fühlten und was wir taten. Aus einer Vielzahl kleiner Unterwerfungen wurde eine große. Die meisten Leute machten sich eines winzigen Verrats schuldig. Das war der Preis, um zu existieren.« Er redete hastig weiter. »Laure, sieh mich an. Um zu überleben, müssen wir das glauben.«

»Kann ich mir vergeben?«

»Das müssen wir.«

Sie dachte an Tomas' letzte Momente. Voller Furcht und ohne jeden Zweifel mit vielen Schmerzen. Sie hoffte, dass er seinen Glauben nicht verloren hatte. *Lass ihn bitte seinen Glauben an die Richtigkeit seines Tuns behalten haben.* Vielleicht hatte er die Musik beschworen, damit sie ihm half.

Vielleicht, ganz vielleicht hatte er gegen Ende auch das ein oder andere Mal an sie gedacht?

Milos hakte Laure bei sich unter, und zusammen gingen sie weiter am Ufer des Kanals entlang. »Ich werde den Pierrot für dich neu auffädeln«, sagte er. »Bevor ich abreise.«

29

Es ist Abend, und die Temperaturen sinken. Fast unmerklich wechseln die Farben und Perspektiven, Paris wirft sein Herbstkleid ab.

Laure dreht ihre Runde durch das Museum.

In ihrem Büro liegt Kočka auf dem Sims über der Heizung, und Laure stellt ihr Futter und das Katzenklo für die Nacht auf. Vor Kurzem erlaubte Kočka Laure, ihr einen Kuss aufzudrücken, und genau das tut sie jetzt auf Kočkas inzwischen glänzendes Fell.

Laure setzt ihre Runde fort und schließt der Reihe nach die Fensterläden.

In den Räumen ist es still und ruhig, die Heizung fährt über Nacht herunter. In Raum 7 richtet Laure den Rahmen mit dem Kopfkissen neu aus, und in Raum 3 wischt sie den Staub vom Fenstersims.

In Raum 2 ist das Licht bereits aus, und alle Gegenstände, mit Ausnahme des Brautschleiers, der schwach schimmert, sind von der Dämmerung umfangen.

Sie stellt sich ans Fenster. Das Licht ergießt sich über die Dächer, und ein Taubenpaar stolziert über die Dachziegel. Vor langer Zeit hatte sie den Prager Tauben zusammen mit Petr Brotkrumen zugeworfen, und jetzt denkt sie an ihn und daran, wie er seine Schulden beglichen hat.

Sie ist dankbar.

»Geh zurück nach Alabama«, drängt sie May, bevor sie mit Nic in den Abend verschwindet. »Kehr bald nach

Hause zurück, und klär das mit deiner Mutter. Du solltest diese unfertigen Angelegenheiten nicht unfertig lassen.«

»Wie du es getan hast«, erwidert May.

»Wie ich es getan habe.«

Das ist ihr Haus. Ihr Leben.

Ihre Träumereien werden von einem Geräusch unterbrochen. Sie wirbelt herum.

Zwei aufgefädelte Marionetten hängen an der Wand, nahe genug, um einander zu berühren. Die weibliche Marionette trägt einen Schleier und hat einen braunen Haarzopf. Die männliche trägt einen schwarzen Umhang, ein Pierrotkostüm, und ihr Gesicht ist frisch bemalt.

Wenn eine Bö durch das Fenster hereinweht oder besonders viele Besucher durch den Raum gehen, entsteht manchmal Luftzug, und die Marionetten klappern daraufhin. Manchmal sieht es so aus, als würden sie sich an der Hand halten.

Sie bleibt vor ihnen stehen und sieht in ihre Gesichter. Das Allsehende ihrer Blicke, das Zärtliche und Tückische ihrer Seelen sind eine beständige Quelle des Staunens. Sich um sie zu kümmern heißt, sie wertzuschätzen und von ihnen wertgeschätzt zu werden.

Sie hebt die Hand und legt einen Finger auf die Brust des Pierrots, sucht nach dem Herzschlag, der zu Tomas gehört.

Er ist da.

Genau wie die Vergebung.

Ihr langer Weg des Trostes ist vorgezeichnet.

Klack, ich liebte ihn.

Klack, er liebte mich.

Danksagung

Vor ein paar Jahren schickte uns unser Sohn für ein langes Wochenende nach Prag, wo wir im Museum des Kommunismus landeten. Damals wurden die Gegenstände, im Gegensatz zu ihrem jetzigen blitzblanken und beeindruckenden Zuhause, in einigen wenigen Räumen ausgestellt. Aber sie hinterließen einen unauslöschlichen Eindruck bei mir, inklusive des schwarzen Telefons in der kleinen Zelle, das klingelte, wenn man dort eintrat.

Der Roman ist das Ergebnis dieses Besuches. Ich hätte ihn jedoch nicht schreiben können, ohne viele historische Darstellungen zu lesen. Erwähnen möchte ich Kevin McDermotts übersichtliche und bewundernswerte *Communist Czechoslovakia, 1945–89* (Palgrave). Jedem, der sich einen Überblick über die Komplexität der damaligen Zeit verschaffen möchte, kann ich es nur wärmstens empfehlen. Nicht unerwähnt lassen möchte ich: *My Crazy Century, a Memoir* von Ivan Klíma (Grove Press, UK), *The Magic Lantern: The Revolution of '89 witnessed in Warsaw, Budapest, Berlin and Prague* von Timothy Garton Ash (Vintage Books), *Under a Cruel Star: A life in Prague 1941–1968* von Heda Margolius Kovály (Granta) und das wunderbare *Stasiland* von Anna Funder (S. Fischer). Aus all diesen Büchern habe ich Fakten, Gefühle und Szenarien aufgegriffen. Jegliche Fehler sind mir zuzuschreiben.

Danken möchte ich meiner überragenden Verlegerin Sara O'Keeffe und dem Team bei Corvus. Ebenso meiner

Agentin Judith Murray, ohne die das Ganze nicht zustande gekommen wäre, und Justine Taylor für ihr sachkundiges, einfühlsames und sorgfältiges Lektorat. An meine Schreibkolleginnen Fanny Blake und Isabelle Grey, die zur Stelle waren, um mir die Stirn abzuwischen – ich stehe tief in eurer Schuld. Dank auch an meine lieben Freunde, die mich regelmäßig besuchten, mich mit Medikamenten versorgten und mich aufmunterten, als mich die Gürtelrose niederstreckte, das werde ich euch nie vergessen. Ein großes Dankeschön an meine Schwestern Alison Souter und Rosie Hobhouse. Auch Jane Thynne, der Bestsellerautorin der Clara-Vine-Romane, die in Berlin spielen, und Jim Mitchell, die sich beide bestens in der Stadt auskennen und mir Orte nannten, die ich unbedingt aufsuchen sollte, bin ich zutiefst dankbar. Sollte etwas nicht stimmen, dann werdet ihr mich bestimmt darauf hinweisen. Im Zuge der Romanhandlung habe ich jedoch ein paar zusätzliche Straßen am Canal Saint-Martin in Paris erfunden. Ich hoffe, man sieht mir das nach.

Außerdem möchte ich mich bei Barnaby von www.insidertour.com für seinen beeindruckenden Gang durch das Berlin zur Zeit des Kalten Krieges bedanken. Ich war begeistert.

An Benjie, Adam und Lucinda, Eleanor und Henry, Alexia und Flora … für euch ist es mir das wert.